U0853954

作家榜®经典名著

读经典名著，认准作家榜

大方
sight

智囊 1

[明] 冯梦龙 编著　诸伟奇 译

中信出版集团 | 北京

马夫见到那农民，说：“你老哥不是在东海边种地，咱们也不是在西海边旅行，我们在同一片天地下，这马又不能区分草和庄稼，这马哪能不啃你的庄稼呢？”

《见大·使马圉》

唯独萧何先去搜集秦廷丞相、御史的法律文件和图书。

《见大·萧何 任氏》

孔子知道后非常高兴地说："将来的鲁国一定能涌现出许多勇于拯救落水者的人。"

《远犹·孔子》

郭子仪一听说卢杞来了，就叫侍妾全都退下去。

《远犹·屏姬侍》

一支箭容易折断，把很多箭放在一起就很难折断了，只有你们同心协力，才可能保持国家长治久安。
《远犹·阿豺》

现在既然把他带上了，又怎能在这危急关头把他中途抛下不管呢？　　《上智部·远犹》

目录

上智部

导读

曰智曰勇，涵泳古今

《智囊》《智囊补》，明冯梦龙辑撰。

冯梦龙（1574—1646），字犹龙，别字耳犹、子犹，号龙子犹，室名墨憨斋，因号墨憨斋主人，别署姑苏词奴、顾曲散人、詹詹外史、茂苑野史、平平阁主人等，长洲（今江苏苏州）人。为明末最杰出的文学家，也是卓具特色的经学家、戏曲家和编辑家。崇祯三年（1630）贡生，曾任丹徒训导，崇祯七年（1634）至十一年（1638）任福建寿宁县知县，在任期间，“政简刑清”“遇民以恩”。冯梦龙以一代逸才，一生创作丰富，辑有话本集《古今小说》（后改为《喻世明言》）和《警世通言》《醒世恒言》；编有时调集《挂枝儿》《山歌》，散曲集《太霞新奏》，笔记《古今谭概》《笑府》等；改写小说《新平妖传》《新列国志》;撰有经学著作《四书指月》《麟经指月》《春秋衡库》等;创作和改订的传奇收入《墨憨斋定本传奇》。

其著作四百年来在国内外广为传播，影响巨大，大量作品被译为法文、英文、日文、德文、俄文、意大利文、拉丁文、荷兰文和韩文等。

一、《智囊》成书背景

《智囊》撰于明代天启六年（1626），全书分十部，共二十八卷;崇祯七年（1634），为“补前辑所未备”（《〈智囊补〉自序》），作者在对此书作了若干补充、调整和修改后重辑为《智囊补》。本书首自序，次正文。每部设总序，卷首置识语，文后间系评语。全书广泛采辑先秦至明末子史经传与笔记丛谈中有关智慧的历史故事近两千条，堪称一部集历代用智大成的实录。

冯梦龙所生活的时代，正是明王朝覆灭的前夜:内忧外患丛集，大厦崩塌之势已成。知识分子中的那些有识之士都在不同程度上感觉到这种危机的存在，并想方设法寻求缓解这种危机的方法和途径。冯梦龙一生仕途蹭蹬，长期生活在中下层社会，对明末社会的腐败、官吏的昏庸有着比较深刻的认识，对明王朝的危机有着比较敏锐的感觉。其撰《智囊补》一书，除为“稻粱谋”外，一个重要的目的就是试图以说古的方式来关注现实，启迪今人，希冀出现匡时济世的贤良之士挽狂澜于既倒。

《智囊补》作为一部基于史料融合评述的著作，对现实的关注是异乎寻常的，其较《智囊》增补的文字中，有一半是关于明朝的内容。书中，作者对明季社会政治、经济、军事等诸多方面均有涉及且提出了深刻的见解。这些见解散见于篇后的评语中，而这些评语有的甚至比史例本文还要长，其中，有关于朝廷吏治与用人的，有关于税收、仓储和漕运的，有关于屯田与军垦的，有关于兵变和民乱的，有关于少数民族地区治理的，有关于倭寇和边患的，有关于历史和现实人物评价的……

读了《智囊》和《智囊补》，我们深深感到冯梦龙不仅仅是一个“借男女之真情，发名教之伪药”（《叙山歌》），歌颂“万种情怀得自由”（《警世通言·王娇鸾百年长恨》），写出“三言”那样脍炙人口作品的杰出文学家，也不仅仅是一个

“酷爱李氏（李贽）之学”、自称“东吴之畸人”的不拘礼教、不媚世俗的文人，而且是一个伟大的爱国者，是一个有着卓越的历史见解和强烈的忧患意识的知识分子。透过书中叙言和评语，我们可以清晰地感到作者那忧国忧民的急切而痛苦的呼唤。

二、人有智，犹地有水

作者以自己对智慧的认识和古今运用智慧的情况，分别部类，集中展示了我国古代用智实例，内容丰富多彩，寓意深刻动人。

智，最初写作“知”（音 zhì）。智力，指人认识、理解事物并用以解决问题的能力，是人的自然属性；智慧则是人辨析判断乃至发明创造的能力，因人而异，扩大到一个民族、一个国家，也是如此。古人高度重视智慧的作用，强调智慧的力量：“知者创物，巧者述之、守之。”（《周礼·冬官考工记序》）并且往往将其与作为最高道德标准的“仁”相对举，如“子曰：‘知者不惑，仁者不忧’”（《论语·子罕》），又如“子曰:‘知者乐水，仁者乐山’”(《论语·雍也》)，再如“仁者见仁，智者见智”(语本《易·系辞上》) 等。

作者在《〈智囊〉自序》中首先强调了智慧对人类的重要性：

> 人有智，犹地有水。地无水为焦土，人无智为行尸。智用于人，犹水行于地，地势坳则水满之，人事坳则智满之。周览古今成败得失之林，蔑不由此。

作者认为用智的最高境界在于“无心而合”，“智无常局，以恰肖其局为上”。“上智”者应该具备:从宏观、全局的视角去思考问题，把握事态，即“一操一纵，度越意表”;凡事着眼于长远的利害，不斤斤计较眼前的得失;要善于在纷乱的事态中处之以静，化繁为简;要能在“危峦前厄，洪波后拂”的重重危机中泰然处之，游刃有余。在封建社会里，决定社稷安危、邦国治乱、百姓甘苦的是帝王，是权臣，所以在“上智部”，作者采择的史料尤为重要，评语的用心亦尤为深沉。

“上智部”分“见大”“远犹”“通简”“迎刃”四卷，其中，在涉及治国方略上，强调要简政利民，“古之良吏，化有事为无事，化大事为小事，蕲(希求)于为朝廷安民而已”

(《通简》)；行政应“清勤和缓”，不要忙里出错(《通简》)。在君臣相处之道上，更是以北宋鼎盛时，贤相(如韩琦)敢于当面陈奏，从而“得以尽力”的史实，强调了君臣融洽的重要性(《迎刃》)。在国家用人上，强调一是要“人人尽其才，人人尽其用”(《见大》)，二是要不拘一格，用人不要讲究出身、资历(《通简》)。

“明智部”分“知微”“亿中”“剖疑”“经务”四卷，强调要全面、透彻地观察、分析问题：要能见微知著，“缝祸于渺，迎祥于独”；要能“镜物之情，揆(kuí)事之本”，知人心，明事理，判断如神；要能在“触目迷津，弥天毒雾”的情况下，解难析疑，做出正确的决策。指出为政要守信于民，“若夫期而不当，言而不信”，国家就有危险(《知微》)；要抑强扶弱；在处理突发事件时不要激化矛盾，“逞一时之快”(《亿中》)；告诫执政者要能修正错误，切忌一错再错，强调“止谤莫如自修”(《剖疑》)；更以前朝的经验和本朝的利弊，说明重农、安农的重要性(《经务》)。书中特别强调了为政者要力戒空谈，要善于处理涉及国计民生的实务。作者重辑此书时，将原为一卷的《经务》增补为上下两卷，可见其重视。

“察智部”分“得情”“诘奸”二卷，作者正确地论述了智慧与调查研究的关系，强调智慧来自深入的调查和细致的观察，“非明不能察，非察不能明”，只有经过认真调查研究后做出的决定才会真正有益于百姓。“吏治其最显著，得情而天下无冤民，诘奸而天下无戮民。”

“胆智部”分“威克”“识断”二卷，这二卷以大量实际案例为据，篇幅虽简短，但案情曲折，内容生动，叙写精彩，其中不少篇章后来被改编为小说或戏曲。作者精辟地分析了智慧与勇气、胆量的关系：“凡任天下事，皆胆也；其济，则智也。”“智藏于心，心君而胆臣，君令则臣随。令而不往，与夫不令而横逞者，其君弱。故胆不足则以智炼之，胆有余则以智裁之。智能生胆，胆不能生智。”作者最赏识的“胆智”是：靠智慧去威慑对手，不战自胜，即“履虎，鞭龙得珠”；无论面对什么势力，遇到多大困难，都能胆识过人，当断即断，敢作敢为。这里，作者特别记载了明代名臣况钟和刘玺的事迹，赞扬了他们勇于担当、力除弊政和不畏权奸的精神。

“术智部”分“委蛇”“谬数”“权奇”三卷，在卷首总叙中，作者形象地阐明了智慧与计谋、策略的关系：“智者，术所以生也；术者，智所以转也。不智而言术，如傀儡百变，徒资嬉笑，而无益于事。无术而言智，如御人舟子，自炫执辔(pèi)如组，运楫如风，原隰(xí)关津，若在其掌，一遇羊肠太行、危滩骇浪，辄束手而呼天，其不至颠且覆者几希矣。”所谓“术智”就是要善于巧妙运用计谋施展诈术，将真实意图隐蔽起来，给人以假象，以应付险恶，驾驭形势，从而达到目的。以唐代颜真卿为消除安禄山的顾忌，采取“有备而示之无备”的智术一事，肯定了“小寇以声驱之，大寇以实备之”的防御之道，强调“必有深沉之思，然后有通变之略”(《谬数》)。

“捷智部”分“灵变”“应卒”“敏悟”三卷，卷中记录了历代反应迅速、思维敏捷的实例，讲述了我国传统文化中许多美好故事。强调要能在“如火如风”的事态变化中，具有敏锐的判断力和灵活的应变力。

作者在“语智部总序”中，辩证分析了智慧与语言的关系。先提出“智非语也，语智非智也”，接着以“两舌相战，理者必伸;两理相质，辨者先售”的事实，说明了“语智”的作用:“谈言微中，足以解纷;言之无文，行之不远”;有时甚至“一言而或重于九鼎，单说而或强于十万师，片纸书而或贤于十部从事”。最后正确表述了它们的关系——“智泽于内，言溢于外”。“语智部”分“辩才”“善言”二卷，记述了历代语言智慧的丰富实例，指出了语言在人类活动中不可或缺的作用，展现了历代能言善辩的口才和精妙智慧的言语，特别赞美了那些为了高尚的目的，成功地利用言辞排难解纷的人物，如春秋时的子贡、战国时的鲁仲连和北宋的富弼（《辩才》）。

智慧在战争中的重要性表现得最为明显，总结这方面的历史经验对内外交困的明王朝也最为迫切，所以“兵智部”在全书中所占的篇幅最大，分“不战”“制胜”“诡道”“武案”四卷，写得颇为精彩。作者强调在云谲波诡的战争风云中，在金戈铁马的疆场上，只有运用智谋，而且只有运用高超的智谋，才能克敌制胜，所向披靡。批评了“儒不言兵”和“言兵恶诈”的迂腐观点。认为上乘的“兵智”应该是不战而胜，即“胜于庙堂，不于疆场；胜于疆场，不于矢石”（《不战》）。其次是能掌握战争的主动权，以克敌制胜，即“动于九天，入于九渊。风雨在手，百战无前”（《制胜》）。也肯定了“兵不厌诡”，在作战方法上要“实虚虚实，疑神疑鬼”，要能“出奇无穷，莫知所以”（《诡道》）。其中更结合明朝政治、军事的现实和利弊，指出要明确制定招降的政策、策略，要判断对方投降的真伪。同时也斥责了官府在招降中的欺骗行为。

作者还专门设立了“闺智部”，分“贤哲”“雄略”二卷，集中介绍了历代有代表性的才智兼备、胆识超群的女子，说明了“智妇胜男，即不胜亦无不及”的事实，认为让她们无论是相夫教子，还是治理国家，都将有可观的成效，有力地批驳了“女子无才便是德”的封建说教。书中对那些出身卑贱、遭遇凄惨的女子寄予了深切的同情。作者的进步史观在这里展现出奇光异彩。

三、汲取智慧，启迪人生

作者在《〈智囊〉自序》中明确宣布此书的取材原则：“吾品智非品人也，不惟其人惟其事，不惟其事惟其智……譬之谷王，众水同归，岂其择流而受？”所以撰述中，他还将搜索的目光广泛地投射到老奸巨猾、鸡鸣狗盗之辈，专门为之设立“杂智部”，以多方位、多侧面地汲取、借鉴古今智慧。

由于时代的局限，书中一些地方表现出对农民起义的仇视和对少数民族的轻侮，宣扬了封建迷信，这些无疑是错误的。另外，像对王安石变法、郑和下西洋等重大历史事件的评价也失之偏颇。凡此，读者当能甄别评判。

在冯梦龙的众多著作中，《智囊》无疑是很重要的一部。

坊间曾称此书为“古今智谋大观”，此语虽系广告语，但大致不谬。该书因其内容丰富，信息量大，特色鲜明，又成于各家之手，故历来深受读者喜爱。因原文是文言文，考虑到今天广大读者的阅读习惯，我们据上海古籍出版社影印明末刻本《智囊补》为底本，精心将全书译成白话。衷心期盼读者诸君，特别是年轻朋友，从本书所展现的精彩绝伦的智坛风云录中，了解古代这些以用智为叙事中心的生动故事，从多方面汲取智慧，从而正确地去认识历史，启迪人生，更加勇敢、智慧地去开创美好的未来。“袖里珍奇光五色，他年要补天西北！”智慧与奋斗并存，与人生共享。

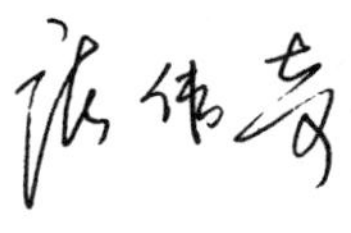

2022 年 1 月 10 日

自序

冯子说:人有了智慧，就好像土地有了水。土地无水则不生草木，人无智慧则为行尸走肉。智慧对于人来说，就像水流淌在地上，地势低洼的地方能流满水，而世事艰难、人生坎坷时就会激励出很多智慧。纵观古往今来的成败得失，无不如此。何以证明呢?

从前，夏桀、商纣王很愚蠢，而殷汤和周武王很聪明;战国时，齐、楚、燕、韩、赵、魏六国很愚蠢，而秦国很聪明;楚霸王项羽很愚蠢，而汉高祖刘邦很聪明;隋炀帝很愚蠢，而唐王李氏父子很聪明;宋王很愚蠢，而元世祖很聪明;元末的统治者很愚蠢，而我朝圣祖皇帝很聪明。历史上这些大事如此，生活中的小事更证明了这一点。这就是《智囊》一书所要讲述的道理。

或许有人要责难说:从智慧上看，没有谁能比得了舜，但他却被顽固的父亲和愚蠢的母亲置于困境;也没有谁能超过孔子，而他曾被困于陈国和蔡国;西家邻居的儿子，熟习“六艺”，却怀才不遇，生活贫寒;而东家邻居的儿子，一个字不识，却坐享祖宗遗留的丰厚财产，过着奴仆数百的富裕生活，这又何以能说明愚蠢就丧失一切，有智慧就得到一切呢?

冯子笑着说:你难道没见过那些凿井的人吗?他们冬天光着上身而夏天却穿着皮袄，垂着绳子下井，用筐子把土运出去，在平地上挖出泉水，依靠的当然是智慧;如果挖遍了土地却只见石头不见水，那就要随机应变。如北宋大将种世衡在指挥人打井时，令人凿穿石层，挖出泉水，从而使宽州的千家万户都用上了水(事见卷十二《清涧城》)。所以，愚人凿井时，只看到石头，而智者则能透过石层发现水源。事物的变化常使人的智慧处于困境，但智者的智慧却在变化和困境中不断发展。如果舜和孔子没有智慧的话，舜就会被父亲烧死在谷仓中变为灰烬，被埋在井里化为泥;孔子将在陈国或蔡国被俘，他们又怎么能安然在床上抚琴(指舜)，在野外讲诵弦歌(指孔子)呢?你尚且不知圣人智慧的妙用，又怎么能读懂我的《智囊》呢?

有人又说:舜和孔子的事诚然如此。然而，正是被称为“智囊”的汉大夫晁错最终却被杀头，你为什么取此作为书名呢?

冯子说:不!晁错不是死于智慧，而是死于愚蠢。当初他坐而谈论用兵打仗之事，皇帝为之动容;待到吴、楚等七国谋反起兵时，他要皇帝带兵出征而自己留守京城，做了这样的蠢事，才使谗言四起，被杀身亡。即使如此，晁错也只是在保护自己时愚蠢，而在筹划国家大事时非常有智慧，所以在他死后数千年，人们还是为他感到痛惜，把他置于名臣之列。后来的一些品格低下、见识短浅的小人，在保护自己时倒特别聪明，而在筹划国家大事时却特别愚蠢，这种人和晁错相比，到底谁美谁丑呢?再说“智囊”这个名字，你只知其一，不知其二。被称作“智囊”的，在晁错之前，有樗(chū)里子;在晁错之后，有鲁匡、支谦、杜预、桓范、王德俭等人;在我朝，杨文襄公(杨廷和)也有这个称号。这些君子，表现虽不相同，但大都建功立业，身荣道泰。你不说智慧的好处，而专说它的害处，就好像是看到一个人淹死了，就不愿再乘船一样，这就不明智了!

有人又说:您写《智囊》，是要让人们学习智慧，但智慧是人生来就具有的，还是从纸上学来的呢?

冯子说:我前面已经说过，智慧就像水一样，藏在地下时属于天性;开凿它，让它流出来，就要靠后天的学习。开凿出来的井水、涧水，其作用与江河的水是一样的。我担心人们天性中的智慧像被埋藏在土石之下的水一样，被禁锢着，于是就用这些写在纸上的话，作为发掘土石的工具，或许能对世事有些益处吧。

有人又说:我听说“取法乎上，仅得乎中”。您品评智慧时，认为有些非常奸险狡诈的人，具有上等智慧;有些鸡鸣狗盗之徒，也被采录其中，好人坏人全都罗列在一起，有些内容显得污秽，这怎么能教育世人呢?

冯子说:我这部书，是品评智慧，不是品评人。不考虑这个人如何，而只考虑这件事情及这件事情所表现出来的智慧如何。即使是奸人和盗贼，他们所表现出的智慧不也可以作为我的药箱中可用以治世的良药吗?我由蜘蛛网可以推想到织网打鱼;由蚕茧可以推想到造室居人。就好比大海，众水同归，有容乃大，又怎么能对流入的河流有所选择呢?

这人再没有什么可责难的了，于是我把这些话写在篇首。

冯子名梦龙，字犹龙，是东吴的一个不拘世俗的人。

冯梦龙

补自序

回想天启六年（1626），我在朋友蒋之翘的三径斋小楼中寄住了近两个月，辑撰成《智囊》二十七卷。以此请教海内明哲之士，常常得到很多称赞，而酷爱此书的人又希望我能增补续编。我是一个隐居水乡的老书生，平生没有看过什么真本秘籍，也没听到过什么奇闻逸事，怎么能续补好此书呢？这几年，凡见闻中有与智慧相关的材料，我都记在心中，打算用来补充前书不完备的地方。这么做大概可以有所交代了吧。

岳忠武公（岳飞）曾说过："运用之妙，在乎一心。"善于运用前人的智慧，有鸡鸣狗盗之长的人也可以逃脱死亡的危险；不善于运用前人的智慧，即使熟读兵书也不能挽救失败的命运。所以，能够以羊悟马、举一反三的人，仅看前编就已经觉得太多了；只会对着药方看病的人，续补再多他也嫌不足。唐太宗喜爱王羲之的书法，命令书法家各自临摹他的

《兰亭序》，只求气质神韵相似，不拘泥于形似，以至于天下片纸只字都搜刮无遗。佛法的最高境界讲求不立文字，但佛经却由四十二章增添到五千零四十八卷，而且还未完。虽然世事能否处理好，往往靠的是似有神助的聪明，但前人的智慧和经验也应该多多学习。

我这次增补《智囊》一书，是国内明哲之士所赞许和推动的，不仅仅是为满足酷爱此书的读者的请求。此书补成后，正逢我将要去福建，韵社朋友张德仲送我一同到松陵。德仲先前曾刊行我的《麟经指月》《春秋衡库》等书，是喜爱我书的人当中突出的一位。因此我写这些话作为本书的自叙并赠送给他。

吴人冯梦龙题于去往松陵的舟中

上智部

总序

智慧没有一成不变的格局，以运用得恰如其分为上。所以愚蠢的人偶尔会有一点可取的见解，而聪明人反复思考，有时也难免会有失误。为什么呢？因为上等的智谋都是自然心境的流露，从而与事理相符，而不仅仅是反复思考所能达到的。一般人多考虑小的、局部的方面，而具有上智的人则考虑大的、全局性的问题；一般人只看到眼前的情况，而具有上智的人则考虑长远的利害；一般人遇事躁动，只能使事态愈加纷乱，而具有上智的人则镇静处置，从而使事态归于正常；一般人遇事束手无策，而具有上智的人则游刃有余。所以，难事在他们手上能变得容易，大事经他们处理能化为小事。具有上智的人运筹帷幄都在不声不响中进行，而他们的举动又总是出人意料，或开始抵触而后来相合，或看似忤逆而实际顺从。他们开始时那种从容自得的举动往往使豪杰之士心存疑惑，而当他们果断采取行动解决问题后，人们才会发现，即使是圣人也很难想出比这更好的办法。像这样的智慧，难道不是上等的吗？

上等的智慧不可能学到，效法上等往往只能得到中等。有一句话说："下下人有上上智。"这样的智慧大概就是偶然有所触动而显露出来的吧！下面我按内容逐条列出，分为"见大""远犹""通简""迎刃"四类，统称为"上智"。

卷一

见大

具备上等智慧的人，一操一纵往往出人意料。一些事情，平常人见了惊讶不已，而豪杰之士却了然于心，通晓一切。为此，辑撰《见大》卷。

太公 孔子

诛少正卯

西周时期太公望被周天子封在齐国。齐国有个名叫华士的人，他主张既不向周天子称臣，也不与诸侯国君交往，一些人称他是贤士。太公望三次派人延聘他，他都不来，于是下令将他杀了。

周公说："这是齐国的高士，你怎么把他杀了呢？"太公望说："他既不向天子称臣，又不与诸侯交往，我还能让他向我称臣并与我交往吗？不向我臣服或与我相交之人，就是不可教训而必须抛弃的百姓。召了他三次他都不来，这是个心存叛逆的人。如果把这种人推崇为教化的榜样，让全国人仿效他，那么我还能同谁一道来拥戴周天子呢！"

◎

正因为这样（指太公望诛华士），齐国才没有懒惰散漫的人民，才没有成为弱国。韩非子《五蠹（dù）》的论说也正来源于此。*

春秋时，鲁国大夫少正卯与孔子同时讲学，受到人们的欢迎。孔子讲学时，学生几次满堂，又几次都走光，跑去听少正卯讲学了。孔子担任鲁国大司寇后，立即将少正卯在两观之下（即宫门之前）处以死刑。

子贡问孔子："少正卯是鲁国有名望的人，您老刚刚当政就把他杀了，能不失掉人心吗？"孔子说："人有五种罪恶的行为，盗窃的人不算在内：一是思想明白通晓但邪恶不正；二是行为不端而且固执；三是言论错误却说得头头是道；四是专门记诵一些丑恶的东西却十分广博；五是专门赞同错误的言行并加以润饰。这五种罪恶行为，人只要具有其中一种，就免不了要被君子诛杀，而少正卯则全都具备了，这是小人中的雄杰，是绝不能不诛杀的。"

* ◎后部分为冯梦龙评语，全书同。

◎

小人没有过人的才能，那是不足以扰乱国家的，然而假使小人有才能，又肯受君子的驾驭，那也可以对国家做出贡献，君子也必定不会一概摈弃。少正卯能煽动迷惑孔门的弟子，眼看着就要盖过孔子了，这样的人能容忍他同朝共事吗？孔子对他狠狠下手，不但为了阻止他用诡辩的语言扰乱国政，还在于为后世提供了防范这种以学术为幌子来毒害人的恶人的措施。

西周华士有虚名而无实用，春秋少正卯似大有用而实际不可用。奸佞之徒，凡是贤明的君主都知道要诛杀；而口蜜腹剑的名人高士，则只有大圣才知道应当诛杀。

唐代萧瑶崇奉佛教，唐太宗命他出家去做和尚。唐玄宗开元六年（718），河南郡参军郑铣阳、郡丞郭仙舟向朝廷投献诗文，玄宗看过后，传旨说："看他们诗文中的意思是崇奉道教，于时政没有实际意义。既是这样，那就遵从他们本人的爱好吧！"于是将他们罢官，并命他们出家做道士去了。这种做法，也与圣人之道切合。如果让崇奉佛教的人全都出家做和尚，崇奉道教的全都出家做道士，那么，士大夫中的异端邪说就止息了。

诸葛亮

大德与小惠

据说三国时，诸葛亮为蜀国丞相，是很少颁布赦令的。究其原因，诸葛亮曾阐述道："治理国家，重在从宏观和大局上去关怀百姓，而不在于对百姓施舍小恩小惠。因此，匡衡、吴汉在他们辅佐朝政时，非万不得已，是从来不颁发赦令的。先帝（刘备）也曾说他过去经常与当时的名流陈纪、郑玄等交往，询问一些治国方略，却也从未涉及赦令之事。像荆州的刘表父子，他们治理荆州，几乎年年都要颁发赦令，而这于政事又有什么益处呢？"

等到费祎为蜀国丞相时，事事姑息，蜀国的国力也就日渐削弱了。

◎

春秋时期，郑国的子产对子太叔讲："大凡治理国家，只有有德的人，才能以宽厚仁慈来使百姓服从。如果品行稍逊的话，还不如以严厉的政策统治百姓。火性猛烈，人们望而生畏，所以很少有人在烈火中丧生；水性柔弱，人们视之如儿戏，结果在水里丧生的人反而很多。因此，以宽厚的方法治国，是件不容易的事。"

太叔执掌国政，不忍心以严厉手段统治百姓，处处宽大，结果郑国盗匪猖獗。太叔非常后悔没有听子产的话。

孔子说："政令宽大百姓就怠慢，百姓怠慢就要用严厉的政策加以纠正。政令严厉百姓则要受伤害，这就需要用宽柔的政策加以调和。用宽大调剂严厉，用严厉调剂宽大，政事才能调和。"

战国时的商鞅为政严苛，甚至对把灰烬弃在路上的人都处以黥刑，那是过于严厉了。南北朝时的梁武帝，一见到被判处死刑的犯人，就眼泪汪汪，把他们放掉，却又是过于仁慈了。《论语》一书，于人的小过失，主张听之任之；《春秋》对那些纵容大过失的行径又加以讥讽，把这两种观点融会贯通，则为政的中庸之道就尽在其中了。

光武帝

诛舍中儿

东汉王朝的建立者刘秀担任大司马时，有一次家奴触犯了刑法，军市令祭遵按照法令把他处死了。刘秀非常愤怒，令人把祭遵抓来问罪。主簿陈副急忙阻止说："阁下不是常常希望众军整齐划一吗？现在祭遵依法办事，是您教令施行的结果，怎么反而加罪于他呢？"

刘秀听后转怒为喜，于是提拔祭遵为刺奸将军，并对众将士说："你们当心别犯在祭遵手上，我的家奴犯法他都格杀勿论，想必一定也不会对你们徇私情的。"

◎

惩罚那些理当受罚的人，政令才能畅通；政令畅通，为政者才能得到百姓爱戴。历代的开国之君正是因为做到了这一点，才平定了四方变乱，最终确立帝业。

使马圉（yǔ）

子贡不如马夫

春秋时期，孔子外出旅行，他们的一匹马跑进庄稼地里吃了庄稼，农民很生气，把马扣了下来。孔子的学生子贡去向农民解释，说了很多道歉的话，农民就是不买账。

孔子说："用别人听不懂的道理去劝说他，就如同让野兽去享受贵重的祭品，让飞鸟去欣赏高妙的音乐。"于是又派马夫去处理这桩事。

马夫见到那农民，说："你老哥不是在东海边种地，咱们也不是在西海边旅行，我们在同一片天地下，这马又不能区分草和庄稼，哪能不啃你的庄稼呢？"农民一听这话，立即高兴地把马还给了马夫。

◎

物以类聚，人以群分。

在农民面前讲述诗书大道理，不懂得凡事应分析情况，区别对待，这正是书呆子们误国的原因。马夫的话确实说得好，但假使出自子贡之口，农民还是不会答应的。为什么？两人的文化差别太大，感情合不到一块。

那么，孔子为什么不立即派马夫去，而让子贡白跑一趟呢？假如先派马夫去，子贡肯定不服气，待到子贡碰过钉子，马夫的神奇效应就显出来了。

圣人通晓人的感情，所以能发挥各种人的作用。后世只会用条文去束缚人，以资格去限制人，又指望人能兼有各种专长，这样天下的事哪能办好呢？

选押伴使

巧任使臣

南唐的徐延休、徐铉、徐锴这三人在江南很有才名，他们都以学识广博闻名于北宋朝廷，其中以徐铉的名气最大。

一次，南唐派徐铉来朝贡，北宋照例应派一名押伴使。北宋的官员都怕干这个差事，因为辞令不及徐铉呀！宰相也难以挑出合适的人选，就去请示太祖皇帝。太祖说：“暂且退朝吧，这个人由我自己来选择。”

过了一会儿，太监传旨召见殿前司，叫他列出十个不识字的殿前侍卫名单来，太祖用笔圈点其中一个人的名字，说：“这个人可以担任押伴使。”在朝的官员都感到很惊讶。中书也不敢再请示，催促这名侍卫马上出发。那位侍卫莫名其妙，就这样当了押伴使。

起初，徐铉妙语迭出，词锋锐利不可挡，旁观的人很是惊骇。可无论徐铉提出什么问题，这个押伴使都不予回答，不置可否，徐铉也搞不清这个人的深浅，只一个劲地与他高谈阔论。过了几天，这个人还是对徐铉的谈话不置可否，徐铉也觉得疲倦了，懒得再说什么了。

◎

南宋岳珂就这件事说道："当时朝中有的是像陶谷、窦仪那样的著名学者，如果派他们去辩论，去比才学，难道真的会不如徐铉吗？而太祖皇帝正是为了显示大国的风范，才不这样做的。这种以不战而屈人之兵的做法，正是兵家的上策啊！"

春秋时，孔子派马夫去交涉，是用愚人去对付愚人；宋太祖以侍卫当押伴使，是用愚人去对付智者。让智者去说服愚者，愚者不能理解；让智者与智者斗智，智者难以心服。

明朝白沙先生陈献章去拜访庄昶（chǎng），庄昶乘船相送。船上有一个书生，此人平日很油滑，当时在船上肆无忌惮地说下流话。庄昶气愤得难以忍耐，陈白沙却在这人谈笑时，像没听见他的声音一样，等到这人走时，又像压根儿就不认识他似的。庄昶对陈白沙非常佩服。这也就是宋太祖制服徐铉的办法。

胡世宁

选才任贤

明朝少保胡世宁，浙江仁和人。官任左都御史，执掌都察院日常工作。当朝廷对众官吏的政绩进行考核检察时，执掌朝政的人请求皇帝禁止被考察的官员与都察院的考核官私下来往。

胡世宁却奏言：“我们的工作就是以考察为职责的。一个人，如果不观其貌，听其言，则很难判断出他的心术是正是邪，才智是高是低。如果在考察之时，杜绝与各类官员交往，只按上级官员对下级官员所作的评语来考核，那么得出的结论很容易失真，该罚的没罚，该奖的没奖。这样又怎能达到以考核来激励各级官员的目的呢？实在是太难了！”

皇帝觉得他说得有道理，就没有颁令禁止考核官与官员之间的交往。

◎

西汉时的公孙弘以曲学逢迎著称于世，然而还能设立东阁，招揽天下贤人。当今之时，政策的重点都放在对奸人的防范上，而疏于招贤纳才。因此，事到临头，常有人才缺乏的感叹。

韩滉 钱镠

任人唯贤

唐代韩滉做三吴节度使时，所征召的宾客幕僚，都能根据各自的才能，得到恰当的任用。有一位老朋友的儿子投奔他，此人没有什么长处。韩滉曾请此人参加一个宴会，此人从开始到散席，都端端正正地坐在那里，不与邻座交谈。于是韩公就派他看守军器库。此人每天从早到晚都端坐在军器库门口，其他人没有敢随便进出的。

五代时，吴越王钱镠经常在府中花园游览，发现园丁陆仁章在园艺方面很有智慧，就记住了他。后来淮南节度使举兵围攻苏州，钱镠派陆仁章进城传递情报，陆果然不负所望，得到城中的情报后回来。钱镠收他为异姓孙子。

◎

能像韩滉、钱镠那样用人，天下就没有被废弃的人才，也就没有被废弃的工作了。

根据史书记载，五代十国时期，淮南兵围攻苏州城时，用洞屋（古代的一种攻城器具）攻城。苏州守将孙琰在城头竖起大竿子，竿头安上滑轮，轮下垂着大绳，绳头系着铁锤，拉动滑轮，捶击洞屋，攻城的敌兵就都暴露在炮石之下。洞屋一攻到城下，上面就张开网拒敌。淮南兵不能取胜。吴越王钱镠派兵来救援苏州。有一条河直通苏州城内，淮南兵在水中安网，网上拴着铜铃，连鱼鳖游过也能知道。

都虞候司马福想要潜水入城，故意用竹竿触网，敌兵听到铃声立即收网，司马福乘机潜过了敌营，一共在水中潜行三天，才进入苏州城。这样使城中号令与援兵号令相一致，敌兵感到神奇。

我怀疑这两个故事记载的是同一件事，而陆仁章与司马福这两个名字必然有一个是错的。

燕昭王

招纳天下士

战国时期，燕昭王问郭隗(wěi)如何治国，郭隗回答："能成帝的人，把臣子奉为老师；能成王的人，把臣子当作朋友；能成霸主的人，把臣子当作宾客；亡国之君，把臣子视为奴仆。请大王自己选择吧！"

燕昭王说："寡人愿学，但没有可作为老师的大臣。"郭隗说："大王如果真要招致天下贤士，可先从我郭隗开始。"

于是，燕昭王为郭隗改建宫室，并以侍奉老师的礼节侍奉他。不到三年，苏秦从周地前来，邹衍从齐国前来，乐毅从魏国前来，屈景从楚国前来，各地的人才都纷纷投奔燕国。

◎

郭隗懂得招致人才的道理，长于吸引人才，具有大臣的宽广气度，真不愧为人主的老师。汉高祖刘邦赐封与自己有宿怨的雍齿为侯，于是群臣都停止了争功；东汉末年昭烈帝刘备礼待巴蜀的旧臣许靖，于是获得巴蜀人士的拥护。

这些人给人以名义上的东西，而自己得到了实际的好处。

丙吉　郭进

宽宏大量

西汉丙吉做丞相时，他的一个车夫好喝酒，一次酒后随丙吉外出，吐了丙吉一车。西曹主吏来报告这件事，打算把车夫撵走。丙吉说："因醉酒的过失撵走一个有用的人，这叫他以后怎么办呢？你就容忍了吧，不过就是弄脏了我这个丞相的车垫子罢了！"

这个车夫是边疆地区的人，熟悉边塞情况。一次他外出，正碰上边郡来送紧急信件的使者，一打听，知道是匈奴侵犯云中郡和代郡。车夫马上就回去报告丙吉，并建议说："对匈奴要侵犯的这两郡中，凡是没能力打仗的官员，应预先统计一下。"丙吉听后很赞成，召集属吏立即统计有关人事。

不久，皇帝召见丞相和御史，询问有关匈奴入侵边郡的官员情况，丙吉一一对答。御史大夫仓促之间哪能知道得这样详细？因此受到了皇帝的责备，而丙吉则受到表扬，说他能时刻想着边防事务。这都是那个车夫的功劳啊！

北宋初年，郭进担任山西巡检，有个军校跑到京城控告郭进，宋太祖召集官吏审讯，查明是军校诬告，就将他押送回山西，命令郭进把他杀掉。

当时正有敌人侵犯，郭进对这个军校说："你敢告我，确实有胆气。现在我赦免你的罪过，派你去杀敌，若能消灭敌人，我马上将你推荐给朝廷；若打败了，你就自己去投河吧，不要玷污了我的宝剑！"于是这人奋勇作战，终于取得了大胜利。郭进就向朝廷推荐，擢升了他的职务。

◎

容忍别人的过失，别人会以他的长处来酬报；消除别人的仇恨，别人就能尽力来报效。因要求酬报的感情迫切，所以他的长处一遇到机会就必然会发挥出来，他的能力受到激奋就必然会全部献出。那些只想着索过寻仇的人，难道不是大蠢人吗？

假书

秦桧识人

南宋初年，秦桧当政时，有一个书生伪造他的书信，去见扬州太守。太守发觉信是伪造的，就将假信上缴并将这人押送回京。秦桧见到这人，当即授予他官职。

有人向秦桧探问其中的缘故，秦桧说：“有胆量伪造我的书信，这人必定不是平常的人，如果不以一个官职束缚住他，那他不是去投奔北面的金人，就是逃往南方，为越人所用了。”

◎

北宋与西夏作战时，有姓张和姓李的两个书生，有韬略，想让韩琦、范仲淹重用他们，不好意思自荐，就写诗刻在碑石上，让人为他俩宣传。韩、范对张、李二生的人品、才能有疑虑，没有起用他们。时间长了，这两个人就跑到西夏去了。化名张元、李昊，到处题诗。西夏首领元昊听说后感到很奇怪，召他们来谈话，大喜，马上委任他们为参谋。他们为西夏出谋划策，使西夏成为北宋很大的边患。

南宋奸臣秦桧对这件事的处理，实在远远胜过韩、范二公了。这就是说，最下等的人也会有最上等的智谋。

北宋时，有人假造魏国公韩琦的信去见蔡襄，蔡襄虽然有所疑虑，但看这人性情豪放，就送给他三千两银子，写了一封回信，派了四个亲兵护送他，并带了些果物赠送给韩琦。这个人到京城后，拜见韩琦，承认了假冒的罪责。

韩琦缓缓地说："君谟（蔡襄，字君谟）手段小，恐怕不能满足你的要求，夏太尉（夏竦，官至枢密使）正在长安，你可以去见他。"当即为他写了封引见信。韩琦的子弟对此举疑惑不解，觉得不追究伪造书信的事就已经很宽容了，引见的信实在不该写。韩琦说："这个书生能假冒我的字，又能触动蔡君谟，就不是一般的才器呀！"这人到了长安后，夏竦竟起用他做了官。

宋哲宗元祐年间，苏轼出任杭州太守，刚处理公事时，适逢税务官送来一名逃税的人。这人叫吴味道，是南剑州的乡贡进士。他冒用苏轼的名字，要将两大包东西运往京城给侍郎苏辙（苏轼弟弟）。

苏轼问他包内有些什么东西，吴味道很害怕，惶恐地说："我被推荐参加今年秋天的礼部考试，临行时乡亲们送了些钱给我作为在京城的花费。我用这些钱买了两百端建阳纱，因为路上各个关卡都要抽税，如果那样，到京城纱布就剩下不到一半了。我心想，当今天下有大名气而且又爱惜读书人的，唯有内翰大人（指苏轼）与侍郎大人（指苏辙），小人纵然败露，也必定能得到原谅。于是就冒充先生的名衔，将货物封好运来，不知先生已经光临此地，我的罪责实在是无法逃脱了。"

苏轼朝吴味道看了很久，随即笑着招呼属吏将货物的旧封条去掉，换上真的名衔，上写"至东京竹竿巷"，给他弟弟写了一封信，交给吴味道，说："你这回就是上天去也没有关系了！"第二年，吴味道考中了进士，特地来拜谢苏公。

这两桩事充分表现了长者（韩琦、苏轼）的智慧和度量。

楚庄王　袁盎

绝缨宴

春秋时，楚庄王有一次大宴群臣，命所宠爱的美人依次给在座的人斟酒。夜幕降临，众人酒意正浓，忽然宴会厅灯烛熄灭了。黑暗中有人趁机拉扯美人的衣服，美人顺手扯断了那人的帽缨，告诉庄王，叫赶紧取灯火来照看，好查出调戏她的人。

庄王说："怎么能够为了显示女人的贞节而让臣子丢面子呢？"于是下令说："今天大家和我痛饮，凡是不摘去帽缨的不算尽欢。"群臣都摘下帽缨，而后灯烛才亮。这一夜大家尽情欢乐，直到终席。

后来在围困郑国的那场战役中，有一个将军总是冲锋在前，五个回合五次斩下敌将的首级，表现得特别勇敢。最终楚国取得了胜利。庄王一问，原来这人正是那次夜宴上被美人扯断帽缨的人。

汉初袁盎早先做吴王辅相的时候，府中一个属吏和袁盎的侍妾私通，袁盎知道了这件事，并没有泄漏出来。有人以这事恐吓这个属吏，属吏逃跑了。袁盎亲自追回属吏，竟把侍妾赐给了他，待他仍然像以前一样。

汉景帝时，袁盎入朝为太常，又出使吴国。吴王当时正谋划反叛朝廷，准备杀掉袁盎，派五百人包围了袁盎的住所，袁盎没有觉察。以前的那个属吏刚好是这次围困袁盎的校尉司马，他就买了两石好酒，把五百名士兵都灌醉了，在夜间把袁盎拉起来，说道："您快逃走吧，明天吴王就要杀您！"袁盎问道："您是什么人？"校尉司马说："我就是以前与您侍妾私通的那个人呀！"闻言，袁盎大惊，赶紧逃离了吴国。

◎

五代后梁的葛周，宋代的种世衡，都是用这种智术打败敌人，讨伐叛逆的。再如，唐代张说得以免祸，可以说是处事得宜的缘故；而金兀术不杀小兵的妻子，也算得上胡人中的杰出者了。

一次，葛周与宠爱的美姬一同饮酒，有一个卫士一个劲地盯着葛周的爱姬看，连葛周问他话也不知道回答；待他发觉自己失态，十分惶恐，害怕葛周责罚他。然而葛周没有说什么。后来葛周与后唐的军队作战失利，就命令这个卫士出战，卫士奋勇向前，打败敌兵，葛周就将那个美姬送给他做妻子。

北宋初年，西北各部落中，苏慕恩部落力量最强大。当时镇守边关的种世衡一次夜里与苏慕恩饮酒，并叫一名侍姬佐酒。饮了一会儿，种世衡因事到里面去了，苏慕恩趁机调戏侍姬，种世衡突然出来撞上了，苏慕恩惭愧请罪。种世衡笑着说："你喜欢她吗？"随即就将这名侍姬送给了苏慕恩。自这以后，西北各部落中凡有背叛朝廷的，种世衡便让苏慕恩去讨伐，没有不胜利的。

唐代张说有个门生与张说宠爱的侍女私通，张说打算处罚他。门生大声说道："相爷，您难道没有紧急用人的时候吗？一个婢女有什么舍不得的呢？"张说觉得他的话很不寻常，就把侍女赐给了他，并让他离开了。以后也就没有听到他们的消息了。等到张说遭姚崇陷害，眼看着要遇灾祸的时候，一天夜里这个书生来了。他建议张说将夜明帘献给九公主，让她在玄宗面前说情。这才使张说免祸。

金朝名将金兀术喜欢上了一名小卒的妻子，就杀了小卒，霸占了她，对她十分宠爱。一天白天，兀术睡觉刚醒，突然发现这个女子拿着一把快刀向他走近。兀术吃了一惊，急忙起来抓住女子问原因，女子说："想为我的丈夫报仇。"兀术沉默不语，挥手叫她退下。当天，金兀术大宴全体将士，席上唤出这个女子，对她说："若要杀你，你没有罪；若要留下你，也不可能；现在任凭你在各位将领中挑选一个做丈夫吧！"女子指了指其中的一个将领，兀术立即将她赐给了这个将领。

王猛

宽赦部将

前秦苻坚的谋臣王猛总督各路兵马十六万讨伐北燕。北燕大将慕容评统兵屯据潞州。王猛率军挺进潞州城下，与燕军相持。

王猛派将军徐成去侦察燕军，命令他必须在中午以前赶回来报告。徐成到黄昏才回来，王猛大怒，要将他斩首。邓羌向王猛求情说："贼众我寡，明天就要开战了，还是饶恕了徐成吧！"王猛说："如果不杀徐成，军法就失去作用了。"邓羌坚持求情说："徐成是我的部将，虽违了期限应该斩首，但我愿意与徐成在战场上效力，以求将功赎罪。"王猛还是不同意。

邓羌很恼火，回到军营击鼓召集所属部队，准备攻打王猛。王猛觉得邓羌讲义气又勇敢，派人对邓羌说："将军停止这种行动吧！我赦免徐成了。"徐成获得赦免，邓羌来拜谢王猛。王猛拉着邓羌的手笑着说：“我是故意试试将军的，将军对部将尚且如此仁义，何况对国家啊！”

◎

为违背军法的人请求赦免，是私情；击鼓召集部队，是凶悍。在敌人将攻击我方之时，赦免违法的将领，这不是有损于主帅的威望吗？然而，后来邓羌与徐成大破燕兵，以此来报答主帅，这与突出一人的威望比起来，哪个更有利呢？

军法固然是很重要的，但是谁又会用军法处置奋勇杀敌的人呢？所以说，智慧之所以能产生奇妙无穷的作用，就在于能灵活运用、融会贯通。

魏元忠

以盗治盗

唐高宗要从长安到洛阳去，当时关中一带正闹饥荒。高宗担心一路上多盗贼，便命令监察御史魏元忠负责盘查车队前后来往之人。

魏元忠接受诏命后，便去察看赤县的监狱，在狱中发现一个强盗的神采、谈吐与众不同，就叫人解开他的刑具，放他出狱。又给他衣帽、马匹，把他当作心腹，吃、住都在一起。魏元忠委托那人盘查盗贼，那人高兴地答应了。等到圣上从洛阳返回长安时，跟从的数万人马竟然没有丢失一文钱。

◎

根据不同的才能用人，连盗贼也都可以派上用场。世俗书生讥笑田文是“鸡鸣狗盗的首领”，却不知当时除了鸡鸣狗盗之流，其他人都用不上啊！

柳玭(pín)

奖饰秀才

唐代大夫柳玭被贬官为泸州太守。渝州有一个秀才叫牟黁(nún)，是都校牟居厚的儿子，牟黁文采不高，他拿自己所作的文章去请教柳玭，柳玭大加表扬，鼓励了一番，他的学生们都觉得表扬得太过分了。

柳玭说:“巴蜀地区多英雄豪杰之士，难得这个武官的儿子却喜好文章，倘若不引导他进取，他就要丧失学习的劲头了。人们也将从我对他的称赞上感到习文的荣耀，从而使巴蜀减少三五个盗贼，不也是件好事吗？”

廉希宪

厚待读书人

元代的廉希宪礼贤下士，对人谦恭有礼。

他刚任中书平章时，江南的刘整以前朝高官的身份谒见他，廉希宪态度很严肃，没叫他坐。刘整离开后，前朝的一些书生衣衫褴褛地拿着诗稿来求见，廉公非常客气地请他们入座，共同谈论经史，并询问他们的饮食起居情况，好像见到老朋友一样。

过后他弟弟廉希贡问他："刘整是贵官，你对他的接待很简单；那些书生是寒士，而你却大礼优待，这是为什么呢？"

廉希宪说："这其中的道理就不是你所能知道的了。大臣的言行举止对天下人都有影响。刘整的官位虽然尊贵，但他是背主叛国投降我朝的人，而那些宋朝的书生有什么罪过呢？没必要把他们关起来。我朝自北方沙漠中崛起，我如果不厚待读书人，那儒家的学术就要由此而衰了。"

范文正

不计小过

宋代的范仲淹（谥文正*）在用人时，多重人的气节与品性，而不计较细枝末节，如孙沔（miǎn）、滕元发都是他非常看重的人物。在他担任边防统帅的时候，所任用的幕僚大多是被朝廷贬斥而未获平反的人。有的人想不通，范仲淹说："一个人如果有才华又没有过失，国家当然要重用他。如果他确实是个有用的人才，却不幸被处分定罪，若不趁机起用，那么他就成为一个废人了。"因此，范仲淹所起用的人大多是有才能的人。

◎

只有天下人人尽其才，人人尽其用，国家才没有办不好的事。没有远见卓识的人，是看不到这点的。

---

* 对于文中标题或评论中用人物的字、号、谥号、封号，而正文中用本名的情况，在首次出现时加以注释，方便读者理解，全书同。

徐存斋

雅量

明朝人徐阶（号存斋）由翰林派任浙中督学的时候，年龄还不到三十岁。

有一个考生在作文中用了“颜苦孔之卓”的典故，徐阶用笔将这句划去，批了两个字“杜撰”，将文章列入第四等。这个考生将要受到指责，他拿着书卷向徐阶请示说：“先生对我的教育诚然是应该的，但是‘苦孔之卓’出自扬雄的《法言》，实在不是学生杜撰的。”徐阶马上站起来说：“本人侥幸早获功名，没有好好做学问，感谢你今天的这番指教！”于是，将这个考生改取为第一等。

一时，人们都纷纷称赞徐阶很有度量。

◎

能不吝于纠正自己的错误，从这点就可看出贤相的气度和见识。

听说明万历初年，一个考生以“怨慕章”为题作文，文中用了“为舜也父者，为舜也母者”的句子，被主考官降在第四等，批上“不通”两字。这个考生自陈道，这两句出自《礼记·檀弓》，主考官大怒说：“偏是你一个读过《檀弓》？”把这名考生又降到第五等。人与人度量的差别，何止千里？

宋太祖曾因一件事情而恼恨周翰，要对周翰施以杖刑。周翰说：“臣在天下很有名气，受杖刑实在不雅。”太祖便免了他的杖刑。古今的圣主名臣，绝没有使性子迁就自己过失的。

又听说徐阶在浙江任职时，有两名生员为争夺荐举的名额，在堂下吵闹，但徐公依然端坐堂上读书；他俩刚吵罢，又有两名生员为谦让荐举的名额，在堂下喧哗，徐公也不为所动，端坐堂上读书。过了一会儿，徐公把他们召来，说：“我不希望你们争名额，也不希望你们推让名额，你们作为生员，难道没读过规章吗？连本官也要受规章的约束，自己做不了主；你们只需依照规章行事就好了。”于是，争吵和推让的双方都不再争执了。徐阶处理事情的方法大体如此。

屠枰石

戏保甲

明代屠羲（号枰石）先生任浙中督学时，执法很严。他到湖州巡察时，一些小人听到风声，到处搜集书生们的过失。

有个秀才一次在娼妓家过夜，第二天清晨，保甲把两人捉住送到衙门，没有人敢上前说情。衙门开后，两人被带入。保甲大声禀告事情经过，屠羲装作没看见、没听见，一个劲地处理公文。保甲只好跪行朝前靠近，这样就远离了秀才和妓女。屠羲对旁边的差役使了个眼色，在他手臂上写道：“放秀才走。”差役心领神会，悄悄地将秀才带走了。对于刚才发生的一切，保甲一点也不知道。

等秀才被带走后，屠羲才抬头问：“那个秀才在哪里？”保甲回头一看，秀才不见了，顿时大惊失色，无话可说。屠羲责打了保甲三十大板，套上枷锁示众，并把娼妓赶出衙门。

保甲惊恐地对人说："我刚才大概是捉到鬼了。"秀才们都唾骂他，也都感激屠先生能宽恕、保全一个好色的书生。

从此州中刁风顿息，那个书生也改过自新，经过贡举做了教官。

◎

唐代西平郡王李晟带走成都县的妓女，被节度使张廷赏追回，李、张二人因此结怨。宋代赵抃(biàn)主管成都政事时，也娶回一个妓女；南宋胡铨被贬海外（指雷州）十年，北归时却眷恋着美女黎倩。连贤者都免不了迷恋女色，若以此来评判读书人，那读书人中杰出的就很少了啊！

宋代韩亿性情端庄持重，官至尚书左丞，每当见到各地检举官吏小过失的报告时，就很不高兴，说："天下太平，圣明天子的用心是连昆虫草木也要发挥它们的作用，官员总是希望能做到公卿，至少也希望成为称职的各部官员或者地方官，为什么要以小缺点、小过失来禁锢人，使得他们在盛世不能发挥作用呢？"屠羲先生是深得这个意旨的。

李孝寿 宋元献

杖奴仆

北宋李孝寿任开封府府尹时，有一个举人被奴仆欺负，很气愤，写状子准备把奴仆送到开封府治罪。同屋住的书生劝解了很久，举人这才作罢。出于玩笑，举人在状子上仿效李孝寿写了判词：“不审问了，打二十板子吧！”

那个奴仆第二天拿着状子来到府衙，告发他主人模仿府尹的书判，私自用刑。李孝寿就将举人抓来。举人细述事情的本末，李孝寿立即改变了态度，说：“这个判词正合我意。”如数打了那奴仆二十板子，并向举人道歉。当时京城有数千举人，从此没有一个奴仆敢放肆了。

北宋宋庠（xiáng）（谥元献）罢相后，任河南府府尹。有一个举人行囊中藏有偷税的货物，被他的奴仆告发。宋庠说：“举人应举，谁不带些东西？不必深究了。至于奴仆告发主人，这个风气怎么能助长呢？”于是，将这个举人送到缴税处，只罚了一倍的税金，而那个奴仆则被治罪后撵走。

胡霆桂

禁私酿

宋理宗开庆年间，胡霆桂任铅山县主簿。当时对私酿的禁令很严，有一个媳妇告她婆婆私自酿酒，胡霆桂问："你对你婆婆孝顺吗？"那媳妇回答："孝顺。"胡霆桂说："既然孝顺，那你可代你婆婆受责。"于是，以犯私酿的条款对那媳妇施以笞刑。

从此，政事教化得以实行，全县治理得很好。

尹源

识大局

北宋尹源是尹洙的兄长，因考中进士，被委任为泾州通判。当时，沧州知州刘涣因肆意斩杀部卒，被降为密州知州。

尹源上书为他申辩："刘涣作为一方主帅，部下有罪不愿伏法，施以笞刑就高呼'万岁'，刘涣因而将他斩首，这并没有错。如果因此就贬谪刘涣，我担心边疆士兵会更加骄纵，更不会把主帅放在眼里了。此事关系甚大，望审慎为之。"于是，刘涣被免罪。

◎

禁止嫖娼，这是法令，但不可纵容告讦之风。模仿府尹的书判、偷税漏税、私酿、肆意斩杀部卒都是不法行径，可奴仆不能凌驾于主人之上，媳妇不能欺凌婆婆，士兵不能违抗主帅。舍细节而着眼于大局，没有大智谋是做不到这点的。

张耳

忍辱

战国时，张耳、陈馀(yú)都是魏国的名士。秦国灭掉魏国后，悬赏重金捉拿他们二人。二人改名换姓逃到陈地，在乡里看门度日。

有一次，乡里小吏因为陈馀的过失要打他，陈馀怒气满胸，眼看要发作起来，张耳暗中踩了踩他的脚，叫他不要反抗。小吏走后，张耳就把陈馀带到桑树下面，责备他说：“当初我和你是怎么商定的？今天碰到一点小侮辱，就准备死在一个小吏手里吗？”

◎

春秋五霸之一勾践困于石室，西汉开国功臣韩信受辱胯下，都是忍受小耻辱而成就大事业的。陈馀浅薄浮躁，远远不及张耳，所以两人一个成功一个失败。

狄武襄

保留刺字

北宋名将狄青（谥武襄）在军队中干了十几年，显贵后，脸上的墨字仍然保留（宋时凡在籍士兵皆在脸上刺字。狄青行伍出身，故面有墨字）。他说：“保留着以激励将士们。”

◎

狄青显贵后仍然保留脸上的墨字，便知他不会去远攀梁国公狄仁杰，自夸出自名门。

邵雍

大气象

宋代熙宁年间，新法刚实行，州县骚动起来。邵雍当时闲居在家，他的一些在朝中当官的门生故旧都打算弹劾新法而后辞官，纷纷写信征求邵雍意见。

邵雍回答："现在正是贤明的人尽力为国的时候，新法固然严酷，但你们在执行中能放宽一分，老百姓就能得到一分利益呀！弹劾一下辞职走了，有什么好处呢？"

◎

南宋朱熹的学生李燔（fán）常说，人并非等到做官任职，才能建功立业，只要有能出力的机会，随时随地都可以建功立业。

明代莲池大师劝人做善事，有人以自己没有能力为由推辞。大师随手指着旁边的凳子说：“比如这张凳子歪斜在这里妨碍人们走路，我把它放好，就是做了一件善事。”照这种境界看来，便明白在面对困难时仅仅做到弹劾和辞职，就如入宝山却空手而回。

北宋鲜于侁（shēn）担任利州路转运副使时，下面的百姓不要青苗钱。王安石派人来质问，鲜于侁说：“青苗法规定，百姓愿要青苗钱就发给他，现在百姓自己不愿要，难道能强迫他要吗？”

苏东坡称赞鲜于侁上不违反朝廷的法令，中不对亲朋有私心，下不伤害百姓，能够做到这三桩事，真不容易！做官的人当以此为榜样。

严 震

大 方

唐代严震任山南西道节度使时，有一个人向他乞讨一大笔钱，严震召儿子严公弼等人商议。公弼说："这人恐怕是疯了，父亲大人没必要搭理他。"

严震很生气，说："你一定会败坏我们的家风的！你只应劝我尽力行善，哪能劝我吝惜钱财呢？并且此人敢向我讨这么多钱，就非同一般。"命人如数把钱给了那个人。

从此以后，这一带的人才都争着归服严震，也没有人提出过分的要求。

◎

天下无穷的烦恼事，都从舍不得钱而起；天下无穷的好事，都从舍得钱而起。自古没有舍不得钱的好人。三国时东吴的鲁肃，唐代的于頔，宋代的范仲淹，都是舍得花大钱的。

明朝尚书董份家中富有，喜欢结交朋友，凡来往宾客无不赠送厚礼。他的孙子礼部员外郎董嗣成诗作得好，字也写得好，经常将写的扇面及诗稿赠人。董份知道后，说："以我们的家势，就是每天拿着银子让人快乐，恐怕也难以使大家都满意，为何要效法清客呢？况且缙绅之家行事要有气派，怎么能一再以诗、字来博得别人的好感呢？将来败我家的，必定是这孩子。"

后来当地民众闹事，董份已年迈，董嗣成性情文弱，不能支撑大局，董家因此而败落了。人们都信服董份有先见之明。

明弘治年间，昭庆寺要修建一所穿堂。察使召来当地的三个富户，商量共同出资修建，长兴吕山一个姓吴的富户也参加了。吴某说："这事花不了多少钱，我一个人承担吧！"察使大喜。吴某回家将此事告诉他父亲，他父亲说："儿子有这种气魄，一定能够继承光大家势。"这个富翁的见解与董份正相合。

萧何　任氏

先见之明

刘邦攻进咸阳，秦朝灭亡后，他手下的将领都争着跑到秦廷的大库里抢着分金帛财物，唯独萧何先去搜集秦廷丞相、御史的法律文件和图书。

刘邦之所以能详细了解天下关塞的险隘、人口的多少、地区的贫富以及人民的疾苦，就是因为萧何得到了秦朝的档案资料。

宣曲人任氏，他起先担任过督道仓仓吏。秦军大败后，豪杰们争着拿金银玉器，唯独任氏窖藏了大量粮食。

后来楚汉相争，百姓无法种地，米价昂贵，一石米高达一万钱，原先那些豪杰们的金钱玉器，都成了任氏的囊中物。

◎

这两人的智术无大小之分，换个地方使用，效果都一样。

又有四川人卓氏，他祖先是赵国人，经营采矿炼铁致富。战国时期，秦国打败赵国后，将卓氏迁移至四川，夫妻推着车子搬迁。移民中间稍有多余钱财的人，争着贿赂秦国官吏，要求迁移到离赵国更近的葭萌。唯独卓氏说："葭萌这个地方狭小瘠薄，我听说岷山之下有肥沃的原野，长有形似鸱鹰的大芋头，一辈子也不会发生饥荒，老百姓还可以做工、经商。"于是要求迁往远处。

到了临邛后，他便开矿炼铁，运用计谋，贸易经商，财富迅速增长，可以与王侯相当。卓氏的见识确实超过常人。

董公

师出有名

楚汉争雄时期，汉王刘邦兵进洛阳，新城三老董公拦住向汉王游说道："兵出无名，不能成大事。所以说'昭明敌人的不正义，才能使敌人失败'。天下共立义帝为尊主，而项羽竟将他杀害，大王应该率领三军为义帝戴孝，向诸侯宣告项羽的罪行，去共同讨伐他。"

于是刘邦为义帝发丧，全军缟素，通告诸侯说："我调动关中的全部兵马，征召河南、河东、河内三郡的豪杰之士，顺着长江、汉水南下，希望与诸侯王共同讨伐杀害义帝的项羽。"

◎

董公的这番话，正说中刘、项曲直的分界处。萧何招降英布，郦生说服齐王田广，他们的游说也都本于此。许庸斋认为这是沛公激发天下反楚的关键所在，张良号称帝师，也没能出这样的大计谋。

蔺相如　寇恂（xún）

宰相度量

战国时期，赵王从渑（miǎn）池归来，蔺相如功劳大被拜为上卿，官位在廉颇之上。廉颇觉得自己屡立战功，而蔺相如仅仅凭着嘴皮子却比自己官位高，实在不服气，便对人说：“我碰到蔺相如，一定要羞辱他一番。”蔺相如听说后，就不肯和廉颇见面。每当朝会时，他常常托词生病而不出席，避免和廉颇争位次。

有一次，蔺相如外出，望见廉颇，马上叫人调转车头躲避。他的一些门客联合起来劝说他，想要离开他。

蔺相如再三挽留，说：“诸位，廉将军比秦王强吗？”大家说：“当然比不上秦王了。”相如说：“以秦王的威严，我尚且敢在大庭广众之下责备他，羞辱他的群臣。我蔺相如再不中用，难道还怕廉将军吗？但我每一想到强秦之所以不敢对赵国发动战争，还不是因为我们两人都在朝为官嘛。如今我们两人如果不和，就像两虎相斗，必然有一个被伤害。我之所以避着他，无非是把国家的急难放在前头，把个人的恩怨搁在后面罢了。”

廉颇听说了这些话，就袒露着上身，背负着荆条，由朋友陪着到蔺相如家请罪。从此两人结为生死之交。

东汉时，大将军贾复的部将在颍川杀人，颍川太守寇恂将他捕杀了，贾复认为受到了羞辱。后来，贾复兵过颍川，对手下人说：“见到寇恂，一定要杀死他。”

寇恂听说后，就不打算和贾复见面。寇恂的外甥谷崇请求带剑在身边保护他，以备不测。寇恂说：“不必这样。当年蔺相如不畏秦王却受屈于廉颇，是为国家着想。”于是命令所属各县准备了很多酒饭款待贾复部队，一人可吃两份酒食。寇恂堂堂正正地到道上迎接贾复部队，然后称病回府，贾复命令士兵准备追捕寇恂，但将士都醉了，大军就这样离开了颍川。

寇恂派人将情况报告光武帝。光武帝召来寇恂，让他与贾复和好，结为朋友，而后再离开。

◎

唐代汾阳王郭子仪在堂上与李光弼对拜，想法与蔺相如相同；北宋莱国公寇准以蒸羊迎接丁谓，用意和寇恂一样。

唐代安思顺统率朔方郡时，郭子仪与李光弼都是牙门都将，两人互不相容，即使在一块儿吃饭，也常常怒目相视，不交一语。到郭子仪接替安思顺任统帅时，李光弼打算离开朔方郡，但尚未做出决定。没几天，皇帝下诏书命郭子仪率兵东进河北，李光弼闻讯后，进帅堂见郭子仪说："我甘心去赴死，只请求饶恕我的妻儿。"郭子仪赶紧走下座位，抱住李光弼，流着泪说："如今国家动乱，皇上被迫迁都，没有你则不能取得东征的胜利，现在难道是报私怨的时候吗？"两人紧握着手相互对拜。此后，他们同心合力与敌人作战。

宋代丁谓被贬为崖州司户参军，途经雷州。（早先丁谓曾将寇准贬为雷州司户。——原注）此时，寇准派人送来一只蒸羊给丁谓，以示地主之谊。丁谓想见见寇准，寇准拒绝了。寇准听说家童打算找丁谓报仇，就闭门不让家童外出，等丁谓他们走远了，才放人进出。

张飞

岂是粗人

三国时期，刘备一见马超，就任命他为平西将军，封都亭侯。马超见刘备待他很宽厚，就大大咧咧的，也不注意君臣礼节了，和刘备说话常直呼名字。关羽对此很生气，请求杀了马超，刘备不同意。张飞说："这样的话，我们应当给他做出礼节的示范。"

第二天，刘备召集全体将领，关羽、张飞一同带着刀恭恭敬敬地站在刘备身旁。马超进帐，看座席上没有关羽、张飞，抬头见他俩站在那儿侍候，很受震动。此后就非常尊敬刘备了。

◎

释放严颜，教诲马超，都是细心的行为。后世把张飞看作粗人，实在太冤枉了。

曹彬　窦仪

公私兼顾

宋太祖赵匡胤早先在澶州侍奉周世宗时，曹彬是周世宗的一个亲信，掌管着宫廷里的茶和酒。宋太祖曾经向曹彬讨酒喝，曹彬说："这是宫中专用的酒，不能随便送给别人。要喝，你自己去买吧！"宋太祖即位后，对群臣说："周世宗手下的官员不欺骗主上的，只有曹彬。"因此把曹彬视为心腹之臣。

宋太祖攻下滁州城，周世宗派窦仪登记国库的钱物。过了几天，太祖叫亲信来拿库里藏的丝绢。窦仪说："您刚攻下这座城时，即使将库里所有财物都拿走，谁敢说什么？但现在既然已登记在册，就是公家的东西了，没有皇帝的诏旨决不能拿走。"后来宋太祖屡次称赞窦仪有操守，打算任命他做宰相。

鲁宗道

饮酒，人之常情

宋朝鲁宗道任谕德时，一次，宋真宗有事要召见他。使者到他家时，鲁宗道却不在家。过了些时候，鲁宗道从酒肆饮酒回来。使者要先进宫向皇帝回报，与鲁宗道商量说：“皇上若怪罪你来迟了，要以什么事来推托一下呢？”宗道说：“就如实报告吧！”使者说：“这样的话，你就要获罪。”宗道说：“饮酒，人之常情；欺君，臣子之大罪。”

使者回去，将宗道的话禀告真宗。真宗很惊异，认为鲁宗道忠实，可以重用。

吕夷简 二条

宰相的体统

宋仁宗久病不能上朝，有一天感觉好一点，想召见执政大臣，于是命人召宰相火速来便殿议事。吕夷简被召后，过了好大一会儿才动身，同事告诉他要快些走，他却缓步向前。

见了仁宗，仁宗问："我久病才好，很高兴能与你们相见，你怎么来得这么晚呢？"吕夷简从容地回答："陛下身体不适，朝廷内外都很忧虑。一旦突然召见大臣，我们如果奔跑进宫，恐怕会让人认为出了什么不幸的事，引起不安。"仁宗认为吕夷简的做法符合宰相的体统。

北宋庆历年间，石介作《庆历圣德颂》，文中对人的褒贬过于严厉，尤其对夏竦极尽诋斥。没多久，党派纷争开始，石介获罪被罢官，回乡后死去。这时正有山东举人孔直温谋反，有人说孔直温曾经是石介的学生，于是夏竦就散布谣言说石介其实未死，是向北逃往胡人那里去了。皇帝下诏将在南方任职的石介之子看管起来，又派钦差与京东刺史准备开棺查实。

当时吕夷简任京东转运使，对钦差说："如果开棺发现是空棺，石介确实逃到胡人那里去了，即使戮杀也不算残酷。万一石介真的死了，朝廷无故刨人坟墓，这样怎么教育后人呢？"

钦差问："那如何完成圣上交办的任务呢？"吕夷简说："石介死时一定有收殓的人，又有内外亲戚、本家以及来送葬的学生，总有几百人；至于抬棺下葬等事，必然要雇用人。现在把他们全部都找来审问，如果没有不同的说法，就叫他们写下军令状，取保了结，也完全可以回禀圣上了。"

钦差就照吕夷简所说的那样处理了这件事，回京向皇帝报告。宋仁宗也明白了这是夏竦的诬陷之言，不久下旨，释放石介的妻子儿女还乡。

◎

不为石介辩白，甚于为石介辩白。当石介作颂文的时候，正是吕夷简被罢相，而晏殊、章得象升职的时候，但吕夷简不念私怨而重国体，真是宰相的度量啊！

宋仁宗还在为李太后服丧时，吕夷简就劝他立曹氏为皇后。范仲淹进言说：“吕夷简又教陛下做一件不好的事了。”过些天，吕夷简对韩琦说：“此事外人不知情，于今皇上年岁已大，郭后、尚美人都因失宠被废，后宫年轻美貌的姬妃不可胜数，不抓紧册立皇后，不能整治后宫。”吕夷简做每件事都有深意，就像这件一样。

古弼　张承业

苟利国家，亦何惜死

北魏太武帝一次要到西河套去打猎，命令古弼将肥壮之马发给从猎的骑士们，可是古弼却故意发给他们瘦弱的马。太武帝大怒，说："尖头的奴才，竟敢打我的折扣，回去先杀了这个奴才！"当时古弼的部下都很害怕，古弼对他们说："臣子侍奉君王，而使君王玩得不舒畅，这个罪过小；如果不为危急时做好防备，这个罪过就大了。当前，南北敌人正狡猾地伺机侵犯边境，这才是我所担忧的。我选留肥壮的马备战，假如这样对国家有利，又何惜一死呢！明主会处理好这件事的。是我有罪，与你们无关。"太武帝听说后，叹道："这样的臣子，是国家的瑰宝啊！"

古弼头尖，太武帝称他为"笔头"，当时的人们都称他为"笔公"。

五代时，后唐庄宗经常需要钱来赌博，并赏钱给演戏的人。当时张承业主管国库，庄宗从他那里拿不出钱。

一次庄宗在国库里设酒宴，酒兴正浓时，叫儿子李继岌为张承业跳舞。舞后，张承业拿出宝带好马送给继岌。庄宗指着储藏的钱，对张承业说："和哥（李继岌，小名和哥）缺钱用，可给他些钱，带子和马有什么用！"张承业拒绝说："国家的钱不是我可以私自动用的。"庄宗说话间渐有逼迫张承业拿钱的意思，张承业生气地说："臣不过是一老敕使，不是为了子孙，只因为受先王遗命，立誓要洗雪国耻。珍惜这些钱，是为了资助皇上成就统一的大业。皇上若想花这些钱，何必问臣要；但以后财尽兵散，遭受祸害的，难道是臣一个人吗？"说着，拉着庄宗的衣襟哭了起来，庄宗这才罢手。

后唐明宗

文章不足学

五代时，后唐秦王李从荣性情轻佻，喜好文学，经常召来些轻浮的年轻人，一起饮酒作诗。

一天，明宗问他："你在军政事务之余，干些什么？"李从荣回答："空闲时读书，或和书生赋诗论道。"

明宗说："我常见先帝好作诗歌，怪没意思的。你是将门之子，写文章不是你所熟悉的事，你必定不能写得好，流传到外面去，只会成为别人的笑料。我已经老了，虽然不通晓经义，但尚且喜欢听听，其余的就不必学了。"后来李从荣果然失败。

李渊

论功行赏

唐高祖李渊攻克霍邑后，论功行赏时，有人认为凡奴隶从军的人不能与平民从军的人享受同等待遇。李渊说："战场上，不分贵贱；论功时，怎么能有差别？应该一视同仁地授勋。"于是，他在西河犒赏霍邑的官员和百姓，并且挑选壮丁补充军队。

家在关中的军士想回家，李渊都授予五品散官的职衔，让他们返回故里。有人提出官授得太滥了。李渊说："隋朝吝惜授勋行赏，以致失去了人心，我们为何效法他呢？况且用官爵来收买众人之心，不是比用武力更好吗？"

刘温叟

诤臣

北宋开宝三年（970），刘温叟任御史中丞。一天晚上，他巡视经过明德门时，皇帝正与几名太监登楼，刘温叟知道后，命人传令照常通行。

第二天，皇帝问刘温叟为什么在他登楼时未下戒严令。刘温叟说："皇上在非规定时间登楼，下面的人必然希望得到赏赐。我之所以照常传令行进，是向众人表明，您是不会在不该登楼的时候登楼的。"皇帝认为他做得很好。

卫青　程信

不专权

西汉时，大将军卫青领兵从定襄出发。副将苏建、赵信合领三千骑兵，遭遇匈奴大军，战斗了一日，汉兵死伤将尽，赵信投降匈奴，苏建只身逃回。

议郎周霸说：“大将军自出征以来，从未斩过副将，现在苏建弃军而逃，应该斩首以建立将军的威严。”长史任安说：“不能这样做！苏建以几千人的兵力抵挡匈奴数万人的军队，力战一天，军队都打光了，仍不敢有投降之心，而独自归来。归来后却把他斩首，这就是在告诉后人，一旦兵败，就不要回来。所以苏建不应该被斩首。”

卫青说：“我卫青以皇亲的身份在军队效力，不担心没有威严，周霸劝我建立威严，这样就大失做臣子的本分。即使大臣有权处决部下将领，大臣也不应依仗自己的地位和所受的宠幸，擅自专权在国境外诛杀将领。应将他送到天子的面前，请天子亲自去裁夺，由此也可看出做臣子的不敢专权恣纵，不也很好吗？”于是把苏建囚禁起来，送到皇帝那里，皇帝果然赦免了苏建的死罪。

◎

卫青几年间手握重兵，宠任无比，但汉武帝不猜疑，其他大臣也不忌妒，这都是因为他不滥用手中的权力，而避开皇帝的猜嫌。假如不这样，即便以北宋名将狄青那样的功劳和名声，也未必能把好名声保持到最后。这难道还不足以警戒吗？

北宋名将狄青任枢密使时，自恃有功，傲慢不顺从，还惯着部下士兵。他的部下每次得到衣服和粮草，都说："这是狄爷爷所赐！"朝廷对此很是担心。

当时文彦博任宰相，他建议任命狄青为节度使，从而使他离开京城。狄青说，自己无功，不应该被授予节度使这样的荣勋职务；无罪，也不应被贬到外地。宋仁宗认为他讲得不错，就向文彦博转告了狄青的话，并说狄青是忠臣。文彦博说："我朝太祖爷难道不是周世宗的忠臣？但他得到军心拥戴，所以发生了陈桥之变。"仁宗默然无语。狄青还不知道内情，到中书省为自己辩护，文彦博看看他，说："没有别的原因，就是朝廷怀疑你了！"狄青又惊又怕，吓得倒退几步。

狄青到任外镇后，朝廷每个月两次派使官安抚慰问他。狄青每当听说使官来，整天又惊又疑，不到半年，就病死了。这就是文彦博的谋略。

明朝休宁人程信，担任南司马时曾统兵征讨川黔地区的叛乱，皇帝下诏，把见机行事的大权交给了他，但他从发兵到凯旋，没有提升一人，也没有杀一人。同僚中因此有所议论。程信说："惩罚奖赏是皇上的大权，因担心将帅统兵在外，权力不能集中，所以才把刑赏大权交给臣下。如果幸好皇上把这种权力暂交给我们，而我们却又私下弄权，这难道是为人臣者应该做的吗？"

论者认为，这是古代名臣的言论。

李愬（sù）

明示法度

唐朝节度使李愬平定蔡州后，将吴元济押送京都，军驻鞠场，等待招讨使裴度的到来。

裴度进城时，李愬披挂弓箭迎接，行跪拜礼。裴度不敢受这样的大礼，李愬说："蔡州人数十年来顽固不化，不懂上下尊卑之礼，希望裴公因此做个示范，使他们知道朝廷的尊贵。"裴度这才接受了李愬的拜见。

冯煖（xuān）

买“义”

战国时，孟尝君问他的门客们谁学过会计知识，能替他到薛地去收欠债，冯煖说他可以。于是冯煖便准备车辆，整理行装，载着借据，临走的时候问孟尝君道：“收完债要买些什么回来？”孟尝君说：“看我家少什么就买什么吧！”

冯煖到了薛地，召集所有向孟尝君借债的人，核对借据以后，就假传孟尝君的命令，将所借的钱统统赐给了借债的人，将借据全部烧掉。薛地的百姓都呼孟尝君“万岁”。

冯煖很快返回齐国，孟尝君奇怪他怎么回来得这样快，穿戴好衣帽与他相见，问他：“债都收完了？”冯煖说：“收完了。”孟尝君又问：“买了什么回来？”

冯煖说：“您说看您家缺少什么就买什么，我心想您后房多藏珍宝，外面充斥着狗马，美女无数，您家所缺少的东西只有一件：义。所以我就私自决定为您买了‘义’回来。”孟尝君问："买'义'有什么用？"

冯煖说："目前您只有薛这一小小的封地，却不爱护薛地的百姓，只知从那里获利。因此，我假托您的命令，把借债都赐给了百姓，烧掉了借据，百姓们都高呼您'万岁'，这就是我为您买的'义'。"孟尝君有些不高兴，说："你去休息吧！"

一年后，齐王疑忌孟尝君，就免了他的官职，让他到薛地去。孟尝君离薛地还有一百多里的时候，薛地的百姓就扶老携幼，都争着跑出来迎接他，孟尝君对冯煖说："先生为田文买的'义'，今天终于看到了。"

◎

冯煖使齐王恢复田文的宰相地位，并在薛地建立宗庙，那些做法都是纵横家的一套。唯有"买义"一节，可以光耀千秋，绝不是一般的武士或谋士所能做到的。保国保家的人都应当效法。

王旦

处置得体

北宋时，王钦若、马知节同任枢密使。一天，他们在皇帝面前争吵起来，皇帝召来王旦处理。王旦到后，王钦若还在不停地吵闹，马知节流着泪说："我愿意和王钦若一同到御史府受审。"王旦将王钦若呵斥下去。

皇帝非常生气，准备把他俩关进监狱。王旦从容地说："王钦若他们依仗着陛下待他们宽厚，放肆地烦扰陛下，臣作为首相，按理应依法处罚他们，但考虑到陛下今天很生气，所以请求陛下先回宫休息，臣明天来取旨。"皇帝同意了。

王旦退朝后，严厉责备了王钦若等人，王钦若等人惊恐地写了认罪疏文，等待处分。

第二天，皇帝召见王旦，问道："王钦若等人应该如何处分？"王旦回答："我想了一夜，觉得应当废除王钦若等人的官职，但拿不准定他什么罪。"皇帝说："在我面前争吵，太没有礼貌。”王旦说：“陛下是圣明天子，却使大臣获无礼犯上的罪名，传出去会让夷狄耻笑，有损陛下的威严。”皇帝问道：“你有什么意见？”王旦回答：“我打算到中书省去，向王钦若等人宣示陛下容忍他们的原因，并警告约束他们。过一段时间再罢免他们也不晚。”皇帝说：“要不是你这样说，我实在难以容忍。”

过了几个月，王钦若等人都被罢免了。

胡濙（yíng）

老成举措

明正统年间的一天早朝，宗伯胡濙正要站起来接旨，突然衣带断了，掉在地上，胡濙从从容容地拾起来系好，接着叩头，退回原处。御史也不好举发他。

明正统十三年（1448），彭时考中状元。上表谢恩的那天，他坐着等到天亮，到四更天，坐在凳子上睡着了，竟然误了上朝。纠仪御史奏请派锦衣卫将他抓来，圣旨都下了。这时胡濙向皇帝说："状元彭时不到，应当派锦衣卫去把他找来，而不是捉拿。"皇帝觉得胡濙说得好。不然的话，一个新科状元竟像囚犯那样被抓来，就太不雅观，太有伤斯文了。

老成人的行为举止，就是得体。

孙觉

损有余而补不足

宋神宗时，孙觉出任福州知州，有不少人因拖欠官府的货款而被关进监狱。

当时正好有一些富人愿出钱五百万整修佛殿，来请示孙觉。孙觉缓缓地说道："你们施舍钱财，为的是什么？"富人们说："愿意得福。"孙觉说："佛殿没怎么坏，菩萨像也是好好的。假若用这些钱为关在监狱的人偿还他们欠官府的钱，使数百人脱离枷锁之苦，那样所得的福岂不是更多吗？"

这些富人不得已，只好答应了，当天就将钱交给官府。于是，关在监狱里的人全都被放出来了。

赵清献

巡察狱情

北宋时期，赵抃（谥清献）巡察青州时，考虑到一人被捕入狱，往往使十余人耽误工作，而被株连的人，更是无辜。而且监狱中的环境恶劣，犯人夏天受暑气高温和流行疾病的折磨，冬季受冻疮的煎熬。有的人因为犯了小小的过失，就被成年累月套上了刑具；有的人因为和某案稍有牵连，就被判处死刑；那些狱卒囚长，又不时地向囚犯勒索钱财，更是可恶可恨。

因此，他令人迅速地调取各地的案例卷宗来审查，又以各地关押犯人的多少来考核该地区官员的政绩。

这种方案施行了一年，就收到了很好的效果，各郡、州、县的官员都不敢再轻易地关押一人了。邵雍常常称道这件事。

贾彪

滋生人丁

汉末的贾彪与荀爽都是当时的名士，贾彪通过举孝廉而被任命为新息县县令。

当时百姓因生活艰难，大多不愿生儿育女。贾彪就定下了严厉的惩罚措施，凡不愿生儿育女甚或弃婴杀子的，与杀人同罪。

一次，城南城北同时发生命案，城南是盗贼谋财害命，而城北是一个妇人杀死亲子。

案件发生时，贾彪正出行在外，此刻属吏打算要他先去城南勘查案情。贾彪大怒道："盗贼杀人谋财，是社会中的必然现象；而母亲杀死亲子，却违背天理人情。"于是他直接驱车赶往城北，据案情定那个母亲为死罪。城南的那个盗贼听说后，也立即投案自首了。

从此，不到几年，当地就生养了数千名男女婴儿，当地百姓都说:“这是贾父所养的啊!”因此，凡生下男孩都取名为“贾男”，女孩则叫“贾女”。

◎

贾彪的手段足以对付盗贼，他只是想以更奇妙的策略达到目的。

柳公绰

诛杀奸吏

唐朝的柳公绰任山东节度使时，一次外出巡察到了邓县。官员中有一个贪污受贿，有一个玩弄法律条文以行奸诈，柳公绰把他俩双双逮捕入狱。

邓县县令听说柳公绰一贯执法严明，认为他肯定会把贪官处死。柳公绰在宣判时说："贪赃之吏虽触犯法律，但法律仍然存在；奸诈之吏玩弄文字，破坏法律，法律就会因此失去作用！"于是，把那个玩弄法律的人处以死刑。

◎

伦理和王法，分别从两个方面来规范人类社会的言行举止。

汉末贾彪舍弃盗贼而不顾，立即审理杀子之案；唐朝柳公绰保留了贪官性命，而诛杀破坏法律的奸吏，他们的这种见识，感化盗贼与贪官是绰绰有余的。至于身为丞相的丙吉对死于路旁的人不管不问，反而去询问耕牛为何喘气，未免有些迂腐了。

季本

知轻重

明朝时季本曾任建宁府推官，当时正值宁王朱宸濠在江西谋反，南赣巡抚王守仁发兵讨伐。建宁府北部的分水关，是由江西入福建的咽喉要道。

季本向上司请命，要亲自去把守分水关。恰逢某位巡按御史通知郡守与季本同来省城接受考核，郡守就将那份通知转给季本。

季本给郡守回信说:“目前建宁百姓所依靠的只有你和我。战场攻守犹如生命呼吸，一瞬也不能耽误;如果要去考场应试，来回就要四十多天。现在江西的胜负情况尚不知晓，本地的匪徒是否会乘机闹事，也很难预料。如果没有你我二人，谁来守卫这片疆土呢？即使将来侥幸没有什么事，在这个危急紧要的关头，把你我二人的名字公布在应试者名单上，消息四处传播，人们将会耻笑我们不知轻重。抗拒巡按御史的命令跟贻误军国大事相比，孰轻孰重？”

郡守由衷地佩服他的这番言论，也没有去参加考核。

◎

科举考核的好事，人们总是想争着去，哪个愿舍甘就苦呢？凡事避难就易的人，看看季本的行为，想必会羞愧汗颜了。

卷二

远犹

上面人的谋略缺乏远见，因此我极力劝谏。世上万事万物都交错在一起，吉凶富贵往往互相转换。老练之人的谋划，宁可考虑深远，也不要失之浅近。为此，辑撰《远犹》卷。

训储 二条

储君出入农家

商高宗武丁做太子时，他的父亲小乙曾让他长期与普通百姓生活在一起，与他们同来同往，同吃同住同劳作，让他能亲身体察民情。

◎

明太祖教导太子时，经常让他深入农民家，考察他们的衣食住行、生产工具及日常生活用具，使他能体验到百姓生活的艰苦。明洪武末年招选秀才时，太子与其部属们一起谒见皇帝，向他陈述民间的苦乐。

明成祖巡察北京之际，也让两位皇孙遍行村庄农户，观察他们耕田种桑等农事。教育后代的人应该以此为法。

五代时的张昭起初曾出仕后唐明宗。明宗的几个儿子在生活上竞相奢侈，张昭因此上疏陈述训导皇子的方法。其大概内容为："陛下的几个皇子，应当每个人安排一位老师教导，而且要叫他们恭恭敬敬遵从老师的教诲，每天只要他们记住一件事，那么一年之内，所学的东西就会累积许多。每个月末，让他们的老师把所教的内容誊录下来，向上报告，等到皇子前来拜谒陛下时，陛下就当面考考他们。倘若能记得一半，也就可以掌握不少历代安危的缘由，进而体会到成败存亡的深刻道理。"

但是，明宗没有采纳他的建议。

◎

这可以作为历代君主教育太子的好方法。比讲解经书，教一点秀才的学问可有用得多。

李泌

太宗、玄宗，前车之鉴

唐肃宗的儿子建宁王李倓(tán)性情英勇果敢，有才略。他跟随肃宗从马嵬坡北上灵武，当时肃宗手下的军队很少，缺乏战斗力，途中常遭遇流寇骚扰。李倓亲自挑选勇士护驾，拼死作战保卫肃宗。肃宗有时吃不上饭，李倓便非常悲伤。因此，军中的人都很倚重他。

肃宗在灵武即位后，想任命李倓为天下兵马大元帅，统率诸将出兵东征。

李泌谏道："建宁王诚然是元帅之才，但广平王是长兄。如果建宁王大功告成，难道让广平王成为吴太伯吗？"肃宗说："广平王是要继承皇位的人，难道会看重元帅一职吗？"

李泌说："广平王还没有被正式立为太子，现在天下局势艰难，人们都把希望寄托在大元帅身上。如果建宁王平乱成功了，纵使陛下不想立他为太子，那些跟从建宁王立功的人能愿意吗？当年太宗、太上皇（唐玄宗）不就是这样的例子吗？”

于是，肃宗任命广平王为天下兵马大元帅，诸将都归他指挥。李倓听说这件事，向李泌道谢说：“这正是我所愿啊！”

王叔文

太子的职责

唐朝的王叔文经常陪太子下棋。有一次下棋时，太子与人议论起政事，谈到宫市的弊端，太子说："我正打算向圣上反映此事。"在场的人都称赞太子，唯有王叔文没有说一句话。

众人走后，太子留下王叔文，问他不说话的原因。王叔文回答："太子的职责就是侍奉皇上的饮食起居，早晚问安，不宜议论职责外的事。皇上在位久了，如果疑心太子是在收买人心，您要如何辩解呢？"

太子听了这话后大吃一惊，哭着说："若不是先生指点，我哪能明白这个道理？"从此对王叔文非常信任。

◎

王叔文固然是阴险小人，但这番议论却是堂堂正正的。

白起祠

国家将兴，听于人

唐代贞元年间，咸阳城里有人上奏说他们看到了战国时的秦国大将白起，白起叫他们转奏当今皇帝：“我请求为国家捍卫西部边疆。正月间，吐蕃一定会来侵犯。”

没多久，吐蕃果然入侵，被打败后退走。德宗以为真是白起在保佑他，打算在京城为白起建祠庙，赠封白起为司徒。

李泌说：“我听说‘国家将兴，听于人’。现在将帅冒死建立了战功，陛下却褒赏白起，我担心这样下去，那些为陛下作战的人要没劲了！况且在京城立庙，大肆祈祷，流传开来，必将使巫风盛行。我听说杜邮那里有座白起旧祠，请下道敕文命当地府县把它整修一下，这样就不至于惊动天下人耳目了。”德宗听从了李泌的意见。

苏颂

君臣大义

宋哲宗初年，一些大臣因哲宗年幼，每每奏事，只听决于宣仁皇太后，哲宗讲话，常没人回答。大臣中唯有苏颂向宣仁太后奏事后，必定再禀呈哲宗；哲宗有指示，苏颂必定叫群臣俯伏听旨。

后来贬谪元祐党人时，御史周秩弹劾的人中有苏颂，哲宗说："苏颂知道君臣大义，不要随便议论这个老先生。"

戮叛 二条

赏罚有章

宋太祖赵匡胤被众将拥戴黄袍加身的时候，率兵前往汴京的陈桥门，可那里的守门将士严守城门，拒绝他们入内。于是他们就转至封丘门，把守城门的将士见形势如此，就匆匆忙忙打开大门，让他们进了汴京。

等到赵匡胤正式即位后，却将守卫封丘门的官吏给斩了，而将守卫陈桥门的将领加官晋爵，以表彰他的忠诚。

元代至正年间，广东的王成、陈仲玉作乱。东莞人何真向行省请示，举发义兵，擒获了陈仲玉。王成筑寨坚守，何真派兵将寨子包围，但久攻不下。何真宣布凡能将王成活捉的，赏钱八千。于是王成的奴仆将王成捆绑献了出来。

何真笑着对王成说："你怎么养虎为患啊？"王成很惭愧。那个奴仆求赏，何真如数付给了他。何真叫人准备了一口人锅，放在转轮车上，王成很害怕，以为马上要烹了自己。何真却命人将那个奴仆捆绑在车上，督促人将他烹了，并命人鸣鼓推车，沿路号令："境内凡有奴仆敢将主人捆绑起来的，就照这个样子处置！"人们都钦佩何真赏罚有章。

从此，岭表地区都归顺朝廷。

◎

汉高祖戳杀丁公而封赏项伯，是赏罚不均。汉光武帝封奴仆子密为"不义侯"，尤其不可作为遵循的准则，应当以何真的做法为楷模。

宋太祖 二条

杯酒释兵权

当初，宋太祖对赵普说："自唐朝末年以来，数十年之间，皇帝换了十次，战祸连绵不绝，原因在哪里？"赵普回答说："这是由于节度使的权力太大了，以致君弱臣强。现在只有削弱他们拥有的权力，节制他们的钱粮，没收他们掌握的兵马，这样天下才能太平。"

赵普话没说完，宋太祖说："你不用说下去了，我已经明白了。"

没多久，太祖宴请石守信等亲信大将，酒兴正浓时，太祖叫其他人退下，对石守信等人说："不靠你们，我就不会有今天，我将永远记着你们的恩义。但做皇帝也很艰难，倒不如当节度使快活，我现在没有一个晚上睡得安稳。"石守信等人都问："这是为什么？"太祖说："道理很明白，我这个位置谁不想要呢？"

石守信等惶恐叩头，说：“陛下怎么说出这种话，是谁还敢有异心吗？”宋太祖说：“不是这样的。你们固然没有异心，但你们的部下贪图富贵，一旦把黄袍加在你们身上，即使你们不想干，也不可能。”石守信等人涕泣叩头，请求说：“我们很愚蠢，没想到这些，只有请陛下关怀，指示一条生路。”

太祖说：“人生如白驹过隙，短暂得很，追求富贵的人，不过是为了多积些金钱，痛快地享受享受，使子孙后代不贫困罢了。你们何不放弃兵权，到地方上挑选最好的田地、最华贵的房屋，替儿孙多置些产业，给自己多买些歌儿舞女，饮酒作乐一辈子。这样，君臣之间两不猜嫌，永远相安无事，不是很好吗？”

石守信等人再次叩头谢恩：“陛下为我们考虑得这么周到，只有对共生死的朋友和亲骨肉才能做到这样。”

第二天，石守信他们都上表称病，请求解除自己的兵权。

◎

有人认为宋朝积弱，是削弱方镇的兵权造成的。其实方镇强大，不是朝廷的强大。主干强大，而分枝弱小，才是立国的大体。两百年来的弊端在谈笑间被革除，整个宋代没有强臣之患，这难道不是转天移日的大手段吗？若不是君臣偷安，一味议和反战，而是使寇准、李纲、赵鼎等人得到充分任用，国势怎么会弱呢？

宋神宗熙宁年间，皇家作坊的官吏认为门巷弯曲狭窄，请求将它拓宽。神宗觉得太祖皇帝当初这样设定，一定是经过了深思熟虑，所以没有许可。

不久，作坊工匠因工作太劳苦，拿起兵器准备夺取工坊大门，发动暴乱。这时，一个老兵将坊门关闭，暴动的人竟都出不来，很快就一一被擒。

宋神宗一天在后花园行走，看见有人在牧公猪，就问有什么用途。牧猪人说："自太祖以来都让养猪，自幼养大;养大了就杀掉，再养幼猪。历朝都是这样做的，也不知道有什么用。"神宗命令以后宫中不许再喂养公猪了。

过了一个多月，在宫中捉到一个兴妖作怪的人，需要用猪血浇他，但仓促之间寻不到猪血。这时，神宗才明白祖宗的远虑。

郭钦

徙戎论

汉魏以来，匈奴、鲜卑等族投降过来的人，朝廷多将他们安置在塞内几个郡县居住。后来，这些人多次因愤恨而杀害当地官员，渐渐成为地方上一大患害。

侍御史郭钦请求晋武帝趁着朝廷灭吴的威势，利用谋臣勇将的智慧胆略，渐渐地把久居内地的这些少数民族迁徙到边境各地，严格控制他们出入边疆关防，重申先王治理边疆民族的法纪。这才是千秋万代长治久安的策略。

但晋武帝没有采纳他的建议，最终导致了后来的“五胡乱华”。

◎

只有乘着开国时的余威才能平定四方，此机一失则无能为力了。北宋初期不能使契丹臣服，终使金人灭掉北宋，元人灭了南宋。明朝太祖皇帝北逐元人，威震塞外；继而成祖皇帝定都北京，皇威浩荡，南疆的黎族小国纷纷归顺，这难道不是万世久安的大计吗？

处继迁母

安抚叛将

宋朝时，西夏李继迁骚扰西部边境，保安军的官员向皇帝报告，说他们捉到了李继迁的母亲，宋太宗打算将李母斩首。因为当时寇准任枢密，所以太宗单独召他来商量这件事。

寇准退朝后，经过宰相府门口，吕端问寇准：“皇上是不是叫你不要和我谈这件事？”寇准说：“没有。”然后就将情况都告诉了吕端。吕端说：“准备怎么处理呢？”寇准说：“打算在保安军北门外将她斩首，以惩戒凶残叛逆的人。”吕端说：“如果这样处理的话，不是一个好办法。”

于是，吕端立即进宫向太宗上奏：“当初项羽打算烹煮汉高祖的父亲，汉高祖告诉项羽：‘如果烹了我的父亲，希望也分给我一杯肉汤喝。’凡是成就大事业的人往往不顾惜他的亲人，何况是继迁那样的反叛之徒呢？陛下今天将他母亲杀了，明天就可以捉到李继迁吗？如果不能这样的话，就不过是白白地与李继迁结怨，反而越发坚定了他的叛意。”太宗说：“既是这样，你看如何处理呢？”

吕端说：“以我的愚见，应当将李母安置在延州，好好地对待她，以此来招降李继迁。即使他不能马上投降，也能拴住他的心，因为他母亲的生死掌握在我们手里啊！”太宗听后拍着大腿高兴地说：“没有你，几乎误了我的大事。”

这以后，李母就被安置在延州，直到去世。李继迁死后，继迁的儿子归顺了朝廷。

◎

后世遵循了吕端的做法，则有俺答的归顺；违背了吕端的做法，则出现努尔哈赤的反叛。

徐达

放走元顺帝

明朝开国元勋徐达困逼元顺帝于开平府时，故意留个缺口，让他逃走。大将常遇春对此十分愤怒，认为失去了建立大功业的绝好机会。

徐达却说："他虽然只是一个胡人，却多年称帝，我们的君主又会怎样待他呢？是割块地分封他，还是把他处死呢？我觉得两者似乎都不妥当，既然如此，放跑他应是最上策。"常遇春仍不以为然。

等到凯旋时，太祖果然没有怪罪徐达。

◎

徐达这样做，省去了明太祖许多麻烦。但是徐达之所以敢将元顺帝放跑，是因为他深知太祖圣德宽宏。他怎么会知道的呢？因为太祖曾遥封过顺帝，并赦免了陈理，不但不杀他，还封他为归命侯，由此可想而知了。

元旦日食

取消宴会

宋仁宗康定元年（1040）元旦，发生了日食。宰相富弼请求免去宴会和歌舞等娱乐庆祝活动，可执掌朝政的吕夷简不同意。

富弼进而说道：“万一契丹这样做了，而我们不做，那会很丢人的。”后来有人从契丹回来，说契丹那天果真罢了宴会，宋仁宗听后非常后悔。

◎

当时正值华夷相争之际，所以富弼才以契丹比说。其实从道理来讲确应停止宴会等娱乐活动，与契丹是否这样做没关系。

贡麟

退回贡品

宋朝时，交趾向宋廷进贡异兽，称作“麟”。

司马光向皇帝建议说，贡“麟”的真假搞不清楚，即使是真的，不是自己获得的，也不算祥瑞;如果是假的，就要让外族讥笑了。可以厚赏交趾，而将贡“麟”归还给他们。

◎

如此，方知秦始皇、汉武帝的愚蠢。

契丹立君

不轻举妄动

北宋时，守卫边境的元帅派种朴回朝报告说："我们得到情报，契丹国王阿里骨已经死了，契丹人正为谁做阿里骨的继承人而犯难。契丹官员赵纯忠为人谨慎可靠，我们打算趁他们内部局势动荡，派数千劲兵，拥护赵纯忠做契丹的首领。"一些人都赞同边帅的请求。

苏颂说："现在，确切的情况还没搞清楚，就越过边境为别国立君主，倘若他们拒不接受，岂不有损我国的威信吗？暂且看看局势的变化吧，待那里的局势定下来，或采取安抚措施，或进行讨伐行动，都为时不晚。"

不久，确切消息传来，阿里骨果然没有死。

地图 贡道

防患于未然

宋神宗熙宁年间，高丽国派人来宋朝进贡。来使向他们所要经过的各个郡县索要当地地图。这些地方都将地图绘制好送给了他。来使到了扬州，写函索要扬州地图。

当时陈升之任镇江军节度使，驻守在扬州。陈升之对使者说，他想看看两浙地区提供的所有地图，好参考仿照他们的样子绘制。等使者把所有的地图送来后，陈升之把它们全都焚烧了，并将情况报告了朝廷。

◎

北宋初年，皇帝命卢多逊出使南唐。自南唐返回时，船停在宣化口，卢多逊派人向南唐国主说："我朝要重修天下的地图。目前，我们国史馆唯独缺你们江东各州的地图，我这次很想把你们各州的地图都带一本回去。"南唐国主赶紧派人誊录好，送给了他。这样，卢多逊把南唐十九州的地理形势、防卫要塞以及户口的多寡全部搞清楚了。

从此，宋朝开始有了对南唐作战的意图。陈升之此举，正是因为以往的事有所警惕。

明朝成化十六年（1480），朝鲜请求改变进贡的路线，因为建州女真常常打劫，宦官中的朝鲜人为之求情，其他人也都附和。

唯独职方郎中刘大夏坚持认为不能这样做，他说："朝鲜的贡道，自鸦鹘关出辽阳，经广宁，过前屯，而后入山海关，迂回了三四处大镇，这是祖宗的用心，是有深意的。如果改从鸭绿江直达前屯，入山海关，恐怕要给将来带来忧患。"于是皇帝没有同意改变贡道。

陈恕

忧国的深心

宋朝陈恕任三司使时，宋真宗命他将全国的钱粮总数报上来，陈恕答应了但没报告。过了很长时间，真宗屡次催促他，他始终不把数字上报。真宗命执政官责问陈恕，陈恕说：“天子正年轻，如果知道国库很充实，恐怕要生奢侈之心。”

◎

唐代李吉甫做宰相时，曾经撰写《元和国计簿》呈给皇帝。《计簿》中统计出，当时全国方镇、州、府、县的收入户税数比天宝时减少了四分之三；全国需要公家支出供给的人有八十二万多，比天宝时增加了三分之一。而水旱灾所造成的收入减少和临时增加的支出还没有计算在内。李吉甫想以此来让皇帝有所感悟。大臣们的忧国之心都是相同的啊！

李沆

外宁必有内忧

北宋时，李沆（李沆，谥文靖）担任宰相、王旦担任参知政事，因为处理西北的兵事，常常忙得不能按时吃饭。王旦感叹道："我们什么时候能享受太平安乐呢？"

李沆说："有点让人担忧费力的事，倒可以作为一种警诫，等哪天四方安宁了，朝廷倒未必太平无事。《左传》上说：'外宁必有内忧。'比如人有疾病，自己明显地感觉到了，就必然知道担心而去医治。我死后，你会担任宰相，并且我国会很快与敌方和亲。一旦没有战事，恐怕皇上渐渐就会产生奢侈心了。"

王旦听后，不以为然。李沆还是每天将各地发生的水旱灾害、盗贼情况及民间不孝邪恶的事件都奏于皇帝，皇帝听后脸色都变了，很不高兴。王旦认为这类事不必麻烦皇帝，而且宰相老是奏这些不好的事，拂逆了皇帝的心意。

李沆说："皇上还年轻，应当使他知道四方的艰难，经常怀着忧惧的心情。不然的话，血气方刚，不是留意声色犬马，就必然热衷于土木、战事或建祠立庙、求神拜佛了。我老了，看不见这些了，这是你以后所要担忧的事。”

李沆死后，宋真宗因为与契丹已订了和约，西夏也已经归顺了，于是到泰山封禅，往汾河祈祷，大肆营造宫殿，搜讨前代已废止的典章礼仪，一个接一个的，没有空闲的日子。王旦亲眼看着王钦若、丁谓等人的所作所为，心里非常矛盾：想劝阻皇帝，然而自己与王、丁他们早已同流；想辞官不干，又因为皇帝对自己情义深厚，而不忍离去。到这时，他才深感李沆的先见之明，叹息道：“李文靖真是圣人啊！”

◎

《左传》载，春秋时期，晋、楚两国军队在鄢陵相遇，范文子不想与楚国作战，说：“只有圣人才能够使内部、外部都无祸患，如果不是圣人，外部安定，内部必然有忧患。何不放掉楚国，把它作为我们时时警惕的外部忧患呢？”

晋厉公不听从，与楚作战并取得了胜利。回国后，厉公越加骄横奢侈，任用嬖臣胥童，杀害了郤锜、郤犨、郤至，以致后来自己也被匠丽氏杀死。李文靖的话正是鉴于这种历史教训而说的。

韩琦

贤相

宋太宗、宋仁宗曾在大名府郊外围猎，题了几十首诗，贾昌朝在大明府做官时，将诗篇刻在石上。韩琦任河北安抚使时，将这块石头藏在班瑞殿的夹壁中。有个门客劝韩琦将石刻的摹本奉献给皇帝，韩琦说：“制成石刻就可以了，哪还用得着往上献？”门客不明白韩琦的意思。

后来韩绛接替韩琦来大名府任职，立即将石刻献上去了。韩琦听说后，叹息道：“我当初岂不知道将石刻献给皇上是件美事？但是考虑到皇上正专心于边境战事，不应再诱导他热衷于打猎了。”

石守道编纂《三朝圣政录》，编好后正准备献给皇帝。一天，石守道将书稿拿来征求韩琦的意见。韩琦指出书中所记的几件事不当。如有一处写道：太祖因迷恋一个宫娥耽误了上朝，群臣有意见，太祖省悟后，在这个宫娥睡着时将她杀死了。韩琦说：“这件事怎么可以作为万世尊奉的标准呢？已经迷恋于她了，又厌恶这种迷恋而将宫娥杀死，宫娥有什么罪呢？假使太祖再有嬖爱的人，将不知要杀多少了。”于是书中删去了这一类的事。石守道很佩服韩琦的卓越见识。

刘大夏 二条

弥兵

明朝天顺年间，英宗喜爱宝物。有个受宠的太监说，宣德时朝廷曾派太监王三保（王景弘，郑和的副使）出使西洋，获得无数奇珍异宝。皇帝于是派人到兵部衙门，查阅当年王三保到西洋的航海路线。

当时刘大夏任兵部郎中，兵部尚书项忠命都吏查找过去的文件，刘大夏先查到收藏了起来。都吏没查到，再命其他官吏去查。

项忠责问都吏："署中的文件究竟还在不在？"刘大夏微笑着说："当年为了下西洋，耗费钱谷数十万担，军民死亡人数以万计，这是当时的弊政。文件即使存在，也应该毁掉，以杜绝再发生这类事，还追究它在不在干吗？"

项忠听了这话后，很受震动，对刘大夏作揖称谢，指着尚书的位子说："先生深明国体，这个位子不久就该属于你了！"

安南国王黎灏(hào)侵占我国边境城池，又向西侵犯当地诸夷，在老挝被打败。宦官汪直想趁这个时机征讨他，派人来兵部索取当年英国公张辅征讨安南时用的文件，刘大夏将文件藏着没交出来，兵部尚书连续告示催办。

刘大夏密告尚书说："仗一打起来，西南地区马上就要受到很大的破坏啊！"尚书明白道理后，就停止了催办。

◎

这两件事，天下人都不知道是忠宣公（刘大夏，谥忠宣）使他们受益的。

辞连署　辞密揭

老成远虑

唐宪宗赞赏崔群为人正直，命令今后凡是翰林学士奏事，都必须有崔群参加署名，然后才能奉进。崔群说："翰林院的做法，往往会成为一种先例，如果照此办理的话，将来万一有阿谀奉承的人担任翰林院的长官，那么官阶低的人的直言切谏就无法上达了。"于是没有执行"连署"的旨意。

明朝孝宗皇帝一次在文华殿召见刘大夏，说："寡人遇到不好处理的事，每每想叫你商量，但又因为不是你部内的事而不好叫你来。今后你觉得有应当实行或应当取消的事情，可以写个揭帖秘密地送来给我。"

刘大夏对明孝宗说："我不敢这样做。"孝宗问："那又是为什么？"刘大夏回答说："先朝李孜省可以作为鉴戒。"孝宗说："你是为了议论国家大事，岂是李孜省那样营私害人之徒可以比拟的？”

刘大夏说：“臣子以揭帖奉上，朝廷以揭帖行事，这也是前代斜封墨敕（皇帝亲笔书写、不经外廷而直接下达的命令）之类的做法。陛下行事，远则效法前代圣主，近则效法本朝祖宗，是非公开，使群臣都能知道。外事交付各部处理，内政向阁臣咨询，这样就可以了。如果兴用揭帖，时间久了，成为一种常规，万一不良之辈窃居要职，也以此行事，那祸害就大啦！这种方法大不可作为后世的准则，我不敢答应这样做。”

皇帝听后称赞不已。

◎

老成远虑的人，大都如此。然而，只有胸中无一点私心，不贪图权势，才能这样做啊！

辞例外赐

谢绝额外赏赐

北宋富弼任枢密使时，正值英宗即位，颁令赏赐朝廷大臣。富弼已拜领了赏赐，英宗又例外加了一份特别的赏赐。

富弼竭力推辞。太后派遣一名小宦官告诉富弼说："这是皇上例外的赏赐。"富弼说："大臣若接受例外的赏赐，万一皇上做出什么例外的事情，那又将以什么理由去制止他呢？"

富弼坚决推辞，没有接受那份例外的赏赐。

范仲淹

先见之明

北宋时，大盗张海将要经过高邮，知军晁仲约估量自己的兵力不足以抵抗，就通知郡内的富户，可以拿出金帛和酒肉去迎接犒劳张海他们。此事传开后，皇帝很生气，富弼提议杀了晁仲约。范仲淹说："若郡县的武装足以作战，遇到盗匪不抵抗，反而贿赂他们，这是国法所不允许的，必须杀头。可是，现在高邮既无兵力又无武器，况且老百姓的想法是若凑些财物便能免于杀掠，他们也就高兴了。在这种情况下，如果将晁仲约杀了，是不合乎国法本意的。"宋仁宗听后就将晁仲约释放了。

富弼不高兴，说："我们正要行使法纪，你却多方阻挠，这样怎么能够整饬众人呢？"范仲淹私下里对富弼说："自太祖皇帝以来，从未轻率处死过臣子，这是桩好事，为什么要随便破坏它呢？若那样下去的话，将来对臣子的处罚越来越严厉，恐怕连我们也未必能保全了。”富弼听后不以为然。等到后来二人出任外职，富弼自河北返朝，到了国都的城门，却不能入城，他也搞不清皇帝的意思。这一夜，富弼整宿彷徨不安，绕床叹息道：“范六丈（范仲淹，排行第六）有先见之明，真是圣人啊！”

赵忠简

排除小人

宋朝时，刘豫在山东张贴榜文，散布谣言说御药院宦官冯益派人收买飞鸽，造成对宋高宗不好的舆论，泗州知州刘纲将此事奏于朝廷，张浚请求高宗将冯益斩首以消除诽谤。

赵鼎（谥忠简）上奏："冯益的事情确实是非难辨，然而若有若无之间的事，有关国体，不宜轻易处理。但朝廷如果一点不处罚他，外界必定要说真的是圣上派他干的，这样岂不玷污了圣德？不如暂时解除他的职务，并让他离开京城，以消除众人的疑惑。"高宗欣然同意，将冯益派往浙东去了。

张浚气赵鼎与自己意见不合，赵鼎解释说："自古以来，凡要排除小人，行动太急躁了反而使小人结合起来，造成更大的祸害；行动缓一点，倒可能使他们内部互相排挤、斗争，从而达到目的。论冯益的罪过，即使杀头也不足以平天下的愤怒。然而，这样一来，那班太监害怕往后皇帝对他们的处罚也像对冯益那样重，必然要竭力争取减轻冯益的罪行。不如现在将冯益贬得远远的，这样既不违背皇上的意思，又使太监们看到对冯益的处理轻，就不尽力营救了。而且，其他太监必定高兴冯益的位置空下来，好由他们依次接替，他们怎么愿意让冯益再度回朝呢？如果我们现在竭力排除冯益，这些小人必然惧怕我们，他们的结合也必然更加牢固，而不易打破了。”

张浚叹服。

文彦博

制伏司天官

北宋时，富弼采纳了朝士李仲昌的意见，打通六漯渠，使之从澶州的商湖河穿过，直入横陇的黄河故道。

北京留守贾昌朝平时就与富弼不和，就趁机与宦官武继隆商量好，叫两个司天官在群臣聚集的时候，在殿廷上提出来：不应穿过河的正北方，以致皇帝身体不安。过了几天，这两个人又听武继隆的话，再次提出这一问题，并请求皇后同时听政。

史杰聪把二人的诉状交给文彦博，文彦博看了后将诉状藏在身上。稍停，将二人召来问道："你们的职责仅仅是说明天文异象，怎么能随便干预国家大事呢？论罪你们应当被灭族。"这二人非常害怕。文彦博说："看来你们不过是因为狂妄愚蠢，今天我不忍治你们的罪。"

二人退下后，文彦博拿出诉状给同僚们看，同僚们都很愤怒，说："这班小人竟敢这样，为什么不杀了他们！"文彦博说："杀了他们，事情天下皆知，怕会令皇后心中不安。"接下来商量派遣司天官去测定六漯渠的方位，文彦博仍然派这二人前去，二人怕因为上次的罪过而受到处罚，就改说六漯渠在东北方，不是正北方。

王旦

避宦官

北宋时，王旦任兖州景灵宫朝修使，太监周怀政随行。周怀政有事去见王旦的时候，王旦必定要等到随从官员都来了，穿戴好官服，才与周怀政堂堂皇皇地见面，事情讲完了就退下。后来周怀政事迹败露，大家才知道王旦有远见。

太监刘承规因忠诚谨慎得到皇帝的宠幸，在他病重要死的时候，请求皇帝封他为节度使。皇帝对王旦说："承规就等着这个封号好闭上眼睛呢！"但王旦坚决反对这样做，说："将来若有人要求做枢密使，怎么办呢？"于是皇帝没有任命刘承规为节度使。

王守仁

争上座

明朝时，王守仁（号阳明）擒获宁王以后，江彬等人马上就散布流言诬陷王守仁。王守仁对此一点都不在意。

一次见面，江彬等人设旁席让王守仁坐，王守仁装着不知道，一下子就坐在上席，而将旁席让给江彬他们坐。江彬等人非常恼火，恶语相加，王守仁以平时交际中正常出现的情况，平心静气地说服他们，等有人来劝解，事情就过去了。

王守仁不是为了争一个上座，而是怕一旦受江彬的节制，将来在处理重要公务时都要听他的，就不能有所作为了。

主婚用玺

定主婚人

明朝时，郑贵妃很受神宗皇帝的宠爱。是时，皇太孙（即明熹宗）要举行大婚典礼，郑贵妃想要当主婚人。

朝中的一些大臣和宦官王安在一起谋划说：“如果郑贵妃当了主婚人，她就会慢慢地以此为发端来干预政事，这种气势可不能姑息纵容。怎么办呢？”

有人就献计说：“按地位来说，郑贵妃比较尊贵；可按名分来讲，则是先帝穆宗的恭妃最长，何不请恭妃来当这个主婚人呢？”有人反问说：“她没有印玺，怎么办呢？”有人提议说：“就请恭妃出面发布命令，上面加盖当今皇上的玉玺，哪个人还能说不行呢？”

王安听从了这个建议。此后，郑氏终未能在朝廷形成气候。

陈仲微

公事公办

宋朝人陈仲微最初任蒲田县尉，代理县令的职务。本县有人在大官那里称颂陈仲微，并秘密将推荐信交给陈仲微，陈仲微接过信藏了起来。

过了一年，那人家里欠了县里的租粮，陈仲微竟把那家的佣工抓走了。那个人有怨言，陈仲微就将推荐信还给他，信还封得牢牢的，没有拆开过。那人惭愧地谢罪。

陈寔（shí）

主动入狱

东汉陈寔字仲举，以才名和美德被当时人所尊崇。汉桓帝时，党祸起，被逮捕的人很多，不少人都出逃避难。陈寔说："我不入狱，众人就没有依仗了。"竟然主动来到监狱，请求将他关起来。后来朝廷大赦，才得以释放。

汉灵帝初年，中常侍张让权倾天下。张让父亲死了，灵柩送回老家颍川，虽然一郡的头面人物都去了，但名士没有参加的，唯独陈寔去吊唁了。后来朝廷再次诛杀党人，张让因陈寔的缘故，保全了不少人。

◎

若不是有菩萨般舍身救物的慈怀，哪能做到这样？唐朝狄仁杰为武则天做事，东晋时期鸠摩罗什为后秦做事，都是怀着这种心意。

姚崇

为旧主流泪

唐朝姚崇任灵武道大总管，张柬之等人计议诛杀张易之和张昌宗，姚崇刚好从屯所回来，于是参加了密议，后来论功行赏，被封为梁县侯。武则天被迫交出政权，迁往上阳宫，唐中宗率文武百官去问候起居。

参加密谋的五人互相庆贺，唯独姚崇流泪了。张柬之等人说："今天岂是流泪的时候？恐怕你的祸事要因此而发生了。"因姚崇说："我参与讨逆，不足以论功，然而我侍奉天后已很久了，因离开旧主而流泪，是做臣子的最后一次尽节，如果因此而获罪，我也心甘情愿。"后来这五人被害，唯有姚崇幸免。

◎

唐朝武后被迁居，五公相庆贺，唯独姚崇流泪;东汉末年董卓被诛杀，百姓歌舞欢庆，唯独蔡邕叹息。姚、蔡二人行事相同而祸福相反，是因为武后是君而董卓是臣子，姚崇出于公心而蔡邕出于私情。然而，叹息是出自平时感恩的真心，流泪却是一时免祸的权术。

姚崇知道武三思等人还在，以后将后悔不及，不像五王那样不听劝告。姚崇真是个聪明人啊!

孔子

领赎金

春秋时的鲁国有条法令规定：凡鲁国有人做了别国的奴隶臣仆，能将他们赎回来的人，可以从官府那儿取回赎金。

有一次，子贡在诸侯那里赎回了鲁国人，可他又拒收赎金。孔子就说："子贡你错了，你应该领回赎金。大凡圣人做事，都有移风易俗的作用；他的言传身教是应该能为广大百姓所普遍接受与效法的，而不只是适合自己的行为标准。现今鲁国，穷人多而富人少，拿回赎金于自己的言行并无损害，如果不领回赎金，则无法鼓励更多的人去赎回鲁国在外的奴仆了！"

一次，子路救了一位溺水的人，那人为了感谢他，就送给他一头牛，子路坦然接受了。孔子知道后非常高兴地说："将来的鲁国一定能涌现出许多勇于拯救落水者的人。"

◎

明朝的袁了凡说:“在俗人的眼里，子贡不取赎金似乎比子路接受别人的谢礼要好。但孔子却认为子路的行为可取，而子贡的行为不可取。由此可知，评价一个人的所为是好是坏，不能仅根据他当时的做法，而是要根据此事对社会产生的影响;不能只看到一时好处，而更应该从长远的效果来看;也不应该以自身的得失为标准，而应该着眼于它对社会所产生的普遍影响。”

fú
宓子

不收麦子

春秋时，齐国攻打鲁国。鲁国的单父是齐军的必经之地，单父的老百姓向宓子请求："麦子已经成熟了，请允许大家任意收割吧！这样既可增加粮食，又不让敌人占便宜。"多次请求，宓子都没有许可。没多久，齐国军队打来，把麦子都收走了。

鲁国执政官季孙氏很气愤，派人责备宓子，宓子皱着眉头说："今年没有收到麦子，明年可以再种。但是，如果因为有敌人来侵犯而让不种地的人也得到收获，那会使老百姓很乐意有敌人来侵犯，以便自己有机会不劳而获了。单父一年麦子的得失，不会影响鲁国的强弱，如果老百姓产生侥幸之心和非分之想，那么造成的伤害将是几代人都无法根除的。"

季孙氏听了很惭愧，说："我真想钻到地下去，叫我怎么好意思见宓子呢？"

◎

宓子所说的道理，对救世来说似乎迂腐了点，对处世来说却是至关重要的。

程琳

有远见

宋朝人程琳字天球，担任三司使时，有人议论老百姓所缴纳的捐税名目繁多（当时有大麦、织绢、绸鞋线、食盐等名目。——原注），恐怕奸吏从中取巧，建议政府将众税合归为一。

程琳说："取消各种名目而将它们合而为一，这只会带来一时的方便。日后如果又有那种急功近利的大臣，一定又会重新增加名目，扩大税收，这不就更加重了老百姓的负担吗？"

那些议论的人虽然唯唯点头称是，但并没有从中体会到它的切实好处。直到蔡京又实行方田法，将各种税收合并为一种时，才想起程琳当时讲的话，不由得感叹不已。

高明

不加税

明朝景泰年间，黄河向南改道，人们就在旧河道上耕种，并且有不小的收成。于是就有人建议说要丈量百姓的耕地，并按亩征税。

御史高明不同意这种做法，他说：“黄河的改道并没有常规，而税额一经确定就不能随意更改。假如平川陆地忽然间又变成了汪洋一片，而税额仍按照过去的田亩征收，叫老百姓怎么能忍受得了？”于是，这件事就此作罢。

◎

常常看到沿江各郡县，因为摊税给河滩上的田地而造成百姓赔粮贴钱的困境。究其原因是河沙长年淤积扩大，造成了新田。好大喜功的官员就非常高兴地乘机增加税收，好为自己立功，却不想到以后想要把税额降下来是何等困难。四川一带的盐井也是这样。

明朝陈于陛在上疏中写道："有一口盐井才能征收一份税，但因为有些旧井塌陷崩坏了，上司却不肯免除其课税，百姓就会受到更大的牵累，所以他们连新的盐井也不敢再开了。应当定下这样的法规：凡是被废弃的旧盐井，一律免去课税，并且允许开凿新井，三年内免收新井的税收。那么百姓的困苦就可有所缓和，国家的利益也就随之产生。如果荒山新垦之田的赋税太多，一时间也很难全部免除，应当调查核实，另外登记造册；朝廷一旦有什么赦令优惠政策，应当首先考虑到这些田地的赋税，或者缓征，或者减免一半。慢慢勘察丈量新淤积的田地，逐渐加以补扣。这样，不出几年，也就能基本持平了。"

查明朝洪武二十八年（1395），户部曾奉太祖皇帝的命令："山东、河南的百姓，除了已经登记在册的田地按旧例征收课税外，新开垦的荒田，不管多少，永不征税，有力气的就让他尽力开垦。"各边境屯田的方法可以照此制定。

王铎

明察事理

唐朝人王铎担任京兆少尹时，李蠙(pín)任度支使，掌管财政。当时每年从江淮运米到京城，运费每斗就要七百钱;而京城的米价每斗只卖四十钱。因此，有人向李蠙建议，不要从江淮调集粮食，而是按每斗米七百钱给户部交纳现金。

王铎说:“这个建议绝对行不通。如果在京城买米，就要耗费京城的存粮;如果从江淮运米到京城，则同时可以使许多平民百姓得以养生糊口。”但是在京城买米的政策已经推广开来了，竟然没有人敢加以阻止。京城的米价果然很快就暴涨起来，不到十天度支使就请求辞职，因为卖米的商民已不来京城了。

有见识的人都佩服王铎明察事理，富有远见，王铎也因此被委以重任。

◎

明朝初年曾制定了“中盐法”，即由商人把军需粮饷运给守边的士兵，换回盐运给内地的百姓。商人往来运输粮草，觉得非常辛苦，于是就招募百姓到边境去开荒种地，以便就近运粮。因此，边疆的土地也就成了上好的粮田。这是供盐和屯田相结合的最好办法。

但自从侍郎叶淇因同乡商人的请求而徇私，直接交纳银子给户部，边境的田地日渐荒芜，米价也就陡然上涨了。“中盐法”完全被破坏了。

“贪小利则大事不成”，圣人的话实在令人心服不已。

孙伯纯

不办盐场

宋人孙伯纯治理海州时，发运司建议在洛要、板浦、惠泽三地开办盐场，孙伯纯认为不妥当。发运司亲自来到郡里，决意要办盐场，孙伯纯坚持己见，毫不动摇。当地老百姓聚集到县衙，认为办盐场有好处。

孙伯纯开导他们说："你们这些糊涂人，不知长远之计，官府卖盐虽有眼前的利益，但官盐怕就怕在卖不出去，不怕产的盐不够。盐产多了又卖不出去，造成的危害要影响到三十年以后。"

孙伯纯被罢官后，三个盐场建起来了。这以后，海州一带案件、盗贼、差役都比以前大大增加了，这都是开办三个盐场所造成的。三个盐场的盐堆积如山，运不出也卖不掉，连年亏损，人们动辄破产失业，这时才体会到办盐场的害处。

朝廷向海州征发的军器中有弩椿箭竿之类的物品。海州从来不产出这类东西，百姓很苦恼，请求以鳔胶来代替、折算。孙伯纯对他们说：“弩椿箭竿，大家都知道不是海州所产的。这次朝廷调发，只是一时的急需。如果以土产品代替，恐怕你们以后年年都要被征调，没有停止的时候了。”

张咏

以桑易茶

北宋张咏任崇阳县知县时，当地的百姓以种茶为业。张咏对他们说："茶叶的利润很丰厚，国家将会实行专卖，不如趁早改种其他。"于是命大家拔掉茶树，改种桑树，百姓们感到很苦恼。

后来国家果然对茶叶实行专卖，其他县的百姓一时都失业了，唯独崇阳县的桑树已经成材，养蚕织绢，每年可得一百万匹。

百姓们思念张公的恩惠，为他建庙以示纪念。

◎

永嘉一带所产的梨子十分可口好吃。明朝人文林当永嘉县令时，有人把当地产的梨子拿去献给宦官。宦官品尝之后认为的确好吃，就令永嘉百姓每年用这种梨交纳“岁贡”。

文林知道后说:“小小的梨子对老百姓有多大好处呢？如果年年都要进贡，那为害就大了！”于是令人把这些梨树全砍了。宦官十分愤怒，就向皇帝进谗言，幸好遇到朝廷要求推荐卓异的人才，文林方幸免于难。

近年苏州虎丘的茶树也成为和尚们的心腹之患，和尚们就将茶树砍得精光。呜呼！宦官所为不值一提，但身为百姓父母官的人却不得不令百姓把树砍了来避祸，这种情况难道不值得人深思吗？（文林是文徵明的父亲。——原注）

《泉南杂志》载:泉州一带盛产甘蔗，用来制糖可获丰厚的利润，往往有人把稻田改种甘蔗，致使泉州的粮食越来越缺少，全靠江浙一带从海上贩运到泉州。当地的官员应下令禁止稻田改种甘蔗。这种行为乍看起来似乎不近人情，但对后人是有很大好处的。

李允则

推广粟米

北宋时，李允则出任长沙太守。湖南境内，地势低的土地都被百姓开垦种稻，那些地势高的则因缺水，百姓全部任其荒废。

有一天，李允则颁发一道命令：“将来纳税要同时缴纳粟米及其茎秆。”当地的人就辗转从襄州购买，一斗米换一捆粟米，到湘中就折合一千钱了。于是，百姓们就争着在高地种植粟米。

如今，湖南境内再也没有荒田了，而且所产的粟米质量雄冠天下。

论元祐事 二条

新法与旧法

宋神宗逝世时，正赶上程颢送文书到大名留守府，举哀已毕，留守韩绛的儿子韩宗师问程颢朝廷的事将如何发展。

程颢说："司马君实（司马光，字君实）、吕晦叔（吕公著，字晦叔）将出任宰相。"韩宗师又问："如果他们做宰相的话，又将如何呢？"程颢说："他们应与元丰时的大臣共同执政，如果先分党派，那么以后的事就令人担忧了。"韩宗师接着问："有什么可担忧的呢？"程颢回答："元丰时的大臣，都是些贪利的人，若使他们自己改变已经非常害民的法令，则是件好事；不然的话，将导致无休止的祸害。君实为人忠直，但难以与他商量问题；晦叔懂得事理，但恐怕能力有限。"不久，这些话都应验了。

◎

宋徽宗建中初年，左司谏江公望上奏说，神宗皇帝与元祐诸臣，并非有斩袪（晋文公与寺人披事）、射钩（齐桓公与管仲事）的旧怨，先帝听信了他们仇人的话而将他们罢黜。陛下如果立“元祐”为名，必然有“元丰”“绍圣”与它相对立。有对立就要产生争论，争论一产生，党派又要兴起了。

北宋时，司马光当政，反对王安石的所作所为，毕仲游写信给他说：“当年王安石以革新的主张打动先帝，但是担心财力不足，所以凡是可以得到民财的方法无不运用。实行青苗法、市易法、役钱法、改变盐法等，这些都是他们变法的具体措施，而打算革新又担心财力不足，则是他们变法的着眼点。

“不去堵塞他们变法的着眼点，仅仅想禁止新法的具体措施，就是说一百回也是没有效果的。现在废除了青苗法，禁止了市易法，减免了役钱，除了盐法，凡名为财政而实际伤民的措施，都一扫而变。

“如此一来，在新法实行时期任事的人，就必然不高兴；不高兴的人，必然不仅说青苗法不该废除，市易法不该禁止，役钱不该减免，盐法不该除去，还会拿财政不足的情况来打动皇上。即使石头人听了这些话，差不多也要感动了。这样下去，则被废除掉的就会再次实行，被禁止的就会再次设立，减免的就会再征收，除去的就会再存在啊！

“当今之计，应该把全国的财政收支情况彻底搞清楚，将各地所积余的钱粮统统归户部掌握，使经费可以支撑二十年的用途。几年之间，又能比现在增加十倍，让皇上清楚地知道天下有足够的财力。这样，所谓财力不足的提法就不能在皇上面前陈说了，新法才会永远被废除。

“当年王安石在位时，朝廷内外都是他的人，所以他的新法能实行。现在想改变以前的弊政，但左右官员十之七八是王安石的党徒，虽然起用了两三个旧臣、六七个君子，也只不过是百分之十，形不成有作为的势力。实力不能有所作为而想有所作为，其结果必然是青苗法虽被废除，却还会再次实施。何况还未被废除呢！市易法、役钱法、盐法等，没有一件不是这样。

“以这种方法来整治前些时候的弊政，就像长期生病的人病情出现了短时的好转，他的父子弟兄虽然高兴，但不敢庆贺，因为他的病毕竟还存在。”

司马光收到这封信很震动，毕仲游所担心的和他自己所担心的竟是相同的。

陈瓘（guàn） 四条

料事如神

北宋时，陈瓘被召进京，到了京城，听说有圣旨，命令中书省、门下省、尚书省将所有未被采纳的奏章都统统交上去。

陈瓘对宰相的幕僚谢圣藻说：“这一定是有奸人打算遮盖自己的罪过，所以才想出这个计谋。如果全部交上去，那以后有什么是非变乱，各省的官员用什么来辨明清白呢？”陈瓘又列举蔡京上疏请求诛灭刘挚等人的家族，又造谣说王珪带剑入宫，试图陷害王珪等几件事来说明。谢圣藻听了以后很惊怕，马上告诉了宰相，将交上去的章疏都录了副本放在省署。

这以后蔡京一党欺诬盖抹的企图之所以不能全部得逞，就是因为这些真实的记录消除不掉。

宋朝邹浩自外任还朝，皇帝再三称赞他进谏不立刘氏为皇后的事，并问其谏疏的底稿还在不在。邹浩回答：“底稿已经烧掉了。”退朝后，邹浩将这事告诉陈瓘，陈瓘说：“你的祸事要由此开始了！以后奸人假造一份谏疏，你就无法辩白了。”

以前，哲宗皇帝有一个儿子，即献愍(mǐn)太子赵茂，是昭怀刘氏做妃子时生的。哲宗没有其他儿子，而且当时正宫的位子是空着的，刘氏因此被立为皇后。然而才过三个月，太子茂就夭折了。邹浩前后三次进谏，陈说不宜立刘氏为皇后，但谏疏的底稿都没有保存。蔡京主持政事时，因他平素忌恨邹浩，就指使其党羽伪造了一份谏疏，其中说：“刘后杀害哲宗的后妃卓氏并夺取了她的儿子。这样做，可以蒙蔽人，难道能够欺骗天吗？”

宋徽宗信了这份伪疏，于是下诏披露了这件事，并将邹浩再次降职为衡州别驾，接着又将他贬往昭州。这一切果然应验了陈瓘的话。

◎

这两件事的局面是一样的，谢圣藻听从陈瓘所言而避免了谗言之害，邹浩违背了而招致诬陷。“人无远虑，必有近忧。”我更加相信这个道理了。

宋徽宗初年，想革除绍圣年间的弊政以使国家安定，于是大开言路。大家都认为重新任用贤臣、追封司马光等人官职是当前首要的事情。

陈瓘当时正担任谏官，唯独他认为绍圣时废黜皇后孟氏，追贬司马光、吕公著等宰相的官职时，都罗列了种种罪名，不是简单行事的;现在要把这些翻过来，首先应当澄清那些诬蔑不实之词，给无辜的人平反昭雪，严惩造谣生事的人，然后颁发诏书，以礼义行于天下，这样才能没有后患。不要只图形势进展快而做出以后会后悔的决策。但是，当时朝中多数人认为公论已长时间被压抑，应当迅速去做一些让人快意的事，马上实施这些措施。

到了崇宁年间，蔡京当政，全盘改变了建中年间的政治措施。这时，大家都信服了陈公的远见卓识。

陈瓘在通州时，张商英入朝任宰相，想任用陈瓘作为自己的帮手。当时设置了政典局，就由局中奉旨去取陈瓘所著的《尊尧集》，大概是要实行书中的主张，而由政典局来起用陈瓘。

陈瓘料定张商英不会成功，故所著的书虽已誊写好，但不拿出来。州郡官员奉了政典局的公文再次催促，于是陈瓘写了份奏表，用黄帕封缄，交给政典局，并请求他们在皇帝面前拆开。有人对陈瓘说："直接呈交政典局就行了，何必还给皇上上疏？"陈瓘说："我恨不得直接向皇上说明，哪能再将奏章交给他们呢？张商英做宰相，想有所作为，但不公开在各部门中行动，而是置局建官，像私下里做事，这样，别人将要怀疑生忌的。恐怕《尊尧集》到了他那里，而他的地位也在动摇了。要远远地避开他的行迹，还担心避不了呢，何况给他书？"

以后的事全部应验了陈瓘所讲的话。张商英被罢黜后，陈瓘也被贬官台州，当时对他的指责就是私下将《尊尧集》送给张商英，是为了受到重用。于是，众人更加信服陈瓘有远见。

林立山

论修史

明朝《武宗实录》即将修成时，首辅杨廷和因违反圣旨而被罢官为民，宦官张永也因罪被废。

翰林学士林立山呈书修撰《武宗实录》的副总裁董中峰说："修史是评价千秋万代是非功过的大事。昨天听人议论迎立新帝一事，有的说由宦官们决定，有的说由内阁决定；诛杀奸臣江彬，有的说是杨廷和的计策，有的说是张永所为。（议论者都是各自站在自己小团体的立场上。）对此是要怀疑还是相信，茫然没有根据。当今皇上正要对事实加以综合考查，修史的人如果把以上两种议论不加甄别地写进去，而皇上必然要首先审阅，恐怕就会真的认为张永有功而杨廷和有罪。君子与小人谁进谁退的关键就在这里了。"

董中峰就把这件事向《实录》总裁费宏做了汇报，于是决定根据历史的真实情况加以记录：“慈寿太后派遣宦官去请求内阁杨廷和做出定夺。”从此，皇帝倾向于内阁宰辅，宦官的权力才开始有所削减。

周宗　韩雍

有字为证

五代南唐烈祖李昪(biàn)出镇建业时，其义祖徐温在广陵去世，烈祖派周宗到他家去慰问，准备亲自去吊唁。

徐温的次子康王徐知询及其弟弟们闻言即对周宗说："我们听说兄长国事繁忙，应当克制哀情，减少礼节，不必劳他神再西渡奔丧了。"

周宗猜测这绝非康王的本意，就坚决要他写封信向烈祖回禀，不要口头向烈祖转达。康王却以匆忙间来不及推辞。周宗当场从衣袖中拿出笔，又命手下立即取来纸茗信帖，请康王当众亲自修书一封。康王不得已写了一封信："丧礼就在广陵办理，正值国家多事之秋，二哥就不必以奔丧之事为念了。"

第二年，烈祖去广陵拜谒徐温之墓，康王和他的弟弟们拉着他的手悲痛万分，纷纷责怪他不把义祖的丧事放在心上，没有奔丧的诚意，希望以此引起舆论对他的谴责。烈祖就将康王亲笔写的书信拿出来给众人看，康王等人觉得羞愧不已，遂作罢。

明朝韩雍巡抚江西时，一天忽然有人报告宁王的弟弟某亲王来拜访他，韩雍一面推托生病，请求亲王等一下，一面秘密派人火速召来司法官，并且找了个白木几。韩雍匍匐在地上迎接亲王，亲王入座后，讲了他哥哥宁王谋反的一些事。韩雍推说生病，耳朵听不见，请亲王将事情写下来。亲王要纸，左右的人抬来白木几，亲王将宁王谋反的事详细地写在上面，然后离开了。

韩雍将这事上奏，朝廷派特使调查，没有发现证据，这时宁王兄弟俩已和好，亲王什么也不说了。特使回朝，朝廷以韩雍离间宗室亲王之罪，要将他押往京城追究。韩雍呈上亲王亲笔书写的木几，才被释放。

喻樗

不可同为宰相

宋朝人张浚与赵鼎同心辅佐治理国事，都致力于堵塞小人晋升的门路，抑制皇帝的亲信。两人相处得很好，人们都认为他们将并列为宰相。

唯独国史馆校勘喻樗说："两人还是同在枢密院任职相宜，这样，如果哪天赵鼎退下来了，可由张浚来继承。处理国家大事，任免官员，前后差异就不大，这样国运才能长久。如果两人同处宰相的位置，万一意见不合，一人离去，就必然要改变那人的政策，那就成了贤者自相背离了。"

◎

西汉曹参继承萧何，三国时蜀汉名臣费祎、董允继承诸葛亮，这是君子能自行延长他们的事业、气脉的原因。

至于唐太宗自己不封赏李勣（jì），而留给他儿子高宗去封赏；宋太宗自己不封赏张齐贤，而让他儿子真宗去封赏，是人主以私恩做交易，不是出自帝王的公心啊！

杨荣

举荐贤人

明朝王振对杨士奇等人说："国家大事多亏了你们三位先生，但三位先生年岁已高了，今后准备怎么办呢？"

杨士奇回答："老臣理当尽瘁报国，死而后已。"杨荣忙说："先生不要这样说，我们年老体弱，难以为国尽力了，今后应当选择年轻可任用的人来继承我们，以报答皇上的深恩。"

王振听了这话很高兴，第二天就推荐曹鼐、苗衷、陈循、高谷等人，马上被依次擢用。

杨士奇认为这是杨荣那天的讲话所造成的，杨荣说："王振讨厌我们，纵然我们还能自立，他难道就会停止动作吗？一旦大内中开出张纸条，命某人入内阁，那我们唯有束手而已。这次擢用的四个人都是我们的人，必定能同心协力。"杨士奇信服了他的话。

◎

明代李彦和在《见闻杂记》中说:“言官要弹劾某个大臣,必须下功夫搞清楚弹劾后有什么人可以替代他,这个替代的人必须比被罢免的人贤良,弹劾必须有益于国家,这才是忠于言官的职守。如果只是为了作一篇好的弹劾文章,彰显自己的名声,却于国家的利益无补,则不如缄口不言,那样倒于言官的职责无损。”

以上这些话可与杨荣的论说合在一起来看。

赵凤　杨王司帑(tǎng)

远相士

当初，后唐晋阳的看相人周玄豹曾说李亶的相貌贵不可言。李亶成了皇帝（后唐明宗）后，就想把周玄豹召到京城。赵凤说："周玄豹的话已经应验了。如果他在京城，必然有一些轻躁狂妄的人经常去登他的门，自古术士的妄言导致人被灭族的例子多着呢！"于是，明宗一面授周玄豹为光禄卿，一面又命他退休。

北宋时，一次杨存中在郊外闲走，遇到一个看相测字的人。杨存中用手杖在地上写了一个"一"字。看相的人慌忙向他叩头并且说道："阁下怎么穿着普通的衣服来到这里？应当珍重贵体呀！"杨存中很奇怪，问他是怎么知道自己身份的。相士说："'土'上加'一'，不是'王'吗？"

杨存中笑笑，当即写了张赏券，赏了他五百万钱，签上了自己常用的签名，叫他明天到府中找管钱人取兑。

第二天，王府管钱的人拿着这张赏券，细细地看了看后，对相士说道："你是什么人？竟然敢伪造我们王爷的签字来骗钱，我要把你捆到官府去问罪。"相士详细讲了事情的经过，极力诉说委屈，希望使杨存中听见。王府管事和管钱的人凑了五千钱给他，相士大哭，痛骂那个管钱人。

后来，相士找机会把这件事情告诉了杨存中。杨存中就责问管钱人，管钱人回答："他今天说您是王，以后又不知要怎么往上胡说了，那就要给您招来很多诽谤。而且您已经晋封为王了，还用得着相士给您看吗？"

杨存中听了这话，站起来拍着管钱人的背说："你说得对。"当即将准备给相士的几百万钱奖赏给了他。

程伯淳

远怪力乱神

北宋程颢（字伯淳）任越州佥判时，蔡卞是越州经抚使，待程颢很好。

当初，蔡卞曾对程颢谈到张怀素道术精深，神通广大，连飞禽走兽也能呼唤调遣。张怀素说孔子杀少正卯时，他曾劝说孔子不要杀得太早；楚汉成皋之战时，他常常登高观战。也不知他多少岁了，大概不是世间人吧！程颢听了这些，每每窃笑。

等到程颢要到四明去，而张怀素要来会稽，蔡卞挽留程颢过几天再走，程颢没同意。程颢说："孔子不谈怪异、勇力、叛乱和鬼神，因为神怪之事不值得作为遵循的准则。张怀素的事近于怪异，长官既然那么相信重视，士大夫又相互传扬，在下面的百姓间自然就要风靡了。假使他是个真正有道的人，肯定不愿这样做。所以，不与他相识也不是什么遗憾的事。”

二十年后，张怀素密谋之事败露，事情牵涉很多名士，有人想牵扯到程颢身上，终因没找到证据而作罢。如果不是程公平日言论守正，就不免要被罗织罪名了。

◎

东汉张让，是众名士所看不起的人，唯独陈寔不拒绝吊唁他的父亲；北宋张怀素，是众人所奉仰的人，唯独程颢不看重与他的见面。

明哲保身，哪有一定的方法啊！具有二公的见识，才可以同时运用他们的处世方法。

东汉蔡邕避难在外，积累了十二年的经验，却不能自行韬晦以避免被董卓征用。在被征用以后，推托身体有病而不就职，还是可以的；却因董卓的发怒，怕惹祸而从命，接着受到董卓的宠任，以至到董卓死了还为他叹息，当初的居心是什么呢？行为耿介却不能持久，洁白的操守居然一朝染黑，自己违反了公论，还盼着能让他续写汉史，岂不愚蠢吗？与陈寔相比，他真应惭愧死了。

北宋会稽天宁观有个何道士，住在观里的东廊，栽花酿酒，有客人来总是殷勤接待。

一天，有个仪表堂堂的道人前来求见，这个道士很善谈，能写大字，何道士欣然款留，这个道士住了几天才走。

没多久，妖人张怀素阴谋作乱。张怀素就是前次来的那个道士，何道士也因此受牵连，被抓进监狱，过了很长时间才被释放出来。从此，他畏客如虎，闭门谢客。

一天，又来了一个道士，也是仪表堂堂的，多才多艺，由住在西廊的道士张若水介绍前来。何道士却对他大骂，关起门来不让他进去。没想到这个道士就是永嘉的林灵噩，他很快受到皇帝的宠幸，赐名灵素，成了当时最有权势的人。

林灵素平日受别人一饭之恩，无不加倍报答。张若水被召进京赐予道官，做到蕊珠殿校籍，他的父母也都受到荣封。而何道士却因当初骂过林灵素，朝夕担惊受怕，直到张若水写信来安慰他，才稍稍安心。这也是知其一不知其二的教训。

薛季昶 徐谊

预见祸事

唐朝时，张柬之等人诛杀了张昌宗、张易之后，就将武后迁居。薛季昶说："两个元凶虽已诛杀，但吕产、吕禄之流还在，斩草不除根，终究还要长出来。"桓彦范说："武三思不过是砧板上的一块肉，就留着他作为天子利用的工具。"薛季昶叹道："我将死无葬身之地了！"待武三思乱政以后，桓彦范很后悔。

南宋时，赵汝愚先借韩侂（tuō）胄的力量，沟通后宫，立宁宗为帝。事成以后，徐谊说："韩侂胄将来会成为国家的祸害，现在应满足他的欲望，但要将他调得远远的。"叶适也对赵汝愚说："韩侂胄所向往的，不过是个节度使，应该授予他。"朱熹说："赵汝愚应以厚赏来酬劳韩侂胄，不能够让他干预朝政。"

赵汝愚觉得韩侂胄容易控制，对以上的意见都不采纳，只授韩侂胄任防御使。韩侂胄非常怨恨，于是导致了后来赵汝愚的祸事。

◎

武三思、韩侂胄都是小人。然而武三思有罪，所以宜讨伐而将他剪除；韩侂胄有功，所以宜赏赐而使他远离朝廷。剪除武三思，应该在迁居武后的时候；远调韩侂胄，应该在他尚未得志的时候。错过了这种机会，就都不好搞了。

五王、赵汝愚都自恃地位、声望、才能完全能够支配武、韩，而不知道凶狠小人的手段更甚于豪杰。为什么呢？豪杰疏忽大度而小人奸猾周密，豪杰宽厚而小人狠毒。不听从忠诚的建议，自己造成了这种恶果，可悲啊！

李贤

削封爵

明朝人李贤曾因为军官人数有增无减，向皇帝进言，说天地间万物有长必有消，如果人只生不死，势必连寄身的地方也没有。

自古以来有军功的人，虽然国家赐予金书铁券，表示永保他的封爵，但他们的子孙如果不继续立功而是一再犯法，就应削除他们的封爵；如果能继续立功，再恢复他们的封爵。哪有屡次犯罪过而不被革除封爵的呢？如果放任这种情况继续下去，势必官多军少，老百姓因供给这些人的俸禄而贫困，国家财政也因此而亏空，不能不做深远的打算。

◎

这个议论，关系非常大。

刘晏

不斤斤计较

唐代宗时，刘晏在扬州设立造船场，凡造船一艘，付给工钱一千缗(mín)。有人提出造船的实际费用不到所付工钱的一半，请求减少。

刘晏说："不。计划大事业不能计较小的花费，凡事必须考虑到长久的利益。现在刚刚设立造船场，管事的人很多，当先使他们的私人花费不太窘迫，这样造出的船才能坚固。如果和他们斤斤计较，岂能长久行事？将来肯定会有人要减发工钱的。减少数在一半以下还差不多，过了那个界限就行不通了。"

五十年后，当时的主管人员果然减去了一半工钱。到了懿宗咸通年间，主管人员按实际费用付给工钱后，再没有剩余的了，于是造出来的船只越来越脆薄易坏，漕运也随之衰败了。

李晟（shèng）

哪管什么星象

唐代李晟屯兵渭桥时，荧惑星（火星）干犯岁星（木星），久久才消退。府中的宾客都庆贺说：“荧惑星消退了，有利于国家，迅速出兵进攻敌军，一定能取胜。”李晟说：“天子在外面受难，做臣子的唯有竭力死战以解救危难，哪里管什么天文星象啊！”

待到后来胜利了，李晟才对众人说：“以前士大夫劝我趁荧惑星消退时出兵，不是我要拒绝，而是考虑到对星象的变化情况，我们可以去利用它，但不能让人知道我们在利用它。因为金、木、水、火、土五星盈缩、明暗不定，我担心如果荧惑星再次干犯岁星，那么我军就要不战自垮了。”众人都说：“我们的见识赶不上将军啊！”

◎

战国时田单想以神道来迷惑敌人，而唐代李晟不想让天象来迷惑自己的军队。

吕文靖

验明真身

宋仁宗时，皇宫遭火灾，房屋都被烧毁了。天亮时，上朝的官员都来了，但到中午，宫门还没打开。群臣也不知道皇帝的起居情况，两府的官员请求进宫，也不传报。

过了很久，皇帝驾临拱宸门楼，司礼官高声赞谒，文武百官一齐跪拜在楼下，唯有吕文靖独立不动。皇帝派人问他的用意，他说："宫廷发生变乱，群臣盼望能瞻仰万岁的容颜。"皇帝命人打开帘子，俯身在栏杆上让群臣能看见。于是吕文靖才下拜。

掌玺内侍

处置得体

南宋时，赵汝愚和韩侂胄商量好计策，打算拥立宁宗，尊光宗为太上皇。赵汝愚命令殿帅郭杲(gǎo)领兵五百到祥禧殿去取玉玺。郭杲到了祥禧殿，向掌玺内侍羊骃(yīn)、刘庆祖索取。

羊、刘两人私下商议：现在外面如此混乱，万一玉玺落到他手中，他又将玉玺交给别人，岂不误了大事？于是就封了一个空印盒交给郭杲。羊、刘两人取出玉玺，从一个秘密通道来到德寿宫，将玉玺交给宪圣太后。等到赵汝愚开盒取玺之际，宪圣太后才从宫内拿出玉玺交给他。

◎

玉玺是何等重要的东西，岂能凭武力索取，因私恩进献？这与绛侯周勃打算私下向汉文帝献玉玺的意图相同。

热衷功名的赵汝愚、韩侂胄之辈不明道义，这么大的一件事，关键之处却被两个宦官做了，真可惜啊！

裴宽　李祐

择婿

唐朝的裴宽曾任润州参军。当时刺史韦诜(shēn)正为女儿挑选丈夫，未找到合适的。

有一天，韦诜休息登楼观赏风景，看见楼下的后园有人在埋东西，就打听这个人。打听的人回报说："这个人是裴参军。他为官廉洁，从不让别人馈赠的东西玷污自己家。刚巧有人送他一块鹿脯，放下就走了。他不敢欺骗自己，所以刚才把鹿脯埋在后园里。"韦诜听后，赞叹不已，马上把女儿许配给他。

成婚那天，韦诜叫女儿在帏帐后面观察裴宽。裴宽瘦弱而身长，当时穿了件碧色的衣服，韦家族人看了都发笑，呼他为"碧鹳"。韦诜说："我喜爱这个女儿，必定把她许给公侯做妻子，怎么能以貌取人呢？"后来裴宽官做到礼部尚书，很有声望。

唐朝的李祐官爵高升以后，不少公卿都请求娶他的女儿做儿媳妇，李祐一概谢绝了。

一天，他召集全体幕僚聚宴，说他将要选定女婿了，大家都以为一定是名门贵族之子。等到入了宴席，许久不见动静。酒宴进行了一半的时候，李祐拉起末座的一员将领，对他说："知道你还没成婚，我冒昧地将小女托付给你。"即席举行了婚礼。

过了些日子，有人问他如此择婿的原因，李祐回答："我常见官宦之家与名门贵族联姻，他们的子弟往往沉迷于骄奢淫逸，大都没有好结果。我靠用兵作战得到现在的官位，自己选择合适的女婿，何必要仰仗高门以博取虚名呢？"听到这话的人，都认为李祐见识卓越。

◎

北宋司马光说："娶媳妇一定要找家境不如我家的，嫁女儿一定要找家境胜过我家的。不如我家，娶来的媳妇知道节俭；胜过我家，嫁出的女儿就知道谦慎。"这话一时间被称为名言。看韦、李二公择婿，感到司马光还没把道理说尽。

王文正

不争眼前得失

北宋王旦（谥文正）的女婿韩亿按惯例应当被派往离京很远的地方去做官。王旦对他女儿说："这是小事，不要担心。"

一天，王旦对女儿说："韩郎要出任洋州了。"他女儿大为吃惊。王旦说："你回娘家来，总是有地方住的。我如果向皇上请求照顾，别人就要指责韩郎是靠岳父的力量才免去远任的，这样就要连累他的远大前程了。"

韩亿知道后，说："您待我的情意是多么深厚啊！"后来韩亿官做到尚书左丞。

◎

古人以自爱之心爱人，不争眼前得失，大都是像王旦这样的。

公孙仪

靠人不如靠己

春秋时，公孙仪任鲁国的宰相，他很喜欢吃鱼，国内的人都争着买鱼献给他，公孙仪不接受。他弟弟问他："你喜欢吃鱼却不接受鱼，这是为什么呢？"

公孙仪回答："正因为我喜欢吃鱼，所以才不接受别人送的鱼。如果接受别人的鱼，必然要按照别人的意愿办事，那就可能违犯法律；违犯法律，就会被免去宰相之职；若被免去宰相之职，就算喜欢吃鱼还有谁送给你呢？不接受鱼而不被免去宰相之职，这样，虽然没有要人家的鱼，却能长久地自己买鱼吃。"

公孙仪这样做是明白"靠人不如靠己"这个道理的。

孙叔敖

择荒地

春秋时楚国人孙叔敖病重之际，告诫他的儿子说："大王屡次要赐我封邑，我都没有接受，为的是我死了后，大王就会封地给你。如果那样，你一定不要接受土地肥美的地方！在楚国和越国之间有块埋葬死人的荒丘，那里的土地不肥沃，名声也不好。楚国人信鬼神，越国人也把祈求鬼神赐福避祸当作常事，因而他们都不会来抢占这块地。可以立下万世之业的也就只有这块土地。"

孙叔敖死后，楚王果然要将肥美之地赐封给他的儿子。他的儿子坚决不要，只请求将"寝丘"那块荒地封给自己，楚王答应了他的请求。结果一直到汉代，他的子孙都世代在那里生活繁衍。

范蜀公

立足之道

北宋时的范祖禹讲:从前有个子弟去赴任，有人就请蜀公范镇给他写一封推荐信，蜀公不同意，说:“当官不应该到处求人家关照自己，不然受的恩惠太多，将来就很难在朝廷立足了。”

◎

明朝刘大夏曾说过:“做官的人不可滥交朋友。受人知遇之恩，也只应像朋友一样相处。人的一生能有三五个得力的朋友也就可以了。”呜呼！这真是老成练达的话。

汪公

不贪虚名

明朝王云凤出任陕西提学，御史汪公对他说：“阁下前去整顿风纪，只要尽你分内的职责就行了，不要去毁坏那些滥盖的庙祠，也不要查禁和尚道士。”王云凤说：“这正是我等要做的事，您怎么说出这样的话呢？”

汪公说：“你的认识真要很正确倒也没什么关系，万一认识不正确，只是为了追求一时的虚名而去做，将来你的妻室儿女生了病，又不得不到寺庙中祈祷拜佛，消息一传开，就会被世人讥笑啊！”王云凤听了非常叹服汪公的见识。

这件事是文徵明先生说的，可惜不知道汪公的名字。

◎

对事情看得透彻，来源于学问，也就是人们所讲的真知灼见。唐朝的狄仁杰正是这样做的。贪图虚名的人没有不变节的，当官的人应当以此类推，省察自己。

华歆

助人之道

三国时的华歆、王朗有次一起乘船避难。有个人想搭乘他们的船同行，华歆感到很为难。王朗说："这条船幸好还有宽余的地方，为什么不帮他一下呢？"

后来敌兵追到了，王朗却想丢下那个人，华歆说："当初我之所以不愿带上他，就是考虑到这个原因。现在既然把他带上了，又怎能在这危急关头把他中途抛下不管呢？"于是仍然带上那个人一起逃命。

下岩院主僧

聚宝碗

巴东下岩院的院主在外面得到一个青瓷碗，带回了寺院。他折了一枝花放在碗中，供在佛座前，第二天碗内长满了花。他又放了一点米在碗里，过了一夜，变成了满满的一碗米，放铜钱，放金银，也是这样。从此，这座寺院富裕多了。

后来，院主的年纪很大了。一天，他过江去查看寺里的田地，突然从怀中拿出这只青瓷碗投入江中。弟子们都惊呆了。院主说："我死后，若留着这只碗，你们会愿意淡泊谨慎地过日子吗？丢掉它，是不想使你们增加罪过呀！"

此事出自吴淑的《秘阁闲谈》。吴淑是宋初人。

◎

元末明初商人沈万三家有聚宝盆，情况也类似。明太祖朱元璋曾取去试试，没有应验，便又还给了沈万三。后来建筑京城，又把这个盆放置在南门的地基下，因此南门称“聚宝门”。

东海钱翁

高价买房

东海地方有个姓钱的老人，原是小户人家，后来富裕了，打算搬到城里居住。有人对他说："某处有所房子，有人已议好了七百两银子的价码，很快就要出售了，您抓紧去把它买下来。"

钱翁看了看房子，竟以一千两银子与房主成交。钱家子侄说："这所房子已经议好价了，现在骤然增加了三百两银子，是不是太多了？"钱翁笑道："这其中的道理你们就不懂了。我们原是小户人家，房主避开众多的买主而把房子售给我们，不多付些钱，怎么塞其他买主的口？况且若房主的欲望得不到满足，势必会发生没完没了的争端，现在我以一千两银子买下价值七百两银子的房子，房主的欲望得到满足，其他想买这所房子的人也感到无利可图。从此以后，这所房子就可以作为我们钱家的产业而永无忧患了。”

不久，其他房子多因卖主觉得价亏而争要补贴，或者再转卖的，往往造成诉讼，唯有钱翁的房子住得安安稳稳。

辞馈

先见之明

明朝刘大夏受奸臣刘瑾诬陷，充军肃州，生活很贫困。当地官员都因为害怕刘瑾的权势，而不敢给刘大夏提供吃住，只有三个学生轮流供给他吃喝和住宿。

有位参将派遣手下人给他送去礼品，并吩咐使者，若刘大夏不接受馈赠就不许他回来。但刘大夏仍未接受馈赠，并说：“我上了岁数，身边也就只有一个仆人，每天吃饭起居也花不了几个钱。如果接受了这笔馈赠，被仆人偷走，那不是只剩下我一个人孤苦伶仃地陷在这个地方吗？”

不久，和他一起被充军发配的钟尚书的财物果然被仆人偷跑了，众人都佩服刘大夏有先见之明。

◎

本来就不想接受馈赠，担心被盗也只不过是第二位的事。

三国时，曹操在官渡时征召华歆，临别给他送行的宾客有一千多人，赠送的礼物也有几千件。华歆都没有拒绝，只是私下令人将何人送的何种礼物记录下来。

到了临行那天，他对众人说："我本没有拒收你们礼物的意思，只是接受的东西太多了，想到我一个人远行，怕是会因携带这么多宝物而招致祸事。"于是将大家所赠送的东西一一奉还。众人都十分佩服他的德行。

刘大夏这样做，大概是效法华歆。

屏姬侍

防患于微末

唐朝郭子仪每次会见客人，都有许多侍妾在跟前侍候。但郭子仪一听说卢杞来了，就叫侍妾全都退下去。

他的儿子们对此大惑不解，郭子仪解释说："卢杞长得很丑，妇女们见了免不了要发笑。万一将来卢杞得志，我们全家人都活不成了。"

◎

春秋时的齐顷公因为其夫人嘲笑宾客，后来差点亡国。郭子仪防患于微末的考虑实在是太深远了！

南宋王勉夫说:《史记·宁成传》篇末记载，汉武帝时的周阳由任郡守时，汲黯、司马安的官阶虽然与他同属二千石，却不敢与他平起平坐。

司马安的资历虽不值一提，但汲黯的地位与大将军相当，与丞相见面也只要长揖到地而不必下跪，而且刚正不阿，一身正气，不肯居于人下，却甘心为周阳由所压抑，为什么呢？因为周阳由是个无赖的小人，他虽然位居二千石之列，却肆无忌惮，骄横残暴，欺凌同事，目中无人。汲黯其实是远离他，而不是惧怕他。

后来河东太守申屠公受不了周阳由的侵权，就与他互相争斗，结果玉石俱焚，一同被杀，真是令人叹惜！

士大夫不幸与这类人共事，应该谦逊地躲避他们，才不失为宽厚，何苦与他们争一长短而自取羞辱呢？

唐肃

避嫌迁居

北宋时的待制唐肃与晋国公丁谓是好朋友，两家的住宅也正好是对门。

丁谓将要被提升为宰辅，唐肃就把家迁到城北。有人问他为什么要这样做，他说：“丁谓将要到朝廷去做大官了，如果我经常与他往来，会让人觉得我是在攀附他；如果十天半月不去拜见他，人们从人情世故上必会猜疑我和他闹翻了。所以，不如干脆避居他所。”

◎

是非之心不可不清楚，也不可太清楚，像唐肃所为，既保全自身名誉，又保住了两人友情，可以说两者都兼得了。

阿豺

同心协力

晋朝时吐谷浑国的首领阿豺病危时，把二十个儿子一齐召集来，又召来自己的异母弟弟慕利延，对他说："你拿一支箭来将它折断。"

慕利延很容易就把它折断了。阿豺又说："你再把十九支箭放到一起把它们折断。"慕利延手劲再大也无法将十九支箭一齐折断。

于是阿豺说："你们知道吗？一支箭容易折断，把很多箭放在一起就很难折断了，只有你们同心协力，才可能保持国家长治久安。"

◎

西周初年大封同姓（姬姓）的人为诸侯，使得宗室繁多，大家相互扶持，才使周王朝维持了很长时间。

三国南北朝之时，皇室之内互相猜疑，以致相互残杀，国家也就很快相继灭亡。想不到北方狄人中竟有如此明晓事理的人。

卷三

通简

世上本来没有什么值得烦恼的事，都是庸人自己扰乱自己。只有通达人情事理，才能处事简捷可行，就像太阳出来冰消雪化一样。为此，辑撰《通简》卷。

唐文宗

赏赐弄臣

唐文宗要到南郊去祭祀，祭祀前，主事官员送来了相扑艺人。文宗说：“我正要斋祭，怎么能看相扑？”左右侍臣说：“过去都是这么做的，相扑艺人已在门外等候了。”文宗说道：“这不过是要赏物，叫他们就在门外相扑吧，完事后给了赏物打发他们走。”

又有一次看斗鸡，旁边的弄臣一个劲地喝彩叫好，唐文宗说：“鸡既然好，就赐给你吧！”

◎

既不好名，以宣扬前人的过失；又不好戏，使亲信的人得以行奸。唐文宗在这件事上可称得上是圣主了。

宋太宗

不罚酒后失礼

北宋孔守正官拜殿前都虞候，一天在北园陪同太宗吃酒宴，孔守正喝得大醉，与王荣在太宗面前争论边功，吵了起来，失了臣子的礼节。陪宴的侍臣请求太宗将孔、王二人交给有关部门问罪，太宗没有同意。

第二天，孔、王二人都上殿请罪，太宗说：“当时我也喝醉了，情况记不清了。”

◎

酒能乱性，让人喝酒而又责备他不该狂乱，是很难的事。宋太宗推说都醉了，这样朝廷的体面不失，而醉后失礼的人也未尝不知警鉴。

宋真宗

宽谅戍卒

宋真宗时，曾经有个士兵犯了罪过，按法律当判处死刑，经过特赦后，免于死罪，改判杖刑二十，然后发配充军。这个士兵却高声喊宁愿被杀头也不受二十大板，执行的人不知该如何处理，就奏请皇帝定夺。

宋真宗说："他只是怕挨板子，既已判决了，就直接发配吧！"

曹参

萧规曹随

西汉时，曹参当丞相后，一切做法都遵照萧何的法规，自己只是日夜饮酒，无所事事。来的客人都想进言，但客人来到后，曹参让他们饮酒，席间客人要讲话，曹参又让饮酒，一直喝到醉了，来客也没机会发表意见。

汉惠帝责怪曹参不理政事，嘱咐曹参的儿子中大夫曹窋(zhú)私下里问曹参这究竟是什么用意。

曹窋请假回家，向曹参提意见，曹参很生气，鞭打了他两百下。惠帝知道后，责备曹参说："处罚曹窋干什么呢？是我叫他向你提意见的呀！"

曹参便摘下帽子谢罪说："陛下自认为与高皇帝相比谁圣明些？"惠帝说："我哪敢与先帝相比！"曹参又说："陛下再看我和萧何相比谁强些？"惠帝说："你好像不及他。"曹参说："陛下说得对。高皇帝与萧何开创了大业，法令已制定得清清楚楚的了。现在陛下治理天下，臣等只要守职尽责，使那些法令不走样，不就可以了吗？”惠帝说：“我明白了，你不用讲了！”

◎

曹参的话，不是遮短，恰恰显示出他的长处。

吏员住的地方邻近相国家的后园，一些官吏每天饮酒作乐，声音都传到外面来了。曹参身边的人希望曹参游园时能听到这些声音，从而整治一番。

谁知曹参听到这些声音，反而立即叫人布置宴席，拿来美酒，也同样这样欢呼，与那些吏员相应和。于是，左右的人就不再说什么了。

◎

极力绘出了太平的景象，暗中消除身边人的谗言。

李及

边关将才

北宋时，曹玮久任秦州经略使，屡次上书朝廷请求派人来接替他。宋真宗问枢密使王旦："谁可以接替曹玮？"王旦推荐李及，真宗同意了。其他人则怀疑李及这个人虽然谨慎忠厚，行为端正，却不是经略边关的将才。韩亿将这些议论告诉王旦，王旦没作回答。

李及到秦州后，秦州的将领、官吏心里也都轻视他。正巧这时有一名士兵大白天在集市上偷妇女银钗，州吏抓住他来报告李及。

李及正坐着看书，传令将那士兵带到面前，审问了几句，士兵就认罪了。李及也不再将士兵交给州吏，而是立即命令将他斩首了，接着继续看书。手下的文武官员都很吃惊并佩服。

◎

北宋时，朝廷要将益州经抚使张咏自成都召回，对于接替他的人，朝中有人认为任中正可以胜任，也有说任中正不能胜任的。宋真宗就此事询问王旦。王旦说："非任中正不可。只有他才能恪守张咏在成都定下的规章。"

于是，任中正被派到蜀地，他向张咏咨询为政之法。张咏说："如果自己的见解比法规高明，就不用法规而用你自己的办法；如果自己的见解不比法规高明，则应当遵守法规，不要让法规顺适自己的见解。"任中正遵守张咏所说，治理益州深得百姓称道。

后来的人仗着自己有些才能，总以为前人的规章制度狭小，想着要去开拓增改，这些人可以从上面的故事中得到启示和警戒。

戒更革

不贪功进取

北宋韩王赵普任宰相时，在座位的屏风后面放了两口大瓮，凡是有人送上建议利害的文书，他就把它们统统扔到瓮中，瓮装满了就令人抬到大街上烧掉。

北宋李沆说："我当宰相时对国事没有什么新的作为，对朝廷内外有关兴利除弊的建议，统统不予采纳。这可算是对国家有点益处吧。目前，国家的各种政策制度已经非常详尽完备，如果轻易地采纳各方的建议，然后一一实施，那么损失就太大了。小人只图一时功名进取，哪管百姓们的死活呢？"

南宋陆九渊说："过去我曾在制定法律条例的敕局充职，常为享受俸禄不干实事而感到惭愧。凡是四方有所奏请，朝廷官员在议论之后就将这些建议转到敕局，由局内官员审查研究。这些建议中，有的是书生和贵族子弟所提，他们对民事所知甚少，只凭一时感受就轻率地献上计策，一旦施行起来，虽只是一纸之令，却会使老百姓蒙受苦难。对于这类建议，我就经常与同僚们竭力加以辩论反驳，圣上为政清明，常常赞同我们的意见。我们所做的只是编辑切磋法令条文措辞的事，只是为了应付上司的考核才勤恳地工作，哪里对得起朝廷所给的俸禄呢？也许这样做仅仅可以报偿其万分之一而已。”

◎

南宋罗景纶说："古人说：'没有十倍的利益，就不必变更法令条文。'这就是说不能轻易更改制度和法规。有人会怀疑这样做不是坐视天下流弊横生而不去拯救吗？他们不知道革除弊政而同时保存旧法是可以的，因革除弊政而改变旧法则是行不通的。弊政产生正是因为不守法，而不是因为守旧法。韩琦、范仲淹在宋仁宗庆历年间的建树，是革除弊端以完善法令；王安石在熙宁年间推行的措施，是依照社会的弊端而变法。一得一失，从中可以看出了。"

御史台老隶

衙役宰相

宋代御史台有个老衙役，平时以刚正闻名。每当御史有过失时，他就在堂下将手中的梃杖直立起来，御史台中都以他的梃杖是否直立来检验御史是否贤明。

有一天，御史中丞范讽要宴请客人，他亲自安排厨师准备饭菜，再三指挥，厨师刚刚转身，又被他叫住叮咛告诫一番，这时看见老衙役已竖直了梃杖。范讽感到奇怪，就问他原因。

老衙役回答：“大凡派人做事，告诉他方法并且督促他去做就行了。如果他不能按规定办，自有条律去处分他，哪用得着喋喋不休呢？假如让您做了宰相治理天下，哪能把每个人都找来叮嘱一番呢？”范讽听了这话很惭愧，也很佩服。

◎

这才是真正的宰相的才能，可惜却因为老衙役的身份而被终身湮没。春秋时，绛县老人仅知道自己的年岁，尚且使韩宣子萌动了惜才之心，而如此杰出的老衙役，却得不到推荐、任用！以资历来束缚人，国家怎么会用上有才能的人？

要说到不能任用贤才，那例子是非常多的。譬如：唐代萧颖士的仆人（萧颖士对仆人很苛刻，有时要撵仆人走，仆人对人说："不是不想离开他，不过是爱他的才罢了！"——原注）可以做吏部郎官。汉朝甄琛的仆人（甄琛喜欢下棋，通宵都叫仆人在旁边拿着蜡烛，一打瞌睡就责打。仆人说："郎君离开父母来到京城，如果你是为了读书，我应该受罚；现在因下棋而责打我，不也太没道理了吗？"甄琛听后很惭愧，因此而改正缺点。——原注）、宋朝韩琦的老兵都可以去做太学的教师。（韩琦宴请客人，席间见一名营妓头插杏花，韩琦开玩笑说："鬓上杏花真有幸。"营妓应声说："枝头梅子岂无媒？"宴席散了后，韩琦派一名老兵去唤营妓，一会儿又后悔不应该这样做，忙喊老兵回来，不料老兵压根儿就没走，韩琦问他："你没去吗？"老兵回答："我料定相公必然后悔，所以没有去。"——原注）

至于其他具有一才一技的人，更是不胜枚举的。

汉光武

安定人心

汉光武帝斩了王郎后，收缴了王郎的文书，获得一些官吏与王郎勾结来往的几千封信件。光武帝一封没看，会同诸将把所有信件都烧掉了，他说：“让那些睡不着觉的人高枕无忧吧！”

◎

南朝宋时，桂阳王刘休范在浔阳举兵谋反，被萧道成斩首，而刘休范的同党还不知道，正击败了京城的卫戍部队向前挺进。宫中传刘休范已经打到新亭垒，一些官僚缙绅惶恐不安，跑到新亭垒向刘军投名拜见的有近千人。等到了新亭，才知道来的是萧道成。

萧道成收到缙绅的投名状，随即烧掉，登上城楼对来的人说：“刘休范父子已死，尸体就葬在南冈下，我是萧道成，你们的投名状都已被烧掉，不要害怕。”萧道成是在效法汉光武的智术。

薛简肃

处决果断

北宋的薛葵（谥简肃）镇守四川时，有一天他在大东门外举行酒宴。这时城内有卫兵叛乱，很快就被捉住了。兵马都监来禀告薛公，薛公命人将这个卫兵就地处决，其他就不要追究了。百姓都认为这个决断非常英明。不然的话，乱抓乱审，逼供同党，一个月也不能了结这件事，不这样做是无法使作乱者的同党安下心来的。

◎

如果薛公稍稍想扩大功劳，便不能如此直接痛快啊！

一次，有人获得蜀国时的中书印，这人夜里把印拿回来后挂在西门城墙上。守门的禀告了薛葵，当时来围观的有上万人，议论纷纷，都等着看薛公的举动。薛公叫管事的人把印收藏起来，自己连看都不看一眼，于是，民众都安定下来了。

◎

明朝少司马梅国桢镇守三镇时，北虏的首领说他们从沙中找到了一块传国御玺，就用黄绢拓印下玺文，顶在头上，到辕门来献宝，请求梅国桢向朝廷上奏。

梅国桢说:“玺不知真假，等你们取来我看过之后，再犒赏吧！”这个首领说:“历代传国的宝贝，现在为圣朝而出世。这是非常了不起的祥瑞，奉献朝廷，应该是有很重的封赐的，我所希望的不是一般的犒赏呀！”

梅国桢笑着说:“宝源局有的是国宝，这个玺即使是真的，也没什么用，我也不敢轻易奏与皇上知道。”梅国桢念他的美意，命人拿一块金子给他作犒赏，连同黄绢一并还给了他。首领非常失望，哭着走了。

有人问梅国桢为何不上奏，梅国桢说:“王孙满说过:‘在德不在鼎。’况且他们把那个玺视为奇货，如果轻易上奏，他们更会要挟了，万一圣上要征求这枚玺，而玺又不能按时送来，难道真的要用封赏来求得吗？”人们都佩服他的卓识。这也就是薛葵藏印的用意。

明天顺初年，北虏首领孛来骚扰边境，传闻宝玺在他那里，石亨打算领兵巡边，趁机夺取宝玺。

皇帝问李贤的意见，李贤说："此虏虽然来到我们的边境，但不曾侵犯，现在我们无故与他开战，不可以。并且宝玺是秦始皇所造，李斯写的篆文，是亡国的东西，没什么可贵的。"皇帝赞同他的意见。梅公的看法与此也正相合。

张咏

安定军心

北宋张咏任益州经抚使时，有人控诉主帅王继恩帐下士兵恃势勒取民财。（先是李顺攻陷成都，皇帝任命王继恩为招安使讨伐李顺，打败李顺后，收复了成都。官军驻扎在城中，恃功骄横放肆。——原注）那名士兵听到这个消息后，连夜越城逃走了。

张咏派衙役去追捕，吩咐说："你们捉到他，就连衣把他丢进井里去，作'逃走投井'上报。"那名士兵的伙伴原本气势汹汹的，现在听说他自己投井了，也都平静下来。这样张咏也避免了与主帅不和的名声。

◎

按：张咏不把调查民情之事专门委托给某个人，但他对民间的实情却了如指掌。

李畋询问其中的道理，张咏说："人多有好恶之见，而一个人的某个见解往往会影响我做出正确判断；但广泛采访民间的各个群体、各个方面，询问君子就能得到君子的意见，查问小人会得到小人的意见，其中虽有隐瞒不实的信息，但总体上十有八九能了解到民间的真实情况。"

我觉得张咏真是绝世聪明的人啊！

诸葛孔明

夷人治夷

三国时，诸葛丞相平定南中后，仍然任用原来南中各部的首领为官长。

有人提出："丞相的天威使南人都降服了。然而，夷人情况叵测，今日降服，明日又叛变，不如乘他们这次投降，建立汉官统治，使他们受到约束，逐渐地接受政治教化。十年之内，就可以同化这些夷人了，这是上计。"

诸葛亮说："如果建立汉官，就要留下军队，军队留下来就没粮食吃，这是第一件不容易解决的事；夷人刚遭到失败，他们的父兄或死或伤，建立汉官而无军队，必然会有祸害，这是第二件不容易解决的事；以往的官吏和夷人结怨很深，如果再立汉官，夷人势必不相信，这是第三件不容易解决的事。现在我不留军队，不运粮草，而使朝廷法制初步建立，夷、汉各族相安无事，就已足够了。"

◎

东晋桓温征伐蜀郡时，诸葛亮的一名属吏还在世，已经一百七十岁了。桓温问他："诸葛公有些什么超过常人的地方？"老人回答："也没有什么超过常人的地方。"桓温便露出自负的神色。

老人停了许久，又说："但自诸葛公以后，还没有见过像他那样处事妥当的人。"桓温很惭愧。

凡事难得的就是"妥当"，这两个字正是孔明的知己。

高拱

妥善平叛

明朝隆庆年间，贵州土司安国亨、安智互相起兵仇杀，督抚以叛逆罪上奏。朝廷派兵征剿，未成功，眼看要造成动乱了。

新任巡抚阮文中即将出发，临行前去拜见宰相高拱，高拱对他说："安国亨受一些奸人挑拨，杀死安信，致使安信的母亲疏穷、哥哥安智起兵报仇。他们之间关系恶化，互相攻击，其是非难凭一面之词而定。抚台偏信安智，所以安国亨心存疑惧，不服拘拿，于是抚台才上奏朝廷说安国亨反叛。其实，反叛应当是指反对朝廷。现在是夷族自相仇杀，与朝廷又有什么干系？纵使拘拿他，他不出面，也只是违拗而已，马上就上奏轻易发兵捕杀，夷兵肯束手就死吗？虽然双方各有伤残，但还没有听说安国亨有领兵抗拒的迹象，如果一定要定他叛逆的罪名，就太过分了！

“做臣子成心要欺骗蒙蔽朝廷的，凡是地方上发生事变，他都隐瞒住不报告；而那些生事邀功的，又以小报大，以虚报实。开始过分渲染，想邀功张本，后来真的激起事变，以证实自己以前的报告。这难道是对国家的忠诚吗？

“你这次去调查到真实情况后，宜虚心静气地处理，除去安国亨反叛的罪名，只治他们仇杀和违拗的罪，这样他就必然出庭听从审理，一旦他出庭听从审理，那他不是叛逆的真实情况也就自然清楚了。然后只判他们本来所犯的罪过，他们是会服从的。这才能体现出国法的严正，天理的公平。当今一些做官的，每每喜欢对前任官的事务再增加些花样，以显示他们的风采。这是庸俗识短的人做的事，不是有道者所为。你努力去做吧！”

阮文中到贵州后，经过秘密查访，发现情况果然与高拱说的一样，于是做出五项决定：

一、责令安国亨交出挑拨是非的人犯；

二、按照当地的风俗，赔偿安信等被杀者的人命；

三、划出地方安顿好疏穷母子；

四、削夺安国亨宣慰使的职衔；

五、从重惩治安国亨的违拗之罪。

决定公布之后，安国亨见安智住在巡抚府中，更加增添了疑惧，害怕巡抚要诱杀他，所以仍然聚集部队，不到巡抚府受审查，而上疏辩白冤情。阮文中受到流言蜚语影响，又上疏请求征剿安国亨。高拱觉得征剿不是上策，而不征剿又有损国威，于是他授意兵部重新题奏，又派吏部给事贾三近再往贵州勘查。

安国亨听说是吏部官员奉命来勘查，高兴地说:“我是朝廷要勘查的人，巡抚必不敢杀我，我可以说明情况了。”于是交出那班奸人，自己前往官署受审。五条决定他都接受了，愿意以罚银三万五千两来赎罪。

安智还有些不愿意，阮文中把为他出主意，挑拨离间的人处罚了，他才服从。安智也被革除了管事的职务，随同他的母亲被安插在居住地。

吏部官员还未到贵州，事件就这样妥善处理好了。

◎

国家对于土司，主要是控制他们，与内地的情况是不同的。他们世代享受富贵，决不会无缘无故地反叛。如真有什么事变，都是因为当地主管官员或者欺压他们，或者怠慢他们，或者处置事情不当。这样的反叛尚且可原谅，何况并未反叛呢？

像安国亨这件事，如果不是高拱着手主持，势必要出兵讨伐，即使有幸获胜，也会耗费几个省的兵力和粮草，去对付自相残杀的夷人，太没意义了。

呜呼！前事不忘，后事之师。我在今天能不思念中玄公（高拱，字中玄）吗？

倪文毅

晓谕建功

明孝宗时，云南孟密宣抚思叠不服教化，云南巡抚请求派兵征剿，兵部尚书马文升上疏说：“现在国家财力、物力困乏，灾异接连发生，靠什么去打仗呢？最好还是派遣京师的官员去晓谕他吧。”

倪岳（谥文毅）说：“用兵之法，就在于用不多的兵力起较大的威慑作用，如果像司马公说的那样，岂不是向天下示弱，而使思叠轻视我们吗？派京师的官员去晓谕固然好，如果他们不听从晓谕，就难堪了。不如暂且派藩王中有威望的人前往，思叠他们应当会臣服的；若不服，再征剿也不晚。”于是就派遣参议郭绪任正使、按察曹玉任副使，前往云南。

十天后他们抵达金齿。参将卢和率军在距离目的地还有两段路的地方驻扎下来，派人到思叠那里去通告，派去的人全让思叠拘留了。

卢和还军到干崖，遇见郭绪他们，说明了发生的情况，告诫郭绪不要急于去见思叠。郭绪说：“我受国恩，现在正是报效的时候，若像你说的那样做，大臣的气节在哪里呢？当年苏武入匈奴十九年，尚能生还，何况思叠远比不上匈奴。万一不能生还，也是我分内的事。”有人对郭绪说：“苏武以黑发去，白发还，您现在已经是白发了，还能黑发回来吗？”郭绪正色嶷然，不作回答。

这天，曹玉借口生病，溜走了。郭绪单骑，只带着几个随从前进，走了十天到南甸，道路险恶，无法骑马，就披荆斩棘，徒步攀登向前。

再走十天，到了一个大沼泽，戛都土司派来大象，郭绪乘象而行，这时上面是雾，下面是沙，迷蒙泥泞，但郭绪却更加有力地向前迈进。

又走了十天，到了孟濑，离金沙江仅三十里，郭绪派遣官员拿着檄文过江，向思叠说明朝廷的旨意。夷人相顾失色，说：“中国官也能到这里吗？”马上调发数万军队骑着大象和战马，连夜过江，抵达郭绪的住地。他们拿着弓箭武器，将郭绪住处重重包围。翻译哭着来报告：“贼兵马上就要放火杀进来了！”郭绪怒斥道：“你敢动摇军心吗？”并拔出宝剑指着此人说：“明天渡江，你胆敢再说这话，定斩不饶！”

思叠看见朝廷招抚的檄文，便明白了他的前途吉凶情况，又听说郭绪的志气和决心，就派来几个酋长见郭绪，向郭绪赠送土产。郭绪拒收礼物，邀思叠当面会谈。

见面时，郭绪先慰问他的劳苦，接着昭明他的冤情，最后谴责他的反叛。听的人都跪在地上哭了起来，表示要归还侵占的土地。郭绪准许了他们的请求，他们都叩头行礼，口呼万岁，欢声动地。郭绪又问："卢参将派来的人现在在哪里？"思叠马上把那些人放出，交给了郭绪。

待卢和得到郭绪的文书赶来时，思叠已经撤兵并归还了侵占的土地。

◎

只有才能像郭绪这样的人，才不负倪公的使命。然而完成了这样的重任，却只晋升了一阶的官职；那些在征剿中滥杀无辜百姓的人，却封妻荫子。

呜呼！到了末世，不仅能建立武功的人才难得，连善于晓谕建功的人才也难得到啊！

吴惠

招抚苗人

明朝吴惠任桂林府知府时，恰逢义宁的瑶族人与湖南的苗族人发起战争，监司打算发兵征讨，就向朝廷请示。吴惠进言道：“义宁是我管辖的地方，请让我独自去招抚他们，如果他们不归顺，再发兵去征伐也不算晚。”于是带着仆从十几个人，坐着一顶小轿，进入义宁地界。

义宁地势十分险峻，山石拔地而起，如同刀枪剑戟。汉人到了那里感到无处落脚，而瑶人则光着脚板在上面如飞般上下跳跃。听说桂林太守来了，瑶人急忙报告首领，得到同意吴惠才进入他们的营地。

吴惠告诉他们说：“我作为你们的父母官，只是来拯救你们，没有别的意思。”瑶人点头唯唯称是。于是吴惠就反复向他们陈述归顺与反叛两种截然不同的后果，瑶人首领感动得热泪盈眶，留吴惠住了几天，领着他逐一参观了他们的山寨城堡，又派几千名士兵护送他出境，在边境上杀猪宰羊为他饯行。吴惠说："你们要好自为之，不要做后悔的事。"几千人都扔掉武器，跪拜在他面前，发誓绝不反叛。吴惠回到桂林后，将情况禀明监司，监司便决定停止发兵征讨。

第二年，武冈州有一伙盗贼作乱，他们扬言要推举义宁瑶人首领为主帅。监司闻言都责怪吴惠，吴惠说："郡守主张安抚，监司主张征伐，蛮民若再有反复，我愿承担全部罪责。"于是吴惠又派人到义宁去劝降。

义宁瑶人从山顶上远远看见吴惠的使者到来，就纷纷奔下来，将他们因武冈盗贼作乱而蒙受的冤情详细地做了申述。监司得知真相后，感到非常惭愧。而武冈州的盗贼计谋落空，也就衰颓不振了。

义宁瑶人将吴惠视为再生父母，在吴惠任桂林知府期间，没有人敢在境内骚扰作乱。

龚遂

老太守安民

汉宣帝时，渤海郡每年闹饥荒、闹盗贼，太守治理不了。宣帝要挑选能治理渤海郡的人，丞相和御史都推荐龚遂，宣帝就任命龚遂为渤海太守。

当时龚遂已七十岁，宣帝召见后，看他身材矮小，与自己听说的情况不相符，心中有些轻视他。宣帝问他："平息盗贼有什么计策？"

龚遂回答说："渤海离京城遥远，不沾圣化，那里的居民为饥寒所困，而官吏却不知道同情，所以才迫使陛下的百姓为盗贼，就像小孩盗窃兵器，在池塘里戏弄，并非有意谋反。现在陛下是想让我打败他们，还是安定他们呢？"

宣帝听了这话，改变了态度，说："选用贤良，当然是为了安定百姓了。"龚遂说："我听说，治乱民如治乱绳，不能急。我希望丞相、御史不要下拘束我行动的法令和决定，能够一切让我随机处理。”宣帝同意了他的要求。

消息传到渤海郡，郡中听说新太守到了，赶紧派部队迎接，龚遂命部队统统回营，并颁布公文到所属各县：废除了追捕盗贼的官吏设置，凡拿着锄钩等农具的人，都是良民，官吏不得过问，拿兵器的人则是盗贼。龚遂一个人步行到太守府。盗贼听说龚遂的教令后，立即解散，抛弃武器拿起了农具。

◎

汉制，太守专主一郡之政，握生杀大权，然而龚遂还说但愿丞相、御史不要下拘束他行动的法令，何况后世民少官多，想获得卓越的政绩，这可能吗？

古时候的良吏处理政务，往往是化有事为无事，化大事为小事，只求能为朝廷安民。现在的官吏却不是这样，无事弄成有事，小事弄成大事。事变发生不认为是罪过，事变平定反而认为有功劳。搞得人心都盼着发生变乱，这是谁的过错呢？

徐敬业

平叛戡乱

唐高宗时，蛮民聚众作乱，朝廷发兵征讨，兵败而归，于是就派遣徐敬业担任该州刺史。州里的官员派兵到郊外迎接，徐敬业命令他们全都回去，单枪匹马到州里去上任。叛民听说新刺史就任了，个个严阵以待。

徐敬业对此事一概不管不问，等把其他的公务处理完毕才问："叛匪现在都在哪里？"有下属回答说："在河的南岸。"于是他只带一两个副手前去观察，四周围观的人无不惊骇愕然。

叛匪起初全副武装，窥视着他们的一举一动，等看到他们几人所乘的船上没有其他士兵和武器时，就关起营门，隐藏起来。徐敬业长驱直入他们的营地，边走边宣告说："朝廷深知你们是被贪官所逼才走上造反这条路的，并没有犯别的罪，你们全都可以离开这里回家耕田。如果迟迟不肯离去，延误到最后的人我将以叛贼之罪处置他！”徐敬业仅召来几个首领，责备他们不早点降顺，各打几十大板后，遣送他们回家。境内很快得到安宁。

徐敬业的祖父英国公李勣（本姓徐）听说这件事后，对徐敬业的胆略十分钦佩，但又说：“像这样冒险的事我是从不做的，将来使我家破败的，也一定是这个孩子！”

朱博 二条

判案如神

西汉的朱博本是武官，不熟悉法令条文。他担任冀州刺史后，一次外出巡视，有几百名官吏和百姓拦道向他反映情况，官署中都挤得满满的。

刺史的佐吏请求他暂时留在这个县，待处理好这些人所反映的情况后再出发。这个佐吏是想借此看看朱博的能力。朱博心里也知道，叫人赶紧备车马，车马备好后，朱博立即登车外出。见了那些反映情况的人，叫佐吏明确告诉这些人："凡是要反映县丞、县尉情况的，因这些人不属于本刺史直接考察范围，你到各郡守那里去反映。凡是要反映郡守及其属吏情况的，待本刺史巡视回来后，你们可以到我办公的地方去反映。有人被官吏冤枉，或者反映有关盗贼、诉讼等事的可由各个分管的官员去办。"

朱博停车判案发落，四五百人很快都散开了，真神了！吏民大惊，想不到朱博会有这样的办事能力。后来朱博慢慢查问，果然是一名老佐吏教唆人聚集的，朱博便将这名老佐吏杀了。

朱博任左冯翊时，有个出身长陵世家大族的人叫尚方禁，年轻时曾经玩弄过别人的妻子，脸上被砍过，留下了一道伤痕。功曹受了贿赂，设法使尚方禁担任了守尉一职。

朱博知道后，以其他事召见尚方禁，看他的脸，果然有伤疤。朱博支开左右的人问尚方禁："是怎么受的伤？"尚方禁只好将被砍的情况说出，叩头称罪。朱博笑着说："本来男子汉有这种过失也是难免的，我打算洗刷掉你的耻辱，你能够效力吗？"尚方禁又喜又怕，回答说："小人自当尽死力报效。"朱博命他不得泄露今天的谈话，以后有什么情况统统记下来，向他报告。把尚方禁作为亲信，充当自己的耳目。尚方禁不断地揭发郡中的盗贼及其他隐藏的坏人坏事，很有功劳，朱博提升他任县令。

过了很久，朱博召见功曹，将门关上，责备他受贿等事，给他笔和纸，命他将任职以来的所有受贿情况统统写下来，有半句欺骗，立即杀头！功曹很害怕，自己写下所做的坏事，大大小小的一点也不敢隐瞒。朱博看他讲了实话，就命他坐下，告诫他以后要改正，并拔刀削去了他的供词，依旧命他担任原职。这以后，功曹一想到这事就很害怕，再不敢有什么差错了。

韩裒(póu)

除盗贼

北周文帝时，韩裒任北雍州的刺史。雍州多盗贼，韩裒到任后，秘密进行了察访。

他召集州中的豪强，装着不知道的样子，对他们很客气，说："我是个书生，哪里知道抓盗贼，今后就要依靠你们大家来共同分担忧愁了。"接着他又召集一些狡猾的年轻人，让他们担任捕盗的首领，划分地段，分头负责，今后凡各个地段上发生盗案却不能捕获盗贼的，就以故意纵贼论处。

于是被委任的人都很害怕，纷纷揭发：前次的盗案是某某人干的，并都列出了作案人的姓名。

韩裒将名单藏好，在州门张贴布告："凡是做过盗贼的必须迅速来自首，本月不自首，处决示众，将他的妻子赏给先来自首的人。"

十天之内盗贼全都来自首了。韩裒拿出名单核对，一个不差，于是，一概赦免了他们的罪行，允许他们改过自新。从此，北雍州再也没有发生过盗贼作乱的情况了。

蒲宗孟

平息盗贼

北宋时，盗贼以梁山水泊为依托，当地县官只能用长梯来窥视芦苇荡，以掌握盗贼的动向。

蒲宗孟任郓州知县后，下令禁止人乘小船出入水泊。盗贼没有粮食，只能散去了。

吴正肃公

化大事为小事

北宋时，吴育（谥正肃）主管蔡州。蔡州以前多盗贼，吴公到任后按户籍将居民组织起来，并且简化法令，居民安定，盗贼也平息了。京城有人向朝廷报告确山有妖人聚集，皇帝派亲信使者赶到蔡州，拿出要逮捕的十个人的名字，要吴育派兵协助捉拿。

吴公问使者："您是想要以兵力来树立威严，还是想把妖人捉住？"使者说："当然是想抓到妖人啦。"吴公说："我在这里任职，虽然没有才能，但境内有上千人聚集，哪能不知道？现在派兵前去抓人，势必造成动乱。这事不过是一些乡下人聚在一起办佛事，图些钱财罢了。我一召集，他们马上就会来的。"于是，请使者住下，每天和他饮酒，同时秘密派人召来那十个人，将他们送到京城。经过审讯，查明了真相，原告因诬陷被判罪。

万观

编甲治盗

明朝人万观任严州知州。当时七里泷一带有渔船数百艘，他们白天打鱼，晚上就干着偷鸡摸狗的勾当，来往的行人对此十分害怕。

万观上任后，下令将这些船只每十艘编成一甲，规定好各自捕鱼的区域，同时负责本区域的治安。从此这块地方再也没有人因被盗窃而报警了。

◎

像这种行之有效的编甲方法，什么地方不可以实施呢？

王敬则

罚一儆百

南朝时齐人王敬则任吴兴太守。过去当地经常发生抢劫掠夺的事。

有一次，王敬则抓到了一名小偷，就传令把他的所有亲戚都叫来，当着他们的面把这个小偷狠狠地鞭打数十下，并罚他长期清扫街道。过了一段时间，又命他检举以前的小偷来代替他。那些小偷恐怕被认出来，就纷纷逃走了。吴兴境内因而得以清宁。

◎

羞辱波及亲属，亲属也不能容忍他再偷了。只有小偷才知道谁是小偷，让他检举小偷来代替自己，大大胜过用缉捕人员去抓小偷。

程明道

以盗治盗

北宋时，广济蔡河经过扶沟县境，临河的不法之民不治产业，专靠勒索来往船只的钱物为生，每年他们都要焚烧十几艘船来显示威风。

程颢（号明道）担任扶沟知县后，抓到了其中的一个人，叫他招出同伙，于是一共抓到了几十个人；但程颢并没有追究他们过去的罪恶，而是分地段让他们以驾船为业，并侦察、检举其他作恶的人，从此境内再没有焚烧船只的事了。

◎

让勒索船民的人成为船民，使他们懂得法规，这正是大程先生之所以能成为真正有道德学问的人的原因所在。

王子纯

不杀密探

宋朝王韶（字子纯）任枢密使在熙河统帅军队时，西部的羌人企图入犯边境。他们先派人窥视我方的虚实，被巡逻的士兵抓获，并在他的衣服缝中搜得一份情报，上面详细记载着熙河的兵防设施、兵员粮草情况。官兵们非常气愤，想把此人肢解示众。

王韶却命令手下人在他背上打二十大板，并刺上“番贼决讫放归”六个大字，然后把他放了。当时正是宋朝军马强盛、粮草丰足的时候，羌人得到密探带回的情报，知道宋朝早有戒备，于是就放弃了入侵的企图。

窃锁　殴人

巧斗间谍

北宋元丰年间，刘舜卿主持雄州政务。一次，辽人夜间盗走了边关大门上的锁。有人将此事秘密报告刘舜卿，刘舜卿没有追问这件事，只是叫人换了一副大一些的门闩。

过了几天，辽方送来盗锁的人和那把盗走的门锁，刘舜卿说:“我们没有丢锁呀！”命人把那把锁放在门闩上试试，门闩比锁要大几分，根本无法锁上。刘舜卿将锁和盗锁的人还给辽方。辽方很丧气，盗锁者反被问罪。

北宋时，有人向李允则诉说，有个契丹人把他打伤后逃跑了。李允则没给那人治伤，只给了他两千钱。过了一个月，契丹方面来查问有没有这件事，李允则回答:“没有这事。”原来是契丹的间谍想以打伤人作为他活动的证明，既然没有，契丹方面以为是间谍作假，就把那个间谍杀了。

甲仗库火

处乱不惊

北宋时，一次李允则在军中举行酒宴。突然甲仗库（武器库）起火，李允则照样饮酒作乐，宴会没有停下来，过了一会儿，火灭了。李允则秘密派人拿着公文到瀛州，用茶叶箱子运载武器，不到十天，烧掉的武器都补足了，人们压根都不知道这件事。

枢密院弹劾李允则不停宴救火一事，宋真宗说："允则一定有什么理由，问问再说吧！"李允则回答："武器库防火措施是十分严的。这里正举行宴会，那里有失火，必定是奸人干的。如停宴救火，就不知要发生什么意外的事了。"

◎

北宋大中祥符末年，内库失火，所藏丝帛几乎烧光。三司使林特提议在民间收购丝帛，上了三次奏章。王旦当时任宰相，将林特的三次奏章都压了下来，慢慢对他说："丝帛固然应该从各处征收，但一收购就要闹得天下皆知，从而使四方受扰了。"过了几天，外地贡物都运来了，共收到丝帛四百万匹。原来王旦早已密令抓紧进行这件事。

李允则以茶叶箱子运武器，也正是出于这个用心。

草场火　驿舍火

消弭祸乱

北宋杜纮（hóng）主管郓州时，曾经有人在城内张贴揭帖，上面都是妖言惑众的话，预言要发生变乱，搞得郓州人民都很紧张。没过多久，草场白昼失火，正是揭帖中所预言的一桩事，百姓更加惊慌。

有人说应该在城中进行大搜捕，杜纮笑道："坏人的奸计正在于此，想用这些干扰来激我有所行动，奈何我不上他的当，他就没办法了。"过了没多久，捕获了盗贼，查明正是奸民在装神弄鬼，制造妖言，就立即把他杀了。

北宋时，苏颂改任度支判官，送契丹使者夜宿恩州。驿舍失火，左右侍从请苏颂出去避火，苏颂没有同意；恩州兵士想进去救火，苏颂也没有同意，只令驿舍内的卫兵将火扑灭。

开始起火时，郡中议论纷纷，说契丹使者那里要发生变乱，救兵也想以此把事态扩大，全仗苏颂镇静处理，使事变没有发生。

文彦博

平息纷争

北宋文彦博主管成都时，经常在大雪天宴请客人，往往直到夜深还不散去。文彦博的随从士兵有怨言，竟然把府中的井亭拆掉，用来烧火取暖，谁也制止不了。军校只得将此事报告文彦博，在座的客人听说后都感到害怕。文彦博却说："天气确实寒冷，可以拆了给他们取暖。"说话间神情从容自若，照样饮酒。

第二天，文彦博追查出第一个把井亭拆掉的人，将他打了一顿后开除了。

◎

气，跟火差不多：挑起它，火势就变大；去掉柴草，就能自己熄灭。懂得这个道理，可以消除动乱、平息纷争。

宋代苏轼任高密郡通判时，密州有盗案发生，盗贼却未捕获，安抚使派三班衙吏带领几十名凶悍的卫卒到密州抓捕。

那些卫卒凶暴横行，以追查违禁之物的名义诬陷当地居民，强横地闯入居民家中，争斗中杀死三人。杀人后，这班卫卒惊散逃走。

受害百姓向苏轼投诉，苏轼将投诉书放在一旁，看都不看，说：“不可能有这种情况！”听了这话，那些逃走的卫卒很是安心。苏轼继续派人将他们一一引诱出来，全都惩办了。

遇到事情，必须具有苏轼先生这样的定力，而见识不够定力就不可能强大！

张辽

以静制动

三国时，张辽奉曹操命令，要在长社驻军。临出发前军中有人企图反叛，夜间营中突然起火，一片惊乱，全军都受到干扰。

张辽对左右官兵说："不要动！不是全军都反叛，一定是有坏人想以此来制造混乱。"于是下令说："凡是不谋反的人都安静地坐在那里。"张辽带领几十名亲兵立在军营当中，过了一会儿，就将带头谋反的人抓获处死了。

◎

西汉时，周亚夫领兵讨伐七国之乱。军中曾发生夜惊，当时周亚夫很镇静地睡在那里，过了一会儿，惊乱就自行平息了。

东汉时，吴汉任大司马，一次敌人夜间进攻汉营，汉军被惊扰，但吴汉却睡在那里，显得非常平静。军中听说吴汉很平静，就都回各自的部队了。于是，吴汉挑选精兵进行夜战，大败敌军。

这些都是以静制动的办法，然而，如果不是平时纪律严明，就是想静也不可能了。

薛长孺　王鬷(zōng)

戢乱有方

北宋薛长孺任汉州通判时，一些士兵突然关闭营门，放火杀人，还准备谋杀知州和兵马监押。

有人来报告，知州和监押都吓得不敢出面，只有薛长孺挺身而出，来到军营向乱事者宣布："你们都有父母妻儿，为什么做这种反叛的事？凡是不参加谋反的，都站在一边。"于是士兵们没敢骚动，只有策划事变的八个人破门而出，逃往各县的乡村，最后都被捕获了。当时的人认为如果不是薛长孺，那全城的人就要遭罪了。钤辖司不敢将此事报告上去，所以薛长孺也没得到奖赏。长孺，是简肃公薛奎的侄子。

宋朝的王鬷任益州知州时，一晚有驻军放火焚烧营地，胁迫军官一起造反。王鬷悄悄地派兵包围了他们的驻地，然后下令说："没有作乱的人把手背在后面走出来，就不再追问。”于是那些士兵都一个个背着手走了出来。王罴命令军官指出作乱的士兵，共抓了十几个人，将他们杀掉。

等到天亮时，事态早已平息，外人根本不知道昨夜发生的事件。王罴处理政事总是从大局着眼，而不拘泥于细枝末节。因此，当地的百姓都很爱戴他。

霍王元轨

杀一儆百

唐朝的霍王李元轨担任定州刺史时，突厥人前来入侵。定州人李嘉运私通突厥，被人告发出来。唐高宗十分气愤，命令李元轨务必追杀他的同党。

李元轨与僚属议论说：“目前强敌压境，人心不安，如果逮捕更多的人，反而会把事态激化，迫使那些人投奔突厥。”于是他只杀李嘉运一人，对其他的人概不追问。

事情平息后，李元轨上书弹劾自己违背圣旨。高宗看了他的奏表非常高兴，对使者说：“我现在也后悔当时的决定。假若这次没有霍王，说不定定州早已归突厥所有了。”

吕公孺

抓带头的

宋朝吕公孺担任永兴军太守时，迁永兴军的驻所至河阳，有一千多名来自洛口的士兵因服役已久，极想回家。他们拿起斧头大刀想闯出关门，没有成功，就朝西边的渡桥奔去，人声鼎沸，喧嚣不已，众将领都请求发兵镇压他们。

吕公孺说："这些人都是亡命之徒，逼得太急，就会引发兵变。"于是他就领着部属骑马往东而去，只派几名贴身卫兵迎上去告诉这伙人说："你们长期驻守的确很辛苦，但怎能这样擅自回家呢？一过了桥，那就犯了不可饶恕的罪行！吕太守就在这里，愿意自首的请站在大路的左边。"士兵们全都站到左边等待太守。吕公孺只把带头闹事的人抓起来，处以黥刑（在脸上刺字），其余的一律重新送回原来服役之处，对他们的军官说："如果他们中再有桀骜不驯的，先斩后报！"从此众兵卒都非常服帖。

廉希宪

制伏叛将

元朝的廉希宪担任京兆兼四川宣抚使时，浑都海在和林称帝反叛，四川将领纽邻奥鲁官也想举兵响应，却被蒙古人八春逮住，并抓获他的同党五十多人，一起关押在乾州监狱，只将他们的首领二人押解到京城，要求廉希宪将他们处死。

廉希宪和部属商讨说："假若浑都海不乘势东进，可确保没有别的顾虑，但目前的形势是部队人心不齐，有的甚至怀有反叛之心，如果他们见到自己的首领被囚禁起来，因而产生其他想法，说不定就会引起更大的祸乱。我们可以利用他们怕死的心理，将他们全部宽大释放，并把剩余的兵丁调归八春统领，这才是上策！"

开始的时候，八春抓获了众将领，他们的部下都心怀疑惧，吓得四处逃窜。等到获悉众将领保全性命，纽邻奥鲁官也得到宽释，个个大喜过望，人人感恩戴德，纷纷投奔八春。

八春因而获得数千名精兵强将，统率着他们一齐征讨浑都海。

◎

廉希宪之所以将纽邻奥鲁官的部属划归八春统领，是因为料知八春有能力统治他们，并非随意，也非纵虎为患。

八春能将叛将置于死地，廉希宪又让他们起死回生，使他们既心存畏惧又心怀感激，就不怕他们不听从自己的指挥了。

林兴祖

铲除凶恶

元代的林兴祖先前担任黄州和岩州同知，第三次迁官，被调任铅山州知州。铅山历来有很多制造假钱的人，乡豪吴友文是这伙人的头目。他们制造的假钱，远至江淮、燕蓟一带都有流传使用。

吴友文为人十分狡诈凶残，他就靠制造假钱而暴富。他又暗中派遣四五十个无恶不作的无赖到官府的各衙门充当吏卒，一旦有人想告发，他们就先将告发者置于死地。吴友文前后杀了不少人，并强行霸占别人妻女十一人为妾。百姓们深受其害，但迫于他的势力，十多年来一直含冤在心，不敢申诉。

林兴祖到任后，知道这种情况，愤愤地说："这样的祸害不铲除，怎能拯救百姓！"随即贴出告示，禁止制造假钱，并且悬赏第一个敢于检举的人。很快就有人来告发，林兴祖假装说他没有真凭实据而将他斥退。紧接着又有人来检举，这次他还抓获了两名制假钱的人及其赃物。于是林兴祖立即升堂审理，根据事实定了案。

吴友文知道后，亲自到衙门来营救这两个人，林兴祖当即下令把吴友文也抓起来。不一会儿就有一百多人前来揭发他的罪状。林兴祖从吴友文所犯罪行中选择一两件最重的案子加以审问，很快就确定了他的罪行，定了案。然后逮捕其同党，将他们全部绳之以法，百姓从此得到安宁。

◎

开始时用缓兵之计让他自投罗网，最终以迅雷不及掩耳之势将他处死。要铲除顽凶恶魔，必须要用这种高明的计谋和厉害的手段。

李封

碧头巾

唐代李封任延陵县令时，凡官吏犯罪，不加杖罚，只命罪犯都戴一顶碧头巾以示耻辱。按所犯罪过的轻重，罚戴不同的天数，天数满了就将碧头巾解掉。

戴这种头巾出入的人，都认为是大耻辱。于是官吏们互相劝励，不敢犯法，从而使延陵县的赋税工作比其他县都要早完成些。一直到离任，李封都没有处罚过一个官吏。

耿楚侗

容得了小人

明朝耿楚侗在南京做官时，有个书生因被恶和尚侮辱而来向他告状。耿楚侗交代有关部门处理这件事，那个和尚却早已被吓跑了。耿楚侗的意思也只是想把他赶走了事，不让他留在原来的寺庙。

书生心里却不满，一定要耿楚侗把那个和尚关进监狱。耿楚侗就开导他说："人的良知是何等深广，为何要让一个无赖和尚留在心中呢？"书生出来后对别人讲："难道惩治恶和尚就没有良知吗？"

有人将他的话告诉耿楚侗，耿楚侗就说："此话固然有道理，但我之所以如此为难、如此慎重，是因为心中有三层深刻的考虑：其一，大凡立志于学的人，不应该计较别人的冒犯，身处逆境而不畏艰难，不然就会落入一般人的窠臼，这就是出于珍惜名誉的考虑；其二，法官判案量刑是根据法律条例的，像那个和尚所为，尚不足以逮捕入狱，这是出于遵守法律的考虑；其三，我听说这个和尚非常凶悍，担心逼急生变，故不肯做得太过分，这是出于利害的考虑。我的良知就是这样反复深入考虑的。”

后来姜宗伯过分庇护与自己私交亲密的人，处理问题欠公平，引起舆论哗然。又有承恩寺的一个和尚，被礼部逮捕入狱而死，竟然引发一场大官司。耿楚侗听到这些事后，对李士龙说：“我以前的三点考虑不是更好吗？”

◎

大凡惩治小人，不能做得太过分。天地间有阳必有阴，有君子也就必然有小人，这是自然的道理。容得了小人，才能成为君子。

向敏中　王旦

灭乱贼

宋真宗驾临澶渊，赐给向敏中密诏，将西部边境的一切军政事务都交给他负责，允许他自行决断处理。向敏中得到密诏后藏了起来，处理政务依然如故。

迎神大会的前夕，有人报告，一些卫兵要依靠那些迎神驱鬼表演的人在大会时搞叛乱。于是，向敏中秘密调遣士兵穿好铠甲，埋伏在廊下或帐内。

第二天，他召集所有宾客幕僚和大小将官，饮酒谈心。接着命作迎神驱鬼表演的人进帐，先在中门外表演，后召他们到阶前，这时，向敏中猛地一挥衣袖，伏兵齐出，将那些人都抓住了，一搜，果然藏着短刀，当即将他们都杀了。随即搬开那些尸体，用灰沙把庭阶打扫干净，照旧奏乐饮酒。

王旦陪宋真宗来到澶渊。真宗听说雍王得了急病，命令王旦迅速返回东京，行使留守的职责。王旦迅速返京后，直接入宫，命人不得将他返京的消息传出去。

等到真宗回到京城，王旦的子侄都到郊外去迎接，忽听得后面有传呼开道的声音，回头一看，却是王旦，大家都非常吃惊。

◎

当时，向敏中和王旦，一个在西部边境，一个在京城，但两人的行为却那么相似。寇准在澶渊时，常常掷骰、饮酒、酣睡，宋真宗却倚仗他安定边境。

朝廷内外都有得力的人才，所以外族不能为害。发生事变时，就应该这样镇静才行。

乔白岩

矫情镇物

明代尚书乔白岩，正德己卯时参与管理留都（南京）的军务。

当时宁王反叛，扬言要打到南京。叛军已打到安庆，而乔公每天却带着一个老书生、一个医生到处游玩，实际上他是在观察形势，但外表上装着不在意的样子。人们都认为他矫情镇物，具有费祎、谢安的风范。

◎

一般人即使是想矫情镇物，亦是很难得的。胸中若无经纬，如何假装得来？当宁王反叛的消息传来时，乔公命令将南京城内的所有江西人全部抓来审讯，果然擒获了宁王派遣的十几个间谍。后来皇帝驻军南京，乔公第一个献上俘虏，由此也可看出乔公的才识。

韩愈

敞开大门

唐代韩愈任吏部侍郎时，署中有个令史很有实权。以前，这个令史常常将官署的大门关闭，使候选官员难以见到吏部长官。

韩愈到任后，命令将吏部大门敞开，听任候选官员出入。韩愈说：“人之所以怕鬼，是因为没见过鬼，如果能见到，那人也就不怕它了。”

◎

主人贤明，不必关门；主人愚昧，关门也没用。

裴晋公

智量

唐代裴度（封晋国公）任宰相时，一天，忽然侍从来报告，说官印不见了，裴度当时毫不在意，只叫侍从不要多说。接着准备宴席并奏乐，人们也不知道发生的事情。夜半，酒宴正酣，侍从又来报告说官印找到了，裴度也不回答，与大家畅饮极欢，一直到终席。

有人问裴度这样处理的缘故，裴度说道："小官吏们盗官印使用，如果我追查得急了，他们会把印投到水里或烧掉，那样就找不到了；缓一点追查，他们盗用后还会把官印放回到原处的。"

◎

这不是矫情镇物，而是真正聪明透顶，所以称之为智量。
智慧不足，则必然度量不大。

郭子仪 二条

精通黄老之术

唐朝汾阳王郭子仪的住宅在亲仁里。平时，郭子仪大开家中大门，任人随便出入。他部下将吏出任外镇，来向他辞行，郭子仪的妻子和爱女正在梳妆，她们就让郭子仪拿手巾、端洗脸水，就像使用奴仆一样。

过些天，郭子仪的后辈都一起来劝他以后不要这样做。他不听，后辈都哭着说："大人功业显赫，却不注意自重，不分贵贱，都让他们进入内室，孩儿们认为就是伊尹、霍光在世也不会这样做。"

郭子仪笑着对他们说："你们不知道我的用意了。我们家吃饭的人有一千多，马有五百匹，这都全靠着朝廷的恩典才得以生存。如果高墙闭户，内外不通，万一与人结怨，别人制造我们不忠的罪名，会有贪功嫉贤的坏人将它说成事实，到那时九族诛灭，后悔就晚了。现在将四门大开，里外清清楚楚，任人观看。即使有人要进谗言，也没有办法了。”他的后辈们听了这番话，连忙下拜，心中十分信服。

◎

唐德宗因为代宗刚刚去世，所以禁止民间屠宰。郭子仪的仆人犯禁，金吾将军裴谞将这件事奏与朝廷。有人问裴谞：“你就不为郭公的地位着想吗？”裴谞回答说：“这正是为郭公着想呀！郭公名望很大，皇上刚即位，必然认为依附他的人很多，所以我揭发他的小过失，来表明对郭公不必忌讳，这不也可以吗？”

像裴谞这样的人，可以称得上是郭公的益友了。看看郭子仪，便觉得王翦、萧何的见识都不高（王、萧事见《术智部·委蛇》）。

鱼朝恩暗地派人掘了郭子仪祖先的坟墓，掘墓的人没有抓到。郭子仪从泾阳镇回朝，皇帝参加了吊唁，郭子仪哭着说：“臣长期带兵，不能禁止部下破坏别人的坟墓，现在别人掘了我祖先的坟墓，这是上天的谴责，不是人祸。”

鱼朝恩曾经写信邀请郭子仪，有人对郭子仪说：“此行恐怕对你不利。”部下请求穿着铠甲去保护他，郭子仪没有同意，只叫了几个家童跟随他前往。见面后，鱼朝恩说：“为什么不多带些随从呀？”郭子仪告诉他自己所听到的反映，鱼朝恩很惶恐，说：“要不是像您这样的长者，哪能不怀疑我呢？”

◎

郭子仪精通黄老之术，即便像鱼朝恩这样骄横的人也还是会被他所感化。君子不幸遭遇小人，切不可与他们一般见识。

王阳明

冤家宜解

明朝时，宁王被擒获后，皇帝忽然决定依然巡游江南，此时一班奸臣居心叵测，王守仁很担心会发生什么意外。

这时正好有两个太监来到浙江，王守仁在镇海楼设宴招待他们。酒宴进行了一半，王守仁把身边的人支开，并且不许人上楼，这才拿出两盒子信件给他们看，原来这些是他们结交宁王的罪证。

王守仁把所有信件全都还给了两个太监，两人感谢不已，王守仁后来能免于祸，多得力于这两人的帮忙。如果这时王守仁以此来挟制他们，那样，仇恨就要结深，灾祸就没完没了了。

王璋 罗通

举重若轻

王璋，河南人，明永乐时任右都御史。当时有人告发周王府将有不轨行动，成祖皇帝欲趁他们未发动时讨伐，就征求王璋的意见。

王璋说："事情还没有证据，讨伐没有名义呀！"皇帝说："兵贵神速，他们打出城，就不好收拾了。"王璋说："以臣子的愚见，可以不兴师动众，请让我去处理吧！"皇帝问："你需要多少人？"王璋回答："只要派两三个御史随同前去，就足够了。但必须下一道敕文，任命我去巡抚那里才行。"于是皇帝马上命学士起草敕文，即日出发。

黎明时，王璋等人直接来到周王府。周王很惊愕，不知他们来干什么，就请他们在房中坐下，询问来此的原因。

王璋说："有人控告王爷您谋反，我就是为这个来的。"周王大惊，慌忙跪下。王璋说："朝廷已命丘大帅领兵十万，马上就要到了。我以为反叛一事还没有证据，所以先来晓谕帝旨，王爷看这事该怎么办？”此时，周王全家哭声一片。王璋说：“哭也没有用，希望王爷拿出能消除皇上疑虑的办法。”周王说：“现在我也想不出办法了，只有靠您来教我啦！”王璋说：“王爷如果能将您的护卫军交出，献给朝廷，就没事了。”

周王听从了他的意见，王璋就派人报告成祖，成祖很高兴。王璋于是颁发告示：“护卫军三天内不离开此城的，斩首。”没几天周王的护卫军就全部解散了。

明朝时，罗通以御史身份巡按四川。蜀王在诸王中最富有，出入常僭用御用仪仗，罗通想制止这种行为。

有一天，蜀王经过御史台，罗通突然派人没收蜀王的仪仗，蜀王很沮丧。藩司、臬司都来问情况，并说：“此事奏报上去，蜀王将不知会受到什么惩处，怎么办？”罗通说：“的确是这样，你们先想想处理的办法吧！”

第二天早晨，藩司、臬司又来了，罗通说：“这事容易处理。可以私下告诉蜀王，就说这套御用仪仗是玄元皇帝的祀器，现在应该归还祀庙。”（玄元皇帝，唐玄宗在四川时对老子的祀号）蜀王同意了，事情就这样得到了解决。从此，蜀王的行止也收敛多了。

吴履 叶南岩

和事佬

明朝初年，吴履任南康县丞。县民王琼辉与当地富豪罗玉成有仇，王将罗家的仆人抓住打了一顿，罗玉成的侄子罗玉汝气愤不过，就纠集一千多名年轻人，围住王琼辉家，夺回了仆人，将王琼辉绑住，沿路拷打，打到快要死时才放掉。王琼辉兄弟五人到县衙控告，断指出血，誓与罗家拼个死活。

吴履考虑到这桩案子牵扯到一千多人，势必不好处理，就问王琼辉："只有罗家的人围攻你家吗？"王回答："不，有一千多人围攻我家。"又问："一千多人都辱打你了吗？"王回答："不，只有几个人参与了此事。"

吴履说："你怨恨几个人，却要牵连一千多人，这样做好吗？况且众怒难犯，倘若他们不顾生死，将你们全家都杀了，到那时即使把他们都逮捕法办，对你又有什么益处呢？"王琼辉醒悟过来，磕头遵命。

吴履于是捕获了拷打王琼辉的四个人，当着王琼辉的面，打了几十板子，血都流到了脚后跟。又命令罗家的人对王琼辉谢罪下拜。一场纠纷就这样了结了。

◎

此等事和事佬应该做，因为成全的是大多数人。

明朝叶南岩任蒲州刺史时，有一桩打群架的案子告到他那里。其中有一个人满脸流血，身负重伤，脑袋都被打开裂，生命垂危。叶公看到后心里很同情，当时他家里有刀疮药，就当即回家，亲自捣药，又命人把伤员抬进官署，交给谨慎忠厚的吏员照看。叶公对他们说："好好地照看着，不要让他伤风，这个人要是死了，就是你们的责任！"伤员的家里人也不允许来探望。于是叶公略加审问，将打人凶手关进了监狱，其余的人都释放了。

叶南岩的一个朋友问他这样处理的原因，叶南岩回答说："大凡人们争斗，都没有好气。这个人如果不立即抢救，肯定会死。这样，就要有一个人来偿命，就会使其妻子变成寡妇，子女变成孤儿。而且还因案件牵连，何止会有一个人家破人亡。这个人伤好了，打人者不过是斗殴罪罢了。打官司的人总想能胜诉，即使因此而危害骨肉至亲也甘心，所以我不准他家里的人与他接近。”没多久，受伤的人伤势好转，这桩诉讼也平息了。

◎

略加调停，就保全了数千人、数千家，这难道不是大智吗？

鞠真卿

惩治斗殴

宋朝鞠真卿做润州太守时，凡是百姓中有打架斗殴的，除了按斗殴罪处罚外，他还下令让先动手打人的人赔钱给对方。

一般人大多吝惜钱财，更不愿意把钱送给自己的敌人。所以后来虽然每天也发生纠纷，但大多只是怒目而对，谁也不敢先动手打人。

◎

金坛人王都集初到建宁任县令时，先拜见了知府，知府对他说："该县有很多'骡夫'，不好治理，你要好自为之！"王都集点头答应，但他心中尚不知道"骡夫"究竟是什么。他向人打听，才知道就是吴下一带所谓的"打手"之类。这里的大户人家都蓄养着一些人，每次发生争执，不分是非曲直，就互相械斗一决输赢。如果普通百姓敢于直言，便遭到百般凌辱。王都集贴出告示，严禁这种行为，凡是在诉讼时互相斗殴的，他就宽大处理被打的人，而加倍处罚打人的人。民间因而不敢轻易动手打人，"骡夫"也就无用武之地了。

一个月后，这种动不动就靠打架来解决纠纷的风气就消失了。这也属于鞠真卿的那类智慧。

赵豫

明日再来

明朝赵豫任松江府太守时，每次见到来打官司的人不是出于什么急事，就劝谕他们说："你们明天再来！"

开始时大家都觉得可笑，以至于社会上流传着"松江太守明日来"的歌谣。殊不知前来打官司的人，不少都是因为一时之气，经过一夜或者气消了，或者被众人劝解开了，也就不想再告状了。这与那些为了博取功劳而小题大做、多方牵连、置人于罪的人简直有着天壤之别。

◎

宋朝人李若谷曾教诲他的学生要做到“清勤和缓”。学生说：“清、勤、和三点我们可以理解，也能做到，至于‘缓’怎么才能做到呢？”李公说：“天下什么事不是在忙中出错的呢？”所谓“明日来”一语，不但自身无错，而且还能补救别人的过错。

按：当时侍郎周忱任巡抚，凡有什么举措，都要和赵豫商议，大概也是看中他处事审慎的精神吧！

南宋陆九渊任荆门知军时，一天夜晚正与同僚们在一起谈心，衙吏匆忙报告说有位老者有急事要起诉，陆九渊传他进来询问，他却颤颤抖抖语无伦次，让衙吏给他比画，方才讲明是他的儿子被士卒们杀了。陆九渊听后，叫他第二天再来。僚属们都觉得奇怪，陆九渊说：“怎么就知道他的儿子不在了呢？”

第二天凌晨，再派人去调查，老人的儿子果然安然无恙。这也是“缓”的功效。然而只有首先做到“勤”，然后才能谈“缓”，否则就要坏事。

褚国祥

出其不意

明朝武进进士褚国祥任湖州同知时，处事宽容平缓，正直清廉。北栅姚某的妻子因久病身亡，她的父亲却到官府控告是姚某打死的。

褚公对他所告立了案，但没有发文去抓人。下午，他命令准备车马到北栅去，众差役都不知他要到哪里去。他出其不意地进了姚某的家，姚妻尚未入殓，当场检查尸体，没有发现被打的痕迹。于是褚公将告状的人叫来，稍微斥责一番就将他释放了，没花一文钱就了结了这场官司。

◎

明朝赵豫办案讲究“缓”，褚国祥却用“捷”，但他们都为老百姓的安宁着想，这点是一致的。

程卓

安抚民心

南宋休宁人程卓任嘉兴太守时，发现有人伪造官方的公证文书卖给奸民歹徒，用来冒充契约证券。这种假文书在社会上流传得越来越多，被官方发觉了。许多官员都视之为奇货，认为不管是真是假，都一律全部追查没收，那么所得的收益可大大补充本郡的财政。

程卓说："这不过是造伪者的罪责，若不问青红皂白，一律将它们没收，广大百姓就会受到侵害。我看百姓的安宁最为重要，钱财之利并不是最迫切的。"

于是程卓通告百姓，凡有误买假契约的，允许他们自己拿出来到官方去交换真的。结果想换真券的都来换了，全郡因而安然无事。

张文懿公

改寺为观

北宋初年，朝廷命令各路、州、军都要建造天庆观，别号“圣祖殿”。

张士逊（谥文懿）当时任广东路转运使，他向皇帝请求说：“我所管辖的区域十分贫困，请准许用当地最好的寺院改名充当。”皇帝同意他的意见。于是他仍按照其他各路、州的做法，委派专人负责，并亲自选择那些能改为天庆观的寺院，将它们的匾额改为“天庆观”，并传令下属，不得因此事而引发别的事来。

◎

一转念之间，就造福于百姓很多，而造福于国家的就更多。

张永

调度有方

明朝张永出任芜湖县令。芜湖是交通要道，使臣、商旅往来荟萃于此，当地老百姓应接不暇，弄得疲惫不堪。

章圣太后的灵柩运到南方安葬，所经过的州县都设立绫罗绸缎的帐殿，祭祀用的器皿都用金子铸成。随行宦官们还肆意索贿，稍不如意，当地的官员就会受到羞辱，官吏们一个个无可奈何。

张永则选择临江的一座佛寺，将墙壁栋宇涂成白色来代替帐殿，又将庙中的供器包上层金箔代替祭祀器皿，节省了不少费用。加上他调度有方，棺木从芜湖经过时没有引起舆论非议。

范希阳

恢复旧制

明朝范湛（字希阳）曾任南昌太守。

早先，王某任江西都院时，府官行跪拜大礼必须在阶下篷外露天里进行，刮风下雨也都不例外。范希阳改变这种做法，恢复以前的制度。

正赶上陈都院刚上任，所属官员都来朝见，希阳边走边对众人说：“诸君今天请随我行礼。”希阳来到都院堂下，竟直入篷内行礼，其他官员都一起随他向前，旧制就这样恢复了。希阳退到门外后，又与众官行礼分别，一句也没提刚才发生的事。

◎

忍辱居士说:“假使范希阳在朝见前与众人商议,这些人中固然有附和他的,也必然有阻挠他,说不能这样做的,又必然有胆小不敢向前的,哪能都一起随他向前呢?现在众人见范希阳走在前面而自己也就不知不觉地随同向前了。

“又假使范希阳在出门后,说些旧制得到恢复之类的话,其他人必有议论他自夸的,还会有人在上司面前陷害他,抚院知道了也会不高兴。怎么会恢复了旧制而众人没意识到呢?这是因为范希阳行动突然,而后面人又只知因循前面人的做法。

“嗟乎!这件事情虽小,但我们可以看出他是个坚毅而有才识的人。”

牛弘

牛肉脯

隋朝时，牛弘弟弟牛弼好酒贪杯，经常喝醉，他醉后射死了牛弘车驾的一头牛。牛弘回家，妻子迎面对他说："小叔子把牛射死了……"牛弘接着说："正好可做牛肉脯。"

◎

干干脆脆的一句话，扫却了妇道人家的多少口舌，想兄弟友好的人，可以此为榜样。

明镐（hào）

整肃军纪

宋朝龙图阁直学士明镐出任并州知州时，边境军队中的许多将领都是纨绔子弟。明镐就将其中最不学无术的抓来痛打一顿，那些疲沓软弱的见状就自动离去了。明镐奏请朝廷，选拔那些熟悉军务的人驻守边疆要塞。

军队调防时，很多娼妓跟着，明镐想驱逐她们，又害怕伤了士兵的心。此时恰巧发生纷争，一个娼妓被杀，衙吏将杀人的士兵抓来报告明镐。明镐说："那些娼妓来军中干什么？"把这个士兵给放了。娼妓们得知后，都四散逃走了。

◎

没有伤害士卒的心，而让娼妓自己离开。用这样的办法来驾驭众人，还有什么不可以做到的呢？又难道只有这件事可以这样做吗？

卷四

迎刃

险恶的山峰在前面阻挡，翻滚的波涛在身后汹涌，面对如此危难的形势，一般人都束手无策，唯独我能奋力向前。在行动前已有充分准备，行动中便能出其不意。就像高明的厨师宰牛，技艺娴熟，操纵自如。为此，辑撰《迎刃》卷。

子产

敬鬼神而远之

春秋时，传说郑国大夫郑良霄被驷带等人杀死后变成厉鬼，郑国人都感到非常惊惧。有的人甚至梦见他身穿甲胄边走边说："壬子那天我将杀死驷带，明年的壬寅那天我又要杀死公孙段。"驷带和公孙段果然在那两天死了，郑国人就更加恐惧了。

郑国执政子产立公孙泄（子孔的儿子，子孔死于郑国内乱。——原注）和良止（郑良霄的儿子。——原注）为大夫，使他们能祭祀自己的父亲。这样一来，闹鬼的事也就不再发生了。

大夫太叔问其中的原因，子产说："鬼要是有了归宿，得到奉祀，就不会变成厉鬼伤人了。我立了他们的后代祭祀他们，也就让他们有了归宿。"太叔说："那为什么还立公孙泄呢？"子产说："这是为了向百姓做解释。"（因郑良

胥是厉鬼，就立他的后代，这种做法有失正理，因此，就同时立了公孙泄，相当于以“继绝”的道义，来向百姓解说。——原注）

◎

子产不但通晓人鬼之间的道理，更妙的是同时立了公孙泄这一着。而由人来实施鬼神的道理，真正体现了全力为民而又不被鬼神所迷惑。

田叔 二条

烧毁供词

西汉时，梁孝王派人刺杀前吴王的宰相袁盎，景帝召田叔到梁国去查问。田叔查得全部事实真相后，就把供词都烧掉了，空着双手回来向景帝报告。

景帝问："梁王真有派人刺杀袁盎这件事吗？"田叔回答："有这件事。"景帝问："证据在哪里？"田叔说："我把它烧了。"景帝大怒，田叔不慌不忙地说："请皇上不要过问梁王的事。"皇帝问："为什么？"田叔回答："如果梁王不被依法处死，朝廷的法律就不能施行；如果依照法律将他处死，太后必定吃不好、睡不好，这又是您的忧虑了。"

景帝听了，非常赞赏他的贤良，就派他做鲁王的宰相。

田叔担任鲁相后，鲁国有一百多人来控告鲁王夺取他们的财物。田叔把他们中领头的二十个人每人打五十竹杖，其余的各打了二十下，并愤怒地对他们说："王爷不是你们的主人吗？

怎么敢毁谤他呢？”鲁王听到了，非常惭愧，就把王府里的钱拿出来，叫田叔偿还给他们。田叔说：“王爷派人自己去偿还吧！不然的话，成了王爷做坏事，而我做好事了。”

鲁王喜欢打猎，田叔常跟随着他，鲁王休息时，田叔就出来坐在猎苑外面露天的地方等候鲁王。鲁王几次派人请田叔休息，田叔始终不休息，而是说：“我王暴露在苑外面，我怎么能单独到馆舍去休息呢？”鲁王因此再没有大举出游打猎了。

◎

西汉时，洛阳有两人互相仇恨，乡里的十多个贤豪从中调停，始终不能解决。有人就去找郭解。郭解夜里去见仇家，仇家勉强听从了郭解的劝告。郭解对仇家说：“我听说洛阳的诸公从中调停，你们都不听从。现在你们给我面子听我调解，我怎么可以从外地来侵夺本地贤豪调解了的事呢？”于是连夜走了，并嘱咐说：“等我走后，你们还是听洛阳贤豪的调解吧！”此事与田叔发还鲁王府中钱财的事情相似。

魏晋时，王祥对继母非常孝顺。继母疼爱亲生儿子王览，虐待王祥，王览劝说他母亲，他母亲不听。每当母亲叫王祥干什么苦差事，王览都要和王祥一同去做，饮食也争着与王祥一样，终于感动了他母亲，对王祥也同样疼爱了。此事与田叔坐在露天里等待鲁王一事相类似。

主父偃

推恩令

汉武帝担心各诸侯国强大，主父偃献计，请武帝令各诸侯王以私恩将封地分给自己的所有儿子，而由朝廷为他们定封号。这样，朝廷对他们有厚恩，而诸侯也渐渐被分割得弱小了。

裴光庭

告谕突厥

张说因唐玄宗要去泰山封禅，担心突厥军队乘机侵犯，打算增兵防守边境，召来兵部郎中裴光庭商量这件事。

裴光庭说："天子封禅，是向天下表明治国成功，如果害怕戎狄，那就显示不出我们的强盛和教化了。"张说问："那怎么办呢？"

裴光庭说："四夷之中，突厥力量最强，他们屡次请求和亲，而朝廷尚没有做出最后决定。现在可派遣一名使者，征召他们派大臣随同天子封禅泰山，他们必定欣然接受。只要突厥来人，其他夷狄就会派人来的，这样就可以偃旗息鼓，高枕无忧了。"张说答："好！你的见识是我所不及的。"当即上奏，派使者告谕突厥。突厥于是派大臣阿史德颉利发来唐朝进贡，并随同玄宗去泰山封禅。

崔祐甫 二条

慰劳将士

唐德宗即位，淄青节度使李正己上表献钱三十万缗。德宗想接受，又怕受欺骗；想拒绝接受，又提不出理由。

宰相崔祐甫请求派遣使者去慰劳淄青将士，就将李正己所献的钱赐给他们，使他们人人感激皇帝恩德，也使其他节度使知道朝廷不贪图钱财。德宗采纳了崔祐甫的意见，李正己非常惭愧而又佩服。

神策军使王驾鹤长期执掌禁军，权势大得很。德宗想派人取代他，又担心他闹兵变，就向崔祐甫讨主意。祐甫说："这事不必担心。"当即召王驾鹤留下来说了一会儿话，而就在这时，奉命替代王驾鹤职位的白志贞已进入神策军了。

王旦 二条

稳军心

北宋时，马军副都指挥使张旻奉旨操练军队，军令过于严峻，士兵害怕，谋划兵变。

皇帝召集宰相等大臣商议对策。王旦说："如果处罚张旻，那以后的将帅怎么带兵？如果马上逮捕阴谋发动兵变的人，就要使京城震惊，不得安定了。陛下几次想任命张旻做枢密使，现在如果擢用他，就可以解除他的兵权，同时使那些骚动不安的人安下心来。"皇帝对左右大臣说："王旦善于处理大事，是真正的宰相啊！"

◎

借一转圜以保存都指挥使的体面，而延缓对他去留的决定，这都是为了军国大政，而不是对张旻存有私心。

契丹奏请宋廷在每年照例应向他们输纳的物品外，再借给他们些钱币。宋真宗征求王旦的意见，王旦说："契丹知道陛下马上要去泰山封禅，行期很紧了，故以此来试探朝廷的意思。我看可在每年给他们的三十万物品内，借给他们六万钱币，但是，要向他们说明这些钱币必须在明年的定额内扣除。"契丹得到钱以后很羞愧。

第二年，王旦向有关部门下令，契丹所借的六万钱币，对我朝来说是小事一桩，不用在他们的定额中扣除了，但今后永不为例。

◎

不借则违逆对方的意思，而白借又没有这样的名目。借了不扣除，则不能堵塞他们的侥幸心理；借了必扣除，又不能表明中央政府的博大。像王旦这样的处理才是妥当的。

西夏赵德明请求宋廷给他们一万斛（时十斗为一斛）粮食，王旦请皇帝下敕文命主管部门备齐了一百万斤粮食放在京城，一面下诏书命赵德明来京城领取。赵德明很是羞愧，说："宋朝有人才啊！"于是没再提要粮的事了。

严可求

禁田猎

五代时南唐烈祖李昪治理吴国时，四面八方战事不断，因而他对一兵一卒都倍加爱惜，甚至听之任之。但是，许多兵将经常在外放鹰捕猎，在近郊聚会饮酒，有的甚至骚扰百姓。李昪想用军法制裁这种散漫行径，但又想到正需要他们卖力，就想找一个折中的办法，于是去征求严可求的意见。

严可求说："不必动用刑法，很容易就能杜绝他们的行为。请您下令泰兴、海盐各县，禁止捕集采购鹰鹯等鸟类，那么将士们的行为也就会不令而止了。"

李昪依其计而行，不到一个月，官兵们再也没有游猎、聚会的行为了。

陈平

避谗言

燕王卢绾(wǎn)叛变，汉高祖刘邦派樊哙以相国的身份率军去讨伐。出发后，有人向刘邦说樊哙的坏话，刘邦发怒说：“樊哙看我生病，就希望我死！”于是采纳陈平的计谋，召绛侯周勃。陈、周二人在床下接受诏命，诏命说：“陈平急速以驿传马车，载周勃代替樊哙统兵，陈平到军中后，就立即斩下樊哙的头！”

陈平和周勃受命之后，二人在路上商量：“樊哙是皇上的老朋友，功劳也多，而且又是吕氏妹妹吕媭的丈夫，和皇上有亲戚关系而且身份尊贵，皇上因一时愤怒，要杀他，但恐怕以后会后悔。宁可把他囚禁送交皇上，让皇上自己去杀他。”他们来到军中后，建造高坛，以符节召见樊哙。樊哙接受诏命，就被反绑着双手押在囚车上送往长安，而周勃代替他统率军队，平定燕王的叛乱。

陈平在路上听到刘邦逝世，很怕吕后，又担心吕媭进谗言，于是坐驿传马车提前回去。路上遇到使者命令陈平与灌婴屯驻于荥阳。陈平接受诏命，但立即快速驰往宫中，哭得很悲痛，并借此在高祖丧事前向吕氏上奏前事。吕后悲伤地说：“你回去休息吧！”

陈平却坚持请求宿卫在宫中，吕后就命他为郎中令，并叫他“辅助教导惠帝”。这一来，吕媭的谗言才没能有什么效果。

◎

如何消除谗言呢？离进谗的人近些以杜绝他们的阴谋，就像陈平那样；离进谗的人远些以消除他们的忌恨，就像刘琦那样。应该靠近的却离远了，应该离远的却靠近了，都会加速灾祸的到来。

东汉刘表喜爱小儿子刘琮(cóng)，长子刘琦惧怕发生灾祸，就请教诸葛亮，诸葛亮没有回答。一天，两人一起上楼后，刘琦抽去楼梯，对诸葛亮说：“今天您说出的话，只能进我一人的耳朵，难道还不可以教导我吗？”诸葛亮说：“你没听说过晋国公子申生在朝内而遭杀身之祸，公子重耳出走在外反而安全吗？”刘琦顿时大悟，于是请求去做江夏太守。

宋太祖　曹彬

礼献国库

南唐国主畏惧赵匡胤的威名，就在周世宗那里使用反间计。他们派人送给赵匡胤一封信，并馈赠了白银三千两。赵匡胤把这些白银悉数交与国库。南唐的反间计没有成功。

周世宗派阁门使曹彬送武器给吴越国，事情办完后，曹彬立即返回，没有接受吴越王赠送的礼物。吴越人乘轻舟追上了曹彬，不论他怎样推辞，都坚持要他接受赠物。曹彬说："我再不接受，倒像是在窃取个人的名声了。"于是，就将礼物收下了，回朝后全部献给朝廷。后来奉周世宗的命令，才拜受这些赠物，全部拿来分给亲友，自家一点也没留下来。

◎

如果不接受，不能体现中朝（中央政府）的博大;接受了直接作为自己的财产，又不是臣子的公心;接受了，再献给朝廷，最为得体。

拒高丽僧　焚西夏书

谢绝献寿礼

高丽僧寿介在呈交给宋朝的文状中说："贫僧临出发时，国母命送金塔为贵国皇帝祝寿。"

苏轼看了文状后，密奏皇帝："高丽国简慢无礼，如果朝廷接受金塔而不回礼或回礼过轻，那夷人就找到抱怨的借口了；如果接受金塔而回赠厚礼，是以重礼回应他无礼的馈赠。臣已命令办事官员将文状退回给他，就说：'朝廷有规定，做臣子的不敢擅自奏闻。'臣料此僧势必不肯罢休，会说：'本国派我来献寿，你们不上奏，我回国吃罪不起。'臣打算在他的文状后写下判词：'州司未接到朝廷的指示，贵国又没有来文，所以无法奏报上去，你拿这份文状回国做凭证吧！'如此处理，只是臣子的个人决定，不是朝廷拒绝他们献寿礼，这样要稳妥些。"

范仲淹任延州经略使时，曾写信给西夏王元昊，向他晓以利害，元昊的回信傲慢无礼，范仲淹将情况奏告皇帝，把元昊的信烧掉了，没缴上去。

吕夷简对宋庠等人说："臣子无权私自进行外交，希文（范仲淹，字希文）怎么敢这样做？"宋庠猜测吕夷简的意思是要怪罪范仲淹，于是说范仲淹应该斩首。

范仲淹上奏："臣开始时听说元昊有悔过之意，所以写信劝导他。后来任福战败，元昊气焰嚣张，所以回信傲慢无礼。臣认为让朝廷看了那封信而不能讨伐他，那朝廷就要受到羞辱，所以臣当着下属的面把他那封信烧了；假使朝廷压根就没看到那封信，那就只不过是臣一个人受到羞辱罢了。"

杜衍当时正任枢密副使，竭力为范仲淹争辩。于是宋庠被罢去参政一职而改任扬州太守，范仲淹没受到处分。

张方平

安抚西夏

西夏元昊归顺宋朝后，因与契丹有积怨，就请求宋朝中断对契丹的册封。

任知谏院的张方平说:“为了使新附的西夏满意，而失去久和的契丹，这不是个好主意。应该告诉元昊，叫他审慎处理，只要他们双方消除积怨，朝廷马上颁发册封，这样对他们双方都有利。”皇帝当即采纳了张方平的意见。

秦桧

羞辱金使

宋建炎初年，金人要派使者来讲和，通知说："使者来时，你们文武百官必须到郊外迎奉国书。"群臣大惊失色。秦桧恬然不以为意，派各部官员去迎接。

金使提出朝见宋帝时要设褥位，褥位是可坐卧的位子，朝见时金使坐这样的位子，就不是臣见君的礼节了。

朝见的那天，秦桧命令将殿廷四周全部装上紫色的帷幕，因为唐宋时期，皇帝接见群臣或外国使臣都在紫宸殿。金使进殿一看，没说话，就退走了。

吴时来

犒劳抗倭将士

明朝嘉靖年间，沿海一带常遭倭寇入侵，朝廷就从两广一带的郎、土诸路调兵增援沿海。原计划去犒劳抗倭将士的苏州总兵却没按时到达，众将士一片哗然。

等援兵到松江时，巡抚才派掌管刑狱的推官吴时来前去款待洗尘。吴时来考虑他们是从水路来的，就在福田寺院外安营，命令土司将领率部来到时，将各自部队按人数编排好，由船夫用船引渡进大营，依次领取犒赏。这样，赏礼分得既公平又合理，也没造成浪费，各营的官兵都非常信服。

这些增援的士兵向来野蛮犷悍，对百姓的掠夺程度不亚于倭寇。吴时来就采纳了幕僚的建议，好言好语结交他们的首领，同时把那些带头闹事的人抓起来治罪。这样，直到最后也没有人敢违犯军纪。

陈希亮等 四条

震慑外邦

宋英宗年间，于阗(tián)国使者来朝廷进贡，路过秦州，经略使以接待外宾的礼仪款待他们。来使却非常骄横，在那里吃住一个多月，不但打坏驿舍的家具用品，还放纵他手下的人到街上去抢吃抢喝，搞得老百姓连大白天都不敢开门。

陈希亮得知后，说："我曾经负责接待过契丹使者，了解这方面的情况。使者刚入境时是不敢凶暴专横的，都是翻译人员教唆的。我就按法律严厉地制裁翻译官，他感到害怕，使者也就不敢轻举妄动了。何况于阗这样的小国呢？"于是派教练使带上朝廷的符节去告诉于阗使者的翻译："进入我的辖区，如果敢有一丝一毫的违法行径，我就将你斩首！"教练使拿到军令状才回来。

于阗的使者到达陈希亮的辖区后，整齐地站在庭下向他叩拜。陈希亮命令他们分两排坐在廊庑上，招待他们吃喝，并派兵护送出境，始终没有一人敢喧哗胡闹。

北宋时，高丽国使者来朝廷纳贡，一路上轻蔑欺凌各州郡官员。押伴使臣都是各路的小吏，他们也仗势骄横，甚至敢与州郡的将领分庭抗礼。

当时，苏轼任杭州通判，派人对他们说："高丽国使者是仰慕我朝的文明教化而来，按理应当恭敬和顺。现在他们恣肆暴虐，不是你们教唆纵容何至于此？若再不悔改，我就奏请朝廷处置你们！"押伴使十分害怕，稍微有所收敛。

高丽使者送礼物给地方上，落款都用干支纪年，苏轼拒收，说："你们高丽向我大宋称臣，却不用我朝年号，我怎敢接受？"高丽使者当即把所书的甲子年改为熙宁（宋神宗的年号）某年，苏轼这才接受了。

明朝北方的蒙古部落大臣也先杀了他的主子脱脱不花，自称大元田盛大可汗，派使臣到我朝纳贡。

明景帝命令群臣讨论如何称呼也先，礼部郎中章纶说："可汗，是北方戎狄最高贵的称号，因此用'可汗'来称呼也先是不妥当的。但如果只称他以前的官位太师，恐怕会引起他的惭愧和愤怒，以致骚扰我国边境。不如就用他们部落的旧名称他为瓦剌王，比较得体。"皇帝采纳了他的建议。

大同府猫儿庄一直是北方胡人入贡的正式道路。至明朝成化初年，北方使者有的改从别的道路入境。宪宗收到边境守臣的奏折，同意了。

礼部尚书姚夔奏请对来使的接待级别予以降低，北方使者很不乐意。姚夔就晓谕他说："以往北方使臣都是从正路入贡，朝廷以国宾大礼相待。现在你们从小路来，我们怀疑你们不是北方人的首领，所以只按其他地方的使臣规格来接待你们。"北方使者再也无话可说了。

◎

以上四位大臣都掌握了与少数民族沟通的准则。

苏子容

各依本朝历法

北宋时，苏颂（字子容）出使辽国，在辽国正好赶上冬至。宋历冬至日比辽历早一天，辽国人问他哪国的历法是对的。

苏颂说："历家的章法有小差异，或早一点，或晚一点，这都是很正常的。如亥时是今天夜里，过了几刻钟就是子时，那就要算明天了。或先或后，可各自根据本朝的历法。"辽国人认为他讲得很对，就各自按本朝的冬至日来庆贺。

苏颂返朝后，宋帝很高兴，说："你这个回答极符合事理。"

马默

宽待囚犯

宋朝的制度:流放到沙门岛的罪犯是有定额的，官方只供给三百个犯人的口粮，若人数超过，口粮也不增加，而且那个岛面积狭小，人一多就难以容纳。因此，每当犯人超过定额时，就把多余的人扔到海里。主管沙门岛的寨主李庆在其任期内竟然淹死七百多人。

马默任登州知州时，痛恨这种做法的弊端，就想改革对海岛的管理方法。他建议:“既然朝廷没判他们死刑，把他们投到海中淹死，就不是朝廷的本意。今后如果岛上的罪犯超额，请允许将那些发配来岛时间久而其间又没再犯过失的犯人，移送到登州。”宋神宗觉得他的建议很有道理，就下诏准许这样做，并把它定为一项法律制度，永久执行。从此，岛上的许多犯人都保全了性命。

马默没有儿子，一日梦见东岳使者来传达玉帝的旨意：因他移送沙门岛犯人之事特赐他一男一女。后来马默果然得到一双儿女。

于谦

徙戎

明永乐年间，投降来的北虏大多被安置在河间、东昌等地，他们生养蕃息，骄悍难以统治。当也先入侵时，这些人都乘机骚动，有几次都要发生变乱了。

后来朝廷要发兵征剿湖广、贵州等地的盗寇，于谦奏请征派那些降虏中有名号的人，给予重赏，让他们随军出征。事平之后，又奏请让那些人留居湖广等地。于是几十年的积患，一朝消除了。

◎

采用西汉郭钦迁徙外族的计策，而使外族不知，真是大作为！

李贤

化解危机

明朝时，有法司上奏:石亨等人被诛杀后，其党羽冒夺门功而升官的几千人都应追究。

皇帝召李贤商量:“这件事恐怕要搞得人心不定。”李贤说:“若朝廷允许这伙人自首免罪，事情就能妥善解决。”于是冒功的四千余人全都自首了。

王琼

擒江彬

明朝武宗皇帝南巡回京，在他弥留之际，杨廷和已定下了擒拿江彬的计谋。可是江彬率领的边兵有几千名，手下的爪牙都是些很厉害的家伙。

杨廷和担心他们到时候要发生变乱，想不出解决的办法，就向王琼讨主意。王琼说："就说要登记护驾南巡的人的功劳，命令他们到通州听候赏赐。"于是这班边兵全部离开了京城，江彬就被擒获了。

刘大夏 张居正

处置悍将

明朝庄浪卫指挥鲁麟任甘肃副总兵，请求升为总兵，但没有获准。鲁麟仗着自己部落强盛，就回到了庄浪卫，以儿子年幼为由，向朝廷请求退休。

当时朝廷官员中有的认为应授他总兵一职，有的认为应召他进京，还有的认为应授予他闲散的官职。唯独尚书刘大夏说："鲁麟为人暴虐，不善于任用部下，不会有什么作为，但也没什么罪过。如果授予他总兵一职，则不符合朝廷的法纪；召他他不来，则有损朝廷的威信。"

于是，朝廷下了一道诏书，嘉奖鲁麟先人的忠勇，而听任鲁麟赋闲。鲁麟就这样怏怏不乐地病死了。

明朝黔国公沐朝弼做了违法的事应当逮捕，朝中官员都为此事犯难，认为沐朝弼统率的士兵将近万人，不易逮捕，逮捕他恐怕要激起西南诸夷发生动乱。

张居正一面提升沐朝弼的儿子为沐国公，一面派一名使者将沐朝弼逮至京城。他的部下没敢有什么举动。沐朝弼到京后，张居正请求赦免他的死罪，而把他禁锢在南京。人们都认为这件事处理得好。

◎

嘉奖他的先人，使他（鲁麟）内心惭愧，埋怨的话不好讲出来;提升他的儿子，使他（沐朝弼）心安，并认真掂量家族的利害。所以或罢去他们的官职，或将他们禁锢，一切都由我控制。

刘坦

斩内应

南朝梁时，刘坦任长沙太守，兼代湘州刺史。王僧粲谋反，湘州诸郡蜂起响应，前湘州镇军钟玄绍暗中作为王僧粲的内应，约好了起事的日子。

刘坦察知这一阴谋后装着不知道，照常处理公务，夜间故意打开城门来迷惑钟玄绍。钟玄绍没敢动手。

第二天早晨，钟玄绍来向刘坦打听情况。刘坦把他留下谈话，暗中派遣亲兵到钟玄绍家搜查。钟玄绍还在刘坦这里坐着时，搜查的亲兵已经回来了，查到了钟与王僧粲的往来文书。刘坦拿出这些文书质问钟玄绍，钟玄绍低头认罪，当即就被斩首。而那些文书被统统烧去，以安定钟的余党，于是湘州没发生动乱。

张忠献

假诏书

宋朝时，叛将范琼统兵占据长江上游一带，朝廷招抚他，起初他不肯来，来了又不肯交出兵权，朝廷内外议论纷纷，形势很紧张。

张浚（谥忠献）与刘子羽秘密策划除掉范琼。一天，张浚派张俊率领一千人马渡过长江，装作追捕其他盗寇，乘机邀请范琼、张俊以及刘光世一起到政事堂商讨捕敌之计，并设了酒宴。宴会结束，他们都有所顾忌而未发出暗号，刘子羽坐在庑廊下非常焦急，害怕时间一长会被范琼看出破绽，急中生智，果断地从身边拿出一张黄纸，假作诏书，走到范琼面前，命令他道："跪下！接圣旨，皇上命令你到大理寺去对证！"范琼惊愕不已，不知所措。刘子羽示意左右一齐把他推拥到车里，由张俊的卫兵押送到监狱。

张浚又命刘光世去安抚范琼的部下，告诉他们："皇上要杀的只是范琼一人，你们这些人仍然是天子统帅的士兵。”众官兵都放下武器说：“遵命！”于是范琼的军队全部被分散到其他部队里去，很快安排妥当，范琼被处死。

留志淑

制伏叛党

明朝武宗年间，宦官毕贞是宁王朱宸濠的党羽，自从他被皇帝派到江西后，声势显赫，带着爪牙五百多人，肆意抢掠，弄得百姓人人自危。

当时杭州知府是留志淑，他暗中获悉毕贞准备和朱宸濠一起谋反的情况，就禀告监察御史和浙江按察使以设法遏制他。

没过多久，毕贞果然开始残害百姓，一天夜里纵火焚烧民房，大火蔓延，烧掉二十多家。留志淑恐怕他乘着混乱局面挑衅闹事，就闭门不出，只是吩咐各衙门的人不要出去救火。

没几天，毕贞果然与朱宸濠私通。等到毕贞将要起兵响应朱宸濠时，监察御史和按察使召留志淑去商讨应对计策。计策已定，就先率百姓与士兵悄悄地埋伏在毕贞的大门外，按察使按照常规去拜见毕贞。

等按察使出来，留志淑进去，毕贞气愤地对他说：“知府认为我要反叛吗？”留志淑回答说：“府上的差役侍从太多，因此容易让别人产生猜疑。”说着就命令手下人出去报告按察使。

按察使进来后，到了客堂，拉着毕贞的手劝他要把自己的情况辩白清楚。大家也纷纷议论让他把那些没有登记在籍的人遣散出去，以解除众人的疑心。毕贞仓促间没有其他办法，只好叫他的那伙人全都出去，没想到一出门就被伏兵抓获，投入监狱。

大家又假装陪同毕贞查检他的家，发现他家里藏有各种各样的武器，就追问他：“这是准备干什么的？”毕贞无言以对。于是，就把他拘捕起来，奏明朝廷把他杀了。

王益

流放叛卒

北宋王益任韶州知府时，州内有屯兵五百人，因换岗替代他们的人很长时间都没来，就打算造反作乱。事情被发觉后，全州的百姓都人心惶惶。王益却不动声色，下令把带头闹事的五个人抓起来，并立刻将他们流放到外地。

有人建议应该把这五个人关进监狱，王益不听。不久就听那些要闹事的士兵说："如果把他们关进监狱，我们当夜就去劫狱。"于是，众人都很佩服王益的远见。

贾耽

新节度使

唐代，贾耽任山南东道节度使，他派行军司马樊泽到皇帝那里报告有关情况，樊泽回来时，府中正举行宴会。突然，朝廷传下急件，命令樊泽接替贾耽的节度使一职，贾耽将急件放进怀里，态度一点没变。

宴会一结束，贾耽就命众人参见新任节度使樊泽，牙将张献甫很生气，说："樊泽身为行军司马，却自己去钻营节度使的职位，为人做事不忠于人，请杀了这种人！"贾耽说："这是天子所任命的，樊泽现在就是节度使了。"

贾耽当天离开了镇所，并让张献甫也随自己离开，于是军府才安定了。

处工孛罗等

约束外宾

明朝万历年间，女真族阿卜害等一百零七人到京城入贡。其中工孛罗、小厮哈额、真太三人为首，在通州馆驿横行霸道，敲诈勒索。通州官员将此事禀报了朝廷。

当时沈演在礼部担任接待外宾的“客司”一职，他建议说:女真族多年来对我朝非常恭顺，如果因为此事而一概取消他们的赏赐，恐怕会疏远夷人向朝廷的归化之心，应当依旧将每年例行的赏赐，移送各州府衙门散发给他们，以宣扬我朝的浩荡皇恩。只将工孛罗等三人的赏额取消，并发文给辽东巡抚，让他们转告边境酋长，说明他三人骚扰百姓的情况，以当地刑法加以处置。直到他们本人真心认罪，才准许补发赏赐。

◎

沈演说:客司，是古时候掌管与外邦交往事务的官员。外族人在境内骚扰百姓，不能不加以管束，然而又没有什么法律根据处他们以死刑。

开始的时候，工孛罗等人看到告示要惩罚他们，还狂傲不接受。行赏的目的是安定众人的心，取消他们三人的赏金是为了能执行国法。

这三个人是头目，能够驱使他们的部属，又是很狡猾的人;然而把他们与众人分隔开来，他们就不能闹事，也就甘愿受罚了。这也是处理外邦使者在境内骚扰的一种办法。

王钦若

转运有方

宋朝王钦若任亳州判官时，一次，到会亭仓去视察。当时天气久雨，管粮仓的人以米湿为由而停止收购，这让从远处来缴租米的农民非常愁苦。王钦若知道这一情况后，命令凡农民从远处来缴米的要全部收纳入仓，并奏请朝廷，今后凡是征调仓米的，一律先调湿米。

宋太宗看了这份奏折，很喜欢，并因此而记住了王钦若的名字，从此王钦若得到重用。

令狐绹(táo) 李德裕

监军不预军事

唐宣宗因甘露之变而衔恨太监，曾授意宰相令狐绹把太监们都杀掉。

令狐绹虽然也想诛灭太监，但考虑到其中一些人是无辜的，就秘密禀奏皇帝道：“今后对待太监，只要对有罪的不姑息，有空缺不补充，这些人自然就慢慢地被消灭了。”

◎

当今禁卫军不少是吃空饷的，腐败且无一点战斗力，但要骤然裁减他们，又怕激起事变。如果依照令狐绹的办法，不要几十年，就能够整顿好军队。节省的这些钱，可用来另行招募军队。这样，就可以化无用为有用了。

唐朝时，原本每个方镇都派有宦官担任监军，这些监军以自己的意见指挥军事，部队的将帅反倒不能决定军事行动了。另外，监军又挑选几百名骁勇的战士作为自己的卫队，而上阵战斗的都是些贪生怕死的人。所以每年将帅出征，总是失败。

李德裕就与枢密史杨钧义、刘行深商议，规定以后监军不要再干预军政，每一千名士兵中可抽派十名给他做卫兵。将帅立功，监军也一同受赏。从此将帅们得以施展谋略，打了些胜仗。

吕夷简

罢宦官监军

宋仁宗时，与西夏作战，大将刘平阵亡。有人认为朝廷委任宦官做监军，主帅不能统一指挥，造成了刘平的失利。仁宗下诏将监军黄德和斩首了。

有人请求将各个部队的监军全都罢免，仁宗征求吕夷简的意见。吕夷简回答："不必罢免。只要挑选谨慎忠厚的人去做监军就行了。"仁宗就委派吕夷简去挑选，吕夷简说："我作为宰相，不应与宦官有私交，所以无法知道他们的好坏。可诏谕都知、押班，若他们推荐不称职的人做监军，就与监军同样治罪。"仁宗采纳了他的意见。

没多久，都知、押班向仁宗叩头请求解除所有由宦官担任的监军职务。士大夫们都称赞吕夷简有智谋。

◎

杀一个监军，其他监军还在，如果由我来罢免他们的官职，日后发生什么事，他们会以此为口实，不如由他们自请罢官，最为有利。

人们称赞吕夷简有宰相之才，确实如此。可惜他有才智而无度量，如他忌妒富弼，忌妒李迪，使用的都是小人的智术，与古时大臣相比实在是差远了。

李迪与吕夷简同任宰相，吕夷简觉得李迪出的主意常常比自己强。有人告诉他："李迪的儿子李柬之考虑问题超过他父亲。"吕夷简因而对李迪说："贵公子有才能，应当得到重用。"于是吕夷简上奏皇帝，任命李柬之为两浙提刑，李迪父子都高兴。李迪没了李柬之在身边，一些事情常常遗忘，因而被皇帝免去宰相之职。到这时，李迪才知道被吕夷简出卖。

王守仁 二条

功成弗居

明朝时，王守仁擒住了宁王朱宸濠，将他囚禁在浙江。当时武宗皇帝正御驾亲征南方，车驾停在良乡。

武宗身边的亲信权贵叫王守仁释放宁王回江西，待武宗亲征时再次擒获，就派了两个宦官到浙江向王守仁传达谕旨。王守仁要求宦官准备提领囚犯的文书，宦官感到害怕，这才不敢叫释放宁王了。

◎

明朝杨继宗任嘉兴知府时，内府太监来嘉兴，想尽办法索贿。继宗说："行。"于是出公文取出府库所藏金银，送给太监买布匹丝绢作为赠送之礼，并向太监索取收据，说："收据要归档，以便他日上级来检查。"太监无语，不敢接受金银。杨继宗处理这类棘手的事情，大致如此。

江彬等人忌妒王守仁的功劳，散布流言说王守仁开始时是与宁王同谋的，后来听说皇帝派兵讨伐，这才擒获宁王为自己开脱。江彬这伙人想连王守仁一并擒获，好将平定宁王的功劳据为己有。

王守仁与张永商议，认为顺着皇帝的意思，还可以力争挽回局面，如果违背、反抗皇帝的意思，只能触犯那些奸臣。于是把宁王交给了张永，奏捷时，将功劳全部归于总督军门。为了让皇帝不来江西，他还称病住进了净慈寺。张永回朝以后，极力称道王守仁的忠心及让功避祸的用意。皇帝明白了这一切，王守仁这才免祸。

◎

王守仁在宁王一事上，至今还有人在怀疑。因为宁王曾经寄密信来京，想任用他的私人僚属担任江西巡抚，密信中有“王守仁亦可”的话。

其实这句话是有缘故的。因为王守仁平时不露锋芒，也没表现出对宁王的不顺从，宁王只羡慕王守仁的才学，而不知他的真心，所以希望能招纳任用他。这与王守仁有什么干系呢？

当王守仁被派去巡抚南赣、汀、漳等处时，那里还未有战事，王守仁即请求授予专制军事的权力，兵部尚书王琼立即授予了他这种权力。王守仁又取道丰城，这时候宁王谋反的阴谋已完全暴露，二公也秘密安排了对策。可见，庙堂方略早已预定好了。宁王反叛后，地方上告变的文书还不敢有痛斥的语言，只称“宁府”，唯有王守仁的上疏，称“宸濠”，从这里可以清楚地看出王守仁的本心。

朱胜非

发免死券

苗傅、刘正彦发动兵变后，各地纷纷起兵勤王，宰相朱胜非从中周旋，使宋高宗又恢复了帝位。

高宗颁布诏书，任命苗傅、刘正彦为淮南两路制置使，率领所部赴任。当时朝廷希望他们早点离开京城，苗、刘的同党张逵策划叫他俩请求皇帝赐予铁券。苗、刘二人辞行时，就递上了请求铁券的札子。朱胜非叫属吏拿过笔来，在判事文书上写道："同意上奏赐给铁券，主事官员详查典章制度，依照先例办事。"苗、刘二人大喜。

第二天上朝前，郎官傅宿说有紧急事求见宰相，朱胜非命人请他进来。傅宿说："昨天收到堂帖，赐给苗、刘二将铁券，这事不同寻常，今天是不是执行呢？"

朱胜非拿过堂帖，招呼主管此事的官员一同秉烛观看，忽然问主事官员："查到有关典章制度了吗？"回答："没查到。"

又问："依照先例办事，先例如何？" 回答说："不知道。" 朱胜非说："这样看来，铁券能赐给他们吗？" 主事的官员都笑起来了，傅宿也笑了，说："我明白了。" 随即告退。

◎

妙在不拒绝而使事情自然终止。如果是腐儒，必然要说一通大道理来拒绝，激起小人发怒。因小人发怒而惧怕，就屈服破例了。

停胡客供

整顿胡客

唐代自天宝以后，因吐蕃占领了河陇一带，使安西等地来朝奏事的人及西域等国使者的归路被切断。他们只能留住长安，随从人马的费用全靠鸿胪寺供给。朝廷又委派府县支付这笔费用，这成了长安城的一大负担。

李泌知道胡客留居长安时间长的人中，有的已有四十多年了，他们在这里娶了妻子，买了田地房产，做生意，获利很丰厚。李泌就命人统计胡客中有田地房产的人数，一查，总共有四千多人。于是全部停止了这些人的费用供应。

这些人到政府去诉苦，李泌说："这都是历届宰相的过错，岂有外国朝贡使者留居京城数十年却不安排他们回去的？现在当从回纥借道，或者从海路将他们遣送回国，有不愿意回国的，应由他们自己提出申请，由鸿胪寺呈送上来，按情况授以职位，供给俸禄，作为大唐的臣了。人生当及时展用，岂可终身做客呢？”

结果胡客中没有一个人愿意回国。李泌将这些人分别派往左、右神策军，王子身份的使者担任散兵马使或押衙，其余的人充任士兵，于是禁军的力量更加壮大了。这样，鸿胪寺所供给的胡客只有十几个人，每年节省开支五十万两银子。

补儒士 袭土官

规范世袭

明朝铸印局的人员定额是大使、副使各一名，食粮儒士二名。每当要补充儒士时，前来投考的不下数千人，其中托人情走后门的占一半，负责的人很为难。

费宏任礼部尚书时，在两名食粮儒士外，预取了听缺者四人，习字者四人，且都排定了递补的次序，这样在十几年内都不用再招收人了。于是，投考和走后门的人都绝迹了。

明朝对少数民族的管理都实行官爵世袭制，但每当官员继袭之时，审核的人反复勘问，以此索取贿赂。土居官员因而十分怨恨，叛乱朝廷，轻视朝廷的官员。

胡世宁下令：凡当地官员生儿子，立即到官府去登记，等到他们长到十岁后，每年朔望之时或有什么集会，都要他们随其父来见太守，太守记下他们的年龄和长相。如果他们的父兄死去，就按户籍档案替他们向朝廷申请官爵。土居官员对胡世宁的这种做法都心悦诚服。

◎

这样做不仅省去了临时调查勘问的麻烦，而且可让这些官员们从小就习惯于太守对他们的约束，从而逐渐消除那种桀骜不驯的习气，真是好计策啊！

蒋恭靖

穷酸太守

明朝蒋瑶（谥恭靖）正德年间曾任扬州太守，正值武宗到江南巡视，护卫的士兵也全军出发。扬州境内迎接圣驾所需的差役很多，从宝应到高邮共六站，每站便需万人。有人建议把这些人全部预先集中在扬州，搞得扬州百姓人心惶惶。

蒋瑶在每站仅设两千人，一路轮番去迎接圣驾，比最初预计的人数少了五分之四，其他各种差役的人数也相应减少。结果迎奉圣驾的差役和物品不缺，老百姓也不受骚扰。当时统帅全队的江彬与太监等人仗势勒索，可蒋瑶却不为他们的压力所动。

有一次武宗出去观鱼，正好见人捕到一条庞大的鱼，他就开玩笑地说这鱼值五百两黄金。江彬乘机说："就把这鱼卖给蒋太守吧。"并催促蒋瑶支付鱼钱。蒋瑶无奈，当即把他夫人的头簪耳环等饰物摘下来奉献给皇帝，以充鱼钱，说："我的府库中绝没有一文钱，不能拿出更多钱来了！”武宗认为他是个穷酸儒生，没有与他计较。

一天，太监拿出一份不具名的告示，向蒋瑶索取胡椒、苏木等奇香异品。这些东西都不是扬州所产的，故意以此来为难蒋瑶，乘机多勒索贿赂。当时的巡抚大臣就叫蒋瑶设法到别的地方去筹集这些珍品，以满足太监们的要求。蒋瑶说：“自古以来都是以当地的特产作贡品的，而现在他们要的这批贡品都是出产于别的地方，却故意向扬州要，我不知道如何去办理。”

巡抚大臣闻言很生气，就厉声命令蒋瑶自己去回复太监。蒋瑶就把那份告示拿过来，在上面详细写道：“某某东西产于某地。扬州只属于中原偏僻之地，不能完成这个使命。”武宗也没有责怪他。

后来太监又说皇帝要选宫女数百人，以备一路上使唤，巡抚大臣打算从民女中挑选。蒋瑶说：“如果一定要遵从圣旨，只能将我的一个女儿献给皇上。”武宗知道蒋瑶的品性不能改变，当即下诏停止选宫女。

汪应轸

粮二千石

明朝汪应轸在武宗皇帝打算到南方巡游时，率领翰林院舒芬等庶吉士上疏反对，遭受廷杖几乎死去，被贬为泗州知州。

泗州地处淮北，又受水患，百姓也不从事农桑之事。汪应轸到泗州后，第一件事就是鼓励农耕，他拿出官库中的钱财，购买桑树苗种，在洪泽湖南岸，教授乡民种植技艺。又招募一些农妇，教她们养蚕。

这时，驿卒报告，武帝南巡的车驾马上就要到来，其他州县的官员都很紧张，大肆准备，搞得老百姓都躲起来了。唯独汪应轸岿然不为所动，有人询问原因，他说："圣驾到来还没有确切的日期，如果仓促措办，四处摊派，差吏容易行奸。倘若把什么都准备好了，而圣驾却不来，怎么办？"

当时，其他州府光是为迎接圣驾举火炬的劳役就有上千人，前后服务要一个月，一些劳役因冻饿而死。汪应轸命人把火炬捆在榆树柳树之间，一个民夫管十个火炬。到了武宗车驾经过泗州境地时，火炬队伍齐整，反而超过其他州郡。

当时，一些宫廷使者往来不绝，趁机大肆索贿。汪应轸率领一百多名壮士，排列在使者的船旁，故意大声呼喊答应，声震四方，使者很沮丧。汪应轸又指挥人拉着使者所乘的船快行，顷刻之间，船行千里，出了泗州地界。

后面来的使者不敢放肆，而汪应轸倒很有礼貌地招待，于是他们都怪罪前面的使者而十分赞赏汪应轸。

武宗皇帝到达南方后，传谕泗州进献几十名能歌善舞的美女。这都是那些派去的使官因怀恨汪应轸想出的坏主意。应轸上奏："泗州的妇女粗陋不好看，而且近日又多逃荒在外，无法落实圣上的旨意。我前面招募了一些养蚕采桑的女子，如果她们被纳入宫，从事采桑养蚕之事，也将对国家的教化有益。"后来，征召美女的诏令也停止了。

沈启

镇定迎驾

明朝时，世宗皇帝要到楚地去巡游，若从水路走，则应由南京准备楼船以供使用。准备了楼船，如果皇帝改走陆路，就要耗费官府的一大笔金钱；不准备楼船，如果皇帝突然到来，势必获罪不轻。

南京尚书周用向工部主事沈启讨主意，沈启说："一面召集船商，让他们准备好木材在龙江关等候，一面派人火速打听皇帝巡行的路线，好按时间计算，楼船完全可以在皇上来时打造好。如果皇上乘船，就由官府支付造船钱；皇上不乘船，就把木材归还给船商。这事没有什么可为难的。"后来皇帝果然从陆路走了，于是就少花费了这笔开支。

朝中贵人请求世宗修葺皇陵，于是派锦衣卫的朱指挥前往皇陵视察。沈启找了个机会对朱指挥说："高皇帝订下制度：'皇陵不得动寸土，违者死。'现在要修葺就不能不动土，因此而犯下死罪就太可怕了。”朱指挥听了这话，吓得变了脸色，回来和那个贵人一说，就再也没提修皇陵的事了。

范槚

节省开支

明朝景王出藩的时候，沿淮河航行。从彭城到达宝应，沿途一千余里都要供奉吃住。同行的船只有一万多艘，护卫的兵士布满道路，为船队拉纤的人就达五万之多。淮河两岸要各修五丈宽的道路，凡有碍的民房要全部拆除。

淮安太守范槚在民房旁边放上破船，船上覆上泥土，望去如同平地。这样，民宅就可免遭拆除。当时，各郡县都急着征丁抓役，只有范槚不做一点准备，漕运官非常担心，把范槚召来询问。

范槚漫不经心地说："有您在，还有什么可焦虑的呢？"漕运官很气愤地说："你想把罪责全部推到我的头上，我一个老人会有什么用呢？"

范槚说："不是这个意思，但只要有您做依靠，就容易征集民夫了。"漕运官问："怎么办呢？"

范槚说："现在景王的船队刚刚出发，民间运粮的船一定不敢进入航道，他们一个挨一个地在那里坐等，每日的耗费一定让他们头痛。如果我们现在用士兵替他们看船，那么每条船就可征集十个民夫。他们能够得到佣金，一定很高兴来做这件事。因此，只需要一纸告示就可以了。"漕运官说："如果人员凑不足怎么办？"

范槚说："目前凤阳县有数万民工在淮河上协助往徐州运输物资，一到目的地，他们就肯定沿淮河回来。如果利用他们归途之便，雇用他们，恐怕无人不愿干，这样人数就够了。"漕运官听后高兴称是。范槚却又说："但这样没有什么用。"漕运官惊愕得站起来问："为什么？"

范槚说："现在淮河上游都在关闸蓄水，以保证景王的船队航行畅通。等到船队进入黄河以后，各处的水闸就全部打开了，大水急流而下，势不可当，还用这么多民夫干什么呢？"漕运官说："对呀！但是景王他们一行人就肯这么相安无事地离去吗？"范槚说："您不要担心，我们再想办法。"漕运官叹道："你足智多谋，我比不上你。"

先前，光禄寺发文给沿途各郡县，供奉景王的伙食都是山珍海味，一餐饭价值几千两黄金。范槚带着《大明会典》到抚院争辩说："天子所乘的船队经过的州县，也只要当地供奉鸡鹅柴草之类。这是法典上明文规定的。况且光禄寺备有各方奇珍异品筹办膳食，我们这种穷乡僻壤，能拿什么供奉呢？”

巡抚觉得他说得有理，就向礼部请示。礼部采纳了范槚的建议，改变了原来的命令。下令每餐饭按二十两金子的标准来办，王妃的标准是十两。这样节省的费用就达万两黄金之多。

景王的船队到达时，范槚派人拿着银两在道上迎接，对景王的左右侍从说：“水流湍急，很难停泊，请多加小心。这点钱只是我们的一点小意思。”于是船队整日航行，船只顺着水势如同飞箭一般，很快就通过淮安境内。

景王的船队在淮安总共只停泊了三个码头，花费也只有一千三百两。等到了仪真，一晚上就耗费黄金五万两。

◎

多少难题，到了此公手中，都能成为绝妙文章。

张瀚

文武全才

明朝张瀚本是庐州知州，后任大名知府。世宗嘉靖二十九年（1550），北方的鞑靼酋长俺答举兵入侵，逼近京都。世宗遣司马郎带着皇帝的符节前往京师周围的四个郡调集兵马，以守卫京城。

使者飞马来到真定，府内官员都仓促惊愕，又因司马郎官位不高，感到难以到公堂上行谒拜之礼，一时踌躇不决。张瀚听说后，认为招募那些无业游民派不上大用，就查阅自己管辖下的百姓户籍，决定每三十人选壮丁一人，并由这三十人共同负担这一人的粮饷，共选得精锐士卒八百人。

张瀚又骑马去劝说各郡太守："现在是什么时候？你们还与使者争无谓的礼节？司马郎官职诚然没有郡守尊贵，但是根据《春秋》的大义，以君王的使臣优先于诸侯，目的是使政令畅通，振作王威。如果因局限烦琐的礼仪，而与来使不相融洽，那还称得上是为王事尽心尽力吗？”

各郡守听了，都面露愧色，立即都去拜见了使者。张瀚首先请使者检阅自己的军队，使者很惊奇地说：“怎么这么快？”等到检阅队伍时，使者见到人人精锐，不禁喜出望外，这才叹服张瀚是文武全才。

韩琦

为孀妇做主

宋英宗刚即位时，一天慈寿太后差人送给韩琦一封密札，密札中说皇帝和高皇后不侍奉她，要韩琦“为孀妇做主”，并敕命太监等着韩琦回报。韩琦只说：“领圣旨。”将太后派来的太监打发走了。

一天，韩琦上了封札子，说有重要的事请示，需要单独见皇帝，于是英宗单独召见了他。

见面后，韩琦对英宗说：“您不要吃惊，有一封信必须给您看，把事情说明白，只是不能泄露。皇上能有今天，全靠慈寿太后的力量，此恩不可忘记。就算不是亲生母子，但只要多加奉承，便可以相安无事了。”英宗说：“一定接受先生的教诲。”韩琦又说：“太后的这封信，臣不敢当，希望能在宫中秘密烧掉，如果泄露出去，谗言将会趁机兴起。”

英宗连声赞同，这以后，太后与皇帝、皇后的关系很融洽，人们都看不出曾发生过矛盾。

◎

北宋鼎盛时，贤相之所以能够发挥作用，可以当面对皇帝讲话是一个重要的原因。

当面讲话，畏忌的心情消除，君臣的情谊融洽，所以肺腑之言能得到倾诉，即使涉及宫闱微密的矛盾，也可以设法暗地里调停好。这种功效岂是奏章可以比拟的？

即便如此，当面向皇帝陈奏，全在于大臣的忠心和对国事的明察，假如大臣只是唯唯诺诺一番，那就辜负了这项制度的意义。如果圣主不能收敛天威而虚心纳谏，或是臣子确实没有奇谋能打动皇帝，又当如何呢？请思考吧！

赵令郯

安置宗室

宋徽宗崇宁初年（1102），在西京、北京、南京分别设置了敦宗院，以安置较疏远的皇亲，挑选有德行的皇族子弟担任管理工作。有人因为院中有的人是长辈，管理起来颇感为难。

赵令郯刚被挑选往南京敦宗院任职时，曾进宫应对。徽宗问他治理宗亲的策略，他回答："比我年长的，以国法来管他；比我年幼的，用家法来管他。"徽宗认为很好，就提升了他的职务，派他主持敦宗院。

赵令郯到任以后，宗室子弟全都接受管教，不曾有扰民行为，这对京城的安定很有好处。

作家榜®经典名著
读经典名著，认准作家榜

大方
sight

智囊 2

[明] 冯梦龙 编著　诸伟奇 译

中信出版集团 | 北京

后来战乱发生了，很少有能够逃走的，只有任文公一家大小担着粮食逃得很快，全都保住了性命。　　《知微·任文公》

刘备急忙派人去捉拿，但那人已经翻墙逃走了。
《知微·诸葛亮》

“这姑娘不好看，有劳祝巫替我报告河神，
另外找个漂亮的姑娘，后天送给他。”

《剖疑·西门豹》

他们坐下不久，鼓竟然自己滚到客厅，不停地旋转，人们都吓得大腿发抖。《剖疑·鼓妖》

张举就弄来两头猪，把一头杀死，另一头则让它活着，然后堆积柴草焚烧这两头猪。《得情·张举》

第二天，刘宰把两根芦苇拿来一看，有一根仍然保持原状，另一根却去掉了二寸。　　《诘奸·刘宰》

目录

明智部

察智部

明智部

总序

自有宇宙以来，一切争的都是“明”“暗”两个字。天地混沌时暗，天地开辟后明；乱世暗，治世明；小人暗，君子明。水不清洁就要变质，镜子不明亮就无法照镜，人不明白就要堕入云雾。萤火虫之光无论如何明亮，也不过照到半块砖的范围；太阳高挂天上，所以光芒能照亮千山万水。更何况将黑夜当作白昼，就如盲人骑瞎马临近深渊，怎么可能侥幸不坠落呢？

所以，愚昧者尚不知是怎么回事，明白人却早已将这件事完成了；愚昧者的梦想，在明白人那里却成了现实；愚昧者认为是歧途，明白人看来却是坦道。明智的人可以知道别人所不能知道的奥妙，决断别人所无法决断的疑难，靠它避开祸害、积集利益、成就名声、建立事业——明智就是如此不可缺少！

“明智部”分为“知微”“亿中”“剖疑”“经务”四类。唉！能处理好国计民生，这个智慧就不低了。

卷五

知微

圣人没有必死之地，贤人没有必败之局。弥补祸患要在它很微小的时候，接受福祥要在刚出现征兆的时候。如果昏昧地违背这一条，那么自己就会触发埋伏的机弩，陷入死地和败局。为此，辑撰《知微》卷。

箕子

见微知著

商纣王刚即位时，就开始使用象牙筷子。

箕子叹道："他用象牙筷子，必然不会再用陶土制的器皿，而要用犀玉制的酒杯了。用了玉杯牙筷，必然不会吃粗粮，穿粗衣，住简陋房子了，而要追求华丽的衣装、精美的食品和富丽的宫室了。这样追求下去，天下就不富裕了。从现在起，大王对远方珍奇的物品及车马宫室的需求将增加，所以我担心他会失败。"

没多久，纣王果然造鹿台，兴建琼室玉门，里面放满了各种珍宝，又养了很多狗马供玩乐，还造酒池肉林，在宫中设立九市，终于迫使百姓纷纷反抗。

殷长者

殷之所以亡

周武王攻入殷都，听说殷有一个长者，就拜访他，问他殷灭亡的原因。这个长者对武王说："大王想知道，就请您中午来吧！"到了约定的时间这人却不在，武王很生气。

周公说："我知道了，这是一个君子，在避免非议他的故主。许诺了不兑现，说出话了而不守信用，这就是殷灭亡的原因。他已经用这种方法告诉大王了。"

周公　太公

预见未来

周成王即位后，太公望封于齐国，过了五个月就向周公报告治政成果。周公问他："怎么这么快就将国家治理好了呢？"太公说："我简化了齐国君臣之间的礼仪，顺从当地的风俗。"

周公之子伯禽被封为鲁公，经过三年后才向周公报告治理鲁国的成果。周公问他："怎么这样慢才将国家治理好呢？"伯禽说："我到鲁国后，要着手转变当地的风俗，改革民间的礼丧，丧事三年才除服。"

周公感叹说："鲁国将来一定要向齐国称臣了！一国的政事若不简化易行，百姓就不肯亲近，若为政能平易近人，那么民心就一定能归向朝廷。"

周公问太公怎么治理齐国，太公回答："我的治国之道是尊崇贤者，重用功臣。"周公说："齐国后世一定会出现篡位弑君的臣子。”太公问周公怎么治理鲁国。周公回答：“我的治国之道是尊崇贤者，重用亲属。”太公说：“鲁国后世一定会逐渐衰弱的。”

◎

二公能料定齐、鲁两国数百年后的弊端，却不能预先制定维护的办法。不是不想维护，而是因为当时的治国之道只能如此。即使是帝王的法典，也不会永久不产生弊端。产生了弊端要改革，这就要靠后来治理的人了。所以孔子有“变齐、变鲁”之说。陆葵日说：“假使孔夫子的愿望实现，那周公、太公的预言就不会应验了。”

其实，即使春秋时孔子的愿望果真实现，也不过是变今天的齐、鲁为昔日的齐、鲁，未必能超越二公。二公的子孙如果能以二公的预言来警示自己，又哪里用得着等到孔子出来再说什么变革呢？

辛有

其礼先亡

周平王向东迁都洛阳的时候，周大夫辛有到伊川，见到披着头发在野外祭祀的人，说：“不到一百年，这里就要变成戎人居住的地方了！因为周朝的礼仪先消亡了。”

等到鲁僖公二十二年（前 638），秦国和晋国果真把陆浑的戎人迁到了伊川。

◎

春秋时，鲁国“犹秉周礼”，仲孙湫因此知道鲁国立国的基本；伊川“其礼先亡”，因此辛有料到伊川将有戎狄之祸。

何曾

忧子孙

晋朝人何曾，字颖考，经常陪同晋武帝参加宴会。

回家后，何曾对他的儿子们说：“主上开创国家大业，但我每次参加宴会，都没听到他谈论治国的宏伟规划，只讲些平常的事，看来后世继承的人将会发生危险啊！这种结果我在世时不会碰到了，子孙们却令人忧虑。你们恐怕还可以避免灾祸。”又指着孙子们说：“他们一定会碰上动乱。”

后来，何曾的孙子何绥被东海王司马越杀死，何曾的另一个孙子何嵩哭着说：“我祖父真是大圣人啊！”

管仲

疏远小人

春秋时期，齐相管仲生病了，齐桓公去看他。齐桓公说：“您生病了，有什么要指教我的吗？”管仲回答：“希望君侯疏远易牙、竖刁、常之巫和卫公子启方。”

桓公说：“易牙烹了他自己的儿子来让我尝尝人肉的味道，难道还要怀疑他吗？”管仲说：“人之常情没有不爱自己孩子的，易牙连自己的亲生儿子都不爱，又怎么能敬爱君侯呢？”桓公又说：“竖刁不惜把自己阉割了来服侍我，难道还要怀疑他吗？”管仲回答：“人之常情没有不爱自己身体的，竖刁连自己的身体都不爱惜，又怎么能够敬爱君侯呢？”桓公说：“常之巫会占卜生死，能消除疾病，难道还要怀疑他吗？”管仲回答：“生死有命，疾病无常，君侯不听任命运，遵循事物的本来规律，而专门依赖常之巫，那他从此将骄横得无所不为了。”桓公又说：“卫公子启方侍奉我已十五年了，他父亲去世他都不愿回去看看，难道还要怀疑他吗？”管仲回答：“人之常情没有不爱自己父亲的，他连亲生父亲都能不爱，还能敬爱君侯吗？”桓公应承说：“好吧。”管仲死后，齐桓公把这几个人都驱逐走了。

然而不久，齐桓公就觉得吃饭也不香甜了，宫中的事务也没有条理了，自己又生病了，朝中也缺乏秩序了。这样过了三年，桓公说：“管仲是不是说得太过分了？”于是又把他们召回了宫。

第二年，齐桓公病了，常之巫就出来说：“桓公将在某日死。”随后，易牙、竖刁、常之巫一同作乱，他们关上宫门，筑起高墙，不让宫中与外界联系。齐桓公就连想喝口水都喝不到。卫公子启方带着齐国的一千户名册归降卫国。齐桓公听到他们叛乱，慨然长叹，流着泪说：“唉，管仲的见识真远大啊！”

◎

战国时期，吴起杀死自己的妻子，以求做鲁国的将军，于是鲁国人中伤他。乐羊攻打中山国时，当着中山使者的面饮下了用他儿子的肉所烹的汤，魏文侯赏赐他的功劳却怀疑他的本心。因为能做出不近人情的事的人，他的内心世界实在是不可预测的。

明朝天顺时，都指挥马良深受皇帝宠信，马良的妻子死了，皇帝常常慰问他。恰好有几天马良没来，皇帝询问，左右的人回答马良又娶新妇了。皇帝很恼怒，说："这家伙夫妻感情尚且如此淡薄，难道能忠心对我吗？"便命人把马良打了一顿，并从此疏远了他。

明宣德时，金吾卫指挥傅广自残身体后，请求做太监。宣宗皇帝说："这个人已经做到三品官了，还想干什么？对于这种自残身体以求富贵的人，应该交付司法问罪。"唉！这也是圣人的远见。

伐卫 伐莒(jǔ)

浅薄君主

战国时期，齐桓公早朝时与管仲商量要攻打卫国。退朝回宫后，卫姬看见了他，就走过来朝他连拜了几拜，问他卫国国君有什么过错。桓公很惊奇，问她怎么知道的。卫姬说："我看见君侯回宫时，步伐很大，神情很凶悍，表现了要攻打某个国家的意图;看到我后，君侯的脸色突然就变了，这毫无疑问是要攻打卫国了。"

第二天早朝，桓公朝管仲一揖，召他进前。管仲说："君侯不打卫国了吧？"桓公问："您怎么知道的？"管仲说："君侯早朝时很谦恭地作了一揖，说话的声音也缓和，见到我面带愧色，我因此而知道的。"

齐桓公与管仲商量要攻打莒国，还没有行动，消息就传开了。桓公很奇怪，就问管仲。管仲说："国内一定有个圣明的人。”桓公叹道：“唉！白天我们商量时，只有一个持柘杵的人朝上观望过，难道是他？”就命令此人再次当役，不准别人替代。

不一会儿，东郭垂来了，管仲说：“一定是这个人了。”于是让迎客人请他进来，分级站立。管仲问他：“是你说出我要攻打莒国的吗？”东郭垂回答：“是的。”管仲问道：“我没说过讨伐莒国，你怎么说是讨伐莒国呢？”

东郭垂说：“君子善于谋略，我们小人却善于猜度，讨伐莒国是我猜出来的。”管仲就问道：“我压根儿就没说讨伐莒国，你是怎么猜的？”

东郭垂回答：“我听说君子有三种容色：欢欣喜悦，这是燕享时的容色；忧愁郁闷，这是有丧事的容色；充满怒气，这是有战事的容色。白天，我在下面望见君侯满脸怒气，这是要打仗的容色；君侯发音的口形，所说的像是‘莒’字；君侯举臂而指，所指的方向像是莒国。我想小诸侯中，还没有服从我们齐国的只有莒国，所以我说君侯要讨伐莒国。”

◎

齐桓公的一举一动，小吏和妇女都能看出来，大概是个浅薄的人吧？所以，管仲也用浅近的方法来辅佐他。

臧孙子

不喜反忧

春秋时，齐国攻打宋国。宋国派臧孙子到南边楚国去求救兵，楚王很高兴地答应援救宋国。臧孙子却怀着忧虑返回，他的车夫问他："求救的事解决了，您却还在忧虑，为什么呢？"

臧孙子说："宋国小而齐国大，因援救弱小的宋国而得罪了强大的齐国，这是一般人应感到担心的。而楚王却显得高兴，他一定是想坚定我们抗齐的决心。我国坚守而使齐国国力受损，正是对楚国有利的。"

臧孙子回国后，齐国夺去宋国的五座城池，而楚国的救兵根本就没有来。

南文子

野马和玉璧

春秋时期，智伯想讨伐卫国，就给卫君送去四百匹野马和一块玉璧。卫君很高兴，群臣都向他祝贺，只有大夫南文子面有忧色。卫君说：“大国与我们交好，你却面有忧色，这是为什么？”南文子说：“无功而受赏，没出力而得到礼物，对此不能不明察。送四百匹马和一块玉璧，是小国间的礼节，而大国这样做，君侯就要有所提防了。”

卫君把南文子的话告诉了边境部队。智伯果然起兵袭击卫国，到了边境，见卫国已有准备，就回去了。智伯说：“卫国有贤人，能预先知道我的计谋。”

◎

韩康子、魏桓子不接受万户的城邑，以此麻痹智伯，这正是当年智伯送璧、马给卫君的老办法。智伯用这种办法蒙蔽卫君，自己却也终于被蒙蔽，这是什么原因呢？

智过 缔疵

智氏之亡

战国时期，张孟谈拜见智伯后出来，在辕门外遇见了智过。智过就进去见智伯说：“魏、韩二主恐怕要有什么变化。”智伯问：“怎么啦？”

智过说：“我刚才在门外遇到张孟谈，他显得神情矜持，举止得意。”智伯说：“不会的，我已与魏桓子和韩康子约好了，攻破赵国后就三分其地，他们一定不会欺骗我的，你不要瞎说了。”

智过又出去拜见了魏、韩二主，回来对智伯说：“二主的神情有了变化，必将背叛，还不如现在就杀了他们。”智伯说：“我们包围晋阳已三年了，早晚就要攻下赵地，由三家分享，怎么能有其他的心思呢？你不要再说了。”

智过说：“如果不杀，那就亲近他们吧。”智伯说：“如何亲近呢？”

智过说道:“魏桓子的谋臣叫赵葭，韩康子的谋臣叫段规。这两人都能改变他们主子的计划。君侯应当与这两个人约定，破赵后就封赐他们每人一座拥有万户的城池。这样，魏、韩二主就不会变心，君侯也就能得到您想要的了。”智伯说:“破赵后要三分其地，还要再分封给他们两人各一座万户之城，那我得到的就少了，所以不能这样干。”

智过见智伯不采纳他的计谋，不听他的话，就改姓辅氏，逃走了。

张孟谈听说后，就去见赵襄子，说:“我在智伯的辕门外遇见了智过，看来他在怀疑我;他进去见了智伯，出来就改了姓。今晚如不攻击智伯，那就要陷入被动了。”赵襄子说:“好吧。”于是派张孟谈去见魏、韩二主，约定夜里杀掉守堤的官吏，决堤放水淹智伯的军队。

智伯的军队被水一冲，一片混乱，魏、韩军队从两翼合围，赵襄子率兵从正面进攻，大败智伯的军队，活捉了智伯。智伯后来被杀，国家也亡了，土地被赵、魏、韩三家瓜分了。智氏满门尽灭，唯有辅氏活了下来。

◎

按:《纲目》记载，智过改姓，是在智宣立智瑶为后嗣的时候。智过认为智瑶多才而不仁，必定会导致智氏的灭族。这个预见更早。

智伯巡视水势，魏桓子与韩康子乘车陪同。智伯说："我今天才知道水也可以灭人国家。"魏桓子用胳膊捣捣韩康子，韩康子用脚踩魏桓子的脚背，彼此心照：以汾水可以灌魏氏的安邑，以绛水则可以灌韩氏的平阳。

絺疵对智伯说："韩、魏一定会背叛的。"智伯说："你怎么知道的？"絺疵回答："根据人事知道的。因为从韩、魏的土地上去攻打赵，赵亡，灾难必然会降临到韩、魏二家。现在议定打败赵以后三分赵的土地，晋阳城很快就可拿下了，但魏桓子和韩康子没有喜悦的心情，而有忧虑的表现，这不是背叛是什么呢？"

第二天，智伯将絺疵所说的话告诉韩康子和魏桓子。二人说："这是奸臣想为赵氏游说，使您怀疑我们而放松攻赵。不然的话，我们怎么会不贪图马上就要到手的赵氏土地，而干那种危险却不可能成功的事呢？"

韩、魏二子出帐后，絺疵进来对智伯说："您怎么将我的话告诉了他们？"智伯很奇怪，说："你是怎么知道的？"絺疵回答："我见他们仔细地打量我，并且快步向前，这是知道我已发现他们隐情的表现。"

诸葛亮

识刺客

三国时，有一位客人来到刘备的住处，刘备与他谈得十分愉快。这时诸葛亮忽然走进来，客人马上起身要去上厕所。刘备对诸葛亮称赞客人，诸葛亮却说："我看这个客人表情虽生动，神情却含有畏惧；眼睛低视，眼神却几次四下顾盼；外表露出奸形，内心包藏着邪恶。此人一定是曹操派来的刺客。"

刘备急忙派人去捉拿，但那人已经翻墙逃走了。

梅衡湘

智伏北虏

明朝少司马梅衡湘总督宣府、大同、山西三镇军务。

一天，北虏首领忽然派人献上几镒铁来，说：“这是我们沙漠中新出产的。”梅公知道绝不会有这种事，北虏的用意是希望我朝开放铁禁。于是，梅公一面表示慰劳并送走来人，一面用这些铁打造了一柄剑，上刻“某年某日，某王赐铁”，并给各个边境机构下文，说现在虏地已经产铁，以后不必再卖釜具给他们了。

后来，虏人的铁釜不够用了，要求能按旧例卖釜具给他们。梅公说：“你们既然产铁，可以自己制造釜具嘛。”虏使大声喊：“我们没有铁！”梅公就拿出那柄剑给他看，虏使只好叩头服罪。从此他们再也不敢欺骗梅公了。

◎

梅公在大同时，正值北虏向我朝称臣，梅公能以静制动，使边境安宁。凡有汉人偷盗夷人东西的，梅公都毫不客气地处罚汉人。但夷人想在规定的赏额外请求再增加一丝一毫也不可能。

一天，梅公带着人声势浩大地去打猎，高举着旗帜并命令部将全部穿上盔甲参加，大家在沙漠中驰骋围射。县令觉得这不是打猎的时候，而且这样大规模的活动会伤害庄稼，心里有意见但嘴里不敢说。

几天后，一个被抓获的间谍供出："我们原打算入侵的，听说你们已经有准备，就中止了。"这时，那个县令才深深叹服。梅公的心计，不是一般人所能达到的。

魏先生

魏徵识李密

隋末，各地起兵反抗杨广。当时，魏徵先生隐居在梁、宋交界的地方。

杨玄感战败，他的谋主李密逃亡到雁门，改了姓名，当起了教书先生，与魏徵常有往来。魏徵有意逗他，说：“我看你精神沮丧而目光游乱，心神不定而言语躲闪，现在外面正在追捕反叛，莫非你就是吧？”李密大吃一惊，抓着魏徵的手说：“你既然知道我的身份，难道就不能救我吗？”

魏徵说：“你没有帝王的气派，也没有将帅的才略，而是一个乱世的雄杰。”于是就和李密大谈帝王将帅与乱世雄杰兴废成败的道理，并说：“我经常观察气数，晋汾地方有圣人诞生，你去投奔他，将来会得到富贵的。”李密拂袖而去，说：“这个贱书生，不值得与他商议大事！”

后来李密脱身往西走，招兵买马，还是被打败了。投降唐朝后又叛唐，最终被杀。

◎

魏先生是高人，要胜过东汉严子陵一筹。

夏翁 尤翁

小事忍耐

夏翁是江阴的一个大富翁。一次他乘船从桥下经过，有一个人挑着粪，把粪倒进了夏翁的船中，溅到了夏翁的衣服上。那人夏翁认识，夏家的仆人气得要打那人。夏翁说：“他这样做是因为不知道我会经过这里，若知道我在这里，他怎么会冒犯我呢？”于是一点没有难为他就把他放走了。

夏翁回家后，查看账簿，发现此人欠他三千两银子无法偿还，因此想故意冒犯他，来求一死。夏翁就替他毁掉了债券。

长洲尤翁开了家典当铺。年底，听到外面有人哄闹，走出去一看，吵闹的是一个邻居。站柜台的伙计上前向尤翁诉说：“他将衣服当了钱，现在空着手回来取衣服，反而骂人，有这种道理吗？”那个人仍然蛮不讲理，尤翁慢慢地对他说：“我明白你的意思，不过是为了过新年。这是小事一桩，何必争吵呢？”于是叫伙计查查他原先典当的衣服，找出四五件来，尤翁指着棉衣说：“这是御寒不可缺少的。”又指着一件道袍说：“这给你拜年时穿，其他几件衣服不是急着用的，可以先留在这里。”那人得了两件衣服，默默地走了。

当天夜里，他竟然死在别人家中。他的亲属与那家人打了好几年官司。原来这人因为负债太多，无力偿还，事先已服了毒，他知道尤翁家有钱，可以敲诈，后来目的没有达到，就换了另外的一家。

有人问尤翁是怎么预料到那人会这样做而忍耐下来。尤翁说：“凡是有人无理取闹，他必定有所倚仗。如果在小事上不能忍耐，那么灾祸就会立即到来。”人们都佩服尤翁的见识。

◎

明朝吕文懿公（吕原，谥文懿）因母亲逝世辞去相位，回到故里，海内尊仰他如泰山北斗。有一个乡里人醉酒后骂吕公，吕公告诫仆人不要与他计较。一年后，这个人犯了死刑入狱，吕公开始后悔，说：“假使当时稍稍和他计较一下，将他送进官府责罚，可以以小惩而收到大戒。然而我心存厚道，不曾想反养成了他的凶恶，使其陷入今天不可挽回的境地。”

议论者都认为吕公的话是仁人之言。吕公这件事，有人认为与夏、尤二翁的事正相反。冯子犹说：不是，醉酒骂人是恶习，处理他于理有据，所以可以责罚使他改正，如果是法律之外的事，也可以用法理之外的办法去处理。智慧是一湾活水，哪能拘泥于一种方法呢？

隰(xí)斯弥

见微知著

春秋时期，齐国的隰斯弥去见田成子，田成子和他一起登上高台向四面眺望，三面的视野都很畅通，只有南面被隰斯弥家的树遮蔽了。田成子当时也没说什么。

隰斯弥回到家里，叫人把树砍倒，没砍几下，隰斯弥又不叫砍了，他的家臣问："怎么变得这么快？"

隰斯弥答道："谚语说：'知道深水中有鱼是不吉祥的。'现在田成子将要干一件大事，事情太大，而我却表明我能够在精微处察觉事情的真相，那我必然要有危险了。不砍倒树，未尝有罪；知道了别人所不想说的事，那罪过、危险就太大了。所以才不把树砍倒。"

◎

这又是隰斯弥见微知著的地方。

hòu
郈成子

预知动乱

春秋时期，鲁国大夫郈成子出使晋国，途经卫国，卫国右宰谷臣设宴款待他，宴席上有乐队奏乐，谷臣却显得很不快乐，席间谷臣送给郈成子一块璧。而郈成子自晋国返回时，经过卫国，却没有向谷臣辞行，他的仆人问他："上次右宰谷臣非常友好地招待了您，您为什么这次重过卫国却不去向他辞行？"

郈成子说："留我款待我，是要和我友好;奏乐而不乐，是在告诉我他有忧愁;席间赠我玉璧，是寄希望于我。由此看来，卫国岂不是要发生动乱吗？"离开卫国三十里，他听说宁喜被杀，右宰谷臣也被害，马上返回卫国，为谷臣哭祭了三次，才回鲁国。

回来后，郈成子派人把谷臣的妻子接到鲁国，把自己的住宅分一部分给他们住，自己的俸禄分一部分给他们吃用，谷臣儿子长大后，郈成子把那块璧还给了他。

孔子听到这事后，赞叹说：“其智慧可以深知别人细微的想法，其仁义可以照管别人寄托的钱财，这说的正是郈成子啊！”

庞仲达

处士的暗喻

东汉时，庞参（字仲达）任汉阳郡太守。郡中有个人叫任棠，品行出众，隐居，以教书为业。

庞参去拜访他，任棠一句话也不与他交谈，只是把一大株薤和一盆清水放在门口的屏风前面，自己抱着小孙子靠在门边。主簿认为任棠的举动太傲慢了。

庞参说："他是想用比喻来告诉我，水，是希望我清廉；拔一大株薤，是希望我能打击豪强；抱着小孩立在门边，是希望我能多多地抚恤孤儿。"于是庞参叹息着回府。从此他抑强扶弱，果然以施行惠政而深得民心。

张安道

识王安石

北宋时，富弼自亳州到汝州，经过南京。当时张方平任南京留守，富弼去拜见他。坐了很久，富弼缓慢地说：“人，真是难了解啊！”

张安道说：“您是不是指王安石？其实有什么难了解的呢？当年我主管考试院，有人推荐王安石有文学才华，可担任考校官，我就同意了。王安石来后，对院中什么事都想改变，我讨厌他的为人，就下文叫他离开了考试院。从此以后没跟他说过话。”富弼听后，面有愧色。

◎

西汉曲逆侯陈平为天下宰，始于他早年在乡里主持切割分肉；北宋荆公王安石扰乱天下，从他当初在考试院的表现即可看出。善于观察的人，必能从细微处着眼。

北宋寇准认不清丁谓的为人，但王旦看得清。富弼、曾公亮看不清王安石的行事方法，但张方平、苏洵、鲜于侁、李师中看得清。人各有自己观察得到和观察不到的地方。

苏洵《辨奸论》中说王安石“不近人情”，鲜于侁则不满王安石屡辞馆阁之命，李师中则从王安石相貌中的“眼白多”，来判断王安石的为人和品行，三人判断的方法不同但都应验了。

有人推荐宋郊、宋祁兄弟可堪大用。宋仁宗说：“大宋可以。小宋每次上殿论奏，对满朝群臣从没说过一人好。”不久宋郊果然拜相，宋祁最终只做到承旨掌翰林院事。如果没有仁宗的见识，让宋祁得志，为害不比王安石小。

陈瓘

识蔡京

北宋陈瓘上朝时，见蔡京对着太阳看，久久不转眼睛。于是他常常对人说："蔡京有如此的精神，以后必定有大富贵。然而他依仗着自己的禀赋，竟敢与太阳相抗，我担心这个人得志以后，必然要目无君上，为所欲为了。"

陈瓘任谏官后，极力说蔡京不可重用。当时蔡京是翰林学士，负责起草诏诰，奸恶尚不明显，大家都觉得陈瓘说得太过分了。蔡京也通过亲近的人来为自己辩护。陈瓘念着杜甫的诗："射人先射马，擒贼先擒王。"对蔡京的抨击更加用力。

后来蔡京得志，人们才追思陈瓘所说的话。

王禹偁(chēng)

以诗识人

北宋丁谓在一首诗中写道:“天门九重开，终当掉臂入。”王禹偁读后说:“孔子进诸侯的大门尚且弯着腰恭恭敬敬的，进皇宫怎么可以大摇大摆地挥着双臂呢？作这诗的人一定没有忠心！”

后来，丁谓果然如王禹偁所说的那样。

何心隐

识张居正

何心隐，明嘉靖、隆庆间的一个大豪侠，平时以讲学为名。他与御史耿定向关系很好，游历京师时，就住在耿的家里。

一天，翰林张居正来拜访耿定向，何心隐远远看见张居正便躲起来了。张居正听说何心隐在耿家，就请他出来见面。何心隐托词生病，没有和张居正见面。张居正坐了一会儿，没有深谈就走了。

耿定向问何心隐不见张居正的原因，何心隐说："这个人我害怕。"耿定向说："为什么呢？"何心隐回答道："这个人能执掌天下的权柄。"耿定向不以为然。何心隐又说："严嵩想灭道学而不能灭，徐阶想兴道学而不能兴，能够兴灭道学的，就是这个人了。您记住了，这个人定会杀了我。"

后来张居正主持国政，以“聚徒乱政”的罪名，将何心隐逮捕并杀掉了。

◎

何心隐一见张居正，便知道他必能执掌大权，又知他一定会杀了自己，真可说有智慧了。而他却放浪不检，自投罗网，这又是为什么呢？

明朝王世贞《朝野异闻》载：何心隐曾经游历吴兴，几次诱惑当地的豪强干不轨的事。另外，他朋友吕光午多次到西南去，向当地酋长教授兵法。这样看来，何心隐被杀也不冤枉了。而李卓吾却以不能容忍何心隐作为张居正的一桩罪状，这难道是正确的言论吗？

明朝李乐（号临川）《见闻杂记》中写道：明朝陆树声入仕以来长期退居家中，万历初年刚任礼部尚书，没几个月就称病归家。沈一贯当晚携带酒食到报国寺看望陆树声，惊讶地发现陆公没有生病，就问他这么急着辞官的原因。陆公说：“这次我刚到京城，承蒙张江陵（张居正是江陵人）请我去他府内吃饭，确也是盛情款待。在吃饭的时候，张江陵的侍从两次用鬃刷整理他的鬓发，四次更换所穿的衣服，我认为这样的举动绝不是品行高端之人所为；而且席间他没有一句话谈到政事，所以他在朝主政，我是绝不会久留的。”

哎呀，陆公可真是能明察事物的细微变化啊！

潘浚

斩樊伷(zhòu)

三国时，武陵郡的樊伷曾经诱使一些外族作乱。州督请求派一万人去讨伐他。

孙权召问潘浚，潘浚说："对付樊伷很容易，五千人足够了。"孙权问："你怎么这样轻视他呢？"潘浚回答："樊伷虽然擅于鼓唇弄舌，而实际上并没有什么真才实学。当年他曾为州里人安排酒饭，等到中午，酒饭还没有吃到嘴，他却站起来十几次。从这个细节上就可以看出他是个小人。"

孙权听了大笑起来，当即派遣潘浚率兵出征，果然以五千人马就斩了樊伷。

卓敬

徙燕王

明建文帝初年，燕王来朝贺。户部侍郎卓敬向建文帝上密奏:“燕王智谋绝人，很像先帝。而北平又是强悍之地，金元两朝都是在那里兴起的。现在应当将燕王迁到南昌去，以杜绝灾祸的根源。萌而未动，是事情的征兆;量时而为，是事情的形势。一般来说，形势不是非常紧急，则难以决断;迹兆不是非常明显，则难以觉察。”

建文帝看了密奏，大吃一惊，对卓敬说:“燕王是我的骨肉至亲，你怎么会出这个主意？”卓敬回答:“杨广与隋文帝不是父子吗？”

◎

明朝齐泰、黄子澄诸公没有如此高明的建议，假使这个建议实行，靖难之师又能以什么名义起兵呢？

朱仙镇书生

预知退兵

南宋时，金兀术在朱仙镇战败后，打算放弃汴京，撤兵回国。

有个书生在兀术马前行礼说：“太子不要走，岳少保就要退兵了。”兀术问：“岳少保以五百人马打败我十万大军，汴京百姓日夜盼着他来，你怎么说我能守得住呢？”书生答道：“自古以来，没有权臣在朝而大将能在疆场上立功的。岳少保连自己的性命都难保，何况收复汴京呢！”

兀术醒悟过来，于是没有撤军。

◎

像这样的书生为金兀术所用，是奸贼秦桧所造成的。

沈诸梁

识王孙胜

春秋时，楚国太子建被废后，死在了郑国。太子建的儿子名叫胜，在吴国，楚国公子子西想召他回来。

沈诸梁听说后，来见子西说："听说您要召王孙胜来，是吗？"子西说："是的。"沈诸梁问："召他来干什么呢？"子西说："我听说胜这个人诚实勇敢，想把他安置在边境，让他保卫国土。"

沈诸梁说："不能这样做，我听说胜这个人狡诈而好作乱，他父亲在楚国被废黜而后被杀，他的性情暴躁，心地不纯。性情暴躁，就会念念不忘旧怨；心地不纯，就不思悔改，而只想着怎样去报复。造成胜的旧怨的人，现在都不在了。如果胜来楚国后不能得宠，他必然很快就会发怒；如果他得到宠信，他必然贪得无厌，更加渴望报仇。假如国内发生什么争端，就必然不会止息了。我听说国家将败，必用奸人，而赏识这种奸人的，不正是您吗？谁都免不了有灾有病，聪明的人贵在能及早除掉。王孙胜杀父的旧怨，就是国家的一大疾患，为此而紧闭大门，还怕他到来呢，所以应该天天警惕。如果召他回国，使他靠近您，那您的死期就快到了。”

子西不听沈诸梁的话，仍然把王孙胜召回国，让他住在和吴国接壤的地方，号为白公。

后来白公打败了吴国军队，请求楚王同意他回朝奉献战利品，趁机发动了叛乱，在朝中杀死了子西和子西的弟弟子期。

孙坚　皇甫郦

识董卓

东汉末年，孙坚曾经做过张温的军事参谋。张温以皇帝诏书召董卓，董卓很久才到，而且言词颇为傲慢。孙坚走到张温身边附耳低语，说："董卓有大罪，还敢嚣张狂言，实在居心叵测。应当以奉召不按时到来的罪名，行使军法，将他斩首。"张温没有采纳。后来董卓果然横行残暴，无法控制了。

汉灵帝中平二年（185），董卓做并州太守。朝廷下诏命他将兵权交皇甫嵩节制，董卓拒不服从。

当时皇甫嵩侄子皇甫郦正在军中，就对皇甫嵩说："当今朝政混乱，百姓有倒悬之苦，能使天下转危为安，挽救社稷不使它倾覆的，只有大人了。现在皇上下诏命董卓将兵权交您节制，而他却上书要求自己带兵，这是在违抗皇上命令。

他又以部下混乱，需要时间集结为由而迟迟没有进展，这说明他心怀奸计。况且他凶残横暴，六亲不认，将士都不信服。大人现在身为元帅，凭借着国家的威力去讨伐他，上对朝廷，显示了忠义之节；下为百姓，铲除了凶残的祸害，这是齐桓公、晋文公所曾做过的大事业呀！”

皇甫嵩说：“董卓不奉上命而独断专行，虽然有罪，但我如果不请示朝廷就杀掉他，也有过失，不如把这事详细地上报朝廷，让朝廷来裁决吧。”

于是上报朝廷，灵帝责备董卓，董卓更加怨恨皇甫嵩，等到后来董卓专政时，皇甫嵩几乎连老命都保不住了。

◎

看了这两条，才感到唐朝名将哥舒翰杀张擢，李光弼斩崔众，是大手段、大见识。（事见《胆智部·威克》）

曹玮

识元昊

西夏元昊刚刚反叛时，宋真宗询问有关边防军备情况，辅臣都答不出来。第二天，枢密院的四个正副使都被罢官了，王鬷谪往虢州。翰林学士苏公仪与王鬷平时关系不错，出城送行。王鬷对苏公仪说："我这次谪往虢州，十年前就有人预言到了。"苏公仪说："那是江湖术士说的吧？"

王鬷说："不是的。那年我担任三司盐铁副使，因考察监狱囚犯情况，到了河北。当时，曹玮自陕西谪官任真定路马步都步署。我在定州处理完公务以后，曹玮对我说：'你的公事已处理完了，就要回去了，希望你明天再留下来一天，我想和你说说话。'我既崇敬他的雄才大略，又听说他想和我说点什么，就留了下来。

"第二天，他准备的饭菜很简单。吃过饭后，他命令左右的人全部退避，然后对我说：'我看您面有权骨，将来不是枢密院的院事，就是边疆的统帅，有人说您能当宰相，则是不可能的。然而过不了十年，您一定会总管这里的军政事务。那时西部边境将发生战事，您应预先抓好战备，搜罗人才，不然的话，无法应付仓促间的需要。’我说：‘西部边境的事，您是最清楚了，有什么指教我的？’

“曹玮说：‘我在陕西的时候，河西赵德明曾经派人用马匹来与我们做生意，他因获利很少而生气，要把做生意的人杀掉，没人能够劝阻他。赵德明有一个儿子，年方十八岁，一再劝说他父亲：以战马来资助邻国，已经失策了，现在又因赚钱多寡而杀害边境的居民，以后谁还肯为我们效力呢？我听到这番话后，心想：这小子打算利用边境的人，必定心怀异志。听说他经常在集市上往来，我想见识一下，屡次派人诱他前来，都没有成功。就让画师画了张他的像，画好后拿来一看，果然是个英雄！这小子一定会成为我朝的边患的。计算日子，那时正是您执政的时候，您要当心，要努力啊！’我当时还不以为然，现在知道他所画的人，正是赵元昊。”

◎

明朝李温陵说：“对王鬷这种人谈兵，就如同对假道学谈学，对着他耳朵说都听不见，何况在他执掌枢密院之后呢？被罢官后，才想起曹玮以前所说的话，这样的人，天下多得很啊！”

齐神武

澄清天下

北齐神武帝高欢从洛阳回到家里，拿出全部家产去结交宾客。亲友们感到奇怪，问他为什么这样做，他回答："我到洛阳，看到宿卫羽林军士相继焚烧领军张彝的住宅，朝廷却害怕他们作乱而不加过问，国家的政治到了这种地步，它的前途也就可以预知了。国事如此，个人的财产难道是可以永久保存的吗？"从此，高欢就有了澄清天下的大志。

◎

西汉王莽杀了自己的儿子，逼死皇后，诛灭皇后的家族，而无人干预，以致道德沦亡；北魏不敢处治宿卫羽林军士的作乱，以致法制败坏。有识之士在这种时刻：退，就应像梅福那样弃官隐居；进，就应像高欢那样，散财结客，以求澄清天下。

任文公

预知乱事

西汉王莽摄政时，巴郡任文公擅长占卜，预知大乱将发生，就督促家里人挑着一百来斤的担子，围着房子快跑，每天要练习几十次，人们都不知什么原因。

后来战乱发生了，很少有能够逃走的，只有任文公一家大小担着粮食逃得很快，全都保住了性命。

◎

宋代张觷（xué）教蔡京子弟学跑步，准备大乱时逃生，大概就来源于此吧！

东院主者

五谷砖

唐末，李克用与朱温互相争斗。某寺的东院主持僧预料将发生大乱。于是，他每天将菽粟等粮食磨成粉做成砖坯，垒在墙壁上，又添了很多木头支撑房屋。一院的人都笑他不正常。

不久，大乱发生，没有吃的也没有烧的，老百姓的收藏叫李克用的部队抢走了，很多人都饿死了。这时，主持僧化那些“砖坯”来吃，拿那些木头来烧，终于使全院和尚没有饿死。

当时陇西有一个富人，预先造了个夹壁墙，将可以收藏的食品晒干贮存在里面，后来也没有饿死。

第五伦　魏相

抑制外戚

东汉时，外戚马廖兄弟获罪后，外戚窦氏越发受到宠幸，很有权势。皇后的哥哥窦宪、弟弟窦笃都喜欢交结宾客。

第五伦这时上了一道奏疏，说："虎贲(bēn)中郎将窦宪身为皇亲贵戚，又掌管禁军，出入宫廷，很容易滋生骄逸。外面议论的人认为，应当如同将马氏兄弟等贵戚废锢那样，由其他贵戚的良好表现来洗刷这种耻辱，这就好比以酒醒酒一样。但愿陛下能防患于未萌之时，使窦宪他们能永保福禄。"后来窦宪果然因骄纵而败亡。

◎

汉和帝永元初年，何敞通过宋由上的奏章，也说到了这些，但那是在窦宪夺取沁水公主的田园和暗杀都乡侯刘畅之后，窦宪跋扈(hù)之势已很昭著了，何敞不如第五伦有先见。

汉宣帝时，魏相因平恩侯许伯上奏一事，说：“《春秋》谴责世代承袭的乡大夫，憎恶宋国三世都娶国内大夫的女儿，以及鲁国季孙氏的专权，因为这些都危害国家的安定。现在大将军霍光死了，他儿子霍禹又被任命为大将军，他侄子霍山掌管着朝廷的机要部门，他的一些亲属或者占据权势地位，或者执掌兵权。霍光夫人显和她的女儿们都能够日夜随意出入太后的长信宫，平时骄奢放纵，已经渐渐不可制驭了。希望朝廷能剥夺他们的权势，消除他们的阴谋，以巩固朝廷万世的基业，并保全功臣的后代。”鉴于朝廷有一项先例：凡上书的人，应写两封奏章，其中一封叫“副封”，领尚书者先拆阅副封，他觉得不好的就丢到一边不予上奏。魏相就对许伯说：“不另写副封，防止有人进行蒙蔽。”

宣帝看了奏章，称赞他们做得对，下诏任命魏相为给事中，并采纳了他的意见。这样，皇帝才知道了霍氏毒死许后的阴谋。于是，皇帝罢去了霍禹、霍云、霍山的实权，他们的亲属也都被调往外地任职。

◎

可见，茂陵人徐福关于“抑制霍氏”，防患于未然的谋略，魏相早已运用了。

《汉书·隽不疑传》写道：大将军霍光想将女儿许配给隽不疑为妻，不疑一直辞谢，说担当不起。经过一段时间，以生病请求免职。《汉书·刘德传》写道：霍光也想将女儿嫁给刘德，但刘德不敢娶，担心霍光盛极而衰。后来刘德因其他事被免职为庶人，退居田间。霍光本打算将两个女儿许配给隽、刘二公，但二公不接受，面对炙手可热的权势，却能远避，甘心被摈弃，假如没有高超的见识，谁能这样做！以此来看霍光女婿范明友的下场，越发信服隽、刘二公的识见为常人所不及。

马援 二条

戒结交诸王

东汉建武年间，诸王在京城竞相博取名声，招纳游士。马援对吕种说："现在诸王子都长大成人了，而我朝旧例严禁诸侯王子结交宾客，如果再这样大肆结交宾客，势必会有大狱兴起。你们应当谨慎啊！"

后来果然有人上告指控诸王宾客搞叛乱，皇帝下令逮捕宾客，被捕者互相牵扯，死了几千人。吕种也陷入这场灾祸，他叹道："马将军真是神人啊！"

马援又对光武帝的两个女婿梁松、窦固说："是人都可以由贵转为贱，但像你俩不可以由贵转为贱（身为帝婿，贱即失宠，重则性命难保），你们居高位要能把握好自我，请认真想想我今天所说的话吧！"后来梁松果然因权势过大而招致灾祸，窦固也没逃脱这样的命运。

申屠蟠

党锢之祸

申屠蟠生在东汉末年。当时游士汝南人范滂等议论朝政，自公卿以下，都降低身份与他们交结。太学生争相仰慕他们的风范，都以为儒学将兴，书生们都要起用了，唯有申屠蟠叹道：“当年战国时，书生纵横议论，列国之王都非常热情地接待他们，以致发生了焚书坑儒的大祸。今天面临的就是这种情形。”

于是，他隐居在梁地的砀(dàng)山一带，以树干搭起简陋的屋子，过着苦日子。

两年后，范滂等人果然遭遇党锢之祸，或被杀死，或被关押受刑，唯有申屠蟠超然于事外。

◎

事物贵极了要转化为贱，贱极了要转化为贵，凡事都是如此，一个人的名气如果大到无以复加的地步，则势必向相反的方向转化。

处于局内的人，凡事应留点余地，这样才能做到伸缩在我，多点主动权，这是处世的好办法。

张翰等

张翰思鲈

西晋时，齐王司马冏专政，顾荣、张翰都担心遭到灾祸。张翰见秋风起，思念故乡的莼羹鲈鱼脍，叹息说："人生贵在舒心适意罢了，富贵有什么用？"当天就弃官还乡了。顾荣有意酗酒，不处理府中政事，因荒废职守被贬为中书侍郎。

颍川隐士庾衮听说司马冏整年都不朝见皇帝，叹道："王室衰败了，祸乱将要发生。"随即就带着妻子儿女躲进林虑山中。

穆生

甜酒不设

西汉时，楚元王刘交对申公等人很尊敬，待他们的礼节很周到。穆生不好喝酒，元王每次设酒晏，都专门为穆生准备了甜米酒。

等到刘戊即楚王位，起初也常为穆生专设甜酒，后来就忘记设了。穆生回来后说："我可以离开了，甜酒不设，说明王爷怠慢了，我再不走，楚人就要在大街上抓住我处刑了。"于是他推说生病睡在家里。

申公、白生想强迫他出来，说："你难道不念着先王的恩德吗？当今王爷失了点小礼节，你何至于就这样做呢？"

穆生说："《易经》上说：'能预知事情的几微，才合乎神道。'事情的吉凶往往可以从一些细微的迹象中预见。君子应见到这种迹象就有所行动，不要等到事情发生的那一天。先王之所以对我们三人以礼相待，是为了保存道；今王忽略了礼节，是忘了道。忘道之人，怎么可以与他久处？我难道是为了区区的礼节吗？”于是，称病离开了楚王府，申公、白生仍然留了下来。

这以后，刘戊渐渐荒淫暴虐。景帝二年（前 155），刘戊因在为薄太后服丧期间干奸淫的勾当，被景帝削去东海、薛郡两个封地，刘戊心中不服，就与吴王勾结，企图谋反。

申公、白生二人极力劝说，刘戊不听，将二人处以胥靡之刑，罚他们穿着赭衣，在大街上舂米。

列御寇

谢绝馈赠

春秋时期，列子（即列御寇）很穷，面有饥色，有位客人对郑国宰相子阳说：“列御寇是明道之士，生活在您的国家却很穷，这样不是显得您不好士吗？”子阳就派人给列子送去粮食。列子出来见了使者，再三拜谢，但没有接受粮食。

使者走了，列子进屋。列子妻子抚着胸口埋怨说：“我听说有道者的妻子都能享受快乐，而我在饿肚子，人家送粮食，你却不接受，这大概是我的命不好吧！”

列子笑着对她说：“子阳并不是真正理解我呀，他是听了别人的话才送给我粮食的。他可以听别人的话送粮食给我，也就可以听别人的话处罚我，所以我不接受这份粮食。”

后来，民众果然起事杀了子阳。承受别人的供养而不与其同生共死，是不义；但为子阳这种人去死，死得没有意义。

死得没有意义，是一种悖逆行为。列子不做不义和悖逆的事，这不是很高洁吗？

◎

战国时，魏国相国公叔痤生病要死了，对魏惠王说："公孙鞅年少有奇才，希望大王将国家大事托付给他；如果不能任用他，就必须把他杀掉，不要让他离开国境。"魏惠王答应照他说的做，就走了。

公叔痤召公孙鞅来，向他道歉说："我只能先君后臣，所以先为国君谋划，然后再告诉你，你必须赶快逃走。"公孙鞅说："如果国君不能采纳您的意见任用我，又怎么会采纳您的意见来杀掉我呢？"公孙鞅最终没离开魏国，也始终没发生什么事。

公孙鞅的话正好与列子的话相对照。

韩平原馆客

危如累卵

南宋韩侂胄（封平原郡王）任南海尉时，曾聘请一位儒士做他的馆客。这人很贤德，但两人分别后，就一直未通音讯。韩侂胄做了宰相后，经常思念他。有一天，这人忽然来拜访韩侂胄，原来他在几年前就改名考中进士了。两人久别重逢很是高兴，韩侂胄待他也格外优厚。

一天，他俩喝酒聊天直到深夜，韩侂胄屏退了左右侍从，靠近他悄声地问："我滥充宰相之职，外界对我的议论如何？"那位馆客叹息说："阁下的家族现在危如累卵，还有什么可说的呢？"

韩侂胄很惊愕地问他其中的缘故。他回答："这不是明摆的事吗？宫中立皇后，您不同意，使皇后怨恨您。宫中立太子，您又不同意，使太子也怨恨您。贤人君子，从朱熹、彭龟年、赵汝愚以下，被贬斥流放及被杀害的，不可胜数，则士大夫也怨恨您。现在与金人打仗，三军将士死伤惨重，孤儿寡妇哭声一片，因此三军将士也怨恨您。边境的百姓因战争而遭掠夺和杀害，内地的人民因苛捐杂税而被折磨至死，所以全国上下的人民都怨恨您。集这么多的怨恨于一身，您怎么能承担得了？”

韩侂胄闻言沉默了很久，说：“你有什么好办法指教我呢？”

馆客再三推辞，后在韩侂胄不断追问下才说：“只有一种办法可解救您，只怕您不采纳。当今皇上无意居皇位处理国政，如果趁机抓紧立太子，摆出三位先皇禅让的先例，请皇上让位给太子，那么，太子对您就会由怨恨转为感谢；而皇后退居德寿宫为皇太后，即使怨恨您也不能做什么。这样您就可以一心辅佐新君，一切从头开始，革弊立新。对从前的贤人君子，已死的增加抚恤，活着的请回来任职提升，同时派人聘请贤明之士；对外也要消除积怨，化干戈为玉帛，使边境安定下来；对三军将士大加犒劳，抚恤牺牲的官兵；废除苛政，消除罪孽，免去各种名目的赋税，使全国百姓有新生的乐趣。然后，您再选择一位众望所归的儒士把宰相之位让给他，自己请求告老还乡，颐养天年，这样您想转危为安，变祸为福，或许还有希望。”韩侂胄听后犹豫不决，想把馆客留下来作为自己的顾问，可他坚决要告辞回去。

不久，韩侂胄果然大祸临头，被杀害了。

唐六如

佯狂

明朝宁王朱宸濠很赏识唐寅（号六如居士），曾经派人拿着一百两金子到苏州聘请他。

唐寅到南昌后，被安排在专门的住所，待遇很优厚，唐寅住了半年，见宁王所作所为多违反国法，料定他以后会谋反，就假装发疯了。宁王派人送东西来，他就赤身裸体地伸腿坐在那里，用手玩弄着阳物，谩骂来人。来人回去报告宁王说："谁说唐寅是贤士，不过是一个狂生罢了！"于是宁王便放他回苏州了。

不久，宁王反叛的消息就传来了。

万二

知皇帝心

明洪武初年，嘉定县安亭有个叫万二的，是元朝的遗民，他是当地头号富翁。

有个人从京城回来，万二问他有什么见闻，那人说：“皇帝近来作了一首诗：‘百僚未起朕先起，百僚已睡朕未睡。不如江南富足翁，日高五丈犹披被。’”万二听了后，叹息说：“已经有预兆了。”当即把家财托付给管家、仆人们掌管，自己买了艘大船，带了妻子儿女，离开家乡，漫游江湖去了。

不到两年，江南富家大族都依次被抄没，唯独他有好的结果。

严辛

预知严嵩失势

明朝人严嵩是江西分宜人，正月二十八是他的生日。亭州人刘巨塘任宜春县令时，一次随同众人一道去祝贺严嵩的生日。贺礼完毕，严嵩疲倦了，他儿子严世蕃命令看门人把门关上，刘巨塘没能出去，肚子很饿。

有一个叫严辛的，是严府的管家，领着刘巨塘从便道来到他家，留刘巨塘吃饭。吃完饭，严辛说："有朝一日，希望您能多多关照。"刘巨塘说："你的主人现在正是显赫的时候，我有什么能耐呢？"严辛说："太阳不会总是处于中午的位置，但愿您日后不忘记小人今天的托付。"

没过几年，严嵩势败，刘巨塘调任袁州太守，严辛因贪赃两万两银子而被关押在狱中。刘巨塘记起严辛的话，就为他减少了一些赃款的数目，才使严辛得以发配充军。

◎

严氏父子的智慧不如仆人，赵文华、鄢(mào)懋卿等人的智慧也不如这个仆人，满朝文武百官的智慧都不如这个仆人。

陈良谟

祸福相倚

明朝进士陈良谟是湖州安吉人，居住在某村。

正德二年（1507），该州大旱，各乡农田颗粒无收，只有这个村依赖堰塘蓄水获得大丰收。州官把全州灾情申报上去，这个村的赋税也被免掉。

第二年又遭洪水，各乡的庄稼全被淹了，唯有该村因地势高又获得大丰收，州官照样一概予以申报，这个村的赋税又被免掉了。同时，该村村民乘机购买各乡百姓廉价出卖的各种生产、生活用品，获取了三倍的利润。自此该村大户小户都过分追求吃喝，每天都有人家摆酒宴庆贺。

陈良谟对本族的人说："看来我们村子会有大祸降临了。"人们问原因，他回答："无福消受啊！我们陈家和郁家、张家根基要厚些，也许稍微要好些。俞姓、费姓、芮姓、李姓这四个小家族恐怕难以避免灾祸了。"但他的叔伯兄弟对他的话都不以为然。

不久，村里传染瘟疫，那四姓人家男女老少全都染疾而亡，只有费氏家族留下五六个男人。陈良谟的叔伯兄弟这才想起他以前讲的话，就去询问他："我们这三姓将来究竟会怎么样呢？"陈良谟说："将来虽然没有那四家那么惨，但损失总会有的。"过了一年，这三族人家果然陆续遭了火灾。

大致说来暴发的、贪心所得的利益，是会招致鬼神忌恨的，而且祸福是互相依存、互相转化的。何况又不爱惜物力，肆意糟蹋东西，所以该有大祸降临。

东海张公

先见之明

东海张公世代居住在芦草丛生的水荡里，自他任官以后，他的家人认为在城里住着方便，就在陶行桥附近买下了住宅。张公得知后非常后悔，说："我的后代肯定会在这里衰败！"张公有六个儿子，后来有五个都荒废了产业。

◎

明朝陈继儒说：我们家乡出了两个张尚书，一个是庄简公张悦，一个是庄懿公张鎣，他们的住宅都在东门外龟蛇庙东边。文简公孙承恩的住宅在东门外太清庵的右边，文僖公顾清的住宅在西门外超果寺的前边。当时和这四位先生同时中榜同在朝当官的、住在城里的人，他们的房产都已转卖给别人，只有他们四户人家的宅地一直保留到现在。

真是城里不如城郊，城郊不如乡村，前辈的先见之明，真不可比呀！

郗超

代父回信

东晋时郗愔任徐、兖二州刺史，驻兵京口。他掌握兵权，桓温对他颇为忌惮。

一次，郗愔写了封信送给桓温，郗愔儿子郗超正因事外出，在路上听说这事，急忙拿到那封信，拆开一看，上面写的是“正要和您共同为王室出力，收复失地，重修帝陵”之类的话，于是郗超把信撕碎，回家代父重写了一封信，自述年老多病，不堪繁忙的公务，想讨一块空闲的地方养老。桓温看了这封信十分高兴，当即改派郗愔去做会稽太守。

◎

郗超依附于桓温，不是个好儿子。但他为父亲想出免祸的办法，不能说不是智慧。后来郗超得病，临死前拿出一箧文书嘱咐家人："老父如果悲痛，就将这个拿给他看。"他死后，郗愔哭得很伤心，家里人就拿这箧文书给郗愔看，郗愔打开一看，都是些郗超与桓温密谋的内容。郗愔生气地说："这小子早就该死了！"立即就不哭了。

死以后还能以智术来止住父亲的悲哀，这也叫聪明啊！然而，做臣子的道义，宁可像郗愔那样愚拗，也不应像郗超那样聪明。

张忠定

体恤仆人

宋朝人张咏（谥忠定）办完公事回到家里，见一个看厅堂的仆人正在熟睡，张公把他唤醒，问他：“你家里出了什么事？”仆人答道：“母亲病了很久，哥哥外出未归。”张公派人查访，这人说的果然是实话。

第二天，张公就派了一个人帮他照料母亲，并且说：“在我后厅怎敢有睡觉的人？这人睡着了，必然是因为愁闷太多，所以我才怜悯他。”

◎

体贴人到这种地步，谁还不愿为他效死呢？

卷六

亿中

察明事物的内情，推测事件的本源。如此，在福祸发生变化之前就能预测它。即使像藏钩射覆之类的事，也不能瞒住我。为此，辑撰《亿中》卷。

子贡

不合礼仪，怎能长久

春秋鲁定公十五年（前 495）正月，邾隐公前来朝见。子贡从旁观察两位国君的举动：邾隐公把玉高高地献上，抬头仰视；鲁定公把玉低低地接下来，垂头俯视。

事过之后，子贡说："以礼来看两位国君的举动，他们都有将死亡的迹象。礼，是象征生死存亡、兴旺衰微的主体，没有人不重视。因此，左右、周旋、进退、俯仰，都要符合这个礼；朝会、祭祀、死丧、征战，也要按这个礼来。

"现在两位国君是在正月里举行盛大朝会，而其举动竟然都不合礼数，可见他们的心里已经昏乱迷糊了，朝会都不合礼仪，国祚怎能长久呢？高高地献玉，抬头仰视，这是骄傲的表现；低低地受玉，垂头俯视，这就是懈惰的表现。骄傲，说明距离祸乱不远；懈惰，预兆将要产生疾病。鲁定公是主人，他恐怕要先死吧？”

五月，鲁定公死。孔子说：“子贡果然说中了这件不幸的事，这件事上他话太多了。”

希卑

识内应

战国时期，秦国攻打赵国，战鼓的声音在赵国的北堂都能听到。大夫希卑对赵王说："秦国攻打赵国，不会急到这种地步，这是秦国在联络他们的内应，一定会有大臣鼓吹'连衡'了。如果大王想知道是什么人，明天就在群臣面前赞美连衡之策，那时，先说'连衡'的人，就是此人。"

第二天，建信君果然先说了"连衡"。

范蠡

陶朱公知子

春秋时期，范蠡（自号陶朱公、略称朱公）住在陶地时，生下幼子，正当幼子长大成人时，他的次子因为杀人被囚禁在楚国。朱公说："杀人者被处死，是常理，不过我听说'家富千金的人，就不会在闹市被处刑而曝尸街头'。"于是朱公打点千金行装，想派幼子去看看。

这时长子一再要去，朱公没有依从，长子因朱公不派他而派了他的小弟，认为是自己的品行不好，想自杀。他的母亲也坚决为他说话，朱公不得已只好派了长子，并写了一封信带给自己过去的好友庄生，同时告诫长子说："你到了那里，把这千金送到庄生家，听他处理，切不可同他争论事情。"

长子来到楚国之后，正如父亲嘱咐的那样，把千金送到庄生家里。庄生对长子说："你赶快离开这里，不要停留。你的弟弟会立即出来的，也不必问为什么。"长子听了假装离去，偷偷地留在楚国的一个贵人家里。

庄生原来家境贫寒，但以清廉耿直被人们尊重，从楚王以下都用师礼待他。朱公送上的千金，庄生没有接受的意思，想事成之后再归还朱公，以表示信用。而朱公长子不懂得这个意思，认为庄生没什么救人的办法。

一天，庄生乘机进见楚王，说某某星宿不利于楚国，只有施仁政才可以消除它。楚王平素相信庄生，就立即派人包封三枚铜钱送到府库。贵人惊异地告诉朱公长子说："楚王将要大赦了，每次大赦，必派人包封三枚铜钱到府库。"长子以为既然大赦，弟弟本来就应该出来，送上的千金算是白白地丢掉了。于是又去见庄生，庄生一见长子，惊讶地问道："你怎么没走呢？"长子回答说："本来要走的，因我弟弟马上就要得到楚王的赦免了，所以特来向你辞行。"庄生明白了长子的来意，叫他自己到室内取回千金走了。

事后庄生为自己被小孩欺骗而感到羞辱，因而又去见楚王，说："大王想用仁政去除灾星，但是，路人纷传陶地富人朱公的儿子因为杀人被囚禁在楚国，他家拿了很多金钱贿赂大王的左右，所以大王的赦免，并不是抚恤楚国的人民，只是因为朱公的儿子的缘故。"楚王大怒，命令依罪杀掉朱公的儿子，第二天再下达大赦的命令。

于是，朱公长子载着弟弟的尸首回家。他的母亲以及同乡都感到悲伤，只有朱公笑笑说：“我早就知道他要害死弟弟，并非他不爱弟弟，只是他从小同我在一起，看到营治产业的艰难，因而看重要丢弃的钱财。至于他的小弟，生下来就看见我富有，乘坚车，骑肥马，怎能知道钱财来之不易呢？我派幼子，就是因为他能丢弃钱财，而长子不能做到这一点，结果他的弟弟被杀掉了。这是事情的常理，不足为奇，我日夜所想的本来就是希望他回家办理丧事。”

◎

朱公既然有灼见，就不应该听从妇人的话而改变主意。他之所以改派长子，是因为惧怕长子自杀。“听从庄生处理，不要同他争论事情”，朱公明明已说破了，是长子自己不听父亲的教导。

庄生纵横的才能，是不下于朱公的，或让人活着，或把人杀掉，全操控在他的手中。不过，宁肯背弃好友，而和一个小孩争闲气，为什么气量这样狭小呢？庄生之所以只具备纵横家的才能，原因也就在于此吧？

范雎(jū)

避秦相

战国时期，王稽离开魏国时，偷偷地把范雎装在车里，刚刚拉到湖关，望见有车马从西而来，便告诉范雎说：“这是秦国宰相穰(ráng)侯到东边各县巡视。”范雎说：“我听说穰侯独揽秦国的大权，讨厌接纳诸侯国的来客，恐怕他要侮辱我。我暂时在车里躲避一下。”

过了一会儿，穰侯来到车前，慰劳王稽，趁势站在车旁问道：“关东那里有什么变化？”王稽回答说：“没有什么变化。”穰侯又问道：“你这次回来拜见君王有没有带着诸侯国的客人一道？带他们来没有好处，只会扰乱我们国家的秩序。”王稽说道：“我不敢这样做。”立即告辞而去。

范雎从车中出来说：“穰侯是位聪明人，不过他对事情的反应慢了点，刚才他怀疑车中有人，可是忘了搜索。对此，他一定会后悔。”

于是，范雎下车步行，只走了几里路，穰侯果然派骑兵返回搜索，没有发现客人才罢休。范雎终于同王稽一起来到了秦国的都城咸阳。

◎

穰侯的一举一动都没有超出范雎的意料，所以后来的一切都操纵在范雎的掌中。

姚崇

识张说

唐代姚崇和张说一起担任丞相，但两人之间怨恨很深。

姚崇病危时，告诫几个儿子说：“张丞相同我不和。他这个人一向奢侈，尤其爱好服饰玩物。我死之后，他一定会来吊丧。你们把我所有的服饰玩物、宝带玉器都陈列出来，摆在帐前。张丞相如果不看它们，那你们就休想免除一死了；假如他看这些东西，你们便挑选好的送给他，趁机请求他为我写一篇神道碑文。拿到他写好的碑文，必须马上抄录下来，先磨好石碑等候，把抄来的碑文立即刻上，然后再将碑文送给皇上过目。张丞相考虑事情常常比我慢，几天之后，他必定后悔，倘若他要收回碑文，你们就告诉他已送给皇上看过了，并且带他去看刻好的石碑。”

姚崇死后，张说果然前来吊丧，对姚家陈列的服饰玩物看了很多遍，姚崇的儿子完全按照父亲嘱咐的话做了。等到碑文写出来，对姚崇生平事迹的叙述写得很完备详细，当时人们称之为杰作。

几天后，张说果然派人来索取原稿，说是言辞不够周密，想要删改一下。姚崇的儿子带着来人去看刻好的石碑，并告诉他已经把碑文呈给皇帝过目。来人回去后，向张说报告了这件事。

张说非常悔恨，抚着胸说：“死姚崇能算计活张说，我今天才知道自己的才能不如他！”

王应

父子沉江

东晋大将军王敦死后，他的哥哥王含想去投奔王舒。他儿子王应劝他去投奔王彬。王含说：“你难道不知道大将军平时同王彬的关系怎么样？你还想去归附他？”王应说：“正是这样，所以才应当去投奔王彬。江州王彬面对着别人的强盛，能不趋炎附势而另立门户，这不是一般人的见识所能比得上的，他看到别人衰败危急的时候，必定产生慈悲怜悯之心。荆州王舒，做事墨守成规，又怎会破格行事接纳我们呢？”王含没听儿子的话，投奔了王舒。王舒后来果然把王含父子沉入江中。

王彬当初听说王应要来投奔自己，便偷偷地准备了船只在江边等候。没有等到王应，王彬深深地感到遗憾。

◎

好欺侮弱者的人，必定要趋附强者；能够抑制强者的人，必定会扶持弱者。王应甘当王敦的养子，本不是好儿子。但他这番议论是深谙世情的，比他的“老婢”要强多了。王敦常喊哥哥王含为“老婢”。

春秋末年，晋国中行文子出走，经过县邑，他的随从问道：“这里的啬夫是您过去的朋友，为什么不在这里休息，等等后面的车子呢？”文子说：“我曾经喜爱音乐，这个人就赠给我鸣琴；我喜爱佩饰，这个人就赠给我玉环。他是助长我的过错以取悦于我，我现在正怕他以我取悦于别人呢！”于是，文子离开了那里，这个人果然截下文子后面的两辆马车，献给了他的国君。

战国时，蔺相如做宦官缪贤舍人的时候，缪贤一次犯了罪，私下里打算逃往燕国。蔺相如问道：“您怎么知道燕王一定会收留您呢？”缪贤回答说：“我曾经跟随国王与燕王会见于边境之上，燕王偷偷地握着我的手说：‘我愿意与你结为朋友。’因此，我想逃往燕国。”蔺相如阻止他说：“赵国强大，燕国弱小，而您当时又被赵王宠爱，所以燕王想同您结交。现在您是从赵国逃往燕国，燕王害怕赵王，他必定不敢收留你，而且会把您捆绑起来送还赵国。您不如脱衣露体背着斧锧去向赵王请罪，只有这样，才能幸免。”缪贤听从了相如的计策。

参考观察这两件事情，足以看出全部人情的隐秘。

陈同甫

豪侠

南宋时期，辛弃疾流落江南之后，豪侠之气依然存在。有一天，陈亮（字同甫）来拜访他。附近有座小轿，陈亮驱马跃了三次，但马三次都退了回来。陈亮大怒，拔剑砍掉了马头，徒步前往。辛弃疾正好靠着楼窗，看到这情形，非常惊异，立即派人前去询问；而陈亮已经到了门口，于是两人结为朋友。

后来过了十几年，辛弃疾做了淮扬的军事主帅，此时陈亮还很穷困。一次陈亮来到治所看望辛弃疾，二人谈论天下大事，辛弃疾饮酒过量，谈到南北的形势，说南方可并吞北方，如此如此；北方可以并吞南方，如此如此。杭州不是帝王居住的地方，倘若敌人截断牛头山，天下就发不来援兵，在西湖掘堤放水，满城人都成了鱼鳖。喝完酒，二人同在书房里过夜。

夜间，陈亮想到辛弃疾平时郑重寡言，因为喝酒过量而失言，酒醒后悟到所说的话而反悔，必定要杀自己灭口。于是半夜偷了辛弃疾的快马逃走了，辛弃疾醒后大惊。

后来陈亮写信给辛弃疾，信中稍微透露了当时的想法，并且请求辛弃疾借给他十万缗钱以接济自己的生活。辛弃疾把钱如数寄给了他。

李泌

保韩滉(huàng)

唐德宗时，有人议论韩滉乘皇帝在外，聚集士兵修石头城，有谋反的意图。德宗于是产生了怀疑，便询问李泌。

李泌说："韩滉为人公正忠心，清廉俭约。自从圣驾在外，韩滉贡献不断，并且镇抚江东十五个州，使盗贼不敢作乱，这些都是靠他的力量。韩滉之所以修石头城，是因为看到中原动荡不安，想到陛下可能要渡江南下，做迎接圣驾的准备罢了。这个举动是出于臣子对陛下的忠诚，怎么反而当作罪过呢？韩滉性情刚直严厉，不趋附权贵，所以招致许多人的毁谤。希望陛下明察这件事，我敢担保韩滉没有二心。"

德宗问："他人议论纷纷，奏章如麻，你没听说吗？"

李泌回答说："我早就听说了，韩滉的儿子韩皋是考功员外郎，现在都不敢回家看望他的父母，正因为毁谤他父亲的话太多的缘故。"

德宗问：“他的儿子尚且害怕到这样，你为什么保他呢？”

李泌答道：“韩滉的用心，我非常了解，我愿意上奏章担保韩滉没有二心，请求陛下把我的奏章下发中书省，使朝廷众臣都知道。”

德宗说：“朕正想重用你，你怎么能轻易地为一个人担保？你要慎重，不要违背众人的意见。朕怕你挨着这件事要受到连累。”

李泌回家之后，就上奏章，请求以自己全家人性命来为韩滉担保。过了几天，德宗对李泌说：“你竟然呈上奏章，朕已经把你的奏章扣住未发。朕虽然知道你与韩滉有亲戚故旧的关系，但是你怎么能够不爱惜自己呢？”

李泌回答：“我岂会因偏爱亲戚故旧而辜负陛下？只是觉得韩滉实在没有异心，我上奏章是为了朝廷，不是为自身。”

德宗问道：“怎么是为了朝廷？”

李泌答道：“现在天下发生旱灾、蝗灾，关中一斗大米价值千钱，仓库的粮食已经耗尽，而江南丰收，粮食充足。希望陛下早日下发我的奏章，以解除众人对他的疑惑，并且准许韩皋回家探亲，使韩滉感激朝廷，消除疑虑，迅速运来粮食。这难道不是为了朝廷吗？”

德宗说：“朕完全明白了。”立即下发李泌的奏章，敕准韩皋回家探亲，当面赐给韩皋绯衣，并对他说：“关于你父亲的流言蜚语，朕现在知道了其中的原因，疑虑已经消除，也不再相信了。现在关中缺乏粮食，你同你父亲应当火速筹办。”

韩皋到达润州见到父亲，韩滉感激得流下了眼泪，当天就亲自来到江边，发出大米一百万斛，让韩皋在家逗留五天就返回京城。韩皋告别母亲的时候，哭声传到外面，韩滉大怒，便把他叫了出来，用鞭子打他，又亲自送到江边，命他冒着风浪回京。

不久，陈少游听说韩滉进贡大米百万斛，也进贡了二十万斛。德宗对李泌说：“韩滉竟然能感化陈少游也进贡大米啊！”李泌答道：“岂止是少游，各地将要争着进贡粮食呢！”

荀息

唇亡齿寒

春秋时，晋献公和晋国大夫荀息商议说：“我想攻打虞国，但虢国会救它；进攻虢国吧，虞国又要救虢国，这怎么办呢？”

荀息说：“虞国的国君生性贪婪，酷爱宝物，请您将屈邑产的名马和垂棘产的玉璧赠给他，向他借路去攻打虢国。”晋献公说：“虞国的贤臣宫之奇还在，他一定会进谏阻止这件事。”荀息说：“宫之奇这个人内心明达但性格懦弱，又是虞国国君从小养大的。心性明达则说话简略，性格懦弱就不会强力劝谏，从小在宫中长大，虞公就会轻视他。况且宝物珍玩就摆在眼前，而祸患远在他国之后，这样的危机只有具有中等智慧以上的人才能预见。我估计虞公的才智在中等以下。”

于是晋献公就派人到虞国，呈上名马宝玉，宫之奇果然进谏说:“俗话说唇亡则齿寒，虞国和虢国是互相依存，互为屏障的，不应该互相把对方当成礼品送给别人。晋国今天从我们这里借道消灭虢国，明天虞国也就会跟着灭亡。”

虞公不听他的话，坚持把道路借给晋国。晋灭掉虢国后，回来时就顺道攻打虞国，虞公只好抱着玉璧、牵着名马来投降。

虞卿

战国策士

战国时，秦国将领王龁(hé)攻打赵国，赵军多次失败。楼昌请求赵王派重要使者到秦国讲和。虞卿说："现在议和的决定权在秦国。秦国必定想打败大王的军队，即使前往秦国求和，秦国也是不会听从的。不如献重金给楚国和魏国，那样的话，秦国将怀疑天下合纵，讲和就可以成功了。"

赵王不听，派郑朱到秦国讲和。虞卿说："郑朱是地位显贵的人，秦国必然表面敬重给天下人看。天下的人听说大王派人到秦国讲和，必然不来援助大王。秦国知道天下的人不来援助大王，那么讲和就不可能成功了。"

后来，事情的发展果然像虞卿所预料的那样。

◎

战国策士，当以虞卿为第一。

傅岐

侯景之乱

南北朝时，侯景背叛东魏归顺梁朝，被封为河南王。东魏丞相高澄突然派使者前来梁朝议和，当时满朝大臣都请求与东魏和好。

傅岐任如新县令，恰好在朝，只有他说："高澄新近得志，有什么事情必须议和呢？这一定是设置的离间计，用来惑乱侯景，使侯景自己心里感到不安。侯景内心不安，就必定要图谋叛乱。如果同意与东魏和好，那正中了高澄的奸计。"但简文帝受朱异的迷惑，竟然同意与东魏和好。

侯景听到之后，不大相信，于是假借魏国邺人的名义上书简文帝，请求用贞阳侯交换侯景。简文帝的回书中，有"贞阳侯早晨到达，侯景傍晚返回"的话，侯景于是举兵叛乱。

策陕城 策魏博

收复藩镇

唐德宗时，陕虢都知兵马使达奚抱晖用毒酒杀害了节度使张劝，自己代理总督军务，要求朝廷任命他为节度使，并且暗地拉拢李怀光部下奚小俊作为援助。德宗委派李泌为陕虢都防御水陆运使，想用神策兵护送他上任。

李泌对德宗说："陕城的人不敢违背朝廷的命令，这件事只是抱晖作恶罢了。假如带着大批的兵马到陕城，抱晖必定会关闭城门，陕城三面都是绝壁，不是一年半载可以攻下来的。我请求一人一骑前往陕城。"

德宗说："朕正要用你，应当另派别人去。"李泌回答说："别人一定进不去。现在事变才发生，众心还没有稳定，因此，可以出其不意，打破他的阴谋诡计。别人犹豫不决，拖延时间，一旦抱晖谋划成功，就再无法进城了。"德宗便同意了李泌的请求。

李泌看见从陕州来的奏事官员和在长安的将官，便告诉他们：“皇上因为陕、虢一带闹饥荒，所以没有授我节度使的职务，而是委任我为领运使，让我督运江淮大米去赈济陕州。陕虢节度使的行营建在夏县，如果达奚抱晖可以重用，就命他掌管，如掌管有功，就任命他为节度使。”

侦察的人探听到了这个消息后，急忙赶回陕州报告抱晖，抱晖的心里略为安定一些。李泌把情况告诉了德宗，说：“让抱晖的士兵想着大米，抱晖自己想着节度使的任命，这样他必然不会杀害我了。”李泌出了潼关，住在曲沃，抱晖的将佐都来迎接。距离陕城十五里时，抱晖也亲自前往谒见。李泌称赞了抱晖代理军务的功劳，说：“军中的流言，不足介意，你们的职务都照旧不变。”

不久，李泌进城处理事务。有人请李泌屏退左右禀报军情，李泌说：“在变换军帅之际，军中有流言，这都是正常的现象，我来到以后就自然平息了，我现在不愿意听见这些话。”李泌只要了账簿，了解粮食储备情况。

第二天，抱晖来到李泌的住处，李泌对他说：“我不是爱惜你而不杀你，而是怕杀了你，今后有危急疑难的地方，朝廷所派的统帅就不能进城了，所以留你一条性命。你替我去祭祀张节度使，千万不要入关，自己选择好一个安身之处，秘密地带走家小，我保证你没有危险。”李泌临行前，德宗把陕州预谋作乱的七十五个人的名册交给了李泌，命令他到了陕州后将他们杀掉。李泌打发抱晖走后，中午朝廷派来的宣慰使到达陕州，李泌奏说已经解除抱晖的职务，其余的人不足以问罪。

德宗又派心腹使者到陕州，一定要李泌将名册上的人杀掉，李泌不得已，把兵马使林滔等五人抓起来，押送京师，同时恳请德宗赦免饶恕他们。德宗将林滔等五人贬罚到天德军，而达奚抱晖逃亡在外。

◎

传言说邺侯（李泌，封邺侯）喜爱说大话，但是，才能如同邺侯，才有资格说大话。

自古以来说大话的有两个人，就是汉代东方朔和唐代李邺侯。汉武帝是位热衷建立大业的君主，东方朔不说大话不能和他相投。唐肃宗对李邺侯寄予很大的希望，李邺侯不说大话不能满足他的希望；肃宗的希望不能满足，就会寻找别的人，这样李邺侯的意图就不能实行了。这些都是善于投合君主意图的人。

荆公善于投合宋神宗，却不善于做宰相，那他说大话就是为了自夸吧？三国时诸葛亮隆中对只有寥寥数语，不敢说一句大话，也正是与先主的格局相符合。像战国时卫鞅进见秦王时先说帝道王道，而后说到使秦国富强的主张。这是借用秦王一定不爱听的话从而使秦王坚定地接受他的意见，这又不是大话所能相比的了。

唐宪宗时期，李绛任宰相，正值魏博镇节度使田季安死了，他的儿子怀谏年龄尚小，李吉甫请求宪宗发兵讨伐魏博镇。李绛则认为对魏博镇不必用兵，可使它自动归附朝廷。

李吉甫竭力陈述不可不用兵的理由，李绛说："我看河南、河北那些专横跋扈的节度使，军队都分别由各个将领率领，而不是掌握在某一个将领手中，这是因为怕他军权太大而乘机有图谋的缘故。各个将领势均力敌，谁也不能控制谁。即使有人想广泛地联合起来，而众心不同，他的阴谋必然会泄露；如果想独自发动兵变，则又兵少力弱，势必不能成功。跋扈的节度使总是将这种办法作为自己长久的策略，然而，必须有个严明的主帅，能够控制各个将领为他拼命，才能控制局势。

"现在田怀谏是个乳臭未干的孩子，不能自己决断军务，军府大权必定落到别人手里。各个将领的待遇厚薄不均，必然产生怨恨、愤怒。这样，以往分兵的策略恰好成为现在祸乱的根源，田氏全家即使不被杀掉，也要全部当俘虏了，哪里还要劳烦朝廷出兵呢？

"但愿陛下按兵养威，严令各道兵马，等待日后的命令，让魏博镇的将士们知道这一情况。这样，只要几个月，军中一定有人自己出来替朝廷效力。到那时只需朝廷反应迅速灵敏，利用这个机会，用爵位俸禄去赏赐这个人。这样，就会使两河的藩镇都害怕自己的部下仿效这种做法，他们也就由恐惧变为恭敬谨慎了。这就是兵法所说的不用攻战而能降服别人的军队呀！”

不久，由于田怀谏年幼软弱，军政大事由家童蒋士则决定。他单凭自己的爱憎升降调动部将，使得众人很愤怒。田兴早晨来到军府，几千名士兵鼓噪，围绕田兴参拜，请他担任主帅，田兴惊骇得跌倒在地。过了很长时间，田兴揣度推辞不掉了，这才对士兵们说道：“你们肯听我的话吗？不要触犯副大使，遵守朝廷法令，向朝廷申报版籍，请求委任官吏，然后才可以行事。”众人异口同声地表示赞同。于是，田兴杀掉蒋士则等十几人，把田怀谏放逐到外地。

同年十月，魏博镇监军将上述情况上报到朝廷，宪宗急忙诏令宰相，对李绛说：“你所估计的形势就像符契一样准确！”李吉甫又请求朝廷派使者到魏博镇去慰问，借机观察那里的变化。

李绛说：“不能这样做。现在田兴向朝廷进献魏博镇的土地和士兵，正在等待朝廷的诏令。如不趁这个时机真心安抚接纳，用大恩惠去联结他，而是要使者到那里，等着魏博镇将士拿出请节钺表来，然后再授田兴为节度使，那么恩惠就是出于下面，而不是出于上面了。这就会使人们看重藩镇将士，而轻视朝廷。”

宪宗这才任命田兴为魏博镇节度使。诏命到了魏州，田兴感激涕零，士兵们无不受到鼓舞。

李绛又说：“魏博镇脱离朝廷五十多年，一旦奉六州的土地来归顺朝廷，从而挖掉河北势力的腹心，捣毁叛贼的巢穴，朝廷如果没有赐下超过他们愿望的重赏，就无法慰藉士兵的心，使四邻藩镇产生羡慕；所以，请拿出国库钱一百五十万缗，赐给魏博镇将士。”左右宦官认为拿出的钱太多了。

李绛说：“田兴不贪图独占魏博镇的利益，不顾四邻憎恨，归顺朝廷，陛下怎么能因爱惜小小的钱财而丢掉国家大计，失去这个可以收买一镇人心的机会呢？假使国家发动十五万兵力去攻打魏博镇六州，一年下来，那费用何止一百五十万缗？”

宪宗高兴地说：“朕之所以节衣缩食，积聚钱财，正是为了平定四方。不然，仅仅把钱财贮藏在国库里干什么？”于是立即派裴度前往魏博镇宣慰，将一百五十万缗赐给将士，同时宣布魏博镇六州百姓免除徭役一年。将士受到赏赐，欢声雷动。

成德、兖郓(yùn)等镇的使者看到这种情形，面面相觑，大惊失色，叹道：“对抗朝廷到底有什么好处呢？”

◎

唐朝李泌曾经说，善于估量敌人的人，是估量其将领而不是估量其士兵。李泌筹划陕城，李绛揣度魏博，都是采用估量将领的方法。

料吐蕃

料敌精确

唐德宗时，吐蕃大相尚结赞请求议和，希望德宗能派浑瑊(jiān)担任会盟使，他说：“浑侍中守信仁厚，我们在外邦就有所闻，务必让他来出使主盟。”

浑瑊从长安出发时，李晟告诫他可以与吐蕃结盟，但防备不可不严。张延赏向德宗奏言：“李晟不想和盟成功，所以他告诫浑瑊要严加防备。但臣认为，如果我方有怀疑对方的迹象，那么对方也就会怀疑我方，和盟还怎么缔结？”

于是，德宗召来浑瑊，告诫他要以诚意对待吐蕃，切莫猜疑。不久浑瑊报告：“吐蕃已决定在贞元三年闰五月辛未日与我朝缔盟。”张延赏将浑瑊的奏表拿给文武百官看，意在诋毁李晟。李晟私下哭泣道：“我生长于西部边陲，非常了解吐蕃的内情，之所以上奏要加强防备，就是怕朝廷被骗而为吐蕃所欺辱！”

会盟仪式开始之际，吐蕃暗伏精兵数万，埋伏在盟坛的两边，浑瑊等人一点都没发觉，纷纷进入帐幕换上礼宾的服装。这时，吐蕃击鼓三声，伏兵呐喊而至。浑瑊从帐中出来，急忙找来一匹马骑上，随行将士都向东奔逃，吐蕃纵兵追击，唐兵或被杀或被擒，伤亡惨巨。

这一天，在长安城的德宗对几个宰相说：“近日和戎息兵，是社稷的福庆。”马燧说：“正是。”柳浑说：“戎敌豺狼本性，与他们难以真正结盟，对今日之事，臣心中还是担忧！”李晟说：“确实同柳浑说的那样啊！”众臣闻言，全都跪地称谢，德宗罢朝而去。

待到吐蕃偷袭盟使的消息传来，德宗大惊，第二天对柳浑说：“你一个书生，怎么料敌如此精确啊！”

◎

最初，吐蕃尚结赞十分忌惮李晟、马燧、浑瑊三人，说：“除掉这三人，就一定能够战胜唐朝！”于是他们离间李晟，送厚礼向马燧求和，打算在盟会时抓住浑瑊并以此陷害马燧，使他们都获罪，从而率兵直袭长安，但这一切都因为浑瑊逃走而作罢。

尚结赞又放回马燧的侄子马弇（yǎn），让他转告马燧：“我在河曲屯兵，春草未生，我方的马匹饥饿，您如果渡河攻击，我方连种子也都没有了，无法生息。全仗您允许讲和，现在我释放马弇作为报答。”

德宗听闻此事，解除了马燧的兵权。尚结赞的诡诈智谋，在所有外敌中也极其少见。

王晋溪

坚持不发兵

明嘉靖初年，鞑靼曾经侵入陕西，进犯花马池。巡守惊慌，请求朝廷出兵应战。在这种情况下，朝廷召开九卿会议。兵部尚书王宪认为应当发兵，不然，恐怕要发生不幸的事故。众臣不敢提出相反的意见。

王晋溪当时为宰相，只有他不肯出兵，说："我自有奏章。"随即上奏："花马池是我在当年戍守边境时所经营的防区，守卫很严，鞑靼必定不得侵入。纵然进来了，也不过掳掠一番，那个地方的兵力是足以防御的，要不了多久，鞑靼就会自动退走。如果派京城军队远涉边境，他们一路疲劳，到达之后未必能够作战；而且沿途骚扰百姓，危害也不小。倘若军队到了那里，鞑靼已经退走，这就徒劳来回了。我认为不发兵更有利。"

但军事会议在兵部尚书主持下，结果还是派出六千人，命令两个游击官率领前往。军队到了彰德，还没有渡河，就有人报告说鞑靼已经退到境外了。

◎

王晋溪在西北，修筑花马池一带城墙时，命令两个指挥监督这项工程。两个指挥非常卖力，修筑的城墙极为坚固，而工程也没有什么浪费，还剩下两千多两银子。他们带着银子去问王晋溪，王晋溪说："这一带城墙，是西北边塞的要害。你们尽心完成了这项工程，而这一点小钱哪里值得问我呢？就把它赏给你们吧。"后来鞑靼侵犯边境，王晋溪就派这两个指挥带兵去抵抗。两人争着冲入敌人的阵地，其中一人最终战死疆场。王晋溪筹划边防的智慧谋略正是如此高明。

另外，王晋溪在总督陕西三边军务时，每次巡察边境，即使中等伙食也要花费一百两银子，但他不曾接受过贿赂。每到一个地方，都要陈设食具，烧熟的羊准备了好几头，其他食品也都很好。王晋溪吃不了几小块肉，就命令全部撤去，分给随从官员，即使是下属官吏，也都能够沾光。因此，西北地区一旦有紧急情况，就人人奋勇效力。

当时法网疏阔，所以英雄豪杰能按照自己的意志行事。假如上述方法在现在使用，一定会被御史们立即检举废除了。明朝梅衡湘任播州监军，临行时请求从国库中拿出银子三千两，准备犒劳赏赐士兵。等到战事平定，所有花费只用了四百两银子。登记造册上报官署，没有分毫乱用的。虽然他们采取的措施大小不同，但都是根据时宜行事。

韦孝宽

筑城池

南北朝时期，西魏大将韦孝宽镇守玉壁城时，考虑到汾州之北、离石以南都是些没有受过教化的胡人，他们掠夺居民，阻断河流交通，并且深入东魏境内。韦孝宽想在险要的地方建立一座大城，于是在河西征集民夫十万、调士兵七百人，并且派开府姚岳监督修筑。

姚岳因兵少而感到为难，韦孝宽说："算来十天就可以建成这座城。这里离晋州四百多里，第一天开工，第二天敌人境内才能知道。假使敌人在晋州征兵，最少也得两天才能集中；讨论之间，已延迟三天；计算他们军队走两天以上才能到达。这时，我的城池已经修好了。"

于是，韦孝宽下令建筑这座城。他又命令汾水以南，靠近介山、稷山的各个村庄，就地纵火。东魏人以为那些是西魏的兵营，就收兵自保。城池终于像韦孝宽所预言的那样如期完工了。

刘惔(dàn)

识桓温

成汉君主李势骄奢淫逸，不问国家大事。桓温率领军队讨伐他，送上奏章就出发了。朝廷众臣认为蜀道险恶遥远，桓温兵少而且还要深入敌区，都为此感到担忧。只有刘惔认为桓温一定能够取胜。

有人问他其中的原因，刘惔说："我从赌博中知道的。桓温是个善于赌博的人，他若没把握能取胜，就不会率领军队去讨伐。不过，恐怕他攻下蜀地以后，就要在朝廷独断专行了。"

◎

刘惔每每惊奇桓温的才能，就知道桓温有背叛朝廷之心。刘惔对会稽王司马昱说："不可以把桓温放在地形险要的地方。"司马昱没听从刘惔的话，等到桓温已经攻克蜀地，司马昱才开始害怕他的威名，于是引荐殷浩与桓温相抗衡。这样，使桓温逐渐由猜忌发展到产生背叛朝廷之心。等到殷浩北伐失败，桓温终于不可控制了。

杨廷和

先见之明

明武宗时，彭泽将要率领军队西征鄢本恕等流贼，临行之前，他向杨廷和询问计策。杨廷和说：“凭您的才能，平定贼寇是无须担忧的，该警惕的是不要过早地回朝。”

后来彭泽打败了鄢本恕等人，并杀了他们，随即上奏请求回朝，但鄢本恕的余党又纷纷起来作乱，不可制止。本来彭泽已经率领军队班师了，此时又不得不中途留下来继续讨伐。于是，彭泽叹息说：“杨公的先见之明，是我比不上的。”

◎

英国公三次平定交州，而交州竟不能归我朝所有，就是因为他离开了。假如像黔国公那样让英国公世守交州，那么到现在交州仍然会是我朝的。因此，对于想平定贼寇的人来说，取胜容易但长期治理难。杨廷和提醒他不要过早班师，是要他安抚一番，而不仅是依仗军队威力打胜仗。

卜偃

预知虢国将亡

春秋时，虢公在桑田击败西戎之后，晋国的卜偃说："虢国一定要灭亡了。虢公丢失都城下阳却不感到恐惧，这次又建立战功，这是上天夺去了他的观察力而加重他的毛病。从此他一定轻视晋国而不爱惜自己的百姓了，不要五年，虢国必然灭亡。"

五年后，晋国果然灭掉了虢国。

士鞅

预知栾氏将亡

春秋时期，晋国的士鞅逃到秦国。秦王问士鞅："你看晋国大夫中谁先灭亡呢？"士鞅回答："大概是栾氏吧。"秦王问："是因为他过分奢侈吗？"士鞅回答："是的。栾黡(yǎn)奢侈过分了，但是还可以避免灭亡；灭亡的恐怕会是他的儿子栾盈。"秦王问道："什么原因？"

士鞅回答："武子（栾书、栾黡的父亲，栾盈的祖父。——原注）对百姓有恩德，他们怀念栾武子如同西周百姓想念召公一样，热爱他的政绩，必然推及他的儿子。栾黡死后，栾盈对百姓没有做过好事，栾武子给予百姓的恩德又消失了，再加上百姓对栾魇的怨恨实在明显，由此看来，栾氏的灭亡不可避免。"秦王认为士鞅的话很有见识。

楚𫇭贾

wěi

不贺子文

春秋时期，楚成王将要攻打宋国，命令子文在睽地练兵，从早到晚，子文没有惩罚一人。子玉在𫇭地练兵，一天结束，鞭打了七名士兵，穿通了三名士兵的耳朵。国中元老都来祝贺子文。

𫇭贾当时年纪还小，最后赶到，没有祝贺。子文问𫇭贾原因，他回答："不知道所祝贺的是什么。您传政给子玉的时候，说是为了安定国家。如果国内安定了却在国外打了败仗，所得到的好处能有多少？子玉是您推荐的，推荐他使国家遭到失败，又有什么可祝贺的呢？子玉刚愎而又无礼，不能治理百姓。让子玉指挥超过三百辆的战车，就不能全师而回了。假如他能全师而回，到时再来祝贺您也不迟！"

后来城濮之战，晋文公对楚军退避三舍。子玉带兵追赶，结果战败自杀。

班超

水清则无鱼

东汉时班超因久居西域，就上疏朝廷，希望在有生之年能活着回到玉门关内。于是朝廷召回班超，派戊己校尉任尚接替他。

任尚对班超说："您在西域已经三十多年，现在我来接替您的职务，责任重大，而我的智慧很浅薄，请您多多教诲。"

班超说："塞外的官吏士兵，本来就不是孝子顺孙、守法遵纪的人，都是因为犯有罪过才被流放到这里屯田守边。而那些外族人又怀着进犯边疆之心，更难以教化而易于生事。我看您的性情严厉而急躁，要知道水清则无鱼，为政苛察则得不到下属的拥戴，应该为政宽松简易，尽量宽恕别人的小过失，只要把握住大的原则就行了。"班超走后，任尚私下对亲近的人说："我以为班超有什么奇策呢，今天他所讲的也不过平平而已！”

任尚在西域留守数年，那里果然就发生了叛乱，正如班超所告诫的那样。

蔡谟

居安思危

蔡谟，字道明。晋康帝时，石季龙已死了，中原大乱。朝廷和民间都说太平盛世指日可待，只有蔡谟不这样看，他对自己所亲近的人说：“羯族灭亡，确实是一件可庆贺的大事，可是，这将会给朝廷留下忧患。”有人问道：“什么缘故？”

蔡谟说：“能够顺从天意，遵奉时运，挽救天下混乱时局的，不是圣人，就是英雄豪杰，但看看目前当权者的德行能力，绝没有这种可能。这些人必然要出谋划策，分兵屯戍，劳累别人来炫耀自己的才能。他们的才能同自己的职位是不相称的，他们的谋略又不能实现他们的心愿，以致财物、人力耗尽，智勇都不能施展。这就是韩卢、东郭两败俱伤的道理。”

不久，果然有殷浩战败之事。

曹操 四条

乱世枭雄

东汉何进和袁绍谋划诛杀宦官，何太后不接受他们的意见，何进就召董卓进京，想用武力胁迫太后。曹操听到之后，讥笑何进说："宦官从古到今都有，但皇上不应该给予他们权力和宠爱，使他们达到现在这种地步。既然要治他们的罪，就应当杀掉首恶，这只需要一个狱吏就够了，何必纷纷召来外地将领呢？想全部杀掉他们，事情必然泄露。我已经预见到他的失败了。"果然董卓还没赶到京城，何进就已经被宦官杀害了。

袁绍在官渡被曹操打败后，袁尚、袁熙逃奔辽东，还有几千人马。起初，辽东太守公孙康依仗他占据的地方远离中原而不服朝廷。等到曹操打败乌桓，有人劝曹操顺便征讨公孙康，袁尚兄弟也可以被擒拿。曹操说："我正要让公孙康斩下袁尚、袁熙的头送来，不需要用兵了。”

同年九月，曹操率领军队从柳城回师，公孙康果然杀了袁尚、袁熙，并送来了他们的首级。众将领询问其中的缘故，曹操说：“公孙康素来畏惧袁尚等人，我若急于去讨伐他，他就会同袁尚、袁熙合力抵抗，我缓一步，他们就要相互谋杀。形势就是这样。”

曹操东征刘备，参加议事的人担心军队出征之后，袁绍要来袭击他们的后方，结果进不能作战，退又失去自己所占据的地方。曹操说：“袁绍为人料事迟缓而多疑，不会迅速袭击我们。刘备刚刚崛起，众心还没有归附，急速进攻他，他必然失败。这是存亡的关键时刻，不可以失掉战机。”于是立即东征攻打刘备。

田丰果然对袁绍说：“老虎正在捉鹿，熊占据了它的巢穴，并且吃掉它的儿子。老虎进不能捉到鹿，退不能得到它的儿子。现在曹操亲自率领军队征讨刘备，国内空空。将军步兵百万，骑兵千乘，直接攻打许昌，捣毁曹操的巢穴，百万雄师，从天而降，好像举烈火烧蓬草，倾海水来浇炭火，有不能消灭的吗？用兵的机宜变化就在须臾之间，胜利的取得在于应变的迅速。曹操听到许昌被我们攻下了，必定丢开刘备返回攻打许昌。我军占据城内，刘备率军在城外进攻，叛贼曹操的头颅，必然悬挂在主帅的军旗之下了。如果失掉了这个机会，不去攻打许昌，则会让曹操得以回军休养生息，积蓄粮食，培育人才。现在汉运衰败，纲纪松弛，而曹操凭借自己骁悍雄杰的本性，应用他专权跋扈的势力，放纵他那虎狼一样的欲望，酿成篡权叛逆的阴谋，到那个时候，即使百万兵马攻打他，也是无法取胜的。”

但袁绍因为儿子有病而推辞，不肯出兵。田丰用手杖敲打着地面叹道：“遇到这样难得的机会，却因为小孩子的缘故而失去了，真可惜啊！”

◎

曹操明知要消灭刘备，但是汉中一战，他踌躇满志取得陇西，却放刘备去取蜀地，不用司马懿、刘晔的计策，这是为什么呢？或者是天意吧！

曹操已经打败了张鲁，司马懿说：“刘备用欺诈的手段俘获了刘璋，但蜀人还没有归附他。现在攻下汉中，益州受到震动，趁势进攻，必然可以打败刘备。”刘晔也这样说。但曹操没有听从他们的话。过了七天，蜀地投降的人说：“蜀中的人一天要惊慌数十次，守将虽然杀掉他们，但是还不能安定。”曹操问刘晔说：“现在可以攻打吗？”刘晔说：“现在蜀地已经安定，不可以轻举妄动了。”曹操只好退回许昌，刘备马上兼并了汉中。

安定郡同羌人接近，太守毌丘兴将去上任。曹操告诫他说："羌人想与中原往来，他们自己应当派人来，你千万不要派人前往。好的人选难得，你派去的人必定会教羌人提出不合理的请求，从而使自己从中获得利益。不依从他们的请求，便会让外族人感到不满；依从他们，则没有好处。"毌丘兴假装许诺走了。

到了安定，毌丘兴派校尉范陵去羌人那里。范陵果然教唆羌人出面请求让他做属国都尉。曹操笑着说："我事先就知道他们会这样的，我不是圣人，只是经历的事情多罢了！"

郭嘉 虞翻

南北智囊

东汉末年，孙策已经完全占据江东，转战千里，听说曹操与袁绍在官渡交战，相持不下，就谋划袭击许昌。曹操部下听到这件事，都很恐惧。只有郭嘉说：“孙策刚刚吞并江东，所杀的都是英雄豪杰，这是因为他能够得到部下的拼死效力。但孙策遇事轻率而又不善防备，大军虽有百万之众，却也同只身前来中原没有区别。假如有埋伏的刺客突然出来，一个人便可以对付他了。依我看来，他必定要死在匹夫的手里。”

吴臣虞翻也因为孙策爱好骑马游猎，规劝说：“地方官用乌合之众，驱使零散归附之徒，都能得到他们的拼死卖力，这就是汉高祖的谋略。但您常私下外出，将士们都很担忧。白龙化作鱼儿在清池中游玩，被渔父豫且射中眼睛；白蛇自己离开山中，被刘季杀害。希望您稍微留意一些吧！”孙策说：

“您的话很有道理。”可是孙策依旧好单独外出。以至于在他出兵袭击许昌的时候，还没有过江，就被许贡的刺客杀害了。

◎

孙策不死，曹操是不会高枕无忧的。老天的意愿是三分天下，又岂在于某个人的生死。

黄权等

警惕刘备

三国时，刘璋派人迎接刘备，主簿黄权大怒：“把火放在堆积的柴草底下，它的趋势必然是燃烧起来；等到溺水了才喊船来搭救，后悔都来不及。左将军素有骁勇的大名，现在把他接来，如当作部曲对待，就不能满足他的心愿；如当作宾客相待，则一个国家是不能容纳两位国君的。假如宾客感到像泰山一样的安稳，那主人就像累卵一样的危险。可以暂时关上闸门，等待河水澄清。”

从事王累把自己倒悬在州府门上，向刘璋劝谏说：“两个高的不可以相互重叠，两个大的不可以相互容纳，两个地位显贵的不可以成对，两个敌对势力不可能同时存在。如果重叠、容纳、成对、存在，则必然有争斗。”

但这些话，刘璋都不听从。从事郑度善于用出人意料的计策，他从容劝说道：“左将军孤军深入，士兵不到一万，老百姓没有全部归附，仅靠地里未收割的粮食作供给，军队也没有后勤保障。我们不如把巴西梓潼的百姓全部迁往涪水以西，把东部的仓库和野外的粮食都烧掉，筑高壁垒，挖深壕沟，静静地等待他;左将军要来请战，我们不要应战。他们长期缺粮，不要一百天，他自己就会撤走。在撤走的时候攻打他，他必然被擒。”

刘备听到他们的谋划后，感到担心，对法正说:“郑度的计策如果实行，我的事业就完了！”法正说:“刘璋终究不会采用他的计策，没有什么可以忧虑的。”

结果正如法正所预料的。刘璋对他的部下说:“我只听说驱赶敌人以安抚百姓，还从没听说过驱赶百姓以回避敌人的。”于是，贬退郑度，没有采用他的计策。

刘备进入成都后，召来郑度，告诉他说:“假如采用了您的计策，我的头就要悬挂在这城门之上了。”刘备把郑度当作宾客，说:“这是我的广武君（李左车，楚汉时谋士，封广武君）啊！”

罗隐

防降卒

唐朝末年，钱镠在杭州任防御使时，宣州观察使杨行密的叛兵五千多人来归附，钱镠收留了他们，并把他们当作心腹力量。当时罗隐是他的幕僚，多次向他劝谏，认为敌国的人不可轻易相信，然而钱镠听不进去。

杭州重新筑城，城墙和瞭望楼很壮观。钱镠一次带着宾客部属去参观，罗隐指着城上的敌楼假装不懂地问:“建这个有什么用？”钱镠说:“您难道不知这是用来防御敌人的吗？”罗隐故意糊涂地说:“如果是御敌，为什么不把面朝里呢？”其意是指杭州城内五千多名宣州叛卒。

后来指挥使徐绾等人果然率领宣州叛兵作乱，几乎使钱镠的吴越国灭亡。

◎

近年来辽阳、登州的叛变，都是降卒在作祟，守卫疆土的人不可不慎重啊！

夏侯霸

识钟会

三国时，夏侯霸投降蜀汉之后，姜维问道："司马懿已经掌握了魏国的政事，是否又有征伐蜀汉的意图呢？"

夏侯霸说："司马懿正要扩大自家的势力，一心夺取政权，还没有时间管外面的事情。您如果率领精锐部队，直捣中原，深入敌境，既可以观察内情，又可以扰乱敌人。但是魏国有个钟士季（钟会，字士季），这人虽然年轻，但是有胆略，精通计谋，会成为吴、蜀的忧患。不过异乎寻常的人，必然不甘心为他人卖命，也必然不会被别人所重用。士季岂能幸免呢？"

十五年以后，钟会果然灭掉了蜀汉。蜀汉灭亡后，钟会反叛。一切正如夏侯霸所说的那样。

傅嘏（gǔ）

识何晏

三国时期，何晏、邓飏、夏侯玄（字太初）一起请求同傅嘏结交，但是傅嘏始终不同意。于是，他们就请荀粲前来说合。

荀粲对傅嘏说："夏侯太初是当世豪杰，虚心对您，而您却不愿结交。你们相互和好，事业就容易成功，不能和好就会导致感情的裂痕。二位贤人如果和睦，就是国家的幸运。当初蔺相如正是这样考虑的，所以才让着廉颇。"

傅嘏说："夏侯太初一心想建立大功业，然而徒有虚名，实际上是那种能言善辩败坏国家的人。何晏、邓飏有才能，但性情急躁，博学但很少得到要领，在外喜好获得利益，内心却不知防备，重视同党，排斥异己，说话喋喋不休，并且妒忌才能高于自己的人。说话喋喋不休，造成的事端就多；妒忌才能高于自己的人，就没有亲密的朋友。据我看来，这三位‘贤人’都是品德败坏的人。远离他们犹恐带来不幸，怎么可以亲近他们呢？”

后来三人的下场果然都像傅嘏所分析的那样。

◎

东汉蔡邕接受董卓的征召，结果不免被杀；韦忠辞谢张华的推荐，而终于避免了灾祸。这就是有节操、有学问的人处世不可不慎重的原因。

陆逊　孙登

深思远虑

三国时，陆逊遇事善于深思熟虑，谋划的事情没有不成功的。他曾经对诸葛恪说：“在我之上的人，我必定尊敬他，同他一道高升；在我之下的人，我必定扶持他。您现在气势凌驾于在您之上的人，而对在您之下的人又很蔑视，这恐怕不是立身修德的根本。”诸葛恪没有听从他的话，终于被杀害。

三国时，嵇康跟随隐士孙登游学三年，嵇康向他请教问题，他始终不回答。将要分别的时候，嵇康说：“先生，您难道最后也没有话对我说吗？”

孙登于是说：“你认识火吗？它生来就有光，如果不用火光，那就枉费了它；人生来就有才能，如果不用他的才能，那就枉费了才能。保持火光的关键在于有燃烧的柴薪，如此才能保持光明；发挥才能的关键在于了解、认识事物，如此才能长久。现在你才多识寡，在当今之世恐怕很难保全呀！”嵇康一直没有被任用，最后死于吕安之难。

盛文肃

识夏有章

宋真宗时盛度（谥文肃）任尚书右丞，出任扬州知州。他为人简约庄重，很少有被他称许的人。

当时夏有章由建州司户参军提升为郑州推官，赴任途中经过扬州。盛度一见之下大赞其才气高雅，设宴招待他。夏有章感念盛度的美意，临别时作诗一首相赠。盛度早先已看到这首诗，所以得到夏有章的亲笔诗简后，没有打开，就派人将诗退给夏有章，并且不愿意与夏见面。

夏有章很不明白，就去拜见通判刁绎，把前后的事情都告诉了他。

刁绎猜疑是不是送诗的人得罪了盛度，就去拜见盛度，问其中的原因。盛度说："没有什么原因。我初见他时见他气韵清秀，认为他会成大器，现在见他在诗中的落款居然自称'新圃田从事'，不过是一个小小的幕官，就这样轻狂！您往后看吧，他的仕途也就到此为止了，因为他的志向已满了。”

第二年，夏有章被任命为馆阁校勘，接着因旧事牵连，改任国子监主簿，仍保留原职。没过多久，就死在了京城。

邵康节 二条

识吕惠卿

北宋王安石被罢免宰相后，由吕惠卿继任参知政事。一次，富弼见到邵雍（谥康节）时面带忧虑之色。邵雍说："您难道以为吕惠卿的凶暴比王安石还厉害吗？"富弼说："是的。"邵雍说："不要担心！王安石、吕惠卿二人本来是因名利权势而联合起来的，现在他俩势均力敌，肯定会反目成仇，相互倾轧，哪有时间去陷害别人。"不久，吕惠卿果然背叛了王安石。

◎

王安石推行新法时，起用了很多新人。温国公司马光写信给他说："忠信之士，在您当权时，虽然往往和您意见不合，您觉得很可恨，但以后您一定会得到他们的帮助；而善于阿谀奉迎的人，目前虽然很顺从您，您也因此觉得很愉快，但一旦您失去权势，他们中一定有人会出卖您以求荣华。”后者指的就是吕惠卿。

北宋神宗熙宁初年，王宣徽的儿子名正甫，字茂直，负责监管西京的粮料院。一天，他约请邵雍、吴处厚、王平甫一起吃饭，邵雍借口有病谢绝了。

第二天，王正甫来询问邵雍谢绝聚会的原因，邵雍说：“吴处厚喜欢议论时事，常常讥讽执政的新法。王平甫是王安石的弟弟，虽然不甚服从他的哥哥，但如果有人当他的面骂他的哥哥，那他也是很难忍受的。这就是我昨天辞谢的原因。”

王正甫叹服说：“先生预料事情如此精细！昨天吃饭时，吴处厚果然在饭桌上诋毁王安石，王平甫脸都气得变了色，要把这些话一条一条写下来告到官府。我费了好大的力气来劝解，事情才作罢。”

哎！邵雍以道德高尚被当代人所尊崇，平时家居外出，连吃一顿饭这样的事，都是如此谨慎！

邵伯温

料事如神

北宋蔡确在宰相之位时，宋神宗驾崩，哲宗继位。邢恕自襄州被贬到河阳赴任时，去拜见蔡确，商量如何把立哲宗的功劳归于他们自己。等到司马光的儿子司马康到朝廷拜谒时，邢恕也请司马康到河阳去见他。

邵伯温对司马康说："你是专门来参加先皇丧礼的，没有见到皇帝前，不应该中途绕道到别处去见朋友。"司马康说："可我已答应了。"邵伯温说："邢恕这个人颇有心计，他肯定是有什么事才邀请你去的，如果你跟他一起走，将来一定会后悔。"但司马康还是坚持去了。

到了那里，邢恕果然竭力劝他上书颂扬蔡确，以便为自己日后的仕途和全家的安全作打算。司马康和邢恕是同一年考中进士的，邢恕又是司马光的学生，所以司马康就照邢恕的话写下奏折。邢恕认为司马康是司马光的儿子，如果由他说出蔡确有拥立新皇帝继位的功劳，世人肯定会相信。

不久梁焘与刘安世等人共同要求诛杀蔡确，并且追究邢恕罪行，还要求司马康解释这件事。司马康才后悔当初没有听邵伯温的话。

范忠宣

党争误国

北宋元祐年间，东山再起的守旧派大臣深恨变法派，吕大防、梁焘、刘安世定王安石的亲信吕惠卿、章惇以下三十人，及蔡确的亲信党侣安惇、曾布以下十人有罪，把他们的名单全部列榜公布于世。

范祖禹上疏奏称："只要严惩党魁就行了，从犯不必治罪。"范纯仁（谥忠宣）叹息着对同僚说："这样下去，我们这些人也免不了受报复啊！"

后来形势变了，章惇建立元祐党，变法派又掌握大权，形势果然如范纯仁所言。因为士大夫之间的仇视报复最终使国家蒙受灾难，悲哀呀！

◎

宋朝王楙(mào)在《野客丛书》中说：君子惩治小人不能做得太过分。如果打击得太过分，将来他们的报复一定很残酷。我看《北史》，北魏神龟年间，张仲瑀负责考核人才时排斥武官，不把他们列入清品以上。结果武官们气得卷起袖子，握着拳头，到了无处发泄愤恨的地步，羽林军武士几千人就到尚书省大闹大骂。有的人一直冲到张仲瑀家，杀害他的全家，并把他们的尸体全都扔到大火中，以致尸体都无法辨认，只有靠他们头上戴的金钗来辨别。他遭到的祸害竟如此的残酷！矛盾过于激化，以致于此，实在是太悲哀了！

战国庄子说严厉得太过分，对方就会用狠毒的心肠来对付你。当今的人只知道尖锐地攻击对方，图一时之快，而有识之士都很担心这样做的危害。

常安民

调离吕惠卿

宋朝人吕惠卿被贬为大名府知府，监察御史常安民担心他还要被留在京城，就对皇帝说:“大名府是北方的重镇，让吕惠卿去任职也是对他的信任。不过吕惠卿秉性阴险莫测，他能背叛王安石，那么对皇上如何也可想而知。现在他要到宫里来拜见您，见到您一定会哭着说先帝如何如何，企图使您感动，而把他留在京城。”皇帝采纳了他的意见。

果然，吕惠卿到京城后，即请求拜谒皇帝，见面谈起先帝的事就哭。皇帝满脸严肃，不作回答。吕惠卿的计谋最终没有成功，不得不离开京城。

乔寿朋

谏授文官

南宋宁宗嘉定年间，山东忠义军首领李全日益跋扈，朝廷选大臣往李全的辖地山阳任制置使，满朝文官一时无人可派，便选用了许国。因为许国是一介武夫，所以就特别授许国文官官资，任命他资为太府卿，以表示对他此次出任的重视。

乔寿朋给宰相史弥远写信说："以往各朝，制置使多由名将担任，绍兴年间，不仅仅张俊、韩世忠、刘光世、岳飞担任过，杨沂中、吴玠、吴璘、刘锜、王燮、成闵等人也任过此职，难道一定要文官来担任吗？至于文官担任边帅的，原就有以观察使来任命的，如韩琦、范仲淹、陈尧咨等人那样。现在如果只在他本职的武官内加官，表示重视制置使的任命，本来是没有什么不可以的，但现在让他在并非自己旧时管辖的地方任职，仓促间从武官转为清要之职，他也只能勉强修饰自己的言行举止，以便和所任的官职相称。一般人本来就对许国的改任不满，如此恐怕反而会使人对他产生轻视不平的心理。这一点不能不考虑呀！”但史丞相不听他的建议。

许国到山阳以后，自高自大，俨然以统帅自居，要求所有部属以大礼参见他，引起全军将士愤怒，因而把他杀了，从此忠义军就叛离了南宋朝廷。

曹武惠王

识唐后主

北宋初年，曹彬（谥武惠）率军攻克了金陵，南唐的李后主向宋投降，曹彬要他回宫收拾行装，随军北上。潘美担心他会自杀，不能把他活着带回京师，就劝阻这件事。

曹彬说："我刚才接受他投降时，看见他过水渠时还要找左右随从扶着他过去，这样的人一定不会寻死。如果他心性刚烈，就应当同自己的大臣们一同殉国，一定不会活着投降；现在已经投降了，又怎肯自杀呢？"

◎

有人劝宋太祖把投降的君主杀掉，担心他们进京后会发生哗变。宋太祖笑着说："想当初他们守着千里之国，拥有十万之军，尚且被我生擒，如今他们成为孤身远客，又能有什么大不了呢？"真可以说君臣有同样的智慧。

卷七

剖疑

谣言和谎话像波涛一样汹涌，世俗之见和凡庸之心像铁铸一样难以解开。满眼都是迷途，满天都是毒雾。没有明亮的眼睛，如何来开拓道路？一旦太阳当空照耀，妖魔鬼怪自然遁影销形。为此，辑撰《剖疑》卷。

汉昭帝

辨真假

汉昭帝刚刚即位，燕王刘旦心怀不满，企图谋反，而上官桀因嫉妒霍光，也与刘旦相勾结。他们派人以燕王的名义给昭帝上书，说：“霍光在外面检阅郎羽林等军官演习，出行时禁止官兵在道路上通行。又擅自增调幕府的校尉，独揽大权，放纵自己，怀疑他有图谋不轨之心。”并乘霍光休假的时候奏了上去。但昭帝接到奏书后，并没有往下批办。

霍光听到这个消息，待在朝房不上殿。昭帝问道：“大将军在哪里？”上官桀说：“因为燕王揭露了他的罪恶，所以不敢入朝。”

昭帝下诏书，召霍光入朝，霍光摘去帽子磕头谢罪，昭帝说：“将军戴上帽子，我知道这封奏书内容有假，将军是无罪的。”霍光说：“陛下是怎么知道的呢？”昭帝说：“将军调动校尉，还不到十天，燕王怎么会知道呢？”

当时昭帝年仅十四岁，群臣没有不惊异的，而那个上书的人听到消息吓得逃走了。

张说

止息流言

唐朝人张说有雄辩的才能，能够判断大的是非。

景云初年，唐睿宗对身边的大臣说：“占卜的人说五天之内有急兵进入宫内，怎么办？”左右的人无话以对。张说上前说道：“这是说坏话的人阴谋挑动东宫太子而已。陛下如果任命太子管理国家大事，那太子的名分就确定了，奸人不敢再放肆了，那些流言蜚语也就堵住了。”睿宗按照张说的话做了，流言果然停止。

李泌 二条

谏易太子

唐德宗贞元年间，张延赏在四川，与东川节度使李叔明有矛盾。德宗进入骆谷，正值连绵大雨，道路又险又滑，卫兵有很多都逃到朱泚（cǐ）那里。李叔明的儿子李升等六人，恐怕有奸人危害皇帝的车驾，互相咬臂发誓，轮流驾驭皇帝的车驾，一直到梁州。

等到御驾返回长安以后，德宗把他们六个人都封为禁卫将军，非常宠爱，待遇优厚。张延赏得知李升出入郜国大长公主的府第（郜（gào）国大长公主是肃宗女儿，嫁给驸马都尉萧升，女儿为德宗太子的妃子。——原注），就背地里把这件事报告给德宗。

德宗对李泌说："郜国大长公主已经老了，李升正值青春年少，为什么会有这种事呢？"李泌说："这必定是有人想动摇东宫太子的位置，是谁同陛下说出这件事的？"德宗说：

“你不要问了，只要你替朕辨别一下。”李泌说：“这必定是张延赏同陛下说的。”德宗说：“你怎么知道是他？”

李泌便详细地说出了张延赏与李叔明之间的矛盾，并且说：“李升蒙皇上恩典，做了禁卫将军，张延赏无法中伤他；而郜国大长公主是东宫太子萧妃的母亲，所以张延赏想以此来陷害他。”德宗笑笑说：“正是这样。”

有人告发郜国大长公主淫乱，而且以巫术诅咒人，德宗大怒，把大长公主软禁在宫中，严厉责备太子。太子请求与萧妃离婚。

德宗召来李泌，把这件事告诉了他，并且说：“舒王现在已经长大了，他孝顺父亲，爱护兄弟，对人温和仁爱。”李泌说：“陛下只有一个儿子，怎么会想废黜儿子而立侄儿呢？”德宗大怒说：“你怎么能离间别人的父子之情呢？谁告诉你舒王是朕的侄儿的？”

李泌回答说：“是陛下自己说的。大历初年，陛下告诉我，如今得到几个儿子。我请教其中的原因，陛下说：‘昭靖太子的几个儿子，主上让我要像自己的儿子一样看待。’现在陛下连亲生的儿子尚且怀疑，还用说那些侄子？舒王虽然孝顺，但从今以后，陛下应当心中有数，不要再指望他孝顺了。”德宗发怒说：“你违背了我的意愿，难道不顾惜你的家族吗？”

李泌答道："正因为顾惜家族，我才不敢不把自己的话说完。假如畏惧陛下盛怒，而违心地屈从，陛下日后后悔时，必定要指责我说：'朕任你为宰相，你不尽力进谏，以致到这种地步。'到那时，必然还是要杀掉我和我的儿子。我老了，剩下的岁月不可惜了。但如果冤杀我的儿子，那我的家族只能以侄子为后代，我未必能享受到他的祭祀啊！"

李泌说到这里哭泣起来，泪流满面，德宗也哭泣说："事情已到了这个地步，让朕如何处理合适呢？"

李泌回答说："这是大事，希望陛下认真审察，妥善处理，我开始就说陛下有圣德，应当让海外蛮夷都爱戴您，就像爱戴他们的父亲一样，难道说您却不能相信自己的亲儿子吗？自古以来，父子相互猜疑，没有不亡国亡家的。陛下还记得从前在彭原的时候，建宁王是因为什么而被杀掉了？"

德宗说："建宁王叔实在冤枉，肃宗皇帝性子太急，再说那些诬陷的罪状也太厉害了。"李泌说："我以前因为建宁王被杀的缘故而辞掉了官职并发誓不再靠近天子身边，不幸的是现在又做了陛下的宰相，又亲眼看到这些事情。我在彭原时，所承蒙的圣恩是任何人都不能相比的，竟然不敢说建宁王的冤屈。直到辞职前，我才说出实情，肃宗也后悔得哭泣起来。先帝（代宗）自从建宁王死后，常常感到担忧和害怕。我也为先帝朗诵《黄台瓜辞》，目的是防止谗言造成事端。"

德宗说道：“朕是知道这件事的。”发怒的神色稍稍消减，又问道：“贞观、开元时，都更换过太子，为什么没有亡国呢？”

李泌回答说：“从前太宗朝皇子承乾曾多次代管国事，依附的人多，武器又多，他们与宰相侯君集谋反。事情败露后，太宗派他的舅舅长孙无忌和几十个大臣一再审问，才弄清了真相，然后召集文武百官讨论如何处理这件事。当时议论的人还是说：‘希望陛下不要失掉慈父的爱，让太子能够保住命。’太宗接受了众位大臣的意见，同时废黜了魏王李泰。陛下知道肃宗因性急，使建宁王蒙受了冤屈，我非常庆幸。我希望陛下不忘这个前车之鉴，缓和三天，查清它的头绪，而后认真考虑，陛下一定会消除自己的疑虑，知道太子没有越轨行动的。假若太子果然有劣迹，应当召集两三个深明大义的大臣，同我一起审问核实，陛下可依照贞观时的办法行事，废黜舒王、立皇太孙为继承人。这样，就是百代之后，拥有天下的还是陛下的子孙。至于开元之时，武惠妃诬陷太子李瑛兄弟，并杀害了他们，结果全国上下都怨恨。这是历代帝王应该引以为戒的，又怎能效法呢？况且陛下以前曾经让太子与我在蓬莱池见面，我看他的容貌仪表不是那种蜂目豺声如商臣之相，恐怕还显得过于温和仁爱了呢！再说太子自从贞元以来，一直住在少阳院，在您的浴堂殿东侧，不曾接触外人、干预外事，怎么会有什么阴谋呢？那说坏话诬陷太子的人，巧言欺骗，手段多种多样，即使像晋愍怀太子那样有所谓的亲笔信，像太子瑛那样入宫时内穿铠甲，也未必可以相信。更何况仅仅因为妻子的母亲有罪，就该连累他吗？幸亏陛下信赖，把这件事告诉了我。我敢用全家的性命担保太子，他一定不知道阴谋。假使让杨素、许敬宗、李林甫之辈处在我今天的位置，恐怕早就跑到舒王那里讨拥立太子的大功去了。”

德宗说：“为了您，让我考虑到明天再决定吧！”

李泌抽回笏(hù)板叩头哭泣说：“这样，我知道陛下父慈子孝如初了。但陛下回宫后应当注意，不要在人面前流露出这个想法。流露了这个想法，那他们就要替舒王卖力，太子也就危险了。”德宗说：“朕完全明白你的意思。”

过了一天，德宗在延英殿单独召见李泌，涕泪纵横，抚摸着他的背说：“若不是你真诚地劝说，我现在后悔也来不及了。太子很仁爱，很孝顺，他确实没有别的意图。”李泌拜谢，并祝贺他们父子和好，于是请求告老退休。

◎

李泌从保全广平王，到规劝德宗与回纥和亲，都显露出他那回天的才能。只有郜国大长公主这件事，他从一开始就暗暗地杜绝了后患。他分析事理既委婉，又恳切，使喜欢猜疑的君主不得不信，残暴的君主不得不温和，真是后世使君王接受忠言的好方法。

寇准

废东宫

楚王赵元佐是宋太宗的长子，由于营救赵廷美没有成功，于是得了心病，行为变得残忍，身边侍候的人稍稍有点过失，他就拉弓射击。太宗多次训诲也未见好转。

重阳节那天，太宗设宴招待众王，元佐因病刚好，不能参加。到了半夜，元佐发泄愤懑，竟把妻妾们关起来，纵火焚烧宫室。太宗大怒，想把元佐废掉，另立太子。正巧寇准在郓州做通判，得到太宗召见。

太宗对寇准说："你试着为朕决断一件事情，太子的所作所为太无王法了。日后必定有夏桀、商纣一样的行为，朕想废掉他，但东宫也有武装，恐怕会因此而招致动乱。"

寇准说："请陛下在某月某日命令太子代您主持某项典礼，并命令他的左右侍从全部跟随。然后陛下派人在东宫仔细搜查，若果真有不法的事情，等太子回来拿给他看，这时再废黜他，只要一个太监的力量就足够了。”

太宗接受了寇准的计策，趁太子外出，从他的宫中搜到许多滥用的刑具，有剜目、挑筋、摘舌等的刑具。太子回宫后，太宗把这些罪证拿给他看，太子认罪，接着就被废黜了。

◎

搜查元佐宫室，如果没有犯法的事情，东宫的地位依然如故。不然，也能使他心服而不觉冤屈。与江充、李林甫之流难道可以共商此事吗？

隽（juàn）不疑

春秋大义

汉昭帝始元五年（前82），有一个男子来到宫廷，自称是卫太子。昭帝下诏公卿以下的官员去辨认真假。众官员都不敢说话。

京兆尹隽不疑最后赶到，命人把这个男子捆绑起来，并说："卫国的蒯聩出逃在外，晋国派人送他回来，卫辄拒绝接纳他，《春秋》肯定了这种做法。太子得罪了先帝，逃亡在外，即使没有立即死掉，现在自己来到宫中，他也不过是个罪人。"于是，把此人送进了国家监狱。

昭帝与霍光听说了这件事，便称赞隽不疑说："公卿大臣，应该让懂得经学、深明事理大义的人担任。"从这以后，隽不疑在朝廷名声显赫。后来那个人经过廷尉审查，以欺骗罪被腰斩。

◎

一个国家不能同时有两位君主，这种时候要想统一人心，杜绝谣言，只能像隽不疑这样决断。隽不疑所说的，虽然不合《春秋》本意，但是，当时正推崇经学，不断章取义，就不足以使人相信。《公羊传》认同卫辄拒绝接纳父亲为尊祖的做法，想必当时儒家学者也主张这种观点。

孔季彦

引经据典

东汉时，梁地有一个人的继母杀了他的父亲，这个人就把继母杀掉了。官府想用大逆罪来判处这个人的罪行。

孔季彦说：“从前文姜同她哥哥齐襄公杀害了她的丈夫鲁桓公，《春秋》在记叙这件事的时候，不称她为姜氏，而是称她为夫人。《左传》说由于文姜与鲁庄公已断绝了母子关系，这样称呼是符合礼的。断绝了母子关系，就成为一般的人了。按照古人的标准，此人应该以不经过官府而擅自杀死有罪当杀的人论罪，而不应该被判大逆罪。”人们认为他说得很公正。

张晋

断弑父案

明朝大司农张晋当初在刑部做官时，百姓中有一个人与他的父亲分家后成了富户。他的父亲夜间凿穿了他家的墙壁，准备进入屋里偷拿东西。

这个人不知道来者是他的父亲，认为是盗贼，当看到有人进到屋里，便扑了上去把人杀掉了，随后他拿蜡烛照尸体，发现却是他的父亲。

办案的官吏讨论认为：儿子杀死父亲，不可放过；但他杀人实际上是抗拒盗贼，不知道自己所杀的就是他的父亲，因此，又不应该判处他死刑。反复讨论了很久，案子还没有定下来。张晋奋笔判决道："杀死盗贼可以宽恕，但不孝应该判处死刑。做儿子的家里有余财，却使自己的父亲穷困到成为盗贼，他的不孝是明显的了。"终于还是把这个人处决了。

杜杲（gǎo） 蔡京

明断

宋朝时，六安县有一个宠爱妾的人。他在临终遗言中说，把所有的财产平均分给侍妾和两个儿子。两个儿子却说没有把财产分给妾的法规。于是事情闹到了官府。

知县杜杲在文书上写道："《传》上说'儿子服从父亲的命令'，《律》上说'违背了父亲的教令'。这都是把父亲的话当作命令的。儿子违背父亲的命令，这是不对的。如果父妾坚持不改嫁，就按照遗言行事。若是离开这里，或是寿终，则财产都应当归两个儿子。"

刑部使者季衍看了杜杲的文书，拍手说："九州三十三个县令中，杜杲是最能明断的。"

北宋蔡京在洛阳的时候，有个女人先后嫁给了两户人家。她在这两家各生了一个儿子，后来两个儿子都做了高官，互相争着迎养他们的母亲，以致互相诉讼。主持诉讼的官员不能决断，便带着状子请示蔡京。

蔡京说：“这有什么难断的呢？只要问问他们的母亲想到哪家去就行了。”于是，蔡京一句话就使这个案子了结了。

曹克明

试药

北宋曹克明有智谋胆略，真宗时，屡次建立功勋，任融、桂等十州都巡检。

他刚刚到任，就有当地的一个蛮夷头领前来向他献药，说:“凡是中箭的人敷上这种药，伤口立即就好。”曹克明问道:“怎么来检验它的效果呢？”那个头领说:“请拿鸡、狗来试验。”曹克明说:“应该用人来做试验。”随后曹克明取出箭来，刺进了头领的大腿。然后敷上药，那个头领立刻就死掉了。其他头领羞愧而恐惧地离开了。

大水 二条

平息谣言

汉成帝建始年间，关内连续下了四十多天大雨。京城的百姓无缘无故地互相惊扰，都说大水来了。老百姓拼命逃奔，相互践踏，老人小孩大呼小叫，长安城内一片混乱。

大将军王凤认为太后和皇帝以及后宫里的人都可以乘船出走，命令官吏和百姓都上城墙，以此来避开大水。朝廷众臣都听从王凤的主张，只有右将军王商说："自古以来，即使是无道的国家，大水尚且不能淹覆城市，现在为什么会有大水在一天之内突然到来呢？这必定是谣言。不宜命令官吏上城，增加百姓的惊慌。"成帝于是下令停止执行。

过了一会儿，城里的秩序逐渐安定下来，派人问明情况，果然大水是谣言。于是成帝称赞王商遇事能够始终保持沉着冷静。

宋仁宗天圣年间，曾经下过一次大雨，传说汴河决了口，大水即将到达汴京城里，都城的人们惊恐万状，想往东逃奔。仁宗因此问王曾，王曾说：“汴河决口，还没有见到奏章，这必定是谣言，不足以忧虑。”不久情况就弄清了，果然是谣言。

◎

明嘉靖年间，东南一带遭到了倭寇的骚扰。苏州城里防守严密，忽然有人传说倭寇从西边来了，已经过了浒墅关。太守率领众官员登上城墙，急忙命令关闭城门。附近乡里躲避倭寇的百姓数以万计，都涌到城门的外面，哭声喊声，震动天地。同知任环愤慨地说：“还没看见倭寇，就先丢下善良的百姓，还能算是州郡的长官吗？有事情的话，我任环请求担当。”

于是，任环分派县衙官吏，打开六道城门，让百姓进城，自己手持宝剑，带士兵坐在官亭，准备抵抗西路来犯的倭寇。乡里百姓全部进城以后，过了很久，倭寇才赶到城下。任环救活的人很多，所以吴地的百姓直到现在还祭奠他。

明万历戊午年间，无锡某乡搭台唱戏，娱情取乐。有人在台上喧闹起哄，唱戏的人都没有脱下戏服，就仓皇避走，看戏的人也纷纷散去，还开玩笑说：“倭寇要到了！”这话在片刻之间就传遍乡里。又有人传言亲眼看见了穿锦衣的倭寇。因此，城门在白天就关闭了，城外的人不断涌到城下，被踩死的人将近一百，一直到夜里才安定下来。这件事虽然离奇，但是也有官吏不了解情况的过错。

大抵战争期间，应当派人到远地侦察；即使敌寇果真兵临城下，也应该冷静沉着，使人心不乱，而后再讨论或战或守。如是谣言，那就应立即辟谣，澄清事实。

唐玄宗开元初年，民间谣传皇帝将挑选美女来补充后宫。玄宗听到这些话，就命令太监将后宫中多余的宫女用车子送回家，谣言于是销声匿迹。

俗话说："制止别人指责，不如自己修正错误。"这又是一个善于制止谣言的人。

明熹宗天启初年，苏州谣传宫中将要派人前来采选绣女，于是百姓好像发了疯似的嫁娶，一时间婚嫁成风。这都是品行恶劣没有妻室的人传出的谣言，官吏不加以禁止和追查，使许多婚嫁失当了。

西门豹

除祝巫

战国魏文侯时，西门豹担任邺县县令，召集地方父老乡亲询问百姓有什么疾苦。父老们说：“百姓遭受的痛苦，是为河神娶媳妇。”西门豹询问其中的原因，父老们回答说：“邺县的乡官、县衙役每年向百姓征收赋税几百万钱，要用二三十万钱去替河神娶媳妇，剩下的钱，他们就与祝巫分掉了。每当到了为河神娶亲的日子，祝巫就出来到处寻找，看到人家有漂亮的姑娘，就说应该给河神做媳妇，就让她洗头洗澡，更换新衣，在河岸上设立斋戒用的房子，挂上红色的帐幕，床上铺好席子，让姑娘坐在中间。然后占卜吉日，把床浮在水面上，随波逐浪，漂行几十里就沉到水里。民间传说：‘如果不给河神娶媳妇，大水来了，人就要被冲走淹死。’所以，这里的人家大多带着女儿逃到远方去了。因此城中的人也越来越少了。”西门豹听完之后，便对父老们说：“等到给河神娶媳妇的时候，希望你们来告诉我，我也想去送送她。”

河神娶媳妇的那一天，西门豹来到河边，地方上的三老、官吏、里长、百姓们都赶到这里，围观者有几千人。那个祝巫是个老妇人，有十个女弟子跟在她的后面。西门豹说：“喊河神的媳妇到我这儿来。”西门豹一见河神的媳妇，回头对三老、祝巫等人说：“这姑娘不好看，有劳祝巫替我报告河神，另外找个漂亮的姑娘，后天送给他。”立即派衙役抱起祝巫投到河里。过了一会儿，西门豹又说：“祝巫为何这么长时间不回来？派一个弟子去催促她。”又将一个弟子投入河中。又过了一会儿，西门豹说：“那个弟子为何这么久不回来？”又派一个人下河去催促她。总共投了三个弟子到河中。西门豹说：“去的都是女子，不能把情况说明清楚，麻烦三老到河中去说明这事。”又把三老投到河里。

西门豹头上插着笔躬身作揖，面对河站着，等了好久，旁观的人都感到又惊又怕。西门豹回头看看大家，说：“祝巫、三老还不回来报告，怎么办呢？”又想派一个差役和富豪再到河里去催促，这些人都跪在地上磕头，把头磕破，血流满地，面如死灰。西门豹说：“暂且等候片刻。”过了一会儿，西门豹又说：“差役都起来吧，河神不娶老婆了。”邺县的官吏、百姓都非常害怕。从这以后，谁也不敢再说为河神娶媳妇的事了。

◎

替河神娶媳妇可免除水害，“意义”重大，愚民为了生活安稳而受这种欺骗也已经太久了。如果西门豹直接斥责这种事的荒诞，人们必定不信。只有亲自到现场，让众人在事实面前明白河神并没有威灵，使那些进行诈骗的人计穷而怕死，即使催他们替河神娶媳妇，他们也不敢干了。这样，弊端才可以永远消除。

宋均

禁淫祀

汉光武帝时，宋均做九江太守。在他管辖的浚遒县内，有唐、后两座山，百姓都去祭祀。那装神弄鬼的人，起初选取百姓家的男女作为两座山的丈夫、老婆。后来，相沿不断，成了惯例。于是，那些为“山夫”“山妻”的男女，无人再敢婚嫁。

宋均一到这个地方就下达命令:从此以后，凡是为这两座山娶妻的人，都娶巫家的女儿，不要扰乱善良的百姓。没过多久，再也没有人以此祭祀二山了。

圣水

戳穿妖言

唐代宝历年间，传说亳州出了圣水，人喝了能治好多年的疾病。从洛阳到江西几十个郡的人，都争着带上布施的金钱到亳州去取圣水，当地的人因此得利千万。人们辗转相传。

当时，李德裕任浙西观察使，他命令在闹市召集众人，放一口大锅，取来圣水装在里面，再放进五斤猪肉去煮。李德裕说："如果是圣水，猪肉就应当同原来一样。"不一会儿，猪肉就被煮烂了。从此，人心逐渐安定，妖言也就被戳穿了。

佛牙

谏佞佛

后唐明宗时，有一个僧人游历西域后，把得到的佛牙献给了明宗。明宗把佛牙拿给大臣们看。学士赵凤上前说道："世代相传下来的佛牙，水火都不能毁坏它，请求陛下验证它的真假。"于是，明宗命令用斧头打它，结果随手一敲就碎了。

当时献给宫中的物品已有几千件，自从打碎佛牙之后，就没有人再献东西了。

◎

明朝正德年间，张锐、钱宁等用佛事来迷惑皇帝。嘉靖十五年（1536），按照武英殿大学士的主张，毁掉大善殿的佛骨、佛牙不少于一千斤。那些牙齿、骨头多到如此程度，假使这些牙、骨都来自佛陀的身上，那佛也就不算尊贵了。弄虚作假，亵渎神灵，没有比这更厉害的了。这些人真是佛教的罪人。

活佛

移风俗

明朝时，滇南的地方风俗尊崇佛教，迷信鬼魂。鹤庆县有一座玄化寺，宣称寺内有活佛。一年四季，善男信女们都到这儿来会集，每每几万人。他们争着用金粉涂饰佛面。

林俊在巡察鹤庆时，命令把佛像烧毁。当地的父老争相劝阻，说触犯了它会导致冰雹，损坏庄稼。林俊就派人堆积柴草，准备点火，说：“如果下冰雹，我马上停止。”火点着以后，没有发生其他的情况，于是烧掉了佛像，取得黄金几百两，全部送到官府。

◎

五斗米教、白莲教造反，都是以烧香聚众开头。负责地方事务的官吏，对于这类事情，必须防微杜渐，这不仅是启迪民智，整顿风俗而已。佛以远离罪恶与烦恼为旨，以超脱一切境界进入不生不灭之门为训诲，绝无什么活佛会出现。再说触犯了它，要导致冰雹，这只是所谓山神的伎俩。佛如果真有灵魂，岂肯受欺骗呢？即使果真导致冰雹，也必定是什么怪物的伎俩，并不是佛导致的。况且邪恶不能战胜正气，怪物的伎俩是必定不能得逞的。火烧起来之后，却不见冰雹下来，人们还有什么话可说？至于所得到的黄金全部上缴官府，佛也体谅这种无私的行为。近世有人在佛面上搜刮黄金，以致害毒疮，面容溃烂而死。这些贪污的官吏，是佛法所不能容忍的。而只要对生民有利，佛即使牺牲自己也是愿意的。

蔡仙姑

捉拿仙姑

宋朝元丰年间，陈州有个叫蔡仙姑的人能把自己化现为一丈六尺高的金身。她常在堂前放一大盆清水，凡去参拜的人都必须先用清水洗过双目，然后才能进入堂内。

有个廖县尉，一天带着他的部下来蔡仙姑处，相约只洗一只眼睛。进入大堂后，他们用洗过的眼睛去看，果然见宝莲台上巍然端坐着金身菩萨。再用没洗过的那只眼去看，只见一个老妪坐在大竹篮里。于是廖县尉喝令蔡仙姑从竹篮中下来，把她抓到县衙问罪。

程珦

xiàng

揭穿迷信

北宋的程珦曾经做过龚州的知州，当时哄传区希范家有神降临。于是人们去迎接这个神，并准备到南海建祠祭祀。

途经龚州时，程珦查问这件事，那些人答道：“刚才经过浔州，浔州太守不相信此事，便把祭祀的器具投进江中，那些器具都逆流而上。太守很害怕，立即改变态度，对神倍加敬重。”程珦说：“我请你再把器具投进江中。”结果那些器具只是顺流而下，祭神之事终于被制止。

程珦是程颢、程颐的父亲。

石佛首

石佛放光

宋朝时，南山佛寺里有一尊石佛。年年哄传石佛头上放光。远近的男女都来观赏，昼夜混住在一起。当地官吏害怕那个石佛真有神灵，不敢制止这件事。

程颢刚到这个地方，就询问寺里的僧人，说："我听说石佛头上每年都要放光，有这回事吗？"僧人回答说："是的。"程颢嘱咐他说："等到再见放光时，你一定要先告诉我，我如果公务忙不能来，就把那石佛的头取下来给我看看。"

从此以后，就不再听说石佛的头上放光了。

妒女祠

无惧鬼神

唐朝狄仁杰在做度支员外郎时，皇帝将要驾临汾阳，他奉命去筹办食宿和途中需要的东西。

并州长史李玄冲来向狄仁杰报告说，皇帝所走的路线要经过妒女祠。民间传说凡是穿着华丽的衣服，驾着车马从那儿经过的，必然要导致雷雨和风暴，建议走另一条路。狄仁杰说："天子外出巡视，驾车千辆，随从万骑，风神清除路上的灰尘，雨神把雨喷洒在地上，还有什么妒女胆敢作恶而不躲开吗？"李玄冲于是不再阻止了，后来果然没有发生什么变故。

张昺 三条

砍妖树

明朝宪宗成化年间，铅山有户人家娶媳妇，轿子到达门口时，揭开帐幕一看，只是一乘空轿，不见新娘。男方说女方欺骗了他，便告到县里；女方以男方杀了他的女儿为由也向县里递了状子，互相告状，相持不下。媒婆以及跟随轿子的人都证明说："新娘确实上了轿，不知道是什么原因丢掉了。"法官不能决断。

慈溪进士张昺新到铅山任职。有一天，他偶然因调查田亩税收情况来到郊外，走到县界的边上，看到有一棵大树，几十个人才能合抱，树荫占去土地二十多亩，树下不能种植庄稼。张昺就想派人把这棵大树砍掉来扩大耕种面积。随从都劝阻，认为这棵树是神仙所住的地方，百姓稍微有点不敬重它，就要病死，万不可小看这事。张昺不听这些话，把公文发到毗邻的县里，约好日子一起砍伐这棵树。邻县的官吏害怕带来灾祸，没有接受他的意见，乡里的父老、吏卒又众口一词，全力劝阻，而张帬更为坚决。

到了砍树的那天，张帬带领着几十个夫役，穿着军装，奏着军乐，往大树走去。距离大树还有几百步时，张帬独自看见三个衣冠楚楚的人在路的左边拜见，说：“我们是树神，住在这里已经有多年了，希望您施全仁德，让我们住在里面。”张帬叱责他们，突然这三人不见了。张帬命令夫役举斧砍树，每砍一处，树都流出血来。夫役们害怕，不想砍了。张帬于是亲手举斧就砍，夫役们不敢违拗，砍了三百处，才把这棵树砍倒了。树顶上有个很大的巢，有三个妇人从巢里掉到地上，昏昏迷迷的样子，就像要断气了。张帬命令把她们扶起来，灌进热水。过了很长时间，她们才苏醒过来。

张帬问她们怎么住在这里，回答说：“从前被暴风吹到这里，我们身在高楼，与三个少年痛快地喝酒，吃的全是美味佳肴，经常俯瞰楼下的城市，历历在目，却没有楼梯可以下去。三个少年往来都从空中飞腾，我们不知道自己住在树巢里。”张帬问明她们家的住处，全都送还回家。其中有一个妇人，正是那天在轿中被摄去的。两家的官司这才了结。张帬用这棵树的材料修建了几处官署，树荫下的土地被重新辟为良田。

◎

《田居乙记》记载：东汉时，桂阳太守张辽买了一片田地，田中有棵大树，粗十余围，枝叶繁茂，好几亩农田被其遮蔽，长不出庄稼。张辽令人将树砍掉，鲜血从树中涌出，众人大惊，回去禀报。张辽大怒，说："老树流树汁，哪里是血！"于是亲自去砍，血喷涌而出。张辽令人砍去树枝，上面有个洞，只见有白发老翁，高四五尺，钻出奔向张辽。张辽与之搏斗，格杀四五个老翁。左右随从害怕得匍匐在地上，而张辽神态自若。仔细端详，发现这些怪物非人非兽，于是将树砍去。同年，张辽应司空举荐，升任侍御史、兖州刺史。这两件事很像。

县里有一个从羊角山来的巫师，能念咒咒人死。前任县令害怕灾祸，对他每每以好礼相待。他的巫法是把人的年龄生辰写在木橛(jué)上，将木橛朝羊的肛门猛击，羊倒下，被诅咒的人就会死去。

张昺了解了这一情况但没有追究。一天，有一个老妇人哭诉巫师害了她的儿子，张昺派人逮捕了巫师。巫师在山中已感觉到这事，对徒弟说："张昺是正人君子，我不能逃避，我的命完了！"于是束手就擒。到县衙，受杖刑一百多下，但巫师没有伤痛，倒是行杖刑的衙卒伤了手。张昺为巫师松绑，对他说："假如你能念咒使行杖者死，又能念咒使他生还，我就立即饶恕你。”巫师试了一下，没有应验，被关进大狱。半夜，狂风大作，飞沙走石，屋上的瓦被震得索索直响，房屋像要倒一样。张咼心知是巫师妖法所为，于是起身，整齐衣冠，焚香，肃穆地端坐庭中。

第二天天亮，差人将巫师押到亭上，大家以为巫师是神人，都请求将他释放。张咼不许，严厉地斥责巫师。巫师很恐惧，忽然堕下珠子一颗，光焰照亮庭中；又堕下一页法书，像手掌一般大小。张咼和部下烧了法书，击碎珠子，大声喝问巫师：“现在还想怎样？”巫师没回答，当即倒地而死。众人请求将他抬出去，张咼说：“不要。”随后，郑重地将巫师尸体埋在狱中，压上大石头。

当时是夏季，过了两三天，挖开来看，尸体已经腐烂。当地巫患也随即消除。

◎

巫术，正是利用人们对祸福利害的欲念而灵应。张咼心中无疑无畏，所以邪术也就不能得逞。

有一个道士精通隐身的法术，多次奸淫良家妇女。张咼派人把他捉到官府，狠狠地鞭打，但是他一点儿也不感到疼痛，不久，连他的人影也看不见了。张咼找了个借口，离开公堂，飞马直接赶到道士的家，把他捆绑起来带到官府，并在他的背上盖上官印，然后鞭打。这个道士随着鞭打声而大声号叫，终于被打死。

孔道辅

斩蛇

北宋孔道辅，字原鲁，曾任宁州知府。有个道士在寺庙中修补真武大帝的画像时，有条蛇从画像的前面穿越而过，并且多次出来向人靠近，人们都认为是神灵下降。

宁州的守将想亲自验证一下，再把事情呈报朝廷。于是，孔道辅率领部属前往朝拜，蛇真的从画像里爬出来，孔立即举起随身带的笏板将它打死。守将及周围的人们先是大为吃惊，过后又对孔道辅的果敢大为佩服。从此孔道辅也就名闻天下。

戚贤

萧总管庙

明朝嘉靖年间，戚贤任归安县知县时，县里有座“萧总管庙”，属于滥建起来的寺庙。当地的豪门大户想要诅咒政府官员，就先在这里举行祭神大会，把庙装饰得十分华丽壮观。

一天，戚贤从这座庙前经过，正赶上是祭神的日子。他进入庙内，令祭神的人按顺序站在台阶下面，对他们说：“老天久旱不雨，如果你们能祈神下雨就好说，不然，我不但毁了这座庙，还要治你们的罪。”说完，就让人们把“萧总管”的木偶像抬到一座桥上，让他们祈祷，可始终没下雨，于是就把木偶抛到河里。

又过了几天，戚贤乘船从该处经过，那个木偶像忽然从水里跳进船舱，侍从们大惊失色，争相逃避说：“萧总管来了！萧总管来了！”戚贤却笑着说：“这是因为没有把它烧掉的缘故。”于是命侍从把木偶像拴在船上。戚贤看到岸边有一座土神祠，就立即派一名机灵的役吏，换掉官服，藏入祠中，告诫他说：“等到水中有人出来，你就把他抓来。”过了一会儿，果然如戚贤预料的那样。原来是那些策划祭神的人事先买通了一个会潜水的人，指使他在水里装神弄鬼。

黄震

笞士卒

南宋时，黄震做广德通判。广德有一种风俗，有的人自己给自己带上镣铐，自己拷打自己，用这种方式向神祈福。黄震遇到一个这样的人，把他召到面前一问，是个士兵，就命令他招出自己的罪行。士兵说道：“我没有罪过。”黄震说：“你的罪过一定很多，只是不敢对别人说出来，所以才告诉神，乞求免除。”说完之后，用大棒子把这个士兵打了一顿赶走了。

从此，广德的这种风俗也就绝迹了。

◎

苏州杨山太尉庙，在东城，非常灵验，专门掌管人间疮疖的事情，一年到头香火不断。六月二十四日是太尉的生辰，这一天香火更加旺盛。明万历辛丑壬寅年间，闾门思灵寺里有个老和尚梦见一个人，自称是周宣灵王，现在寄住在齐门徽商某某家里，乞求募捐建造一座殿宇安居下来，这样他就会保佑人们。老和尚醒来，觉得很荒唐，也没有把这件事情放在心上。三天之后，又梦见那个神人非常愤怒，用棍棒击打老和尚的左脚。

第二天，老和尚脚痛，不能走路。于是就派他的徒弟前往齐门寻访，确实是有一尊神像。这尊神像原来在徽郡某某寺院里，极其灵验。

相传有个女子夜间同一个男子通奸，以致怀孕。这个女子估计事情必定败露，便谎称半夜里有个神人与她婚配，这个神人的衣帽很华丽。她的父亲就信以为真，嘱咐她说："这个神人再来的时候，你一定用绳子系在他的脚上作为证据。"这个女子把这件事告诉了情人，情人就把草绳系在周宣灵王的木像的脚上。她的父亲依据记号，找到周宣灵王的木像，非常恼怒，就把木像扔到污水沟里。

后来徽商看见木像，用水洗干净，带到了苏州。还没有选择安放的地方，就在这天夜里梦见了神来告别，完全验证了老和尚的梦。于是，老和尚召集众僧化求木材，在思灵寺建庙宇，老和尚的脚痛也马上好了。从这以后，杨山太尉庙里的香火，全部转到了周宣灵王的殿内，远近的香客络绎不绝。

太守周公想制止求神拜佛的风气，在杨山太尉生日那天，封闭了太尉庙门，不许朝拜，同时封闭了周宣灵王的殿门。过了一个月再把门打开，那周宣灵王的殿内就无人进香了，而杨山太尉庙里的香火仍然同以前一样，络绎不绝。周宣灵王的灵，只能对老僧施加毒刑，却不能对那女子的父亲进行什么报复；只能托梦于徽商，却不能违背太守封门的命令。像这样的神虽然也能获得一时的香火，但终究不能得到人们永久的信仰。难道神的盛衰也有气数吗？还是灵鬼依仗着它，却因不能忍受人间官吏的侮辱而离开了呢？因此，附上这个故事给那些随大流信神的人作为借鉴。

草帽妖　白头老翁

禁谣言

宋真宗时，西京谣传有一种怪物像草帽，夜间飞进人家，又变成恶狼形状，能够伤害人。人们十分恐惧，每到晚上，家家把门关得严严实实，躲在房屋的最里面，拿着兵器自卫，以致京师的百姓中间也到处传说草帽妖到了，通宵达旦地喊叫。

真宗下诏悬赏，鼓励大家告发那些兴妖作怪的人。应天府知府王曾，命令夜里大开屋门，有人带头喊叫妖怪到了就立即逮捕。最后妖怪再也没有出现。

张咏做成都知府的时候，民间哄传有一白头老翁经过成都，要吃童男童女。张咏召来他的下属，派他们到街市去查访那些大谈这件事情的人。一旦发现，立即押送官府。

第二天，果然抓到一个人，张咏命令杀头示众，当天城里就安定了。张咏说："谣言兴起，灾祸就会随之而来。妖怪有形，谣言有声。禁止谣言的办法，是靠官府的明断，而不在于巫术。”

◎

春秋明朝隆庆年间，苏州有人用狐精来扰乱人心，说它变幻无穷，而且还给人带来疾病。城里的百姓非常惊慌，夜间派人守卫，鸣锣报警，偶然看见一猫一鸟，无不狂叫。

有个道人自称能收服狐精，只要买他一张符咒挂在家中，就能捉到狐精，十分灵验。太守命令捉拿这个道士，进行审问，他正是那个用妖术剪纸为狐精的人。用棍棒打死道人后，谣言马上就停止了。这是袭用王曾、张咏的智谋。

钱元懿

除巫

五代钱元懿做新定县令时，有一天，街巷多次发生火灾。居民非常忧虑、恐惧。有个姓杨的巫婆乘机蛊惑人心，说："某某地方还要起火。"结果正同她说的一样，百姓因此都恭恭敬敬地向她祈祷。

钱元懿对左右说："火灾发生的地方与巫婆说的一样，火定是巫婆所放，应该杀掉她！"于是把巫婆杀了。从此，火灾不再发生。

苏东坡

呵斥道士

宋朝时，苏东坡做扬州知府，有一天晚上，梦见自己在山林中，看到一只猛虎来咬自己。苏东坡又惊又怕。这时，有一个道士用衣袖遮住他，呵斥老虎，让它离开。

到了天亮，有个道士前来拜见苏东坡，说："昨天晚上大人是否受惊？"苏东坡呵斥他说："鼠辈竟然胆敢这样，我正打算用棍棒打断你的脊梁。我难道会不知道是你夜间弄的法术吗？"这个道士听后惊慌地逃走了。

张田

捕白虎

北宋张田任广州知府时，广州尚无外城，张田就计划修筑东城，预算耗资五十万。

工程开始后，筑城的民工个个十分害怕，因为晚上有一只白虎出现。张田知道这其中肯定有假，就把巡逻的人召来告诫他说："今天如有人穿着白色衣服在树林中出入，就把他抓获。"结果正如张田所说的抓获了那个人。

◎

明朝嘉靖年间，京城某处有个怪物常在夜晚出没。它全身长满毛，爪子很尖锐，单独在夜间行走的人，往往被吓得扔掉东西，疯狂逃命。

督捕者怀疑它是人假扮的，就暗中派遣一名健壮的士卒装作行人，夜晚拿着行李独自行走。果然，那个怪物又出现了，士卒及其伙伴奋力捕住它，原来是个窃贼披着黑羊皮，戴着铁制利爪，趁夜间恐吓行人以谋取钱财。

最近苏州城外每到夜晚就有一簇簇火光在树林中或水面上出现，或聚或散，人们纷纷传说是鬼兵来了，愚昧的百姓就敲着锣去驱逐他们。也有被刺中的，第二天早晨去看，只不过是草人而已。鬼兵所过之处，米麦被抢劫一空，大家都说是被鬼取走了。

村子里先是有个要饭的道人宣扬这件事，劝大家避开它。有人就怀疑这个道人是为盗贼游说的，于是算好在鬼火将要出现的地方埋伏人，伺机抓住了他，果然是运粮船的水手假扮的。还搜得点火用的油纸筒，这就是在水面上燃烧的东西。于是，众人的嚣乱才平息下来。

隋郎将

捕妖贼

隋代，宋子贤阴谋作乱，准备利用佛教布施僧俗大斋会的机会，乘机放火袭击皇帝的车驾。由于事情败露，鹰扬郎将带领士兵去逮捕他。

晚上，他们来到宋子贤所住的地方，看到房子周围尽是火坑，士兵们不敢进去。郎将说：“这地方一向没有火坑，定是妖贼用的法术。”于是，士兵们冲了进去，果然没有火坑，终于把宋子贤杀掉了。

贺齐

破巫术

三国时，贺齐担任吴国的将军，带兵讨伐山中的盗贼。盗贼中有人善于使用巫术，每次交战，官军的刀剑不能伤他们，射出的箭都反过来射向自己。贺齐对士兵说："我听说有刃的金属可以用巫术来对付，有毒的生物也可以用巫术来制服，他们能用巫术对付我的兵器，可是他们肯定不能用巫术来对付没有刃的器械。"

于是，贺齐派人做了许多质地坚硬的大木棒，挑选了五千名健壮的士兵首先冲上山去，盗贼仗着善于使用巫术，没有设防。官军拼命地用大木棒打击盗贼，巫术果然失去作用，结果打死的盗贼数以万计。

萧瑀

斗胡僧

唐朝人萧瑀不信佛教。当时有个胡僧善用咒术，能够使活人死去。皇帝试验之后，居然灵验。

萧瑀说："胡僧咒语如果真灵验的话，那就让他诅咒我。"胡僧奉皇帝之令诅咒萧瑀，可萧瑀安然无恙，胡僧却忽然扑倒在地。

陆贞山

拆神庙

明朝人陆粲（字贞山）居处的前面有座小庙，按吴地的风俗是用来祭祀“五通神”的，称之为“五圣”，又叫“五王”。

一次，陆粲病得很厉害，占卜的人说是“五圣”在作怪，家里人请求祭祀“五通神”。陆粲气愤地说：“天下有名为正神，爵位是王侯，却带着自己的母亲、妻子到别人家去要饭的吗？况且威胁诈取别人的钱财，人间的道义都不允许，何况是神？这些一定是山妖之类的东西罢了！现在我与神约定，如果它要降祸给人，就应该降在我身上。如果我三天之内不死，一定拆毁这座庙。”他的家人都感到惧怕。

到了第三天，陆粲的病稍微有了好转，他就命令仆人拆毁这座神庙，焚烧了神像。陆粲竟然平平安安。所以他家里人至今也不祭祀所谓的“五圣”。

◎

春秋孔子说 :“聪明的人是不受迷惑的。”他在回答樊迟所问什么叫“聪明”时，又说 :“对鬼神敬而远之。”可见，最容易迷惑人的就是鬼神之类了。这也正是那些装神弄鬼的人能欺骗人、愚弄人的原因所在。

现在，人和鬼都是共同处在这个世界，鬼看不到人，如同人也看不见鬼。阴和阳是相互对立的，互相之间各不牵连。当它们旺盛的时候，彼此都不能伤害 ；等到某一方的气衰退，就受到另一方的制约了。人由于迷信而接近鬼神，会使自己处在衰境，而把旺盛的部分让给了鬼神，所以人不灵验了，鬼却灵验了。西门豹把祝巫投入河中，可以说是伟丈夫了。

近来迷信之风盛行，供奉瘟神的礼器比钦差大臣的仪仗还要奢侈 ；白莲教教徒的名册，比学生的登记册还要多 ；将来也不知道会有什么结果。有识之士用什么方法来挽回这种局面呢?

魏元忠

任其自然

唐代魏元忠还没有做官时，有一天，他家的一个婢女从外面打水回来，看见一只老猿在厨房里看炉火。婢女惊慌地把这件事告诉魏元忠，魏元忠慢慢腾腾地说："老猿是可怜我没人照顾，所以替我烧火做饭，这太好了。"

又有一次，魏元忠喊仆人，仆人没有听到，他的狗却代他去喊。魏元忠又说："这是一条孝顺的狗，所以能帮我办事。"还有一次，魏元忠曾经独自一人坐在家里，有一群老鼠拱手站到他的跟前，他又说："老鼠饿了，来找我要吃的。"于是魏元忠就叫人拿食物给老鼠吃。晚上，鸺鹠鸟在他家屋顶上乱叫，家里的人要用弹弓打，魏元忠又制止说："鸺鹠白天看不见食物，所以夜里飞行。它也是天地所化育而成的，不能让它向南飞到越地，往北飞向胡地，想把它赶到哪儿去住呢？"从此以后，这些怪现象就绝迹了。

鼓妖

范仲淹除妖

北宋时，一天，范仲淹带着儿子范纯仁走访老百姓家。有户人家屋里有一只兴妖作怪的鼓。他们坐下不久，鼓竟然自己滚到客厅，不停地旋转，人们都吓得大腿发抖。

范仲淹不慌不忙地对儿子说："这只鼓已经很久没有敲打了，它见家里来了好客人，所以自己到客厅来寻找鼓槌。"他让范纯仁做了一个鼓槌敲打它，这鼓立即就碎掉了。

李忠公

破除流言

唐朝李吉甫（谥忠懿）担任宰相时，政事堂内有一张官员聚餐用的餐桌，官吏们相传，如果拿走餐桌，那宰相就要被罢官，因此已经有五年没有搬动过了。李吉甫说：“政事堂是讨论国家大计的地方，难道还能让这个腐朽肮脏的东西存在下去吗？那些庸俗的流言，不值得相信！”

于是，李吉甫派人撤除了这张案桌，用火烧掉，从案桌下铲出来的积年垃圾有十四畚箕。朝廷舆论都认为这是一件了不起的事情。

卷八

经务

一个葫芦价本贱，但假如在河中心翻船，那就千金难买了；在危难中提出的大方略，往往平时看来很不起眼。宁做虽极钝但有实用的铅刀，不做样子精巧而无实用的楮叶。砍伐盘根错节的树木，方能显示刀斧的利钝。只有识时务的人，才能称作俊杰。为此，辑撰《经务》卷。

刘晏 四条

转运有方

唐代刘晏做转运使时，正当安史之乱之后，朝廷一切财政都依靠刘晏处理。刘晏精力充沛，善于随机应变，不拘常规，灵活掌握，凡事处理得十分妥当。他曾经出高价招募擅长奔走的人，设立驿站传递消息，让他们窥探四方物价，即使是很远地方的消息，要不了几天工夫都能知道。这样一来，刘晏就能把权衡物价高低的主动权掌握在自己的手中，低价买进，高价卖出，国家获得利益，而各处也没有产生物价过高过低的弊病。

刘晏认为，君主爱护百姓，不在于赐给财物，而应当使他们能够耕耘、纺织。正常的年景，不增加百姓的赋税，荒年则减免赋税以救济老百姓。各道都设立知院官，每十个月，报告州县雨雪、丰歉的情况。荒年歉收刚出现征兆，就按照历年官仓积余情况，首先命令减免某种税款，借贷给某某户，百姓还没有到穷困时，上奏的报告就已经到朝廷了。

有人认为刘晏这种做法不是直接救济灾民，而是用贱价售出来救济灾民，其实不是这样。会治病的人，不让病人到危险的地步;善于救灾的人，不让灾民只靠着救济过活。因为赈给灾民救济少了，就不能使人活下去;而单靠救济才能活下来的人多了，就会使国家的财用空缺;国家财用空缺，那又要征收重税。再说，如果发放的救济品多，只会助长一些人的奸巧。那样，强悍狡猾的人得到的多，而老实软弱的人得到的少，这种现象即使有刑具摆在面前，也无法禁止。这样做，对国家、对灾民都有害处。

发生灾情的地方，所缺的是粮食，其他的物产还是有的。国家以低价向灾区出售粮食，交换灾区的其他物产，用人力转运到丰收的地方，或者官府自己使用，那国家的财政就不会困乏了。丰产区多出来的粮食，允许那里的农民自由贩卖，就能够及时地分散到灾区各个村镇;而丰产区的农户，不用到集市，就能以粮食换取杂物，缴纳其他赋税。这样，丰区百姓减少困难，灾区百姓免除饥饿，灾区和丰区都有好处。

先前，把关东的粮食运到长安，由于河流湍急，通常一斛粮食只能得到八斗，粮食运到长安，运粮之人就有功劳，受优厚的赏赐。刘晏认为长江、汴水、黄河、渭河，这四条河流的水力情况是不同的，应建造适合不同水情的运粮船。长江的船抵达扬州，汴水的船到达河阴，黄河的船到达渭口，渭河的船到达太仓。再在它们之间沿河设置粮仓，逐段相递转运粮食。从此，每年运送粮食达到一百多万斛，没有一斗一升粮食沉翻河中。

另外，各个州县起初选择富人监督水道运输，称为“船头”；主管邮递的人，称为“捉驿”；在税收之外强制搜刮的，称为“白著”。百姓不堪忍受这些做法，纷纷逃亡外地成为盗贼。刘晏则让官府直接掌管船只进行水道运粮，小官主持驿站的事务，免除那些无名的赋税，百姓在困顿中得到了解救，人口也逐渐增多。

◎

刘晏经常说：“人口增多，那么国家赋税也就自然多起来了。”所以，刘晏理财常常把养民放在首位，可以说刘晏深知治本的道理，他比桑弘羊和孔仅高明多了。宋代王荆公只知道理财的道理，但无切实可行的措施来管理财政，他自认为他的措施在养民，实际上却从多方面害了百姓。因此，他上不及刘晏，下不及汉代的桑弘羊和孔仅。

刘晏专门采取榷盐法，充实军务、国政的费用。刘晏认为官员多了，百姓就受到侵扰，所以他只在出产盐的地方设立盐官，直接收取盐户所制成的盐，卖给盐商，任凭他们卖到什么地方，其余的州县不再设置盐官。至于江岭间距离产盐地区太远，就将官盐转运到那里，设置仓库将盐贮藏起来，如果盐商断绝，盐缺价高，就减价出售，称为“常平盐”。官府获得利益，而百姓也不受到侵害。

◎

“常平盐”的方法之所以好，是因为它补充了盐商的缺乏，从根本上方便了百姓。假如在现在这样正常的时候实行它，必定又要同盐商争着卖出了。

平粜(dí)

常平仓

战国时，李悝(kuī)对魏文侯说："善于稳定粮食收购价格的人必定要谨慎地观察年景。

"丰年的粮食收成，可以分为上、中、下三等。上等收成，百姓所收的粮食是一般年景的四倍，除吃、用外，还可剩余四百石；中等收成，所收的粮食是一般年景的三倍，可剩余三百石；下等收成，所收的粮食是一般年景的一倍，可剩余一百石。小歉收，百姓自己收粮食一百石，中等歉收可收七十石，大灾之年只能收三十石。

"所以，上等收成的年景，官府就收购百姓余粮三百石，留给百姓一百石；中等收成的年景，就收购二百石；下等收成的年景，就收购一百石。让百姓正好有足够的粮食，价格相等就行了。小灾荒，就把下等收成时收藏的粮食拿出来补充；中等灾荒，就把中等收成时收藏的粮食拿来补充；大灾荒，就把上等收成时收藏的粮食拿来补充百姓。

“这样，即使遭受水旱灾害，百姓买进的粮食价格也不贵，因而也就不会造成混乱了。这是拿丰年剩余的粮食来补充灾年的不足。这种措施若在魏国实行，魏国也就会富强起来。”

◎

南宋这就是“常平义仓”的做法。后世那些迂腐儒生，以“用尽地力”来责怪李悝。其实，不用尽地力，难道要用尽人力吗？难怪这类人总是避论民富国强，这是因为他们实在无能力使国家富强。

社仓

便利百姓

宋孝宗乾道四年（1168），百姓闹饥荒。朱熹请求孝宗从官府的常平义仓中拿出大米六百石赈贷百姓。夏季从常平义仓内发放粮食，到了冬季就让百姓加息偿还所欠之数。遇到小灾荒，就减免一半的利息；遇到大灾荒，就全部减免。总共十四年，就可以把赈贷的六百石大米收回官府，尚有储米三千一百石，作为“社仓”，不再收息。因此，即使遇到灾荒之年，百姓也不会缺粮。

于是，孝宗下诏各路施行朱熹提出的“社仓法”。

◎

南宋陆象山说：社仓固然对农民有利，不过只有每年年景好、收成好，这种好处才能维持得长久；如果年景不好，一旦遇到某年歉收，那就只有出仓而没有入仓的了，第二年春种时缺少种子，就无法赈济了。

不如同时建立以平价收购的粮仓，丰收时收购粮食，以避免谷贱伤农的弊端；歉收时，出售粮食，以打击富户封仓抬高粮价的劣行。这样，所购的粮食每年都存下一半，以备灾年歉收，补充社仓粮食的不足，实在是长远之计。

让老百姓便利，就是社仓法；强迫老百姓服从，就是青苗法了。社仓法主要有利于百姓，青苗法主要利于国家。现在官吏储备粮食的方法，也是按照遗留下来的社仓制度。

不过，现在的储备只是一纸空文，一半被贪官侵吞，一半满足了上司，对国家的财政毫无帮助。一遇到荒年歉收，就无计可施，唯有叹息了。唉！不如藏粮于民为好哇！

明代何良俊在《四友斋丛说》中说过："现在督托巡按要想取得好的政绩，当务之急是要把下面的各项赃款和各种罚款全部用来买粮食。如有罪犯，凡是判了徒刑或流刑以下的，允许用粮食赎罪。大致上等县每年可收粮食一万石，下等县可收五千石。南、北两个直隶省属下总共有一百个县，这样每年有粮食七十多万石。储积到三年，就有二百多万石。如果遇到一个县有水旱灾害，就可以在没有受灾的县分别调剂借贷，等到来年丰收时再归还。这样，从东到西的百姓，就可以避免流亡了。而朝廷在财政来源的主要地方，也就永远没有后顾之忧。施政的最佳措施，没有能超过这个的。"

预备

任用富户

宋朝时，由于河东路的财政收入不充足，官府就摊派百姓购物纳产，使得物价年年上涨，成为百姓的一大祸患。

明道先生程颢当时任晋城县令，他预算出官府财赋所需的数量，命令富户准备好，按规定价格出售。这样富户不损失正常利润，而百姓们所花的费用也只是过去的十分之二三。

百姓缴纳的田赋粟米，常常必须送到接近边境的地方。来回运输，路途遥远，带着钱到边境地区采购则价格很高。程公就从富户中选出一些可胜任的，预先让他们在边境采购粮食储备起来，这样费用就大大降低了。

◎

任用富户又不使他们担忧，实在是最好的经世济民之法。当然也是由于程公内心廉洁仁惠，平时行为让百姓深深佩服。否则，命令还未执行就已经民怨沸腾了。

周忱

平米法

明朝周忱（谥文襄）担任江南巡抚时，发现苏州因民户流亡而拖欠的赋税达七百九十万石。周忱看了公文之后，感到非常惊奇，便询问当地父老，都说当地有钱有势的人，不交损耗的粮食，损耗由贫民负担。贫民负担不起，只好全部逃亡到外地。

于是周忱创立了平米法，无论是官田，还是民田，都要统一征收损耗的粮食。按照朝廷规定，苏州应该缴纳赋税二百九十万石。周忱和知府况钟计议，奏请朝廷减免赋税八十多万石。

根据过去的惯例，不得由团局征收粮食。周忱又命令各县在靠近水边的地方设立便民仓，每个乡推举一个大户人家有势力的人负责管理仓库，称为“粮长”，专门征收本乡夏、秋两季的赋税，增加的损耗粮不得超过十分之一。

又根据粮长家的财产多少，分别安排他们担任远近和劳逸不等的运粮任务。凡运到京师和通州的，每一石大米，支付报酬三斗;临清、淮安、南京等仓库，就参照这个标准依次递减支付。还有帆船分载转运时所造成的各种损耗，一起填写清楚，在上交的数字中扣除。支付、调拨后的剩余部分，各自储存在预备仓里，称为“余米”。米有剩余，减除损耗。第二年，按十分之六征用;第三年，按十分之五征用。这样，预备仓里剩米就多了。

英宗正统初年，淮扬地区发生灾害，国家的盐税征收不足。周忱去巡视后，奏请朝廷命令苏州等府调拨剩余的大米，每县调拨十二万石，运到扬州盐场贮存，允许作为县里第二年的田租。接受盐户上缴私盐来换取大米。当时大米价格高，食盐价格低，官方得到了百姓储积的食盐，百姓得到了官方供给的大米。这样，国家、私人都是有好处的。

周忱在江南二十二年，每当遇到荒年，就斟酌形势，灵活行事，用储备的余粮来补贴灾区，百姓除上缴赋税以外，再没有别的苛捐杂税了。凡是各种进贡，以及衙门的房屋、学校、贤祠、古墓、桥梁、河道等的修理疏浚，一切全从余米中开支。

◎

后来，户部说以余米补贴百姓，无法考核查点，奏请朝廷同意他们派官吏把余米全部收缴上来归官府。于是，各种征敛需索名目繁多，而百姓拖欠赋税的人也越来越多。

余米备用，本来是为了减轻人民负担。一旦归到官府，官府的粮食并未见增多，而百姓却失去依靠了。试想今天的两种税收，损耗果真只有十分之一吗？征收只有十分之五、十分之六吗？过去为什么减轻了赋税而有余米，现在为什么增加了赋税也完不成税收计划呢？江南的百姓怎能不追思和祭奠周文襄公呢？

明代何良俊说："周文襄公做江南巡抚十八年，常常坐着一只小船，沿村逐巷，随处访问。遇到一个朴实的老农，便携带回家，晚上同睡一床，询问地方上的事情。当地的民情、风俗习惯，周文襄公没有不知道的。所以他在制定论粮加耗的措施时，就用金花银、粗细布、轻赍银等项，补助赋税数额较大的田亩，斟酌增减，尽善尽美。"

明代顾清说，遵循规律办事，国家就能治好；不按规律办事，国家就要出现动乱，这并非一句空话。自欧石冈一变成为论田加耗法，国家的赋税受到亏损，留下了无穷的祸患。负责地方政务的人，怎么能不更加留意呢？

樊莹

整理税赋

明朝的樊莹任松江知府。松江的赋税历来比较繁重，自从周忱以后，法令虽然还是原来的，却没有人去认真执行，以致弊端百出。大的如拖欠给漕运民夫的损耗费，以致债务相积，当地有权势的富豪大户又年年向官府索取补偿，而官府管理粮草账目的小吏用新账掩盖旧账，千方百计地侵盗公家财产。这些都是众所周知的，却没有人去处理。

樊莹到任以后，先是不分昼夜地调研筹划，终于掌握了解决问题的关键。他说："运粮所付的损耗费，因为运夫都是平民百姓，无人统一指挥管理，狡猾之徒从中大获其利，而诚实善良的人就吃亏受害。然而夏季的税收、军需供给、运粮的费用，以及供应织造、邮递的费用，都是从秋粮中征收的，但余米征收来又卖出去，循环往复，弊端也就由此产生。"

于是，樊莹奏请上司辞去运粮民夫，设一个粮长来专职负责运粮，并以放宽运费为优惠。征收的税粮除常年要运送的定额外，其余可以变通的，一律征收银两，并按所需数目支付。负责运粮的人，因为关系到他们的切身利益，也就不敢浪费;负责账目的人，因出入的数额有规定，也就不敢营私舞弊。而以银两纳税，比交粮的负担有所减轻，因此百姓们都乐于配合。

这样，陈年的积弊除去了十之八九。又解散了以大户人家组成的代官府收粮的团户，以防止他们从中渔利;又用经营布匹的商人代替粮长运送布匹，并允许他们携带自己的私货贩运，以补给他们因帮公家运输所带来的损失。

这些措施都对老百姓有实惠，而樊莹的事业也得以兴旺成功。巡抚下令将他的措施在全州实行。

◎

樊莹的这些措施可以补充周忱和况钟不完备的地方。现在粮长的弊端又有了新的变化，当政者该用什么方法来处理呢？

陈霁岩 三条

救济贫民

明朝陈霁岩做开州知府时，正是万历己巳年。这一年，开州发生大水，国家对百姓没有减免赋税，只发放救济。官府内讨论救济方案时，陈霁岩提议：最贫困的人救济一石粮食，稍微贫困的救济五斗，必须让他们得到实惠。

发放救济粮的那天，陈霁岩对灾民进行编号，让他们拿着旗子，依次而进，虽然有一万人，但也无人敢叫嚷。陈霁岩自己坐在仓库的小棚里，拿笔点名，察看他们的衣着容貌，发现最贫困的人，他就暗暗地记下来。

庚午年的春天，上司下达公文，再次救济最贫困的人。书吏把此事禀报陈霁岩，并拿出公文给他看，另外报告情况。陈霁岩说："不必了，只管拿出前次点名册，那上面我已暗中记下了最贫困的人，直接把名册打开喊他们来领就是了。"乡里的百姓都把陈霁岩当作神。这只是因为前次领救济时，他们没有工夫打扮，可以看出他们真实面貌的缘故。

陈霁岩在开州时，己巳年的冬天，仓库里的粮食几乎没有了。巡抚命令各个州县动用库存的银子两千两，购买粮食。当时粮食价格飞涨，每石需要六钱银子，各县遵照抚台的命令行事，派大户领取银子买进粮食，付给的价格是每石五钱，每石粮食大户自己要赔本一钱，耗费又要再赔上一钱。受灾以后的大户，怎受得了呢？而收进仓库的粮食只有四千石。这样，百姓官府都受到损害。陈霁岩坚决不执行这种办法，竟然因此遭到弹劾，最终由于是灾荒之年，才得以免罪。

到了庚午年秋天，天州高乡的粮食大丰收，邻近的乡里也全部丰收，粮食的价格减到每石三钱多一点。陈霁岩向巡抚申报，动支银子两千两，派大户分头买进粮食，报告的价格是每石三钱，便按报价如数付给他们。后来粮食的价格一天比一天降低，直到每石二钱五分。

大户请求按市场价扣除多余的银子，陈霁岩笑了笑回答他们说：“宁可多买些粮食，也不能减少银两。”结果比上年度买的粮食，多了三千余石，而这些大户也没有亏本。买进的粮食，除报上司之外，还剩下七百多石，就全部分给逃荒在外的百姓，让他们恢复农业生产。

原先开州有土城墙十五道，由于连年大雨的侵蚀，总共崩塌了几十处，庚午年秋季，官府讨论修复城墙，官吏请求派民夫修，陈霁岩不同意。这时，两年前逃荒在外的灾民听说已经减免了要交的粮食，都想返回家乡。于是派人到处张贴招抚告示：“迅速返回种麦的人，官府一定给予救济。”

陈霁岩拿出先前大户所买进的余粮，规定日期分发粮食。另外做了四五块小牌挂在各个城门一里外的地方，命令前来领取救济的人，用盛粮食的口袋装上土，倒在城墙的崩塌处，然后总甲在口袋上盖上官印，管理仓库的官吏检验官印后发放粮食。用这种方法，第二次救济时，城墙就修好了。

北方的州县，治政的一件大事就是审核徭赋的摊派是否公正合理。三年审查一次，会合一州八十八个乡里的百姓，集中在厅堂进行核对。从极富的大户，到极穷的贫困户，确定为九个等次，赋税、徭役都照这九个等次分派。各区中的首领，有里长、老人、书手，官府仅仅依靠这三种人，这三种人又趁机独揽地方大权，大量受贿。

陈霁岩上任时，离审核徭赋还有一年。他就拿出过去的簿册进行审查，从上上到下下九个等次，每户按名、里分开填写，分成两个簿册。陈霁岩每天上堂，都把这两个簿册随身携带，或直接受理案件，或决断讼事，或处理杂务。他看见熟悉情况而又朴实的人，就出其不意地叫到案桌前面，问他是哪个乡里的人，就摘出这个乡里的大户，并问他家的经济状况怎样，近年来哪一家暴发起来了，哪一家渐渐地不如以前，随着他的回答，顺手记在簿册里。经过这样多次检验，所回答的大体相同。

一天，陈霁岩点查农民，从本州挑选二百多人，随即把他们关在后堂，各给一张纸，命令他们开列出本乡从万金到百金的人家，严禁他们撒谎。又因为皇帝的生日，事先声称对所有供职人员要点名核对。

在皇帝生日那天，大家参拜后，陈霁岩立即喊里长、老人、书手到察院，把他们分作三个地方，每人给了纸和笔，命他们写出本地近年来家道衰退的大户，对那些仍然殷实的大户，不必写出来。陈霁岩把以上采集访问的事情，编成底册。

审核时，全甲的人一起跪在公堂之下，陈霁岩亲自到现场看他们，选择其中二三个非常诚实的人，作为公证人，与里长共同推选大户，哪些应该升的，哪些应该降的。各人都知道陈霁岩的底册很清楚，全都如实地推举。于是斟酌验证，顷刻之间，大户的名单就编排决定下来了。一天审查四五个乡，每到一个地方，往往是州官等候百姓，而不让百姓等候州官。

平米价 二条

强籴者斩

宋神宗熙宁年间，赵抃做越州知府。当时两浙一带遭受旱灾和蝗灾，米价暴涨，饥饿死亡者随处可见。各州都在大路口张贴告示，严禁人们抬高米价。

只有赵抃与众不同，他在路边张贴告示，命令有米的人提高价格出卖。于是米商都集中到了越州，米价反而变低了。大凡东西多了，价格就低；少了，价格就贵。赵抃不求价格低，却求东西多，他真是个明白的人。

南宋时，有一年抚州闹饥荒，黄震奉命前往抚州救荒。他到了抚州，约地方上乡绅大户，在某天到达官府。这些人按照约定的日子来到之后，黄震却大书“闭籴者籍，强籴者斩”八个大字，公布于市，米价于是就平稳。

抚流民 三条

安置灾民

宋代富弼做青州知府时，河朔一带发生大水，灾民逃到青州来要饭。

富弼鼓励自己管辖地区的百姓拿出粮食，又从官仓中支付一些粮食作为补充。腾出公家和私人的房屋十多处，让那些无家可归的百姓居住，以便打柴用水，维持生活。官吏中退休的、等待补缺的、寄居于青州的，都发给俸禄，让他们到灾民那里，给老弱病残者发放救济粮，并记下这些人的功劳，约定以后为他们上奏请赏。一般每隔五天，富弼就派人拿着酒肉干粮前去慰问，由于至诚相待，人人都尽力办事。凡是可以长出东西的山林湖畔，任凭灾民使用。死去的灾民，合葬在一个大坟墓里，命名为“丛冢”。

第二年，青州地方的麦子大丰收。灾民各自按路途的远近接受粮食，返回家乡。他们中被招募为士兵的数以万计。

皇帝听说之后，特派使者前来嘉奖慰劳。

以前，官府救济灾民都是把人集中在城市中，煮粥给他们吃，结果多数人染上疾病，有的人因为领粥需要等好几天而饿死。这样做名义上是拯救百姓，实际上却害了他们。富弼采取的这种方法，简单而又完备，天下传为楷模。

◎

富弼能使极其贫弱的地方迅速富强起来，他真是治理国家的能手。

北宋滕元发任郓州知府时，那年正闹饥荒，为救灾，他从淮南郡要来二十万石米做储备。当时淮南、京东一带都在闹饥荒，滕元发便把城里的富户找来，同他们商量说："流亡的灾民将要涌入我们这里，要是没有安顿他们的地方，瘟疫就会流行，将会危及你们。我已在城外找到一处废营地，打算用席子盖些房屋给流民住。"富户们都表示同意，于是只用了一晚时间，就盖好了二千五百间简易房屋。

那些流民来后，按他们到来的先后，分给他们土地、炊具和日用品，并按兵法对他们进行管理，规定少年人做饭，壮年人打柴，妇女们汲水，老年人休息。流民就像回到自己家一样。

皇帝派工部郎中王右来视察，看到那里房舍、道路井然有序，整齐得如同军营一般，感到十分惊讶，便把那里的状况绘成图，呈报给皇帝。皇帝下诏表彰了滕元发。滕元发先后救活了上万人。

◎

明朝祁尔光说："滕元发处理灾民的办法类似富弼。富弼是让灾民散居各处，而不使当地居民受骚扰；滕元发是让灾民聚居在一起，而使他们井然有序。这些都可以效法。"

明朝宪宗成化初年，陕西到荆州、襄州、唐州、邓州一路上都是高山深谷，绵延千里，逃亡的人都集中隐藏在这里。刘千斤乘机作乱，到李胡子再次作乱时，这里流亡的百姓约有几万人。都御史项忠下令官兵驱赶流民出境，路上死亡的不计其数。

祭酒周洪谟很同情他们，于是就写下了《流民说》，内容大略如下："东晋的时候，庐、松、滋等地的百姓，流亡到荆州，朝廷于是在荆江的南面设立了滋县来安置他们。陕西雍州的百姓流亡聚集到襄阳，于是在襄水的侧面，设置南雍州。从此以后，松、滋就隶属于荆州，南雍就合并到襄阳。直到今天，已有千载，那些地方还像过去一样宁静。这是前代人处理得当所收到的功效。现在，如果接受这些流民，就该让靠近各县的，归附各县的户籍；远离各县的，另建立州县来安顿他们。设置官吏，编制里甲，放宽徭役，让他们生活安定，那么流亡的百姓就会成为安分的平民。为什么要驱逐他们呢？”李贤打心眼里赞成他的话。

到了成化十一年（1475），流亡的百姓又聚集在一起，跟以前一样。李贤就援引了周洪谟的话上奏宪宗，宪宗命令副都御史原杰前往办理这件事。原杰走遍各个郡县的深山穷谷，宣扬皇帝的恩德，慰问流民。父老无不喜悦，都愿意在当地落籍，做个好百姓。

于是，原杰召集湖、陕、河南三省的抚按，共同商讨。落籍的流民共有十二万三千多户，官府分给他们荒地，命他们开垦种植，以缴纳赋税，并建立州县机构来管理他们。

于是，分割竹山之地，建立竹溪县；分割郧(yún)津之地，建立郧西县；分割汉中、洵阳之地，建立白河县。又把西安的商县升为商州，并将商州之地划分为商南、山阳二县，把唐县、南阳、汝州之地划分为桐柏、南台、伊阳三县，使流亡寄居的百姓同本地百姓混杂居住。另外，还在郧阳城设置郧阳府，以便统领郧阳和竹山、竹溪、郧西、房、上津六县之地。又在郧阳设立了湖广行都司和郧阳卫，用来保卫该地区的安全。还认真选拔贤能之人担任地方官员。流亡的百姓终于安居乐业。

◎

当今招抚灾民流民，都是虚文应付。即使有地，也没有住房；即使有田，也没耕牛和种子，灾民流民怎么安顿下来？这也不怪他们都变成流寇了呀！倘若用征剿流寇一半的军费，选择一名实心诚意的人专管招抚的事，让百姓好好地经营生计，灾民流民会庆贺新生的，怎么会成心去做贼呢！

耕牛

买耕牛

宋英宗治平年间，黄河以北一带发生大灾荒，接着又是地震，老百姓无粮可食，往往把耕牛贱价卖掉，以苟延度日。

当时刘涣任澶州知府，就用州府的公款把百姓的耕牛买下来。第二年，地震停止了，流亡的百姓回来了，可是没有牛耕田，牛价也一下子暴涨十倍。刘涣就把原先所买的牛以原价卖给百姓。因此，当时黄河以北一带，只有澶州的百姓不致流离失所。

义船

戍卫沿海

南宋时，制置使司过去每年都要征调明州、温州、台州三地的民船防守定海，戍守淮东、京口。民船凡已登记的大多损坏了。每当官府按登记册来抽征船只时，各级官员又都乘机敲诈勒索，老百姓为此十分痛苦。

吴潜任沿海制置使后，订立了“义船法”。他令三州的各个县选出各乡中有能力和财力的人，出面把各船户联合起来。如果一个县每年征调三条船担任防守任务，而登记的船有五六十家，那么就由这些人家共同筹备六条船，一半时间用来应付官差，一半时间自谋营生，如果每年有所节余，就存起来以备来年使用。

这些“义船”的大小都有一定的规格，船上也烙印着相同的记号，征调使用各船的时间也做了统一的安排，并把它固定下来成为制度。这些船都停留在江边，不时地轮番下海巡逻。船户们都有保卫家乡的志气，因此竞相抽出大船听候调遣。并于每月初一在三江口会合兵船、民船予以检阅，从而使整个海域肃然无事。

同时，吴潜下令在夜飞山设立永平寨，派出偏将、校官统一指挥，发给粮饷，配备军舰，使渔民们能够定居下来，而过往的行人也不再有安全上的顾虑。另外又设立了向头寨，对外防御倭寇，对内护卫京师。还设置了烽火燧，分为三路，都以招宝山为起点，一路通到大洋壁下山，一路通到向头寨，一路通到本府的看教亭。如果从看教亭发出一道令牌，可以直接送到军队大本营，同时沿江、沿海的烽火也飞驰而过，凡是观看的人都感到心惊胆战。

◎

如此联络设防，使鲸蛟出没的大海如同几案枕席一般安全，各军各寨息息相通，还有什么样的敌人敢来侵犯呢？

李邺侯

恢复府兵制

唐朝实行府兵制后，士兵们平时都能安心地从事农业生产。每个府都有折冲都尉统领他们。折冲都尉在农闲季节教习士兵作战的阵势，国家有事需要征调军队，就下达兵符到各个州府，州府按照兵符发兵。到了指定的地点，将帅检阅部队，如果有教习不精的士兵，就惩罚折冲都尉，严重的还要惩罚刺史。仗打完了，立功授赏，然后途中遣散，各自回到自己的州府。出征的士兵，到近的地方一般不超过三个月就能返回，到远的地方也不需要一年。

高宗派刘仁轨做洮河镇守，打算讨伐吐蕃，才有长期守边的兵役。武则天称帝以后，天下太平的日子长了，军备渐渐地松弛。玄宗开元末年，张说开始招募远行士兵，称为“彍（guō）骑”。后来逐渐补充成为六军。到李林甫做宰相时，各路军队都招募士兵，士兵不再由当地人组成，又没有宗族关系，互相之间不能尊重爱惜，于是祸乱便由此发生。

德宗与李泌（封号邺侯）商议，想恢复过去的府兵制。李泌答道："今年征召关东士兵来守卫京西的有十七万人，总计需要军粮二百四十万斛。国家近年来遭受饥荒、战乱，经费又不足，没有余力来恢复府兵制了。"德宗说："立即裁减戍边的士兵，让他们返回关东，怎么样？"

李泌回答说："陛下若能采纳我的意见，可以不裁减戍边的士兵，不惊扰百姓，就能够使国家的粮食充足，粮食价格一天比一天便宜，府兵制也就能够得到恢复。"德宗说："果真能够达到这样吗？"

李泌答道："这事必须立即去做，超过一个月就来不及了。现在吐蕃兵长期驻扎在原州、兰州之间，用牛运载粮食，粮食运完了，牛就没有什么用处了。请拿出库里藏着的次等丝绢，染成花色的丝织品，由党项族的人去卖给他们，换回耕牛，每头牛花去二三匹丝绢，总计十八万匹，可买牛六万多头。再命令铁匠制作农用工具，国家买回麦种，分发给边境的军镇，让他们招募士兵，开荒种麦。估计明年的麦子会大丰收，到时再要他们加倍还麦种。其余的麦子按照当时的价格增加五分之一，由国家买进贮藏起来，来年春季种谷子时，也采取这种方法。

"关中土地肥沃，又长期荒芜，收成必定很丰厚，戍边的士兵获得利益，耕地的人会逐渐增多。边境居民极少，而士兵每月所吃的又都是国家的粮食，他们收获的粮食没有地方出售，它的价格就必然很低。这样一来，我们名义上是高价买进粮食，而实际的花费要比今年少得多。”

德宗说：“你说府兵制也能得到恢复，这又是为什么呢？”

李泌回答说：“戍边士兵由于屯田而致富，就会安心在这块土地上，不再想回家了。按照过去的制度，守卫边疆的士兵三年一轮换。现在等到他们将要回去之时，发布命令，有愿意留下的人，就把他开垦的土地作为他的永久田产；家里的人愿意来的，由原籍发给公文，沿途供应饮食一直送往边疆。按招募应征的人数，发文投到本道治所。即使是河朔一带的将帅，也可以免除士兵轮流戍边的麻烦，他们会拥护这种办法的。要不了几次更换，关中的士兵都会变成本地居民，这时就可以用府兵制来管理了。这就能使关中由凋敝变为富强。”

◎

屯田的主张是西汉名将赵充国提出的。但在羌族平定之后，就停止了屯田。又设置金城郡，用来安置已投降的羌人，那善后的计策还不完善。

李邺侯主张由戍边士兵变成屯田之民，又由屯田恢复府兵制度，他的话确实可行。但不知后来为什么没有实行他的主张。

虞集

围海造田

元代虞集，仁宗时任国子祭酒。有一天，他在讲学结束的时候，说到京师的供给依靠东南海运，实在是耗尽民力，而且海上航行随时都会发生难以意料的事情。

于是，他对仁宗说："京师的东面濒临大海几千里，都是生长萑(huán)苇的地方，北边远到辽海，南边直到青州、齐州，海潮每天都要到来，水中沉淀的泥沙淤积成为肥沃的土壤，已经有很长的历史了。

"如果采取浙江人的方法，修筑堤坝，挡住潮水，把肥沃的土壤变成良田，对那些有钱又想做官的人，分别配给他们土地，用官衔加以节制。能统领一万耕种的人，授予他万人的土地，他就做万人的头领。千人百人的，也是这样办理。

"三年以后，根据他们的收成情况，按照土地的好坏由朝廷规定应缴的赋税，并且依照等次征收。五年有积蓄的，就任命他做官，从他储备的粮食中给予俸禄。十年就佩带符印，使他能够传给自己的子孙。那东南的百姓、士兵就有好几万人，可以就近保护京师，对外抵御岛夷，同时也大大地减轻了海上运输的压力，对内取得富民做官的效用。平时缺少粮食的百姓，得到了土地作为自己的依靠，自然不会再去做盗贼了。”

但当时朝廷说法不一，这个主张竟然没有实行。

◎

后来，元朝脱脱说，京师附近的地方靠近河流，可以利用土地来生产粮食。招募江南人耕种，一年能够收粟麦一百多万石，不用烦劳海上运输，京师也有足够的粮食，皇帝接受了他的意见。

于是，就设立了分司农司。用右丞悟良哈台、左丞乌古孙良桢兼任大司农卿，并授给分司农司的印章。西从西山，南到保定、河间，北至檀顺，东到迁民镇，凡是官府的土地和元统治者管辖的各处屯田，都由分司农司订立标准租种。一应使用的人力费用、耕牛、农具、种子，由朝廷提供五百万锭银子。又大致仿效原集贤学士虞集的方法，在江淮之间招收一千名能种植水稻以及修筑园圃堤坝的人担任农师。

并下发十二道空白的委任状，规定：凡是招募一百名农民的人，授予正九品；招募二百名农民的，授予正八品；招募三百人的，授予从七品；命他们各自管理所招募的人。所招募的农民，每人给十锭银子，一年之后，让他们回家。于是粮食获得了大丰收。

明代何孟春《余冬序录》说："国朝文庄公叶盛任宣府巡抚时，恢复官牛官田的措施，开垦的土地一天比一天扩大，储备的粮食也一天比一天多起来，又用多余的粮食，一年换回战马一千八百多匹。那些残破的屯堡，全部得以修复。不到几个月，完成了七百多所。现在守边的士兵，受役于权贵，终年劳苦，却不能占有一寸土地作为自己衣食的来源。军储的一切，全靠国库供给。购买战马的费用，太仆不能资助，屯堡还有谁能来修筑呢？天长日久，恐怕将来是难以对付夷人的侵略了。"

樊升之说："贾生的治安，晁错的兵事，江统的徙戎，都是万世最好的筹划。李邺侯的屯田，虞伯生的垦戍，平江伯的漕运（平江伯陈瑄是合肥人，成祖永乐初年，监督北京的海上运输，修筑淮阳沿海堤坝八百里，不久就停止了海上运输，疏浚会通河，贯通了南北军粮运输的道路。疏导清江浦，以避免危险。并建造仪真、瓜州坝闸，开凿徐州、吕梁的河道，修筑刁阳、南旺湖的堤坝，开凿白塔河、通江，修筑高邮湖堤坝；从淮到临清建造水闸四十七座，在淮、徐、临、通建造仓库，以便转运粮食；设置舍卒导引船只，设立井树，方便了行人）。这是一代最好的筹划。

“李允则在寺院的基础上修筑园圃（事见《术智部》），范文正、富郑公救灾荒，是一时最好的筹划。筹划达到最高明处，那人情就真的和谐了，法令的制定就如同自然天成，命令发出就像流水一样畅通无阻了。”

刘大夏

清查粮饷

明弘治十年（1497），孝宗皇帝命令户部侍郎刘大夏清查边地粮饷。有人对他说：“北边粮草的收购，有一半都被官宦子弟所垄断，您往常同他们的父辈不合，恐怕去后难免因刚直而惹出祸来。”刘大夏说：“处理事情应该凭道理，并非凭势力，等到了那里再想办法吧。”

到了边地后，刘大夏便召集当地父老日夜进行调查和研究，于是拟定了解决问题的措施。

一天，刘大夏在大路张贴榜文说：“某某仓库缺粮若干石，每石给官价若干。凡是境内外的官、民、客、商之家，只要愿意卖出的，米从十石以上，草从百捆以上，都允许到这里来卖。”这样，即使官宦子弟作梗也无法禁止人去卖粮草了。

榜文贴出没过两个月，仓库、草场都充实了。以前这地方规定，粮百石，草千捆，才允许出卖。因此，那些官宦的子弟争相经营，并转手购买边民的粮草，陆续运到这里，从中牟取一半的暴利。

自从刘大夏的措施实行后，有粮草的人家，可以自己直接卖给公家，那些官宦子弟纵然想收购粮食，也无处买到了。结果公家有了多余的粮草，百姓家里也增加了财富。

◎

刘大夏所制定的措施确实行之有效，但是如果他不召集边地父老日夜进行调查研究，又如何制定出这一切实可行的措施呢？能够如此虚心访问父老，诚心诚意地接受他们的好意见，这样，还有什么部门不能治理，什么事不能办成呢？

从前唐代人称御史台的座席为痴床，说一旦坐上此床，便会傲慢如同傻子，现在这些大官老爷们的座席，都是痴床啊！民间的利益和疾苦，怎能使皇帝知道呢？

董抟霄

tuán

转运粮饷

董抟霄，磁州人。元惠宗至正十六年（1356），他向朝廷建议说："海宁境内，不通船只，军粮只有从陆上运输；濒海的百姓，多次遭受盗匪作乱，还是应该采取措施加以安抚，暂且命令军人运送粮食。

"陆上运输的方法，每人走十步，三十六人加起来可以走一里，三百六十人可以走十里，三千六百人可以走一百里了；每人背来四斗，装在布口袋里，袋口用官印盖作封记。人不息肩，米不着地，排成一行，每人每天五百个来回，总计行路二十八里，空手走十四里，背米走十四里，一天可以运送大米二百石。每天所运送的粮食可以供应二万人食用。这是一天一百里运粮的数字。"

◎

按：当年明太祖皇帝北征时，命令侍郎师逵监督粮饷的运送。师逵考虑到道路险、车载重、民夫疲劳、粮草缺乏等诸多困难不好克服，选择在沿途平坦的地方，设立驿站、驿堡，每个站堡之间距离尽量相等；又规定每个民夫运米一石，此送彼接，朝往暮来，这样民夫不疲困，军粮也充足。

师逵也仿效了董抟霄的方法。

刘本道

转运粮饷

明朝先前是通过水道向京师运送粮食，只有通州的粮库靠近河边，装卸比较方便。但把粮食从通州仓库运到京师仓库，陆地上运输要走四十多里，大量运输费用与增加的损耗也没有补充。同时，各个地方前往京师操练的军队，长期服役，费用不足。

刘本道考虑到这两件事情的弊病，就奏请朝廷，在每月无事的时候，命令操练的军队利用休息时间把通州仓库的粮食运到京师，每三十石赏给官银一两。而水道运送的粮食，只在通州缴纳，靠近那里增设三百间库房，以便收藏。这样一来，一年积聚剩余的大米就有五十多万石，增加了京师的储备。皇帝赐给二品官服来表彰他。

◎

明朝人刘本道，常州江阴人。在当佐吏时，靖远伯王骥很赏识他，将他召到自己的幕下，并奏请朝廷授给他官职。刘本道随王骥出征云南，王骥大多采用他的计谋。

正统年间，他跟随尚书金濂征讨福建的盗贼，挽救了胁从的一万多人，被提升为户部员外郎。

景泰年间，西北一带经常发生事变，民不聊生。刘本道请求朝廷拨款购买耕牛二千头，连同换来的谷种一起给百姓。贵州边地仓库粮食被盗的事情揭露之后，受牵连的人多，有人推举刘本道前去处理，不到一个月，所有积弊统统得到解决。皇帝称赞他的办事才能，赐给他五云彩缎。天顺初年，提升为户部右侍郎，总督京城以及通州、淮安等地粮食的储备。

诚然，刘本道是凭着自己的才能被举荐的，但先辈引进贤人不拘资格，祖宗用人不全凭科举功名，这些都是今天所应当效法的。

苏轼

治理杭州

宋代苏轼做杭州知府时，正赶上大旱之年，饥荒、瘟疫一起发生。苏轼请求将本路应向朝廷进献大米数量减少三分之一，所以米价没有飞涨。他又得到朝廷赐给一百名僧人免除地税徭役的度牒，换来大米，救济饥民。第二年春天就减价出卖常平米，百姓终于免遭大旱的苦难。

杭州原是靠近江海的地方，水泉又咸又苦，居民稀少。唐朝刺史李泌最早导引西湖的水以开凿六井。百姓有了充足的用水，因此，城邑一天比一天富起来。到白居易做杭州知府时，又疏浚西湖，把水灌入运河，从运河取水灌溉的农田，达到一千顷。不过湖水容易干涸，杂草丛生。从唐朝到五代的钱氏，每年都要疏浚治理，所以湖水才足够农田的使用。

到了宋朝，西湖荒废又不治理，湖中积葑田达到了十五万多丈，湖水也没有多少了。运河失去河水的时候，就取钱塘江的潮水来补充。潮水浑浊又多淤泥，运河流经市区，三年就要清除淤泥一次，成了城市的大患，六井也几乎荒废了。

苏轼刚刚到达杭州，就疏浚茅山、盐桥两条河流，用茅山这条河专门接受钱塘江的潮水，用盐桥这条河专门接纳西湖的水。又建造了堰闸，以便控制湖水的积蓄和放出。

从这以后，潮水便不再流入市区了，而且用它多余的水量重新使六井得以充足，百姓又逐渐从中受益。

有一次苏轼空闲时来到湖上，朝四周看了很久后，说："现在若想挖掉葑田，把泥土放到哪里去呢？西湖南北三十里，围绕湖岸往来，一天也不能到达。如果挖出葑田的泥土，堆在湖中，修成一条长堤，贯通南北，那么葑田被挖掉了，来往的行人也方便了。吴地的百姓种麦，春天就收割，不留寸草。倘若挖掉葑田，招募百姓种麦，把征收的赋税用来整治西湖，西湖便不再淤塞了。"

于是，苏轼就拿出救济灾民所剩余的财物，共有一万多贯钱，粮食也有一万多石，又奏请朝廷，获得了一百名僧人的免税度牒，用来招募修堤的役夫。

堤修成之后，还在上面种植了芙蓉、杨柳，一眼望去就像图画一样，杭州人把它命名为"苏公堤"。

◎

明代华亭人宋彦说："西湖蓄水，专门用来给运河供水。湖滨水田多，春夏之间常常受旱，秋季又往往被涝。不如专门设置一个部门，下功夫研究水利，把西湖开广挖深。周边山上雨水多时能够容纳，周边田地受旱时能够放水灌溉，而掌管水闸的部门又能根据湖的深浅或关或闭，这样就能使水运无阻滞，而京城范围内的财富将必然增加。"

按：这是宋人为都城漕运所设想的办法，而现在我们也应该这样做。近来西湖逐渐淤塞，有财力的人喜欢在湖畔占地置业，管理地方的官员不可不考虑最终的后果呀！

张需　二条

治理民政

明朝人张需善于治理民政。先前担任郧州州佐时，当地的灌溉渠道有的被淤泥填塞了，水田废弃几十年，先后几任知州都不能疏浚。

张需刚刚到达郧州，知州同他说到这件事，害怕动用大批人力。张需看过渠道之后，说："如果有若干人，三天可以挖掉淤泥。"知州惊疑，认为他在说大话。张需仅仅集中了所需要的人数，每个人都带着挖泥的工具，每个人分配一定的尺寸数。民工们个个争相效力，三天时间竟然全部完成。知州大惊，认为有神帮助了他。

张需升任霸州知州时，看到百姓中间有很多无正当职业的流氓。他在每个乡里设置一簿，列出户数，每户各自报出男女长幼人数。根据人数，分给他们相应的粟、麦、桑、枣的种子和纺纱绩麻的工具，规定了养鸡养猪的数量，并到处张贴告示，明白告诉他们。张需一旦有空闲，就到乡下去检验户籍，发现没有完成任务的，就给予惩罚。于是，霸州的百姓人人尽力，不敢偷懒。不到两年，每户都有固定的产业，生活也一天比一天好起来了。

李若谷　赵昌言

修筑堤岸

安丰芍（què）陂（bēi）县，有春秋时孙叔敖所开掘的南北渠道，能灌溉良田万顷。因为大旱，百姓多到渠内耕种。雨水多了，他们就决堤放水，于是渠道失去灌溉的作用。

北宋李若谷做寿春知府时，下达命令说，堤岸的决口不得用兵夫修治，只征调靠堤岸的百姓，命令他们修好。从这以后，就没有偷决堤岸的人了。

天雄军有户豪门，为了灌溉他家的水塘，经常叫人在官堤上挖洞、放水。宋真宗咸平年间，赵昌言做天雄军太守，查访后知道这件事，当时没有过问。有一天，官堤崩溃，官吏告急。赵昌言命令迅速取这富豪家的东西堵塞官堤的决口。从这以后，奸诈的事就不再发生了。

屯牧

恢复茶马贸易

西番本来有很多的马，而这个地方的人依靠汉族地区供给茶叶为饮料来治疗疾病。

先前朝廷规定，用蜀地的茶叶换回西番的骏马。时间一长，这个规定逐渐废止不用了。蜀地的茶叶多半由茶农擅自出售，被坏人所利用，西番的马也不能按时送到。

明朝杨一清请求朝廷重新设置太仆养马之官，严禁私人出售茶叶，由官府统一管理，并把这个规定告诉西番。于是西番的马大量地集中起来，屯牧的办法也得以实行。

◎

明朝人杨一清做陕西巡抚时，就创建了平虏、红古两座城堡，作为固原镇的屏障，临河筑墙，用来保卫靖虏卫。他讨伐安化时，就接受宦官张永的计策，诛杀了刘瑾。

无论是出将还是入相，他所谋划的事情没有不成功的。当时人们都称杨一清为“智囊”，又把他与姚崇相比，这是符合实际的。

张全义 二条

重建东都

唐末时，东都洛阳屡遭祸乱，剩下的居民不满一百户。

张全义任河南尹时，从他的下属中选取十八个才能足以承担重任的人，发给每人一面旗和一张告示，称为“屯将”，让他们到十八个县的旧村落中，竖起旗帜，张贴告示，招募安抚流散的百姓，鼓励他们种植庄稼，并减免他们的租税。那里的人犯了罪，只有杀了人才处以死刑，其余的只处以杖刑而已。

因此，回来的百姓多得像赶集似的。几年之后，渐渐恢复了洛阳原有的规模。

张全义每见到庄稼长势良好的农田，就下马与手下的僚属一同参观，有时还把农田的主人召来，拿酒食慰劳他们。村民中有人养蚕种麦取得好收成的，他有时还亲自到那户人家去，把他家的男女老少都请出来，赐给他们茶叶和衣物。

民间流传着这样一句话：“张公不喜歌妓，独见好麦良蚕才高兴呢！”从此，百姓们都争着耕田养蚕，生活也就富庶起来。

◎

张全义虽是盗贼出身，但他处理政务的能力即使是良吏也比不上。

那些名义上做官，实际上干着盗贼勾当的人，岂不该惭愧死吗？张全义一声笑，百姓们就受到鼓动，而如今的官员虽百般发怒，老百姓也没有感受到威严，为什么呢？

植桑除罪

一举两得

宋朝人范纯仁任襄城知县时，当地的风俗是不养蚕织布的，因而种植桑树的人就很少。范纯仁为此感到很担忧。于是，他下令让犯了轻罪的人回家种植桑树，所种桑树的多少根据所犯罪行的轻重来定，以后就按他所种桑树的长势情况予以减刑。

从此，襄城的百姓都从养蚕织布中获得了益处。范纯仁离任后，当地的百姓仍然对他怀念难忘。

◎

我对现在的犯人充军、服苦役也有点看法。充军是用来作战的，服苦役是用来做工的，这难道不是立法者最初的本意吗?

可现在却不是这样，罪犯或假称已死，或花钱雇人来顶替，或请人代替，乡里有承担签押、解送犯人的忧虑，沿路关卡又要负担口粮费用，罪犯却自由自在，见到他们的人也无法查问。也就是所谓服苦役的比充军苦一些，因此谚语中有“活军死徒”的说法。然而有钱人犯罪可以花钱雇人顶替服役，贫穷人犯罪本来就是要饭活命，所以驿中解送犯人，能花费多少钱又何必用这无意义的苦役呢? 那么该怎么办呢?

我认为不如实行屯田之法。现在每天都在议论开垦田地，始终未见成效。实际上应该考虑军屯戍卫的远近及刑期的长短，再把犯人押送到某地去开垦一定的田亩。等到庄稼成熟收获后，即准许抵罪释放，他们中若有人愿意留下来，所垦土地即作为他们的世代家业。

这种方法实行几年后，就可以将荒土逐渐改造成良田，同时也可将奸猾之人改造成善良之辈，这种好处难道不是很大吗? 如果安置有法，管理有方，考核有序，教化有章，其好处就不是一句话可说完的了。

铅铁钱

丝帛代钱

五代楚王马殷取得湖南之后，没有征收商旅的赋税。因此，四方商旅都来到这个地方。湖南的土地多产铅、铁，军都判官高郁请求皇帝允许铸钱。商旅出境的时候，所铸的钱因不能使用，都换成别的货物带走了，这使得国家费用充足。

湖南的老百姓没有种桑养蚕的习惯，高郁便命令上缴赋税的人都用丝织品代替钱。不久，民间的纺织就兴盛起来了。

◎

官府无私心，即便是铅钱都可以通行，何况是铜钱。钱的制度之所以受阻，不能实行，是因为官府只把钱放出来，而不让钱入官府。即使有钱进入官府，也是坏钱出去，好钱进来；发行时价格高，回收时价格便宜。老百姓有谁甘心乐意呢？

所以说：“君子治理国政务必平允不偏。”上下都公平，那么政策就自然能够实行了。

钱引

让刑犯铸钱

宋朝赵开使钱引得以流通之后，百姓都认为很便利。一天，官府得假钱引三十万，捕盗五十人，按照法令应当处以死刑，张浚想这样去做。

赵开说：“我看你是失算了。即使钱引是伪造的，在它上面盖上宣抚使的大印，就成为真的了。对那些盗贼刺面后，就让他们造币。这样，你一天得到三十万钱币，而且保全了五十人的性命。”张浚说这个办法好。

◎

不但救活了五十个人，而且又得到五十人的劳力，真是个经世济民的大措施。

益众

登记流民

东汉末年，刘备依附刘表的时候，曾经忧虑自己的军队太少，不足以防备曹操。

诸葛亮进言说:“荆州不是人少了，而是登记入册的不多。无战事时征调百姓当兵，他们的心里是不会高兴的。你可以告诉刘表，让他命令所有流动人口都去申报户籍，凭此录取为兵卒，人数就多了。”刘备听从了诸葛亮的计谋，他的军队终于强大起来。

陶侃

收藏木屑

东晋将领陶侃为人处事十分仔细认真，凡事能尽职尽责。他在任荆州刺史的时候，嘱咐船官把锯木屑全部收藏起来，也不限制多少，大家都不理解他的意图。

后来在正月初一那天，遇到连天飞雪刚刚转晴，议事厅堂前面的台阶上积雪除去后还很潮湿，于是全部用木屑盖在上面，这样行走时就没有妨碍。

官府使用竹子，陶侃总是命令把截掉的竹子根部收藏好，结果堆积如山。后来桓温征伐蜀地，需要装备战船，这些竹根全部用来做钉子。

又有一次，陶侃曾经在管区内中征调竹篙，有一个官吏把竹子连根拿来，当作竹篙。（因为根很坚硬，可以代替竹篙的铁头。——原注）陶侃立即把他提升了两级。

苏州堤

修建河堤

从苏州到昆山共有七十里，一路上都是浅水滩，没有陆路可行。百姓们颇感行路难，一直想修筑一条长堤，但是沼泽遍布的地区又很难取土。

宋仁宗嘉祐年间，有人出了个主意：就在水中用芦荻干草做墙，并排修两行，两行相隔三尺。离墙六尺，再修一道墙，也是用水中杂草做原料。从水中捞出淤泥，塞在干草蓬中，等干了以后，就用水车把两墙之间的水抽干。两道墙之间的六尺地全露出了土，留下一半当堤基，在另一半里深挖土，修成一条人工河渠，再把挖渠所得的土堆放在堤基上，修筑一条长堤。每隔三四里就修一座桥，使南北的水可以流通。

没过多久，堤就修好了，百姓们从此得到永久的好处。

丁晋公

一举三得

宋真宗大中祥符年间，皇宫里发生了火灾。当时由丁谓（封晋国公）负责修复工程，但取土的地方太远，丁谓就让民工们在道路上挖土，没多久，大路就被挖成了大壕沟。他又把汴河的水引入壕沟。这样，各地送来的竹木排筏及各种杂物就可由水上用船运进来。

等到修复工程全部完工后，他让人把拆弃的碎砖断瓦和大火烧过的灰土，全部填入这条沟中，它又重新变成一条大道。这种做法一举三得，所节省的费用要以亿万来计算。

◎

丁谓确实很有心计，但不是做宰相的材料。所以说：小人，不能让他承担要职，却可以发挥他的小智慧。

郑端简公 三条

因地取材

明朝嘉靖丁巳年四月，皇宫中的三座大殿、三座楼、十五道宫门全被大火毁于一旦。文武大臣们都集合在一起商讨修建的方案。

当时海盐人郑晓（谥端简）协助办理军务，率领三万名士兵打扫被火烧过的焦土。他禀告司礼太监黄某说："火灾现场的废旧砖瓦木石不必全部运出宫，比如石料中那些完整的、半块的、一尺见方以上的，应各自分开，就近堆放；白玉石被大火烧成石灰的，也应另行堆放；砖瓦之类也是这样。"

没几天，工部想把端门外的廊房改建为六部办公用房并重修朝房，还要修补午门里面被烧坏的柱子和残墙，又要在谨身殿后、乾清宫前隆宗、景运二门之间砌上一道高墙，把内外隔开。内监、工部想从宫外把砖、石灰和搅拌用的黄土运到宫内，一下子就要从民间征调五千辆小车，百姓们为之骚动不安。

郑晓禀告黄太监说："在午门外堆放的旧砖、旧石和石灰不计其数，可以全部交给工部，用来修建端门外的廊房。堆放在午门以内的，可交给内监修补午门里面的柱子和残墙，还可以砌乾清宫前面的墙。"黄太监十分高兴。

郑晓又说："修砌时肯定要用黄土，现在工部要征集五千辆车，恐怕一时很难弄到这么多。再说东西长安门、承天门、端门、午门本来就只能容纳士兵和民夫出入，如果再加上这么多的车辆，一定阻塞难走。现在大工程就要开始了，在两阙门外有许多空地，可从那里挖出黄土。黄土挖走后，再命士兵把宫中的焦土填进去，上面覆盖三尺黄土，岂不是两相方便吗？"黄太监说："很好！"

郑晓又说："午门以内被烧坏的台基废石要是搬出东西长安门外就太远了。现在厚载门正在修砌断裂的台阶，如果令士兵把这些石块搬出右顺门，出启明门，往北走一点就是厚载门，就可以用来修砌断裂的台阶。这样做，不要说减少了工部估算的材料费，仅就节省士兵的劳力这一点来看，也是值得的。"黄太监说："很好！"

郑晓又说："按照先例，凡被火烧焦的木料，要由士兵搬送到琉璃、黑窑两个窑厂，往返四十里地。再加上这些烧焦的木材都很重很大，不仅皇城各门难以进出，而且皇宫外房舍密集，道路狭窄，士兵们搬运时不但难以行走，更难以拐弯。再说火灾后各宫门内太监们住的小屋，不是烧毁了，就是倒塌了，必须重新修理或翻盖，才能容身。不如把这些烧焦的木料运出左右顺门外，放在东西宝善和思善门的前后，以及启明、长庚两条长街上，听凭太监们把烧焦的外壳剥下来当炭用，剩下的木心如果还有用的话，就让他们随便拿去修理各自的私房。这样用皇城内的材料修理皇城中的房子，运出运进都不要经过皇宫四个正门，既省财又省力。”黄太监回答:“很好！”

锦衣卫的赵千户拿着锦衣陆炳的信来说:“士兵们搬运出去的灰烬瓦砾全部堆放在东西两长安门外及大街两旁，让外族或其朝贡使者看见了就很不雅。庆寿寺的西夹道有一个大深坑，可以把这些灰砾填在那里。”

郑晓说:“皇宫失火，朝廷已经告示天下，怎能说不雅？谁敢将朝廷中刻有龙纹的砖石，填在因罪被废的太平侯故宅？何况过去寿宫、九庙遭火灾后，废旧的灰砾也都是运出来堆放在长安门外。士兵们在长安大街上运送砖石，满车去，空车来，人可并行，官员也好照应看管。如果让他们运到庆寿寺西夹道去，那就必须从狭窄的西夹道进，再从东夹道出，路要多走一半，三万士兵只能干出一万五千人的活。

“此外，哪有官兵给人填坑之事？再说烧焦的砖木石，工部还另有他用，等其中有用的材料挑完后，剩下的还要用来铺路，要从长安门牌楼下，填到奉天殿前，每填五寸厚，就要打碎砸实，再加上五寸，一直要填到三尺厚左右。这样才可以在上边行大车、旱船和石滚子，要不然街道、廊道都会被压坏。现在午门外、东西长安街上的几万石火烧土石瓦砾，要是全把它们运走了，恐怕不久又要把它们统统再运回来！”赵千户还想说什么，郑晓不理睬他就走了。

官员们聚集在一起商量怎么处理被火烧坏的午门台基及奉天门殿楼等处的台基、台阶、柱下的基石、雕花石板、石面等，大家议论纷纷，定不下方案。郑晓想提出自己的建议，但又怕众人不相信，就特地拜访了掌管皇室各种营建的大匠徐杲。徐杲虽是个匠人出身，但也十分敬佩郑晓。两人见面后，徐杲屏退手下人。

郑晓说：“现在我有三件事请教您：一是午门的台基，众人的意见是将前三面拆去一丈，重新砌石筑土。这样做，恐怕不如当初牢固，万一楼修建好后，旧基屹立不动，新盖的基地发生倾斜，那就得耗费巨万公款重建。不如只将台基下面的龟脚、石腰、墩板等未被火烧坏的加以保留，烧坏的部分可以令工匠把其焦痕灰烬凿掉，大约凿一尺五寸深，然后依各洞的大小砌进适当的新石，再填上石灰土使它们坚固起来，并且用木杉板把它夹起来，决不会毁坏。三面分别安排三班人手，不到一月就可完工。唯有左右掖门两旁的须弥座石又大又厚，很难换置，必须等其他部分的石料都换齐后，再按前边所说，凿进去二尺五寸深，做成新石垫上，大家一齐用铁杠撬进去，也是比较容易的。”徐杲说：“好！”

郑晓又说：“奉天门前的阶沿石，每块都凿成三个台阶，殿上的柱下基石，最大的有二丈见方。如此巨大的石头，不像过去皇宫无门栏阻隔，可以奋力拉进来。前几年太庙发生火灾，修建时所需的木石材料就运不进去，后来把承天门的东墙拆掉才能运进去。现在这些材料，比当年修太庙还要多进三道门，就更难运了。不如把烧焦的土刨掉，将过去的阶沿石、柱下石、铺地面的花板石，一块块地翻过来，进行检查，要是有坚固厚实还能使用的，就把它换一面重新加工一下再用。至于殿上的三级台基及楼门台基，都可以像这样挖除坏的，补上新的。您要是能坚持我这个主张，就可以节省民夫几万万；节省的银两、粮食又何止几百万；省下来的运输车辆，更是不计其数。这真是莫大的功德啊！”

徐杲听后非常高兴。三天后再次商讨这件事时，在徐杲的支持下，全部采纳了郑晓的建议。

徐杲

修万寿宫

明朝嘉靖年间，皇帝喜好求仙，移驻西郊，建万寿宫，作为斋戒居住的地方。

时间不长，万寿宫遭火灾，内阁大臣请求皇帝回乾清宫，皇帝认为自己正在修道，不宜接近宫闱，叫工部尚书雷礼兴工重建万寿宫。雷礼知道工匠师傅徐杲有智谋，便专门委派他经营，费用在工部开支。

徐杲接手后，利用营缮司原来收上来的工程费，加上台基西面二厂原来存的木料，还有西郊旧砖旧石，稍加改用，就不须向各省派办了。至于壮工，就以不操练的军士充当，并且不时给他们加点犒赏，另外又招募在京城的流浪汉和乞丐，乘此也让他们吃饱肚子。因此里外都不乱，军民踊跃，整个工程很快就完成了。后来，徐杲升为通政侍郎及工部尚书。

贺盛瑞 九条

重建两宫

明朝嘉靖年间，宫中修理三座大殿，中道所需的阶石长三丈、阔一丈、厚五尺。官方就征调顺天等府的民工二万人制造旱船来运，还派府县的副职专门督办这件事。每里挖一口井，用井水来浇旱船和供民工饮用，共计用了二十八天才运到京城。官方和民间总共费用达十一万多两银子。

到了万历年间，要修两宫的大阶石，有的御使又想征调五个城的民工来运送。工部郎中贺盛瑞采纳了主事郭知易的建议，制造了一个十六轮的大车，用一千八百头骡子来运送石料，共计用了二十二天，费用不足七千两银子。

贺盛瑞又令人制造一百辆四轮官车，招募富裕人家承包车子运送木材石料，每天按照所使用骡子的头数付给报酬。这些车的价格是一百两银子，每年扣掉每辆车所付的运费二十两，共计五年还清。不必动用公家的钱，同时也没有给百姓增加负担。

修慈宁宫时，需要二十多块基石，贺盛瑞让人从工部所存的旧石中挑选一批运进来。宦官吵吵闹闹说这些石块太旧了。贺盛瑞说："石头怎能说有新有旧？旧的一凿就是新的了。要是有事，全由我一人承担，不会连累你们。"

明仁宗的献陵山沟的两岸，过去是用砖砌的。每次山洪暴发时，砖挡不住，因此屡修屡坏，白白耗费了许多金钱。当时任督工主事的贺盛瑞想用石头代替砖，然而由于宦官们每年从中冒领工银获利，所以坚决主张按原来的办法去做。

贺盛瑞把管理工地的官员找来，对他说："这条水沟的两岸用什么来砌才能耐久？"他说："应该用黑色的城墙砖，再灌上灰浆。"贺盛瑞说："黑色的城墙砖皇陵中有很多，宦官们为什么不拆二三万块来用呢？"他说："不敢这样做。"贺盛瑞说："你只管告诉他们，我不追查这些砖的来历。"

那个官员把贺盛瑞的话转告给宦官。宦官起初有疑心，不知贺盛瑞是什么用意，但内心还是被利益所打动，就拆了二万块皇陵中的砖。过了很久，也没听见贺盛瑞提起这件事。

一天，贺盛瑞和那宦官一同来到沟岸的尽头，贺盛瑞对宦官说："这个地方原来就用黑城砖吗？"宦官说："是的。"

贺说：“但是山洪一旦暴发，砖挡不住，砌它又有什么用呢？不如用石头。”宦官说：“皇陵里的山石，谁人敢搬动？”贺盛瑞笑着说：“沟里面的浮石，不正是要清理掉，以使皇陵的流水畅通吗？”宦官心知中了他的圈套，也就不敢多说什么。

于是，贺盛瑞每天五更点名，让民夫、工匠每人每次从山上带回一块三十斤重的石头。这样，没过几天，石头就堆得像座山一样了。原来估计用砖要耗费二十万两银子，改用石头砌后，费用才不过五万两银子。

盖坟顶的大石头，重达一万多斤，石匠们说，如果没有五百个人同时出力，是放不平整的。贺盛瑞考虑，要是从北京招民工来，北京离这儿五十多里，他们到了只要干一会儿就完工了，却让他们来回走一百多里。给工钱吧，公家吃亏；不给工钱的话，私人吃亏。于是他就决定从附近村里短时雇用壮劳力，每人付给三文钱，总共花费不过一千多文线，坟顶的石头就会严丝密缝地吻合起来。

神宫监在修建房屋时，旧例屋顶上都用板瓦。当时官窑产的瓦颜色黑，质量差，每片价格是一分四厘；民窑烧的瓦颜色白，而且结实耐用，价格却只要三厘。那些宦官靠买官窑瓦获利由来已久，因此都不让买民窑的瓦。

贺盛瑞主持工程后，亲自到神宫监去，对各太监说：“这神宫监盖了有多少年？”有一位年老有德的人说：“三十多年了。”贺盛瑞说：“才三十多年就漏成这样，难道不是因为所用的瓦太薄、质量太差的缘故吗？”那位太监说：“是的。”

贺盛瑞就悄悄地运来官窑和民窑的瓦各一千块，在下边做上记号后，把它们乱堆在一起。于是把监工太监、本陵掌印及守陵的太监一起邀请来，对他们说：“这些瓦完全听从你们挑选，你们看哪种可用？”大家一致说白色瓦好。拿过来一看，都是民窑烧的瓦。贺盛瑞说：“民窑瓦价廉物美，为什么还要用官窑瓦呢？”监工太监说：“这是祖宗留下来的制度，哪个敢违背？”贺盛瑞说：“过去用官窑，是因为它产出来的瓦比民窑好，哪里想到官窑现在白白耗费了钱粮，烧出来的瓦竟然这么差！我正想向朝廷报告这件事，今天只是请你们当个见证人而已。”说完他就走了。

监工太监跟着他到了寓所，低声下气地说：“这事要是开了头，官窑就没用了，请您还是按老规矩办吧！”贺盛瑞不答应，他就请求官窑、民窑各用一半，贺盛瑞还是不答应。于是监工就说：“就按您的意思办吧，只是希望您不要把这件事泄露给其他监工。”于是就采用了二十万片民窑产的瓦，为国家节省了两千多两银子。

陵墓地宫四面的“金刚墙”需要填土时，在编的民夫只有二十多人，如果两人抬一筐，没有三五天不能完工。贺盛瑞就下令道：“谁要是多抬一筐土，就加二文钱，以红木屑作为记筹。”于是民夫们干起活来个个像飞一样，当天就完成了任务。

锦衣卫上奏朝廷，要求修理皇帝外出时用的车驾仪仗，预算要万两黄金，贺盛瑞觉得太浪费了。监工太监就把所有损坏的器具送到他的府内，贺盛瑞检查后说：“这是掌管仪仗的武士怕您的精明，才耍了花招，以图证实他们在奏章中所写的。不然的话，贮放銮驾仪仗的仓库没听说失火，怎么这些铜带都烧焦了？东西用旧了就会腐烂，怎么这些东西都是从中间断掉的，就像有人用刀切的呢？”

太监按照他所说的去诘问武士，并说要把这事奏禀朝廷。那些武士都哭着跪下求饶，承认是他们做的手脚。这样，直到整个工程完毕，也没有人敢闹事。所花费的银子总共不到一千两，而皇帝的车驾仪仗全都焕然一新。

永宁长公主出殡。按惯例要用席子搭盖临时殿房三百多间，丧礼结束后太监们都把它们拆了私自拿走。贺盛瑞下令属下选择空地搭盖殿房，把楸棍横穿进绑支架的粗绳绳结中，然后再埋进土里;所用的席子，他也让工人们用麻绳连缝在一起。工地上的人都笑话他这样做徒劳无益。

殡礼完毕后，太监们果然又来拔取作支架用的杉木，但因杉木被穿埋在地下，非常牢固，席子又连成一片，如果用力把绳子弄断，又太费事了，于是他们只好放弃了。

贺盛瑞把工匠们叫来对他们说:“山里的雨说来就来，你们连藏身之处都没有，除了把大殿拆除外，其他小房就留给你们用，怎么样？”众人异口同声说:“这对我们太方便了！”贺盛瑞又说:“每张席官价是一分五厘，现在只作价七厘，从你们的工钱中扣除。拆工棚那天，席子听凭你们拿走，割断的麻绳留作砌墙的麻筋用，木料当作回料收回，怎么样？”众人答道:“好！”

京城外城的墙脚由于被雨水冲刷，年复一年，就形成了水坑，都快要侵蚀到墙基了，人称这种水坑叫“浪窝”。监督员外接到部堂的指示，打算从吴家村运黄土来填这些坑。吴家村离京城有二十多里地，整个工程预算要一万一千两银子。

贺盛瑞建议:“从城墙边上的壕沟里挖土填坑，不但坑可填实，壕沟也可疏浚，既节省费用，又能提高功效，再没有比这更便利的事了。”等到完工时，总共只花了九百多两银子。

◎

据查，重建两宫的工程是由贺盛瑞主持的，开了不少先例。凡有申请报告当日就批发，银钱交结的次日就发给凭据，每件事都在当天解决，办事的人就很难从中为难阻挠。愿意去做事的人云集，可供支配的资金有百万余两。他对每件事都详加核实，扣除不必要的支出，竟然只用七十万两就告竣，节省银钱九十多万两。可是工程结束后，反而因不称职被罢免，真是冤枉！

我看了其子贺仲轼所编辑的《冬官纪事》一书，提到他抑制木商、清理窑税等事，都能坚持己见，不怕得罪上司，难怪引起权贵们的愤怒！一个有治世才能的人，却一定要抑制自己的才华去和社会相容，这对国家有什么好处呢？唉，真是可叹啊！

徽州木商王天俊等十人拿了很多钱财来买通权贵，想方设法谋取公文，购买十六万根木料。贺盛瑞觉得这个差事一旦派给木商，且不论他们夹带私木，仅这十六万根木材中，就要逃税三万二千多根，使国家的税收损失五六万两银子。正在他想极力杜绝时，上司已发出特旨，准其所求。一时间，奸商洋洋得意。

贺盛瑞把他们叫来对他们说："你们想要公文，我也接到旨意要给你们公文，但我要在公文中加上附则，你们能禁得了我吗？"于是，贺盛瑞就在公文中列出以下附则：第一，不许减免关税。因为你们买木材，官府供应你们的已是平价，也是一种交易行为，自然也就要交税。第二，不许随意撞坏公私船只，如果撞坏了，要按价赔偿。第三，不许无故骚扰地方政府，请他们派出夫役拖拽木筏。第四，不许夹带私木过关。第五，官方不预支经费，等木材运到张家湾后，由工部官员会同有关官员逐根丈量，合乎规格的才付钱。

奸商们个个气得变了脸色，说："这样的话，这个公文也就如同一纸空文了，还要它干什么？"于是，都不愿再领公文，并向东厂索要送去的贿赂。工部屯田司主管官员兼管通济局、广济局，每局各设抽分大使一人、攒典一人、巡军十五人，官方支付他们的俸禄为每年一百三十多石，而每年抽分上缴工部的只有七八十两银子，有时甚至只有五六十两，还抵不上他们的俸禄。

贺盛瑞想把这件事上奏朝廷，并建议撤销这些人员，可左堂沈敬宇阻止他这样做。贺盛瑞查得这个机构初设时，每年上缴税款不少于一千两银子。该局所管辖的窑，从京城到通州、昌平、良州、涿州等处，每年要上缴税款的砖瓦就有一亿块。后来工部招募商人从事采购，于是该局就连一片瓦也没有经手了。

贺盛瑞掌管此事后，稍作稽查，就发现木商王资一项漏税就达一百零九两银子，其他便可想而知了。等到审查窑税时，太监王明从中作梗。贺盛瑞觉得对太监制约不到，可对商贩们是可以制约的，于是就在大街要道贴出告示，严令告诫军队和百姓："敢有贩卖王明砖瓦的就以偷税漏税论处。若军队或官员有人买了王明砖瓦的，允许大家检举，核实后即以所漏的税给予奖赏。”

王明所掌管经营的窑有三十多座，在此后的一个多月内，连一片瓦都卖不出去。于是不得不向贺盛瑞哀求，愿意补缴税款。

这件事传出后，达官显贵纷纷前来缴税，一个季度就收了二十余万两银子。一年下来，扣除功臣、国戚丧葬祭祀所需费用外，该局库存的银两堆得到处都是。各衙门需要小修时，五个月就能领到所需经费。

陈懋仁

节省军费

明朝陈懋仁说："泉州府库存的废旧兵器很多，都是先后收上来不能用的。我曾经负责监收，亲眼见到有许多还能用，实际上是士兵们为了骗取更多饷银，弄虚作假，把本来能用的故意损坏，与原来就坏了的一起缴上来。我认为应该把其中那些还能用的挑选出来，由官方供给原料，分发到各个营部去，修理好再用；不能用的可以重新加工成兵器后，再发给军队。官府发给军队添置兵器的费用中，七成给银钱，三成给重新制造的兵器，搭配着发。检验盘查时，一律根据新造兵器的标准，并把那些被雨水淋湿的火药分给军队，让他们加硝重新提炼。

"这样，估计可节省二千多两银子。这笔钱可从军费中扣除下来缴库，抵作明年的军费。节约了军费，减轻了百姓的负担，没有比这样做更有利了。”

但主事的官员不把这种浪费现象当回事，那些兵器也最终成了废物，真可惜呀！

叶石林

认领孤儿

南宋叶石林在武昌时，那年正发生水灾，京西的灾情更加严重，饿死的人的尸体漂在水面上，从唐州、邓州进入城内，不可胜数。叶石林命令打开常平仓，拿出储存的全部粮食救济百姓。然而被遗弃的幼儿无法得到收养。

一天，叶石林询问左右："民间没有儿子的人，为什么不能收养呢？"左右回答："他们担忧小孩长大以后，有人认领。"叶石林查阅了当时的法律条文，条文规定：凡是遭受灾害被遗弃的小孩，父母不得重新认领。

于是，叶石林制作了几千份空白文书，都记载着上述法律条文，马上交给城内外的保长、伍长，凡是领到儿子的人，都让他们自己说明从哪儿得到的孩子，然后给予文书，官府登记入册，总共救活了三千八百个小孩。

虞允文

代缴人口税

南宋时，浙江一带的百姓每年都要向官府缴纳人口税。因此平民生下儿子就抛弃，稍微长大一些的就杀掉。

虞允文听说这件事，感到很悲伤。他经过查访之后，了解到江中有一块小洲，上面长着芦荻，收益很大，却被那些官宦人家以及寺院占为私有。

虞允文命令官吏把这些收入登记造册，向上汇报，请求用此代替百姓所要缴纳的人口税。公文下达那天，百姓欢欣鼓舞，从此才有家人相聚的快乐。

植槐　置鼓

记里程、除匪患

北周韦孝宽做雍州刺史。原先这个地方，路边每一里垒起一个计算里程的土堆，经过雨水一冲就毁掉了。

韦孝宽来到雍州之后，下令在原来放土堆的地方种上槐树，既避免了经常修复土堆，又方便了来往行人的休息。后来，宇文泰得知这件事，叹息说："难道能让一个州特殊吗？"于是，他命令各州计算里程，都种上树。

北魏李崇担任兖州刺史。兖州过去有很多拦路抢劫的强盗，李崇命令各个村子设立一座楼，楼上都悬挂一面大鼓，抢劫发生之处，就乱敲大鼓。旁边村子先听到鼓声的人，根据规定也随后敲一次鼓，下一个村子敲两次，再下一个村子敲三次。顷刻之间，鼓声传到了方圆百里。凡有鼓声的村子，都派人去守住险隘的地方，于是，强盗没有不被捉拿的。

◎

明朝袁了凡说：“宋代薛季宣做武昌令的时候，每乡设立一座楼，一旦来了强盗，就击鼓烧火报警，很短的时间内消息就传遍方圆百里。”

这件事情与李崇所采取的方法是一样的。混乱动荡的时代，消除强盗的方法，也没有比这种方法再好的了。只有宋代向子韶做吴江县令时，太守孙杰命令各保设立一座鼓楼，保丁五人，用来准备巡逻报警，来了强盗，就敲大鼓，让大家相互听到。向子韶持有不同的意见，说：“相互斗争从此开始了。”这也是一种见解。

治理国事，大体上都是根据实际情况，采取各种方法，各人的方略虽会有所不同，但是只有明确刑罚，减轻赋税，使百姓富裕才是消除强盗的根本。

分将

选将择贤

北宋范仲淹做延州知府。原来这里的总管统领边兵一万人，钤(qián)辖统领五千人，都监统领三千人，每当敌寇到来时，便由官职小的先带兵出去抵抗。范仲淹说：“将军不选择贤能的人，按照官职大小作为次序，这是失败之道。”

于是，范仲淹在延州举行了一次大规模的军事检阅，得到精兵一万八千人，分派六位将领统率他们，每位将领带兵三千人，分部训练。一旦敌寇侵入，根据敌人的多少，派六位将领轮番带兵迎敌。

◎

明朝兵部侍郎梅国桢上疏说："古时候封赏爵位按照功劳，现在叙述功劳却按照爵位。"

这两句话切中时弊。临敌作战时，官职小的在先；论功行赏时，官职小的却在后面。这是用别人的性命为自己抬高身价，会使豪杰们不奋力进取。分派将领轮流带兵出击的建议固然很对，我说论功更应当专门表彰第一线的士卒，而不要轻易嘉奖身边的人，那么英雄豪杰们就会心情舒畅，而想获得功名的人也就知道奋力进取了。

徐阶 二条

改革弊政

明朝世宗时，倭寇蹂躏东南一带，抚按屡次告急，请求朝廷派兵。职方郎说："要是兵发到那里，而倭寇已经退走，谁来承当这个罪过呢？"兵部尚书被此说所迷惑，但是宰相徐阶持不同意见，于是兵部拟派出三千弱兵前往东南。

徐阶争辩说："江南是要害之地，听任贼寇蹂躏已经很久了。兵部大臣在千里之外，凭什么估计贼寇一定走了，又估计他走了之后一定不会再来，而阻止派兵援助呢？发兵的事情，只考虑应该发或不应该发。不该发兵，就不论精兵、弱兵，都不要发，这样可以节省费用；应该发兵就一定要发精兵，以保证取得胜利。怎能用虚假的东西来掩人耳目，拿这三千弱兵和几万银两的费用去喂养贼寇呢？"

尚书感到害怕，于是派精兵六千，让偏将许国、李逢时统领。许国已经老了，李逢时敢于深入敌阵，但是考虑问题有些不周。他迅速打击敌人，取得了胜利，但乘胜追击时遇到伏兵，反而被击溃了。当事人认为派兵是徐阶的罪过。

徐阶再次上疏："按照法令应当责罚守令。将校带领士兵打仗，守令防守。现在将校一旦失利，就判死罪，而守令却安然无事；到全城崩溃了，将校又要判处死罪，而守令只不过降职。这叫什么奖惩？能使用百姓的是守令。现在是一个士兵，一百个百姓，怎么可以把作战、防守的失利合在一起来惩罚将校呢？守令办事尽力，那么粮饷必定不会缺乏；守令赏罚果断，那么探听消息的人必定不会失误；守令警惕性高，那么奸细必定不能存身；守令对人仁爱，那么乡兵必定尽心效力。我认为狠狠地惩罚守令才是应该的。"

◎

汉代兵制好在百姓就是兵，太守、县令就是将领，所以当时的郡国都能自己制服敌人。唐代府兵制度保留了殷周时代的井田制遗留下来的痕迹；从张说改为骁骑，兵农开始分开；逐渐发展为藩镇，有将校，而没有守令了。

从宋代以后，没有战事，就由守令专门负责，将校不研究用兵的策略；有战事，就由将校专门负责军务，守令不参与运筹帷幄。这样，作战与防守，二者都虚了。

徐阶的这个建议，是认真研究了末世的弊政的。

徐阶考虑北虏要往南游牧，宣府、大同一带百姓与虏人杂居，士兵不能耕种，米、麦每石价格达到三两中等成色的银子，而每月所供给的粮饷只有七钱，所购粮食中一半是杂粮，还是不够吃。

当时京畿之内有两次麦熟，每石只值四钱，到时可以收买几十万石。每石花费五钱，可以运出居庸关，到达宣府；每石花费八钱，可以运出紫荆关，到达大同。大约核算一下，每石麦子的花费只要一两银子，而士兵可以饱吃一个月。那地方的米、麦价格，也会逐渐平稳。徐阶上奏朝廷获准后得以实行。

习射　习骑

治军

北宋时，种世衡所设置的青涧城靠近北虏边境。防守的部队薄弱，粮草都很缺乏。种世衡把官府的钱借给商旅，让他们到这地方来，也不干预出进。不久，这里仓库的粮食都非常充足了。

他又教官吏、百姓练射箭，即使是和尚、道士、妇女，也要练习，用银币作为箭靶。射中的就把银币给他。不久，射中的人越来越多，那银币的分量仍然跟原来一样，只是箭靶渐渐地加厚，面积缩小了。有的人为徭役的轻重而争论，种世衡也命令他们射箭，射中的人，从优安排。有的人犯有过失，也命令他射箭，射中了就免除处罚。从这以后，人人都射箭，兵强民富，在延州是首屈一指的了。

南宋的杨掞（yàn）原来是个书生，当初从军练习骑马射箭的时候，每天晚上用青布垫在地上，骑着那没有经过训练的马进行跳跃。开始不超过三尺，接着五尺，接着又达到一丈。他多次从马背上跌下来也不在乎。孟珙曾经采用过他的治军方法，被称为“小子房”。

◎

《宋史》记载，杨掞曾经向别人借了万缗钱，在襄阳、汉中之间游玩，出入娼楼，口袋里的钱快用完了。一天夜里，他突然自己喊叫起来，说：“来这里干什么啊？”就离开娼楼走了。杨掞已经在军中花费官钱几万缗，贾似道核实他的钱数时，孟珙拿出白金六百两给他偿还，杨掞又花掉了，从早到晚饮酒。

贾似道想把他杀掉，杨掞说：“汉高祖拿黄金四万斤给陈平，不管他怎么用。像您这样小气，怎能重用豪杰呢？”于是，贾似道没有处罚他。杨掞真是个奇特的人。他后来做了杜杲的幕僚，能够拿出超人的计策，解除了安丰的围困。可惜的是他的才能没能完全发挥。

曹玮

治边疆

北宋曹玮在秦州为官时，环州、庆州的羌人田地多被汉人购买，羌人势单力薄无法生存，就逃往西夏。曹玮下令把羌人原来的田地全部归还他们，以后再有人买羌人田地的，就把他们全家迁到内地。

他招募了弓箭手，经常让他们骑马射箭较量武艺，谁胜了就赏给他田地二顷。到第二年秋收时，要求获得赏田的弓箭手买一匹马来充当课税，马匹必须强壮，能够供武士骑乘。官方再把马登记下来，以备征用。这一切办好后，再赏给他五十亩田地。等到弓箭手有三百人以上，就设一个指挥官，在要害处修筑城堡，让他们自己挖壕，并把四周的田开垦成方形环绕着城堡。又设立马社，一匹马死了，众人都出钱购买一匹，以保持马社内存马有恒数。

后来他又下令在边境上开挖战壕，深与宽都是一丈五尺。遇山势险峻之处无法挖的，就顺其势修成防御工事，使其足以抵挡敌人进攻。后来边境之地都效法曹玮的举措。

虞诩

不放弃凉州

汉安帝永初四年（110），羌人叛乱，不断侵犯并州、凉州。大将军邓骘提议：目前军队作战，四方费用之事，不能全部供给，所以想放弃凉州，合力对付北边的敌人；譬如衣服破了，用一件补缀另一件，仍然有一件可以完好，不这样做，则两件都无法保住。议论的人都认为是对的。

虞诩劝说太尉李修说："我听说公卿大臣决定放弃凉州？凉州被放弃了，京郊之地就成为边塞了。京郊成为边塞，那么皇陵就没有蔽障而暴露在外面，这件事实在不能做。谚语说：'关西出将领，关东出宰相。'看凉州的士兵勇敢气壮，确实超过了其他州。现在羌人之所以不敢进占京郊，扰乱朝廷，那是因为有凉州在它后面。那里的人之所以勇猛顽强，义无反顾，是因为他们是汉朝的臣民。倘若放弃那个地方，迁移那里的庶民百姓，他们由于安于故土，不愿迁移，必定要产生别的念头。如果让豪杰相聚一起，向东席卷而来，即使孟贲、夏育充当士兵，太公担任将领，恐怕也是不足以抵御。议论的人用补衣作为比喻，认为还可以有一件完好。而我担心那毒疮腐蚀肌肉是逐渐深入的，而且没有尽头，还是放弃不合理的计策吧！”李修说：“如果不这样，那用什么计策呢？”

虞诩说：“现在凉州的情况很混乱，人心不安，我担心发生意料不到的变故。所以应当命令四府九卿各自征召几个凉州人，将凉州地方长官的子弟都任命为郎官。外用鼓励嘉奖来表彰他们的功劳，内则加以约束，防止他们发生不法行为。”

李修认为虞诩说得非常对，就重新召集众官，采纳了虞诩的建议。于是，李修任命凉州豪杰为各部属官，任命凉州地方长官的子弟为郎官，以此安抚他们。

◎

虞诩对凉州的建议能得以实行，因为有李修真诚的询问；唐代李德裕对维州的建议没有被采纳，却由于牛僧孺个人的不满。作为朝廷重臣，不为国家图谋万全之策，却只图满足自己的私利，这就是最大的不忠。放弃河套，陕右就会报警；放弃西河，甘州就会危急；放弃太宁，蓟州就会受到威胁；放弃三岔河，辽东就会感到恐惧。回首我朝往事，叫人寒心。

秦汉之际，冒顿单于不惜自己所爱的名马和女子，必去争夺千里空地，终于灭掉东胡而吞并诸王。堂堂中国的大臣，拿出的计谋却在虏人之下，还恬不知耻，为什么呢？虞诩的建议，突出的妙处就在于任命当地豪杰，并且加以重用，这也正是刘玄德所以能够安定两川的原因。

明嘉靖年间，东南被倭寇践踏得危急的时刻，漕台郑晓上奏说："倭寇占领的地方里面有很多有勇有谋可以任用的中国人，他们常常苦于进身无策，于是就甘心顺从贼寇做向导。请求朝廷命令各个巡抚官，在士卒和平民中间，每年考察，荐举有勇力智谋的几十个人，授予他们义勇军的称号，每月给大米一石。命令他们没有战争的时候，就带领人捉拿强盗；一旦发生战争，就统领士兵杀贼，有功劳就授予官职。这样，不仅中国人不为贼寇所用，而且在他们中间还会产生将才。那些跟随贼寇的人，诏令他们归顺投降。如果才力可以使用，一样论功授以官职。不然，几年之后或许有像卢循、孙恩、黄巢、王仙芝一样的人，渐渐地滋长扩大，到那个时候，就难以消灭了。"

我说明朝郑晓的这个策略，今天正好可以采用。

款虏 二条

笼络俺答汗

明朝时，鞑靼首领俺答的孙子巴汉那吉，同他的奶公阿力哥，率领十多个人前来投降朝廷。

总督和巡抚还未得到这个消息，张居正就已经知道了。他写信给总督王崇古调查此事是否确实，并与王崇古反复筹划："这事关系重大，制服北虏的机会在此一举。不久前，根据报告，说俺答到边境索要那吉，我正担心俺答放弃他而不取。如果这样，那我们就白白地持着人质了，而且还同俺答结下怨仇。现在他来要人，对我们有利。只要告诫将士，坚壁清野以防范他，并派人用好话安慰他。如果俺答用恭谨的话来投诚，或者砍下叛逆赵全等人的首级，并且保证几年内不侵犯我边塞地区，就可以上奏朝廷，以礼相待，送回他的孙子。

"但是听说俺答到了边境却不抢夺财物，又不明说要他的孙子。这一定是赵全等人教俺答诱惑我边地将领，挑拨我们把巴汉那吉作为人质，乘机寻找我们的空子，以掩盖他还没有足够的准备。我们必须合并土堡，坚守阵地，不要轻易地同他作战，即使他暴露自己的弱点和短处，也不要乘虚而入。应该加强侦察活动，使他产生疑心；或者派遣精锐骑兵从其他要道去捣掉他的巢穴，使他们来到野外没有东西可以掠夺。

“这样要不了十天，他必定要自己逃跑，所以不必非要以杀死和俘获他们作为功劳了。巡抚方金湖的差人鲍崇德所说亲自见到俺答的情况也不一定都是事实，但是俺答的爱孙之情，好像也还接近真实。他不用几个叛逆分子换回自己的孙子，大概是认为用卑贱者来换回尊贵者是可耻的，并非舍不得那几个叛逆分子。巴汉那吉等人养着有什么用处？可以此来对付俺答，使朝廷获得益处。

“现在应该派遣使者宣布朝廷厚待他孙子的意图，使俺答安心，再命令巴汉那吉穿着他那受朝廷赐给的绯袍金带，在他们的使者面前夸耀显示。他看到我们特别宠爱巴汉那吉，想要回孙子的心就会更加急迫，胜券就操在我们的手里，在这样的情况下和谈，我们的目的就必定能达成。俺答的话虽然说得悲伤恳切，但他还正亲自拥重兵驻扎在边境，事态如同武力要挟，还没有见到他真诚的和意。我们必须责令他把领头的几个叛逆全部先送到我们境内，撤回游骑，然后我们再差遣官吏以礼送他的孙子回去。如果他以兵力强要人质，事情就有可能中途发生变故；即使不这样，而仅送胁从的几个人来搪塞我们，那对国家的威望，难道不是一个很大损失吗？

“至于封爵、互市这两件事，都在可行和不可行之间。如果说我的意见，则认为边防利害，并不在于归还还是不归还那吉，而在于他求和的诚意。倘若他果真出于真诚，就借此给他封爵，允许他互市。我们则利用这个机会修筑战守的工事，大兴屯田之事。边陲安定了，农民就会有好收成。

“俺答如果找我们订立盟约，那我们就善意地笼络他们，使他们不产生异心；他假使背弃盟约，就兴师问罪。制服他的计谋在我们这一边，这关系几代人的利益。那些叛逆分子一送回，就抓起来押往京城，在太庙献俘后依法处决，把他们的首级传送到边地示众，使那些叛逆的人知道畏惧。

“在双方交换时，先把那吉移到边境，叛逆的人送回来后，再让那吉回去。他们如果打算抢走人质，就杀了那吉给他们看，关闭城门同他们作战，他们理屈，我们理直，那就一定战无不胜了。是阿力哥引那吉来投降的，现在把他交给俺答，必定要遭迫害。现在俺答既然留下周、元两个人，那阿力哥也留在我们这里，绝不能把阿力哥还给他们。留下这个人，将来大有用处。请您认真考虑。”

后来王崇古把这个意图迅速传到俺答军营:“俺答想要我们先交出那吉，而我们一定要他先交出所获的俘虏。”俺答这才献出被掳掠的男女八十多人。夷人的性情急躁，于是攻打我云石堡。崇古急忙命令守备范宗儒，把他的儿子范国囿和他弟弟宗伟、宗伊押到北虏的兵营换回赵全等人。

俺答非常高兴，逮捕了赵全等人，都披枷带锁，送到大同左卫。这时周、元听到有变故，自己喝毒酒死掉了。于是这才交出那吉，派康纶送他回家。那吉等人洒泪而别。巡抚方逢时告诫北虏的使者火力赤猛克不要伤害阿力哥。

俺答和孙子见面后都呜呜地哭了起来，相互安慰，面向南拜了五拜，派中军打儿汉等人前来道谢，上疏说:“皇上赦免我的孙子，这是无量的恩德，我们愿意做域外的臣子，进贡地方物产。”并请朝廷派人写上贡的表文。

张居正又给王崇古写信说:“封贡的事，是制服北虏、安定边疆的大战略。现在有些人怀着嫉妒之心，依着庸人的主张，计较眼前的利害，忘记了长远的利益，于是想兴风作浪而破坏此事，不仅是对朝廷的不忠，也是最不聪明的表现。

“议论的人认为讲和是示弱，互市容易引起事端，这是没有了解什么叫真正的和议。像汉朝的和亲，宋朝的献纳，和议的主动权在夷狄手上，而不在朝廷，所以，贾谊认为是上下倒置，寇准不肯议和。而现在是北虏自己称臣，乞求封爵，和议的主动权在朝廷，不在夷狄。这是汉、宋两朝万万不能相比的。

“至于过去开辟马市，北虏拥兵压境，依仗自己强大的力量来请求互市，并用劣马索取数倍的利益，相互交易还没有结束，就进行抢掠，所以先帝禁止进行互市。而现在因为北虏已经进贡，官府开辟市场，让他们与边地的居民进行贸易，每次时间或者三天，或者两天，就像辽东开原那样，又岂是以前的马市可比的呢？至于防守国土，考虑戒备，这是我们的日常工作，不因为北虏进贡或不进贡而考虑增加或减少，即便在国内，父子兄弟尚且不能保证他们不背约，何况夷狄呢？关键在于我们能制定出驾驭他们的办法，就像现在这样自然和合。

“几十年来，没有一年不受夷狄的掠夺，没有一块地方不受他们的骚扰，难道这都是背弃盟约的缘故吗？即使将来有背弃盟约的祸患，又怎能加在现在做法的身上呢？议论的那些人，只是考虑个人私利而忘记了国家的利益，以致放弃这次机会，所以我认为这不仅是不忠于朝廷，而且无能到极点了。”

张居正在文华殿当面向皇帝请求下诏执行。又以明成祖封和宁、太平、贤义三王的旧例交给兵部，拟定了八条做法交给王崇古，崇古得到奏札，允许北虏上表封贡。

于是，俺答向明朝进贡名马三十四，明朝封俺答为顺义王，其余的人各有封赏，直到现在边境的互市也没有间断。

赵全等人除掉以后，举朝上下，无不欢喜。张居正对督抚说："这时宜佯装不知道。不必让俺答以此献功，否则就又要多一番赏赐，并且使反叛的人更坚定为虏人做事的决心。就让这些人在北虏那里，今后有用他们的地方；不必把他们招回来，回来也没有用。要经常告诫他们要放下武器，安心从事农业生产，使他们成为中原的屏藩，不能生歹心；若生歹心，马上叫顺义王把他们抓起来。而对北虏使者又要这样说：'这些人背叛中华，我们已经不再管他们了，只要他们耕田种粮食。凡有犯法的、生歹心的，任凭你们杀掉，不必上奏朝廷。'以表示这些人的无足轻重。"

安黎峒(dòng)

安抚黎民

明朝顾岕在《海槎(chá)余录》中说：儋州七坊黎族居住的地方，山水险恶，那里的人无事就练习弓箭，好战成性。黎峒有许多可耕的田地，官方规定的税粮是八百多石。

明朝弘治末年，当地人因不堪忍受高额赋税，在土官符蚺蛇的领导下反叛朝廷。他们仗着勇猛凶悍，屡屡打败官军。后来蚺蛇在战斗中被箭射死，他的余党被朝廷安抚。

到了嘉靖初年，他的两个侄儿符崇仁、符文龙争当首领，相互攻杀，乘机煽动黎民，暗地里帮助他们造反。正巧当时我到那里去供职，土人和百姓都愁眉苦脸地向我说出其中原委。我说："可以慢慢安抚他们。"

不久，符崇仁和符文龙的弟弟和儿子相继领着自己的部属来拜见我，我慰劳他们一番，把他们送走。后来得知符崇仁、符文龙已被捕下狱，就故意问他们："崇仁、文龙为什么不亲自来呢？”众人忧愁地说：“上司已经把他们抓起来，正在严加审讯。”我回答说：“这是小事，我马上去把他们保释回来。”他们一帮人高兴地向我道谢。郡里的士绅百姓听说后，害怕地说：“这种人要是放出来，又要为害我们了！”我没有回答。

不久我巡视监狱，释放了两百名囚犯，百姓们都称我宽宏大量。黎族百姓见到我，都纷纷磕头祈祷：“我们所受的冤枉烟消云散了！”我随即调查黎峒的税粮，发觉都没有追缴，因而就借着黎族百姓来请求保释他们的首领时告诉他们：“事情要一步一步来，这次先保证各首领的下属纳完税粮，下次再保释首领如何？”众人说：“好！”

以前的土官每石粮征收银子八九钱，我要收拢他们的心，就请示上司将黎峒各粮税一律按照京师的二钱五分征收，并要求黎族百姓都亲自来缴纳。等他们来缴时，即加以安抚开导，把他们的姓名、性别、年龄等登记下来，然后编成十甲。在征收粮税和安排轮值当差外，还设立了知数、协办、小甲各二人，以及总置、总甲、黎老各二人，总共有一百多人。这样，掌兵的头目人人有事可做，乐于在自己的权力范围内尽职，不再顾念他们原来的首领，时间一长，就慢慢倾向官方了。

我暗暗了解掌握了他们的实情，就将五十多个带头作乱的人押解到二千多里外的省城监狱，后来这些人相继在狱里死掉，使大患在无声无息中消除。

后来落窑峒黎听到风声后，也纷纷接受教化，登记了户籍，交齐了拖欠的税粮，州里的粮库有了不少存粮，足以开支本州官军的俸粮，地方因而平安无事。

平军民变

平定兵变

杭州原来有幕府亲兵四千五百人，分为九个营，每年用七个营的兵力去防海汛，汛期结束就回来，待遇极为优厚。

明朝万历十年（1582），中丞吴善言奉行新法，减饷三分之一，而且一半给新钱。随即新钱废而不用，官兵向他申诉又置之不理，结果导致兵乱。他们的首领马文英、杨廷用实际上带头作乱，挟持吴善言到军营，极尽挖苦污辱之词，逼迫吴善言写下克扣军饷的供状，并要他拿出府库中两千两银子作为他们的酒饭钱，才将他放了。

第二天，马、杨两个头目假装负荆请罪，来拜见吴善言和藩臬二台，说："我们俩是为首闹事的，甘心接受处罚，别的人都未参与。"和他俩同来的兵士身上都藏着兵器，一有声响，他们就会作乱。诸官员害怕引起祸乱，只好用美言安慰他们一番，把他们打发走。接着把这件事汇报给上司。少司马张肖甫奉命代替吴善言全权处理杭州事务。他还未到任，民间又发生动乱。

起初，杭州各栅都设立役夫，负责夜间巡逻之事，而役夫又往往自行招募游手好闲的人来代替。前两年刚开始时法规尚严，一般都亲自服役。后来不想服役的人相继投靠豪门大族得以获免，那些游手好闲的人便得不到好处，心里怨恨。上虞人丁仕卿侨居在此，平时好舞文弄墨，与市井中的奸猾之徒相勾结，假言招募人服役有好处，请求监司守令恢复过去的做法，守令们不听，他很不高兴，就挑衅市井上的奸猾之徒说："官府对乱兵都没办法，对我们又能怎样？"

后来丁仕卿因犯其他法带枷示众，那些狡诈之徒便鼓动一帮人去劫持他，响应的有上千人，他们以焚烧抢劫大户豪门相报复，又攻破官府大门，监司以下官员吓得纷纷逃窜。

张肖甫到达嘉兴时听说此事，问侍从说："布置在海防的七个营兵力出发没有？"回答说："已经出发了。""那么留下来驻守的两个营无事吧？""是的。""赶快把他们也派遣出去，还来得及把他们和叛民隔离开来。"他的侍从都非常紧张，只有他整天谈笑自若。

张肖甫抵达杭州官邸时，不法之徒越来越多，甚至有人揭竿起义，两千多人手持大刀包围官府，扬言要破墙而入。张肖甫带着几个随从坐着轿子迎接他们，对他们说："你们不要造反，造反皇上就会派大军来诛灭你们九族！况且你们心中肯定有苦衷和不平，为什么不跟我讲讲呢？”众人都说巡夜的事不公平，张肖甫说：“这太容易办了！为什么因一时之气而要葬送一族呢？”于是就下令取消夜间巡逻的事，那些人才散去。然而他们的气焰更加嚣张，夜里又抢掠富家大户，火光冲天。

张肖甫连夜点着蜡烛起草了一份檄文，对他们讲明祸福利害。等到天亮时，张贴在交通要道之处。那些人看了竟然把它撕了。张肖甫愤怒地说：“我本来是奉命惩办那些蛮横的士兵的，现在应该从惩治这些暴民入手了。”过后又计议道：“有过错的军士若可用的话，这批乌合之众就很容易铲除。”

于是命游击将军徐景星把那两个营的士兵带进城，又把他们的伍长召来安抚说：“过去官府是让你们卖命又没给你们足够军饷，你们怎么能没有怨气？”那些人唯唯称是，张肖甫又说：“市井无赖作乱，他们没有什么功劳，跟你们不一样。如果你们能尽力设法替我捕到他们，我就给你们多加功赏。但不能滥杀，滥杀我就不给你们计功。”众士兵都踊跃听命。他又把马文英、杨廷用二人召来，秘密对他们说：“从前自缚请罪的是你们二人吗？”他两人连连称死罪。

张肖甫说：“壮士应当视死如归，虽然如此，但像你们那样死不会有好名声。你们如果替我率兵捕捉乱贼，且不说以功折罪，还要封赏。即使不幸战死，也算死得合乎道义呀！”他两人也积极听命。张肖甫又命徐景星从他的部下中挑出一批骁勇的士兵做前锋和主力，使营兵随其后，地方团练在最后，严明纪律，讲明应注意的事项，便出发逼近乱民，连连打败他们，逮捕了一百五十多人，丁仕卿也在其中。

张肖甫审清楚主谋以及挟带腰刀、缠着金帛领头作乱的五十多人，把他们全都在辕门斩首示众，其余的人都释放，那些为非作歹的乌合之众也就不攻而散了。

张肖甫想到这些凶悍的营兵尚未伏法，但若逼得太急又怕他们作乱，如果假借其他的事定他们罪或秘密把他们杀掉都是非法行为，因而表面上仍然褒奖了马、杨两位首领，赏给他们冠带，并张榜于兵营之中，还恢复原来的军饷，众人也都服帖安稳了。

当初马、杨两位首领自缚请罪时曾对他们部下说：“我们以一死来掩护你们，只要你们把我们收殓了，捐出一点养活我们妻子儿女的费用就行了。”大家就凑了数百两银子给他俩，但他俩释放后却不还给众人，众人颇为记恨。还有各营带头闹事的数十人，张肖甫也都调查清楚了。

到了第二年春天，汛期来到之时，七个营又要出发了，张肖甫在誓师时密令徐景星按名单每营逮捕一人，历数他们带头作乱的罪行，予以斩首。然后又把马、杨二人抓来，说：

“你们二人原来自请死罪，现在饶恕你们也晚了。而且你们既带头作乱，又欺骗众人迫取他们的钱财，即使我要宽恕你们，大家也不答应呀！”又把二人斩了，共杀了九人，把他们的头挂在辕门外示众。又派使者骑着马到各营赦罪说：“皇上不忍心把你们全杀了，你们自问该杀不该杀。从今以后应当尽力保卫国土啊！”众士兵都感动得泪如泉涌。

◎

兵变，无不是上司克扣盘剥军饷造成的；民乱，无不是豪强勒索激发而造成的。等到士兵和百姓结合到一起闹事时，杭州就危险了。幸亏那些歹徒仓促之间聚在一起，没有什么大志向；马、杨两个首领又听信张先生好言安抚，庆幸自己免于死罪，所以不至于兵民合而为一。这样，便有文章可做了。

张先生此番举措，既有很多机敏技术，又合乎规矩章法，尤妙在不滥杀。如若是贪功的大臣，我就不知道他会怎么办了！

三受降城 钓鱼山

修建要塞

唐朝朔方军与突厥军是以黄河为界的，当时默啜率领全部军队往西攻打西突厥突骑施。总管张仁愿请求朝廷乘虚夺取漠南一带的土地，在河北设立三座受降城，首尾相应，用来断绝南线侵扰的道路。六十天后完工建成。以佛云祠为中城，离东西两座城各四百多里，都占据水陆要冲之地。在牛头朝那山的北面，设置烽火台一千八百多处。从此，突厥人再也不敢越山放牧、骚扰边境了。

◎

现在这个地方已经全部放弃而变成荒地了，可惜啊！

南宋余玠任四川安抚制置使时，在帅府的左边设立了招贤馆，里边摆设的用具都同帅府一样。当时播州的冉琎、冉璞兄弟隐居在蛮中，前后任官都来征召，他们都没有去。到设置招贤馆时，兄弟俩亲自去帅府。余玠往常听说过他们的大名，便以平等的地位相待。兄弟俩住在帅府里已有几个月了，都没有话说。于是，余玠给他俩设宴，并且亲自主持了宴会。宴席上，宾主开怀畅饮，在座的客人高谈阔论，互相争胜，尽说自己的长处，但冉璞兄弟到宴会结束，还是默默无语。余玠想：“这是在看我对待贤士的礼遇如何吧！”

第二天，余玠又为冉琎、冉璞重新安排了住处，并派人观察他们的行动。只见兄弟俩一天到晚面对面地蹲在那里，用白灰在地上画出山川、城池，站起来便抹掉了。

这样又过了十天，二人这才请见，并要余玠屏退左右，说：“我兄弟二人承蒙先生厚礼相待，今天想用小事报答。要想守住蜀地，就应该迁徙合州城呀！”

余玠一听这话，不自觉一跃而起，拉住冉琎手说：“这正是余玠的意图，但是还没有找到合适的地方。”二人说：“蜀中地理形势最优越的地方，莫过于钓鱼山了，请把军营迁移到那里。如果用人得当，在那里聚积粮食，再加以防守，就远远胜过十万军队了。”

余玠非常高兴，便秘密地把冉氏兄弟所说的向朝廷报告，请求朝廷打破常规，越级授给他俩官职。随后，修建了青居、大获、钓鱼、云顶、天生等十多座城，都依山筑垒，并且布列稠密，就像天上的群星，棋盘上的棋子。于是，运用自如，臂指相连，蜀地可以防守了。

◎

唐朝张仁愿修筑了三座受降城，使得河北不再成为战争的前线；南宋余玠在钓鱼山建造了十多座防守敌人的城堡，才使蜀地优越的地理形势更加可观。这就是人们所说的一劳永逸，一费百省了。

明嘉靖中，大同巡抚张文锦建议在大同城北面的九十里处修建土城，抽调镇中士兵二千五百家前往防守。每座土城五百家，作为大同的屏障。这也是百世的利益了。

但是，五座土城单独悬绝五百里，防守边疆的士兵害怕敌人而不愿意到那里去。这样，就一定要建立屯田，修建房屋，让人看到自己可以获得利益；并且还要配备训练士兵的将领，严格制定五座城堡互相援助的规定，使军事防备可靠而使百姓放心，这样百姓中又有谁不高兴去那里呢?但他不看清当时的形势，仅仅使用严厉的法令把百姓赶到军事地带。他所任用的贾鉴又不能为国奉公，触犯了众怒，终于导致了张文锦的杀身之祸。幸亏仗着蔡天祐安抚士兵，安定民心，但也只能使当地平安无事。想建立功业的人，首先要体察民情啊！

孟珙

镇守江陵

宋理宗淳祐年间，孟珙镇守江陵。刚到那里，他登上城楼，环顾四周，叹息说：“江陵所依恃的三海，一些沼泽地已变成了农田。现在自城向东，古岭、先锋直至三汊，一无阻隔。敌人一挥鞭，发出的响声不是可以立即传到江陵城外吗？”

于是，孟珙修复了城内十一个险要的地方，另外在城外又设立了十个险要之地。沮水、漳水过去从城西进入长江，现在设置障碍使其向东流去，河水绕着城北流入汉江，而三海之水终于汇合在一起了。又顺着地势高下，营建水库，用来蓄水和泄洪，三百里的土地成了一片浩浩渺渺的大湖。

修建工程所动用的劳力多达一百七十万，但老百姓都不感到是负担。

中兴十策

康伯可献策

南宋建炎年间，宋高宗移驻扬州，康与之向他进献《中兴十策》：

第一，请皇帝设立祭坛，与大臣、全军将士都穿上白色丧服和军服，发誓一定要救回被金人掳去的徽、钦二帝；

第二，请皇帝移居关中，训练士兵，积贮粮草，号召黄河两岸百姓，从雪国耻的意义来讲，不应偏安江南；

第三，请皇帝暂时取消常规，采用西汉初年“马上治”的措施，选拔天下有才能的人侍候在皇帝身边，与皇帝一起探讨天下利弊得失，并使皇帝了解外情；

第四，对黄河以北没有沦入金人之手的地区，请朝廷不要去设置官吏，让当地百姓自己推选首领，负责保护自己的乡社，再派两支军队驻屯在险要部位作声援，在滑州设置留守府，以沟通黄河以北地区和朝廷的联络；

第五，裁减内侍、朝廷各部门及地方政府中的冗员，来往的公文函件要力求简要，以节省财力，提高办事效率；

第六，请皇帝颁布大赦令，给人民一次更新的机会，从前的事概不追究，无论是文官武将，任用时都不论资排辈，以收揽人心；

第七，北方那些逃避金人、携带乡民南来归顺的人，都是豪杰，应当以将帅的身份看待他们，不能视他们为盗贼；

第八，调整保甲法，团结山东、京东及两淮人民，以防意外的变化；

第九，请研究汉唐时期江淮漕运的路线，设置专门人员把江淮的粮食运到关中；

第十，允许天下直言进谏，地方官员要及时上奏，登记在册，然后由皇帝亲自过目，以扩大豪杰进言的途径。

但是，当时的宰相汪伯彦、黄潜善等人不能采纳，真是可惜了！

◎

康伯可后来投靠秦桧，被提升为尚书台郎中，宫中举行宴乐时，他专门为宋高宗作歌舞升平的歌词，从此名节扫地。但是这十策正大务实，即便是李纲、赵鼎也未必超过他，难道可因人废言吗？

李纲

守汴京

宋代李纲曾上疏说:“河北、河东,是国家的屏障,整顿好了,然后中原才可以保住,东南一带也就获得了安定。现在河东所失去的有恒、代、太原、泽、潞、汾、晋等地,其余的都还在;河北所失去的,不过是真定、怀、卫、浚四州而已,剩下的三十多郡,都为朝廷所有。

“两路的士民兵将都拥戴我朝,非常坚定,推举豪杰作为他们的首领,多的有几万人,少的也不下一万人。朝廷不趁此设立机构,派遣使者,用最大的抚慰,援救他们的危急,我恐怕他们在粮食完了,兵力疲惫,危急迫近而又无援助时,愤怒、怨恨必然产生,金人若趁机安抚并使用他们,那就成了敌人的精兵了。

“不如在河北设立招抚司,河东设立经制司,选择有才能的人,像张所、傅亮那样得到任用。由他们来宣讲天了不忍放弃两河给敌国的心意。凡是有人能保全一州收复一郡，就按照唐代藩镇的制度，让他自己做守官。如果这样，那不仅断绝了他们归顺敌人之心，又可以借助他们的力量抵御敌人，这是当今的急务。”

金兵围攻汴京，李纲率兵死守。这时，京城有人乘机杀伤内侍，夺走他的金钱丝帛，并把他们私藏的兵器缴纳到官府，邀功请赏。

李纲命令召集守御使司，按照次序接纳完了，总共二十多人，各人说出姓名，全部杀掉，并斩掉了杀伤部队将领的二十多人。至于偷窃衲袄的，强行夺走妇女一匹丝帛的，任意砍伤平民百姓的，都立即严处。

所以城外虽有强敌围困一个多月，而城中却没有盗窃发生。

沈晦

长江防御策

沈晦任信州知州时，宋高宗到了扬州，打算召他担任中书舍人。侍御史张守提到了沈晦在未入仕途时的一些事，宋高宗说："不久前我在金人军营中，见到过他慷慨陈词，读书人的一点小过失，难道就让他为此终身受牵累吗？"

绍兴四年（1134），高宗任命沈晦担任镇江府知府、两浙西路安抚使，沈晦在行宫中拜见高宗时说："地方割据势力的军队是可以使用的。现在长江沿岸一千多里，如镇江、建康、太平、池州、鄂州五个郡，目前都各拥有一二万兵力，可以用本郡的财赋收入购买官田让他们垦屯。敌人的军队侵犯这五郡时，可以用水军守卫长江，用陆军防守关隘，敌军就很难渡过长江；假使他们攻破长江防线，这五郡的兵力集中在一起攻击他们，即使他们很善作战，也不能在短时间内攻破这些城池。如果他们分别包围、进攻五郡，那么兵力就会因分散而削弱。如果他们用非主力部队牵制我们，而用主力部队南侵，那么这五郡可以从后面打击他们，敌军还能跑得掉吗？”

可惜当时没有采纳他的建议。

汪立信　文天祥

抗蒙策

南宋末年，襄阳被围困，眼看要被攻破了。

汪立信写信给贾似道说："沿江的防守，不过七千里，而内郡现有士兵七十多万，应该全部撤到江边，用来充实对外防御的力量。除去其中的老弱，大约能得到精锐士兵五十万。在七千里的防线中，每相距一百里为一屯，屯有镇守的将领，十屯为一府，府设总督。特别险要的地方，士兵增加三倍。没有战事，可以泛舟江淮，来往巡察。一旦有战事，就东西两方互相支持，不断联络，使军队形成首尾相顾、进退有据之势，这是上策。长期扣押对方的使者，这对于我们是没有好处的，白白地让敌人以此为借口向我进攻，不如以礼相待送他回国，并请求朝廷向对方缴纳货币，以缓和目前的危急。等待我们的军队稍微得到休整，再慢慢地谋划作战和防守，这是中策。"

后来元朝大将伯颜进入建康，听说汪立信的计策，叹息说：“如宋朝真采用他的计策，我怎能来到这里？”

宋末北人南侵之后，文天祥上奏，说朝廷姑息牵制的意图多，奋发刚断的意图少，请求朝廷杀掉吕师孟，并用他的血涂抹战鼓，以振奋将士英勇作战的气概。又说朝廷因防止五代时的混乱局面，削除藩镇，建立州县，虽然一时足以纠正尾大不掉的弊端，但是国家变弱了。所以敌人到达一州，就攻破一州；到达一县，就毁坏一县。中原沦陷了，后悔怎么来得及！

现在应该把天下分为四个镇，设立都督，对其中的军队加以控制。用广西补充湖广，在长沙建立指挥中心；用广东补充江西，在隆兴建立指挥中心；用福建补充江东，在鄱阳建立指挥中心；用淮西补充淮东，在扬州建立指挥中心。以长沙来夺取鄂州，以隆兴来夺取蕲、黄，以鄱阳来夺取江东，以扬州来攻取两淮。这样，地广人众，就足以抵抗敌人。约定日子，一齐奋力，有进无退，日夜备战。敌人准备充分，但力量分散，疲于奔命，而地方上的豪杰义士，又在他们的区域内伺机出击。如果这样，敌人是不难打退的。

◎

宋靖康时有李纲不用，而用黄潜善、汪伯彦；咸淳时有汪立信不用，而用贾似道；德祐时有文天祥不用，而用陈宜中。这样，即使宋朝不被金人打败，自己也要衰败；不被元朝灭亡，自己也要灭亡。

察智部

总序

古人有一句谚语："能看到深水底下的鱼不是好兆头。"因此圣人喜欢夜间行走，喜欢在别人不知道的地方巡游。虽然如此，要让别人知道确实很困难，但是让自己知道又有什么不好呢？眼睛里没有明亮的珠子，又怎能在夜里走路而不被绊倒？

子舆曾经称赞虞舜明察并举。是啊，不明达就不能洞察事物，不洞察事物也就不能显出自己的明智。譬如太阳当空，光芒能普照大地，也还有黑暗的地方，但人们对此也不会抱怨。对那些能明察的人，我引以为友好；对那些窥探别人隐私的人，我只想避开。

官吏的政绩最突出的就是能了解真实情况，使天下没有受冤屈的百姓；能认真追究坏人，使天下没有无辜被害的百姓。这就是通常所说的精细审察。

卷九

得情

狡猾善辩的人混淆黑白，有权势的人颠倒是非。坏人猖獗，好人蒙冤。如果洞察内情，只需几句话便可判明讼事。只有曾参和子路能这样明察善断，他们是极为令人敬仰的老师。为此，辑撰《得情》卷。

唐御史

揭穿诬告

李靖做岐州刺史时，有人向朝廷告发他要谋反。唐高祖派遣一名御史去审理此案。

御史知道告发的人是诬告李靖，便请求同告发者一道前往调查。走过几个驿站之后，御史假说丢失了原来的状子，惊恐异常，鞭打随行的典史。于是，恳求告发的人再写一张状子。等到把重写的状子与原来的状子进行比较，发现与原来状子的内容不同。

当天，御史就返回朝廷禀告高祖，高祖大吃一惊。结果告发的人被判处了死刑。

张楚金

识破伪证

唐朝时，湖州佐史江琛拿到刺史裴光写的一些书信，把上面的文字一个一个地剪下来，重新组合成一封书信。假装是裴光写给徐敬业联合谋反的信，向朝廷告发了裴光。朝廷派遣御史前往审理此案，裴申辩说："字是我写的字，但话不是我的话。"前后三次派人去处理，都不能决断。

武则天命令张楚金前去审决此案，所审之词与前相同。张楚金心里很烦闷，仰卧在西窗之下，阳光通过窗子照到室内，他随手拿起那封"谋反信"，对着太阳一看，发现这封"谋反信"竟然是补缀而成的。

张楚金就把州官全部召来，叫人端来一瓮水，命江琛把"谋反信"投入水中，结果信上的每个字都脱落下来，江琛只得叩头认罪。

崔思竞

破疑案

崔思竞在武则天朝时，有人告发他的异母哥哥崔宣谋反，朝廷派御史张行岌前去审理。告发的人事先用奸计骗出崔宣的妾，然后把她藏了起来，再向官府告发："崔宣的妾要揭发他想谋反，所以他把妾杀掉，把尸体投入洛河。"

张行岌按照原告的状子审查，也查不出什么线索。武则天大怒，命令他重新审查。张行岌复查之后，上奏武则天，结果仍然同原先的一样。武则天大怒，说："崔宣假如确实曾经杀了妾，他谋反的罪行就很清楚了。现在找不到妾，怎能洗清自己的罪状？"张行岌很害怕，就逼着崔思竞抓紧时间寻找崔宣的妾。崔思竞在城里中桥的南北花了很多钱，寻找藏匿崔宣妾的人。

几天过去了，没有一点消息。但是，他家里每当私下商议事情，那告发崔宣的人就能知道。崔思竞估计家中有告发人的同谋。于是崔思竞假装对崔宣的妻子说，要用三百匹绢，雇用一个刺客杀掉告发的人。到了第二天早晨，他就隐藏在告发人家的台阶前看动静。

崔宣家有个门客，姓舒，是婺州人，在崔宣家帮闲，崔宣任用他如同任用自己的子弟一样放心。过了一会儿，崔思竞看见这个人走上台阶，贿赂守门人，把上述的话通报告发的人。告发的人于是向官府报告说崔家的人想要刺杀他。崔思竞叫这个门客到天津桥，骂道："无赖险恶的东西，我崔家若因'谋反'破了家，一定说你也是同谋，到那时你讲不清楚。你能找到崔家的妾，我送给你五百匹丝帛。你带着它回老家，就足以发家致富。不然，你也必是死路一条！"

这个门客非常后悔，向崔思竞谢罪。于是他把崔思竞带到告发人的家里，在他的家里搜出了崔宣的妾。崔宣这才免遭一场杀身大祸。

◎

一个门客尚且如此，那食客三千的人，又怎么样呢？尽管那些鸡鸣狗盗之徒有时也能派上点用场，但他们都不会甘心在别人门下服役的。所以鉴别人才应当看重他们的品质。

边郎中

冤案昭雪

宋朝时，开封城内有个胡屠户的妻子，素来不守妇道，丈夫和公婆时常打骂她。

一天早晨，她去井边打水，去了之后再没回家，胡屠户告到官府。正巧安业坊中有个妇女死在枯井里，官府便召他来辨认死尸。胡屠户说："我的妻子有只脚没有小趾头，这个死尸脚趾是全的，不是我的妻子。"胡屠户妻子的父亲一直就很怨恨这个女婿，于是抚着尸体痛哭，说："这就是我的女儿！她一直得不到公婆的怜爱，一定是被他们打死后，投在井里想逃脱罪责。"

当时天气火热，过了两三天，尸体已经腐烂了，官府派人暂且把尸体埋在城外，把胡屠户关进监狱。胡屠户受不了严刑拷打，只得含冤服罪。

宋朝法律有个规定，每年朝廷要派使臣复审各路的刑事案件。这一年，刑部郎中边某审查胡屠户的案子，一眼就看出此案是冤案，说：“这个屠户的妻子必定没有死。”可是宣抚使安文玉执意不肯更正。

边郎中于是派人去察看这个城门所张贴的追捕逃亡人口的告示。有个商人家里逃走了一个婢女，那个婢女的身材、衣着、容貌与女尸相同。商人家正处于枯井附近，而那个商人已到外地去了。于是，边郎中派人找来原来埋尸的人，命令起出原尸。埋尸的人走出新曹门，蹚水到了河的东岸，指着一座新坟说：“就是这座坟。”打开坟墓，竟是一个男人的尸体。边郎中说：“那具女尸在埋的时候正当盛夏，河水正在上涨，这个埋尸的人害怕蹚水过河，就把尸体扔到水中了。这具男尸用青布裹头，必定是江淮之间的青年男子。”询问埋尸者，果真是这样。

安文玉知道胡屠户受了冤枉，但还是以没有找到他的妻子为理由，不肯把胡屠户释放。正好遇上开封的一名官员去洺州上任，他的一个仆人在迎客的妓女中看到胡屠户的妻子，经过询问，原来她在外出打水的时候，和别人私奔了，后来流落娼院。胡屠户冤案这才得到昭雪。

解思安狱

断冤案

定州解庆宾兄弟流亡在外，后来又犯了罪，都被遣送到扬州服役。解庆宾的弟弟解思安为了逃避服役，从扬州逃回家中。解庆宾害怕以后为此事追究起来要受到责罚，打算让弟弟改换姓名和籍贯。

于是，解庆宾故意错认城外的一具死尸，谎称他的弟弟已被人杀掉了，并要家里的人把尸体运回老家安葬。这个死人很像解思安，家乡的人看了，没有一个人能够辨识出来。

另外，有一个姓杨的巫婆，她自己说见到了思安的鬼魂，还向人们叙述思安在被人杀害时遭受痛苦、饥饿的情况。解庆宾又诬陷和他在一起的士兵苏显甫、李盖等人杀了他的弟弟解思安。他告到官府之后，苏显甫、李盖经受不住严刑拷打，两人都含冤招供，被打入监牢，等候处决。

吏部尚书李崇怀疑这个案子，下令停止执行，并秘密派了两个在扬州城内无人认识的人，假装从外地来，到解庆宾那里去告诉他说：“我到北城办事，碰到一个人，暂时住在他的家里。夜里同他谈心的时候，我看他举止有些奇怪，就立即问他。于是他说：‘我是躲避服役的逃兵，姓解，名叫思安。’当时我想把他扭送官府，但他再三哀求，并说：‘我有个哥哥叫庆宾，现在住在扬州相国城内，嫂嫂姓徐。您若怜悯我，替我去告诉他，您见到他后详细说明原委，家兄听到这件事，肯定要重重谢您。’现在我只是来对证一下，如果不对，再送到官府也不晚，所以我才来拜访。你想想看，是否有这个弟弟？如果是的，我应该放走他。假使你不相信，可以一道去看看。”

解庆宾一听，怅然失色，请求他稍歇一下。后来这个人把上述情况报告李崇。李崇派人逮捕了解庆宾，审问之后，他伏地认罪。又问李盖、苏显甫二人情况，解庆宾承认是诬陷。

几天之间，解思安也被人绑缚送到了扬州。李崇把那个女巫抓来打了一百鞭子。

欧阳晔

左撇子

北宋欧阳晔治理鄂州时，百姓中有因互相争船而打架致死的，可是凶手没有追查出来，案子久久不能了结。

欧阳晔亲自来到牢中，把囚犯提出来，让他们坐在庭院中间，解下脚镣手铐，送上吃喝。吃喝完了，都安慰一番，又把他们送回狱中，只留下一个人在庭院里。这个留下的人脸上现出惊慌的神情，眼睛还不停地往四周察看。

欧阳晔说："杀人的人，就是你！"这个囚犯不知是怎么回事，欧阳晔说："我观察吃饭的人，都用右手拿着勺子，只有你用左手，那个被打死的人伤在右肋，这就是你杀害他的明证。"这个囚犯哭着认了罪。

尹见心

验尸

有个贪图侄儿财富的人，把侄儿灌醉后在家里杀死了。他的大儿子和妻子感情不好，想用通奸的罪名，一并除掉妻子。于是，他的大儿子提刀走进屋里，把妻子的头砍了下来，拿着两人的头一起到官府去报案。

当时，知县尹见心刚刚到二十里外去迎接上司，得知报案已经是夜里三更了。尹见心在灯下看了看两个人的首级，一个首级的皮肉向上缩起，另一个首级则不是这样，就问原告："两个人是同时被杀死的吗？"回答："是的。"尹见心又追问："这个妇人有子女吗？"回答："有一个女儿才几岁。"尹见心说："你暂且在狱中住一夜，等到明天再审问这个案子。"

尹见心另外发了一张传票，派人迅速把被杀妇女的女儿带来。那妇人的女儿一到，就被带进衙门，给她果子吃，用好话仔细地问她，终于了解了真情。最后父子两个都认了罪。

王佐

察内奸

南宋王佐担任平江太守时，政绩非常突出，尤其善于处理诉讼案件。

一次，有人告发进士郑安国在家私自酿酒。王佐审问郑安国，郑安国说："我不是不知道这样做冒犯刑法，只是老母吃药必须用没有沉渣的酒。"王佐怜惜郑安国的孝心，就把他放了。事后，王佐又问："酒藏在床底下的书箱里，告状的人是怎么知道的呢？难道此人能进出你家吗？或者有奴婢出入与此人联系呢？"

于是，王佐找了一个郑家的小婢女来问话，终于查出了婢女过去和告状的人通奸的情况。王佐把他们打了一顿，然后把他们赶走了。知道这事的人都拍手称快。

殷云霁

笔迹断案

明朝正德年间，殷云霁做清江知县时，县里有个叫朱铠的人死在孔庙西边的廊屋中，不知是谁杀的。

殷云霁忽然收到一封匿名的信，信上说：“杀朱铠的人是某某。”某某一向是朱铠的仇人，众人都说信中说的是真情。殷云霁说：“这是凶手想要嫁祸于人而脱逃罪责。”他又问左右的人：“和朱铠平时关系亲近的人是谁？”众人回答道：“是个姓姚的小吏。”

殷云霁就把所有的小吏召集到公堂说：“我想找人誊抄书信，各人把自己写的字呈上让我看看。”有个叫姚明的人，写的字体同匿名信的字体相似。殷云霁盘问他：“你为什么要杀掉朱铠？”姚明大吃一惊，说：“朱铠将到苏州去贩卖货物。只有我知道这件事情，因贪图他的钱财，所以我把他杀了。”

周纡(yū)

稻芒断案

东汉周纡在任召陵侯相时，廷掾害怕周纡执法严明，想煞一煞他的威风。

一天清晨，这个廷掾搬来一具死尸，砍掉手脚，靠在官衙的门口上。周纡听说后，就走到死尸的旁边，装着与死尸说话的样子，暗地里察看到尸体的嘴边眼角都是稻芒。周纡这才秘密地询问守门人：“昨天晚上有谁运稻草进城的？”守门人回答：“只有廷掾。”于是，周纡逮捕了廷掾，经过拷打审问，廷掾全部招了供。后来再没有人敢欺骗周纡了。

高子业

破冤案

明朝高叔嗣（字子业）刚接任代州太守时，有个秀才江槔（gāo）和邻居争夺宅基地，几乎发生群殴。江槔暗中杀死同族人江孜等两人，把他们的尸体藏起来，企图诬陷邻居。邻居知道他的阴谋，不敢再争吵下去，就把宅基地全让给江槔。

几年后，江槔当千户长的哥哥江楫无故杀了江槔的妻子，江槔就唆使妻子的家人去告江楫的状，并且诬陷他曾杀了江孜二人。为此，江楫被官府拷打致死。因江楫没有儿子，就由弟弟江椝承袭了江楫的职务。江槔不服，再次上诉监司台，监司台就把这个案子交给高叔嗣处理。

高叔嗣问江槔，江孜二人的尸首现在在什么地方。江槔回答说："江楫杀了江孜他们之后，把尸体埋在他们家了，具体地方我不知道。"高叔嗣问："江楫是因为什么把他们二人杀掉的？"江槔愣了一下回答道："是为了帮我争夺宅基地。"

高叔嗣又问：“你跟江楫住在一起吗？”江槔说：“不住在一起。”高叔嗣说：“为你争夺宅基地而杀人，又把尸首埋在自己的屋里，有这样的道理吗？”接着他又询问手下僚属：“你们去江槔的住处搜查过尸体吗？”他们回答说没有。

于是，高叔嗣下令搜查江槔的屋子。挖开他家地面后，就发现了江孜两人的尸首，尸首上刀砍的痕迹还很清楚。江槔只得认罪。代州的老百姓说：“十年的冤案，一个早晨就得到昭雪！”

代州的豪强吴世杰曾诬陷他的同族人吴世江奸淫抢劫。为此，有二十多人被官府拷打致死，而吴世江则熬了下来。几年后，高叔嗣重新审查该案卷宗，把吴世杰召来问道：“吴世江抢劫的赃物只有一条布裙和几十斗谷子，而他既有良田又有房产，这样富有还去偷这点小东西，是什么缘故呢？”吴世杰说：“他贪图美色。”

高叔嗣即传讯被奸污的妇女，问道：“吴世江是抢劫你，还是强奸你？”妇女回答：“强奸。”“什么时候？”“晚上。”高叔嗣说：“既然是夜里，你怎么知道他就是吴世江？”妇女回答说：“是吴世杰教我说是吴世江的。”

于是真相大白，吴世杰不得不承认自己犯了诬告杀人罪。

程戡

弑母诬陷

北宋程戡做处州知州时，有一户人家和另外一家结下了冤仇。

一天，这家的几个儿子对他们的母亲说："母亲年纪大了，而且身体多病，恐怕没有更好的办法了，请求把母亲杀死来报这个仇。"于是竟杀死了自己的母亲，把尸体移放在仇人家的门口，便到官府报案。那个仇人无法把事情说清楚。程戡怀疑这个案子，可他手下的人都说没有什么可以怀疑的。程戡说："杀了人又把尸体放在自己家的门口，还不值得怀疑吗？"

于是，程戡亲自审问此案，终于全部弄清了杀人者的阴谋。

张举

烧猪破案

三国时，吴国张举做句章县令时，有一家的妻子杀死丈夫，并放火烧了房子，诈称丈夫被火烧死。死者的弟弟告到县里。

张举就弄来两头猪，把一头杀死，另一头则让它活着，然后堆积柴草焚烧这两头猪。后来观察发现，经火烧后，原先那头死猪的嘴里没有灰，而活着被烧死的那头猪嘴里有灰。随即查验死人的嘴，里面果然没有灰。凭着这一证据，张举审问那个女人，她才认了罪。

陈骐

解梦

明朝陈骐任佥都御史，巡抚江西。刚到任，梦中看到一只老虎带着三支箭跳到他的船里。他醒来之后觉得很奇怪。当时正在审理吉安一个女子谋杀亲夫的案子，案情有疑点，没法决断。

起初，这个女子许嫁给一个书生。女家富而男家穷，女家不断周济男家，书生非常感激，常常把这件事告诉他的朋友周彪。周彪的家里也很富有，听说这个女子容貌美丽，想去求婚，却又没有好的办法，后来，在这个穷书生迎亲时，周彪与他一同前往，民间称作伴郎。走到半路上，穷书生遇到强盗被杀死了。

穷书生的父亲怀疑是女家嫌弃他家贫穷，派人事先等候在半路上谋杀了他的儿子，目的是想把女儿嫁给别人，却不知道这件事是周彪为了得到这个女子所策划的。他告到官府，审讯的人是按照女子有奸情谋杀亲夫来办案的。

陈骐把死者的父亲叫到堂上讯问。他只说:“此女与人有奸情。”但是说不出奸夫的姓名。陈骐派一个收生婆检验这个女子，发现她仍是一个处女。于是，陈骐询问死者的父亲:“你的儿子同谁的关系最密切?”回答:“周彪。”陈骐联想到自己从前那个梦:虎带三支箭跳到船里，这不就是周彪吗?况且周彪又是做伴郎一同去迎亲，梦中的事情就应在这个案子上了。

过了几天，陈骐假造一道公文发到吉安，选取有才学的读书人编纂郡志，把周彪的名字也列在上面。这些人来到后，陈骐设宴招待。酒喝到一半，陈骐单独招周彪到后堂，屏退左右，拉住他的手不断叹息，假装对他说:“有人说你杀了那个穷书生，而且想娶他的妻子。我爱惜你有才学，况且这个案件一旦判定，也不能更改，你应当说出实情，我设法救你。”周彪又慌张又害怕，浑身战栗，跪在地上，把事情的经过全部说了出来。

陈骐把他的话记录下来，暗地里派人逮捕了周彪的同谋。一经审问，案子就了结了。全郡的人感到惊异，把陈骐奉为神明。

范檟（jiǎ）

巧破悬案

明朝人范檟任淮安太守时，一户人家的儿子徐柏在将要举行婚礼时突然失踪了，他的父亲到官府报了案。范檟说："都快要结婚了，是不会出远门游玩的，是被人杀了吗？"他的父亲说："我儿子力气很大，一般的人是杀不了他的。"这个案子就这样拖了很久，一直未能结案。

一天夜里，范檟正点着蜡烛看书，忽然看见有个人穿着湿衣服，胳膊上绑着大瓦罐，佝偻着身子向他走来。范檟诧异地想："哎呀！这不就是徐柏的冤魂吗？胳膊上绑着大瓦罐，说明是死在水里的。"

第二天，他询问左右的人："这里哪个池塘最深，我想去那里游玩游玩。"有人说某寺里的池塘最深，于是范檟就乘轿子去了。到了那里，他指着池塘说："徐柏的尸体就在这口池塘里。"人们就用网打捞，但没捞到，正当他们准备回去的时候，水中忽然往上直冒气泡，就像水沸腾起来似的。于是又重新打捞，终于在水底捞到一具尸体。范槚把徐柏的父亲叫来辨认，果然是徐柏的尸体，却不知是谁杀的。范槚想徐柏是个有力气的人，能杀他的人，一定很强壮。

一天，范槚忽然颁布一道命令："目前动乱才刚刚结束，我想招一批身强力壮的人来充当捕快。"挑选完毕，范槚看见一个人一直把棉袄反穿着，就让他脱下来检查，一看上面全是血迹。范槚呵斥道："你为什么杀人？"回答说："是前些时候在战场上弄脏的。"但在拆开袄面时，发现血迹都沾满了棉絮。范槚说："与倭寇打仗是在夏秋时节，哪里需要穿棉袄？杀死徐柏的一定是你！"

于是此人不得不认罪，就说："我杀人是因为与一个小孩打赌的缘故。"当把那个小孩抓来后，小孩说："当初我是跟你开玩笑的，难道你真的杀死他了吗？"一时人们都称颂范槚见识如神。

杨评事

推敲细节

湖州人赵三和一个姓周的书生关系很好，他们相约去南京做生意。赵三的妻子孙氏不想让丈夫去，两人为此已争吵了好几天。到约定的日子，天刚亮，赵三就早早上了船。因来得太早，他就在船上打起盹来。

船夫张潮贪图赵三的钱财，偷偷地把船摇到一个偏僻地方，把赵三杀死沉入河底，然后又把船划回原处，假装熟睡，等姓周的书生来后，张潮说赵三还没来。周等了很久仍不见赵，就让张潮去赵三家催。张潮去赵家敲门，边敲边喊赵的妻子“三娘子”，问赵三为什么这么晚还不出门。孙氏听了大为惊奇，说:“他早已出门了，难道还没有上船吗？”张潮回去告诉了周生，周生感到很惊异，两人就分头去找赵三，但找了三日，仍未发现赵三的踪迹。周生怕受连累，就写了封状子呈交县衙门，县官怀疑孙氏有别的缘故而害死了自己的丈夫。

过了很久，有个姓杨的评事看了那个状子，分析说："张潮去赵三家一敲门就喊三娘子，可见他一定知道屋里没有她的丈夫。"根据这一点，官府确定了张潮的罪行，张潮只得招供。

杨茂清

明察秋毫

杨茂清升任南直隶省贵池县知县。贵池在长江边，江上官府的邮船往来穿梭。这里的百姓好闹事，好打官司，杨茂清针对这种情况进行了整治，而且处理事情英明果断。

当时泾县有个叫王赞的人，因拖欠青阳大户周鉴的钱财，而想陷害他。他预先买了一个要饭的妇女养着，等到周鉴来要账的时候，他就设法把那妇女弄死，然后诬告周鉴。审讯这个案子的人因周鉴家富有，怕惹嫌疑，不敢为他辩白。御史觉得可疑，就命令郡府调查真相，郡府又命令杨茂清前往审理。

杨茂清看了案卷之后，说："王赞为什么不让自己的邻居做见证人，而要找五十里外的麻贩子呢？王赞既然被打晕了，又怎知麻贩子的姓名，并让他为自己作证呢？"杨茂清又进一步推理道："王赞的妻子趴在他的背上保护他，又怎能被打伤胸部致死呢？”说完，他就开始审讯证人，证人稍稍吐露了一些实情。

第二天一早，杨茂清又到了现场，进一步查问当地的居民。原来王赞家门前有条沟，王赞在沟上架了一根木椽作为桥。周鉴来时，王赞就假装让那妇女去和周鉴争吵，可她在过“桥”时摔下去跌死了。真相大白，王赞无话可说，而周鉴得以解救。

石台的杨老汉有两个儿子，大儿子的孩子名叫杨标。二儿子死了，二儿媳妇和仆人私通，杨老汉就把仆人赶走了。但仆人又偷偷来到杨家，和二儿媳幽会。杨老汉发觉后，没有直接斥责他的奸情，而是以盗贼之名把他杀了。

事发时，杨标去青阳为亲戚做寿，仆人的家人却咬定是杨标杀的。杨老汉也向官府自首，但主审官吏不听，竟判定杨标犯了杀人罪。由于杨老汉一再申诉，杨茂清暗中进行了调查，了解到了真情;但主审官却因为杨标家富有，怕给他平反受嫌疑。

杨茂清就下了一道文书，把当时在青阳曾和杨标一起喝酒的十几个人抓来，分别进行了审问，他们异口同声，一致证明杨标不在杀人现场。这样，才判定了杨老汉的罪。于是在收了他的赎金之后，同时释放了杨标。

三年后，杨茂清路过杨标家，他全家男女老少都跑出来，围着他下拜，还领着一个小男孩告诉他说:“这是杨标出狱后所生的孩子。如果没有您明察秋毫，杨家就绝后了！”

◎

铜陵人胡宏绪，在韩太守主持的乡试中名列第一。他的仆人带着他的妻子私奔了，胡宏绪控告说是媒婆把他俩藏在某地，追踪到那里，果然发现了他们，就把他俩绑起来送到官府。那个仆人原先就病得厉害，等到送到监狱时，当天夜里就死了。

仆人的家人一再到官府控告胡宏绪，说是他害死的。那些客居当地的他的江西同乡，也纷纷到官府为他作证。当朝廷的御史下来巡察时，他们又去告状，御史就让杨茂清查办此案。

杨茂清经过再三审问后，说:“胡宏绪之所以捆人，实际上是为了把人送到县衙门，并不是捆回自己家中，况且那仆人原先就有病。”于是就判胡宏绪无罪。当时正逢会考日期临近，杨茂清急呈上审判的公文，胡宏绪才无罪释放，并在考试中名列榜首。杨茂清审理冤案疑案，大多像上述的情况一样。

郑洛书

磨盘断案

明朝郑洛书任上海知县时，曾于正月初一拜见郡太守，回来时把船停泊在海口，忽然有具被石磨压着的尸体，从水下浮了上来。郑洛书见状叹息说：“这个死者一定是外地人，所以无人来向我告状。”

于是，他就派手下人暗中调查，在附近一户村民家中，发现一个石磨没有上面的磨盘。拿来尸体上的那块磨盘一试，两者非常吻合，所以一经审问，那个村民即刻认了罪。

果然，死者是来自江西的一位占卜人，年底准备回家时，房东贪图他的钱财，就把他杀了。

许襄毅等 三条

断冤案

明朝时，单县有个农民，一天在田里劳动，他的妻子送饭到田间，他吃完饭就死掉了。公公说这是媳妇有意谋害亲夫，便告到官府。妇人受不了严刑拷打，被迫认了罪。

从这以后，单县很久不下雨。许进（谥襄毅）当时在山东做官，说道："难道是因为有什么冤案吗？"于是，他亲自来到单县，提出狱中的囚犯仔细审查。当审查到那个送饭的妇人，就说："夫妻相互厮守，这是人生的最大愿望。使用毒药杀人，应该是很秘密的事，哪有自己下毒又自己送饭到田间的呢？"许进于是询问妇人送的是什么饮食，所经过的是哪条路。妇人答道："我送的是鱼汤米饭，从荆树林中穿过来的，没有遇到别的事情。"许进就派人去买鱼做饭，把荆花放在鱼饭里，用狗和猪来做试验。猪狗吃过之后，没有一只不死的。

妇人的冤情终于得到了昭雪，当天就下了场倾盆大雨。

苏州的一个人出门到外地做生意去了，他的妻子在家养了几只鸡，等候他回来吃。几年之后，这个人才回到家中，妻子把鸡杀给他吃，丈夫吃了鸡就死掉了。邻居们怀疑死者的妻子有外遇，告发到太守那里。太守姚公经过审问，未发现有奸情，怀疑那鸡有毒，便派人寻找老鸡，烧熟后给已判死刑的囚犯吃了，果然有两个人被毒死了。这个案子终于弄清楚了。原来鸡吃了很多条蜈蚣，时间久了，鸡的体内就积聚了大量的毒素。所以，讲究养生之道的人是不吃老鸡的，另外，夏天也不吃鸡。

御史张昺，字仲明，是慈溪人。明朝宪宗成化年间，张昺以进士身份做了铅山知县。县里有个卖柴的人，特别喜欢吃黄鳝。一天，他从街上卖柴回家，肚子饿极了，妻子把烧好的黄鳝端上来，他便大口大口地吃了起来，后来因为肚子痛而死掉了。邻居说他是被妻子毒死的，就把他的妻子扭送到官府。经过拷打审问，没有得到别的证据，案子也不能了结，死者的妻子被关押了一年多。

张昺刚刚到任，审阅这个案卷后，怀疑卖柴人是吃黄鳝而中毒身亡的。他命渔民去捉黄鳝，一下捉了好几百斤，全部放到水瓮里，有的黄鳝抬头超出水面二三寸，数一数，共有七条。张昺感到奇怪，召来这个妇人，要她当面把这些黄鳝烧熟，然后让狱中的死囚来吃。死囚刚刚咽下，便说肚子痛，顷刻之间倒在地上死掉了。这个妇人的冤案于是得到了昭雪。

◎

陆子远《神政记》中记载了这件事，说张昺受神仙教诲后才能这样，说法是很荒诞。总的说来，凡是异常的东西，都是有毒的。审查案件的人自己应该多加留心，为什么要依据那些糊里糊涂的东西来决断呢？

藏金

调包案

唐朝李勉镇守凤翔时，该地有个农夫得到一瓮马蹄金，送到县令那里。县令担心公家保管不严，于是就放在自己的家里。

过了两夜，县令去看马蹄金，都成了土块。这一瓮马蹄金在出土的时候有关方面都验证过。现在忽然都变成了土块，人们没有不感到惊讶的。

县令把这件事报告郡府。由于县令自己也无法把事情说清楚，于是以偷换马蹄金而被无辜问罪。虽然供词有了，但查不出他藏金的地方或使用的出处，只好把这个案子上报朝廷。李勉看到案卷后非常愤怒。

不久，李勉有个宴会，在席上说到了这件事，大臣们都感到惊异。当时相国袁滋任李勉幕僚，他低着头没有说话。李勉问他，袁滋说："我怀疑这个案子有冤屈。"李勉说："你一定有高见，只有你能探出这个案子的真情。”

袁滋接受此案，便把此案转到府里来。经查看，瓮子里装了二百五十多块土块。于是，在店铺取来黄金，把它熔化，再烧成同那些马蹄金同样大小的金块，才称了其中的一半，就已达到三百斤。询问那天送马蹄金的人力，只有两个农夫用竹子扁担抬到县里。而计算那金子的数量，不是两个人所能抬动的，明明在路上的时候，金子已化为土了。于是，大家才明白过来，县令也得到了昭雪。

甘露寺常住金

捏银钱

唐代李德裕任浙右观察使时，有一天，甘露寺的僧人前来告状，说在办理寺内资产移交时，被前任主事僧人私下用去若干两金子。所引用的证据，有历任主事交接的文书，写得明明白白。僧徒们众口一词，指责这个主事僧把那些金子藏起来私用了，并且说："他才上任时，已交接清楚，到移交时，却看不见银钱了。"于是将主事僧抓来讯问，主事认罪，但没查到他化整金为零碎金和花费之处。

李德裕怀疑这个案子，便拿话试探主事，于是，这个主事僧人就向李德裕说出自己的冤情："寺里多年以来，都是只交接资产账目，不交接实际金银。他们是用这种方法来孤立我，想乘这个机会把我排挤掉。"李德裕说："这件事不难弄清楚的。"

于是，李德裕下令准备几乘软轿，命令与这事有关联的僧人都前来对质。将他们关入轿中，轿子的门一律对着墙壁，不让他们互相偷看。又叫人取来黄泥，命令他们捏出上次移交时银钱的形状，作为证据。他们都没有看见过金银的形状，终于捏不成。结果以前几任的主事都承认了自己的罪过。

藏钱

断埋钱案

北宋程颢做鄠(hù)县主簿时，当时一个借他哥哥房子住的人，在掘地的时候得到了埋藏的银钱。他哥哥的儿子告到县里，说：“这钱是我父亲埋藏的。”县令说：“这件事没有证据，怎么判决呢？”程颢说：“这事容易处理。”于是他就问那人哥哥的儿子：“你父亲藏钱有多少年？”回答道：“四十年了。”程颢又问：“你的叔叔借这个房子住多少年了？”回答说：“二十年了。”

程颢就派人拿来十千钱，察看之后，便对借房子的人说：“现在官府所铸的钱，不到五六年时间就能通行天下，这钱都是在你埋藏的前几十年所铸的，这又是什么原因呢？”那个人于是承认这钱不是他埋的。

李若谷

巧断叔侄身份

北宋李若谷做并州太守时，有一个人告他的叔叔不认他为侄儿，企图侵占他的财产，多次审问都不能得到证据。

李若谷命令这个人回家去打他的叔叔，他的叔叔被打之后，果然来告他的侄子犯了忤逆罪。由此证实了二人的身份，认定了叔叔的罪行，侄儿分得了应得的财产。

吕陶

姐弟情谊

北宋吕陶做铜梁县令时，城内有庞氏姊妹三人，一道隐瞒了属于她们弟弟的田产。弟弟长大之后，告到官府，但未能得到处理，因此家里非常穷困，最后只好给人家当雇工。

吕陶上任后，只经过一次审问，三个人便都服罪，交出了弟弟的田产。弟弟感激涕零，再三拜谢，并愿意拿出一半田产用来做佛事作为报答。

吕陶开导他说："三个姐姐与你是同胞骨肉，当你年纪还小的时候，如果不是她们为你掌管田产，那你的田产不就要被别人侵吞了吗？与其捐献一半供佛，不如分给你的三个姐姐。"弟弟又哭着拜谢，听从了吕陶的安排。

◎

分赠田产，姐弟之间的情分不受损害，可以说吕陶是非常善于增进家庭和睦的。如果由官府来决断，那就不太好了。

裴子云 赵和

巧得口供

新乡县人王敬要戍守边疆，临走时留下六头母牛在舅舅李进处寄养，李进饲养了五年，一共生了三十头小牛。王敬从驻地回来后，便到舅舅家讨牛。李进说：“有两头牛已经死了。”只还了四头老牛，其余的都不肯还给他。王敬很气愤，就写了状子到县里告他。

县令裴子云命令把王敬关进监狱，派人捉拿盗牛贼李进。李进十分惊慌，被带到县衙。

裴子云大声呵斥李进，说：“有个盗贼招出同你一起偷了三十头牛，把牛藏在你的家里。”又命偷牛贼出来与他对质。于是，派人用布衫蒙住王敬的头，命他站在南墙的下面。李进着急了，就供出了事情的真相，说：“三十头牛，都是我外甥的母牛生下的，实在不是偷盗来的。”裴子云叫人去掉蒙在王敬头上的布衫，李进看见了王敬，说：“这是我的外甥。”

裴子云说："他如果真是你的外甥，就要还他牛。但考虑到你五年养牛的辛苦，可以给你几头牛以示感谢。"全县的人都拍手称好。（一说这是隋末武阳县令张允济做的事。——原注）

唐懿宗咸通初年，楚州淮阴县有东、西两家邻居。东邻这家的人用田庄地契作为抵押向西邻借钱一千缗，双方约定来年加利息赎取。到了约定的日期，东邻先交了八百缗钱，约好第二天把剩下的钱数补足，才取回田庄地契。这两家关系素来很好，况且只隔一夜，以为不会发生什么变故，因此，东邻没有向西邻索要已交付八百缗钱的收据。

第二天，东邻带足其余的钱来时，西邻竟然不认前账。东邻告到县里，县里认为没有证据，不接受这个案子；再告到州府，也是这样。

东邻非常气愤，听说天水人赵和做江阴县令，只要简短的几句话就能断清一个案子，于是，渡过长江来到南方的江阴告状。赵县令以县官职位卑微，而且此事又不是发生在自己的境内，执意推辞，东邻叫冤不止，赵和说："你暂且住在我家。"

赵和思考了一整夜，说："有办法了！"他召集几个捕贼能手，带上公文过江来到淮壖口，说江阴县捉到了截江大盗，供词中说有同伙淮阴县的某某，请把他抓来押送到江阴。

按唐朝的法律，凡是拿刀截江的大盗，邻近的州郡不得庇护。采取这种方法，果然把西邻捉到江阴。但是，西邻人自恃是普通农民，确实没有别的劣迹，审问中不是很惧怕。赵和用严刑来威胁他，他才不断哭泣、磕头。赵和就说："幸亏所盗窃的多是些金银绸缎，不是农户人家的东西，你最好把家里的东西开个清单，然后就同那个强盗进行对质。"

听了这些话，西邻紧张的心情稍微平静了一些，而且他没有想到东邻会越出本县来告状，就详细地开列出家中的钱粮金帛的数字，并一一说明从什么地方来的，而东邻要赎回的田庄地契和归还的八百缗钱也全部包括在内。赵和看了以后，笑笑说："假如真的不是江洋大盗，为什么要抵赖东邻的八百钱呢？"于是喊出原告东邻来当面对质。这时西邻既惭愧又害怕，终于认了罪，并被押回本地，命令他交出田庄地契，然后处罚他。

何武　张咏

分遗产

汉朝沛郡有一个富翁，家里的财产有二十多万。儿子才三岁，就失去了母亲。有一个女儿，已经出嫁了，很不贤惠。富翁病危时写下遗书，把全部财产都给了女儿，只留下一把剑，说："儿子长到十五岁，把剑交还他。"后来，富翁的女儿不把剑交还给她的弟弟，弟弟就到本地郡守那里去告状。

太守何武逮捕了富翁的女儿和女婿，仔细看了富翁的遗书，对下属官吏说："这个富翁因为女儿的性情强横，女婿又贪婪庸俗，怕他们残害他的儿子，又考虑到儿子年纪尚小，得到家里的财产，也不能全部保住。所以，暂且把财产给了女儿，实际上只是让她守着财产而已。宝剑这东西是象征决断的，限定十五岁还剑，是估计到了这个年纪时，儿子凭自己的智慧和力量就足以自立了，又估计到他的女儿必定不会还剑的，当然要经过州县来裁决，他的儿子就能申诉自己的委屈了。这个富翁考虑问题竟如此深远啊！”

何武把富翁的财产全部断回给儿子，并说：“这样卑劣的女儿和恶劣的女婿，已经享受了十年的温饱生活，这已经很幸运了。”评论这个案子的人，都佩服何武的明断。

北宋张咏做杭州知府时，杭州城里的一个富翁，病重得快要死了。他的儿子才三岁，富翁就叫他的女婿来掌管家里的资财，并且写下了遗书，说：“今后分财产，把十分之三给儿子，十分之七给女婿。”后来分财产的时候，富翁的儿子告到了官府。他的女婿拿着岳父的遗书，也到了州府。

张咏看了遗书之后，以酒浇地对老人表示钦佩，说：“你的岳父，是个聪明人啊！当时他的儿子年纪还小，所以把七分财产交给你；不这样的话，他的儿子就要死在你的手里了。”于是，张咏命令把富翁财产的十分之三给女婿，十分之七给了儿子。

奉使者

断句精妙

有一个富翁张老，妻子生了一个女儿，没有儿子，招了某甲做上门女婿。过了很久，张老的妾生下了儿子，取名叫一飞，养到四岁，张老死了。张老在生病的时候，就对女婿说："小妾的儿子是不足以继承我的家产的，我的财产应当交给你们夫妇。你只要让他们母子不饿死在野外，就是你的阴德了。"于是，拿出文书，上面写道："张一非我的儿子，家产全部给予我的女婿，是外人不得争夺。"于是，他的女婿就占有了张老的家业，而且也没有什么疑惑。

后来妾生的儿子长大成人，告到官府，要求分家产。张老的女婿把张老的文书交官府查验后，官府就把此案搁置不问了。过了些日子，朝廷派巡使来到这里，妾生的儿子再次告状，张老的女婿仍然拿着张老的文书前来官府作证。朝廷巡使改变了文书的断句，念道："张一非，我的儿子，家产全部给予，我的女婿是外人，不得争夺。”然后对女婿说：“你的岳父明明说‘我的女婿是外人’，你还敢占有他的家业吗？张老故意把‘飞’写成‘非’，考虑的是他儿子尚小，怕被你害死。”

于是，把张老的家产判给了张一飞，人们都拍手称快。

张齐贤

甲乙置换

北宋时，有两户外戚家因分财不均，都告到皇帝那里。张齐贤说：“这不是官府所能决断的，我请求由我自己来处理。”齐贤坐在相府里，召来告状的两家人，问道：“你们是不是都认为对方分得的财产多，而自己分得的少呢？”两家的人回答：“是的。”

张齐贤要他们签署凭证，然后召来两名官员监督执行，命令甲家的人搬到乙家，乙家的人搬到甲家，两家的财物都不要动，然后分别交换财产清单。第二天上奏朝廷，皇帝说：“我早就知道平息这件事非你不可。”

王罕

追还遗产

北宋王罕做澶州太守时，这里先前有个妇女得了疯病，多次到太守那里诉说自己的事情，说话颠三倒四，没有条理。不听她的话，她就胡乱骂人，前任太守屡次呵斥，并把她驱赶出去。

王罕上任后，单独把她召到面前，委婉地询问了她的情况。过了好久，妇人的话逐渐有条理了，她本来是某人的妻子，没有生儿子，丈夫死后，妾有一个儿子，于是就把她赶出门，侵占了她的财产，她多次告到官府，都不能得到申冤，以致因愤恨发了疯。王罕替她处治了妾，并把财产还给了她，她的疯病不久就好了。王罕是王珪的叔父。

韩亿

母子冤情

北宋韩亿做洋州太守时，有个李甲依仗家里富有而横行乡里。李甲的哥哥死了之后，他便诬陷侄子不是他哥哥亲生的，并用钱买通了乡里的一个相貌相像的老妇，让她将侄子认作自己的儿子。又用酒灌醉嫂嫂，逼她改了嫁，就这样夺取了他哥哥家的全部财产。他的嫂嫂和侄子告到官府，过了十多年，他们的冤屈竟都没有能够得到昭雪。

韩亿到任后，母子俩又呈上状子，韩亿拿出前后案卷审察，发现当初都没有让接生医生来验证。一天，韩亿把李甲及其党羽全都召到堂下，命接生医生当众作证，在证据面前，李甲一伙认了罪。于是，母子又同过去一样生活在一起了。

于文傅

辨母子

于文傅调任乌程县县令时，县里的富户张某因其妻王氏没给他生个儿子，就在外面纳了个小妾。妾生的儿子未满一周，王氏就诱骗妾抱着儿子回来，不久就把妾赶走，又杀了小孩，把尸体焚烧掉。

于文傅听到后，就设法找到孩子的余骨。王氏得知后，就用很多的钱物贿赂妾的父母，让他们买下邻居的一个小孩，假充妾生的儿子，让妾说小孩本来没死。于文傅让妾抱着小孩给他喂奶，可小孩光哭，不肯吃奶。妾的父母只好说了实话。

于文傅就叫邻居的妇女过来，小孩见了她，就跳着扑进她的怀里，等她一喂奶，孩子马上就吮吸起来，事实面前，王氏只得认罪伏法。

张三翁

假父亲

北宋时，有一个姓张的富人，父亲死了之后，有个老头来对他说："我是你的父亲，今天来这里同你住在一起。"姓张的听了这话，又惊又疑，请县衙门来帮他辨别。

县令程颢问老头有何证据，老头从怀里摸出一个记事的小本子，递给程颢，上面记着："某年某月某日，某人将他的儿子抱给了张三翁家。"程颢问姓张的和他的父亲有多大年龄，随后对老头说："这人出生的时候，他的父亲才四十岁，那时候能称他为'三翁'吗？"老头听了大吃一惊，承认了自己的诈骗罪行。

黄霸　李崇

真假父母

西汉颍川有一个富户，兄弟俩住在一起，他们的妻子都怀了孕。哥哥的妻子流了产，弟弟的妻子生了个儿子，哥哥的妻子就偷走了这个孩子。为这件事，兄弟俩打了三年官司，州郡都不能决断。

丞相黄霸命令士兵抱着孩子，离开两个妇人各十步，喝令她们自己去夺孩子，哥哥的妻子把孩子抱得很紧，抓住不放，孩子大声哭叫；弟弟的妻子恐怕拉伤孩子，因而放手给了对方，但是心里非常悲伤。黄霸见此情景，便说道："这孩子是弟弟的儿子。"黄霸责问哥哥的妻子，她才服了罪。

◎

陈祥判决惠州争子一案与上面所说的事类似。

陈祥任惠州知州时，郡内有一家人的两个女儿嫁给了彼此相邻的两家，姐姐不能怀孕。后来，妹妹生了个儿子，而姐姐丈夫的小妾恰巧同一天生了个女儿，但对外诈说生子。当天夜里那个姐姐放火烧了妹妹家旁边的房子，乘乱将妹妹儿子偷回自己家。妹妹觉察后，到姐姐家去要，姐姐不给。妹妹家告到官府，但拿不出证据。

此时，陈祥装着自言自语："必须杀了这个婴儿，此事方可了结。"于是，他一边叫人装了一大瓮水放在堂下，传唤姐妹二人出来，说："为了你们不争吵，现在只好把这个婴儿淹死！"同时，他秘密安排一名役卒将婴儿看护好，一边喝令左右衙役做出要将婴儿投入瓮中的样子，还急忙撵两姐妹离开大堂。此时，那个妹妹痛哭失声，拼死上前要去救婴儿，但没办法，一下子跌坐在堂下，而那个姐姐竟然掉头不顾地走开了。

陈祥马上将婴儿断给那个妹妹，将姐姐和小妾都打了顿板子。全郡人都称陈祥断案如神。

寿春县人苟泰，儿子三岁时被人拐走，多年不知下落。后来看见儿子在同县赵奉伯的家里，苟泰就告到县衙。县衙审问的时候，双方都说是自己的儿子，都有邻居作证，郡县的官吏都不能决断。李崇受理这个案子之后，命令把两个父亲和孩子分别押在三个地方，故意拖了很长时间也不审讯。

一天，李崇突然秘密派人分头告诉两个父亲，说："您的儿子昨天不幸得急病突然死了。”苟泰一听这个消息，立即大哭起来，悲痛不已；赵奉伯听说孩子死了，只是哀叹而已。李崇通过审察完全明白了，就把孩子还给苟泰，并命令赵奉伯把诈骗苟泰儿子的罪行交代清楚。赵奉伯在供词中说："我先前死了一个儿子，所以想冒认别人的儿子。”

宣彦昭　范邰

争伞

宣彦昭在元朝时官任平阳州判官。一次，天下大雨，有个百姓和一名士兵争一把伞，各人都说伞是自己的。宣彦昭就把伞一撕为二，并把他俩赶出门去，但随即派人跟踪他俩。当兵的出去后非常气愤，两人仍吵骂不已，那百姓说：“你自己丢掉了伞，与我有什么关系？”

差役把听到的话报告宣彦昭。宣彦昭就令人把那百姓追回来，打了一顿板子，并责令他买把伞偿还士兵。

范邰做浚仪的县令。一天，有两个人夹着一匹绢在街上互相争夺，各不相让。范邰看到之后，命令他们把绢剪成两段，两人各分得一半就走了。

随后，范邰派人秘密地跟踪察看这两个人，只见一个喜形于色，一个满脸怒气。于是，范邰便叫衙役捉拿那个高兴的人。

◎

李惠决断燕巢之事，就是根据这个道理所推出的。

北魏时雍州厅堂上面有两只燕子争夺巢穴，相互格斗已经好多天了。刺史李惠派人保护燕穴，叫仆人判断哪只燕子是巢穴的主人，仆人都说无法判断。李惠派士兵用细竹竿拍打两只燕子，不久，一只飞走了，一只留了下来。李惠笑着对部下说："这只留下来的，是因为自己认为筑巢功劳太大；那只离去了，是因为既然挨了打，就再也不愿坚持下去了。"仆人们对李惠洞察事物的能力非常佩服。

安重荣 韩彦古

恶继母

后晋安重荣虽然是个武将，但他也熟悉官吏的事务。起初，安重荣任成德节度使，当地有一对夫妇控告他们的儿子不孝顺，安重荣受理此案。

在审问时，安重荣拔出剑来，交给这个儿子的父亲，叫他自己把儿子杀掉。这个儿子的父亲不忍心这样做，小声地哭了起来，他的母亲在旁责怪她的丈夫，夺了剑就去追杀他的儿子。安重荣问其中原因，原来她是这个儿子的继母。安重荣痛斥了这个继母，案子就此了结。

宋代韩彦古做平江府知府时，有一个士族人家的母亲来控告她的丈夫前妻的儿子。

当时有一个官绅搀扶她上堂，此人是她的亲生儿子。韩彦古说：“此事很严重，应当惩罚一下。”这个母亲就说：“我已经呈上状子，希望你依据法律定罪。”韩彦古说：“如果这样的话，必须把他先拘押在监狱中，然后才能调查定罪。你年纪大了，必然不能对簿公堂，就留下这个搀扶你的人，放在监狱里对证，待慢慢地研究之后做出判决。”

这个母亲考虑很久，然后说：“请你把状子还给我，我回家去，等到他不思悔改时，再来告他吧。”从这以后，这个母亲再也不敢来告她丈夫前妻的儿子了。

孙宝

巧断赔款

西汉孙宝担任京兆尹时，当地有一个卖馓馓的人，馓馓就是现在的环饼。

有一天，这个人在城里与一个人迎面相撞，他的馓馓全部打碎在地上。这人认赔五十块，而卖饼的人坚持说三百块，无法证明究竟是多少。孙宝就派人另外买来一块，称了一下，又把碎饼也都过秤，然后按照一块的重量，来计算馓馓的块数，卖饼的人于是口服心服。

杖羊皮 杖蒲团

盐屑和银屑

北魏李惠做雍州刺史时，有挑柴和挑盐的两个人，一起放下担子在树荫下休息。起身走的时候，两个人为一张羊皮而争夺，都说是自己作为垫肩用的。

两人来到官府，说明情由后，李惠说："这很好区别。"就命令把羊皮放在一张席子上，用木杖敲打，盐屑出来了，于是挑柴的人承认了罪过。

元代江淮省平章游显沿，处理事情既公正又有条理。城里有一家银店丢了一只蒲团，后来在邻居家里找到了，邻居不承认，两家吵骂不休。

游显沿骑马经过这里，问明其中原因，叹息说："一个蒲团能值多少？却因此失去两家的和睦！把蒲团敲打七十下，丢掉就可以了。"一打，打下了银子的碎屑，于是就处罚了那个邻居。

傅琰

明辨是非

傅琰在南齐时做山阴县令。城里有卖针、卖糖的两个老妇人，互相争夺一团丝，告到傅琰那里。傅琰把那团丝拿来，用鞭子抽打，仔细察看，发现有铁屑，于是处罚了卖糖的人。

又有两个农夫争夺一只鸡，傅琰分别问他们用什么东西喂鸡，一个说用小米，一个说用豆子，于是剖开鸡的膛，鸡嗉中是小米，于是把说喂豆的人教训了一顿。

◎

《南史》记载说："世代相传傅氏家族有一本《理县谱》，子孙相传，从不拿出来给人看。"

傅琰的儿子傅刿，曾经代刘玄明做山阴县令，刘玄明也素来被人们称为有才能的官吏，他的政绩号称天下第一。傅刿向他请教，刘玄明说："我有特殊的方法，是你家《理县谱》中所没有记载的。"傅刿问刘玄明是什么方法，他回答说："每天吃一升米的饭，但不喝酒，这是最好的方法。"傅刿的儿子傅岐做如新县令，世代称为奉职守法的官吏。

孙主亮

老鼠屎

三国时吴主孙亮出游西苑，正是吃生梅子的时候，他派宦官到仓库去取蜂蜜浸泡梅子。宦官取来的蜂蜜中有老鼠屎，孙亮问主管仓库的官吏说："宦官向你要过蜂蜜吗？"官吏回答说："过去他向我要过，我实在不敢给他。"宦官表示不服。左右的人都请孙亮把这件事交给刑狱审断。

孙亮说："这事很容易决断。"他命令把鼠屎剖开，发现里面还是干的，孙亮说："如果老鼠屎在蜜中的时间很长，应当是湿透了，现在里面是干的，肯定是宦官放进去的。"于是，宦官低头服罪。

乐藹

以积灰断案

南朝梁长沙宣武王将要安葬时，东府的仓库里突然丢失了油络，人们纷纷推测谁是主犯。

御史中丞乐藹说："从前晋朝的仓库失火，大臣张华认为是库中堆积的万匹油幕燃烧所引起的，现在仓库如果有灰，那就不是官吏的罪过了。"随后派人检查，果然地上有积灰，当时人们称赞乐藹知识广博，为人宽厚。

李南公

破辟谷术

北宋李南公做河北提刑时，有个班行犯了罪，被关押在牢房里。他对案子的判决不服，绝食已经一百多天了，狱吏也不敢拷问。李南公说："我能立即让他吃东西。"

李南公把他从牢房中提出来问道："我用一件东西塞住你的鼻子，你能坚持不吃东西吗？"这个人非常害怕，就吃东西了，于是服了罪。大概这人能够靠运气来养生，用东西塞住他的鼻子就会断气，所以害怕。这也是李南公的博识起了作用。

韩绍宗

识破诡计

明朝樊举人是寿宁侯张峦的门客。寿宁侯地位显赫，名震天下，樊举人依仗他的势力，结交皇亲国戚和权贵大臣。寿宁侯的一切奏章，都出自他的笔下。然而一些奏章没有事实根据，后来被他的仇人所告发。

案子到了刑部，刑部郎中韩绍宗了解樊举人的全部情况，于是逮捕了他。当时樊举人隐藏在寿宁侯家里，非常隐秘，用了很多计谋才把他抓到。樊举人下狱几天后，韩绍宗有一天早晨出门，见地上有一卷书，拿起来一看，上面详细罗列了樊举人的罪状，其罪应该处死，不死不行。韩绍宗笑了笑说："这是樊举人自己所写的。"一问果然如此。

同僚问樊举人为什么把自己置于死地，他回答道："对韩先生这样的人，不可用势力来动摇他。乞求活下来，就必定要处死；现在我说应该处死，是故意用相反的计策。”韩绍宗说：“不是这样，你的罪行本来就没到非处死不可的程度。”于是，韩绍宗判樊举人去戍守辽地。

卷十

诘奸

国家的法度不正，掌管刑律的大臣失职，官吏苟且，世风败坏，邪恶的事就会不断发生。我希望像老农消灭害虫那样，剪除那些坏人坏事，从而显示法律的威严和道德的力量。为此，辑撰《诘奸》卷。

赵广汉

整治豪族

西汉宣帝时，赵广汉任颍川太守。先前，颍川一带的世家豪族相互联姻，又和官府结党营私。

赵广汉对这种状况很担忧，上任之后，他看到这类人中有可以利用的人，就告诫他们。出行时审理案件，对那些已经有罪名的不法分子，就按照法律严惩。赵广汉还故意把审案中的话泄露出去，让这类人互相怨恨；他又叫下属官吏做个接受信件的信箱，一收到检举信，便去掉检举人的姓名，假托是世家豪族子弟所告。从这以后，颍川一带各豪门大族之间，家家结下了怨仇，奸党瓦解，社会风气大大地变了样。

赵广汉善于进行反复调查和分析比较，从而了解事情的真伪。他的调查方法是这样的，假如你想知道马的价格是不是合理，就先去问狗的价格，接着问羊，再问牛，然后才问到马的价格。比较参照这些价格，按类推算，就知道马的价格是贵还是便宜，就不会和实际价格不符。只有赵广汉这样最精明能干的人才能使用这种方法，仿效他的人谁也比不上他。

周文襄

工作日志

明朝周忱（谥文襄）巡抚江南时，有一个笔记本，自己记录一天所做的事，即使是很小的事情，也不遗漏。每天的阴、晴、风、雨，也必定详细地记下来。

起初，人们并不理解他的用意。有一天，某县的一个人前来报告周忱，说运粮的船在江上被风吹走了，没有找到，周忱就问那个人丢失粮船是哪一天，午前还是午后，那天刮东风还是刮西风。那人回答的话颠三倒四，周忱翻开日记和他对证，那个人大吃一惊，认了罪。人们这才知道周忱记日记不是无目的的。

◎

北宋蒋之奇担任江淮发运使时，曾经在他所居住的公署前面树立了一竿测查风向的旗子，派人每日观测并记录存档，又命各个漕运船队的领队官吏列出各船队航行的风向及对其航行利弊的影响。

每次漕运船队到来，蒋之奇都把船队的记录取来与公署的记录合在一起考查，对那些执行不力的给予责罚，下面的吏员不敢不好好做事，也使巡抚周忱处理漕运等公务有了依据。

陈霁岩

惩处书办

明朝陈霁岩做楚州督学，刚刚上任的时候，江夏县送来文书一千多封。书办先把这些文书分成“照详”“照验”两类。陈霁岩早先听先辈说：“凡是前任督学驳回而未批准的文书，一定会有人趁着后任督学刚到时，贿赂书办把它夹在‘照验’类文书中混交上来。”

于是，陈霁岩花费了半天的工夫，把“照验”类文书一件一件地亲自复查一遍，果然发现其中有一件是已经被驳回的，又被那个书办混在文书中了。陈霁岩先暗暗地把它记了下来，然后命令书办再仔细检查一遍，并且告诫他不要马马虎虎。因为书办接受了贿赂，所以他向陈霁岩报告说没有发现差错，陈霁岩便抽出了记下的那一件，质问他，重重地处罚了他，并革除了他的职务。后来下属送批“照验”文书时，就再也不敢欺骗陈霁岩了。

张敞　虞诩

任用盗贼

西汉时，长安城里有很多窃贼，许多经商人家深受他们的祸害。后来张敞出任京兆尹，他向城里父老调查窃贼情况。据说，窃贼的头目中有几个平时表现得温良忠厚，出门有许多骑马的仆人跟在后面，乡民们都认为他们是有德行的人。

张敞就把这几个头目召到府中责问，表示可以赦免他们的罪行，但要看他们的表现，命令他们把城里其他小偷都抓来，以赎己罪。这几个头目说："如果现在就把小偷召进官府，恐怕会把他们吓跑，还是先把一切都部署安排好了再说。"

张敞就任命几个头目为官吏，打发他们回家休息。这几个头目设酒宴庆贺"做官"，小偷们都来祝贺，而且都喝醉了。头目们就用红土染小偷们的衣袖。差吏坐在街口看着出来的人，见到衣袖被染成红色的就逮捕起来。一天之中，抓到了几百人，惩罚了他们的罪行。从此，长安的盗贼就绝迹了。

东汉时，朝歌城里以宁季为首的几千强盗攻打官府，杀死长吏。他们聚集一起已有多年了，州郡的太守们都不能对付他们。

于是，朝廷让虞诩做朝歌县令。他刚刚到达朝歌，就去拜见河内太守马稜，请求太守不要过多地约束和催促他，不要让人妨碍他工作。他来到官府，设立三个等级招募勇士，县属各官员都推举自己所知道的人，那些擅长攻击性抢劫的为上等，伤害他人而盗窃的为中等，不务正业的为下等。结果召集了一百多人。

虞诩设宴款待他们，全部赦免他们的罪行，并把他们派到强盗中去，诱使强盗出来抢劫，虞诩还暗地里派了那些穷苦而又能缝纫的人，让他们给强盗做衣服，用彩色线缝合衣袖作为标记。带着这种标记的人一出现在城里，差吏就马上捉拿。因此，强盗都吓跑了。

王世贞 二条

贼捉贼

明朝王世贞在青州做官时，当地人雷龄以捕盗为名横行在山东莱州、潍州之间的道路上。交海道宋某急于捉拿他，他躲起来了，宋某就把这件事交给王世贞办。

王世贞探知雷龄的藏处后，想乘他不备的时候逮捕他，只在王捕尉面前露出过口风，差役就回来报告说雷龄又逃掉了。于是王世贞故意地说："这事算了。"

又过了一月，王捕尉捉到另一个强盗。王世贞知道他在替雷龄出力，突然屏退左右，召来王捕尉问道："你为什么要隐藏雷龄？上次站在台阶下面听到要捕捉雷龄的人，不是你吗？"王捕尉大吃一惊，立即认罪，并且愿意骑快马去捉拿雷龄来赎自己的罪行。不一会儿，雷龄被捉到，王世贞说："你应该处死，不过，若你能把和你关系好的某某强盗捉来，可以免你一死。"

王世贞命令王捕尉和他一起去，果然捉来了那个强盗。王世贞把这件事告诉宋某，雷龄得到了宽恕。

差官逮捕了七名盗贼，其中有一个逃跑了。盗贼的头目胡乱供了逃跑者的姓名。不一会儿，差官把叫这个名字的人抓来了，这人口喊冤枉。

王世贞命令盗贼头目站到公堂下面，离远一点，叫被捆绑的人跪在台阶上。这个人脚上穿的是丝鞋，盗贼站在后面几次偷看他。

王世贞暗地叫过一个皂隶，把被绑者的头蒙起来，然后派皂隶装成那人的样子，换上他的鞋走了进来，盗贼不知已换了人，就指认穿丝鞋的人是同伙。王世贞大笑说："你把我的皂隶当作盗贼了！"立即把抓来的无辜者释放了。

王璥（jǐng） 王阳明

巧用密探

唐太宗贞观年间，左丞李行德的弟弟李行诠前妻的儿子李忠，与后母私通，然后把她藏起来了。李忠欺骗李行诠说，宫内有敕令催她进宫去了。李行诠调查此事，都说不知道，于是就写了奏状询问究竟是怎么回事。

唐太宗见状很生气，下令追查此事，且催得很紧。李忠的后母害怕，就用一条披巾假装勒住自己的脖子，躺卧在大街上。长安县官责问她发生了什么事，她说："有人假传圣旨把我叫去，一个穿紫袍的人强迫我与他住下，我也不知道他的名字。后来，他就勒着我的脖子，把我送到这条街。"李忠也很惶恐，偷偷跑去找占卜的人问是凶是吉，有个与他关系不好的人怀疑他，就把他扭送到县衙。

县尉王璥把他带到屋里询问，李忠态度不老实。王璥就让手下人预先藏在床底下准备偷听，又令人假装来报告，说有长使唤王璥去，然后把他两人关在一起，锁上门走了。李忠和后母见面后，相互叮嘱一定不能承认私通的事，两人还说了一些私情密语。王璥一会儿回来打开房门，藏在床底下的人也钻了出来，李忠与后母大惊失色，只好招供，甘愿接受法律处置。

一个叫王和尚的盗贼头目被官府捉拿之后，在交代自己罪行过程中牵连出的同伙有多应亨、多邦宰两人。他们比其他的盗贼更凶悍，招供认罪已经很久了。忽然有一天，多应亨的母亲向兵备道递交了一份替儿子申辩冤情的状子，核准批复以后下到州府，状子中引了王和尚为证人。

王阳明反复考虑，这一定是王和尚受了多应亨母亲的贿赂，同意用他作证来解脱多应亨的罪行。于是，他就在后堂摆了张条桌，桌围内藏了一个差役，叫三个盗贼都到条桌前来复审。事先他安排在审讯中报告迎宾馆来了客人，王阳明就离开公堂出去了。

过了一会儿，他又来到公堂，那差役从桌下出来说："听见王和尚对两个盗贼说：'暂且忍受一两下夹棍，等我替你们担罪吧。'"三个盗贼一听这话，惊恐万状，伏地磕头，连称该死。

苏涣

识破凶手

北宋苏涣任衡州知州时，耒阳地方有个百姓被盗贼杀了，但凶手一直没有捉到。

一天，县尉抓到一个人，说他就是凶手。苏涣仔细观察这个人，觉得可疑，就问县尉是从哪儿抓到的，他回答说："弓箭手发现草堆里有件血衣，就招呼同伴去观看，又发现了这个人，就把他抓来了。"苏涣说："弓箭手发现血衣，理当自己把这个人擒来领功，怎么可能去叫同伴呢？这名弓箭手一定和那个盗贼狼狈为奸。"抓来审问后，那弓箭手果然招供，不久也把真正的凶手抓到了。

范檟

酒馆擒盗

明朝人范檟做淮安太守。当时景王出就藩国，大盗企图乘机劫持景王。从天津到鄱阳，安排了党徒五百人，并在这两地之间来回游荡。

一天晚上，衙门已经停止公务了，门卒却前来报告说有贵人来租赁潘氏园寓寄家小。范檟问有没有传牌，看门人答道：“没有。”范檟就派人前去侦察。不一会儿，侦察的人回来说：“跟随的人很多，他们还轮流出进。”

范檟怀疑他们是盗贼，便暗地里挑选了几十个强壮的士兵，让他们打扮成庄户人模样。范檟说：“你们到街上去，看见他们一类的人走到酒肆，就假装同他们喝酒，喝酒时找一个借口与他们打架，然后把他们扭送到官府。”又告诫他们说：“千万不要说是捉拿盗贼！”

士兵们散去后，范檟就命令乘车去西门谒见客人。经过街上酒肆时，有人抓住盗贼上前告状，当场就拘留了他们，前后共捉到十七人。范檟故意怒骂道：“景王的船就要到达这里，官府忙得没时间吃饭，哪有工夫来管你们打架的事呢？”接着，大声呵斥他们，并派人捆绑起来。夜里，传令加强警备，又命令小吏吃饱等待。

半夜，范檟把所有的囚犯提到公堂，严厉地审问他们，他们交代的情况正与范檟所预料的一样。范檟立即派人前去捉拿盗贼，贼首已经跑了，所留下的妇人实际上是个妓女。于是，又派人飞马速报徐州、扬州各位将吏，处死了狱中的十七名盗贼，其余盗贼全部溃逃。

总辖察盗

见微知著

临安有户人家被盗，一直没有查出作案的线索。有一天总辖对他的手下人说：“那家的东西，恐怕是街上那个耍猴人偷的。你们先去用胁迫的口气试他一下，如果不认罪，就抓住他；再不认罪，就命令他把唾沫吐在手掌上。”手下人按照总辖说的做了，那个人好长时间都觉得没有唾沫可以吐出来。于是脸色大变，全部招认了。

这时，总辖又让猴子从那人家的天窗跳进店里，把东西衔出来。事后有人问总辖怎么知道东西是耍猴人偷的，总辖说：“我也不敢肯定就是他偷的，只是人在惊慌之时，必然没有唾沫可以吐出来。我姑且用这个道理来推断这件事，有幸的是被我分析对了。”

一次，总辖坐在坝头的茶坊里，卖茶人使用的茶具中有两只银杯。一个客人穿着华丽的衣服，像个富商的模样，进来喝茶。总辖在远处看见了，大声对那个客人说："我在这里，你不要耍手段，不然我要捉拿你。"客人又愧又怕，赶紧向总辖认罪而去。

有人问其中的原因，总辖说："这人身体很魁梧，但刚才喝茶的时候，却用双手捧着茶杯，这是在暗地测量银杯的大小，准备做两个假杯子来调换。"

一次，韩王府中忽然丢失了好几件银器，保管银器的奴婢呼叫时被强盗砍伤了手。京兆尹赵从善命令总辖前往府中查出作案人。总辖来到府中，分析观察了很久，抓了一个仆人，一审问，这个仆人立即认了罪。

总辖回去向赵从善说明情况："我看到奴婢的伤口在左手，而她与这个仆人有私情，就偷了银器给他，然后自己用刀砍伤了手，谎称有盗贼。而这个仆人所流露的情态与众不同，因此就抓住了他。"

董行成

偷毛驴

唐朝时，怀州河内县有个叫董行成的人善于从人的言行举止判断他是否为贼盗。

一次，有个人从河阳长店偷了过路人的一头毛驴和一个皮口袋，天要亮时，那人赶着驴到了怀州。这时董行成也正上街，一见到那人就喝道："你这个小偷，快站住！"那人闻声就从驴上滚了下来，招认罪行。

人们问董行成，怎么知道这个人就是贼。董行成说："这头驴子跑得很急，全身是汗，这不是走远路的样子；赶驴的人一遇见行人，就要绕道而行，这是心里害怕的缘故。所以，我知道他一定是小偷。"不久，毛驴的主人就寻踪追到了怀州。

维亭张小舍

察辨盗贼

相传维亭的张小舍善于察辨盗贼。有一天，他偶然来到街上，看见一个人衣帽很整齐，遇到一个挑草的人，就从担子上抽了几根，然后进了厕所。等到那人从厕所里出来时，张小舍就在他背后大喝一声，那人非常惊慌。张小舍把他扭送到官府，一审问，果然是个盗贼。

张小舍还曾经在一个大热天到一座古庙游玩，庙里有三四个人躺在地上酣睡，旁边有个劈开的西瓜，还没有吃。张小舍也指认他们是盗贼，把他们抓了起来，经过审问，果然如此。

有人向张小舍请教识别盗贼的方法，张小舍说："上厕所使用草，这是无赖小人，他的衣帽必定是偷来的。几个人聚在一起躺在庙里睡觉，是晚上劳累过度而白天疲倦了，劈开西瓜，不去吃它，是用来避开苍蝇叮咬。"当时盗贼对他有这

样的评论，说："天不怕，地不怕，只怕维亭张小舍。"（舍，吴音"沙"，去声。——原注）

后来，张小舍在路上遇到一个讨饭的瞎子，他怀疑瞎子是盗贼，就悄悄地跟在他的后面。张小舍见瞎子跨过了水沟，便一把抓住了他。这人果然是盗贼头子，他是假装瞎子的。这个盗首用重金贿赂张小舍，请求放走他，约定某一天交钱。约定的日期已过去了，盗首还没有把钱送来。

过了很多天，张小舍在路上又遇到了他。他责备盗首不讲信用。盗首说："我已经把钱送到你的家里，放在床的左脚下，只因为是夜里送去的，不敢惊醒你呀。"张小舍还是不相信，说："你用什么作为证据呢？"盗首就叙述那天夜里张小舍夫妇所说的私房话。张小舍这才大吃一惊，他回到家一看床的左脚，果真有一包东西系在上面。打开一数，里面的钱正同盗首所许诺的一样，而且还放着一把刀。张小舍惊慌地说："太危险啊！"从这以后，张小舍就不那么留意察辨盗贼了。

◎

张小舍有智慧，这个盗贼也有智慧。张小舍先前察辨盗贼是聪明的，后来不留意察辨盗贼，更为聪明。

苏无名

破盗宝案

武则天时，曾经赐给太平公主两盒珍宝，价值百镒黄金。太平公主收下后藏在府库中，过了一年左右，都被盗贼偷走了。

公主把这件事告诉武则天，武则天大怒，召来洛州长史，对他说："三天之内拿不到盗贼，判你死罪。"长史害怕，就对洛州所属的两个县主管捕盗的县尉说："两天之内捉不到盗贼，把你们处死。"两县的县尉对吏卒、巡捕说："一天之内一定要把盗贼捉到，如捉不到，先把你们杀了！"

吏卒和巡捕都很害怕，拿不出什么好办法。他们在路上遇到了湖州别驾苏无名。他们素来知道苏无名的才能，就把他请到县里。县尉亲自走下台阶，向他请教捉拿盗贼的办法。

苏无名说："请让我同您一道面见天后，再说吧。"于是他们来到朝廷，武则天问道：“你用什么办法能够捉到贼人？”苏无名说：“如果派我去捉拿盗贼，请不要限定日期，并能宽恕州县官员，不再追究他们的责任，把两县负责捕盗的人员全交给我调遣，不出几天，就能为陛下把盗贼抓来。”武则天允准了苏无名的请求，苏无名命吏卒延迟到一个月以后进行。

寒食节那天，苏无名把吏卒全部召来，告诉他们说：“你们十人、五人为一伙，在东门、北门等候，看到有胡人和同伙十几个人，都穿着丧服，相随出城到北邙山的，可以跟在他们后面，及时把他们的行动告诉我。”吏卒来到东门、北门等候，果然遇上了苏无名所说的情况，急忙回来向苏无名报告：“胡人到了一个新坟前面祭奠，有哭声而不悲伤。设下祭品后，他们围着坟墓边走边看，相视而笑。”苏无名大喜，说：“找到盗贼了。”于是派吏卒把胡人全部抓了起来，掘开坟墓，打开棺材一看，棺材里面都是宝物。

苏无名上奏武则天，武则天问苏无名：“怎么有这样过人的才智，捉到这些盗贼？”

苏无名回答：“我没有别的计谋，只是了解盗贼的行为，当我来到都城的那天，正是这些胡人出葬的时候，我一见就知道他们是盗贼，但是不知道他们把偷来的东西埋在什么地方。今天寒食节扫墓，估计他们必定要出城寻找埋东西的地方。他们来到坟墓前，我就知道东西埋在那里了。他们祭奠，哭而不悲哀，这就证明里面所埋的不是人。绕坟相视而笑，高兴的是坟墓没有损坏，先前如果陛下过急地催促府县捉拿盗贼，盗贼被逼急了，必定取出宝物逃走，不去追查，他们自然就放心了，所以没有把宝物取出。”武则天说：“你说得对。”于是赏给苏无名金帛，加官两级。

千里急

识破伪证

明朝陈懋仁在其所著的《泉南杂志》中记载了这样一件事：

一天夜里，泉州城里发生了盗窃案，实际上这是官府的捕快自己干的。主管的官员叫来了两个值勤巡逻的士兵，一个左腕上、另一个胸口上分别带有黑色的伤痕，但皮肤没有肿裂。他俩说是被盗贼用棍棒打的，想以此抵赖，掩饰自己的罪行。官员严词督促掌管捕盗的人立即破案。

当时我想，凡遭棍棒打击的地方，没有不致命并发生骨折的，也没有不肿胀并且破裂的，否则就一定作假。我又问左右的人："我们的家乡有一种草，涂在皮肤上，颜色就像受伤一样，你们泉州人叫这种草什么名字？"

他们回答说："这种草名叫'千里急'。"我令他们找一些来捣碎，分别涂在另外两人的手腕和胸口上。

不一会儿，那里就变成了黑色。我把他们带去给那两个谎称受伤的士兵看，他俩吓呆了，于是招供了盗窃和作伪证的罪状。从此这种盗贼绝迹，而外来之人也不能以此作假了。

◎

《本草纲目》载：千里急又名千里及。它是生长在路旁、篱笆之间的，叶子细长而厚实；其味略苦，稍有毒性；可以治疗瘟疫、气结、黄病、蛊毒，煮汁服用即吐，外敷可疗蛇、犬咬伤。不能和其他药混合使用。这种草可把皮肤染黑，就像凤仙花能把指甲染红一样。

京师指挥

大胡子马夫

在京城，有盗贼抢劫了一户人家，临走时丢下了一个册子。早晨，这家人打开册子一看，见里面所写的都是些富家子弟的名字，上面或写着“某日某甲曾经在某地饮酒议事”，或者是“相聚赌博，携带娼妓作乐”，等等，一共二十条。

这家人把这件事告诉了官府。官府按照名册把人捉拿归案，都是些浮浪少年。一调查，他们所为与小册子所记相同，官府以为抓对了。这些少年的父母觉得儿子一向不务正业，也都怀疑他们会干这种事。这群少年平日饮酒、赌博俱是事实，而盗贼全都察看清楚并记载下来。少年们受不了杖刑拷打，违心招供。当问到他们把赃物藏到什么地方时，他们胡乱地编造，说埋在郊外的某个地方。官府派人去挖掘，竟然都能够挖到。这些少年又惊又怕，相顾失色说：“是老天爷要叫我们送命了！”就这样，案子了结，只等候处决了。

有一个指挥对这件事虽怀疑，但搞不清其中的原因，他沉思很久：“我左右人员中有一个大胡子，他的职务是养马，为什么每次审问这案子，总是站在旁边？”于是，他又提审这些少年囚犯三四次，而观察大胡子每次都必定赶到，审问其他案子，他就不来了。

指挥趁其不备就问他原因，大胡子说没什么。指挥就喊人拿来炮烙刑具，大胡子跪地磕头，请求指挥屏退左右，才说道：“起初我不知道事情的来龙去脉，只是强贼贿赂奴才，让我每次在审理这个案子时，一定要记下您和囚犯所说的话，并迅速报告他们，答应给我一百两银子作为报酬。”这才知道挖掘的赃物，都是盗贼在得到大胡子报告以后，按少年所说的地点而连夜埋下去的。大胡子请求去捉拿盗贼来赎罪。指挥命令几个士兵换上老百姓服装同大胡子一道前往僻静的地方，把盗贼全部捉拿归案。狱中的少年都被释放了。

◎

明宪宗成化年间，南郊祭祀结束，撤去器具时，忽然发现丢失了一只金瓶，这是一个厨师专门负责保管的。于是把他逮捕下狱，他经受不了严刑拷打，被迫招供。问他把赃物放在什么地方，他瞎编说：“藏在祭坛前某个地方。”到他所说的地方去挖掘，没有找到金瓶，又把他囚禁起来，折磨得死去活来。

不久，真正的盗贼把系瓶的金边链拿到集市上去卖，集市上的人怀疑，报告了官府。官府捉拿归案，原来是个卫兵。经审问，他招供说：“我偷了金瓶后，急忙中也无处可藏，就把它埋在祭坛的前面，我只是扭取了金瓶上的金链罢了。”掘开地面，果然取得金瓶。那地点同厨师瞎说的地方，只相距几寸，如果先去挖掘的人稍微放宽一点，那厨师死了也要蒙受不白之冤了。难道一定要有养马的大胡子站在旁边才可以怀疑吗？审问盗贼竟这样的困难啊！

耿叔台

破盗窃案

明朝时，某御史在四川巡察期间，一次在办理移交手续时，丢失了一笔钱财。新的御史来后，他的住处被挖了一个洞，有人从洞里钻进他家盗窃财物。

成都太守耿叔台在调查时发现巡按府中的属吏都已更换过，唯独留下一个伙夫，于是他就派人把那个伙夫抓来。御史愤怒地说："你这个太守，不能在外面追查盗贼，就来抓我身边的人治罪吗？"

耿叔台仍坚持要抓。等把伙夫抓来后，就追问他说："我看墙洞的痕迹，是从屋内向屋外挖的，不是你干的会是谁呢？"伙夫吓得咋舌认罪。

张鷟(zhuó)

顺驴找鞍

金代官员唐朝张鷟做河阳县尉时，有个客人的驴缰绳断了，连同鞍子一起丢失。客人找了三天，还是没有找到，就告到官府。

张鷟得到报案以后，立即派人追查，偷驴的人没办法，便趁着晚上的机会，把驴放了出来，而把值五千钱的鞍子藏在家中。张鷟见到驴，就说："现在可以知道偷驴的人了！"随即命令解开笼头，放掉驴，只见驴朝原来喂草的地方走去，张鷟派人搜这个人家，结果在他家草堆里面找到了鞍子。

李复亨

杀马案

金代官员李复亨八十岁时中了进士，被调任到临晋担任主簿。

一次，他护送官家的马群去郡府，中途在客店留宿时，有人偷了一匹马并把它杀掉了。李复亨说:“这人不是为了获取钱财而杀马，必定是跟我有仇的人。”于是就对客店中的商人、过客全都进行了搜查，发现一个同乡的口袋里装着一把佩刀。

李复亨对他说:“刀上如果沾过马血，用火一烧，刀就会变青。”那人听了，立即就认罪，经查实，果然是个仇家。

李复亨由提刑按察使被推荐升任南和县令时，有人偷割了一个百姓家的牛耳朵。复亨把村上的人全都召集来，让牛主人牵着那头牛从人面前一一走过。当来到一个人跟前时，牛突然惊跳起来。李复亨就直接审问他，他不得不承认牛耳朵是他割的。

◎

通过烧刀可以抓到盗贼，可见应该重视探究事物的原理和规律。然而，庐州的案子，官员不能判决，而老吏却能解决，所以推究事理又全在于了解情况。

太常博士李处厚任庐州县令时，有一个人死了，李处厚前去察验。他用尽了各种方法，都查不到伤痕。

手下的一个老书吏献计说：“先用新的红油伞遮住尸体，放在太阳底下晒，然后用水浇尸体，尸体上的伤痕必定会显现出来。”李处厚照着去做，伤痕果然就看得很清楚了。

向敏中

明察冤情

北宋向敏中在西京做官时，有个僧人傍晚路过一个村庄，他向一户人家的主人借宿，主人不同意，他只好寄宿在主人家外面的车房里。

到了夜里，他看见一个盗贼从墙头上扶出一个女人，带着一包衣服翻墙出去了。僧人考虑自己没有被主人接纳，现在主人家不见了那女人和钱财，第二天肯定要把他捉到官府。想到这里，他就逃了出去，在慌忙之中不小心掉到一口枯井里，却发现那妇人已被强盗所杀，扔到这口井里了。

第二天，这家的主人顺着脚印抓到了他，并且把他送到县府。僧人有口难辩，只好含冤招供："是我引诱他家的妻子逃跑的，但又怕被人追到，就把她杀死，扔到井里。因晚上走得太急，自己也不觉失足掉了下去。偷的东西丢失在井旁，现在不知什么人拿去了。"

案子了结，报到州府，州府都说此案判得对，只有向敏中因赃物没有查获而产生怀疑。于是，他又提审僧人，坚持细问，这才取得了他真实的口供。

向敏中秘密地派吏卒查访，吏卒来到村店住宿下来，店里的女主人听说吏卒是从州府中来的，就问他说："那僧人的案子怎么样了？"吏卒骗她说："昨天已经把他打死了。"这个妇人说："现在捉到凶手又该怎么判决？"吏卒说道："已经误判了这个案子，即使捉到凶手，也不问罪了。"妇人说："那说出来也无妨了。那家妇女，是被村里的少年某甲所杀害的。"还把那少年的家指给吏卒看。吏卒就到他的家中，乘他不备逮捕了他。经过审问，他全部招认了，并从他家起获了赃物。僧人这才被放了出来。

◎

前代明察的官员，他们事业的成功往往靠的是吏员的力量。吏员是由公众推举的，所以大多是有用的人才。

现在吏员是靠自己出钱当上的，而做吏员的目的是挣钱，让这样的人查访案情，便要出卖案情了。况且现在做官的思想和这些吏员差不多，百姓哪有不受冤屈的呢？

钱藻

囚徒困境

北宋钱藻在密云掌管军务时，有两个京军在通州抢人。捉拿归案之后，都不认罪，州府把这件事告诉钱藻。这两个贼人依仗自己是京军，傲慢无礼，出言不逊。

钱藻就要甲站到大门的外面，只留下乙审问了三四次，声色俱厉。过了一会儿，钱藻拿着笔记下一百来个字，好像是在录乙的口供，然后让他出去了。接着叫甲进来，骗他说："乙已经交代了实情，抢劫的事主要是你干的，该留他一条命，你应当处死。"甲不知道这是在骗他，便愤愤地说："乙本是这件事的首犯，为什么推到我的头上？"甲全部交代了首犯乙的罪行。钱藻又把乙叫来对证。于是，按照法律定罪。

吉安老吏

调包计

吉安有一个富豪娶媳妇。迎亲那天，有一个盗贼乘他家人多混乱之时，悄悄钻进了洞房，潜伏在床的下面，等候夜间偷东西。可是没有想到这家一连三个晚上都是明烛达旦。盗贼饿急了，就从床下跑了出来，被这家抓到官府。

州官审问他时，盗贼说："我不是盗贼，是个医生，这个新娘有一种怪病，娘家让我同她一道来，好及时给她用药。"州官再三审问，盗贼详细地说出媳妇家的事情，这全是他潜伏在床下时所偷听到的新婚夫妇的悄悄话。州官相信了他，就要新媳妇到公堂对证，富豪恳求不让新娘上公堂，州官不允许。

富家求助于衙门的一个老吏。老吏对州官说："新娘子抛头露面到公堂对质，不管这场官司能打赢还是不能打赢，对她来说都是极大的耻辱。这个盗贼潜入她家，饿急了又突然跑出来，必定不认识新娘。如果用其他的妇人出来对证，盗贼假使认定是她，便可以看出他的欺骗了。”州官说：“好吧。”

随后，找来一个妓女，穿着华丽的衣服，乘着车子来到公堂。盗贼一见，就喊道：“你请我来治病，怎么拿我当盗贼？”州官大笑，盗贼终于认了罪。

周新异政 二条

冷面寒铁

明朝周新做浙江按察使，将要到达境内时，路上有蚊蝇迎着马头聚在一起。派人跟在它们的后面，结果找到一具死尸。尸体的旁边只有一个卖布人在布匹上盖印的小木戳。

周新到任后，就派人出去买布，多次买了回来，他嫌不好，就又到别的地方去买，终于买到了带有那个印记的布。周新审问布主，原来此人正是抢劫并杀害布商的盗贼。

有一天，周新正在处理公务，忽然有阵旋风吹来一片与众不同的树叶，落到他的面前。周新左右的人都说此地没有这种树，只有一座古庙里有，它离城里还很远。

周新顿有所悟，说道："这一定是庙里的僧人杀了人，把尸体埋在树下，冤魂来向我告状了。"于是，周新派人前去挖掘那树下的土，果然挖出一具女人的尸体。庙里的僧人立即认了罪。

◎

周新是南海人，由乡科选拔为御史。他为人刚直，敢于说话，人们称他是“冷面寒铁”。

周新在浙江有很多特殊的治理方法，当时锦衣卫指挥使纪纲独断专横，很受皇帝的宠爱。他曾派千户官前往浙江办事。这人到了浙江，耍威风，受贿赂，周新要逮捕他治罪。千户逃脱返回后，向纪纲诉说，后来纪纲捏造罪状把周新杀害了。唉！周新能够勇敢地为人申冤，自身却含冤而死，天理在哪里呢？

吴复

识破奸情

溧水人陈德，妻子姓林。这年年底，因家里穷困，他就到临清去干活。妻子林氏靠纺麻度日。时间一长，林氏被邻居张奴所引诱，两人情投意合。

过了三年，陈德积聚了几十两银子，装在口袋里带回家中。离家还有十五里地，天色已经晚了，又下起小雨，陈德考虑到身上带着银子是个拖累，就把银子藏在水心桥第三个柱子的洞穴里，徒步回到家中。这时，林氏正好同张奴在家里厮混，林氏听到丈夫的敲门声，就把张奴藏在床下。夫妻相见，各人诉说自己的穷苦，陈德说出藏银子的事。

第二天清晨，陈德到桥下取银子。哪知张奴夜间窃听了他们的谈话，就打开后窗逃出陈家先取走了银子。林氏的心没有放在丈夫身上，听陈德说银子丢了，怀疑他在说假话，于是又埋怨，又咒骂。

当时溧水县的主事官是晋江人吴复，他很有才能，陈德就向他诉说了丢银子的事。吴复笑道：“你真心对待妻子，而不知道妻子已另有心上人了。”

吴复派人把林氏抓来，严加审问，林氏大喊冤枉，陈德心疼妻子，愿意放弃银子。吴复呵斥道：“你假说丢了银子戏弄本官吗？”把陈德关进监狱，而把林氏放回家中。随后命令一个聪明的差官，扮成乞丐，到林氏家附近观察动静，看到了张奴与林氏正私下里相互安慰。

吴复把张奴、林氏一起捉拿治罪，弄清了事情的真相。（另外有一种说法，认为这也是广东周新做浙江按察时的事情。——原注）

彭城王高浟(yōu)

捉偷牛贼

北齐高浟任定州刺史时，有个百姓家的一头黑牛被人偷走了。这头牛最显著的特征是脊背上长有很长的毛。高浟就假说皇帝下了急令，需要收购牛皮，价格加倍。他让丢牛的人在收购牛皮的地方辨认，一下就抓到了小偷。

定州有个姓王的老太太，孤身一人，种了两亩菜，但菜经常被人偷。高浟就令人偷偷在菜叶上写下字。第二天在街市中果然发现一个人卖的菜叶子上有字，因而就抓住了那个偷菜的贼。从此以后，定州境内再也没有盗贼了。

高湝（jiē） 杨津

观察入微

北齐任城王高湝做并州刺史时，当地有一个妇人在汾水边洗衣服，有一个骑马的过路人换了她的新靴子，驱马而去。妇人拿着骑马人丢下的旧靴子到州府告状。

高湝召集住在城里的老妇人，把靴子拿出来给她们看，骗她们说："有个骑马的人在路上被盗贼杀害了，留下这双靴子，他有没有亲人呢？"一个老妇人拍胸大哭，说："我的儿子昨天穿着这双靴子到他妻子家的啊！"于是，高湝派人捉拿了换靴子的人。当时人们都说高湝明辨事理，观察入微。

北魏的杨津任岐州刺史时，一次有个武功人带着三匹绢，在离城十里的地方被人抢去了。刚好有个使者骑着马路过那里，受害者就把情况告诉了他。使者到岐州后，就把发生抢劫的事报告给了杨津。杨津就教手下的人到街上宣扬说："有某某穿某种颜色的衣服，骑什么样的马，在城东十里的地方被人杀了，也不知他的姓名。如果有他的家人，可以赶快去认尸。”有个老妇人闻讯后，边哭边跑出来说，那人是他的儿子。于是杨津就派人骑着马去捉拿，终于抓到了抢劫犯，绢也追查回来了。从此以后，全州的百姓对杨津都很畏服。

柳庆

捉贼和尚

北周的柳庆任雍州别驾时，有个商人带着二十斤金子寄居在京城。他每次外出，都把钥匙随身带着。不知什么原因，他藏金子的地方没有一点破坏的痕迹，钥匙也没丢失，金子却不见了。郡县的官员都说是房东干的，房东有口说不清，只得无辜服罪。

柳庆觉得这事有疑，就问那商人平时都把钥匙放在哪儿，商人说："我自己带着。"柳庆又问："你有时是不是和别人住在一起？"回答说："从来没有。""你曾和别人一起喝过酒吗？"商人说："前些日子曾和一个和尚喝过酒，醉得白天都睡不醒。"

柳庆说："那个和尚才是真正的小偷。"于是立即派人去捉拿，但和尚已带着金子跑了。后来终于抓到了他，丢失的金子也追回来了。

一次有个姓胡的人家被人抢了，郡县进行了调查，但没有找到罪犯的下落，邻近居民受牵连而被关起来的很多。

柳庆私下写了封匿名信，抄成几份，贴在各官府的门口。信中说：“我们几个人共同抢劫了胡家，因人员复杂，这事恐怕早晚会泄露出来。现在我想自首认罪，又怕官府不能赦免，所以特此禀告。”然后柳庆又相应地写了几份同意赦免的文书散发出去。

过了一天，广陵人王欣的仆人将自己绑起来，前来投案。这样一来，他的同伙就全被捕获了。

刘宰

芦苇断案

南宋刘宰做泰州县令时，有个人丢失了一枚金钗。当时在场的只有两个女仆，审问她们都不肯承认。刘宰命令她们每人拿一根芦苇回去，说："不是偷金钗的人，明天芦苇还像现在这个样子，果真是偷金钗的人，明天芦苇就必定长二寸。"

第二天，刘宰把两根芦苇拿来一看，有一根仍然保持原状，另一根却去掉了二寸。原来是偷金钗的人心里发虚，怕它长大了。那个偷金钗的女仆只得认了罪。

陈襄

墨钟断案

北宋陈襄代理浦城县令时，当地的一个人丢失了东西，官府捉到了几个小偷，但他们谁也不承认。陈襄说："某庙有一座钟能辨别盗贼，偷了东西的人摸它，就会发出声音；不是偷东西的人摸它，就没有声音。"

于是，陈襄派差吏先把小偷带走了，自己则率领众人来到庙里放钟的地方进行祭祷。暗地里把钟涂上墨，用帐帷遮住，命令几个小偷去摸钟。不一会儿，把他们喊了出来，只有一个人的手没有被墨弄脏。经过审问，他就是偷东西的盗贼。他害怕钟发出声音，所以不敢去摸它了。

◎

陈襄在海滨讲文章道义，同陈烈、周希孟、郑穆都是好朋友。当时人们称为“四先生”。

胡汲仲

偷衣老妇

南宋胡汲仲在宁海做官时，一天，一些老妇人集中在尼姑庵拜佛念经，有一个老妇人丢失了她的衣服。这时，正好赶上胡汲仲到外地去，路过这里，这个妇人就向他诉说了丢衣的事。

胡汲仲把大麦放在每个老妇人的手掌里，命令她们像原来一样绕着佛像合掌念经。他自己闭目端坐，并且说：“我让神来监督你们，偷衣服的人绕佛像几周以后，麦子就会在她的手中发芽。”其中有一个老妇人多次张开手掌察看。于是，胡汲仲命令把她捆起来。一问，她果然是偷衣服的人。

杨武

出人意料

明朝佥都御史杨武，是关中人康德涵的姐夫。他担任淄川县令时，很善于用出人意料的方法破案。

一次，县城里有人偷了居民的粮食，官府没能捉到他。杨武就把丢米那家的邻居统统抓来，共有几十人，让他们跪在院子里。杨武自己则漫不经心地处理其他事情，不理睬这些。过了一会儿，他忽然严厉地说："我发现偷米的人了！"他这么一喊，其中一个人的脸色很长时间都不自然。接着他又喊了一次，那个人的神色更紧张了。杨武指着他说："跪在第几行的第几个人是偷米者！"那人只得立即招认了。

一个风雨之夜，有人偷了园子里的瓜菜，而且连根带蔓都被践踏光了。杨武怀疑是菜园主人的仇家干的。于是他让手下人把偷菜人的脚印描画下来，然后在庭院里撒满灰，又把全村的年轻人都找来，让他们在灰上踩。杨武对他们说：

“谁踩的脚印跟菜地里的相同，他就是小偷。”

当轮到最后一个人时，他显得犹豫不定，面带难色，而且直喘粗气。杨武就把他抓来审问，果然是园主人的仇家，瓜菜也是他偷的，还在他家里搜到了赃物。

有个行路人走累了，就在路边上枕着一块石头睡着了，他口袋里的一千文钱被人偷走。杨武就令人把石头抬到院子里，鞭打几十下，并让人们前来观看。他暗中派人在门外守候，一见到有人在门外偷看而又不肯进来的，就把他抓起来。果然抓了一个人，正是偷钱的贼。

原来这贼听到要鞭打石头，感到好奇，心中很想看，但又不敢进去，就在门前窥视。命他交出所偷的钱，他才花掉十文钱，其余的全还给了被偷的那个人。

劫麦

卖豆和尚

明朝王恺任平原县令时，有个贩麦的商人，夜里经过一个村的寺庙时遭到了抢劫，于是就到县里报了案。

王恺故意把这事压下来，暗中却让一个贩豆的商人在自己的豆子里掺入一些熟豆，也在夜里路过那座寺庙。结果他也同样遭到抢劫。王恺就让士兵化了装，进到寺里买豆子，发现买回的豆子里有熟的，就立刻把卖豆的和尚抓起来。和尚见状，不待审问，就全部交代了自己的罪行。从此以后，当地的盗贼全都销声匿迹了。

窃茄

明辨案情

李亨当鄞县县令时，当地有个种菜的百姓，他的茄子刚长大，就被邻居偷到市场上去卖。农民去追，想把茄子夺回来，两人都说茄子是自己的，争执不下，就告到县衙。

李亨让那邻居把茄子全部倒出来，他一看，就笑着对邻居说：“你才是真正的小偷。如果这茄子是你家的，你会把刚刚长大的，甚至连那些极小的都摘下来吗？”邻居闻言，不得不认罪。

盗牛舌

杀牛破案

北宋包拯做天长县令时，当地有一个人诉说有人偷割他家牛的舌头。包拯让他回家把牛杀掉，拿到集市上去卖。不久，有个人告发这人偷杀耕牛。

包拯说："你为什么要割掉他家牛的舌头，而又告发呢？"那偷割牛舌头的人十分惊慌，伏地请罪。

盗石榴　盗樱

假装不追查

南宋秦桧做宰相时，官署左边有一棵石榴树。每次结石榴的时候，秦桧总要去默默地数一数。有一次，发现少了两个，秦桧假装不追查。一天，秦桧将要升座，属吏们站在两旁，依次参见，他忽然指示身边的人，要他们去拿斧头来砍树。一个属吏站在一旁，脱口说："这石榴的果子很好吃，砍掉它太可惜了。"秦桧回头便说："是你偷吃了我的石榴！"这个属吏一听这话，立即磕头认罪。

五代时，有一个人把新鲜樱桃献给了慕容彦超，不一会儿，樱桃被服役人偷吃了，主管果品的官吏把这件事告诉了慕容彦超，慕容彦超假装安慰他们说："你们哪敢偷吃新鲜樱桃呢？这都是主管人搞错了。你们不要担忧，也不用害怕。"话一说完，每人赐给一杯酒。在这之前，彦超已经暗暗地派了左右把藜芦散放进酒中。他们酒一下肚，就都呕吐起来，樱桃也被吐了出来。于是，偷吃樱桃的人就受到了惩罚。

子产　严尊

破杀夫案

春秋时，郑国的子产有一天早晨从家里出来，路过东匠的门口，听见一个妇人在哭。他扶着车夫的手，示意停车，仔细地听了哭声。过了一会儿，子产派人把那妇人抓来了。经过审问，原来这个妇人用手勒死了她的丈夫。

第二天，车夫问子产：“您是怎么知道的？”子产说：“她的哭声带着恐惧。大凡一个人对于她所爱的人，对方才发病，她感到忧愁；临死之前，她感到恐惧；已经死了，就只有悲伤。现在她哭的是已经死去的丈夫，但哭声不悲伤，而含有恐惧。因此，我知道其中必有奸情了。”

东汉严尊任扬州刺史时，一天，他听见路边有一个女子在哭，但是哭声并不悲哀。严尊上前询问，那女子说她的丈夫被火烧死了。严尊命令手下人用车子把尸体拉来，并派人看守，对他们说："会有东西到这儿来。"

第二天，果然有很多苍蝇聚集在死者的头部。严尊令人拨开头发，发现有根大铁钉钉进了这人的头顶。拷问那女子，正是她因与人通奸而杀了自己的丈夫。（韩滉在润州时，也有同类的事情。——原注）

元绛

杀夫嫁祸

北宋江宁推官元绛代理上元县令。有一天，甲、乙两人喝酒时互相殴打起来。事过之后，甲就回家睡觉，到了夜里却被盗贼把脚砍断了。甲的妻子咬定是乙干的，便把乙扭送到县里。这时甲已经死了。元绛告诉甲的妻子说："回去办理你丈夫的丧事吧，乙已经认罪了。"

甲妻走后，元绛就派了一个办事谨慎可靠的小吏跟在她的后面。小吏发现一个僧人正与她迎面而笑，两人窃窃私语。元绛立即命令把他们捉拿归案，捆在屋廊下，审问甲妻与僧人通奸的情况，她如实地交代了。

有人问元绛其中的原因，他说："我见甲的妻子哭的时候，并不悲伤；再说她与丈夫同睡在一张床上，而她的内衣没有血迹。因此，我推测她有奸情，谋杀了自己的丈夫。"

张升

审问奸妇

东汉张升做润州知府时，当地有一个妇人的丈夫出门了，几天没有回来。有一天，突然有人报告说，菜园的井里有个死人。妇人很吃惊，走去一看，号啕大哭，说："这是我的丈夫呀！"于是，上报官府。

张升派人召集左右邻居，到井边去验证一下是不是她的丈夫。他们都说井太深不能辨认出，请求把尸体捞上来验证。张升说："众人都不能辨认出井中的尸体，那妇人凭什么知道是她的丈夫呢？"张升命令把这个妇人押起来审问。果然是奸夫杀死她亲夫，而这个妇人是同谋。

陆云

欲擒故纵

西晋陆云做浚仪县令。有一天，当地有个人被杀害了，主犯还没有追查到。陆云派人逮捕了死者的妻子，却不追问她什么。大约十天工夫，陆云把死者的妻子放了出来，并且秘密地派人跟在她的后面。陆云对他们说："她走不到十里，会有个男子等候在那里同她说话。你们看见他，就捆绑起来带到县里。"

不久，情况果然像陆云说的一样。经过审问，那人服了罪，说："我与死者的妻子通奸，并且商议一起杀死她的丈夫，后来听说死者的妻子放出来了，想同她说话，又害怕离县城太近被人发觉，所以远离县城而等候。"于是，全县的人都称颂陆云神明。

蒋恒

跟踪老妪

唐代贞观年间，衡州有个板桥店。店主人张迪的妻子回娘家看望父母去了。有一天，卫三、杨真等三人前来店内投宿。五更之时，他们就起身赶路了。这天夜里有个人拿卫三的刀杀了张迪，又把刀重新插入鞘内，杨真等人不知道这情况。

到了天亮，店里的伙计发现主人被害，便去追赶杨真等人，当看到卫三的刀有血迹，就把他们抓到官府。官府拷打审问，杨真等人忍受不了毒刑的痛苦，就被迫招供了。皇帝怀疑这个案子，派御史蒋恒复审。

蒋恒命令把住店人员中十五岁以上的都召集起来，因为人数不足，暂时让他们走了。只留一个老太婆，八十岁了，到了晚上才把她放出去。蒋恒命令狱吏秘密地监视她，说："老太婆出去之后，会有人同她说话，你们就记下那人的面貌。”

狱吏遵照蒋恒的命令行事，果然有人问老太婆说：“御史大人是怎样查问这个案子的？”这样做了三天，都是这个人来问。蒋恒派人把他抓来审问，这个人交代了他与张迪妻子通奸谋杀的实情。蒋恒把案情上奏朝廷。皇帝赐给他锦帛二百匹，并升为侍御史。

杨逢春

深夜断案

明朝时，南京刑部典吏王宗是福建人。有一天，他在部里值班，忽然有人报告他的妾在寓所被人杀掉了。王宗奔回家中，又迅速返回部里，把情况报告尚书周用。周用命河南司查问此案。河南司要给王宗定罪，王宗说：“我听到报告才回到家，这是大家所看到的。况且这个妇人没有外遇，一向同我感情很好，我为什么要杀她呢？”官司无法决断。

又过了几个月，都察院命令再审此案，发文责成浙江道御史杨逢春负责审理。杨逢春首先宣布：在某夜二更以后，审问王宗的案子。

到了约定日期，突然命令衙役说：“门外有偷看的人就抓来。”果然抓了两个人。在审问时，甲说：“我是被乙带来的，也不知他要干什么。”于是把甲放走了。接着对乙用刑追问，乙招了供，说他同王宗所租寓所的主人的妻子通奸，被王宗的妾看见了，所以杀她灭口。杨逢春立即把乙依法惩办，并且释放了王宗。随后他说：“假如白天审理此案，那看的人就多了，哪个人肯在深夜来偷看呢？”从此，人们都称颂杨逢春神明。

马光祖

捉蛙贼

南宋马裕斋（字光祖）做处州知府时，禁止百姓捕青蛙。有一个村民把生瓜切下一片作为盖子，然后掏出瓜瓤，把青蛙放在空瓜里，再把它盖上。天亮的时候，这个村民运“瓜”进城，被卫兵逮住，上刑后押送到公堂。

马裕斋觉得这件事很奇怪，问道：“你是什么时候捕捉这些青蛙的？”村民回答说：“是半夜。”他又问道：“有没有人知道这件事？”回答说：“只有我的妻子知道。”马裕斋怀疑他的妻子与人通奸，就把他的妻子捉来审问。果然是这样。

原来，奸夫想陷害这人，以夺取他的妻子，所以奸夫让妻子教她的丈夫用这种方法捕捉青蛙，又事先把这件事告诉了卫兵。因此，这个村民就被逮捕了。案情真相大白后，马裕斋把奸夫奸妇绳之以法。

苻融

梦的解析

十六国时，前秦苻融做司隶校尉。京兆人董丰，三年游学回来，在妻子的娘家过了一夜。就在这天的夜里，他的妻子被人杀死了。妻子的哥哥怀疑是董丰杀的，把他扭交官府。董丰忍受不了严刑拷打，胡乱招认了是自己杀掉妻子。

苻融审察案情以后，觉得案子很可疑，就问董丰："你在回家的路上，是否遇到奇怪的事情或占卜的人？"

董丰回答说："当初准备起身时，我夜里梦见自己骑着马南渡河水，到了河中，马返回北渡，我又调转马头从北向南。这时候，马就停在水中，用鞭子抽打，它也不走。我往下一看，见水下有两个太阳。马身的左边白而湿，右边黑而干。梦醒以后，我很害怕，怕是不祥之兆，就去问占卜的人。他说：'当心吃官司，要远离枕头，避开洗浴。'我回到家里以后，妻子要我去洗澡，晚上给我枕头，我记住了占卜人的话，所以都没有听从。后来妻子自己去洗澡，枕上枕头就睡觉了。”

苻融听了这番话，就说：“我明白了。《周易》上说，坎是水，马是离，你骑马南渡，又转过来从北向南，就是从坎往离，三爻同变化，变化就成为离，而离中是女子，坎中是男子。两个太阳，是两个丈夫的象征，马的左边是湿的，湿就是水，左边是‘水’，右边是‘马’，就是‘冯’字了。两个太阳，又是‘昌’字。这样看来，你的妻子是一个叫冯昌的杀的吧？”

于是，根据推断的结果抓到了冯昌。审问之后，冯昌终于认罪，说：“原来同董丰的妻子一起谋杀董丰的，约定以新洗的头发、枕的枕头为凭，而董丰没有听从他妻子的安排，因此误杀了那女人。”

王明

一石粮食三斗米

宋朝时，西川费孝先善于占卜术，名声很大。有个客商王旻，因为推销货物到了成都，就请求费孝先替他卜卦。费孝先说：“叫你住下不要住，叫你洗澡不要洗。一石粮食舂得三斗米。遇到光明你就活，遇到黑暗你就死。”还再三告诫他，要把这些话背下来记住。

王旻听了费孝先的嘱咐就走了，半路上忽然天降大雨，他到一家屋檐下躲雨，屋檐下站满了过路的人。王旻心想：“叫你住下不要住，是否就是指这件事呢？”于是，他冒雨走了。不一会儿，房屋倒了下来，只有王旻幸免于难。

王旻的妻子同邻居少年通奸，两人愿意终生在一起，并商定等丈夫回来之后，就害死他。王旻回到家里，妻子就去同奸夫私下约定，说：“今天晚上洗澡的人就是我的丈夫。”到了夜里，妻子果然喊王旻洗澡，王旻又想起了那句话：“叫你洗澡不要洗，莫非就是指这件事情？”于是坚决不肯洗澡。妻子很生气，竟自己去洗澡，墙缝中伸出一支长矛来，把她杀死了。王旻一见大惊，心中不明白其中的缘故。

第二天，邻居告到官府，说王旻杀了妻子。郡守施加酷刑，王旻哭着说：“死就死吧，不白之冤，哪一天能得到昭雪呢？只是费孝先所说的话不灵验了！”左右把这话告诉郡守。

郡守沉思了很久，把王旻喊来问道：“你的邻居有人叫康七吗？”王旻答道：“有。”郡守说：“杀你妻子的，必定是这个人！”于是，郡守派人把康七抓到公堂，一经审问，他果然认了罪。郡守对左右官吏说：“一石粮食舂得三斗米，那另外得到的不是七成糠吗？”

这个郡守，就是王明。

范纯仁

投毒案

北宋时，参军宋儋年突然死去，范纯仁派弟子前去办理丧事。替死者穿衣服时，发现他的口鼻都流出血来。

范纯仁怀疑宋儋年是被别人谋害的。经过调查，了解到宋儋年的妾与一个小吏通奸，他们趁宴会时把毒药放进了鳖肉中。于是，范纯仁问吃鳖肉在第几巡，说："难道已经中毒却还能支撑到宴席结束吗？"

范纯仁再次查问，了解到宋儋年素来不吃鳖肉。说宋儋年吃了有毒的鳖肉而身亡，原来是妾与小吏想为翻案留下伏笔，以逃脱死罪。实际上是宋儋年酒醉回家之后，妾与小吏把毒药放在酒中把他毒死的。于是，奸夫奸妇都受到了应得的惩罚。

刘崇龟

比武捉凶

这事是唐朝刘崇龟镇守海南时发生的。

有个富商的儿子，把船停泊在江边，他看见某大户人家的一个美貌女子并不怎么回避男子。于是，少年挑逗她说："黄昏的时候，我来你家里看你。"女子微微地笑了一下。当天晚上，女子果然开门等候他。少年没有到来，有一个盗贼悄悄地进到她的家里，准备偷东西。女子不知道是盗贼，便迎了上去。盗贼认为是来捉他的，就用刀刺死了那女子，丢下刀就逃走了。

少年后来到了她家，一脚踏到女子的血迹，滑倒在地上，他顺手摸了一下，发现是一具死尸，急忙跑出她的家，赶到江岸解开船缆，就逃走了。

第二天，女子家的人顺着带血的脚印找到了江岸。岸上的人说："夜里有一只客船开走了。"她家的人就到官府报了案。官府派衙役抓到了少年。严刑拷打之后，少年把全部实情说了出来，只是不招认杀了人。刘崇龟看了那杀人的刀，原来是把屠户使用的屠刀。

刘崇龟就下令说：“某天比武，大宴军士，境内所有的屠户集合在比武场等候。”约定的日子到了，屠户已经到齐，又下令说：“今天天已经晚了，可以明天来。”于是，各人都把屠刀留下，刘崇龟暗地里把杀人的刀混在里面，换下了一口刀。

第二天，屠户们一个个前来领刀。只有一个屠户最后赶到，不肯拿剩下的那把刀。问他，回答说：“这不是我的刀，是某人的刀。”刘崇龟命令捉拿那个人，而那个人已经逃跑了。刘崇龟就用别的死囚代替富商的儿子，于天快黑时在闹市处决了。真凶听说杀人犯已被处决，在外藏了一两天就回来了，于是被捉拿归案，判处死刑。富商的儿子按通奸罪论处，打了一顿脊背了事。

郡从事

无头案

有一个人因事外出刚刚回来，看见自己的妻子被人杀死在家里，而且头不见了。他急忙告诉了妻子娘家的人。她的娘家认为女婿杀了女儿，告到郡守那里。这个人受不了严刑拷打，就含冤认罪了。

只有一个从事怀疑这个案件。他对太守说："人命关天，必须缓一缓，再彻底审查。况且做丈夫的，有谁忍心杀掉自己的妻子呢？纵然感情上有裂痕而杀掉她，也必定要找一个逃脱罪责的办法，或者推说病死，或者假托暴亡。现在尸体在家，而头被扔掉了，这个道理很清楚。请让我重新审理这个案子。"

太守允许了从事的请求。从事把犯人移到另一个牢里，仍然供给他酒饭。然后对城中所有从事殡葬业的人进行调查，命令他们提供近来给人家安葬、迁坟的书面材料。接着便一个一个地当面追问，说：“你们给人家办理这类事情，有可疑的地方吗？”

其中有一个人说：“我最近替一个富豪家办过丧事，他家的人都说死了一个奶妈，抬出墙的时候，棺材里好像没有什么东西。现在埋在某地。”

从事派人掘开坟墓，果然得到了一个妇人的头，让原告辨认，却说不是他家的女儿。于是逮捕了那富豪审问。他交代了自己的罪行，原来是他与这个女人通奸，杀了一个奶妈，把头装在棺材里埋掉了，用这个女人的衣服穿在奶妈的尸体上，而把这个女人藏在家中。这件冤案终于真相大白了。

徽商狱

双头案

徽州某富商，看上了一个平民家的妇人，想娶她，便用很多钱引诱她的丈夫。丈夫贪图富商的银钱，就把这件事告诉妻子。妻子起先不愿意，后来在丈夫强迫下同意了。他选了一个晚上，准备好酒饭，约富商来家，自己藏了起来，叫他的妻子劝酒。富商来迟了一点，进门发现那妇人已被杀死，人头却不知哪里去了。

富商吓得拔腿就跑，也不知妇人被杀的原因。死者的丈夫认为是富商杀害的，就告到郡府。审问他的时候，富商说："我看上了她，这是事实;就是她不依从，还可以慢慢地想办法，何至于去杀她呢？"有一个老人说："以前这一带有报更的僧人，在妇人死的第二天夜里就听不到报更的声音了，这个僧人很值得怀疑。"

富商雇人到处察访这个僧人的去向，果然在别的地方找到了他。于是，他让一个人穿上妇人的衣服，藏在树林子里，等他路过的时候，装着妇人的声音喊道："和尚还我头来！"僧人惊慌地说："头在从你家往上数第三家的铺架上。"这时事先埋伏的衙役一起出来，把僧人捆绑起来。僧人知道自己露出了马脚，说："那天夜里，她家的门大开着，我想进去偷东西。看见妇人穿着华丽的衣服坐在床上哭泣，我想强奸而没有成功，就杀掉了她。带着她的头跑出了门，把头挂在第三家的铺架上。"

官府派人把那家的人抓到公堂，问他有没有这回事，那家的人回答说："有这回事。当时害怕惹出祸来，又把那头移挂到另一家门前的树上了。"官府又派人把另一家的人带到公堂，那家人回答："有这回事，当天就把头埋在园里了。"

官府派人前去挖掘，果然得到了一个头——竟然是一个有胡须的男子，再挖下去，才挖出妇人的头。问这男子的头从哪里来的，那人承认是十年前所杀死的仇人的头。于是，僧人和园子的主人都被处死了。

临海令

杀女案

临海县的迎新秀才到学校去，有个少女看见一个书生长得眉清目秀，心里喜欢上他。一个卖东西的老婆子在旁边对她说:“他是我邻居的儿子，我替你做个大媒，成了，就是一对美满夫妻。”

老婆子回去后，就把少女的心思告诉了秀才，秀才执意不从。老婆子有个儿子，为人品行不端。他假冒秀才，夜里来到少女的房间，少女不能辨认，便依从了他。

一天，少女家有客人夫妇留宿。晚上，少女睡到别的床上去了，把自己的床让给了客人夫妇。到了夜里，有人砍下这对夫妇的头。

天亮以后，凶案被告到县里。县令认为是她家杀的，但又考虑客人的珠宝也没有丢失，杀人干什么呢？想到这里，县令问:“床上以前睡的是什么人？”少女家的人回答说是他家的女儿。县令说:“我明白了。”于是立即派人捉拿少女，带上公堂，大刑等候。县令问:“你的奸夫是谁？”少女答道:“某秀才。”又把秀才带到公堂进行审问，秀才辩白道:“老婆子原来说过这个少女，但我不曾到她家里去过。”县令又问少女说:“秀才身上有什么标记？”少女答道:“臂上有一颗痣。”

县令一看，秀才臂上没有痣。县令沉思良久，说:“老太婆有儿子吗？”有人说老婆子有个儿子。

县令派人把老婆子的儿子抓到公堂。一见臂上有痣，说:“杀人犯，就是你！”对他用刑，老婆子的儿子就认了罪。

原来在那天夜里，老婆子的儿子发觉有两个人并头睡在一起，他以为少女另有新欢，一怒就杀了他们。于是，县令宣布秀才无罪，把他释放了。

王安礼

办案神明

北宋宰相王安石的弟弟王安礼任开封府知府。一次巡逻的士兵接连得到匿名信，告人违法犯罪，信中涉及一百多人。宋神宗把案子交给王安礼，命令他赶快处理这件事。

王安礼把所有的书信拿来看一遍，发现所揭发的事与人大致相同，只是在最后一封信中增加了三人，其中有个姓薛的。王安礼高兴地说："我知道了！"他把那个姓薛的人叫来，问他说："平时有什么与你过不去的人吗？"姓薛的回答说："有个卖笔的人来求我买笔，我没买，他很不高兴地走了，看样子好像对我怀恨在心。"王安礼立即下令拘捕那人。经审讯，果然是他写的匿名信，于是就将他斩首示众。

王安礼没有逮捕一人，就破了案，京师的人都称颂他办案神明。

母讼子 二条

寡妇案

唐代李杰做河南尹时，有一个寡妇告她的儿子不孝。李杰派人访求，实情并非如此。

李杰对寡妇说：“你的儿子犯了法应当处死，你不后悔吗？”寡妇回答说：“儿子不孝，我不后悔。”李杰就命令寡妇到集市上买口棺材装她儿子的尸体，又暗地派人跟踪她。寡妇走出衙门，就与一个道士说话。

不一会儿，棺材抬到了衙门。李杰派人逮捕了道士。原来道士同这个寡妇有私情，而寡妇的儿子在当中碍了事，两个人不能畅意行事。李杰杀了道士，把尸体装进了棺材。

宋代包恢做建宁知县时，当地有一个母亲告她的儿子。状子落款的年月后面写了一个“疏”字。

包恢怀疑这个案子，就把她的儿子叫来审问。她的儿子只是哭泣，没有说话。包恢估计他母亲守寡后可能与和尚通奸，讨厌儿子劝阻，所以告儿子不孝，状子就是和尚写的。

于是，包恢责成寡妇的儿子侍奉他的母亲，不要离开寸步。这样一来，和尚就没办法再来到寡妇的家了。有一天，寡妇假借丈夫的忌日，到庙里做佛事。她用一只大箱子装着衣帛，派人抬出家门，送到庙里，然后又拿出衣帛，把和尚装进箱内，往家里抬。

包恢知道了这件事，便派人中途截住箱子把它抬到府内，放在仓库里。过了十几天，衙役向包恢报告，说箱子里发臭了。包恢就命令把箱子沉到江里。包恢对寡妇的儿子说："我已经为你除掉这个祸害了。"

僧寺求子 二条

智擒恶僧

广西南宁府永淳县的宝莲寺有一个子孙堂，旁边有很多净室。相传到这里祈求生儿子很灵验，布施的钱物堆积如山。

凡是祈求生儿子的妇女，必须是年轻体壮没有疾病的人，事先按照规定进行斋戒，讨得圣笤之后才允许住进净室。那些住进净室的妇女，有的说梦见佛爷送子，有的说梦见罗汉，有的什么也不说，有的住了一夜不再来了，有的多次来这里住。那净室严密无缝，凡是住进净室的妇女，丈夫都守在门外，所以人们都没有什么怀疑。

闽人汪旦刚到永淳县上任，怀疑这件事。于是，他派两个妓女打扮一下前往宝莲寺，并且嘱咐说："夜里有人进来不要拒绝，只用红黑两种墨水偷偷地涂在他的头顶上。"

第二天黎明，汪旦在寺院外面埋伏了很多士兵，亲自到寺里视察，众僧都仓皇出来迎接，共有一百多人。汪旦命令他们脱下帽子，其中有两个红头僧人和两个黑头僧人。汪旦命令把他们捆绑起来带出寺院。

两个妓女出来证实这件事，说："钟声停止后，两个僧人轮换来到净室行奸，送上一包调经种子丸。"汪旦审问其他求子的妇女，她们都没有说。搜查后，从她们那里都搜出妓女所得的那种"种子丸"。

汪旦放走了她们，没有再追问。又命令众士兵进入寺院，众僧害怕，都不敢动，一个个地被捆绑起来。经过审问，原来这座寺院地下或者床下都有暗道可以通往净室。这些年他们所奸污的妇女，也不知道有多少。

众僧关在牢里，牢房爆满。宝莲寺的住持僧叫佛显，他对狱吏凌志说："我掌管寺院已有四十多年了。积蓄的金银无法计算。我知道自己必定要被处死，如果你能偷偷地放我们暂时回去把金银拿来，我把一半赠送给你。"凌志允许三个僧人跟随佛显前往寺院。他自己与同伙的八个人跟在后面。

到了寺院，那窖中的黄金白银灿然耀眼，佛显让他们任意拿走。僧人假装收铺盖，暗地里却藏进去一些刀斧兵器，打算到了三更天后，好破门而出。

这天夜里，汪旦正在灯下构思上报案情的文稿，忽然心里不安，考虑一百多名僧人关在一个监狱里，假如突然作乱，狱吏不能对付。

于是，汪旦秘密召来快手，要他们拿着兵器进入牢房值班。他们刚刚集中，众僧已经开始作乱了。僧人们所使用的都是短兵器，快手们用长枪抵挡他们。僧人们匹敌不过，大多被杀死。佛显知道大事不好，便扬言说：“我辈好坏是有区别的，相公不能一个个地详细审察，因此激怒了大家，引起这次作乱；但起来造反的人，也不过几个人，现在已经杀掉了。我辈应当面向相公交代自己的罪行。”

汪旦命令刑房狱吏告诉他说：“相公也知道你们不是全部造反的，既然造反的人已经被杀死，现在你们全部交出凶器，明天当庭审判，根据罪行轻重分别治罪。”凶器交出来了。于是，汪旦提审僧人，让他们十个人一组，依次一一杀死。

到了天亮，一百多僧人全部被处决。追究凶器进入监狱的原因，才知道是凌志等人作弊，于是凌志等人也被处决。

◎

明朝万历乙未年，德清人许孚远做福建巡抚时，曾处理过某寺绛衣真人从大殿的蒲团下面出来一案。这件事与上面的相似。

明朝黄绂(fú)是封丘人，做四川参政时，有一天经过崇庆，忽然车子的前面刮起了旋风，黄绂说：“如果有冤屈暂且散去，我替你重新审理。”风竟然停止了。

到了州府，黄绂洗过澡后到城隍庙祈祷，梦中好像有神告诉他州西有座寺庙。黄绂秘密地访查到州西四十里，果然有座寺庙，面对大路，背靠山坡。黄绂早晨起来，率领吏卒迅速赶到寺庙，把和尚全部捉拿起来。

其中有一个和尚很年轻，而相貌凶恶。经过查问，他没有祠牒，就立即在他的面额上涂上醋进行洗晒，隐隐看见有戴过头巾的痕迹。于是黄绂说：“他是个盗贼！”随后问众僧，他们无法再隐瞒了，这样，黄绂全部掌握了他们的奸情。

原来寺院的西边有一个很大的池塘，夜晚投宿在这里的人被害后沉到塘中，然后众僧一起来分他们的钱财。有妻女的，就把他们的妻女藏在地窖里，恣淫肆虐，这样已经很久了。黄绂按照刑律把僧人全部杀死，毁掉了寺庙。

鲁永清

奸情案

明朝时，成都有一件奸情案，男犯说是通奸，女犯说是强奸。司法官不能决断，就把这个案子交给了成都太守鲁永清。

鲁永清命令力气大的衙吏去脱女犯的衣服，外面的衣服都脱了下来，只有内衣，女犯拼死保护着，衙吏无法可脱。鲁永清说：“判他们为通奸。这个妇人果真能坚守贞节，衣服尚且不能脱下来，何况侵犯她的身体呢？”

◎

鲁永清是蕲水人，判案就像河水一样顺畅。衙门外造了几间房子，准备了锅灶，告状的人来了，安排住下，一见面就判明了案情，这时烧好的饭菜都还没凉。当时有“不用放下你肩上的行李担，鲁公就处理了案子”的传闻。

张骆

铁佛说话

五代时，后晋魏州冠氏县华林僧院有一尊铁佛，高一丈多，腹内空空。一天，有人说："铁佛能说话。"僧徒们纷纷称赞。此事传到城乡各处，一时众人云集，布施的钱物纷纷而来。

当时，后汉高祖刘知远镇守邺州，他命令衙将尚谦去赐香设斋，并且验证这件事。张骆也请求一同前往。他们来到冠氏县，暗地里与县官计议，派遣院内僧人全部前往道场。张骆偷偷地打开僧房，看见地下有洞穴直接通到铁佛坐垫的下面。于是，张骆让尚谦站在佛像的前面，他自己从洞穴进入佛像空身里，厉声诉说僧人的罪恶。官衙立即派人捉拿僧人，将那几个为首的罪行上奏朝廷，统统处死了。

慕容彦超

假币案

五代时，慕容彦超做泰宁节度使时，喜好搜刮钱财，在任上常设铺子典当钱财。

有一次，奸诈小人制造假银币前来典当，主吏好久才发觉。慕容彦超暗地里教主吏夜间在铺子墙上挖个洞，将里面的金帛全部转移到别的地方，以被盗的名义向上报告。彦超立即在市内张贴告示，让百姓自己说出所典当的东西以便偿还。于是百姓争着来报告，这样就抓到了典当假银钱的人。彦超不治他的罪，把他安置在密室，让他教十多人制造假银钱，里面用铁铸，外面用银皮包着，号称“铁胎钱”。

◎

慕容彦超用这种方法抓到典当假银子的人，是很巧妙的。但叫十几个人专门制造假银，这就是在行奸作弊了。后来周兵围困泰宁城，彦超从当铺中拿出钱慰劳军队，士兵大叫说：“这是铁胎钱。”全都不为他效命。彦超终于自杀。这件事值得那些耍小聪明而导致杀身之祸的人引以为戒。

韩魏公

删繁就简

北宋时，原先中书省习惯循旧例办事，五房的官吏就把众多的旧例操在自己的手里，看得钱多少而任意派用场。如愿意，就找出旧例来证明;若不愿意，即使有旧例也不拿出来。

韩魏公当宰相后，命令清理五房的旧例和刑房断案的条款，剔除了那些繁杂错误不可使用的条例，并按纲目类别排列了次序，誊写清楚后，严格保管好。每次参用旧例必定要亲自审阅。

从此，人们开始知道凡事赏罚与否都出自宰相本人，五房的官吏无法从中行私了。

◎

“例”这个字，对庸人有利，对豪杰是件可悲的事。照旧例办事已经不好，何况还有吏员操纵执行，二者合在一起难有公道可言！

北宋寇准任宰相时，刘皇后叮嘱枢密院与中书省选人担任马步军都指挥使。寇准正要选择，管理文件传达的小吏拿出一个文本，寇公问是什么，回答：“是有关此项任命的旧例文件。”寇公生气地说：“朝廷任用一名小官，还必须遵循旧例，那要我们这些人干什么？损害国家政策的正是这些陈规旧例！”

当今之事更是事事循旧例，能像寇公那样是做不到了，能做到韩公这样也很少了。

江点

破解冤案

南宋时的江点，字德舆，崇安人，因得到朝廷的特殊恩宠而被委任官职，调任郢州录事参军。郡里的常平库丢失了银两，正在缉捕盗贼。

有个叫刘福的人，在做买卖时得到一封银子，上面有“田家抵当”四个字。一个银匠检举了这件事，刘福没办法为自己申辩，官府定了他的罪，并没收了他家一万多缗钱，而且还要依法处死。江点怀疑刘福是冤枉的，又见他的供词有许多漏洞，除了揭发的有四个字的那封银子，其他在他家里搜获的均不是库里丢失的钱。

江点反复诘问，刘福苦于刑讯，也不想平反了。江点向太守说明情况，另外委托官员查处此事，那人所得的结论与江点相同。但由于没有抓到真正的盗贼，刘福也就一直被关在牢里。

不久，经总和军库两地又被盗，丢失银两有一万多。江点估计一定还是前一案中的盗贼干的。州里有个叫李义的武官蓄养了一个妓女，平时花费非常奢侈，江点对他一直有所怀疑，但不敢轻易揭发。

有一天，正巧碰到李义奉命外出购买营田的耕牛，江点就趁机派人搜查妓女的家，在她家里发现了许多金银。于是，江点就把这情况报告了官府，立刻检查了李义的行李，里面全是三库丢失的金银。刘福这才得以释放。人们都佩服江点办案高明。

作家榜®经典名著
读经典名著，认准作家榜

大方
sight

智囊

3

[明] 冯梦龙 编著　诸伟奇 译

中信出版集团 | 北京

唯独高洋的处理方法与众不同，他举刀斩乱丝，
说道："凡是乱的东西都必须斩断！"《识断·高洋》

魏勃说："因为想见一见曹相国找不到机会，所以为您扫门厅，想请您推荐一下。"
《委蛇·魏勃》

太祖便拿起笔，很快画出规模宏大的模样，让周玄素加工。《谬数·周玄素》

陈平便脱下衣服，裸着身体帮船主撑船，
船主知道他没东西，便算了。《灵变·陈平》

当时曹冲只有五六岁，曹操非常惊奇。
《敏悟·曹冲》

盗贼把绳子扔下来，窦建德就系着自己，让盗贼拉上去。　　《威克·窦建德》

目录

胆智部

术智部

捷智部

语智部

胆智部

总序

凡是担负天下大事业的人，都是有胆量的;而能够获得成功，则主要是依靠智慧。知道水火无情，水能淹死人，火能烧死人，所以不去侵犯它们。与水火无犯，并不是没有胆量，而是有智慧。如果自己坚信进入水中不会被淹，投身火里不会被烧，为什么还惧怕水火而不敢接近呢？智慧蕴藏在心里，心如君王而身如臣子。君王发布号令，臣子照办，如果君王发布号令而臣子不去执行，或者君王没发布号令而臣子恣意横行，这表明君王软弱。所以胆量不足，就用智慧去磨炼它；胆量有余，就用智慧去控制它。智慧能产生胆量，但胆量却不能产生智慧。刚强和勇猛靠的也是智慧。

五代的赵思绾曾说，吃人胆上千个，就会刚勇无比，不可战胜，所以每当杀人的时候他就取其胆囊用酒吞服下去。他想以别人的胆量来壮自己的胆量，真是太明智了。一定要吸取别人的智慧来增加自己的智慧，这样智慧愈积愈多，胆量也就愈练愈大了。那么，古人当中那些以威力和智慧获胜的人，不正是我们的老师吗？

卷十一

威克

敢于踩踏老虎的尾巴，老虎反而不咬人；敢于鞭打龙头，就能从龙嘴里夺得宝珠。这哪里是龙虎愚蠢，任人鞭打踩踏，而是人有奇谋，可降服它。为此，辑撰《威克》卷。

侯生

窃虎符

战国时，魏国有个看守城门的人叫侯嬴，已七十多岁，却喜欢出奇计。

当时秦国讨伐赵国，情况危急，魏王派将军晋鄙率兵援救赵国，但又怕秦国，令晋鄙仅加强戒备而不要与秦国交战。赵国平原君写信责怪魏国信陵君不守信义，信陵君便打算邀集门客到秦军阵前，和赵国一起与秦军决一死战。他把这个想法告诉了侯嬴。

侯嬴把其他人打发走，对信陵君说："我听说晋鄙的虎符在魏王卧室里，王妃如姬最受魏王宠爱，她有能力把虎符偷出来。从前如姬的父亲被人杀害，是您派人把杀她父亲的仇人的头斩下来，进献给如姬的，如姬为报效公子而死，绝不会推辞。这样得到虎符就能夺取晋鄙的军权，北面可以救赵国，西面可以抵御秦国，这是完成霸业的大事！”

信陵君听从了侯嬴的计谋，请如姬帮忙，她果然把虎符偷出来交给了他。信陵君出发时，侯嬴又说：“将军在外地，君王的命令有的可以不接受。公子一到就马上与晋鄙验合虎符，如果晋鄙不把军队交给你，而要再请示，这一来，事情就危险了。我有一个朋友是个屠户，叫朱亥，可以同你一道去。这个人是个大力士，晋鄙如果听从你的命令，那就非常好；如果不听，就让朱亥把他杀了。”

于是，信陵君请来朱亥，朱亥笑着说：“我是市场上一个操刀杀猪的，公子你多次关照我，我之所以没有报答你，主要是觉得微薄的礼物对你来说没有什么用处。现在公子有急事用得着我，这正是我为你效命献身的时候啊！”于是和信陵君一道走了。

信陵君来到邺下，假传君王的命令代行晋鄙兵权，晋鄙把两半虎符合在一起，果然起了疑心，想不听信陵君的指挥，此刻朱亥从袖子里取出四十斤重的铁锤，一锤就把晋鄙砸死了。信陵君随即率领晋鄙的军队向前推进，与秦军作战，秦军大败。

◎

信陵君在邯郸打的胜仗，关键在于打死魏将晋鄙;秦朝末年，项羽在巨鹿打的胜仗，关键在于斩了楚上将军宋义。大将都因为按兵不动而被杀掉，三军中难道还有不畏军法严厉而宁愿被杀的人吗？在这种形势下不需交战就可断定，敌人已经必败无疑了。

班超

威慑西域

东汉初年，窦固率兵攻打匈奴，让班超代理司马，带兵走另外一条路去攻打西域门户伊吾，追至蒲类海，杀了许多首领之后回来了。窦固认为班超很能干，便派遣他与僚属郭恂一道出使西域。

班超到达鄯（shàn）善国，鄯善国国王迎奉接待班超的礼节非常隆重周到，后来突然变得疏远怠慢了。

班超对他的随行官员说：“你们感觉到国王对我们的冷淡了没有？这肯定是有匈奴的使臣来了，他心里正在犯疑惑，不知道怎么办才好的缘故。明智的人能看出尚未明朗的事情，何况这已经很明显了！”于是立即召唤服侍他们的胡人来，诈他说：“匈奴的使者来了好几日，现在在哪里？”胡人侍者害怕，把情况都说出来了。

班超把侍者关起来，同自己带来的三丨六名官吏、谋士一起饮酒，喝到兴头上，班超故意激怒大家，说："各位与我来到西域，就是想建立大功求得富贵。现在匈奴的使臣才来几天，国王对我们的礼遇就废除了。如果鄯善国将我们逮起来送给豺狼作食物，那怎么办？"大家说："现在我们身陷危险境地，是死是活都听从你司马的。"

班超说："不深入虎穴，焉得虎子！现在的对策，只有乘夜晚以火攻打匈奴使臣的驻地，他们不知道我们究竟有多少人，肯定惊恐万状，这样我们就可以把他们全部消灭掉，鄯善国的人自然害怕极了，我们就大功告成了。"众人说："这件事应当和从事郭恂商量。"班超发怒说："是吉是凶决定于此时此刻，郭恂是个平庸的文官，听到这个计划肯定会恐慌，以致把计划泄露出去，我们都得白白送死，死得没有价值，那你就称不上是壮士了。"大家说："好！"

夜幕降临不久，班超便率领官员、谋士向匈奴使者的驻地奔去。这时恰逢天空刮起了大风，班超指定十个人拿着鼓躲藏在匈奴使者馆舍的后面，并相互约定："见到火烧起来后就一边击鼓一边大喊大叫，其余的人全都手持弓箭在门两旁埋伏。"

班超于是顺风放火，前后一齐击鼓喊叫，匈奴人惊慌得乱作一团。班超亲手杀了三个人，随行官兵也杀了匈奴使臣及其随从人员三十多人，剩下的一百多人，全被火烧死了。

第二天天亮，才回来报告郭恂，郭恂先是大吃一惊，后来脸色才渐渐好起来。班超明白他的意思，便拱手作揖说：“您虽然没有参加，但我哪能独占此功劳呢？”郭恂听了这话觉得高兴，班超于是约见鄯善国国王，把匈奴使者的头拿给他看。

鄯善国君臣大为惊惧。班超对鄯善王晓之以理，并用好言安抚他，于是国王把儿子送到汉朝作为人质。班超等人回去向窦固禀报了此行经过。窦固非常喜悦，向皇帝报告班超的功绩，并且请求更换使者出使西域。

皇帝赞赏班超的气节，下诏书给窦固说：“有班超这样的官吏，为什么不派他而要换别人呢？现在任命班超为行军司马，记下他的功劳。”

班超再次担任使者，按照惯例可以给他增加卫兵，但班超说：“我带着原来跟我的三十多人就足够了。如果发生意外，人多了反是拖累。”

这个时候，于阗国国王广德刚刚攻下了莎车国，在西域南道一带称雄，而匈奴使者来监护于阗国。班超出发到西域，先到于阗，国王广德接待他的礼仪非常不周。而且这里的风俗是崇拜巫师的，巫师说：“神发怒了，责问为什么要投向汉朝。汉朝的使者有一匹浅黑色的马，快去取来祭神。”广德便派人来向班超要马。班超暗中已了解了这些情况，便答应了，但要巫师自己来取马。

过了一会儿，巫师来了，班超立刻斩下他的首级送给国王广德，并责备了他。广德早就听说班超在鄯善国杀了匈奴使者的事，因而特别惧怕，于是便立即杀了匈奴使者，归顺了班超。班超重赏了国王和他的下属，就这样威慑并安抚了于阗国。

◎

只有像定远侯班超这样，才算得上满腹都是兵，浑身都是胆的英雄。赵云、姜维没有什么可称道的。

辽东管家庄有一家人，丈夫不在家，建州的敌人来了，把他的妻儿都掠走了。过了几天，这个人回到家，见屋里空无一人，无法维持生活，便想去当佣工，没人要他，他才想到到敌人那边去寻找妻儿。果然见到妻子出来提水，便约定夜里用火柴堆在屋外烧，从屋角烧起。起火后，敌人猛然惊醒，赤裸着身体跑出门外。这个壮年人用箭射他们，敌人都中箭而死。他携着妻儿，带着敌人所有的好东西回到庄上。此后听说其他盗贼也害怕他，都不敢打他庄上过。

这个壮士有胆量且勇敢，当时他的胆识能比班超逊色吗？假使他妻儿没有遇祸或者有人雇用他帮工，他也就安定下来而不会采取这种勇敢的举动了。人能急中生智，确实如此！

耿纯

斩叛王

东汉光武帝时，真定王刘扬图谋造反，光武帝刘秀派耿纯拿着符节去逮捕刘扬。

耿纯接受命令，假装出使州郡，到达真定，住在驿舍里。刘扬以生病为由不肯前来见耿。他给耿纯捎来一封信，想叫耿到王府去。耿纯回复说："皇上的使臣见侯王州官，不能先去，还是你们自己来为好。"

那时候，刘扬的弟弟刘让、堂兄刘绀，都拥有军队万余人，刘扬自认为兵力强大，而且耿纯情绪平静，于是就带领部下到驿舍谒见耿纯，他的兄弟带着少许卫兵在门外守候。刘扬走进室内，耿纯以礼相待，并请他的兄弟都到屋里来，然后关上门，把刘扬兄弟都杀掉了。耿纯率领自己的部下出了城，整个真定的军队大为震惊，没有人再敢轻举妄动了。

温造

设宴除叛军

唐宪宗时，西北戎羯侵犯中原。皇帝下诏书到南梁，要那里组织五千名士兵到京城里来。正要起程时，这支军队哗变了，把主将赶走，并且集结在一起，拒绝执行皇帝的命令。

过了一年多，宪宗皇帝深感这些人是个祸害，京城的长官温造请求让他一个人骑马前往。到达叛军的地界时，南梁人见朝廷只派来了一个书生，都互相庆贺不会有什么危险。温造到达那里，宣布这次来仅仅是传达皇帝的诏书，要大家安静放心，什么也不追究。但叛军中来探望的人，武器都不离身，温造也装作毫不在意。

有一天，温造在球场中间举办歌舞会，全体将士都参加，并被安排坐在长廊下饮酒吃喝。宴席前面是台阶，南北两边拴了两条长绳子，示意军人坐下喝酒的时候，可以把刀剑挂在自己面前的绳索上。等到酒菜送来的时候，只听得有人大喝一声，两头一起用力，把绳索举了起来，刀剑便悬在三丈多高的半空中。军人们乱作一团，无法施展勇武，然后温造下令关上大门，把叛军全部杀死了。从此以后，南梁人再也不敢背叛朝廷了。

哥舒翰 李光弼

果断

唐玄宗时哥舒翰担任安西节度使，一次，他派遣都兵马使张擢到京都向朝廷报告军政大事。而张擢在京城逗留不回去，并且通过送礼行贿结交了权奸杨国忠。哥舒翰到京城朝见皇帝时，张擢害怕，便求杨国忠提拔他当御史大夫，兼任剑南西川节度使。

任命书下来后，张擢来到官舍谒见哥舒翰。哥舒翰命令部下把他按在厅堂，列数他的罪行，用木杖把他打死了，然后才报告皇帝。皇帝下诏书赞赏哥舒翰，并把张擢的尸体交给哥舒翰，要他把尸体分成一百段。

唐朝太原节度使王承业，为官而不处理军政事务，皇帝命御史崔众暂时接管王承业的军队，并转交给河东节度使李光弼。崔众感到接替王承业部队是对自己的侮辱，就披上战袍带着长矛，闯到王承业的厅堂，玩弄戏谑他。李光弼听说后，一直愤愤不平。到了崔众把军队交给李光弼的那天，崔众打着帅旗到来，李光弼出来迎接，双方旌旗搅在一起，崔众也不回避。李光弼对他的无礼非常生气，加上他又不及时交出军队，便下令把崔众捆了起来。

过了一会儿，朝廷使者来了，宣布崔众担任御史中丞的职务，并从怀里取出皇帝的诏书，问崔众在什么地方。李光弼说："崔众有罪，现在关起来了。"使者拿诏书给李光弼看，李光弼说："今天我只斩侍御史，如果你宣布皇帝的任命，我就斩御史中丞；即使宣布他担任宰相，我也要斩这个宰相！"使者害怕，不声不响地回去了。

第二天，就把崔众押到军门前斩了，全军上下都被李光弼的威猛震慑了。李光弼还命令崔众的亲属前来吊唁。

◎

有人说张擢与崔众确实有罪，但已被任命为西川节度使和御史中丞，这样处置不是违背君王的命令了吗？用兵讲究速度要快，正当用兵的时候，却逗留在京城钻营私利不回来，或控制军队而不交，这些都是犯死罪的。张擢和崔众的任命，肯定是靠攀附和巴结权贵得来的，并非出自皇帝自己的意愿。由于哥舒翰、李光弼能够正确行使自己的权力，后来也就没有人谴责了。

柴克宏

斩使者

后唐的柴克宏有大将的才智谋略。他奉皇帝的命令去救常州，枢密史李征古嫉妒他，只给他拨了数千名瘦弱兵卒，铠甲和武器也都是些腐朽虫蛀的破烂货。快到常州时，李征古又派使者来召柴克宏回去，让朱匡业接替他。

柴克宏说:“我已算好日程即将打败敌人，你来召我回去，肯定是奸贼。”于是喝令手下人把使者斩掉。使者说:“这是李征古的命令。”柴克宏说:“即使是李征古自己来，我也要把他斩了。”于是，用大幕把船罩起来，让士兵藏在里面，以突然袭击的战术攻破了吴越的军营。

◎

奸臣在朝廷当权，如果柴克宏接受朱匡业代替他的命令回到京城，又怎能知道李征古不会以无功为罪名陷害他呢？他现在歼灭了敌人，保全了常州，即使有人嫉妒想说什么，也无法施展诡计了。

杨素

背水一战

隋朝大将杨素率兵攻打陈朝时，打算派三百名士兵驻守营地。当时隋兵畏惧陈朝军队的强悍，大多都想留下来镇守营地。杨素获悉后，当即就把留守营地的三百名兵士全都斩了。于是他又下令挑选三百人留下，此时再也没有人愿意留下来了。

在与敌军对阵时，他先命令一二百人冲向敌军，要是不能攻下敌人阵地而逃回，他也把他们全部斩杀。再令二三百人重新进攻，若有后退的仍然格杀勿论。将士们都被吓得两腿战栗，临战时个个都抱着必死之心，全力进攻，因而杨素能够战无不克。

◎

杨素的做法虽然过于严酷，然而要治理懈怠成性的军队，不这样做是不能振奋士气的。假如将帅执法严厉，士兵们知道不能前进即是死路一条，那么即使军队在自己的领地之内与敌军作战，也能如背水一战那样英勇。

安禄山

行军地图

唐朝时，安禄山在谋反前两三天，在家里宴请了十几个大将，并赠给他们十分丰厚的礼品。宴会大厅里挂满了各地的地图，画着山川地形的险易之势和进军的路线，每个大将各持一份地图。

安禄山下令道："凡是没有按期完成进军路线的一律斩首！"只要攻下洛阳，他们的任务就全部完成了。众将领接受了命令，一个个连口气都不敢喘就回去了。于是他们进军洛阳，一切都按地图上的指令去做。

◎

这件事也表明安禄山确有过人之处，凡领兵作战的人都应以此为借鉴。

吕公弼 张咏 三条

惩治营卒

吕公弼是北宋许国公吕夷简的儿子，他在成都任职的时候采取宽仁的政策，但也有人因此说他缺少威严和决断。有个营卒犯了法，应当受杖打，此人拒不接受，说:“宁愿用剑自杀！”吕公弼说:“打板子是国法，要剑自杀是你自己的请求，所以应先打板子后斩首。”军府上下肃然起敬。

北宋张咏担任崇阳县令时，看见一个官员从府军中出来，鬓旁下沾有一个钱，便盘问他，原来这是仓库的钱。张咏命令用板子打那个官员，那人勃然大怒说:“一个钱有什么了不起，还值得用板子打我吗？你能打我板子，但不能杀我。”

张咏提笔写下了判决书:“一日一个钱，一千日一千个钱，绳子能把木头锯断，檐水能把石头滴穿。”写完判词，亲自提着剑走下台阶，把这个偷了公款又拒不认错的官员杀掉了，然后到州府自己弹劾自己。崇阳民间至今传颂着这件事。

张咏担任益州知府时，曾有个小官忤犯他，张咏用木枷把他锁了起来，这人愤怒地说：“你用枷铐我容易，卸下来可就难了。”张咏说：“有什么难？”就势把他斩了。其他官员见状都非常害怕。

◎

如果没有这样的胆量和决断，那些横行霸道的小人，岂不是遍地皆是吗？

有个盗贼杀了一头耕牛逃跑了，张咏允许他前来自首。张咏拘留了他的母亲作为人质，过了十天那人也不来，张咏就放了他母亲，又拘留了他的妻子，只过一晚上那人就来自首了。张咏判决说：“拘留他母亲，他十天都没来；拘留他妻子，他一晚上就来了。此人对母子之情是何等的淡薄，而对夫妻之情是何等的重视！”立即将他当众斩了。于是一些有罪的人都前来自首，张咏把他们都放回去种田。

◎

明代袁了凡说:“宋朝给予州太守的权力很大，常有超越权限行事，在法律规定之外杀人的情况发生。现在太守的权力渐渐被削弱了，仅有处罚鞭打十下到杖打百下的决定权，判刑一年以上的，就必须向上申请批准，这样公文往返询查就得十几天甚至几个月。于是文件卷宗日益增多，而长期被关在监狱里的人也多起来了。”

自从以雕虫之技来选拔官吏，以资历限制人才，并不能选出贤能之人而淘汰掉无用之辈，怎么能不削减这班官员的权力呢！我由此更加怀念汉代治国的好办法。

黄盖　况钟

整顿吏治

三国东吴名将黄盖曾经当过石城县县长。石城的官吏特别难领导。黄盖到任后，设了两名领班的官吏，分别主管官府的公务人员。

黄盖写了一个文件说："我虽为石城县县长，但缺乏才能，仅仅是因为有武功才得了官做，对办理公文一类事根本不懂。现在盗贼还没平复，军务比较繁重，一切文书全部交给两位领班办理。他们负责领导和监督大家，指出和纠正出现的差错，如果有谁玩弄奸诈欺骗，最终总免不了要受皮肉之苦。"

文件公布之初，大家还都小心谨慎，认真办事，时间长了，那些官吏仗着黄盖不懂文书，非常松懈懒散。黄盖觉察到了，并且掌握了两位领班官吏的违法事情各有好几件。于是，他把大家都召集来，列举几件事情盘问他们，两个领班吓得连忙叩头，请黄盖饶恕他们。黄盖说：“我早已打过招呼，违者终究免不了要用鞭子、木杖进行处罚，不能讲话不算数。”最后把两个领班杀掉了。其他官吏从此害怕黄盖，不敢胡来，全县政治清明。

明代官员况钟，字伯律，江西南昌人。出身小吏，后来被提拔当了侍郎，又因为大学士杨士奇、杨荣、杨溥的推荐而担任苏州知府。皇帝赐给他诏书，特许他任官期间享有见机行事的权力。初到任的时候，管理刑狱文书的人员送上案卷，况钟不问是非曲直，就予以判决。官吏们藐视他无能，弊端和漏洞更加多起来。通判赵忱千方百计刁难欺侮，况钟只是唯唯诺诺。

满一个月的时候，有一天天刚亮，况钟就叫手下的人点燃香烛，招呼大家来行礼，僚属们全都来了。

况钟说：“还有皇上的诏书没有宣告，现在可以告诉你们，里面有这样的话：‘属下的官员如有违法的，你不需请示可以自行捉拿审问他。’”听到这些，所有的人都惊呆了。行过礼后，况钟开始升堂审问府中官吏，点明说某一天某件事，你欺骗了我，私受贿赂多少，是不是真的？某一天也像这样，是不是呢？所有的官吏都非常害怕，被制服了。况钟说：“我不愿多费事。”便命四个有力的差役，把一个不法官吏剥去衣服，再抛到空中，用这种办法连续摔死了六个人，把他们的尸体放在大街上示众。上上下下无不胆战心惊，那些犯有错误而幸免一死的人，从此以后换了一副面孔。

◎

三国黄盖是军人，明朝况钟出身小吏，他们有这样的作为，可以使那些口齿伶俐的文人和矜持庄严的大官们感到羞愧。

明朝王晋溪说："掌权的人，要能识别有真才实学的人并且任用他，考了进士的人不一定样样超过举人，考了举人的也未必样样超过贡生。就是在进士、举人、贡生之外，也未必没有有奇才或有独特本事的人，必须先让他们办几件事，才能看得出来。"

比如，明朝的黄福是以贡生、杨士奇是以儒士、胡俨是以举人而成为流芳后世的名臣的。明朝初年，冯坚由知县下属掌管缉捕、监狱的典官而升为全国弹劾及进言的都御史，王兴宗由州官升为一省最高行政长官。以上事例说明，只有根据官职需要选择合适的人，而不是为了安排人去设官职，这样才能发挥人才的巨大作用。

况钟担任知府期间，府衙被火烧掉了，文书卷宗全化成灰烬。造成火灾的是一个小官吏。火灭之后，况钟出来坐在碎瓦片上，叫人把这个小官吏痛打了一百棍，并喝令他回家去。然后赶快自己起草一份奏折，把所有的责任都承担下来，没有连累其他官吏。起初那个走火的小官吏自以为难逃死罪，况钟叹了口气说:“这本来是太守的事，下属官员怎能承担这个责任？”奏折报上去，只给了扣工资的处罚。况钟这样替小官吏开脱，所以威信高而没有人怨恨他。

假如是现在的人处理这件事，即使是自己的罪过，也想推到下属头上，更何况代别人承担罪过？况钟的品德如此高尚，是一般人不可企及的。

宗威愍

稳定物价

北宋末年，金兵南侵，大宋朝廷被迫南迁。敌人撤退后，朝廷任命宗泽（谥威愍）为开封府尹。宗泽刚到那里时，当地物价飞涨，有的甚至是过去的十倍，开封府的人民对此十分不满。

宗泽对自己僚属说："这件事容易办。城里的人大多把饮食吃饭看作头等重要的事，应当首先解决吃饭问题，剩下的就不必担心它们的价格不平稳了。"他秘密派人去调查米和麦的价格，并且买了一批回来。他核算了一下，觉得与太平时期无多大差别。于是让伙夫按市场上卖的馒头大小，做出馒头。

他又拿来一斛糯米，让监军派人按市场卖的酒那样酿造，然后各自估算出它们的成本价。结果是每个馒头六文钱，每觚酒只需七十文。而派人了解到的市场价是每个馒头二十文，每斛酒高达二百文。

宗泽先把一个做馒头的作坊师傅叫来，问他说：“自从我为举人时就来到京师，至今已有三十年了，馒头价格一向都是七文钱，现在卖到二十文了，这是什么原因呢？难道是麦子的价格成倍地上涨了吗？”做馒头的师傅说：“自从京城遭受战乱以来，粮食的价格时起时落，馒头当初也没有固定的价格，也就一直涨到现在的价格。我不能违背众人而独自降价，使得市场价格下滑。”

宗泽把伙夫做的馒头拿出来给他看，并且对他说：“这些馒头与你卖的一样大小，而我根据目前市场上麦子的价格计算，再加上柴火和工钱，每只馒头的成本也就只有六文钱，如果卖八文，还有两文钱的利润。现在我将下令，每只馒头的价格只许卖八文钱，谁敢擅自加价出卖的，就以死罪论处。现在我要借你的头来行使我的法令了。”于是立即砍了做馒头师傅的脑袋示众。第二天，馒头重新恢复到过去的价格，且没有一家店铺敢关起门来不卖馒头。

又过了一天，他把卖官酒的任修武叫来，问他说：“现在京城糯米价格没有涨，然而酒价却涨了三倍，这是为什么？”任修武恐慌地回答：“我自从接过这个摊子以来，想不涨价也不可能。因为京城自遭战乱以后，居住在宫外的皇族、权贵及其亲属，私自酿酒的很多，我要不提价，就没有办法支付酿酒用的酒曲钱和各种成本。”宗泽说：“我下令禁止私人酿酒，你把酒价降低一百文，怎么样？”任修武急忙叩头说：“如果能这样，买酒的人多了，可以通过薄利多销获取利润，也就足够支付各项开销了。”

宗泽审视他良久说：“我暂且留下你的项上人头！你回去后立即带领你的部下换掉酒店的招牌：一觚只卖一百文。这样做你就不必担心私人酿酒会抢了你的生意。”第二天，宗泽发布命令：“凡是敢私人酿造曲酒的，抓到以后，不论酿酒多少，一律处以死刑。”于是开封府中把酒糟倒掉的、把酒坛子砸掉的不计其数。

几天之内，酒与馒头都恢复到以前的价格，其他东西的价格，不用官府下令，也陆续一天天下降了。这样一来，既没有伤害市民，还把四面八方的商人吸引到开封府做生意。军民欢呼，称颂宗泽的治理措施是神明之政。

当时杜充屯守北京，也治理得很好，时人称他们为“南宗北杜”。

◎

借做馒头师傅的头来推行法令，这件事虽然做得比较残忍，然而在禁止私人酿酒、平抑物价上，宗泽之所以能很顺利地推行自己的法令，都是由于先采取了这样严厉的措施，这正是所谓以权宜之计解决危难。

明朝当湖的冯汝弼在其所著的《祐山杂说》中提到：甲辰年大灾荒之后，当地的人有十分之三流落街头靠行乞为生，拖欠官府租赋的也有十分之九。第二年，本府赵通判到县里来催征赋税，命人精造一块重七斤、长三寸的拶(zǎn)（夹手的刑具）来威吓百姓，百姓们万分惊恐。有的人就唆骗那些行乞的人说："赵通判从府库里领来三千两银子赈济你们，你们为何不到他那儿去呢？"乞丐们竞相传播这个消息，一下子就聚集了好几百人，都去见赵通判。赵不让他们进去，他们就又喊又叫，一拥而入。那些拖欠赋税的人也乘机跟在他们后面进去，追打公差，砸坏刑具，喊声震天动地。赵通判十分害怕，不知所措。

我和上莘等人听到发生变乱之后，立刻来到县衙，赵通判见到了我们，才稍稍镇定下来，把我们请入后堂。但那群乱民拍门打窗，气势越来越猖獗。问他们想干什么，行乞的人说："请求赈济！"拖欠赋税的人说："要求免税！"赵通判想询问带头闹事的人的姓名，我说："不要问了。要是知道了他们的姓名，他们怕有后患，就会闹得更凶，还是暂时顺着他们的意图吧。"于是挂出了免征赋税的牌子，又由县里准备几百个豆饼送来，但豆饼还未送到门口，就被一抢而光，那些行乞的人一个也没吃上。

到了傍晚，我们离开县衙，那伙人则叫喊得更加凶猛，甚至闯进了后堂。赵通判害怕有更大的变故，就连夜翻墙逃走了。从此以后，当地的百姓更加无所顾忌了。又过了两个月，太守郭应奎将为首的几个人绳之以法，当地的百姓才感到畏惧，相互告诫，不敢再违法犯禁了。

假若赵通判不用严刑来催逼赋税，就不一定导致变乱;郭太守不以法治乱，又怎能平定暴乱？如何准确掌握宽严尺度，只有洞察时务的人才能明晓。

杨守礼

平定暴乱

明朝嘉靖年间，直隶省安州府发生大地震，当地有些人趁机作乱，杀人抢劫，目无王法。各级官员也害怕他们，闻风逃避，不知怎么办才好。

少保杨守礼在家闲居已有二十多年，他首先出来张贴告示，用朝廷的法律晓谕百姓。过了两天，动乱依然如故，杨公慨然升起牛皮大帐，率领家丁和地方上有关人等将带头闹事的四个人斩首，并把他们的头悬挂在四个城门上示众。于是，动乱得以平息。

◎

明朝李彦和说:“杨公虽然身怀雄才大略，但倘若他心中一旦萌生对个人死生利害的考虑，那么就会想到自己不在其位而不谋其政，也就可以按对自己有利的方式行事，这样一来，胸中的浩然正气不就一下子丧失殆尽了吗？这种英雄豪杰的巨大作用，是很难和墨守儒道、不知变通之辈谈论的。”

苏不韦

报父仇

东汉苏不韦，父亲苏谦曾当过司隶校尉，后来李暠为了泄私愤把苏谦判了死刑。

苏不韦当时年仅十八岁，他把父亲的灵柩送回去，浅浅地埋起来，没有安葬。他仰天长叹说："伍子胥是何等样人！"于是把母亲藏在甘肃西部的武都山中，改名换姓，把全部家产用来招募剑客勇士，邀李暠在诸陵间相会，却没有遇到。

过了一段时间，李暠升任掌管国家财政大权的大司农，这时右校卫存放牲畜干草的房子在寺北面的围墙下，苏不韦与兄弟、亲戚，偷偷地进到这座房子里，夜里挖地道，白天躲起来。这样苦干了一个多月，终于挖到了李暠卧室，于是就从他的床下钻了出来。正巧李暠上厕所，他们就杀了李暠的小老婆和小儿子，并留下一张纸条就走了。

李畐见了大惊失色。从此，就在卧室里设置了屏障，用木板铺地，一天挪好几个窝，苏不韦知道李畐已有防备，便日夜兼程赶到魏郡，掘开李畐父亲的土坟，取出头来祭自己的父亲苏谦，又在上面标明“李畐父亲头”。李畐心里痛恨却不敢说明原因，一气之下就吐血死了。苏不韦这才办丧事，用正规的葬礼安葬了父亲。

◎

东汉名士郭林宗评论说：“楚国的伍子胥能够被强大的吴国所用，凭借吴王阖闾的力量攻破了楚国，而苏不韦的力量只不过他一个人，而他干成的事却比一个小诸侯国国君还显著，超过了伍子胥。”

我却说：“李畐不克制自己的私愤，结果连累九泉之下的父亲的骸骨也蒙上了耻辱，妻子被杀，自己也死了，被天下人取笑，这真是愚蠢至极。然而他能以泄私愤杀了苏不韦的父亲，却不能借官家法律惩治苏不韦，这是为什么呢？因为侠客善于隐蔽自己，即使像秦始皇有那么大权力的人，也在博浪沙遭到张良的袭击，何况其他人？但张良行事神秘，已无从查考，而苏不韦行刺后又留下书信，写明是自己干的，没有人像他这样，不仅超过伍子胥，而且超过了张良。东汉时代崇尚气节忠义，或许有人怜爱他的志气节操而在庇护他，这也未可知。总的说来，一人有仇，不报决不罢休，把生死置之度外，苏不韦真是豪杰啊！”

战国时期楚悼王死了，王后的亲属及大臣制造内乱，攻击实行变法的吴起。吴起到楚悼王尸体旁，遭到伏击。但刺杀吴起的人用箭射吴起，同时也射中了楚悼王的尸体。安葬悼王之后，楚肃王即位，命令令尹把作乱的人全部杀掉。结果因为这件事，被灭绝宗族的达七十家。

战国时齐国的一个大夫与苏秦争宠，派人杀苏秦，没有杀死，刺客便逃走了。齐王搜捕不到刺客，苏秦临死前对齐王说:“我就要死了，请您用车子把我尸首分成碎块抛到街上，并说‘苏秦在齐国制造叛乱’。这样刺杀我的坏人就一定能捉住。”于是就按照苏秦所说的去做，谋杀苏秦的人果然中计，自己跑出来邀功请赏，齐王就把他捉住杀了。

像吴起和苏秦，能以自己的死来达到报仇的目的，他们的智慧就更值得称赞。

诛恶仆 二条

智勇双全

北宋人张咏年少时曾学习剑术，在长安寄居，夜里听到邻家有哭声，便敲门问是什么原因。原来这人在很远的地方做官，因经常挪用公款，被他的仆人抓住把柄，硬要娶他的大女儿做妻子。

张咏第二天又来到这个人的家，假装借他的仆人去探望一个亲戚，仆人故意拖延，勉强去了。他们骑着马出了城，来到树林中，张咏就列数他的罪恶。仆人惊慌失措，张咏从袖里抽出椎子把他打下山岩摔死了。他回来对那位官人说："那个仆人不会再来了，你赶快回到家乡去吧，以后做事要谨慎些啊！"

宋朝人柳仲涂到京城赶考时，在路上住在官家的旅馆里，夜里听到有个女人啼哭，原来是临淮县令的女儿。这个县官在任上很贪婪，委托一个仆人管理进献的物品，到他离任返回时被仆人所挟持，逼着县令，要娶他的女儿为妻。柳仲涂访问了解了这个情况，第二天去见县令，要借这个仆人代办一天事。仆人来到柳仲涂的房间，柳就派他到街上买酒买果子。夜深了，他把仆人叫来追问逼婚之事，扬起匕首就把他杀了。

◎

有智也有勇，像《水浒传》的奇事。宋朝张咏没考中的时候，曾在荡阴县游历，县令赠给他干肉、布匹和许多钱，张咏拿着就走。有人说如果现在走，天不久就黑了，山坡沼泽深险莫测，人烟稀少，有危险，最好等人结伴同行。张咏说："秋深了，父母还没有御寒的衣服。"只打了一把短剑带着。

走了三十多里，看到一个孤店，只有一个老头带两个儿子。午夜刚过，老头的大儿子就叫道："鸡叫了，秀才可以动身走了。"张咏不答话，大儿子就来推门，张咏先用床抵住左扇门，用手抵住右扇门，大儿子见没人答话，便猛力推门，张咏突然松开手退到后面。大儿子一闪身扑了进来，张咏挥剑砍了他的头。过了一会儿，小儿子又来了，张咏像刚才一样把他也杀了。张咏提着剑去看那老头子，老头子正在用火止痒，张咏又把他的头砍下。父子三人，一同死在这里。张咏临走时放火把小店烧掉，走了二十多里，天才亮。后面跟上来的人告诉他："后面的店家失火了，全家都被烧死了。"事情很奇特，所以附在这里。

窦建德

斩盗贼

隋末窦建德在做乡里的里长时，有天夜里，盗贼潜入他家。窦建德发现后，站在门边，连杀了三个贼，其他的盗贼不敢进去。窦建德叫他们来领尸首，说："可以放下绳子来把尸首拴住拽上去。"盗贼把绳子扔下来，窦建德就系着自己，让盗贼拉上去。他提着刀跳起来，又杀了几个强盗。

由于这件事，他的名气就大了起来。

◎

以杀盗贼作为游戏。

陈星卿

惩治恶徒

陈星卿这个人，年纪虽轻，但才智很高。出身贫苦，没有遇到机会时，在嘉定和青浦之间的一个村子里当塾师，人们并没有发现他有什么奇才。

村里有个寡妇有数间屋子、一百多亩田，有个儿子还在襁褓之中。侄儿欺负她幼儿寡母，便暗中把她的家产献给豪门子弟，得了点小利便逃走了。那个豪门子弟择了个吉日去看新屋子，先派几个仆人带着告示去驱赶寡妇。寡妇不知是怎么回事，抱着儿子在门前哭泣，乡亲们都愤愤不平，但是又都帮不了她。

陈星卿正好路过这儿，问明了情况，对乡亲们说："请听从我的计谋，保证不会出问题。"乡亲们答应了他，于是让寡妇暂时躲到别处。

第二天，那个富家子坐着游船，带着几个门客，吹箫打鼓往村子来。上了岸，他就指挥人打扫卫生，挂起门匾，喊来佃户讲话。刚刚整治好，就到田间去野餐，陈星卿带着村里身强力壮的人，就像风雨骤至，举起棍棒就砸他的船。船上人见势不妙，跑去告诉主人，主人赶紧去乘船，但是船已经沉了。再看看新屋子，刚悬的门匾也被摔碎了，乡邻气势汹汹地还要来同他搏斗，这个富家子吓得赶快逃走了。他回去正和文书商量向县衙告状的事，县衙的公文已下来了，原来嘉定县新到的县官韩公向来以扶弱抑强为己任，陈星卿当天就率领邻人去向他告状，不仅状词写得很好，而且案情也很凄惨，县令便派衙役去察看，那被砸的匾和沉船等证据都还在。那富家子曾派人去说情，县官就是不听，最后终于把那牵连的仆人和寡妇的侄儿捉拿归案。

寡妇卖了财产到别处生活去了。陈星卿由此而在这一带享有很高的声望。

◎

一个地方有陈星卿这样的人，那么纨绔子弟就不敢横行乡里了。保护弱小百姓，也就是保护大家，陈星卿之所以敢于带领乡邻同富豪子弟作斗争，主要是利用新县令刚刚开始整顿政纪的时机。陈星卿也可称得上是个智者啊！

李福

教训流氓

唐僖宗时，尚书李福为南梁地方长官，境内有许多朝中官员的庄园田产，他们的子孙住在里面，一些不正派的人互相效法，做违法乱纪之事。前任州官不敢禁止，老百姓深受其害。

李福为政严明，处事果断，他命令做竹笼若干个，然后把劣迹最多的人召来，问过他们的家世和门第，在朝廷有哪些姻亲后，说："你们在这样好的地方，做出这样坏的事，难道不有辱于你们死去的和健在的亲属长辈吗？我今天惩治你们，你们家正派的亲戚听了一定高兴。"接着，命令把他们装在竹笼里，沉入汉江。

从此，这些人的同伙都小心谨慎，流氓习气也都大为收敛了。

薛元赏

整肃纲纪

唐代会昌年间，李石任宰相，京兆尹薛元赏曾去李石家拜望他。按规定，文武百官临近宰相府时，前面的人不再呼喝开道。薛元赏从马上下来，李石不知道他来，好像正在客厅里与人争吵，元赏问是什么人，回答说："是神策军中的军官。"薛元赏推开门进去说："相公您是朝廷大臣，皇上委任的，哪有军队中一个将官这样无礼？国家的法纪如果被破坏，还需要相公您整顿，难道能让这种目无纲纪的事出现在宰相府吗？"说完立刻快步离去，并命令左右的人，把那个军官抓来。

这时是仇士良当权，军官一伙的人把此事告诉仇士良，尉官几次传达仇士良的命令说："仇中尉有话对你说。"薛元赏不搭理，立即命令用刑杖把军官打死。仇士良大为恼火，于是，薛元赏穿着平民的衣服去见他。仇士良出来说："为什么擅自杀了军中的大将？”薛元赏详细地说了军官的无礼情况，并说：“宰相是朝廷大臣，中尉您也是朝廷大臣，他既然对宰相无礼，那么对中尉也会无礼的。国家的法律，中尉应当维护，一旦破坏了实为可惜，我今天是穿平民的衣服来等待降罪的。”

仇士良认为薛元赏的道理正确而充分，便命左右人取酒来，酒喝完事情也罢了。

罗点

发配恶仆

南宋年间，罗点担任浙江西道的官，主持平江府。一天，忽然有个雇主来告状，说他赶走的仆人欠他的钱。经官府反复查问，仆人承认了，但他很狡猾，反过来又想羞辱他主人，自称曾与主人掌管饮食的姬妾通奸。一去调查，并无其事。

于是，罗点命令仆人自己供认奸情，取证后作了以下判决："仆人不仅欠主人的钱，还侮辱了主人的姬妾，事情是有是无虽然还没搞清楚，但他自己已经供认得很明白，符合奸情罪，应当判他发配服苦役，那个姬妾等这家主人递上状子时再追究。"听到这样处理，大家没有不称快的。

卷十二

识断

智慧产生见识，见识产生决断。当断不断，反受其乱。为此，辑撰《识断》卷。

齐桓公

宁戚饭牛

春秋时卫国人宁戚，在喂牛的时候敲着牛角唱歌。齐桓公觉得这个人是个奇才，准备让他当官。大臣们说："卫国离我们齐国不远，可以派人去了解这个人的情况，果真是贤才，再用也不晚。"

齐桓公说："一了解他的情况，就会当心他有小毛病。因小问题而舍弃了他的大作用，这正是当今之世失去天下人才的原因啊！"于是提拔他当了高官——上卿。

◎

宋朝时，韩琦、范仲淹已经知道张、李二人是有用的人才，却不敢用他们，是没有胆量。

三国时，诸葛亮深知部下魏延的才能，并且知道以他的才能肯定不愿屈居别人之下，所以未免顾虑太深，防备过度，约束太严，宁可让他闲着，也不愿让他充分发挥才干。他未采纳魏延出兵子午谷的计策，是他的胆量被见识所掩盖了。

啊！胆真是很难说呀。曹操派夏侯楙镇守长安，诸葛亮攻打魏国，魏延献策说："夏侯楙胆小而且无智谋，现在从我的军中调精兵五千，从褒中沿着秦岭往东行军，从子午谷北进，不到十天就能到达长安。夏侯楙听说我军来到，肯定要弃城逃走，等他到东边与魏军会合，需要二十多天，而您从斜谷来，也完全可以到达。这样便可一举平定咸阳以西的地方了。"诸葛亮以为这是险策，因而没采用。

春秋时，任登曾任中牟令，推荐了一个叫瞻胥已的人给赵襄子。赵襄子便让他当了中大夫。相国陈述了自己的意见："国君您对这个人只是听说，并没亲眼见到啊。"赵襄子说："我任用任登，是既听说过又亲眼见过；对于任登所推荐的人我还要亲耳所闻，亲眼所见，这样就永无休止了。"

这也是齐桓公智慧的可取之处啊！

卫嗣君

换奴隶

战国时期，卫国有一个奴隶逃到魏国去了。卫嗣君想用五十两金子把这个奴隶买回来，但魏国没有答应。于是卫嗣君又决定用一个叫左氏的地方去换。卫嗣君的大臣们说："拿一座城市去换一个逃跑的奴隶，这值得吗？"

卫嗣君说："治理国家不注意小事，乱子发生又不愿下最大的决心去对待，法律不能确立，该判死刑的不能执行，即使有十个左氏这样的地方也没什么益处，有法必依，违法必究，即使丢失了十个左氏之地，也不会有什么危害。"

高洋

快刀斩乱麻

东魏高洋这个人内心很聪明，而外表上看上去很难捉摸。这一点大家都不了解，只有高欢觉得他很特别，说："我发现高洋这小子的见识超过我。"

当时，高欢想考察一下大家的思维能力，让他们各自处理一团杂乱的丝线，唯独高洋的处理方法与众不同，他举刀斩乱丝，说道："凡是乱的东西都必须斩断！"

周瑜等 三条

临危履职

三国时，曹操攻下荆州之后，顺着长江往下游推进，向东吴的孙权送去一封信，声称带了八十万水兵，要和孙权在东吴“会猎”。

张昭等人对孙权说：“长江地势险峻，但现在敌人与我们共同占有了，而且敌人人多，我们的人少，我们不如主动投降他们。”唯独鲁肃不这么认为，他劝孙权把都督周瑜从鄱阳湖召回来。

周瑜来了，对孙权说：“曹操自称是汉室的丞相，实际是汉室的奸臣。将军驻守在江东，有精兵强将，粮草充足，应当替汉室讨伐剿灭残渣余孽，何况曹操自来送死，岂能投降他？请允许我来为你分析形势。现在，曹操尚未平定北方，马超、韩遂还在关西一带，这是曹操的后患；曹操舍弃了车马而乘坐船舰，来和东吴作战，再加上天气非常寒冷，马吃不上水草，中原的士兵从老远的平原赶到这里，在大江湖上作战，水土不服，必然要生疾病，这几点都是用兵的大忌。请求你拨五万精兵给我，保证大破曹操的军队。”

孙权说：“我和曹操这个老贼势不两立！”他抽出刀猛砍桌子，说：“有谁再敢说投降曹操的话，就和这桌子一样！”后来终于在赤壁打败了曹操。

北宋时，东北部的契丹族侵犯澶州，边境告急的文书，一天就有五次，朝廷内外都受到震动。寇准一言未发，只是一如既往地谈笑。

宋真宗听到告急的消息后，召来寇准问他的主意。寇准说：“陛下您要了结此事，不需要五天，希望您能亲临澶州。”真宗感到为难，想回寝宫去。寇准请皇帝立即就走，不要回去。于是召来群臣商量这件事。临江人王钦若请求皇帝到金陵去。阆州人陈尧臾请求皇帝到成都去。

寇准说：“陛下英明威武，将军大臣协调团结，如果皇帝亲自去征讨，敌人就会不战自溃，为什么要丢弃京城到很远的江南和蜀中呢？人心涣散，敌人就乘虚而入，那样能保住大宋江山吗？”

于是，真宗决定亲赴澶州。寇准说：“陛下若回宫，臣见不到陛下，那就大事不妙了！请不要回宫。”于是皇帝车驾出发，大军和百官随行，抵达河边。晚上宫中后妃哭泣，皇帝派人窥视寇准，寇准喝过酒，正在酣睡。第二天，又有人提起到金陵去避难的主张，皇帝的思想又有点动摇，便又来询问寇准，寇准说：“皇上您现在是只能往前进一尺，而不能往后退一寸，黄河以北的各个部队都日日夜夜盼望皇上您到那儿，士气十分高涨，如果您乘坐的车子往后退几步，那么人心涣散，军队溃散，敌人乘机从后面打过来，连退守金陵也不可能了。”

来到澶州城南，远远看见契丹军队气势很盛，大家请求皇帝驻扎下来，而寇准坚持要真宗渡过河去。远处和近处的宋军，看见皇帝的旗帜，都欢呼跳跃，声音传到数十里之外，契丹人被震慑住了，他们发起进攻，结果战败而退，于是达成了和议。

◎

按：这次战役，在开始之前寇准就上奏：乘契丹军队还没逼近镇州、定州时，我们先出动定州三万兵马向南赶到镇州，再命令河东之地的军队从土门路出击，与前军会合，逼近邢州、洺州，使大名府得到支援，这样就能确保圣驾行止平顺。再派遣将领向东进军，驻扎到旁边的城塞，以牵制敌军；还要招募壮丁进入契丹地界，扰动他的乡村，使虏敌有内顾之忧。再下令各州县坚壁清野，各个乡村建立保卫机制，各人随身带好家中的金银，粮食搬不走的就埋藏起来。

敌军来了，我们不要急于迎战，所以敌军虽能深入我方境内，却得不到任何东西。其间，他们虽攻破德清城，但得不偿失，还没开战，人马就困顿了。

如果没有寇准等人的经略谋划，那之后圣驾北渡黄河就真的是孤注一掷了。

金国开国君主完颜亮侵犯宋朝，宋将王权率领的部队在昭关被打败了。皇帝命令杨存中去同陈康伯商量，打算躲到海上去。陈康伯把杨存中请到室内，脱下衣服，摆上酒席，皇帝知道后，感到宽心了。第二天，陈康伯上朝向皇帝奏道："听说有人劝陛下到福建的海上去，实际上敌人大势已去，何不冷静地等待呢？"

一天，皇帝忽降一道诏书说："如果敌人没退，我就解散百官。"陈康伯把诏书烧了，然后再向皇帝报告说："解散了百官，皇上就势单力孤了。"皇帝的意志这时才坚定下来，康伯于是劝皇帝亲自率领军队征讨敌人。

◎

推迟魏国曹操称帝的，是周瑜；保卫宋朝皇帝的，是寇准；延长宋朝皇帝统治的，是陈康伯。

筑大虫巉(chán)堡

用人不疑

北宋时，当初原州的蒋偕建议修筑大虫巉堡，宣抚使王素同意了。工程还没结束，敌人乘机袭击，工程最终没能成功。蒋偕害怕，来请求处死他。

王素说："如果处罚蒋偕，那正好中了敌人的奸计。"于是责令蒋偕尽全力完成筑堡任务。总管狄青说："派蒋偕去会败得更惨，不能派他。"王素说："蒋偕败了你去，你败了我立刻就去。"

狄青不敢再说了，蒋偕最终还是完成了修筑城堡的任务，胜利归来。

清涧城

掘泉眼

北宋时，种世衡在宽州筑城，苦于没有水源，往地下凿了一百五十尺，见到岩石。工匠们拱手报告说：“这里打不出井了。”

种世衡说：“石头下面能没泉水吗？你把石头凿碎掏出来，掏出一畚(běn)箕我赏你们一两金子。”工匠们又奋力开凿，砸了几层石头，泉水果然涌出，朝廷于是将这里命名为“清涧城”。

韩浩

救夏侯惇

三国时，大将夏侯惇驻守濮阳，吕布派将领去伪装投降。他们绑架夏侯惇作人质，并责令诸将取珍贵物品来换，将军们都束手无策。

韩浩率兵驻扎在军营外面，命令将军们不要轻举妄动。所有的军营安定下来后，他便闯进绑架夏侯惇的地方，厉声斥责绑架的人："你们这样猖狂，竟敢劫持我们的大将军，难道能因为一个将军被绑架就放掉你们吗？"他含着泪对夏侯惇说："有国法我怎能不执行呢？"于是立即带兵攻打劫持人质的人。劫持者害怕至极，叩头乞求一些财物，韩浩把他揪出去杀掉，救了夏侯惇。

曹操听后称赞这样处理好，并且写了一道命令：从今以后如有劫持人质的，一定要把他捉住杀掉，不要怕伤了人质。从此劫持人质的就没有了。

寇恂

威慑高峻

东汉光武帝派军攻打高峻，但是久攻不下，光武帝就派寇恂带着皇帝的手谕去招降。寇恂到来后，高峻仅派军师皇甫文出来接谈，言辞礼节傲慢。寇恂很恼火，要杀他。将军都说不能够杀他，但寇恂不听，还是把他杀了。接着放皇甫文的副手回去，对高峻说："军师无礼，已被杀掉了，要投降就投降，不投降你就坚守吧！"高峻害怕，当天就打开城门投降了。

将领们都向寇恂祝贺，问道："为什么杀来使竟使高峻投降了呢？"寇恂说："皇甫文是高峻的主心骨，高峻的计谋都出自皇甫文。来时皇甫文表现出不屈服，必定没有投降的意思。留着他，其计谋就实现了；杀掉他，高峻就丧胆了，这就是迫使高峻主动投降的道理。"

◎

唐僖宗巡视蜀地，担心南诏国捣乱，答应同南诏国联姻。南诏国王命令宰相赵隆眉、杨奇鲲、段义宗到僖宗的住地去朝见僖宗，并且迎公主去南诏国成亲。太尉高骈从淮南急送奏章来:“南诏国的文武大将，只有这几个人，停止迎娶之事，并用毒酒毒死他们。”到僖宗回到京城，南方一直没发生意外，这也是寇恂传下来的智慧。

刘玺 唐侃

整肃纲纪

明朝嘉靖年间，外戚郭勋仗恃得到皇家亲宠，轻率地派了许多人去贩南货，威胁迫使管水运的官，安排许多船只，分批装载运到京城里牟取暴利。官家运输不景气，主要原因就在这里。

都督刘玺担任运输总管后，预先在船上放一口棺材，右手拿着刀，左手招呼那些权奸和走狗，说："你们要找死，敢侵犯我们的船？我杀了你们以后，再睡到棺材里自杀，以表明是你们这些人危害了我们的军队。我不能接受你们的货物，使我军受困。"那些走卒害怕退走了。郭勋等最后也没能够伤害刘玺。

◎

权奸谋私，公家的正常运输被破坏了，不这样同他们做一番恶斗，弊端什么时候才能被清除呢？从前因随大流产生弊端，只是水运总管怕那些凶狠的走卒，其实那些走卒哪里敢和总管作对，拼死拼活呢？

刘玺字国信，做官非常清苦，号称“刘穷”，又称“刘青菜”。御史在推荐他时，曾说过这样的话。在推举他当水运总管时，皇帝见到他的名字，欢喜地说：“莫不是以前那个穷鬼？”立即批准了这个奏请。

权奸到底没能加害于刘玺，因为刘玺平时就能威慑他们。他晚年官俸丰厚，有人嫉妒他的职位，曾唆使谏官诬告弹劾他，奏疏上写道：“过去是青菜刘，现在是黄金玺。”人们认为他冤枉。为此我记起尚书陈奉当年做谏官时，敢于直率地评论时政的利弊得失，而不轻易上书把哪个人罢免掉的事迹。陈奉说：“我父亲告诫我不要做掌管刑法的官，省得出冤案。如若当谏官，稍不留意，冤枉人更厉害。所以我不敢随便乱说。”我为刘玺而再三叹息。

明朝时，章圣皇太后的灵柩在承天安葬，要取道山东德州。一些大官榨取老百姓的很多财物以供应沿途需要，还担心不隆重。

武定知州唐侃激愤地说：“有一半银钱就足够了！”于是，抬了一口空棺材放在附近一个空房子里。那些宫内的官奴竟然大声呵斥官吏，用鞭子抽打州县官员，宣称“不置办帷帐、安排饮食就要处死”，想以此恫吓诈钱，同事们都逃掉了，只有唐侃一人留下了。催逼急了的时候，唐侃说：“我带你去放钱的地方取钱。”于是把他们引到旁边的屋子里，指着棺材说：“我已经把后事办好了，要钱是没有的。”那些走卒震惊得面面相觑，拿他没办法。

这事完了后，所有逃跑的人都被革职，独有唐侃受到嘉奖。

◎

人到了是非紧要关头，没有主见和骨气任人摆布，都只为留恋那一官半职。像刘玺、唐侃，死都不怕，还在乎什么？

总的说来，只要人正派耿直，他的气势就已吞没了群小，而且绰绰有余。战国时，蔺相如渑池对秦王；楚汉相争时，樊哙在鸿门宴上对项羽，都是以气概获胜的。

段秀实 孔镛

天下之至柔，驰骋天下之至坚

唐代宗时，段秀实因为白孝德的推荐担任泾州刺史。当时郭子仪为天下兵马副元帅，驻扎在蒲城。其子郭晞则担任检校尚书兼行营节度使，屯兵邠州。

邠州有些形迹恶劣的豪门子弟混到军队中，日夜到街市上横行霸道，碰到不如意的事，动不动就把人打伤或打死，甚至冲撞、伤害怀孕的妇女。白孝德也不敢说。段秀实从州府逐级报告这个情况，并自荐请求担任都虞侯，以便惩罚违纪者，白孝德马上向府军颁布了晓谕文书。

不久，郭晞的士兵十七人到街上买酒，杀了卖酒的老头儿，毁坏了酿酒的器具。段秀实派了一队兵卒把这些人捉来，斩首后将首级放在枪上，立在城门外。

消息传到郭晞兵营，立即掀起了一场轩然大波，全体将士披甲待战。这时段秀实解下佩刀，选了个瘸腿老人牵着马，径直来到郭晞的军营门前。全副武装的士兵出来向他示威，段秀实竟然面带笑容地走进去，说道："杀我一个老兵，何必都披坚执锐呢？我已经带着脑袋来了。"士兵们惊愕异常。

不一会儿郭晞就亲自出来了，段秀实责备他说："副元帅郭子仪的功绩天高地厚，现在你作为尚书，纵容士兵干坏事，在皇帝身边作乱，罪该归于谁呢？这罪责将危及副元帅的威望。现在邠州有些歹徒，已经混到军队中，杀害了许多人。人们都说，你仗着父亲是副元帅，就有意放纵士兵。这样下去，你们郭家的功名还能留下多少呢？"郭晞再次向段秀实拜谢，说："承蒙您的关怀教导。"随即喝退左右士兵卸下武装。段秀实又说："我还没吃饭，请你给我摆饭。"吃完后，又说："我的病犯了，希望能在这儿寄宿一夜。"于是在军中住下了。郭晞非常吃惊，告诫卫兵打更、值夜班守候。天亮后，郭晞和秀实一道来到白孝德的官邸道谢，邠州于是安定下来了。

宋孝宗时，孔镛任田州的知府，到职刚三天，郡内守兵全被调走，因而峒族人很快就来攻打城池。众官员说应关闭城门死守，孔镛说："守一个空荡荡的孤城，又能支撑几天呢？只要告诉他们朝廷的恩惠和威力，就能解除危险。"大家都为他犯难，说孔镛的见解是书生气的迂腐之谈。孔镛说：

“这么说只有束手待毙了？”大家说：“就照你说的，那谁去呢？”孔镛说：“这是我管的城，应当由我一人去。”

大家劝他不要去，孔镛当即命令打开城门，大家请求他带卫兵去，被他拒绝了。峒兵看到城门打开了，以为是出城迎战，仔细一看，只有一个官员骑马出来，两个马夫牵着马，城门很快就关上了。峒兵拦住马问干什么，孔镛说：“我是新来的太守，你们领我到寨子里，我有话跟你们头头说。”峒兵摸不清来头，姑且引着他向寨子走去。到了树林里，回头看马夫，一个已经逃走了。到了峒兵驻地，剩下的一个又跑掉了。峒兵代他牵着马，来到山林里，只见路两旁有很多人袒露着上身被捆在树下，呼喊孔镛救他们。孔镛一问，才知道这些人都是到郡里赶考的秀才，被峒兵劫持了。

孔镛不顾自己个人的生命危险，策马径直走进山洞。峒人的首领提着刀出来迎接，孔镛下马，站在洞中。他看着峒兵说：“我是你们的父母官，应当坐着，你们来参见。”峒兵取来坐榻，放在中间，孔镛坐上去，招呼大家上前。众人不自觉地相互看看，向他走来。

首领问孔镛是什么人，他说：“我就是孔太守。”首领说：“是圣人孔子的后代吗？”孔镛回答说是的，众人都围住跪拜。孔镛说：“我知道你们这些强盗本来都是良民，被饥寒所逼迫，才聚集在这里以求活命。前任的州官不谅解你们，动不动就出动军队，想把你们剿灭。我现在奉朝廷之命做你们的父母官，把你们看作自己的儿孙，怎么忍心杀害你们？你们信得过我，我会宽恕你们的。你们送我回府去，我送给你们谷子、布匹，你们再也不要出来抢掠。如果不听，可以杀掉我，但后面有官军来讨伐，你们就得承担罪责，受到惩罚了。”

众人交相惊叹说：“太守说得对，您真能怜悯我们，在您任期之内，我们不再惊扰您了。”孔镛说：“我一言为定，不必再生疑心。”

众人又拜。孔镛说：“我饿了，给我摆饭。”他们宰马，做好菜饭送来。孔镛饱餐一顿，众人对他的胆量都很惊讶，并且佩服。天色黄昏，孔镛说：“我回城已来不及了，就在这里过夜。”众人准备好床，孔镛不慌不忙地就寝了。

第二天又吃饭，饭后孔镛说：“我今天回去了，你们能跟去取谷子、布匹吗？”峒人说：“好吧。”说着轻轻勒马缓行，将孔太守送出树林，有几十个峒人随行，孔镛对他们说：“这些秀才都是好人，你们既归顺，可将这些人释放，和我一同回城。”峒人随即为秀才们松绑，还给衣服，这些秀才们全都逃走了。

傍晚，孔镛回到城下，城里的官员登上城头，看见这个场面都很惊奇，说：“肯定是太守害怕峒人而被他们制服了，又引他们来占领城池。”争相问是什么缘故。孔镛说：“先开门，我有安排。”大家愈加疑虑，孔镛笑着对峒人说：“你们先停下来，我自己进去，拿东西出来犒劳你们。”峒人便退后了几步。孔镛回到城里，城门又关上了。孔镛命令把谷子和布匹取下来从城上投下去，峒人道谢后回去了，再也没有出来惹事。

◎

郭晞受了汾阳王郭子仪的家教，到底自己爱惜郭家的功名，段秀实执法时，已预料到他会这样抉择的。孔太守虽然借重孔门威望的庇护，但他的话和计谋都不正面冲撞强人的锋芒。所以说：“天下最柔的往往可以操纵、驱使天下最刚的。”

姜绾

震慑河盗

明朝姜绾由御史被贬为桂阳州判官，后来又调任庆远府知府。该府和少数民族毗邻，前任知府采取的都是以夷治夷的策略。姜绾到任后，对各项政务进行更新，当地人的面貌有了很大改观。当时四境之外都有强盗的巢穴，姜绾计划首先消灭他们的头目，于是选拔了一批十分健壮的人，教他们作战的技术，没多久就成为一支精锐的队伍，盗患也渐渐平息下来。

以往，商贩们驾着船沿柳江抵达庆远，柳州和庆远二地站岗放哨的官兵表面上保护他们，暗地里借此谋取私利。一天，姜绾由省府逆江而上，要回庆远去。哨兵谎称有紧急情况，叫嚷说有强盗埋伏在江边树林里，劝姜绾从陆地上走才保险。姜绾说："我身为一郡太守，遇强盗而逃避，那么这条江何时才能安全畅行？"于是，他指挥百姓和士兵分成左右二路，张开伞盖，升起旗帜，联合商船，从从容容地在江上航行。强盗们竟然不敢出来了。

自此，往来于江上的船只不再需要哨兵护卫了。

◎

决心从江上走，为百姓们开辟水路障碍，这当然是正确的。然而也必须在平时训练部队，使他们的威名足以震慑敌人，才能使水道畅通无阻。不然的话，这种尝试必定没有好结果。

文彦博

明察冤案

北宋潞国公文彦博在担任御史时，边将刘平战死，而监军黄德和却按兵观战，不去救援，又想开脱自己的罪责，便诬陷刘平投降了敌人，并且以金条贿赂刘平的奴仆让他作证。刘平家族二百多人都受到这个冤案的牵连。

皇帝下诏让文彦博在河中处理这个案子，他经过审问弄清了事实真相。黄德和的党羽谋划翻案，朝廷派遣别的御史来取代文彦博，彦博拒绝说："朝廷担心这桩案子不能了结，所以派遣你来。现在案子已查办结束了，如果事不成，我承担责任，与你没关系。"结果，黄德和及提供假证词的奴才均被处死了。

陆庄简公

为民申冤

明朝太宰平湖陆光祖（谥庄简）原先担任过浚县县令，这地方有一个很富有的人，蒙冤被处以重刑。几十年都没翻案，就因为他富，别人不敢为他辩白。

陆太宰到任后，调查清楚，当即打开枷锁放出这个人，然后向御史报告。御史说：“这个人是出名的豪富。”陆太宰说：“应当问他冤枉不冤枉，而不应当问他富不富。果真不冤枉，穷如夷齐也没有活的道理；如果真是冤枉，富如陶朱公也没有判死刑的法律。”御史由此便非常器重他。

后来陆光祖被提升到吏部任职，罢免和提升谁都由他决定，不向御史台和尚书省禀报。当时的太宰是孙丕扬，他弹劾陆光祖专权独断，陆公被免职。临行，正好遇着孙太宰，他拱手说：“承蒙老学长教导，我怎么承当得起。但现在吏部这地方，别人嘱托办事的很多，不专断怎么能伸张公道呢？

老学长这个奏疏付诸实行，会误大事的啊！”

孙太宰沉思了很久，说：“你说得对，我确实搞错了！”当即起草奏章承认弹劾陆太宰失实的错误，并极力推荐陆公，陆因此才再次被重用。当时大家都以“两贤士”称赞他俩。

◎

像陆公这样还比较容易，但像孙太宰这样就很不容易了。

明朝葛守礼以陕西布政使入京做官，当时陕西省有一个小吏，簿册上注明年老多病，应当被免职。葛公请求保留这个人的职务，吏部尚书说：“簿册出自您的手，您自己怎么忘了？”葛公说：“边疆的官吏离省城非常远，记载考核都只凭文书。现在亲眼看见这个人很健壮，正是用他的时候，才知道记载错了。错误在我这个布政使，怎么能让小官吏受冤枉呢？”太宰惊叹信服，说：“谁能在吏部公堂上自己澄清过失？能这样就是第一贤能的人。”

这件事与孙太宰那件事相像。葛公固然高尚，这个吏部尚书也非常高尚。

明万历已未年，福建布政使马平人黄琮尽力为一名县衙主簿澄清冤枉。当权的人很不高兴，说：“以二品大官的身份，去为九品县官苦口争辩，他们的不正当关系可想而知。”并把他俩调走了，人的认识见解的差别竟这样大。

陆文裕

整肃学宫

明朝陆树声（谥文裕）曾担任山西提学。当时晋王有一个弹奏乐器的人，很受宠爱。乐工有个儿子要求读书，前任提学副使就把他送到学宫读书。

陆文裕到任后，当即行文取消了他的学籍。晋王再三向陆文裕通融，陆说："宁可学宫少一个人，也不可以因一个人而玷污了学宫。"坚持不改变这个决定。

◎

现在一些学官已名不符实，发生了不少以贱妨贵、以仆抗主的事。幸得陆公用力肃清流弊，真是大快人心。

韩魏公 二条

胆识过人

宋英宗快要驾崩的时候，急忙召请太子来，太子还没有到时，英宗的手又动弹了。曾公亮惊愕至极，急忙把这个情况告诉韩琦（封魏国公），打算制止召太子来。韩琦拒绝说："皇帝真的起死回生，就是太上皇。"便急促催召太子来继承皇位。

内都知任守忠奸诈邪恶且反复无常，在两宫内拨弄是非。韩琦有一天发了一道空白诏书，让参政欧阳修签了名。赵概质问他，欧阳修回答说："按次第签名，韩公肯定有他的道理。"

手续齐备，韩琦坐在政事堂上，押任守忠站在庭中，斥责说："你犯的罪该当处死！现在贬官为蕲州团练副使，由蕲州安置！”韩公这才把空头诏书取出并填上原委，派遣使臣即日押解上路。

◎

韩魏公生平从未以胆量被人称赞过，但这两件事处置得神明通达，确实还没有第二个人能做到。

吕端

不肯糊涂

宋太宗病得越来越重，内侍王继恩忌恨太子英明，与参知政事李昌龄等私下打算立楚王元佐继承皇位。吕端到太宗寝室探视病情，见太子不在旁边，担心有变化，于是在上朝用的记事手板上写下“病重”二字，命令心腹官员去叫太子快来侍奉皇帝。

太宗驾崩了，李皇后叫王继恩召吕端来见。吕端知道情况不妙，便哄骗继恩，派他到书阁去查找太宗的遗嘱，随即把他锁在里面，自己去见皇后。皇后说：“皇帝已经驾崩了，立长子为帝，顺理成章。”吕端说：“先帝立太子，正是为今天做准备。现在皇上离开我们了，怎么能违背他的命令而做别的打算呢？”于是奉太子继承皇位。

太子即位后，坐在垂帘后面会见群臣，吕端直着身子立在殿堂下，先不跪拜，而是请求卷起帘子来，确认确实是太子，然后吕端才走下台阶，率领群臣拜见，连呼万岁。

◎

不糊涂，就是有见识，坚持不肯糊涂过去，就是有决断。

辛企李

不惧宦官

北宋参政辛企李，曾任福州太守。有个主管天启运宫的宦官叫武师说，平日被看作与监司同等尊贵。辛企李刚到任，大家来见他，企李对做客的将军说：“这个人只是宦官，把他看作通判就超过礼仪规定了。”于是让武师说同通判一道来见。

第二天，郡官朝拜宋神宗祀庙，辛企李脚有疾病，必须要人扶持才能朝拜。走到厅堂下，武师说突然喝退搀扶的兵士，说：“这是供奉神宗的御殿啊！”企李没理睬，对扶他的兵士说：“只管扶，我事后自然会奏报的。”面色坦然，保持到礼仪结束。回去后，即上书请求降罪自己，朝廷把武师说降到泉州军队任小官。

王安石

削减宗室

北宋王安石裁减皇家宗室里受功禄的人数，宗室子弟相继带人拦住马头陈诉说："我们都是皇家的子孙，哪能不看祖宗的面子而剥夺我们的特权呢？"

王安石严厉地说："祖宗代数久远，神主也要依次迁出宗庙，何况你们呢？"

◎

王安石的议论都很偏颇，只有这句话，可以定为处理万世宗室亲属俸禄的依据。

毛澄

驳卫千户

太仓人毛澄，谥文简。明朝嘉靖初年，皇帝要选妃子，锦衣卫中一名卫千户的女儿也参选了。太监和皇亲邵蕙因得到卫千户的重赂，都有意选他的女儿为妃。

毛澄在左顺门厉声说道:“卫千户是卫太监的家人，连自己姓什么都不知道，怎么能登录在皇家族谱上？这件事我们礼部是不敢承担责任的，你们自己去想办法吧！”众人的议论立即停息。

祝知府

公平判案

明朝南昌祝太守以廉洁能干闻名。宁王府有只鹤被老百姓家的狗咬死了，宁府的家人告状说：“此鹤带着皇帝赐给的金牌。”祝太守判决：“鹤虽然带了皇帝赐的金牌，但狗并不识字，禽与兽互相伤害，与人有什么相干？”便把狗的主人放了。

还有一件事，两家牛相斗，一头牛死了。祝公作判词说：“两家牛相斗，一死一生。死的牛两家分享，活的牛两家耕地共用。”

术智部

总序

智慧是手段和策略产生的根本，手段和策略则是智慧转化表现出来的形式。没有智慧空谈手段和策略，就如同木偶戏中的木头人，尽管脸面千变万化，却只能供人嬉笑，对于事情无所帮助。没有手段和策略而空谈智慧，就好像车把式和船夫，炫耀自己提着缰绳、摇着船橹，似乎平原关隘、河流渡口，都在他的掌握之中，可以驾驭自如，其实一遇到羊肠小路、险滩急流，就束手无策，只能向上天呼求保佑，像这样能不翻船、不翻车的几乎没有。尺蠖(qú)后缩，是为了求伸；鸷鸟伏地，是为了更快地起飞；麝咬断自己的脐，是为了逃脱危险；蟒蛇显示自己的伤口，是为了吓退敌人。这些都是手段和策略。动物的智慧尚且如此，何况人呢？

老子化装成胡人去西域；大禹到了裸国就脱光衣服；孔子在鲁国也去参加打猎；散宜生为了救文王，曾向纣王的亲信行贿;仲雍在荆蛮之地也剪短头发裸体文身。不了解内情的人说:“圣人贤哲的智慧也有穷尽的时候。”知道的人则说:“圣贤的手段和策略其实是无穷无尽的。”

婉曲而不简单化，就叫作委蛇;隐匿而不显露，就叫作谬数;奇诡而不失去道义，就叫作权奇。不委婉的，将受到制约;不隐匿的，将受到损害;不奇诡的，将受到困顿。啊！手段和策略变幻莫测，智慧却是有所限定的。

卷十三

委蛇

大道本来就是舒缓从容的，大成表面上看来似乎有缺陷。就好比莲花身在污泥之中，却显露出一身洁净。大智若愚，柔顺灵便，从而能先哭后笑，吉生凶灭。为此，辑撰《委蛇》卷。

箕子

佯醉

商纣王天天夜里喝酒取乐，连日子也忘了，问他左右的人，也都不知道，便派人问箕子。

箕子对他的学生们说："身为天下君主却使全国人都忘了日期，这说明国家已经接近危亡了。而全国人都不知道，只有我一个人知道，说明我的生命也很危险了。"便推辞说自己喝醉了酒，也忘了日期。

◎

凡是混乱的时候，可称作上天昏醉了。既然上天都已昏醉，箕子何必一个人清醒呢？从这点可以看出箕子的智慧，便觉得屈原是太愚了。

孔融

维护皇室体面

东汉末年，荆州牧刘表不向朝廷进贡，干了许多越轨的事，甚至胆敢祭祀天地，自比天子。

皇帝正要下诏书斥责这件事，孔融上疏说："从前齐国进犯楚国，只是责备楚国未供应包茅草。现在王师不能立即诛灭他，祭祀天地等僭越之事应隐而不宣，以保持国家的体面。如果张扬四方，就不能够堵塞邪恶的萌芽。"

◎

凡是越轨叛乱的事情，猛一见到会感到惊骇，长远了也就习惯了。在力量不足以剪除叛贼时，公布他们的罪恶，结果会使老百姓渐渐地感到习惯，而且使老百姓认为这些大逆不道的人居然不被诛灭，朝廷还有什么威望？

战国召陵之战时，管仲不说楚国的僭越，仅仅责备楚国不交纳贡品，是因为这样说容易收场，根据形势不能不如此。诸葛孔明派人祝贺吴主称帝，并不是他的真心，是迫于形势。儒家“虽败犹荣”的说法，实在误人不浅。

翟子威

尊重别人

西汉末年，清河的胡常同汝南的翟方进（字子威）一同学经典。胡常比翟方进学得好一些，但声名却在翟方进之下，心里有点不痛快，谈论中从不尊重翟方进。

翟方进知道这一点，等到胡常在京城讲学时，翟方进便派自己的学生到胡常的住所向他请教疑难问题，并记下胡常的谈话，像这样经过了很长时间。胡常知道翟方进推重自己，心里感到很不自在。后来在士大夫中间，胡常没有不称赞翟方进的。

◎

尊重别人才能获得别人的尊重，迂腐的儒生被人所用却不知这个道理。

魏勃

见国相

西汉魏勃年少的时候，曾经想见一见当时任齐国辅相的曹参，但因为家中太穷，没有办法得到接近的机会。

于是，魏勃在天不亮时一个人去打扫曹参侍官的门厅。这个侍官感到奇怪，认为他在找什么东西，便在一旁监视，抓到了魏勃。魏勃说："因为想见一见曹相国找不到机会，所以为您扫门厅，想请您推荐一下。"于是侍官便引魏勃见曹参。

◎

曹参是个最平易近人的人，从不高高在上，但魏勃想见他一面还是如此困难，何况其他人呢？

叔孙通

等待机会

秦末汉初，叔孙通最初穿着儒服去见汉王刘邦，刘邦非常讨厌他。叔孙通便换了服装，穿着楚国式样的短衣，刘邦见了很高兴。

当时跟随叔孙通的弟子有一百多人，叔孙通对刘邦不讲其他，只谈些当年反秦各路武装的旧事，学生们都抱怨他。叔孙通听说后对他们说：“你们这些人难道能打仗吗？等我找机会推荐你们，不要性急！”

王守仁

收服王畿

明朝王畿青年时代非常风流倜傥，每天混迹在酒肆、赌场中。王守仁（号阳明）几次想见他一面，但没有机会。王守仁就让他的弟子们每天赌博、喝酒。

过了很长时间，王守仁就悄悄派一个弟子探视，并跟着到酒肆邀请他一起赌博。王畿大笑着说："迂腐的儒生也能赌博吗？"那个弟子说："我的老师家中天天如此。"王畿非常吃惊，请求见一见王守仁。刚一见面，王畿便自称弟子。

◎

像王畿那样有才能的人，是王阳明一心想得到的，但如果不是阳明公，又怎么能够得到王畿呢？如果碰到当今讲学的人，就会认为上酒肆、下赌场是犯罪的行为了。

王曾

贬丁谓

北宋丁谓当宰相时，不允许官员们在退朝后单独留下向皇帝面奏，只有王曾一切都顺从他，从不违背他的意志。

有一天，王曾对丁谓说："我没有儿子，想把我弟弟的儿子立为继承人，想单独面见皇上蒙求恩泽，但又不敢单独留下。"丁谓说："你留下没有什么关系。"王曾便单独见皇帝，上了一份奏疏，将丁谓所做的坏事都兜了出来。丁谓离开才几步，就感到非常后悔。没几天，丁谓被罢去了宰相，贬到崖州。

◎

王曾顺从丁谓，最终将丁谓贬了出去。蔡京开始顺从司马光，后来却背叛了司马光。前者是君子的苦心，后者则是小人的狡计。

周忱　唐顺之

献地毯

明朝人周忱巡视江南时，正是大宦官王振掌权，担心他会遇事阻挠自己。当时王振正造别墅，周忱就让人量了王的房间大小，命人在松江制作了一幅剪绒地毯送给他，尺寸一点不差，王振更加高兴。

以后凡是周忱上疏办事，王振全部从中帮忙。江南到现在还受益于周忱的功绩。

◎

南宋时，秦桧修造格天阁，有一个官吏想讨好他，于是拿出许多东西贿赂工匠，然后得到了房间尺寸大小，制作了一幅绒毯献给秦桧，铺上刚好合适。秦桧却认为他过问自己的私事，非常愤怒，找了个由头将他革了职。

所贡献的东西相同，为什么喜怒相反呢？有人说忠奸本质不同，苍天暗中使之各食其果。这恐怕未必如此。大概是王振残暴骄横，但他的心计比较浅显；秦桧阴险狡猾，心计比较深。王振喜欢结交君子，以沽名钓誉；秦桧则严密防备小人，害怕祸害自己。这就是之所以出现两种结果的原因吧！

世上那些诋毁周忱的人，不过因为他讨好王振以及捐出千石粮食使他家门增光，又交纳马匹为他的儿子求官，这两件事都不是高明的举动。不过我认为，这两件事还是有深刻含义的。当时四面八方都报告灾情，户部又无钱负担，周忱就曾多次上奏免除江南苛税数万。当时只有鼓励人捐款和出钱纳官才是收效较快的敛财方法，所以周忱才带头去实行。

公开向国家捐资而受到表扬是多么光荣，而出钱求官也不是耻辱，是想以此来鼓励人们都这么做。这也是汉武帝时卜式捐献私财以支持边防的遗风，不能随便否定它。

明朝时，倭寇践踏苏州，以刀枪挑刺婴儿为戏。当时唐顺之在家闲居，看到这种情况痛心疾首，愤怒异常。正值督师海上的是大奸臣严嵩宠幸的赵文华。

唐顺之挺身而出，拜见赵文华，陈述对敌作战的机略，并说须任用胡宗宪才行。赵文华于是推荐唐顺之担任职方郎中，命他到浙西去监督抗倭军事，接着又任命胡宗宪。胡宗宪也送厚礼向严嵩讨好，所以行动中不必担心严嵩掣肘，从而可以从容施展才能，以扫除倭寇。

◎

明朝焦弱侯说：唐顺之晚年被严世藩所推荐，直到今天都引起非议。曾经看过《易经》的《否卦》，上面说，君子能包容小人，吉，况且包含无所推辞。为使自己一个人显得高洁而将大计抛弃到阴沟中，本来就是有远大志向的人所不屑于做的事。汉代人说，选拔人才，一定要朴实谨慎。这只是妇女的规矩，乡下普通人的见识。是啊，世间那么多只顾惜自己名声的人，恐怕是很难同他说这些的。

明正德年间，刘瑾猖狂，刘健和谢迁都被迫离开了朝廷，只有李东阳留了下来，为官更加深沉和恭谨，经常在朝中周旋，官员们常常靠他避祸。

人们都责备李东阳当初不离开朝廷是错误的，忘记了孝宗皇帝临终前，刘、谢、李三人同在皇帝床前，接受皇帝遗命，皇帝亲自将太子托付给他们这件事。假如李东阳也随刘健和谢迁那样离开了朝廷，那么国事将不堪设想，岂不辜负了先帝的重托吗？李东阳不离开朝廷，是不得已而为之的。李东阳晚年听人说到这事就痛哭不止。啊！大臣的心事往往不被拘泥于儒学的人所谅解，又哪里只是唐顺之一人呢？

杨一清

除宦官

明朝人杨一清和宦官张永一同领兵讨伐安化王。杨一清在军中同张永谈到反对宦官刘瑾的事，以直言相劝，并从袖子中拿出两份奏疏，一份写的是平叛之事，一份是告发刘瑾之事。

杨一清嘱咐张永说："你领兵回朝的时候，见到皇上，先是奏平叛之事，皇上一定要问你一些情况，你就诡称有事，让皇上退去左右的人，这时可上弹劾刘瑾的奏疏。"张永说："如果不行怎么办？"

杨一清说："别人去说，行不行还难说，你去说一定行。你叙述时一定要有头绪，万一皇上不相信你，你给皇上磕头，请皇上立即召见刘瑾，收缴他家中私藏的兵器，劝说皇上亲自上城头检验，并说：'如果刘瑾没有反叛的迹象，万岁可以把奴才杀掉喂狗。'再磕头哭泣，皇上必然对刘瑾十分愤怒。

刘瑾如被杀，你就会得到重用，可以改变刘瑾的所作所为。成此功业，你将和吕强、张承业一样千秋扬名。只盼望你立即行事，千万不要有片刻迟缓！”

张永一下子站了起来说：“老身哪里可惜自己的余生，而不报效君主呢？”

不久张永去见皇帝，像杨一清所谋划的一样，事情果然成功了。刘瑾最初被逮捕时，得到圣旨，降为南京奉御。刘瑾上书，乞求二三件旧衣服保暖，皇帝可怜他，下令给他旧衣服一百件。张永害怕事情有反复，便与内阁大臣密谋，让监察御史弹劾刘瑾。弹劾中涉及过去阿附刘瑾的一些大臣。

张永拿着奏疏来到左顺门，对谏臣们说：“刘瑾当政时，我们都不敢说话，何况那些大臣们呢！今天有罪只是刘瑾一个人，不要伤了其他人，可以拿这份奏疏，马上呈报上去。”等到奏疏送上去后，刘瑾被杀，只牵连了文臣张彩一个人及武臣杨玉等六个人。

◎

清除刘瑾、江彬，都是依靠张永的力量，如果全靠外庭官员，一定不会成功。张永不想牵连其他人，更是很有见地的。

许武

为兄弟邀名

东汉阳羡人许武，曾经被推举为孝廉，官运亨通，但他的两个弟弟许晏、许普都未能显达。

许武想让他们出名，有一天对两个弟弟说：“按礼有分家之说，请允许我给你们分分财产，可以吗？”于是把财产分为三份，许武自己占了好田、大房和强壮能干的奴婢，却把坏田、旧房分给两个弟弟。

当时乡里人都称赞这两个弟弟能够谦让，都鄙视许武太贪心，许晏、许普因此获得了名声，一同被推选做官。

过了很长时间，许武又召集亲友们宣布：“我这个哥哥很不好，盗取了名声，得到了高位。两个弟弟年龄已大，却没有沾上富贵，因此先前我要求分家财，自己招来人们的讥讽，是为了替两个弟弟争得名声。现在我的目的已达到了，对以前的财产要全部重新平均分配。”

于是许武将自己多占的部分还给了两个弟弟。

◎

让财产还算容易，让名声就更困难了。

廉范

更名报恩

廉范，字叔度。东汉永平初年，陇西太守邓融任用廉范为功曹。当邓融受到一件案子的牵连时，廉范知道邓融的案子很难解脱，便想通过变通的办法来帮助他。于是就假托自己有病，请求辞职。邓融不了解他的意思，非常恨他。

廉范辞职后便到了洛阳，改名换姓在刑部当了一名狱卒。不久，邓融果然被押在洛阳监狱，廉范就得以在他左右尽心尽力地照顾他。邓融惊奇地发现他的相貌很像廉范，但又出乎意料，就问他说："你怎么很像我过去的一个功曹？"廉范训斥他道："你是遭遇困境精神错乱了吧！"

后来邓融被释出狱，贫病交加，廉范又跟着照顾他。等到邓融死了，又将他送葬到南阳，后事办完才离开，始终没有说出自己的姓名。

◎

感激一次任用的恩德，便退身以求报答，名士对于知己也莫过于此了！

周新

故意入狱

明朝人周新担任浙江按察使的时候，曾经巡视他所管辖的县属，故意穿着便服触怒县官，被抓进监狱中。周新同犯人们谈心，于是了解了全县百姓的疾苦。

第二天，官员们来迎接，于是周新从狱中出来。县官越想越怕，辞职离去，因此其他各个县的官员都闻风丧胆，没有不谨慎供职的。

陈瓘

变通

北宋时，陈瓘曾经担任过主考官。蔡卞说："听说陈瓘想只录取懂史学而不录取精通经学的人，目的是败坏治国方针，而动摇荆公的学术根基。"蔡卞早已郁积了怨怒，谋划借开科取士来陷害陈瓘，并就此禁绝史学。计划已经安排好了，就等着陈瓘开科取士，找到毛病后开始行动。

陈瓘本来就已预料到会出现这种情况，于是录取的前五名全部是研究经学和专门习用王安石学术的人，蔡卞找不到发难的由头。然而在前五名以后，几乎全是博古通今之士。陈瓘说："当时如果不变通，那矛盾一定会激化，史学也很可能被废除，因此顺着当时的风气正是为了挽救时局，不能只图一时痛快。"

◎

宋元祐年间的君子和唐甘露之变中的小人之所以同样遭到失败，都是因为只图一时的痛快，致使挽救时局的志向未能实现。

王翦等 三条

购田产

战国时，秦国讨伐楚国，派遣大将王翦带兵六十万，秦王政亲自送到灞上。王翦准备出发时，向秦王请求分给他非常多的好田好地。秦王政说：“将军出发吧，你担心什么贫穷呢？”王翦说：“我当您的部将，有了军功最终也得不到封侯，因此趁您现在关心我的时候，我得及时向您要一点田地，好为子孙立点家业。”秦王哈哈大笑。王翦出了函谷关后，又派使者回去请求赏给五代人的好田好地。

有人说：“王将军的要求也太过分了。”王翦说：“不是这样。秦王为人粗暴而不轻易相信人。现在将军队全都交给了我，我如果不多要田地房产作为子孙产业，以稳固自己的地位，难道还能等着秦王来怀疑我吗？”

汉高祖刘邦将关中的事情都委托萧何管理。汉高祖三年

（前 204）的时候，同项羽在京索之间相对峙。汉高祖多次派遣使者来慰劳萧何。鲍生对萧何说：“现在汉王在外日晒夜露，还多次派人来慰劳您，是对您的忠心有怀疑。为您考虑，不如将您的子孙兄弟能够当兵的都送到部队中去。”于是萧何就依从了鲍生的计谋，汉高祖非常高兴。

吕后用萧何的计谋诛杀了韩信。刘邦听说韩信已死，便派使者来拜萧何为相国，加封五千户，还派了五百人供相国使用，由一名都尉负责保卫相国的安全。这时许多人都来向萧何表示祝贺，只有召平来哀悼。召平说：“灾祸从此开始了！如今皇上带兵辛苦在外，而你却安守城内，没有冒箭石的危险，却加封地、增警卫，这并不是宠爱你。因为淮阴侯刚刚谋反，皇上对你也产生疑心。希望你推辞封赏，不要接受卫兵，并且将你的全部家产用来支援军队。”萧何依从了他的意见，皇帝非常高兴。

那年秋天，黥布谋反。皇帝亲自带兵讨伐，屡次派人打听萧何的所作所为。使者说：“因为皇上在部队中，萧相国便教导百姓，把所有的东西都支援部队，如同陈豨当年造反时的做法一样。”

有个说客告诉萧何说：“你灭族的日子不久了！你的地位是相国，功劳居第一，不可能再增加了，但是自从到关中以来，得到老百姓的拥护已经有十几年了，你还是这样孜孜不倦地争取民心。皇上之所以多次派人来打听你的情况，就是害怕你颠覆关中，现在你何不多买一些田地，捞取一些钱财，以此来玷污自己的名声呢？这样一来，皇上心里必然就安定了。”

于是，萧何依从了他的计谋。高祖领兵回朝时，老百姓拦路控告萧相国，高祖非常高兴。

◎

汉朝的史书中又记载道，萧何买田买房必定是在穷乡僻壤之处，房子也不建围墙。他说：“假如我的后代贤良，他们会效法我的俭朴；假如他们不贤良，也就没有什么可以被有财势的人家所夺取的了。”这与前面所说的多买田地房产似乎是两回事。殊不知，前面的事是避祸的权宜之计，后面的事才是萧何保障家门的长久之策，两种智慧是不矛盾的。

北宋赵普强行买进别人的宅第，聚敛财产，接受贿赂，被御史中丞雷德骧弹劾。韩世忠被罢官后，闭门谢客，再也不谈军事问题，有时骑着驴，装着酒，带一两个僮仆，整日在西湖游览玩乐。韩世忠曾想买新淦县的官田，宋高宗听说后非常高兴，赏赐御笔亲书，给他的田庄命名为“旌忠”。韩世忠之所以要买田，也正是这个意思。

君主不能同豪杰们推心置腹，致使有功之人竟不惜玷污自己名声以求幸免于难，三代时君臣同心的风气已荡然无存了。然而到了今天，大臣们不论有功还是无功，没有不多买田地住宅玷污自己名声的，这又说明了什么呢？

西汉陈平在吕氏怀疑他的时候，就每日饮酒，沉湎于女色。唐代裴度在宦官权势滔天之际，退居绿野堂，把酒赋诗，不问世事。古人明哲保身的智术，见于以上的例子，都是为了断绝主上和他人的猜疑。明朝初年，御史袁凯因没能顺从太祖的心意，赶紧以得了疯病为由回家休养，太祖派人察看，见袁凯正匍匐在篱笆下吃猪狗的粪便。查探的人回去报告，袁凯才得以幸免。袁凯料到有人来察探，事先叫人用炒面拌砂糖，从竹筒中弄出，偷放在篱笆下面。袁凯也是有智慧啊！

王戎

先见之明

晋朝时，王戎的族弟王敦名声很大，王戎很讨厌他。每当王敦求见时，王戎都推托有病不见他。孙秀当了琅琊郡吏，向王戎的从弟王衍请求品评。王衍原不想应允，王戎劝说他给孙秀品评。等到孙秀得了权势，早先同他有仇怨的都被杀了，但是王戎、王衍却得救了。

◎

借别人的虚名，除掉自己实在的祸害，这就是王衍赶不上王戎的地方。

阮嗣宗

佯醉避祸

魏晋之际，政局多变动，名士很少能保全。阮籍（字嗣宗）把自己的志向寄托在喝酒上，绝不参与政治事件。

司马昭曾经想向阮籍为儿子司马炎求婚，阮籍一下子醉了六十天，司马昭说不上话，只好作罢。钟会屡次以时事问阮籍，想根据他的回答来给他定罪，但阮籍喝得酩酊大醉，不作回答而获得幸免。

郭德成

装醉

明朝洪武年间，郭德成当了骁骑指挥。有一次他进入禁宫，皇帝却将二锭黄金放在他袖子中，并对他说：“回去后不要告诉别人。”郭德成恭敬地答应了。等到出了宫殿的大门，便假装喝醉了酒，脱靴子露出袖中的黄金，看守宫门的卫士看到后报告了皇帝。皇帝说：“是我赏赐给他的。”

有人对此感到奇怪，郭德成说：“宫中守卫如此严密，藏着金子出来，难道别人不会以为是我偷的吗？再说我妹妹也在宫中侍奉皇上，我常常进出，怎么知道皇上不是试探试探我呢？”众人都很叹服。

郭崇韬　宋主

虚与委蛇

五代后唐时，郭崇韬平常十分廉洁，自从到了洛阳后开始接受各地的贿赂和赠礼。他的朋友和家人劝告他，郭崇韬说："我身为将相，俸禄和赏赐有多少万，难道缺这点东西吗？因为现在的藩镇诸侯大都是梁朝的旧将，都是和皇上有过旧怨的人，如果一概拒绝，他们能不疑心和害怕吗？"第二年，皇帝在南郊举行祭祀，郭崇韬将所收的礼全部捐献出来，帮助皇帝进行赏赐。

南唐的君主送给赵普五万两银子，赵普便告诉了宋太祖。太祖说："这钱不能不接受，你不妨写信答谢，少赏赐点给使者也就可以了。"赵普推辞不要，太祖说："大国的礼数，不能自己削减，应当使他们无法揣测。"等到李从善（李煜的弟弟。——原注）来朝见的时候，在正常的赏赐之外，又秘密地送了同他们一样数目的白银。南唐的君臣都为之震惊，叹服宋主的伟大气度。

◎

贿赂和礼品没有可以接受的道理，但是廉洁的人有时可以推辞而后来接受，而英明的君主也可以教他的臣子接受贿赂，这全要看他们接受后怎么用，从这里可看出英雄的谋略。三代以后的将相，大多是善于谋略的雄才。

卷十四

谬数

事物往往是这么荒谬:看上去像是石头,实际上却是玉;矛戟柄末的金属套,却被当作利刃。去掉它明白显露的一面,使用它隐晦深奥的一面。管仲曾说过:凡事都要有所隐蔽。为此,辑撰《谬数》卷。

宋祖

宗教祸国

宋太祖听说南唐的君主嗜信佛教，就选了一个能说会道的年轻和尚，渡江去拜见南唐的君主，专门谈论性命的学说。南唐君主非常信任和重用他，称他是活佛出世，于是不再有心思治理国家和防守边疆。

◎

明朝茅元仪说:“这同越国将西施献给吴王有什么不同？天下难道只有女色才能迷惑人吗？”

武王

赎役粮

周武王在重泉建立边防营地，并下令说：“老百姓中凡交了一百斛粮食的人可以不去守边。”老百姓都交出所积蓄的粮食，用来避免去重泉服役。国家的粮食因此增加了二十倍。

◎

假借戍边的名义，想使人民害怕服役而争着来交纳粮食，或许只是一种权宜之计。有人说神圣的君王不应该玩弄权术愚弄人民，确实如此！

至于战国韩非子说商汤流放了桀想自立为主，又担心人民议论他过于贪心，便把王位让给务光，又害怕务光接受，就派人对务光说：“汤杀掉了他的君主，还想把罪恶的名声加给你。”务光因此投河自杀。又说周文王送钱给费仲，让他在纣王面前游说，侦察纣王的行动并扰乱他的心绪。这都是孟子所说的“是好事之徒捏造出来的”。

散谷　藏谷

粮食政策

春秋时齐桓公说:“大夫们大都聚集财物，却不分出一点，让粮食烂掉也不散发给穷人。”管子对桓公说:“请您召城阳大夫来质问(意思是先拿城阳大夫开刀)。”齐桓公说:“这是为什么呢?”管子回答说:“城阳大夫宠爱的人都穿贵重的衣服，养的鹅鸭都吃余粮，乐队整齐，鸣鼓奏乐，但他同姓的兄弟们却冷了没有衣穿，饿了也没有饭吃，让这样的人尽忠于国民，可能吗?”

于是齐桓公便召来城阳大夫，去掉他的高位，关闭他的家门不让他出来。这样一来，功臣之家都争着把自己积存的钱粮分给内外亲族。不仅如此，他们还供养那些贫困、生病、孤寡、老迈等不能自食其力的人。从此，国内没有挨饿的人了。

◎

既剥夺了城阳大夫的宠幸，又鼓励了功臣们布施。管仲的几句话，其功绩和利益是非常大的。

因为齐国粮价很低，齐桓公担心粮食流入其他诸侯国，想让老百姓多收藏粮食，便问管子该怎么办。管子说：“今天我经过市场，看到有两家新建了粮仓，您可以送玉璧招聘他们做官。”

齐桓公采纳了管仲的建议，老百姓都争着建仓库来收藏粮食。

◎

相传周文王埋葬枯骨而使天下归顺；春秋末年越王勾践用愤怒的青蛙来鼓舞三军的士气；燕昭王用买骏马的骨头招来人才；齐桓公聘请建仓之人而使全国粮食堆积。诚心还是伪诈虽不同，但都是从小事推导大事，道理是一样的。

范仲淹

救济饥荒

宋仁宗皇祐二年（1050），吴中出现了大饥荒。当时范仲淹在浙西做官，散发粮食，招募百姓，多存粮饷，救灾的办法很完备。

吴地百姓很喜欢赛龙船，又喜欢做佛事，范仲淹就鼓动老百姓赛龙船，自己每天在西湖船中设宴观赏。从春到夏老百姓都争着出游，街巷都空了。他又召集寺庙的主持前来，告诉他们说："荒年工价极低，你们可以大兴土木修建寺庙。"于是众多寺庙都开工扩建。又兴建仓库官舍，每天用劳力达千人。两浙饥荒严重，只有杭州很平安。

◎

《周礼》中关于救济饥荒的条文说:“用兴建土木来招集失业的人。”但别的人做不到，只有范仲淹做到了。凡是准备出游的人，必定行资充足才能出游。游览的是一个人，但依靠他活命的，就不知道有几十个人了。明万历年间，我们苏州出现了大饥荒，主事的官员以年成不好禁止游船，富家子弟都到寺庙里办宴席来消遣取乐，而以游船为生的几百人都因此失业流浪。不通时务的人就是这样。

服紫

紫衣

春秋齐桓公喜欢穿紫色衣服，于是全国人都穿紫色衣服，齐桓公很担心这件事，问管子怎么办。

第二天齐桓公上朝，对穿紫色衣服的人说：“我非常讨厌紫色的气味，你不要靠近我！”从此全国就没有穿紫色衣服的人了。

服练

白绢筹款

东晋丞相王导很善于治理国事。当初刚渡江的时候，国家费用很缺乏，只有白绢几千端。

王导同大臣们都做了一件白绢的单衣，一时人们都竞相穿这种衣服，白绢的价格很快变得昂贵起来。于是，王导下令将白绢全部卖出，每一端白绢价格一金。

◎

这件事正好同春秋齐桓公讨厌紫色相对照。东晋谢安的同乡中有一个人被罢了官，到谢安那里告别。谢安问他回乡经费有没有，同乡说："只有五万把蒲葵扇。"谢安于是取了一把中等的扇子在手中摇着。士大夫们争着购买这种蒲葵扇，扇子价格很快涨了好几倍。这就是王导的老办法。

禁毂击

改陋习

春秋时，齐国人喜欢以车子相撞击来取乐，几次禁止都没有效果。

晏子非常担心这件事，于是就制作了一辆新车，驾着好马，出去与人相碰。事后晏子说："车轮相碰很不吉利。难道是我在祭祀神明时不够恭顺，在家时不尊敬吗？"说完弃车而去。从此全国人都不再这么做了。

东方朔

取仙药

汉武帝喜欢方士，让他们求取不死的仙药。东方朔于是进言说：“皇上让他们找的都是地上的仙药，不能让人不死，只有天上的神药才能使人不死。”皇帝说：“天怎么能上去呢？”东方朔回答说：“我能上天。”皇帝知道他是在说大话，想戳穿他，就派东方朔到天上去取仙药。

东方朔已经告辞出了殿门，又回来见皇帝说：“现在我上天好像是骗人，希望有一个人作证。”皇帝就派了一个方士跟他一同去，约定三十天后回来。

东方朔出了朝廷后，每天都到王侯公卿家去喝酒。期限快到了，还没有上天的意思。那个方士多次催促他，东方朔说：“神鬼的事情很难预言，会有神来迎接我的。”

方士白天睡了很长时间，东方朔突然喊醒他说：“喊了你很长时间你却不答应，我现在刚从天上回来。”方士大吃一惊，就全都报告给皇帝。皇帝认为是当面欺骗，下令将东方朔关进监狱。东方朔哭着说：“我最近两次差点死掉。”皇帝问：“为什么？”

东方朔回答说：“天帝问我地上的人穿什么衣服？我回答说穿虫衣。天帝又问虫是什么样子，我回答说虫的嘴毛乎乎的像是马，颜色花花的像是虎。天帝非常愤怒，认为我欺骗他，派使者到地上察看，使者回来后报告说：有这种东西，名字叫蚕，天帝才把我放了出来。现在皇上如果认为我是欺骗您，希望您派人到天上问一问。”

皇帝听了这通话大笑，说：“齐地人大都狡诈，你只是想用这个方法劝诫我不要再信任方士罢了。”从此，皇帝不再重用那些方士了。

留侯

商山四皓

汉高祖刘邦想废除太子（刘盈），改立戚夫人的儿子赵王如意为太子，大臣们极力劝说，他都不听从。吕后就派吕泽强邀留侯张良出主意。

留侯说：“这个是难以凭嘴去争的。考虑到皇上有四个他不能得到的人，这四个人都很老了，因为皇上怠慢人，所以逃在深山中，不想做汉朝的臣子。但是皇上非常看重这四个人，因为他们不爱名利。可以派一个能说会道的人拿着太子的信，用谦卑的话诚恳地邀请他们，他们会来的。来了以后待为上客，随时跟着入朝，让皇上看到他们，这样对太子的地位会有帮助的。”吕后就按照留侯的计谋行事。

汉高祖十二年（前195），高祖病得很厉害，想更换太子。太傅叔孙通说古道今，以死相谏，高祖假装答应，其实还是想更换太子。

一次宫中举行宴会，太子参加，太子左右有四人随从，年龄都八十多岁，眉发都已白了，衣冠都很讲究。高祖感到很奇怪，便问他们是什么人，四人上前回答，各自报了姓名：东园公、角里先生、绮里季、夏黄公。高祖大吃一惊说："我求你们多年，你们都逃避不见我，现在你们为什么主动跟随我的儿子呢？"四个人都说："皇上轻视名士，喜欢骂人，我们不愿意受侮辱。听说太子又仁又孝，尊敬名士，天下人没有不想为太子以死尽忠的，所以我们到这里来了。"高祖说："麻烦你们调理保护太子。"四个人祝寿完毕，都走了。

高祖以目相送说："太子的翅膀已硬，现在很难动摇了！"

◎

左手掌握着殇中，右手掌握着鬼方，正要用常规来评说古今的人物，以劝说汉高祖。但论英明没有超过汉高祖的人，哪里还要你去说古道今，然后才知道太子是不能更换的呢？要说古论今，必定要说某个君王圣明所以国家得到安定，某个君主昏庸而国家大乱。如果治乱还没有显出征候，就说君主头脑糊涂，谁能心甘情愿听呢？这就是太傅叔孙通之所以被儒术所限制的原因。四个老人为太子而来，那么天下就没有不愿为太子效死的了。这种治乱的征候，已使汉高祖内心深受震动。

统一天下的人是从来不顾家的，哪里还能顾惜赵王母子呢？王弇州还怀疑宴会上的那四个老人，不是商山中的四个老人。无论是张良犯了欺君之罪，还是汉高祖的眼花了，既然是能维护正义不去当汉高祖的臣子的人，也就一定能够推辞太子的邀请。

有人说张良修炼之后，跟着四老到商山做神仙去了。那么四老和张良，本来就是一类人物，相交很久了。假如张良不出来辅助汉朝，那么四老中也必定有出来助汉的，他们本来就不是那种隐于山林、徒有虚名而无实学的庸才！太子位置安定后，汉朝的统治也就稳固了，而张良也就完成了辅佐汉朝的使命，就可以同四老到商山中隐匿形迹了。是啊！千古高人，哪里是书生们能够用常规来衡量的呢？

梁文康

巧谏君主

明武宗正德年间，秦王请求增加封地，朱宁、江彬等人接受了贿赂，都同意他的要求，皇帝便催促大学士们起草诏书，杨廷和与蒋冕私下考虑，草制诏书恐怕会留下后患，不写又怕违背皇帝旨意，于是都推托有病。

只有梁储（谥文康）接受了命令，起草了一份诏书说："从前太祖曾下过命令：'这块土地不分封给藩镇。'这不是吝啬，是考虑到这里土地广阔又很富饶，藩王分到后，一定会多养人马，这样必然因富而骄横，易受奸邪的人引诱图谋不轨，这样对国家不利，现在藩王恳切请求加封，故分地给你。藩王得地后，不要收罗奸邪的人，不要多养士卒马匹，不要听信狂人诱导做出不轨之事，扰乱边境，危害国家。否则，到那时即使想保全亲人，也不可能了！藩王务必慎重，不要疏忽！"皇帝看了以后，惊骇地说："如果这样令人担心，就不要分封了！”于是事情就告吹了。

◎

英明的君主，不可能清楚每一点的是非，但未必不明白利害。这同张良招来四皓是同一心机。

傅珪

驳大庆法王

明朝武宗喜好佛事，自称“大庆法王”。大臣们听说后，既不管不问，也不加劝谏。不久，由内部转给礼部一个批文，说番僧请求给他们良田千亩，用以建造一座供奉大庆法王的寺院，批件上竟同时用上“大庆法王”的署名。

礼部尚书傅珪佯装不明白，拿着它对皇帝奏道：“谁是大庆法王？竟敢与至尊的陛下并列署名！这是亵渎天子，破坏祖宗礼法，简直是大不敬！”皇帝下诏说不要问了。于是，划拨良田的事也就停止了。

洪武中老胥

保美妓

明洪武年间，驸马都尉欧阳伦带着四个妓女一道喝酒。事发以后，官府追捕得很急。妓女们认为必死无疑，想毁坏自己的容貌，或许可以免于一死。

一个老吏听说了这事，便去对她们说：“如果你们给我千金，我能使你们免于一死。”妓女们马上就给了他五百金。

老吏说：“皇上圣明，哪能不知道你们平时的奢侈，这是无法蒙骗的。应当和平时的打扮一样前去哀哭，或许可以获得天子的宽恕。”妓女们说：“怎么做呢？”

老吏说：“你们必须将身体洗得非常干净，仍然用脂粉香水涂抹和搽身，使香味幽远透彻，让自己的体肤明艳俏丽，穿丝绸衣服，戴金银首饰，就是内衣内裙，也不能穿淡色的，务必夺尽天下的艳丽，能够招人耳目，勾人魂魄，这样就可以了。”妓女又问该说些什么话，老吏说：“只要一个劲地哀声哭诉就可以了。”

妓女们听从了他的计策，等到见了皇帝，皇帝责令她们交代，妓女们不说一句话。皇帝对左右的人说：“绑起来杀掉！”妓女们就脱衣被绑，从外到内，衣饰极其华丽绚烂，丝绸流彩，珍宝齐全，堆得满地都是，光彩照耀左右。到脱成裸体，打扮一点不减，肌肤像美玉一样光洁，香气远近飘动。

皇帝说：“这些小女子们，我见了也不免被迷惑，那家伙更可想而知了！”于是下令放了她们。

王振

造佛像

北京功德寺后宫的佛像非常工巧华丽。和尚说：明英宗正统年间，张太后经常到这里，住三夜后才回宫。当时皇帝还小，跟随母亲游寺，宫殿中住宿用品，一应俱全。太监王振认为后妃游佛寺，不合典礼，于是就秘密造了这座佛像。完工后，请皇帝对太后说："母后大恩大德，儿子没有什么可报答的，已经命人修造一座佛像，请求安放到功德寺的后宫，用来酬报您的大德。"

张太后非常高兴，答应了他的请求，并下令中书舍人写了金字佛经，放置在东西厢房。从此以后，张太后因为佛像和佛经在这里，不宜在此就寝，也就不到功德寺来了。

◎

君子的智慧也有不足的地方，小人的机智也有高明之处。小人总是寻找君子的短处，所以成为小人；君子总是不放弃小人的长处，所以成为君子。

贺儒珍 二条

从容回复

明朝初年，两宫工程结束后，剩下的银子足够修造宫内各门的费用。户部和兵部当初同意各拨发的三十万赞助经费也一点没动。西河王上疏皇帝及工部进行开矿和伐木的奏章很长时间都没有批复。

一天，文书房口头传旨责问工部为何没有批复，并且要他们立刻说明原因。工部查找后没发现这道奏章，过了很久，才知道积压在户部。户部匆忙准备好咨议文书，工部尚书仍担心受牵累。

郎中贺儒珍说："这事好办！"在回复的开头写上"某月某日准户部咨议"的字样，且以户部咨文到的日期为批复的日期。在复疏上写道："两宫的兴建，事关皇上的日常起居，即使是一椽一桷都用纯正的香楠和杉木，也不足以表达臣等尊崇侍奉的心意。沿边地区所产的不过是一些油松和杂树，工程上根本用不着，可停止采伐。”

◎

这件事关系到西河边防，西河王借兴建皇宫之名要求采木，在当时好像是势在必行，贺儒珍担心用严厉的措辞反而会把事情弄僵，所以从容回复，只说采伐的木料用不上，而不和他争辩什么，这件事也就作罢了。

一天工部接到圣旨，要买黄金六千两。金银商户极力申述一时之间难以办齐，肯定完成不了，宁可赔偿一些损失，并且说和户部有合作关系的私人金行办这件事更方便。贺儒珍想：户部怎肯为工部代购黄金呢？只有赞助银这一项费用，户部曾同意协助三十万两银子，现在已经用不着了，但户部尚不知道。

当时户部尚书杨本庵的胞弟杨毓庵正在工部的虞衡清吏司任职，贺儒珍就连夜去拜访他，对他说：“户部赞助工程的三十万两银子，工部要开列使用的名目，怎么样？”杨毓庵就进去转告他哥哥，出来告诉贺儒珍说：“我哥哥正为此事十分苦恼，想要减少一些。”

贺儒珍说：“户部如果真的没有足够的银子，那么若肯替工部购买六千两黄金，则先前的三十万两银子就不用发愁找名目使用了。”杨毓庵又进去转告他哥哥，杨本庵非常赞成，贺儒珍回去后，立即着手收回工部所属商行买金的票据，掌管文书的官员力劝他不能这样做，贺儒珍斥责他出去。

等到起草文书时，那个官员又说户部一定不会这么做的。贺儒珍说：“你只管写好送上去就行了。”等报到户部后，户部并没有为难的意思。贺儒珍离开工部后，再有买金之类的事，工部仍然照贺儒珍的办法去请求户部，但户部却愤怒地把他们的文书撕掉了，起草文书的官员最终也弄不清其中的原因。

满宠　郭元振

释杨彪

东汉末年，太尉杨彪同袁术通婚，曹操非常讨厌这件事，想诬陷他并借此废掉他的官职。于是将杨彪逮捕下狱，让许昌令满宠审讯这个案子。孔融与荀彧嘱咐满宠说：“只接受他们的供词，不要加以拷问。”

满宠不理，拷打讯问，一切依法从事。过了几天，满宠觐见曹操说：“杨彪虽经严讯，但是始终没有可供之词。这个人海内闻名，如果定罪定得不明白，必然会失去民心，我为您感到惋惜。”曹操于是当天就赦免了杨彪，当初荀彧和孔融听说满宠拷讯杨彪，都非常愤怒，等到杨彪得以释放，才过来对满宠表示友好。

唐代郭元振升任左骁卫将军、安西大都护。当时，西突厥首领乌质勒的部落强盛，正在与唐朝议和。郭元振就同乌质勒在军帐中商议事情。正好碰上下大雪，郭元振站着不动，谈到半夜，都冻僵了;而乌质勒已年老，几次冻倒在地上，最后终于禁不住寒冷，会谈结束就冻死了。乌质勒的儿子婆葛认为郭元振用此计杀死了他的父亲，谋划领兵来袭击他们，郭元振的副使解琬劝元振夜里逃走，元振不听从，坚持睡在营中。

第二天，郭元振穿着孝服去为乌质勒吊丧，并赠送礼品，哭得非常哀痛。留下来住了十多天，帮助办理丧事，婆葛深受感动，派使者向郭元振献了五千匹马、二百头骆驼和十多万头牛羊。

◎

严刑拷问，却反而使人活命，站着说话，却能以此杀人，这里内情是隐藏很深的。

对我表示愤怒的人转过来对我友善，是因为知道了这种隐情;打算袭击我的人转过来感恩戴德，是因为不知道这里面的内情。然而即使聪明如曹操那样的人，也不了解满宠的真情，何况平庸得像解琬那样的人，怎么能够理解郭元振呢?

梅衡湘

感化宦官

明朝兵部侍郎梅衡湘当初当固安县令时，固安县有许多显贵的宦官，很瞧不起县令，稍微有点过不去，就同他争执，从不肯示弱。梅衡湘总是平心静气地对待他们。

有一个宦官带着猪蹄子送给他，要求他代为收债。梅衡湘便烧好蹄子，摆下酒席宴请那个宦官，并派人将欠债人召来，当面训斥他。欠债人诉说自己很贫困，梅衡湘斥责他说："贵人的债是什么债？你怎么敢以贫困来推托呢？今天一定要还来，如果耽误了，那就用棍杖打死你！"欠债人哭着离开了。那个宦官有点可怜欠债人，梅衡湘觉察后，又把欠债人找到面前，皱着眉头说："我本知你十分贫穷，但也没有办法。你赶紧卖掉妻子和儿子，快拿钱来见。虽然如此，我既当了你的父母官，怎么能够忍心让你们骨肉马上就分离呢？暂且宽限你一天，晚上回去同妻儿诀别，这一生再也不得相见了！”

欠债人听到这话越发哭得厉害。那个宦官也哭了，终于推辞说不愿再要债了，为他毁掉了债券。此后凡是欠官宦人家的债都得到了宽大处理。

宁越

送还尸体

战国时，齐国进攻廪(lǐn)丘，赵国派孔青率领敢死队前去救援，同齐军作战，将齐军打得大败。齐国的将领战死了，赵军缴获了两千辆战车，得到三万具尸首，堆成两座大坟。

宁越对孔青说：“可惜呀！不如送还尸体，从内部来进攻齐国，让齐国的战车、兵甲都消耗在作战中，使齐国所蓄的钱财全都用在办丧事上。”孔青说：“齐国如果不接受尸首怎么办？”宁越说：“出去打仗打不胜是第一条罪过；要别人出征却不让人回来，这是第二条罪过；送还他们尸体不接受，这是第三条罪过。齐国老百姓因为这三条就会埋怨君主，君主无法来指使百姓，百姓也没有什么要听从君主的，这就叫连续攻击。”

宁越可以说是深知怎样使用文武两手的，武是靠力量来取胜，文是靠道德来取胜。

慎子

献地

战国楚襄王还是太子的时候，在齐国当人质。楚怀王死后，楚襄王向齐王辞行要求回归楚国。齐王想阻挠他，说：“你将楚国东边的五百里土地送给我，就放你回去；如不给，就不放你走。”太子说：“我有老师，请允许我退下问一问老师。”

他的老师慎子说：“献给齐王地盘，是为了自己，吝惜地盘而不为父亲送葬，是不义的行为。我主张献地给齐王。”太子又进宫对齐王说：“我向您敬献土地五百里。”于是齐王放他回了楚国。

太子回到楚国后，即位当了楚王。齐国的使者带了五十辆兵车来向楚国索要那块土地。楚王告诉慎子说：“齐国的使者来索要那块土地，你看怎么办？”慎子说：“大王明天召集群臣，让他们都献计献策。”

上柱国子良进来求见，楚襄王说：“我之所以能返回楚国主持祭祀、执掌政权，是因为答应给齐国五百里土地。现在齐王派使者来要地，对此怎么办？”子良说：“大王不能不给。大王金口玉言，既答应了有万辆兵车的强大的齐国，如果不给就是我们不守信用，以后也就不能同别的诸侯结约联盟了。请您先答应割地给齐国，再派军队攻打。割地是为了讲求信用，攻打是为了显示武力。因此我觉得要割地给齐国。”

子良出宫后，昭常进宫求见。楚王说：“齐国使者来索求五百里土地，对此应怎么办？”昭常说：“不能给齐国。万辆兵车的国家，是因为地域广大才具有万辆兵车的，现在去掉东边的五百里土地，等于去掉了我国作战地域的一半。虽然有万辆兵车的声名，却没有使用一千辆兵车的地方，绝不可以。因此我认为不能给他们土地。”

昭常出去后，景鲤又进来求见。楚王说：“齐国使者来索地五百里，对此怎么办？”景鲤说：“不能给齐国。虽然如此，但楚国也不能一家独守。大王金口玉言，答应了强大的齐国又不给他，要担不守信义的罪名，因此楚国不能孤守，请允许我到西方向秦国求救。”

景鲤出去后，慎子进来了。楚王将三个大夫的计划告诉了慎子，说：“子良见到我说：‘不能不给土地，给过以后再进攻。’昭常对我说：‘不能给土地，我愿意领兵坚守。’景鲤对我说：‘不能给土地。虽然如此，楚国也不能独自坚守，我请求向秦国求救。’我采用谁的计策呢？”慎子回答：“大王都采用。”楚王不高兴地说：“这叫什么话！”

慎子说：“请允许我仿效他们的说法，大王听过后就会同意我的意见。大王派上柱国子良带领五十辆车队北上，向齐国献东边五百里土地。子良出发的第二天，派昭常为大司马，命令他坚守那块土地。昭常出发的第二天，派景鲤带五十辆车子向西到秦国求救。”

楚王依慎子的计策行事。子良到了齐国，齐国派人带了武装去接受那块土地。守卫在那里的昭常回答齐使说：“我镇守这块土地，誓与它共存亡，这里从小孩子到老人有三十多万，我的士兵虽然装备不好，但都做好了迎战准备。”齐王对子良说：“你来献地，却叫昭常守地，这是为什么？”子良说：“我受命于楚王，是昭常违背了楚王的命令，请您发兵进攻。”

齐王于是起兵进攻东地，讨伐昭常。还没有到楚国的地界，秦国用五十万军队进攻齐国，说：“阻止楚太子回国，是不仁；又想夺取楚国的五百里土地，是不义。如果退兵就算了，要不然，我们将准备作战！”齐王很害怕，就请子良向南，同楚国讲和，又派使者向西，到秦国说情，以解除齐国的兵患。楚国不用一兵一卒，东边五百里土地全部保住了。

颜真卿

书生卫国

唐代颜真卿做平原太守时，安禄山反叛的行径已经很明显了。颜真卿就借口防止连绵的大雨来修复城墙，疏挖壕沟，同时还暗中征集训练士兵，充实仓储，表面上却让文人士子尽情饮酒赋诗。安禄山派密探侦察，认为颜真卿不过是个书生，不值得防备。

没有多久，安禄山发动叛乱，河北地区全部沦陷，只有平原郡因有防备而未失守。

◎

对待实力不强的贼寇，只需强大声势就可吓走他们；对待强大的敌人，就要以雄厚的实力去防备他们。有时没做准备而假装有备，目的是想杜绝他的阴谋企图；有时有准备而假装没有防备，是为了麻痹敌人，消除其顾忌。

一定要有深沉的思虑，然后才能有随机应变的策略。微妙啊微妙，这难道是容易用言词来阐述的吗？

李允则

筑城墙

北宋时，雄州城北门外居民极多，原来的瓮城很窄小。刺史李允则想把北城扩大，但此地关系到与辽人的交流，又怕他们在边境生出事端。

城门外有座东岳祠。李允则拿出一些白金，制作了大香炉及其他供器，以鼓吹为引导，居民争着献上金银和丝帛。李允则故意不加防范，让这些金帛被盗贼偷去。

于是，官府开出赏金，在行人出入之地张贴布告，抓紧捕贼。但过了很久也没有捕获，便又宣称这些盗贼是从北边进来的，并一步步将告示移往北面边界。同时造围墙来守护东岳祠，不到十天就建成了围墙。因为这一切都进展得自然而然，所以辽人也没觉得奇怪。这就是今天雄州的北关城。

随后，又沿墙疏浚护城河，筑了月堤，从此，小城中人全都纳入大城中了。每年都要举行修禊，召集界河中的战船表演赛船，诱使界河那边的人前来观看，却不知道他们是在练习水战。沧州的北面有许多过去的陷马坑，城下修筑瞭望楼作为放哨之用，可瞭望十里之地。自从休战以来，没有人敢上楼。

李允则说：“南北都已讲和了，还要这些干什么？”下令拆掉岗楼填平陷马坑，作为部队的菜地。又下令疏浚水井，打通水沟，排列田垄，修筑矮墙，土地横竖中间又广种荆棘，使那块地方更加复杂难通。接着又治理街巷，将宝塔迁到北原之上，沧州的老百姓早晚登塔可以看到三十里。又命令安抚司，在所管辖的范围内，凡有空地，种上榆树。

时间一长，榆树遍及塞下。李允则对他的部下们说：“这里是步兵的好战场，但不利于骑兵作战，种榆树难道仅仅是为了提供建房的木料吗？”

◎

李允则不讲究威仪，偶尔出去散步，碰到有话说的老百姓，便邀请他坐下，同他谈心，因此深知民情。

冯梦龙说：就这一点便是舜一样的大智了。现在的人把傲慢当作威严，把武断作为果断。手里有千金财富，却不能吸引一个真正的谋臣；手下有百万之兵，却不能得到一个能效死的壮士。无事的时候沐猴而冠，有事的时候只会抱头鼠窜。咎由自取，这还有什么好说的呢？

何承矩

修建塘泊

北宋时，瓦桥关北与辽国接壤，一直都没有雄关险河可资屏障。何承矩任澶州太守时，才开始计议用沼泽洼地积水作为屏障。他想亲自权衡此事，又怕计谋被泄露，于是修建了一座爱景台，种上蓼(liǎo)花，每天与同僚下属泛舟赏景饮酒。又作《蓼花吟》数篇，让在座的客人附和，并且配上图画，刻在石碑上传送到京师。人们都说何承矩酷爱蓼花，不了解他借此开始修建塘泊沼泽。

庆历、熙宁年间，塘泊相继开发浚通。于是，从保州的西北沉远泺，东到沧州的泥枯海口，总共八百里，都连成一片水泊沼泽，可作为防卫敌人的屏障。

苏秦

暗助张仪

战国时的苏秦和张仪曾经是同学，都跟从鬼谷先生学习。苏秦已凭着合纵的学说在诸侯中显身扬名，但又担心秦国会进攻诸侯，使合纵之约失败，考虑到无人可以在秦国起作用，就悄悄派人去说动张仪。那人劝说张仪去拜见苏秦以求得显贵，张仪于是就到了齐国，求见苏秦。

苏秦告诫看门人不要为张仪引见，只让他不要离去，这样过了好几天。后来苏秦接见了张仪，让张仪在堂下就座，赐给他仆妾吃的饭食，又多次责备他说："凭你的才能，是你自己使自己遭受这样的困辱！我难道不能为你说情而使你富贵吗？这是因为你不值得赵国收留嘛！"于是让张仪离开了赵国。

张仪大失所望，非常愤怒。想来想去诸侯中没有值得自己效力的，只有秦国能够给赵国苦头吃，于是就去了秦国。

苏秦将情况报告给赵王，并派一个舍人暗中跟着张仪，与他一同住宿，渐渐地接近他，送给他车马金钱，张仪凭这些才见到了秦惠王。秦惠王拜张仪为客卿，同他商量讨伐诸侯的事情。

那个舍人此时向张仪告辞，张仪说："靠你的资助我才得以显贵，正想报答你的恩德，为什么要离开呢？"舍人说："我并不是您的知己，您的知己是苏秦！苏秦担心秦国讨伐赵国，使合纵之约失败，认为只有您有能力在秦国掌握大权，所以故意激怒您，派我暗中供应您费用。现在您已经得到重用，请允许我回去汇报。"

张仪说："啊！我原来在苏秦的计谋中还不明白，显然我是赶不上苏秦了。我又刚刚得到重用，怎么能够谋取赵国呢？你替我向苏秦致谢，只要苏秦掌权的日子，我怎么敢说什么？况且苏秦在，我哪里能够击败他呢？"从此一直到苏秦去世，张仪都不敢谋攻赵国。

◎

南宋绍兴年间，杨存中担任殿帅。有一个代北人卫校尉，从前在军队中同杨存中结为兄弟，前来投拜。杨存中见到他非常高兴，以兄弟之礼待他，并且让夫人出来参拜，招待十分周到殷勤。两天后，却忽然疏远了他，来了也只在外厅接待他。卫校尉原来认为杨存中交了好运，自己想靠他求得一官半职，所以历尽艰难赶到这里，这时不禁大失所望。

过了半年，卫校尉怀疑有人说他的坏话，就向杨存中告辞，但又无法通报。有人教他等杨存中上朝回来时，拦路面陈，但杨存中仍不和他说什么，只批了一张条子说："到常州我的庄上支取一百贯钱。"卫校尉更加不高兴，但又没有办法，如果拿到钱还可以置办回去的行装，却又不知道杨庄在什么地方。正在旅店中徘徊不定时，遇到一个客人，自己介绍说是程副将，顺道去常州、润州，正好陪他去取钱。

得到钱后，相交多日，友谊已很深。程副将悄悄对卫校尉说："我很想到中原去游历，你能同我一起去吗？"卫校尉高兴地答应了。两人辗转来到代郡，程副将请卫校尉帮他买田，并对他说："我想在这里建一座田庄。"卫校尉代他协商议价，买了千亩良田。

住了很长时间后，程副将对卫校尉说："我本来对经营田庄并不感兴趣，这一切都是杨公安排的。当初他顾虑你贪图小利，轻易抛弃乡里。现在战争平息，不是以武力取得功名的时候，所以派我跟着你来帮助你筹办生计。"于是取出全部券契交给卫校尉，价值万贯，然后就悄然离去。这同战国时苏秦的事很相似。

按：战国苏秦的合纵，张仪的连衡，胜负本来就没有定局。苏秦开头劝说秦王，不被采纳才回过头到赵国的，他的计划就不能不是合纵。张仪既然为秦国效力，不说连衡也就不会有功，这是形势所决定的。偏说苏秦非常赏识张仪的才干，那为什么不让他在六国中扬名，当自己的一个帮手，反而激他去秦国，送给他颠覆局势的资本，这不是非常失算吗？再说张仪的狡诈要超过苏秦十倍，以他的志向必定不屑于屈居苏秦之下，他的学说也必定不肯因袭苏秦的那一套。陪送丰厚，将张仪派往秦国，还可以图他几年的报偿；但如果两人同为六国做事，势必两雄难并，那苏秦就不能享受一天的安定了，苏秦的预料是非常精妙的。

像宋朝杨存中送老朋友到代北，替他安排生计，目的可能是养着他以备万一有用的时候。英雄做事，岂能随便轻率呢？

杨存中有个很信任的属吏，平时赏给他很多钱财。一天，杨存中无故发怒要将这个人撵走。这人不知自己犯了什么过错，向杨存中拜别哭着离去，存中说："没事不要来见我。"这人明白了其中的意思，回去后，花重金打点将儿子送入御史衙门做了吏员。

没过多久，御史中有人准备弹劾杨存中贪污十几万军中便钱，这人的儿子听到消息后，就告诉这人，这人马上禀告杨存中。存中闻讯，立即上奏札，说：我的军中现有便钱若干，由某某机构在管理，这些钱随时听从朝廷调用。没过几天，那个御史上疏，宋高宗拿杨存中的奏札给大家看，上疏者因所奏不实遭到处分，而杨存中更加受到宠信。

杨存中当初将这个亲信撵走，其用意和布局正在于此。

王尼

魏晋风度

西晋王尼，字孝孙，本是军人子弟，充任护军府的军士，却享有盛名。胡毋辅之、王澄、傅畅等名流雅士多次嘱咐河南功曹和洛阳令，请求解除王尼的军籍，但护军不同意。

一天，胡毋辅之等人带着羊肉和酒到护军府门口，看门的人通报给护军，护军非常高兴，正要出去迎接。当时王尼正在喂马，胡毋辅之等人径直来到马棚，同王尼烤羊肉喝酒，痛饮后才走，竟然不去拜护军。护军大吃一惊，马上给王尼批了长假。

◎

《余冬序录》记载：明朝杨士奇在内阁的时候，他的女婿来到京城，住了很长时间应当回去了，忧虑没有回乡的资财，正碰上一个知府因贪污千万钱而犯罪，通过关系攀附上杨士奇的女婿，贿赂他好几千钱，想通过他来获救。

这个知府已经被关进都察院的监狱中了，杨士奇不得已，只好在审讯的那一天派一个官吏带着饭食到都察院说：“杨阁下给某知府送饭。”御史大吃一惊，赶忙下令去掉刑具。等知府吃完饭，一切罪状都被撤销，于是知府官复原职。

这同王尼事情相同。但所释放的人，一个是名士，一个是赃官，根本就不同；而放人的人，一个是怕名，一个是怕势，也很不一样。

杨士奇是个贤明的宰相，果真有这样的事，未免是白璧微瑕了。

王随

不计前嫌

宋人王随（谥文惠），他考进士的时候，家里很贫穷。一次他在翼城游学时，因吃了人家饭付不起钱，被送入县衙。当时石务均的父亲在县衙里任职，替他还了饭钱，又让他在自己家里的学馆住下，石务均的母亲对他尤其尊重。一天，石务均喝醉了，就令王随表演舞蹈，王随跳得跟不上节拍，就殴打他。王随便离开了石家。

第二年，王随考中了进士；过了些年，又当了河北转运使。石务均感到害怕，就逃窜到外。等到文彦博任翼城县令时，石务均因犯有别的过失被下令逮捕。石务均情急之下投到王随门下求救，这时王随已升任御史中丞了。于是，王随派人送了一锭银到翼城，令人安葬石务均的父亲，石务均的事也就解决了。

王忠嗣

不助安禄山

王忠嗣是唐朝有名的将领。安禄山在雄武构筑城墙，扼守飞狐关，谋划暴乱，请王忠嗣帮助他打仗，想扣留他的部队。王忠嗣在约定的期限提前赶到，未见到安禄山便回军了。

谢安　李郃

缓兵计

东晋时，桓温病重，暗示朝廷为他加九锡。谢安让袁宏拟个草稿，谢安看了稿子后，就让袁宏修改，因此过了十多天也未能完成。这期间桓温死了，加九锡的事也就作罢了。

◎

袁宏拟出草稿后拿去给王彪之看，王彪之说："您的文章写得很美，但这种文章怎能拿出给别人看？"谢安频频地改动草稿，是有原因的。

东汉时，大将军窦宪娶妻子，郡县封国的人都去祝贺。汉中的太守也想派使者前去。户曹李郃劝他说："窦家横行妄为，危险和覆亡马上就能看到了，希望太守不要同他交往。"太守坚持要派人前去，李郃于是请求亲自出使，故意处处耽搁，观察形势的变化。他们走到扶风时，窦宪已经被诛杀。与他交往的人都因此受到了牵连，只有太守因为没有赶上而获得幸免。

◎

李郃，字孟节，就是观察星象便知道朝廷派了两个使者到益州来的那个人。他判定窦家必败，或许也有天文上的征兆，但事理也正是这样。

段秀实　冯瓒

延缓打更

唐代宗时，王童之在泾川谋划叛乱，约定在辛酉那一天五更天明时发动进攻。

头一天晚上有人密报给段秀实，段秀实故意将报时的人召来，怒斥他报时失误，下令他每一更次都要来报告。这样每一更次就延长几刻钟，于是只打到四更，天就亮了，王童之最后未能发动进攻。

◎

北宋时，吕翰以嘉州为据点进行叛乱，曹翰夺取了叛军据守的嘉州城。吕翰叛军约定三更时再来攻城，曹翰得知后，秘密告诉打更的人让他推迟打更，天快亮时才打了二鼓。叛贼未能集中便溃逃了，曹翰乘势追击消灭了叛贼。

宋朝人冯瓒担任梓州知州才几天，正碰上伪蜀的军师上官进聚集了亡命之徒三千多人，抢劫村民，夜里来进攻州城。冯瓒说：“贼军乘着夜色来攻，这一定是一群乌合之众，用棍棒来搏斗的。我们可以稳固守卫，等到天亮时贼兵会自己溃散的。”

当时城里只有三百名骑兵，冯瓒让他们守住几个城门，自己坐在城楼上，密令加紧打更，还未到午夜时，就已经打了五更鼓，贼兵以为天亮，惊恐逃窜。冯瓒乘势发兵追击，活捉了上官进，将他在街上斩首示众，梓州境内因此获得安定。

◎

战国孙膑用减少灶坑来迷惑敌人，东汉虞诩用增加灶坑来欺骗对手；唐朝段秀实延长更次，宋朝冯瓒却缩短更时。事情的做法相反，功用却是相同的，计谋的运用真是无穷无尽啊！

仆散忠义

提前吹号

金熙宗时，仆散忠义担任博州防御使，一天晚上月色昏暗，囚犯们谋划在监狱中造反。仓促间，将士们都惊慌失措。

仆散忠义却从容不迫，只是让看守的军士击鼓吹号，囚犯以为天快亮了，不敢出来，又各自戴上刑具。

晏婴

二桃杀三士

春秋时期，公孙接、田开疆、古冶子三人共同跟随着齐景公，他们依仗自己有着过人的勇气和力量，非常无礼。

晏婴请求齐景公除掉他们三个人，齐景公说："这三个人，公开同他们搏斗恐怕是斗不过他们，暗中刺杀又担心刺不中。"晏婴请齐景公派人给他们三个人送去两个桃子，并说："你们三个人为什么不按功劳大小吃桃呢？"

公孙接说："我先同一头野猪搏斗，又杀了一只母老虎。像我这样的功劳，没有人能够同我相比。我是可以吃桃子的！"拿起桃子就站了起来。

田开疆说："我两次埋下伏兵击退敌人的三军。像我这样的功劳，没有人能同我相比，我也可以吃桃子。"拿起桃子就站了起来。

古冶子说："我曾经跟随齐景公过黄河，有一只大鼋衔走了左边驾车的马，把马拖到水深流急的地方。当时我年少不会游泳，下到水底逆流走了一百步，又顺流走了九里，找到了大鼋并杀了它。我左手抓住马的尾巴，右手提起大鼋的头，像飞鹤一样跃出水面，船工们都大吃一惊，以为是河神。像我这样的功劳，论起吃桃的资格，是没有人能同我相比的！你们为什么不把桃子还来？！”说完拔剑站了起来。

公孙接、田开疆说：“我们的勇敢不如你，功劳也比不上你，拿了桃子不让人是贪心；让了不去死，是不勇敢。”两人都把桃子送还，自杀而死。

古冶子说：“他两个人死了，我单独活着，这是不仁！用话去羞辱别人，又夸耀自己的声名，这是不义！我痛恨自己所做的事而不去死，这是不勇！”也把桃子送了回去，并自杀而死。

使者回去向景公报告，景公以士的礼仪埋葬了他们。后来诸葛亮作《梁甫吟》来哀唱他们。

王守仁

安抚北军

明朝时，宁王朱宸濠谋反，张忠、朱泰诱骗皇帝亲自出征，但王守仁活捉宁王的报告已到。奸臣们大失所望，于是肆意用流言来中伤王守仁，又下令北军任意乱骂，想借故引起矛盾，挑起事端。王守仁对此不为所动，仍然以礼相待，事先还下令巡捕官告诉老百姓将家搬到乡下，而用老弱病残来看守家门。王守仁本想犒赏北军，朱泰等人事先就禁止了，下令北军不许接受。于是，王守仁对老百姓传话说："北军离家很远，生活艰苦，居民应当尽到待客之礼。"

王守仁每次出门，如遇到北军中的丧事，必定停车问明原因，赏钱助葬，并哀叹一番才离去。时间一长，北军都很钦佩他。正遇到冬至节将到，王守仁事先下令全城举行祭祀，当时刚刚经过宁王叛乱，哀哭亡灵、洒酒祭奠的人很多，哭声不绝。北军听后没有不因想家而哭泣的，纷纷要求回家。

鸱夷子皮

chī

伪装国卿

春秋时，鸱夷子皮跟从田成子，田成子离开齐国到燕国去。

鸱夷子皮背着符信在后跟随，到了望邑，子皮说：“你难道没有听说过干水沟里蛇的故事吗？干水沟里的蛇准备迁移到新地方，有小蛇对大蛇说：‘你在前边走，我在后边跟随，人们认为我们是游动的蛇，必定会杀了你，不如我们互相纠缠，你背着我，人们必定以为我是神君。’现在你的外表好看而我却丑陋，你要是作为我的主人，人们会以为您最多不过是一个千辆兵车小国的君主。您要是作为我的使者，人们一定会认为您是一个有万辆兵车大国的国卿。您不如当我的舍人。”

田成子于是背着符信跟在鸱夷子皮后面。到了客舍，客舍的主人很恭敬地招待他们，献给他们酒肉。

严养斋

献房契

明朝时，海虞严讷（号养斋）在城里建造一座大型住宅，地基已丈量完毕，只有一所民房的柱子伸进地基，使得宅子无法保持建筑结构的完整性。那所民房的主人是卖酒肉豆腐的，房子是祖传的。管理施工的人想将房子买下来，但房主坚持不卖。工头愤愤然地向严讷投诉，严讷说："没关系，先把三面造起来就可以了。"

工程开工后，严讷又下令每天所需要的酒肉豆腐都从这一家购买，先资助他们金钱。房主夫妇忙不过来，便招雇工帮助。不久，聚集的雇工愈来愈多，获得的利润也愈来愈丰厚，贮存的米豆充满房屋，酿酒和磨豆腐的工具增加了好几倍，屋子太小，不能容纳了。

夫妇二人很感激严讷的恩德，对自己当初的对抗颇感惭愧，于是主动献出了房契。严讷又用与他们原住房相近的房屋相交换，新房比老房宽大些，房主非常高兴，没几天就搬走了。

◎

仗势得不到的，就用恩惠来得到。我没有多增费用，而别人反而颂扬我的恩德。使人中了计策却让人不知道，真是妙啊！

周玄素

躲避灾祸

明太祖召见画家周玄素，命令他在宫殿的墙上画一幅《天下江山图》。周玄素说："我还没有游遍全国，不敢接受您的命令。只有请您先勾勒一个草图，我好加工润色。"

太祖便拿起笔，很快画出规模宏大的模样，让周玄素加工。周玄素进言说："皇上山河已经确定，哪能稍作更动呢？"太祖笑着同意了。

◎

拿起笔来一旦不合旨意，事情就难以预料了。周玄素可算得上是会躲避灾祸的人了。

唐太宗

解晚辈纠纷

薛万彻娶了丹阳公主。唐太宗曾经对人说过:“薛驸马土气!”丹阳公主感到羞愧，几个月不同薛万彻在一起。唐太宗听后大笑，摆下酒席宴请薛万彻和丹阳公主，又同薛万彻握槊游戏，并以所佩带的刀作为赌注。唐太宗假装输掉，解下自己的佩刀给薛驸马挂上。

散席之后，公主非常高兴。薛万彻还没上马，公主便招呼他同车回去，对他比过去敬重得多了。

◎

省掉了多少劝说的力气。

狄青

苦马菜

北宋时，陕西豪士刘易曾多次到边境游历，并且很喜欢谈论兵事。韩琦对他非常赏识，狄青也常常设宴款待他。刘易喜欢吃苦马菜，如果宴席上没有，他就十分无礼地喊叫。这种菜边境没有，狄青就设法从内地去购买。

以后每次聚会，狄青都顿顿让他吃苦马菜。直到刘易吃得不能忍受，才开始换成普通菜肴。

王安石

归还藤床

北宋时，王安石的妻子吴氏喜欢清洁，大有洁癖，而王安石则任其自然，不假修饰，所以他俩人经常合不来。

王安石从江宁辞官回家，有张公家的藤床，夫人借用一直未还。郡吏派人来索要，夫人左右的人也不敢提。王安石一天早上光着脚上了床，在上面躺了好一会儿。他夫人看见后，马上就令人把这张床送走。

卷十五

权奇

尧舜开拓的事业，大禹在后面追随；父亲和老师的教导，我们应该好好继承。三个人都说老虎来了，其他人就会越墙逃走。既要顾念对人的礼仪，更要防备敌人的残暴。荒诞和诚实都摆在你面前，看正和奇的手段哪个效果更好。可笑那些迂腐的儒生，还空谈什么无用的说教。为此，辑撰《权奇》卷。

孔子

权变

春秋时期，孔子住在陈国的时候，有一次离城外出。他经过蒲国时，正好公叔氏在蒲国谋反。蒲国的人就扣留住孔子，对他说：“如果您不去卫国，我们就让您走。”孔子就和他立盟，但出了蒲国东门之后，立刻就去了卫国。

子贡说：“这样做不是违背盟约吗？”孔子说：“这种被迫立的盟约，鬼神是不会理会的。”

◎

这就是说，最守信用的人也不会墨守成规。

淮南相

拒不反叛

汉景帝孝景三年（前 154），七国谋反。吴王派使者来见淮南王，淮南王也想起兵响应。他的宰相说：“大王如果想要响应吴国，我愿意带兵前往。”于是，淮南王就把兵权交给他。

宰相掌握兵权之后，固守城池，不听淮南王的命令，继续效忠汉朝中央政府。淮南王因此得以保全。

◎

如果一个迂腐的书生遇上这种情况，一定会极力劝阻。那就像是把水泼在石头上，有什么用处呢？这件事和西汉郦寄出卖朋友吕禄，使太尉周勃入掌北军，都是同一种情况，不过这一次干得更漂亮。

王敬则

瓦解强盗

南朝宋时，王敬则曾任南沙县令。当时正赶上兵荒马乱，县里有一伙强盗聚藏在山中，成为老百姓的祸害，官兵们搜捕也无法抓到。敬则派人送信给匪首说：“你们如果出来自首，我一定替你们辩护。现在我们可以到庙里的神面前立誓，我一定不失信。”

当时县里有一座庙，乡民都迷信这个庙神，所以王敬则才这样说。匪首答应了王敬则的邀请，王敬则就在庙中摆设酒宴，等候匪首。等匪首来了之后，立刻就在宴席上逮捕了他。王敬则说：“我已经向庙神报告过，如果违背誓言，就要向神献十头牛。”于是杀了十头牛来祭庙，然后把匪首处死，强盗也就散伙了。

宋太祖

充实国库

宋太祖在宴会上解除了各位将领的兵权后，又担心他们积蓄的财物过多，就赐给他们每人一块地来建造府第，结果他们都费掉了很多钱财。

有一次，他又设宴招待他们，等到大家喝得半醉时，就通知每家的儿子来一个，把他们扶回去，太祖把他们送到大殿门口时，对他们的儿子说："你们的父亲已答应每人向朝廷捐十万贯钱。"

这些节度使酒醒之后，赶忙问自己是怎么回来的，在皇帝面前有没有失礼。他们的儿子就向他们询问捐钱的事，他们自己也弄不清喝醉酒时有没有这样说过。第二天，各人只好向皇帝上奏章，把钱如数交给朝廷。

宋太宗

禁严刑逼供

宋太宗即位后的第一年，京城里有一条街上住着一个有钱人。

有一次，一个乞丐上门讨钱，因钱给得不多，就在门前破口大骂。围观的人对乞丐都很气愤，这时人群中突然冲出一名军尉，他一刀刺死乞丐，就扔下刀逃走了。因为他来势很猛，跑得又快，所以没人敢上前阻拦他。街上的清洁工向官吏报告了这件事，并且把刀作为证据，结果官吏却判决这个有钱人杀人罪。

等到宣判之后，太宗召狱吏询问那个有钱人是否服罪，官吏说："已经服罪了。"太宗要来那把刀，查看后放进自己内室，然后告诉官吏说："这是我的刀，当时实际上是我杀了那个乞丐，你怎么能冤枉别人呢？"

太宗这才知道，重刑之下，犯人什么罪都会承认；用刑罚逼供的事，任何朝代都可能发生。于是处罚了那个判决失误的官吏，释放了那个有钱人，并且宣布:从今以后，审判案件要格外谨慎，不可马虎大意。

◎

这个故事是宋代的野史中记载的。还有一个这样的故事:金城夫人深得宋太祖的宠爱，时常恃宠撒娇。有一天在后苑聚宴习射，皇帝拿着大杯向晋王（宋太宗称帝前封晋王）劝酒，晋王一再推辞，但皇帝仍是劝酒不停。于是晋王回头看着庭院中说:“如果金城夫人亲自给我折一朵花来，我马上就喝。”皇帝便让金城夫人过去折花。晋王立刻拿箭射死她，然后抱着太祖的腿，哭着说:“陛下刚刚得到天下，应该以国事为重！”于是他们又继续聚宴习射。

投鼠忌器，晋王未必会如此莽撞。这个故事恐怕未必是真的。

高皇帝

智服滁阳王

滁阳王郭子兴二子嫉妒明太祖朱元璋的名声日益显赫，就在酒里悄悄下了毒药，想要害死他，不想这个阴谋事先被太祖知道了。等到二人来邀请时，太祖马上和他们一起去了，脸上没有丝毫为难的表情。二人暗暗高兴太祖中了他们的诡计。

走到半路上，太祖突然从马上直起身来，并抬眼望着天，好像看见了什么似的。过了一会儿，他掉转马头往回就走，并且骂二人说："竟有这样的坏人。"二人问是什么缘故。太祖说："刚才上天告诉我，说你们在酒中放毒要害我，所以我不去了。"二人大吃一惊，赶忙下马行礼，连声说不敢如此。从此以后再也不敢生谋害太祖之心了。

吴官童

糊弄也先

明英宗被瓦剌俘虏，也先用车把妹妹送来跟英宗成亲。英宗就向吴官童征求意见。（吴官童本是信使，正统十三年[1448]的时候出使到瓦剌被扣留，后来就一直跟随英宗。——原注）

吴官童回答："汉人的皇帝怎么能做胡人的女婿呢？以后历史怎么记载这件事？不过要是推辞的话，恐怕又会拂逆人家的心意。"于是英宗就骗也先说："你的妹妹我娶定了，只不过不能随便就成亲。等我回国之后，送礼物来定亲。"也先也不再勉强。后来又选定了几个胡人女孩子来做英宗的侍女。英宗又推辞说："等以后你妹妹出嫁时，让她们陪嫁。"这样也先对英宗就更加敬重了。

◎

汉人的皇帝不应该做胡人的女婿，难道就能欺骗胡人吗？如果胡人改邪归正，送女儿来和亲，那也没有什么不妥。后来英宗做了皇帝，胡人派来使者，官童问他为什么没有把也先的妹妹带来，使者说：“我们把她送到边界，石亨杀了陪嫁的女孩子，把也先的妹妹抢去了。”英宗命令对此保密，但后来石亨谋反，被捕，死于狱中，实际上就是基于此事。

郑公孙申

救郑伯

春秋鲁成公时，晋人扣留了郑伯。公孙申说：“我们出兵包围许国，暗示我们要重新立君，晋国就一定会释放我们的国君。”于是郑国的军队包围了许国，表示他们并不急于让郑伯回来。

晋国的栾书说：“郑国如果重立新国君，我们扣留的郑伯不过就是个老百姓，有什么好处呢？我们不如去讨伐郑国，送回他们的国君，再跟他们讲和。”于是诸侯派兵去讨伐郑国，送回了他们的国君。

◎

由于子鱼的忠告，宋襄公才得以被楚国释放;因为叔武的帮助，卫成公才得以回国。这些都是春秋时的故事，并非从公孙申才有。

明朝土木事变之后，也先挟持英宗皇帝，提出无理要求。于肃愍回答他说:“我朝靠着社稷之神的保佑，已经重立新君了。”瓦剌人无奈只好送回英宗皇帝。聪明人知道这是采用了公孙申的计谋。

王旦跟随宋真宗前往澶州，雍王元份留守东京，正好雍王得了急病，真宗就命令王旦连夜赶回东京，担任留守。王旦说:“请召寇准来，我有事告诉他。”寇准来了之后，王旦又说:“如果十天之内，还没有捷报，该怎么办？”真宗沉默了很久才说:“那就请皇太子继位。”

这又是来源于战国廉颇和赵王定约的故事。大臣为了国家利益，能够考虑得这么长远，也是由于君臣之间互相信赖，共同以国家为重，而没有猜忌的缘故。

楚汉相争时期，项羽打算烹煮刘邦的父亲。刘邦传话，说:“我们曾经结拜为兄弟，我父亲就是你父亲。如果您真要烹我父亲，请您分给我一杯汤喝喝吧！”陈眉公以为刘父正是因上述这段话才平安回来，这是刘邦在下赌注。

胡松

筑城墙

明朝绩溪人大司空胡松，号承庵，起初在嘉兴府做推官，代理平湖县令，为政清廉。赶上倭寇骚扰频繁，郡中官吏纷纷议论修筑城墙工事。

胡松夜晚来到军营中说：“老百姓很难发动，只有把我押到军前抵挡倭寇，老百姓受过我的恩惠，一定会着急，筑城的事才能办成。”大家听从了他的意见，老百姓果然大为震动，都来修城墙，不到一个月，城墙就修筑好了。

狄青

两面钱

北宋时，南方的风俗崇尚鬼神。狄青出兵征讨侬智高的时候，大军刚出桂林城南，狄青就祈祷说：“这次打付，胜败尚无以为据，请神灵指示！”于是手拿一百枚钱，对神灵说：“这次要是能大获全胜，就让我投出去的钱全部面朝上。”

左右的人都来劝他，担心要是结果不如意，会挫伤部队的士气，但狄青不肯。这时全军都盯着他，见狄青把钱抛落在地上，百枚钱全都面朝上。于是全军欢呼，声音震动了树林和原野。

狄青非常高兴，他叫左右的人拿一百根钉子，把钱全部固定在地上，再加上青纱覆盖，然后亲手封印，说：“等凯旋班师的时候，应当感谢神灵再取钱。”

后来他扫平邕州，带领部队回来时，按照先前说的话来取钱。帐下的军官们仔细一看，原来都是两面钱。

◎

桂林一带山路险峻，军心不稳，所以狄青假借神灵来鼓舞士气。

王琼

平定匪乱

明朝人王琼任兵部尚书时，正好湖州孝丰县的汤麻九造反，声势非常浩大。御史把这件事上报朝廷后，朝廷就命兵部来处理这件事。

王琼把递呈奏章的差官召到兵部，指责他说：“汤麻九不过是个小毛贼，只要我这里十来个伙夫就能把他捆来，哪里还用得着报告朝廷呢！要是要朝廷出兵实在太伤国家的体面，这都是巡按御史不称职，考察之后立即罢官免职！”

差官回去之后，把这话告诉别人，大家都以为兵部尚书轻视匪情，感到很担忧。汤麻九得知朝廷不打算发兵讨伐之后，更加肆意抢劫，也不加防备。

在此之前，户部为了调查安排钱粮，已派都御史许延光到浙江去了。于是王琼就秘密命令许公讨伐匪贼，并作了具体指示，许延光命令副将带领了几千民兵，乘夜进行偷袭。

匪贼刚刚抢劫回来，正在一起聚会喝酒，大军一到，全部被擒斩首，匪乱就此平定了。

◎

当时朝廷如果派兵遣将，匪贼一定会负隅顽抗，把小事弄成了大事。这样安排既不用调集军队，也不用耗费钱财，地方上也平安无事。王琼的才干，的确有超人之处。虽然为人不太厚道，但也不能无视他的长处。

杨云才

扩建城墙

明朝人杨云才很有心计，每当有修缮之事时，只把自己的设想简略地告诉施工者，施工人员根本不知道他究竟想干什么，但工程竣工后，人们个个佩服他设计得精妙。

在他担任荆州同知时，郡城的城墙需要重修扩建，拨给他们的钱粮经费也定下来了，上司却发来公文，要求把城墙增高二尺多。监司与郡守等官员商议，想再增加一点钱粮。杨云才献计说："我另有一个计划，不必多费一文钱。"

第二天，他骑着马来到制砖的地方，令人把砖模拿来检查。他一看，不满地说："这砖模不好！"并把砖模统统打碎，拿出自己所制的砖模说："一律按这个模子烧制！"众人看这块砖模与原来的没有多大区别。实际上，杨云才已暗暗增加二分多，累积起来正好是上司要求的标准。城墙修好后，杨云才说明了原因，监司深深佩服他的计谋。

◎

砖增厚了而制砖的人不知道，城墙增高了而主其事的人没多花一文钱。这种巧妙心计堪称神机妙算。

种世衡

抬庙梁

宋朝人种世衡在渑池县做知县，县城傍山，山上有座寺庙，世衡正率人整修此庙，新制的庙梁又重又大，众人都抬不起来。世衡让衙役把头发剪成摔跤手的模样，一对对地排列在他的马前，说：“我们要到这庙里练习摔跤。”城里的人全都随着前来观看。

到了庙里之后，他又对围观的人说：“你们先替我把庙梁抬上来，再看摔跤。”大家都欣然前往，到山下很快就把庙梁抬上来了。

◎

这种做法近似欺骗。西周时褒姒虽然开口笑了，但周幽王的烽火此后却再也不灵了。如果真的让大家看了摔跤，那才是一举两得哩。

雄山智僧

飞瓦砌屋

南宋时，雄山位于江西南安境内，山上有个飞瓦岩。相传寺僧开始建寺时，依山伐木为用，但瓦却因山高难运，全部堆放在山脚下。

雄山一名僧人假称自己能作法，可以飞瓦砌屋，不需要工匠。预定的吉日那天，远近来观看的有数千人。那个僧人扮作佣工，一担担地把瓦往山上挑。前来观看的人都急着想看他是怎样作法“飞瓦砌屋”的，就争着为他搬运，一会儿就搬完了。那僧人笑着说：“我所谓的飞瓦就是靠你们嘛！”

李抱贞 刘元佐

筹集军饷

唐代李抱贞镇守潞州的时候，缺少军饷，一时无法解决。有一位老和尚在郡内深得众人信服，抱贞就请求他说：“我想借助你的名声来筹集军饷，可以吗？”老和尚说：“完全可以。”抱贞又说：“我们先扬言说你要在球场上焚身，然后我从家里挖一条地道，和球场相接，等火一点燃，你就从地道里出来。”和尚高兴地答应了。

于是抱贞让人四处宣扬，并在球场堆积柴和油，开始做七天道场，香灯日夜不灭，念经诵佛之声不绝于耳。抱贞又带和尚去看了地道，使他确信不疑。于是和尚登上法坛，手拿香炉，对众人说法，抱贞则率部下在坛下虔诚地跪拜，将自己的俸禄堆放在香坛旁边。于是男女香客连续不断地捐钱，施舍的钱财不计其数。

等到七日，柴堆点火，到处是一片敲钟念佛的声音。李抱贞已秘密派人堵塞了地道，顷刻，老和尚和柴堆一起化为灰烬。所得的财物，当天就全部用车拉入军资库。又从别处找来一些所谓的舍利，建了一座塔把它贮藏在里面。

唐德宗时，汴州有一座相国寺，传说寺中的佛身上出汗。节度使刘元佐亲自坐车来到庙中，拿出绢帛施舍。中午的时候，他的妻子也来捐施。第二天，又建起斋场。于是大小官吏、行商坐贾都争相到庙里施舍，唯恐错过了这个机会。刘元佐命人登记收纳的财物。

十天后，关闭庙门宣布说："佛体出汗已止。"所得的几十万贯钱，正好补贴军资。

◎

要不是借助佛教的影响，哪能一下筹集到这么多军饷呢？
当权者让儒佛道三教并存，也是有他的目的的。

陕西铁钱

恢复市场秩序

起居舍人毋湜（shí），在宋仁宗至和年间曾上书要求废除陕西一带通用的铁钱。这件事虽然朝廷没有同意，但老百姓却都知道了。大家都把铁钱拿出来买东西，而卖东西的人又不肯收，结果弄得长安城中一片混乱，很多商店都关门停业。面对这种情形，官吏们要求发布禁令。

文彦博说："如果这样做，就会更加引起疑惑和混乱。"于是他把丝绢商人找来，把自己家里的几百匹缣帛交给他们出卖，并对他们说："只收铁钱，不收铜钱。"这样一来，大家才相信铁钱不会废除，市场也因此恢复安定。

出现钱

通货紧缩

南宋时，京城中忽然钱币短缺，市场上人心惶惶。有一天，宰相秦桧召来一个理发匠替他梳理头发，然后把五千钱当作两文钱赏给他说："这种钱再过几天就要下圣旨作废了，你要马上把它用掉。"理发匠出去又把这话告诉了别人。不到三天，京城中的钱币都出来了。

又有一次，京城中货物积压，市面上缺少现钱，府尹把这件事告诉秦桧。秦桧笑着说："这事容易。"他马上召集文思院的官员，并让人连续不断地去催促。等他们急急忙忙地赶来后，秦桧宣布说："刚才有圣旨要改变货币形式，你们赶快去铸造一串新钱送交皇上审查，现在用的钱废除。明天中午完成任务。"文思院的官员立刻找来工匠铸钱。有钱人家听说之后，赶忙把家里收藏的现钱全拿出来买金银和粮食。于是物价大涨，市场上现钱充盈。而新钱样品交上去之后，就再也没有什么消息了。

◎

老贼秦桧也还有一些很不错的应变才能。不过小人无才，
也就不能成为小人了。

令狐楚

抑制米价

唐代，令狐楚被任命为兖州太守，兖州正好发生旱灾，米价很贵。迎接他的使者来了之后，令狐楚首先就问他米价多少，州里有几座米仓，每座米仓有多少担米，然后屈着手指头自言自语地说："原价是这么多，每座仓出米这么多，我们定价卖出来之后，就可以救治旱灾。"

左右的人听见之后，消息很快就传到了兖州。有钱人赶快把囤积的米拿出来销售，米价也就跌下来了。

俵马

廉价买马

明朝时，俵马一般以身高三尺八寸、牙齿少、身体肥胖的最为合适。各州县都不能自己繁殖小马，必须从马贩子那里买来，然后上缴。

开州地处各县之中，马贩子从外地贩马过来，马总是被周围各县抢先选购后才能过得来。州官严加催逼，负责解送马匹的差吏常常因此遭冤挨打，马的价钱也不断上涨，结果俵马还是买不到。

开州知州陈霁岩了解到这种情况后，故意装作并不急于买马，要等马贩子到齐之后，才出来看马。他又提前一天把负责解送马匹的差吏叫到公堂，当面问他们："各县俵马的行情，你们都知道吗？"大家都叩头回答说："知道。"然后又悄悄对他们说："我心里现在很急于买马，但明天看马时，要装作不着急，你们心里要有数。"差吏们都叩头感谢，然后各自散去。

第二天，马贩子都跟着管马的差吏把马带来了，有的马身高达四尺，陈公却表示一概不要，并对他们说："马的高矮就怕比较，我宁可要矮一寸的马。我已经发文通知太仆寺，说这是自己繁殖的马驹。"众人都说，再过三日到临濮的集市上去选购，一定能买到这种马。陈公答应了，对谁也没有责备。马贩子们很失望，争着把马贱价出卖，开州要的马两天就买齐了。

其他州县争买高马，希望早日将马匹解送上缴，好得到官府的保荐。结果周围各县的马价有涨到四五十金一匹的，而在开州却没有超过二十金一匹。

◎

真心为百姓着想，让百姓得到实惠，就必然不把保荐升官放在心上。而能获得保荐的人正是那些不刻意追求保荐的人。

徐道覆

偷造战船

东晋徐道覆是卢循的妹夫。他们最初密谋要造反的时候，想要建造战船。于是派人到南康山伐木，对人则说："要到京城去卖。"后来又说缺乏人力，无法运送，就在本郡减价出售。居民们贪图便宜，争相买来储藏在家中。这样一连四次，积聚了大批的船板。

等到道覆起兵造反的时候，按照当时的出售单据征收船板，大家都不敢隐瞒。然后集中人力造船，十天就完成了。

◎

道覆虽然是个草寇，不过他的才略也有过人之处。如果卢循能始终听从他的计划，结果也不至于落得投江自杀。徐道覆临死的时候感叹说:“我被卢循误了！如果我辅助一个英雄，夺取天下是易如反掌！”

可惜啊！有聪明才智的人，常常因无用武之地而随随便便丢了性命，这种情况真是太多了！武周时，武则天看了骆宾王的檄文之后，曾叹息说:“没有让这种人担任要职，实在是宰相的过错。”这真是明智的话啊！

秦王祯等 三条

任用囚犯

北魏元祯（其祖先曾封秦王）曾做过南豫州的刺史。附近的大胡山蛮人经常出来抢劫。有一次元祯设计把新蔡和襄城的蛮人首领都召来观看射箭。他先在左右的人当中挑选二十个善于射箭的人，又让一个囚犯换了衣服夹在他们中间。元祯带头先射，箭箭皆中。然后命令左右的人依次出射。轮到那个囚犯时，没有射中，于是立刻把他斩首。蛮首都吓得面面相觑。

元祯又事先令带十个死刑犯人来，让他们穿上蛮人的服装在一旁等候。他自己居高临下而坐，正好有一阵微风吹过，元祯举目望天，然后回头对蛮首说："风气稍稍有些干燥，恐怕有强盗入境，但不过十来人，一定在西边五十里的地方。"他马上派出骑兵去追捕，很快就把那十来个人给抓来了。元祯问蛮首们说："这些人不是你们同乡吧？做强盗的是不是该杀？”说完之后，立刻就把他们给杀了。蛮首们心悦诚服，只是不知道这些人原是死囚装扮的，此后境内再也没有发生过行凶抢劫的事。

唐代宗时，回纥兵自中原归国，自恃有功，极其骄横，所过的地方随意抢劫杀戮，各州县提供的慰劳稍稍不称心，就动手杀人。节度使李抱玉准备派人去劳军，但手下人谁也不敢去，只有马燧自愿承担劳军的工作。他先贿赂好回纥的军帅，并和他达成了协议，拿到他们的令旗和印章使用，所有违反军令的人，他都有权处死。马燧又带来几个死囚犯，给回纥人担任差役，稍有违令，立刻处死。这一下吓住了回纥官兵，谁也不敢在境内逞凶了。

宋真宗到澶渊去的时候，丁谓正好担任郓州知州，并兼任齐州和濮州的安抚使。当时契丹的军队已深入境内，老百姓吓得弃家外逃，争着要过杨刘渡。船夫想乘机谋利，就故意拖延。丁谓带来几个死刑犯人，让他们化装成船夫，然后把他们抓住斩首。船夫们这才赶快把船划过来，渡老百姓过河。随后丁谓沿河分段设防，竖起旗帜，敲击刁斗以自卫，契丹的军队才退回去了。

◎

即使死刑犯人，也不让他白白去死。北魏元祯借助他们镇服土蛮，唐朝马燧借助他们镇服回纥士兵，宋朝丁谓借助他们抵挡敌军。有大能耐的人，可以去带兵杀敌，最没有用的死刑犯人，也可以借助他们来代替那些无辜人的性命。正如当年药王（神农）那样，尘埃、污垢、泥土、草木，都可以用来做药。

杨琎

接待使者

明朝人杨琎任丹徒知县时，恰逢朝廷使者到浙江去。这使者所到之处都把当地郡守县令捆起来关在船里，直到索求的贿赂到手，才把他们放掉。

使者快到丹徒时，杨琎挑选了两名游水技术很好的人，让他们穿上乡绅衣服，先去迎接。使者见到后，愤怒地说：“县令哪里去了？你俩竟敢来拜谒我！”于是令手下人将他俩抓起来，他俩立刻跳入水中，潜水而去。杨琎缓缓而到，骗他说：“听说您把两人赶到江里淹死了。现在是圣明之世，法令森严，像这样逼死人命的事怎么办？”使者恐惧，向杨琎赔礼道歉，离开了丹徒。到了其他地方，也不敢再放肆了。

韩雍

迷惑夷人

明朝时，韩雍镇守两广的时候，安全防卫极其严紧。除一两名心腹外，任何人都不许进入内堂。有时他还用欺骗的方法来慑服周围的人。

有一天，他和同乡在后堂喝酒，酒后大家踢球消遣。踢完之后，使人悄悄换上一个石球，然后对围观的人说：“这就是韩公刚才所踢的球。”大家无不惊奇，都以为韩雍力大无比。

他又在车盖上暗藏磁石，在头发和胡须里面涂上铁屑。每次外出，加上车盖，头发胡须就被磁石吸起，使人看去相貌魁伟，容颜奇特。看见的人都惊奇，以为天神下凡。

◎

韩雍用这些手段迷惑、震慑周围的人。

王导

激发斗志

东晋大将军王敦平时很有威望，他一带兵反对朝廷，大家都担心害怕。正好这时王敦生病，王导带领王氏弟子悲哀大哭，大家听了都以为是王敦死了，这才有了战胜王敦军队的斗志。

程婴

救赵氏孤儿

春秋时，晋国屠岸贾在下宫围攻赵氏一家，杀了赵朔、赵同、赵括、赵婴齐，灭了赵氏全族。赵朔的妻子是晋成公的姐姐，此时已经怀孕，只好逃进宫中避难。

赵朔有一个门客叫公孙杵臼，杵臼对赵朔的朋友程婴说："为什么不和赵家一齐去死？"程婴说："赵朔妻子已经怀了孕，如果幸而生个男孩，我就要去侍奉他，如果是个女孩，我再死也不晚。"过了不久，赵朔的妻子分娩生了一个男孩。屠岸贾听说后，就到宫中来搜查。赵夫人把婴儿放在裙子里，暗暗祝祷说："赵家宗族如果是天命该绝，你就哭；如果天命不该绝，你就别出声。"搜查的时候，婴儿竟然没有出声。

事过之后，程婴对公孙杵臼说："这一次没搜到，以后一定还会来搜，怎么办？"公孙杵臼说："替赵家抚养孤儿和为赵家去死，哪一样更困难？"程婴说："死容易，抚养孤儿难。”公孙杵臼说:“赵家的先人待您很好，您就设法干这件比较困难的工作，我来干这件比较容易的，让我先去替赵家死。”然后他设法弄来一个别人家的婴儿背在身上，用衣服把婴儿包好，躲到山里去了。

程婴逃出，对众将军们说:“我程婴没出息，不能替赵家抚养孤儿，谁给我一千金，我就告诉他赵家孤儿在什么地方。”众将军都很高兴，马上答应给他一千金，然后带兵和程婴一起去捉拿公孙杵臼。杵臼故意骂程婴说:“你真是个小人！赵家下宫受难，你不与他们同死;商量和我收藏赵家孤儿，现在又出卖我。纵然是不愿抚养，又怎么能忍心出卖呢？”他又抱着婴儿说:“天啊！天啊！赵家的孤儿有什么罪？请你们饶了他，就杀我一个人吧！”众将军不答应，把杵臼和婴儿都杀掉了。

大家以为赵家的孤儿真的已经死了，都很高兴。没想到真孤儿反倒因此活了下来，程婴就带着他躲进深山。

过了十五年，晋景公病了，占卜的结果是:为国家建功立业的人反而没有好下场，因而作祟。景公就问韩厥是怎么回事。韩厥知道赵家的孤儿还在，就说这是指赵家的冤情。景公就问赵家还有没有后代，韩厥就把真情告诉了他。

于是景公和韩厥就商量让赵家孤儿继承爵位，并把他找来藏在宫中。等众将军进来探病，景公就让韩厥指挥卫兵，威胁众将军来见赵家孤儿，孤儿名叫赵武。众将军无法，就把过错都推给屠岸贾。于是赵武向每一位将军拜谢，然后大家一齐去攻打屠岸贾，灭了他的全族。景公又把赵家原来的田地房屋全部赐还赵武。

等赵武到二十岁成年的时候，程婴说："我要到地下去报答公孙杵臼了！"于是就自杀了。

◎

赵氏平时待人真诚，因而得到一些能为他献身的人。所以能够在失败后重新奋起，最后终于三家分晋。后来的官宦人家，来往的人不是为了贪利，就是阿谀奉承，一旦碰到祸事，谁会像程婴和公孙杵臼这样尽忠呢？

春秋时，鲁武公曾带着儿子括和戏去朝见周天子，周宣王喜爱戏，把他立为鲁国的世子。武公死后，戏即位，号懿公。当时公子称的年纪最小，他的保姆臧寡妇带着儿子一起进宫来抚养公子称。括死后，他的儿子伯御和鲁国人造反，杀了懿公，自立为王。然后到处寻找公子称，要把他杀掉。臧寡妇知道之后，就让自己的儿子穿上公子称的衣服，睡在公子称的房间里，结果被伯御杀了。臧寡妇于是抱着公子称逃出去，和公子称的舅舅一起把他藏了起来。

十一年后，鲁国的大夫得知公子称还活着，就报告了周天子，并杀了伯御，立公子称为王，就是鲁孝公。当时的人称臧寡妇为孝义保姆。这件事发生在程婴和杵臼之前，程婴和公孙杵臼大概就仿效了她的智谋。程婴告发婴儿，公孙杵臼责骂程婴，都是假戏真做，不但仇人没有怀疑，就连全国上下的人都没有察觉。他们的做法的确更加高明，用心也更加良苦。

太史慈

勇冠三军

东汉末年，北海相孔融听说太史慈隐居在东海，就常常派人赠送礼品，问候他的母亲。后来孔融被黄巾起义的军队包围，太史慈正好从外地回来，听说这件事后，就从小路穿过包围圈来见孔融。孔融正要派人去向平原相刘备求救，但这时他们已被紧紧包围，大家都不敢去冒险突围。

于是太史慈穿上铠甲，手拿弓箭，带着两名随从，每人拿一个箭靶，开门冲出城外，观看的人都很害怕。只见太史慈骑马一直走到城下的壕沟里，把所拿的靶插在地上，然后用箭射靶，射完后又到城中。第二天又重复一次，这样一连几天。包围的人原先还起来观看，后来躺在地上睡觉，再也没人起来看了。于是，太史慈收拾好行装，起早吃饱一顿，骑马出城，突然纵马冲出包围。等到对方发现，他已经出去好几里了。很快他就从刘备那儿请来救兵，解除了敌军的包围。

陈子昂

买胡琴

唐朝人陈子昂刚到京城的时候，别人还不了解他。有一个人卖胡琴，要价一百万，那些富豪们争相传看，却不识有什么好处。陈子昂走上前来，对左右的人说："我用车拉一千贯钱来买！"大家都惊奇，问为什么要买。陈子昂回答说："我善于演奏这种乐器。"大家都说："可以让我们听听吗？"他回答说："请明天到宣阳里来。"

第二天大家都来了，发现酒食已经摆好，胡琴也在席前。吃完之后，陈子昂捧起胡琴，说："四川陈子昂，有文一百篇，千里迢迢来到京城，竟不被人赏识。这把胡琴只不过是一般乐工制作的，我怎么会去花时间学习它呢？"说完摔碎胡琴，把文章赠送给到会的人，一日之内，陈子昂的名声就传遍了京城。

◎

唐代人重视才能，虽然是一种小技艺，大家也会惊奇赞叹。所以陈子昂借助胡琴的高价来买名声，果然因此成名。若是现在，不但文章没有用，就是想听演奏胡琴的人恐怕也没有了。真是可悲啊！

爰种等 三条

（yuán）

当众羞辱

西汉时，爰盎常常坚持原则，慷慨陈词。宦官赵谈仅靠着一些小技艺，得到皇帝的宠幸，常常陷害爰盎，爰盎对此很担心。爰盎的侄儿爰种是常侍骑，有一次对爰盎说："你不如就当众侮辱赵谈，他虽然恨你，但皇上一定不会再信任他。"

正好皇帝到东宫朝见太后，赵谈陪乘，爰盎就跪在车前面说："我听说有资格和天子同乘一辆车的人，都是天下的英雄豪杰。今天朝廷虽然没有人才，但陛下也不至于非要和一个阉割过的人同乘一辆车不可吧？"于是皇帝大笑，随即叫赵谈下车，赵谈只好哭着下了车。

东晋时，王敦派温峤去任丹阳府尹，并设宴为他送行。温峤害怕钱凤背后说他的坏话，等敬酒轮到钱凤的时候，乘他还没喝，就故意装醉，用笏板来打他，打落他的头巾，并佯装发怒说："你钱凤是什么人？我温太真给你敬酒，你竟敢不喝！"钱凤很不高兴，王敦以为温峤醉了，也没有追究。

第二天，钱凤说："温峤与朝廷关系密切，不一定可靠，应该慎重考虑。"王敦说："太真昨天醉了，发了一下脾气，你就用谗言来诽谤他吗？"结果温峤终于脱身回到京城，把王敦造反的阴谋报告了皇帝。

南北朝时，尔朱兆因为六镇屡次造反，虽然一再讨伐，还是不能够禁止，就问高欢该怎么办。高欢说："应该选大王的心腹将领来带兵，部队违反军纪就追究主帅的责任。"尔朱兆说："这很好！谁可以委派呢？"

贺拔允当时正好在场，就劝尔朱兆委派高欢。高欢马上动手打贺拔允，打掉了他一颗牙齿说："当年天柱大将军在世时，我像鹰犬那样随时听从大将军的派遣。现在如何安置天下，完全在于大王，你贺拔允竟敢欺上诬下，说这种话！"

尔朱兆以为高欢诚实可信，就委派他统管军队。高欢知道尔朱兆喝醉了，怕他酒醒之后反悔，就马上出去宣布自己已经受任统领全军，命令部队到汾河东边集合听命。官兵们平时就很喜欢高欢，都乐于从命。于是高欢带兵占据了冀州。

王东亭

离间二王

东晋时，王绪常常在王国宝面前说殷仲堪的坏话，殷仲堪对此深感不安，就和王东亭商量该怎么办。王东亭说：“你可以经常到王绪那里去，去了就避开其他人，谈谈一些无关紧要的话。这样一来，王绪和王国宝之间就会有猜疑了。”

殷仲堪就照着这样去做。王国宝来见王绪，问他说：“你和仲堪说了些什么？”王绪说：“都是些无关紧要的事。”王国宝认为王绪一定对自己隐瞒了真情，两人的关系因此日渐疏远，于是也就不再有人说殷仲堪的坏话了。

◎

这原是汉末曹操离间韩遂和马超的老办法。张浚杀平阳太守张某，用的也是这种方法。

吴质

竹篓装绢

东汉末年，丞相主簿杨修谋划立曹植做魏王的世子。曹丕很担心，就让吴质藏在废竹篓里，用车把他载来商量对策。杨修把这事告诉了曹操。曹丕害怕了，赶快告诉吴质。吴质说：“没关系。”

第二天，又用竹篓装着白绢进去，杨修马上向曹操报告。但打开查验，里面却没有人。从此曹操就不再怀疑曹丕。

◎

曹植想夺太子的位置，是曹操本来就怀疑的。既然怀疑曹植，那要他不怀疑曹丕也就容易了。如果不是这样，像曹操这样多疑的人，查验一次就会罢休了吗？他后来杀杨修，也是为了孤立曹植，巩固曹丕的地位。读书的人把杨修被杀归咎于“黄绢”取忌和“鸡肋”误军两件事，那把曹操也看得太浅薄了。

司马懿等 四条

装病

三国时期，曹爽独揽朝政，司马懿谋划要杀掉他，因害怕计划泄露，就假称自己病重。正好河南尹李胜要去荆州，特地来问候司马懿。

司马懿让两个侍女扶着他，自己拉着衣服，用手指口表示要喝水。侍女喂他喝粥，粥都流下来，滴在胸前。李胜说："外面传说你的痛风老毛病又发作了，没想到已成了这样。"司马懿用微弱的声音说："听说你要去并州上任，并州靠近匈奴，要好好防备。我已是命不保夕，恐怕不能相见了。我的儿子司马师和司马昭就拜托你了。"李胜说："我是去荆州，不是并州。"司马懿就故意胡言乱语道："你刚刚到并州？"李胜又说："是去荆州！"司马懿说："年老神昏，听不懂你的话了。"

李胜出来以后告诉曹爽说："司马公不过还有一口气，形体和精神已经分离，不值得再担忧他了。”于是曹爽不再提防司马懿。结果司马懿很快就杀了曹爽。

五代时，安仁义和朱延寿都是吴王杨行密的大将，朱延寿又是杨行密夫人的弟弟。淮州和徐州平定之后，二人渐渐骄横放纵，并且图谋造反。杨行密打算要除掉他们，故意装作眼睛有病，每次接待朱延寿的使者，都装作看不清东西，走路则撞在柱子上跌倒。朱夫人把他扶起来之后，很久才苏醒，醒来后流着泪说：“我大功告成，眼睛却瞎了，这是天意要废除我！我的儿子们都不能担当大事，如果把国家交给朱延寿，我就死而无憾了！”

朱夫人大喜，连忙把朱延寿召来，朱延寿一到，杨行密就在房门口迎接他，一剑把他刺死。随后把朱夫人打入冷宫，又杀了安仁义。

东汉末年，孙坚发兵讨伐董卓，兵到南阳，人数已有几万。于是写信给南阳太守张咨，请他给一些军粮。张咨说：“孙坚的地盘在邻县，官秩二千石，和我平级，我不能给他调派军粮。”结果竟没有给。孙坚要来见他，他又不肯见。

孙坚说：“我刚刚起兵就遇到阻碍，以后怎么能有威信呢？”于是，孙坚故意说得了急病，全军都很惊慌，到处寻找巫医，并且向山川之神祈祷祭祀。同时孙坚又派手下的亲信去告诉张咨，说愿意把军队交给他。张咨贪图孙坚的军队，于是带领五百名骑兵，带着牛肉和酒来到孙坚的大营。孙坚躺在床上见了他，过了一会儿，起来摆酒宴招待张咨。酒喝到半醉的时候，长沙主簿进来宣布说："先前军队经过南阳，道路没有修整，军需物资没有准备，南阳太守有意阻挠义军，以致无法及时讨伐董卓，应立即逮捕张咨，按军法处决。"张咨大吃一惊，想要逃走，可四边已经布满了士兵，无法出去。

于是张咨就被绑到军门斩首。全郡上下为之震动，对孙坚的一切要求全都同意。所经过的郡县都把粮食准备好，等待着孙坚的军队。评论的人说孙坚是一个善于运用军法的人。法律，是国家的根基，因此孙坚能够创立东吴这样一个国家。

明正德五年（1510），安化王朱寘𫔭谋反，游击仇钺被叛军扣留。京城中都传说仇钺也加入叛军，兴武营守备保勋是他的外应。李东阳说："仇钺一定不会加入叛军。如果因为保勋和叛军是亲家，就怀疑不用他，那么所有和叛军先前有来往的人都会害怕，因而被迫加入叛军。"于是保举保勋任参将，仇钺任副总兵，命令他们讨伐叛军。

保勋感激对他的信任，因而奋力讨贼。仇钺在叛军中则谎称生病，悄悄约会一些部下壮士，准备等保勋的军队一打到河边，就从中起事作为内应。不久得知保勋的军队已到，就让人去对叛军首领何锦说：“应该赶快出去守卫渡口，以防敌军决开河堤用河水灌入城中，并挡住东岸的军队，不让他们过河。”何锦果然出城去了，留下另一叛将周昂守城。

仇钺又假说自己病情已重，周昂来问候，仇钺故意躺着呻吟，说早晚就要死了。这时仇的侍从突然动手，打死了周昂，并割下首级。仇钺起来，穿上盔甲，拿着宝剑，骑马冲出大门。一声召唤，所有的流兵将士都聚集起来。于是占领东门，活捉了叛王。

杜畿

平叛乱

汉朝末年，高斡在并州反叛，前河东太守王邑被征召入朝，属吏卫固、范先表面上以请求王邑留任为名，暗地里却与高斡同谋。

曹操任命杜畿为河东太守，但卫固等人却派兵封锁陕县的黄河渡口，杜畿无法渡过黄河赴任。有人建议发动大军，杜畿说："河东有三万户，并不是都想作乱的。如果现在用兵逼迫他们太急，他们就会因惧怕而转向听命于卫固。卫固等人本来就一意反叛，这样一来就势必与我们决一死战。如果征讨他们不能取胜，所造成的灾难将连年不已；如果取胜，必然使一郡百姓遭受战祸的摧残。我现在单车前往，出其不意。卫固这个人虽然诡计多端，但缺乏果断的勇气，一定会假意接纳我。我只要能在河东居住一个月，相信足以用计谋牵制他们！"

于是，杜畿绕道郖津渡过黄河。范先要杀杜畿，卫固说：“杀他有什么用处呢？只能落得个恶名，况且他的一切都掌握在我们的手中。”于是奉杜畿为河东太守。

杜畿对他俩说：“卫、范二氏是河东的名门望族，我唯有仰仗你们成功而已。但是君臣、上下名分有定，你我之间成败、得失相同，大事应当共同商议。”杜畿让卫固为都督，总揽一切政事；而将校士兵三千多人，皆由范先统率。卫固等人非常高兴，虽然是假意听命杜畿，但已不再把他放在心上。

卫固想要大规模征兵，杜畿很担心，就说服他道：“凡是要做不平凡的大事，都不能扰乱民心。现在大规模征兵，一定会扰乱他们，不如慢慢地用钱财来招募士兵。”卫固认为他说得很对，就听从了他的建议。经过数十天，才招募完毕，那些将领为了贪图军饷，都虚报名额，少征兵丁。杜畿又对卫固等人说：“顾念家庭是人之常情，各将领属吏可分批让他们回家休息，无论遇到急事还是缓事，要召回他们都不困难。”卫固等人怕伤众人的心，又听从了杜畿的意见。

这时，好人在外已暗暗成为杜畿的外援，恶人分散，各回其家，实际上卫、范的力量已大大地削弱了。恰逢高幹去濩泽县，上党等县的百姓杀了长吏，弘农郡的太守被抓。卫固等人秘密调兵，各路兵马都未到。

杜畿料知诸县都有附己之心，就率领数十名骑兵赴张辟坚守，防御卫固，官吏百姓纷纷献城帮助杜畿；不到几十天，就有四千多人。卫固与高幹、张晟等一同攻打杜畿，没攻下，就掠夺附近各县，也没有什么收获。不久，曹操大军赶到，高幹、张晟败走，卫固等人被杀，其余党羽全被赦免。

曹冲

救库吏

东汉末年，曹操的马鞍放在库房里，被老鼠咬坏了。管库房的官吏很害怕，想要把自己捆起来去请死。曹冲对他说："你先等三天。"于是曹冲用刀刺穿自己的单衣，像是被老鼠咬破的样子，去见曹操，假装闷闷不乐。曹操问他为什么，他回答说："俗话说老鼠咬破衣服不吉利，现在我的衣服被咬破了，所以忧愁。"曹公说："这都是虚妄之言，没有关系。"

过了一会儿，管库房的官吏来报告老鼠咬坏了马鞍的事，曹公笑着说："我儿子的衣服放在身边都被咬坏了，何况挂在柱子上的马鞍？"对此竟不再追究。

杨倭漆

工匠的智谋

明天顺年间，锦衣指挥门达当权。当时有一个叫袁彬的指挥，曾随英宗留居过北方，护驾有功。门达担心袁彬会威胁他的权势，就派手下的人搜罗袁彬的个人私事，想要把他置于死地。

当时有一个名叫杨暄（一作杨埙。——原注）的艺人，善于在倭漆上作画，号称杨倭漆。（宣宗很喜欢倭漆绘画，曾派杨暄去学习。——原注）他听说门达想要陷害袁彬的事之后，非常气愤，于是上奏章给皇帝，揭发门达有二十多件违法的行为，并为袁彬鸣冤。奏章上过后，皇帝命令门达逮捕杨暄审问。

杨暄被抓来之后，神色自若，装作一无所知的样子。门达厉声喝问，他一概说不知道，并且说："我不过是个下贱的工匠，又不识字，跟您无冤无仇，怎么会这样做呢？请您让左右的人离开，我把真情告诉您。”然后对他说：“这个奏章是内阁李贤给我的，让我投进去，我也不知里面说的是什么。您如果召集众官当庭审问我，我一定对大家说明，李贤也无法否认。”门达听了这话，非常高兴，还送给他一些酒肉。

第二天早朝，门达把这事报告了皇帝。于是皇帝命令全体大臣到午门外，然后把杨暄带进来。门达对李贤说：“这都是你指示杨暄干的，他已经说实话了！”李贤正感到奇怪，杨暄大声说：“要死我死，怎么敢赖别人！我不过是一个小小的市民，怎么能见到内阁大人？神鬼明鉴，其实这都是门达指使我干的。”于是把奏章中的二十多条违法行为一一说明，没有丝毫含糊的地方。门达被气得说不出话来。

皇帝知道这件事之后，对门达也渐渐疏远。袁彬被派到南京做官，一年后，召还原职。后来门达因对朝廷不满而判罪，被流放到广西，结果死在那里。

◎

这个故事和武周时期张说指责张昌宗并保全魏元忠的事是同一类型。然而张说足智多谋，又得到宋璟等人的再三勉励，才取得一些小小的功绩。

明朝杨暄不过是个小人物，没有念过书，也不知什么古代的圣贤之事，只是出于一时的好奇，而敢丁上疏皇帝，和奸臣周旋，不但保全了袁彬和李贤两位忠臣，而且除掉了一个大奸臣。他不但智慧超过张说十倍，而且功绩也大过他十倍，当时的达官贵人，对门达趋炎附势的很多，看见这件事，能不吐舌？听见这件事，能不惭愧吗？这难道不是官宦受富贵的牵累，而普通人反倒有正义之心吗？

明洪武时，皇帝曾怪罪宋濂，派人到他家去杀他。马皇后这一天吃素，皇帝问什么缘故。皇后说："听说今天要杀宋先生，我无力救他，所以为他吃斋求一点阴间的福气。"皇帝顿时醒悟，忙派人赶去赦免他。

明朝薛暄冒犯了王振之后，被王振绑赴刑场杀头。王振有一个老仆人，当天在厨房里放声大哭。王振问他为什么哭，老仆人回答说："听说今天薛夫子要受死刑。"王振听了之后，怒气也就消了。正好侍郎王伟前来求情，王振就赦免了薛暄。

老仆人一哭竟然能和皇后娘娘的劝告同样有效，这也是够奇怪的。但俗话说："是非之心本是人的智慧。"智慧难道会因为人的地位不同而受到限制吗？

在明朝土木之变的时候，有一个名叫喜宁的内侍，他本是胡人，和英宗一起被瓦剌人俘虏后，常常带领瓦剌人深入内地，皇帝对此很担心。袁彬就建议英宗，派喜宁传命给宣府参将杨俊，索取春天穿的衣服，同时又派军士高磐和他一起去。袁彬在木板上刻了一封信，绑在高磐腿上，信中叫杨俊趁喜宁来时逮捕他。杨俊得到这封信之后，就和喜宁一起在城下饮酒。高磐突然抱住喜宁大叫，跟随杨俊的士兵立刻抓住喜宁送到京城，用极刑把他处死。此后瓦剌人就失去了向导，无法继续进军，只好释放了英宗。

袁彬在瓦剌人中善于应变，和英宗朝夕相伴，尽力最多，其中诛除喜宁这件事干得最漂亮，颇有宁武子的智谋。

乔白岩

南北比武

明武宗到南方巡视，江彬所带领的边兵大多是西北的壮汉，身材高大有力。

南京兵部尚书乔白岩命令在南方的教官中，挑选一百名身材矮小精悍的人，每天和江彬约定到教场中比武。南方人动作轻捷，跑跳如飞，北方人高大笨拙，双方一交手，北方兵不是被撞中肋骨，就是被打中腰部，一个个都被打倒在地起不来。

江彬的军队士气大伤，计划的叛乱阴谋也就暗暗被挫败了。

◎

当时应天府的府丞叫寇天叙，是山西人，代理府尹的职务。他每天戴一顶小帽，穿着很随便的衣服坐堂。除了供奉朝廷，从来不乱用钱财。

江彬常派人来府衙索取大批钱粮。每次使者来，他都装作没看见。等使者走到堂上，才站起身来，称使者为钦差，并且对他说：“南京的老百姓穷，仓库都是空空的，没有地方去筹集钱粮，我每天都穿着粗旧的衣服坐堂，就是等着你们抓我去问罪。”每天都这样说，江彬也无可奈何，只好作罢。这人也是乔白岩的一个好帮手。

除此之外，当时驻军还常在街上横行霸道，强取别人的货物。寇天叙挑选了一些矮小精悍的壮士，每天早晚在街上巡逻，并亲自和他们在一起执勤。如果碰到横行不法的官兵，就和他们较量，驻军常被打败，此后也就不敢再放肆了。这大概是和乔白岩共同商议的方法吧！

宗威愍

对症下药

宗泽（谥威愍）在宋徽宗建中靖国年间曾任山东文登县令，他的同榜好友青州教授黄荣给他来信，信上说因获罪被编管在某州，途经文登，偶染风寒，生病不能前行。但看管他的牙校催督得十分严厉，即使想贿赂他一下暂留几天，他都坚决不答应，实在不得已，才派人向宗泽叙旧情求关照。

宗泽随即在行馆准备好床帐，并命医生给他诊治。等到黄荣痊愈后，牙校却不知到哪里去了。宗泽背后讯问他随行的人，说是自从到文登县后，就被县衙里的文书官邀请到妓馆饮酒作乐了，日后其他的文书官每天轮流陪着他。由于这个牙校嗜酒好色，至今还留恋营妓不肯出来。后经多次催促，牙校才勉强与黄荣等同行。

◎

宗泽探察到牙校嗜酒贪色，便有文章可做了。只用几个文书小吏，朋友的困难便不知不觉解决掉了。这里完全用不上道学家的一套言论。宗公是个可与之谈论兵法的人。

张易

以毒攻毒

宋人张易任歙（shè）州通判的时候，刺史宋匡业常常酒后无故欺人，甚至动刀杀人，但谁也不敢去干涉他。

有一次张易到宋匡业家去赴宴，故意先喝醉酒再入席。酒宴刚开始，张易就故意找岔子，然后扔掉酒杯，推翻桌子，且大骂不止。宋匡业不知所措，也不敢去阻止他，只是连声说："通判发起酒性来，真是不可阻挡。"张易依然是醉醺醺地纠缠不休。到最后才慢慢出去，宋匡业赶快叫人把他扶上马。这以后宋匡业对张易更加恭敬了，不敢再借酒胡来，郡里的公务也因此得以顺利完成。

◎

这件事虽小，却相当巧妙地运用了先发制人的战术。医生把这种方法叫作以毒攻毒，军事家则把它叫作以夷制夷。

张循王老卒

大买卖

宋朝时，张俊（追封循王）一次春游，看见一个老兵躺在太阳下睡觉。张俊踢了他一下问："为什么如此睡懒觉？"老兵起来回答道："无事可做，只好睡觉。"张俊说："你会干什么事？"老兵回答道："什么事都会干一点，像做买卖这样的事也粗知一些。"

张俊说："你会做生意，那么我给你一万缗钱作资本怎么样？"老兵说："这不值去做。"张俊说："五万怎么样？""也不值得！""那你要多少钱？""没有一百万,五十万也可凑合。"

张俊赏识他的勇气，就给他五十万，任他使用。老兵就用这笔钱制造了一艘巨大的船，布置得极其华丽，又买了能歌善舞的美女和乐工一百多人。同时派人四处收购绫锦奇玩、珍馐佳果及金银器皿，又招募了十几个身着紫衣、气度轩昂的雅士及文书、家将、卒徒一百人。这样欢舞宴饮一个多月后，忽然驾着船漂流而去。过了一年多才回来，除了带回许多珍珠、犀角、麝香、药材之外，还有不少骏马，获取了几十倍的利润。当时各个将帅都缺马，唯有张俊获得这批良马后，使他的军容大壮。

张俊非常高兴，就问老兵是怎么得到这些东西的。老兵回答说："我到海外各国后，就自称为大宋的贸易使者，拜谒当地大王，赠给他们绫锦奇玩。为了与他们的富家贵族接近，我就摆出珍肴美味宴请他们，让美女乐队不断伴奏。那些君臣十分高兴，就以名马换美女，并且为我制造好载马的船，又以犀角、珠宝、麝香之类的东西换绫罗锦缎，还赐送我丰厚的礼品，因此就获得如此大的利润。"

张俊听后颇为感慨，褒赏他许多贵重物品，并问："你能再去一次吗？"老兵回答说："这不过是作一次儿戏而已，如果再去一次肯定会失败！我想仍退居于园中，像过去那样生活。"

◎

宋朝罗景纶说：一个衣不蔽体的老兵，张俊竟然慷慨地给他五十万缗钱，且不问他如何使用。这种宽大恢宏的气度，足以使人从容不迫地施展筹划，充分发挥自己的才能！

春秋时越王勾践把国内外军政事务分别授给文种、范蠡处理，汉高祖给陈平四十万两金子，恣其所为。由此看来，如果不了解其人而轻率信任他，与了解这个人而不能信任使用他，都是不能有所建树的。老兵到海外去了一次后，就力辞不去第二次，说明他算得上是一个明晓进退存亡道理的人，奇异啊！

司马相如

当垆沽酒

汉朝时，卓文君和司马相如私奔之后，两人一起回到成都。司马相如家一贫如洗，卓王孙非常生气，一文钱也不帮助他们。相如和文君商议之后，又回到临邛，卖掉车马，开了一家酒肆卖酒。司马相如让卓文君烧火，自己身穿围裙，和伙计们一起，在大街上刷洗酒具。

卓王孙听说之后，觉得很丢面子，只好给卓文君送去一百名奴仆和一百万钱。于是他们又回到成都，成为富人。

◎

卓王孙开始的时候，并没有把司马相如当作客人，只是应着临邛县令的面子；直到最后也没有把司马相如看作女婿，只是害怕伤了他们富贵人家的门风。文君作为他的女儿，真可以算得上杂毛牛生出了千里驹啊！

王吉开始只像尊重客人那样对待司马相如，等到相如做了皇帝的使者再次来到四川时，才恭恭敬敬地前去迎接。当相如开店卖酒的时候，却未曾听说像当年信陵君对待隐士毛公和薛公那样，下马问候。他的眼光远比不上卓文君啊！

附：智医 二条

治心病

唐代，京城里有一位医生，姓名已经忘了。当时有一位妇女跟随丈夫去南方边远地区，不小心吃下一条虫，从此她心里常常犯疑，形成疾病，治疗多次都没有痊愈。

妇女来找这位医生时，医生已经知道了她生病的缘由，就在她的奶妈中找了一个稳重的来，预先嘱咐她说："现在我给她吃吐泻的药，吐泻时你用盘盂接住。等她吐完之后，你就说有一只小蛤蟆跑掉了，不过绝不能让病人知道你说的是假话。"奶妈照医生的话去做了以后，这位妇女的病也就从此根除了。

又有一位青年，眼前常看到一面小镜子，就请医生赵卿替他诊治。医生和这位青年约定，第二天早上请他吃鱼。青年按时来到医生家，被人领进内堂，然后让他稍候，说医生有客人，等客人走后再接待他。

过了一会儿，摆上饭菜，但桌上只摆了一罐芥末醋，并没有其他的食物，医生也一直没有出来。等了很久，这位青年实在饿极了，闻见醋的香味，就忍不住端起来喝了几口。喝过之后，觉得胸中很舒坦，眼睛也不再发花，就把醋全部喝完了。

这时医生才走出来，青年赶忙很不好意思地向他道歉。医生说："您因为吃鱼，没有及时去喝醋，又有鱼鳞堵在胸中，所以眼睛发花。刚才准备的芥末醋，就是要让您肚子饿的时候喝下去，现在果然病好了。昨天说请您吃鱼，不过是故意骗您的。您还是回家吃早饭吧！"

捷智部

总序

要完成大事业，眼光要远，不争片刻，但片刻是长远的基础。发生事变的时候，形势发展如风火一样迅疾，愚蠢迟钝的人就会遭殃，而稍能察觉的人，便能逃避而不致受害。掌握了这样的道理，有的便能把风退回去，把火灭掉，即使风能拔树，火能燎原，他也能正好施展技能而不会惊恐。打个比方，比如人行走有快有慢，一里路程，必定有先到达的，但迟早也不过刻把钟。十里百里的路程，相差的时间就多了。而智慧反应的快慢，恐怕相差有千万里。

军事史书记载了军队行动的笨拙和迅速，没有记载灵巧机智。速度快但缺乏灵巧，时间一长就更加笨拙。如这里有一个盛酒的器皿，口径一尺，放在大路上，先到的人能喝醉，接着来的人能尝尝味儿，最后到的人只能是口干舌燥地往回走。一片叶子一片叶子地摘，摘一天也不能把一棵树的树叶摘光，秋风吹，严霜降，转眼间叶子全落光了，这是自然造化的迅捷。人如果像这样敏捷，纵然世事千变万化也能应对，这才是特别敏捷聪慧的人哩。

啊！世事的变化，是不会停下等待我们去判断的，天下还能有聪明而反应不快，或者反应迟钝而聪明的人吗？

卷十六

灵变

一天可以进行百战，而成败的关键只在一刹那间。花长时间制造成的车辆，却可能瞬息翻覆。除去凶险走向顺利的办法，不是根据常理所能想到的。为此，辑撰《灵变》卷。

鲍叔

随机应变

春秋时，齐国内乱，齐国的公子纠逃到鲁国，他弟弟公子小白则逃到莒国。不久齐国人杀死了国君公孙无知，还没有立新君主。

公子纠和公子小白都启程回国，谁先入城，谁就是新的国君。结果，公子纠和公子小白同时到达城下，双方都争着先入城。这时，公子纠的部下管仲挽弓搭箭向公子小白射去，没有射中公子小白，却射中了衣带上的佩钩。鲍叔赶着马车，让公子小白装成被射中的样子而倒下去。管仲以为公子小白已死，就对公子纠说：“放心吧，公子小白已经死了。”

鲍叔驾着车子乘机飞快进城，因此公子小白当上了齐国国君。鲍叔的智慧，就在于管仲射箭的同时，让公子小白假装中箭倒下，他的智谋真如飞箭一样敏捷。

◎

明朝时，王守仁因为上书营救戴铣，受到当庭杖打，被贬为龙场驿丞。王守仁改穿平民服装急速行进，过江时，先作悼念屈原的文章以表明志向，接着又作投江自杀的绝命词，就像真的死了。绝命词传到京城，时值刘瑾怒气未消，打算派刺客抄近路去追杀王守仁，听说他已经死了，就作罢了。王守仁与鲍叔的智谋是一样的。

管夷吾

得其所欲

春秋时期，齐桓公采纳了鲍叔的推荐，不计前仇，派人去鲁国请管仲（字夷吾）回来。鲁国大夫施伯说：“肯定要重用他了。管仲被齐国重用，那么鲁国就危险。不如杀了他，把尸体送给齐国。”鲁国国君要杀管仲，齐桓公的使者说：“我们齐国国君想亲手杀死他，如果只得到一具尸体那是不满足的。”于是把管仲绑起来，装在囚车里，让人赶着车送到齐国去。

管仲担心鲁国还会派人追来杀他，想快点赶到齐国，于是对赶车的人说：“我给你唱歌，你来和。”他所唱的歌适宜赶路，赶车人不觉疲倦，所以走起来很快。

◎

战国末年吕不韦说："赶车的人得到满足，管仲的愿望也达到了。"明朝陈明卿说："齐桓公也获得了他想得到的人才。"

延安老军校

知敌情

宋仁宗宝元元年（1038），党项军队包围延安已有七天，邻近的许多州县也很危险。

当时侍御范雍为元帅，面露忧愁之色。有个老军校自己来进言说："我是个边民，曾多次遇到围城，也有与今天的形势差不多的。党项人不善于进攻，终究还是攻不下来的。请你千万不要过分忧虑！我可以保证，如果有什么不测，我甘愿被斩！"范雍赞赏他的言语鼓舞人心，自己也因此稍稍安下心来。后来果然如老军校所言平安无事。这个老军校也受到了嘉奖和提拔，被称为是懂得兵法、预料敌情的人，推为首功。

有人对他说："你竟敢肆意胡说，万一不应验，你就要被斩！"老军校说："我当时没想那么多，如果城真的失陷了，谁还有工夫来杀我？我只是聊以安慰众人的心罢了！"

吴汉

归附光武

汉朝吴汉在渔阳时隐姓埋名，听说刘秀是个长者，想归顺他，便劝说渔阳太守彭宠，让他会合两郡精锐部队依附刘秀，攻打邯郸的王郎，彭宠同意了。但他的部下都想依附王郎，彭宠改变不了他们的志向。吴汉便告辞，在外面的一个亭里歇脚，思考怎样用计使彭宠的部下归附刘秀，但一时想不出什么好法子。他远远看见一个像是儒生的人在路上行走，就派人把他请来，供给他饭食，向他打听在路上听到的消息。儒生说："刘秀所经过的郡县，官民都纷纷归附他。在邯郸自称帝王的（王郎）实际上并不姓刘。"

吴汉闻言大喜，立即伪造了刘秀的书信，说要征召渔阳的部队，让那个书生带着去拜见彭宠，请他把自己沿途所听的情况讲给彭宠听。吴汉自己随后也来到彭宠那里，彭宠这才决心依附刘秀。

汉高帝

脚趾中箭

楚汉争雄时，双方久久处于相持态势，胜负未决。楚霸王项羽对汉王刘邦说："天下战乱不止，都因我们两个人，我愿意和你决斗，决出胜败，不要让天下父老百姓徒受灾难。"

汉王刘邦笑着答道："我愿意与你斗智慧，不愿和你比力气。"项羽于是同刘邦约定在广武对话、斗智。刘邦历数项羽十大罪状，项羽大怒，埋伏的弓弩手射中刘邦。刘邦胸口中箭，却摸着脚说："你只伤了我脚趾。"

刘邦卧床养伤，但军师张良叫他无论如何也得起来慰劳部队，安抚士兵，不要让楚军乘机攻击汉军。刘邦虽然伤得厉害，却仍出来，于是部队开往成皋。

◎

春秋时公子小白没死装死，楚汉争雄时刘邦受伤却装着没受伤，一时的计谋，都造就了百世的事业。

晋明帝

七宝鞭

王敦将要起兵作乱，晋明帝得知这个秘密情报后，就骑着骏马隐蔽前行，到了湖北，察看了王敦的军营后出来。有军人怀疑明帝的行踪不寻常，加上这天夜里王敦做梦，梦见有太阳环抱此城，惊醒起来说：“这肯定是长着黄胡子的鲜卑人来侵犯了。”（晋明帝母亲荀氏，是北方燕国人，明帝的相貌像外族人，胡子是黄的，所以这么说。——原注）于是派了五个探子寻找明帝。

明帝驰马离开，迎面见到卖吃食的老太婆，便把自己的七宝马鞭给她，说：“后面骑马的来了，可以把这个拿出来给他们看。”一会儿追的人到了，问老太婆，她说：“已经走得很远了！”并把七宝鞭拿出来，五个人你看看，我看看，赏玩了很长时间，明帝于是逃脱了这次灾祸。

尔朱敞

险中逃生

南北朝时，北齐神武皇帝高欢在韩陵山大败尔朱兆，将尔朱家族都杀了。尔朱荣族子尔朱敞自小随母在宫中生活，这时正是十二岁。他从墙洞里逃跑出来，到大街上，看见一群小孩正在嬉闹，尔朱敞解开穿着的贵重衣服，跟他们换了粗布衣服后跑掉了。

追赶的人到了，便捉住穿着绸缎衣服的小孩，等到问明真实情况，天色已经入暮了，于是尔朱敞得以逃脱。

韦孝宽

巧妙脱险

南北朝时，北周尉迟迥先担任相州总管，皇帝下诏命韦孝宽去接替他，又命令小司徒叱列长叉担任相州刺史，先行到邺下，韦孝宽接着去。到了朝歌，尉迟迥派遣大都督贺兰贵带着书札等候韦孝宽，韦孝宽留下贺兰贵和他说话以观察他，担心有变，便推说有病慢慢走。又派人到相州求医买药，暗中监视尉迟迥的行动。到了汤阴，遇上叱列长叉逃回来了，韦孝宽终于得知尉迟迥图谋不轨，便掉头往回赶，沿途经过的桥梁，都命令把它毁了；所经过的驿站，把站上的马匹也全部带跑了。又留下驿站的军官说："蜀公尉迟迥就要来了，你们可以多准备一些酒菜以及牲口饲料款待他们。"

尉迟迥果然派遣大将军梁子康率领几百名骑兵追赶韦孝宽，沿途驿站都设丰盛宴席招待他们，所经之处都停留下来，这样一来就赶不上韦孝宽了。

宗典等 三条

假装低贱

晋元帝的叔父东安王司马由遭到成都王司马颖的陷害，害怕大祸临头，偷偷跑掉。到了河阳县，被把守渡口的官吏拦住了。东安王的随从宗典从后面赶上来，用鞭抽打东安王，说：“你这个舍长，现在官方禁止贵人通行，难道你也在被禁之列吗？”说完大笑起来。东安王因此被放行。

西魏丞相宇文泰与东魏大将侯景作战，宇文泰的马被箭射中，惊跑了，把宇文泰掀到地上，正好东魏的兵到了。宇文泰的左右人马都跑散了。这时，宇文泰的部下李穆从马上下来，用鞭子抽宇文泰的背，骂道：“你这个又蠢又笨的东西，你的主子在哪里？你怎么一个人留在这儿了？”追赶的人以为宇文泰不是显贵之人，放掉他往前追去了。李穆把马给宇文泰，两人一起逃走了。

东晋王廞兵败后，和尚昙永把他的小儿子王华藏起来，让他牵着衣服跟随自己。把守关口的人怀疑，昙永便大声呵斥王华说：“你这奴才为什么不快走？”打了他十几下，这样就使得王华幸免于难。

王羲之

唾沫涂面

东晋右将军王羲之年幼的时候，大将军王敦很喜爱他，常让他睡在军帐中。

有一次大将军先起床，一会儿钱凤进来，屏退旁人和王敦谈起谋反的事，却忘了王羲之还睡在营帐中。王羲之醒来，听到这些议论，知道一被发觉就必死无疑，于是抠唾沫把头脸和被褥都搞脏了，假装熟睡的样子。王敦讲到一半，想起王羲之还没起床，吃惊地看着钱凤说："不杀了他恐怕危险。"等到撩开帐子，看到王羲之满脸满头都是唾沫口水，才相信他睡熟了。王羲之就这样保全了自己。

吴郡卒

救庾冰

东晋咸和年间苏峻作乱，庾氏家族的人都逃散了。庾冰这时在吴郡做官，只身逃命。官员都走了，只有郡中一个小卒用小船载庾冰从钱塘江口驶出，用竹席盖着。当时苏峻悬赏捉拿庾冰，他所占领的地方搜查很严。郡卒把船泊在街边的码头上，喝醉酒回来，挥舞木桨对着船说道：“哪里找庾郡守？这里就是！”庾冰非常惊恐，但又不敢动。搜查官见船又小又窄，以为郡卒喝醉了，大家都不怀疑。郡卒把庾冰送过浙江，寄住在山阴的魏家，幸免于难。

后来叛乱平息，庾冰要报答郡卒，问他希望得到什么。郡卒说：“我出身卑微，不求名，不追利，从小为仆役，就愁不能痛快地喝酒，让我在余岁能日日饮酒，就够了，没有别的需求。”

庾冰为他造了一所大房子，买来奴仆婢女，在家里放置一百斛酒，伴他终身。当时人们说这个郡卒并不只是有智谋，而且也生性旷达。

伯颜

裘皮逃生

有人告乃颜谋反，元世祖命伯颜偷偷去侦察。伯颜于是带了许多上等裘皮进入乃颜的辖境内，把它们分给了驿站的人。到了后，乃颜设宴招待伯颜，谋划把他抓起来。

伯颜觉察了，与随从跑出来，分三路逃去。沿途驿站的人因为得到过他给的上等皮毛衣服，都争相献良马给他，伯颜得以逃脱。

徐敬业

少年奇才

唐代的徐敬业十多岁时，喜爱用弹弓射东西。他祖父英国公徐勣经常说："这孩子相貌不和善，可能要惹祸使全族被杀绝。"所以在一次打猎的时候，便让徐敬业到树林里去追赶野兽，乘着风势放火，要把他烧死。

徐敬业知道没法逃脱，便把马杀掉躲进马肚子里，大火过后，他全身是血地站出来，英国公非常惊奇。

◎

凡是行为出众、放荡不羁的子弟，仗着有才而不检点，往往是家族的祸害，如徐敬业后来谋反的兆头，童年时就有了。英国公明明知道他是全族的祸害，却竟然没有能将他除掉。难道最后还是怜惜他的才智吗？或者是因为英国公劝立武则天为皇，杀尽李唐皇族子孙，所以上天才把徐敬业降于徐家吗？

三国时诸葛恪有奇才，他父亲叹道:“这孩子不会使我们宗族昌盛，倒可能要因他而灭绝全族。”后来果然因为诸葛恪叛逆被灭族。隋文帝的侄子杨智积有五个儿子，只让他们读《论语》《孝经》，不让他们会宾客。有人问为什么这样，杨智积说:“读书多，交游广，才智增多，有才也能生祸。”人们都佩服他的见识。

明朝弘治、正德年间的胡世宁（字永清，仁和人——原注），有将略，任江西按察使时，江西强盗很猖狂。正在商议清剿时，有军官求见，恰巧胡世宁外出，就见了他的小儿子胡继。胡继说:“平时不练兵，怎么能见我父亲？”军官跪下来请教，胡继于是教他进退离合的战术，非常详细。

这样有三天，胡世宁回来了，检阅军队，非常惊奇，军官们过去都不训练军队，谁教他们的？军官把实情告诉他。胡继平时不善读书，父亲觉得他愚蠢，便放弃了对他的教育，现在才叹道:“我有这样的孩子自己却不知道！”

从此，每次讨伐强盗，必定听从胡继的计策。胡世宁十次中失算不超过三次，胡继则十次不会有一次失算。胡世宁上书朝廷，要求用礼法制裁宁王，胡继跪着求道:“奏折送上去后，必然要降下大祸！”胡世宁不听，果然被打进牢狱。胡继因思念父亲，得病而死。胡世宁的母亲却不哭，说:“这孩子要是活着，肯定要做强盗，胡氏会因他而灭族的！”这个母亲也非常有见识。

陈平

裸衣撑船

西汉陈平，原来为项羽做事，后来从项羽那里逃走。一次渡河时，船主见他一个美丈夫独自行走，怀疑他是逃亡的将领，腰中肯定有金银宝物，好几次打量他。陈平便脱下衣服，裸着身体帮船主撑船，船主知道他没东西，便算了。

◎

陈平为汉高祖刘邦效命，曾经六次提出奇计：

请求刘邦拿出金子施行反间计，这是第一计；以粗劣的饮食给项羽的使者吃而假装以丰盛的宴席招待范增派来的使者，来离间项羽和范增的关系，这是第二计；夜里用两千个女子智解荥阳之困，这是第三计；踩刘邦的脚提醒他息怒，请求他封韩信为齐王，这是第四计；请求刘邦假装巡游云梦，从而捉住韩信，这是第五计；让画师画美女像，暗地派人送给匈奴阏氏，从而解了白登之围，这是第六计。

这六个计谋中，只有踩刘邦的脚让他封韩信的计策最妙。像伪装出游云梦，则是大错。云梦可以巡游，何必伪装？而且说韩信必定来迎接谒见，可乘机擒获他。既然推测他肯定来迎接谒见，还能说他谋反吗？观察他的动向是可以，马上逮住他则不妥。捉了一个韩信，而三大功臣相继生疑，惧怕遭到同样命运，结果都被斩首，并诛灭全族。陈平贻下的祸害实在太大了！

一艘大船正在行驶，有人拿出鍮石杯来喝酒，船上人以为是真金做的，老是盯着看。这个人就着河水洗这只杯子，故意把杯子掉到水里，船上人惊骇惋惜，这个人就对他们说明："这是鍮石杯，不是真金，没什么可惜的。"

又譬如：明朝丘琥经过丹阳时，发觉同船的一个人屡屡偷看自己的铺位，丘琥猜他是盗贼，就装着不慎将头簪掉入水下，为找簪子，他把自己所有可以放衣物的包裹、衣夹都打开，身上的衣服也解开，意在向盗贼表示自己没有贵重的东西。第二天这人走了，又过了几天，这伙盗贼在城里抢劫时被擒，那个船上的盗贼说："那天我差点误杀了丘公！"这两件事与陈平脱衣撑船的智慧是一样的。

刘备

隐晦才学

东汉末年，曹操素来忌惮刘备，他曾从容地对刘备说：“当今天下的英雄，只有你和我了，袁绍那群人，都不值得列数。”

刘备正在吃东西，勺子和筷子都掉了。这时正好上天打雷，刘备便对曹操说：“圣人讲‘每见打炸雷，刮暴风，脸色都要变。’确实很有道理，一声惊雷的威力，竟这样的厉害。”

◎

相传曹操因为刘备喝酒后怕打雷，闲暇时还喜欢浇浇菜园，从而放松了对刘备的警惕，使刘备得以免于灾祸。那么刘备喜欢编席，怎能知道这不是浇菜园式的智谋呢？

崔巨伦

缓兵之计

北魏时，崔巨伦曾任殷州别将。殷州被起义军攻破，起义军首领葛荣听说他有才学，想起用他，崔巨伦一心想设法逃掉。

恰逢五月初五，葛荣召集所有臣僚，命令崔巨伦赋诗，崔巨伦赋诗说：“五月五日时，天气已大热，狗便呀欲死，牛半腹出舌。”听的人哄然讥笑，他因此得免于被重用。他暗中找到几个不怕死的志士，乘着夜色往南逃，遇到巡逻骑兵，大家面临险境。崔巨伦说：“宁愿往南走一寸死，岂能往北走一尺生！”于是骗骑兵说：“我是受葛将军之命行事的。”骑兵正执火把看葛荣的敕书，崔巨伦拔剑斩了他们的头领，其余的全吓跑了，崔巨伦等人才脱身回到南边。

◎

明朝嘉靖年间倭人侵扰劫掠江南，昆山县有个姓夏的书生被倭人俘获，自称能作诗。倭将用竹车载着他，让他跟着部队，每日与他作诗唱和，他竟然幸免于祸。时间长了，夏生请求回去，倭人送了厚礼让他回家。这则是以不隐晦自己的才华而获得生存的。夏生称倭将也能作诗，他在咏文菊的诗中说：“五尺阑干遮不尽，还留一半与人看。”

仓促治盗 二条

神闲气定

娄门有两个做布匹生意的商人乘船而行，从北面来的僧人想搭船到昆山，船主不答应，两位商人因为他是佛门子弟而想接纳他们。

行到河中，僧人拔出刀插在茶几上说：“你们是要整尸，还是想斩首？”两个商人莫明其妙地说：“怎么讲？”僧人说：“我并不是好人，只是想得到你们的钱财。赶快跳到湖中，还可以保全整尸。”

两位商人说：“请师父容许我们吃顿饱饭，死而无恨。”僧人笑着说：“就答应你们做饱鬼吧！”船上人为他们煮肉，放了许多汤，用很大的钵盛菜，喊两位商人说肉已经熟了，两位答应着来了。船上人乘僧人未注意，迅速举起肉汁钵扣到僧人头上，烫得厉害，僧人正用两只手推钵，两个商人立即拔起茶几上的刀把他斩了，把尸体抛到湖中，然后摇船走了。

吴郡有个书生借僧舍暂住，他见和尚每次外出，都要锁门，非常谨慎。

一天和尚忘了锁门，书生便信步走进去，房内很曲折，案几上有一个小石磬，书生把玩敲击。旁边小门忽然开启，有个少妇走出来，见到书生，惊恐而离去，书生也仓皇向外走。恰巧碰上和尚提着一壶酒从外边走进来，看见门没上锁，惊奇地问书生："刚才见到什么没有？"书生答道："没有。"和尚发怒了，提着刀比画着对书生说："宁可马上杀了你，也不能让我因事情败露而死在他人之手。"

书生流泪说道："请容许我喝醉后，你再杀我的头，反正昏昏沉沉没有感觉了。"和尚答应了，书生假装举起酒杯告诉和尚说："厨房里的咸菜，请拿一根给我。"和尚于是持刀到厨房去了，书生急忙脱下衣服塞住酒壶口，使酒不淌掉，保持酒壶有十多斤的重量，然后悄悄站在门后，等和尚进来，举起酒壶朝他脑袋上连砸了十几下，和尚被活活砸死了。又问少妇怎么来的，说是和尚谋杀她丈夫，把她抢来的，书生便把和尚袋子里的钱物分给妇人，让她走了。

张佳胤

神闲气定

明朝人张佳胤任滑县县令时，大盗任敬、高章伪装成锦衣卫使者来见他，直接走进大堂，向北立定。张佳胤觉得奇怪，依旧照常判案。任敬严厉地说：“这时候，县令还如此傲慢地对待上级来使吗？”张佳胤稍有触动，起立相迎。任敬说：“奉旨在身，我们不作揖了。”张佳胤说：“圣旨是逮捕我吗？”命人设立香案，准备迎旨。任敬贴在张佳胤耳边说：“不是逮捕你，是涉及耿主事家事。”当时有滑县姓耿的在朝中任户部官员，因草场失火被关在狱中。

张佳胤觉得怀疑，将来人请到后堂。任敬扣住张佳胤左手，高章抱着张佳胤后背，一同入室坐在炕上。任敬摸着胡须笑着说：“张公不知我吧？我从坝上来，听说你有一万两金子，特此来借！”两人拿出匕首，放在张佳胤颈上。

张佳胤一点没有惊慌，从容地说：“你也不是为报仇非要杀我，我再怎么愚蠢，也不会为了钱财而放弃生命，你们即使不用匕首，我这样的孱弱书生也奈何不了你们！而且，你们既然是朝廷来使，为何又露出抢劫的样子，让人看了对你们不利呀！”两贼觉得他讲得不错，就收起匕首。张佳胤说：“滑县是小地方，哪能拿出这么多金子？”任敬拿出记下的官府各项收入，张佳胤也不再辩解，只请求他们不要多取而连累他当官，反复开谕，相持很久。

贼人说：“我们一道来的是五个人，必须给我们五千两金子！”张佳胤称谢：“好啊！但你二人身上哪能装下这么多金子？又有什么办法可以走出县衙？”贼人说：“你考虑得很对。为我们准备一辆大车，把金子装在上面，将你押在车上，做出奉诏逮捕的样子。不许有一人跟随;若有一个人跟随，我们就先刺死你。等我们的人骑马来后，就释放你。”张佳胤说：“大白天把我逮走，县里人必然会将你们围住，即使刺死我，对你们又有什么好处？不如夜里行走方便。”

二贼对视了一下，觉得不错。张佳胤又说：“官府的金银有戳记，容易辨认，对你们不利，县中多富民，我愿意如数去借，这样既不连累我做官，你们也可以安心。”二贼也赞同张佳胤的计划。

张佳胤叫高章传他的话将县吏刘相召来。刘相是个有心计的人，他来到后，张佳胤谎称：“我不幸遭到意外，如果被逮去，离死就近了！今天锦衣卫大人有权势，能免我不死，我很感激，准备拿出五千金为他祝寿。”刘相表示为难，说：“这怎么办得到？”

张佳胤踩了下刘相的脚，说：“经常见咱们本地的人富裕又有义气，我请你向他们去借。”说着就取来纸笔，分别写某某家境上等的借多少，某某家境中等的借多少，一共九人，合计借款五千金。所写的那九个人都是擅长捕盗的好手。张佳胤又对刘相说：“朝廷使者在，那九个人要穿戴整齐来见，莫要因为借钱故意穿得像穷人！”刘相领会话中含意而去。

张佳胤拿出酒食款待，自己先喝先吃以表示没有动手脚，又劝诫二贼不要多饮。如此一来，贼人更加相信张佳胤。酒宴过半，先前招来的那九个人都穿着华贵的衣服，扮着富户模样，手捧用厚纸包着的铁器，陆续来到门外，谎称：“你要借的钱已拿来，但我们不能如数拿出那么多。”一边说一边做出哀求的样子。二贼听到借的金子拿来了，又看到来的人衣着富贵，再也不怀疑了。

张佳胤招呼人搬来天平和桌案，又嫌桌案太小，叫把库房中长案搬来，横着放在后堂，左右县吏也到了。张佳胤与任敬如主宾那样隔着桌案相对而坐，而高章始终不离张佳胤左右。张佳胤拿着砝码对高章说：“你不能代你长官校验轻重吗？”高章稍稍靠近桌案，那九个人马上拿起包裹着的铁器冲上前。张佳胤乘势脱身，大呼擒贼。任敬起身要抓张佳胤，没抓着，情急之下，只得在树下自杀了。高章被活捉，拷问中又供出王保等三个盗贼。立即去抓捕，三贼已经逃往京城。向上报告后，锦衣卫长官陆炳将他们全部擒拿法办了。

◎

明朝祁尔光说："当命悬一线时，却能神闲气定，话语从容；以肢体语言完成周密计划，歼灭大盗如同制服小孩。这样的智慧和韬略，真是独步一时啊！"

罗巡抚

化解猜疑

罗某被派到四川巡视，他的船停泊在一条河边。那里的男男女女混杂一起在河中洗澡，并在罗某的船边打闹玩笑。罗某派人去制止，男女就一齐起哄大骂，因为人多，不仅没能够制止，反而向船上抛了许多石块后离去。于是罗某把这个情况告诉当地所属的县衙，几个人受到鞭打处罚。

之后罗公巡视四川，当地的百姓非常害怕。罗公心里盘算着，这天，又把船停在当初停过的地方，大声说："这里的百姓上次被我惩治过一回，现在民风大变样了。"感慨良久，川中百姓的疑惧也解除了。

◎

不但解除了百姓的猜疑，而且引导他们从善，真妙！

沈括

预防叛乱

北宋沈括任延州知府时，大将种谔驻扎在五原，正值天降大雪，粮饷不够了。禁军头领刘归仁率众往南行进，将士三万人都逃到关内，居民见状非常恐慌。

沈括出城到东郊设宴，准备款待刘归仁将军，见到几千士卒，就问道：“副都总管派你们来取粮食，是哪个带领你们来的？”回答说：“带队军官在后面。”沈括当即下令让他们各自回军营。没到十天，跑出来的三万士兵全部回营去了。沈括带兵来把守，刘归仁终于来了，沈括说：“你回来取粮，为什么不持兵符作证？”于是斩了刘归仁示众。

◎

沈括在任时，把朝廷赏赐的钱全部用来买酒，让民间百姓家的子弟比赛骑马射箭。有技能出众的，亲自起身斟酒慰劳他。边境的百姓非常高兴，积极练习射箭，唯恐武艺不长进。过了一年，训练出一千多名勇猛的射手，都增补到军中服役。

从此，该州威武的声名远远超过其他州府。沈括真是有用的人才啊！

河清卒

安抚士卒

宋朝时，治理黄河的役卒按规定不得调到别处服役。但宦官程昉担任外都水丞时，依仗权势蔑视州郡，想把修筑堤坝的役卒全部搞去治理二股河，程颢依据法规拒绝了。程昉向朝廷请求，朝廷命令调八百名役卒给他。当时天气非常寒冷，程昉对役卒又非常暴虐，致使大家都逃回去了。州官早晨集中在城门，小吏报告说役卒都逃散回来了，就要入城。众位官员相对而视，害怕程昉，不想接受这些人。程颢说："不让进肯定要出乱子，程昉有话我自会去承当。"随即亲自打开城门放他们进来，还宣布可以休息三天再去上工，并且把这件事报告朝廷，免除了役卒的劳役。

后来程昉进京朝奏经过该州，见到程颢时说话和气，态度收敛。之后又扬言说："澶州役卒逃跑，是程颢诱骗所造成的，我一定要向皇上报告。"同僚把此话告诉程颢，他笑着说:“他心里正怕我，还能这样吗？”程昉果然不敢上告。

◎

这样的事，程颐肯定不能做到，纵然能安抚逃回来的士卒，也一定要同程昉当庭对质，哪能让程昉心里害怕而不敢与自己作对呢？

吕颐浩

赏罚分明

宋建炎年间那一场战役，打到江边，卫士想家，散布流言。宰相吕颐浩用大道理劝解，并且晓以利害，说："先上船的，俸禄升五级，记上名字盖上官印为证。"对那些有作乱言行的人，在用印时故意盖歪了。事态平息后，则根据不同的印记进行赏罚。

◎

五代六合那场战斗，后周的士卒有不尽力拼命的，赵匡胤佯装督战，用剑斫这些士兵的头盔。天亮后，检查所有士兵，头盔上有剑砍痕迹的达数十人，全部杀了。从此他的部下士卒没有不拼命的。

这与吕颐浩的故事不同，智谋却是一样。

段秀实

假兵符

唐末，段秀实任司农卿，正逢朱泚反叛。源休是朱泚的宰相，教朱泚追逼唐德宗，并派将军韩旻率领精锐部队三千人马急速赶赴奉天。

段秀实认为这是关系朝廷安危的紧急关头，便派人告诉大吏歧灵岳，让他偷取姚令言的印，未得到。于是把自己的司农印倒过来盖在兵符上，去追赶韩旻的兵。韩旻到达骆谷驿时，接到这道假诏便回来了。

◎

按:《抱朴子》上说:“古人进山，皆佩黄神白章（《抱朴子》原文作‘越章’）的符印，途中见到新的老虎足迹，就将符印顺着盖，老虎就离开了;将符印倒着盖，老虎就会回来。”

今人追捕逃亡犯人的文书，只要倒着用印信，逃亡的贼人就能追回。段公倒用官印，或许正是用这个方法。

黄震

安定军心

北宋时，曾决定给东西两川的将士每人发若干铜钱。皇帝的诏书到西川，而东川却没有，军士们策划叛变。

黄震跟主谋的说:“朝廷难道会忘记东川? 大概是诏书还在路上吧！”当即打开本州的钱库，按西川将士所得的钱数发给东川将士，大家这才安定下来。

赵葵

防兵变

赵方，宋宁宗时担任荆湖制置使。一天，赵方犒赏将士，给予的奖赏太少，军队要发生兵变。

赵方的儿子赵葵当时只有十二三岁，发现后便大声疾呼："这是朝廷的赏赐，本官还有赏赐。"军队因这一句话安定下来。

◎

赵葵每当听到警报，都与各位将军出来，遇到敌人就拼命死战。各位将领都担心丢失制置使的儿子，所以拼命救他，每每因此获胜。

周金

安抚军心

明朝人周金担任宣府巡抚时，总督冯侍郎因为过于苛刻，失去大家的信任。正好各部队向冯侍郎报告请求拨军粮，他不但不听，还要用鞭子抽人，激起公愤，大家当面起哄骂他，并且包围了帅府。

周金当时因病请假休息，一些属下跑过来，流着眼泪告诉周金。周金说："我在，不要慌忙。"便穿着便装出来坐在院门，召来众位把总，假装骂道："都是你们剥削的罪过，否则，这些军人难道能不自爱到这种程度？"要鞭打把总们。

军士们听到周公不追究自己的罪责，怒气已平息，便跪在周金前面，替各位把总求情说："这不是他们这些人的罪过，而是总督贪图私利，不爱护我们。"周金从容地向他们陈述了利害得失。大家叫道："周金是我们的生身父母！"随即散去。

徐文贞

威慑振武军

明朝时，留守南京的振武军无故要求赏赐，递出的请赏书言辞又很傲慢，众官员对此很担忧。

徐阶（谥文贞）当面告诉操江都御史："率兵到龙江关扎营待命，操练江防部队，万一发生事变，就立即武装占据南京，调动江防部队，断绝振武军进入孝陵的通道。"并说："这件事不必保密，正是要让他们知道我的意图，以告诫他们要好自为之。"于是，事态平息。

王守仁

安定边疆

明朝王守仁到苍梧时，那里的少数民族早已知道他的声名，都提心吊胆，而王守仁则更加注意自己的言谈举止。

第二年七月，他又到达南宁，派人去要求卢苏、王受归顺。卢苏、王受假装允诺，带两万人来降，实则暗寻机会。王守仁派门客龙光前去晓谕降军，王受的军队露出兵刃，剑光闪闪，绵延十余里，呼声震天。龙光坐在胡床上，让夷人首领跪在面前，宣布朝廷的威德和宽厚不杀之意，言辞恳切而严厉，仪态从容;加之他相貌清古，髭须茂密，很像王守仁。王受曾打听王守仁的相貌，以为来者就是王守仁，于是俯首归降，发誓不再反叛，双方达成和议。然而，他们又带精兵二千用以自卫。

到南宁后，见王守仁前，王守仁钟爱的指挥王佐和门客岑伯高，明明知道王守仁没有加害卢苏、王受的意思，却又派人告诉卢苏、王受必须进献万两金子。卢苏、王受受骗，非常悔恨，说王守仁骗他，这么短的时间，哪里弄万两黄金？于是萌生了反意。

王守仁有个侍童，十四岁了，知道王佐等人的阴谋，夜里便到军帐中告诉王守仁，王守仁大惊，一夜没睡，派人告诉卢苏、王受不要听信谗言，保证不会加害任何人。卢苏、王受又怀疑又害怕，说来面谈时一定要带卫兵，王守仁答应了。卢苏、王受又说军门左右的守卫，必须都换成他所带的田州人，不换就不来见，王守仁不得已又答应了。

卢苏、王受来到军门里，带了许多卫兵，使城里人都有一种恐怖感。王守仁指出他们这样做是错误的，并处以杖打一百下。卢苏、王受不脱盔甲接受杖打，执杖的人又都是田州人。这样，他们安然接受杖打，由此，边疆各族都安定了。

◎

按:龙光字冲虚，江西吉水人，曾做过县丞。王阳明在南方督军时，征召龙光为参谋。宁王反叛，阳明公从水路直逼吉安，是龙光谋划的，其他一些筹划也多出自龙光。九年后的田州之役，阳明公又召来龙光，帮他成功地平定那些少数民族。龙光是个不寻常的人。

明代陈眉公惋惜他有功劳却没得赏赐任用，所以为他立传。

换字　添字

一字之师

明朝顾玠担任儋州太守，文昌县海面在五月时漂来一艘船，不知是哪国的，里面装有金丝鹦鹉、黑人妇女、金条等。当地人分掉金条，埋掉妇人，只将金丝鹦鹉送到县里。县里把这件事呈报镇巡衙门。公文被驳回，上司责令镇守府派人去追查此事，那些分金条的人非常害怕，打算逃到海上去，主办这件事的人不知怎么办。顾玠正好这时抵达郡中，大家都来问计策。顾玠当即让他们把原来的呈文拿来一看，把“漂”来船改作“覆”来船，事情便完结了。

益州的百姓很愚昧，往往因小过失而造成死罪。明代耿定向任益州太守，将大多数案件平反了。有个男子的妻子死了，他被判处抵命，判文说：“那妇人骂丈夫是畜生。”耿公当庭审讯，那男子说：“她骂我是畜生生的。”耿公便拿笔在判文上添了那两个字，然后便把那男子释放了。大凡媳妇詈骂公婆，按法律是应当处死的。

◎

只换了一个字，便省了许多事。因此，有“一字之贪婪”，也有“一字之师”。

胡兴

斩密使

明朝时，祁门进士胡兴任三河县令。文皇封第三子朱高燧为赵王，选择胡兴担任总管王府事务的长史。后来汉王打算造反，秘密派使者来见赵王，赵王大为惊惧，打算把使者绑缚上奏朝廷。胡兴说："他们起事已经几天了，哪儿有时间上奏？万一事情泄露，会驱使他们造反。"于是，一天之内就把这些使者全都杀了。

平定汉王之乱后，赵王向朝廷交回自己的武装。宣宗听说斩掉使者的事说："皇叔并不是有二心的人。"赵王于是幸免于祸。

张浚

假诏书

南宋建炎初年，宋高宗迁都杭州，留下张浚镇守苏州一带，当时汤东野为守备将军。

一天，汤东野听说有皇帝的敕令要到，心中犯疑，便去告诉张浚。张浚说：“快派你的部下中懂得事理的人去看看，让传送官文的驿者慢点走，把东西先取回来。”汤东野派人去看，是伪造的皇帝诏书。心想假诏书是不能宣读的，但这件事已经公开，众将士又盼望恩赐，担心他们会生事变，因此又去和张浚商量。

张浚说：“现在就开库发钱，表示一下行赏的意思。”接着把假诏书收起来，暗中取来原来府中收藏的高宗登基时的敕书，放在车里，并按迎接圣旨的仪式登上城门，宣读后贴在城楼上，拆去了台阶，禁止通行，没人敢登城。同时，把金钱、布帛赏给将士。于是人心略为安定了，然后才来商讨大事。

张咏　徐达

大主张

北宋张咏镇守成都时，当时四川刚经历王小波、李顺起义，人心浮动不定。一天举行大阅兵，他才出来，大家见他后高声呼唤三次。这时张咏也下马，望着东北呼唤三次，然后上马握着马缰绳往前走，大家再不敢躁动了。

明太祖曾召中山王徐达喝酒，一直喝到夜里，逼他喝醉，命令宫内侍者送他到太祖为吴王时所住的地方休息。到深夜，中山王酒醒，问住的是什么地方，内侍说："是皇上旧宫。"徐达赶快起来，直奔台阶下，朝北跪拜，三次叩头，然后才出宫。皇帝听说了，非常高兴。

◎

北宋张咏高呼三声，军队中鼓噪顿时平息;明朝徐达三叩头，皇帝对他的信任更坚定。一刹那间，有这样的大主张，并不仅仅是谨慎就行的。

颜真卿　李揆(kuí)

隐瞒真情

唐玄宗时安禄山反叛，攻破东都洛阳，派段子光将李憕、卢奕、蒋清（皆为死于洛阳的唐臣）的首级送往河北道示众。平原太守颜真卿哄骗诸位将领说：“我很熟悉李憕的头，这些都不是真的。”于是把段子光斩了，把那三人首级都藏了起来。

◎

唐代颜真卿做平原太守时，安禄山的叛逆行径很显著。真卿借着大雨天，修城挖沟，暗中征募兵士，储藏粮食，佯装让文人喝酒作诗。安禄山派密探去侦察，认为颜真卿是个书生不值得介意。不久，安禄山叛乱，河北一带都被他攻占，只有平原郡有防备。颜真卿做事深谋远虑，这便是一例。

唐朝时，尚书李揆素来为卢杞所忌恨，所以被派到蕃国任使者。李揆推辞说自己年老，怕死在路中不能完成使命，皇帝很同情。卢杞说：“同蕃国议和应当派熟悉朝中事务的人，这件事非得李揆去不行。他去了，那么以后年龄小于李揆的人，就没什么好推辞的了。”李揆不敢再推辞。到了蕃国后，蕃国酋长说：“听说唐朝第一有名的是李揆，是不是你？”李揆怕被留下，就骗他说：“那个李揆他哪里愿来呢？”

顾琛

巧妙应答

南朝宋文帝派大将到彦之北伐攻魏，到彦之吃了个大败仗，兵器盔甲全部丢弃，武器库因此被搞空了。宋文帝举行宴会，有归顺南朝的北人在座。皇帝问管理兵器库的官员顾琛："仓库里有多少兵器？"顾琛隐瞒真情，答道："有武装十万人的兵器。"

旧库里的兵器数是秘密，没人知道有多少，皇帝问出口后，已后悔失言，幸好顾琛这样回答，心中非常喜悦。

涿人杨四

救岳正

明朝天顺年间，承天府一带遭灾。阁臣岳正因为草拟诏书犯了错误，被降职为广东钦州同知。路经家乡漷县，因为母亲年老，留下照看了一个月。尚书陈汝言平时嫉妒岳正，故意唆使人以办私事的罪名，将岳正逮到牢里，拷打折磨，然后再贬到肃州去服役。

到了涿州，晚上住在驿站里，因刑具很紧，岳正都快被卡死了。

涿州人杨四素来就仰慕岳正名声，替他求情，解差不答应，杨四便用烧酒把他灌醉，等他睡熟了，对岳正说："桎梏有封印怎么办？"岳正说："可以把盘子烧热，用酒喷封条，靠近盘子烤，纸干燥，自然会翘起来。"杨四按他说的，把钉子下掉，脱下手铐，把中间夹手的地方挖空，再钉上加封。

解差醒了，觉得不对，杨四告诉他："事情已经是这样了，你又能怎样？我送给你几十两银子，以表示谢意，你就收下吧！"岳正就这样安全到达服役的地方。

李文达

选讲读官

明朝天顺初年，德秀等皇子都到了加封的年岁，英宗下令李文达慎重选择皇子的侍讲和伴读。

李文达考虑到给四位亲王配八位官员，翰林院里几乎去了一半。于是请求在新中的进士里选相貌俊伟、谈吐得体、学问渊博的人，授给检讨的职务，分别担任皇子的讲读官。从此这就成了惯例。

周文襄

转移粮草

明己巳年，瓦剌军队将要侵犯京城，声言要占领通州粮仓。满朝惊恐，束手无策，有人提出要派人放火烧掉粮仓，怕敌人得到粮食。

当时文襄公周忱正在京城，他建议:命令所有的卫军预支半年军粮，自己去取。于是军人们一个接一个地去挑粮，只几天，京城粮仓一下子就装满了，而通州粮仓为之一空。

◎

另有一种说法：己巳年的变乱，有人请求烧掉通州的粮仓以打消敌人抢粮的妄想。于谦说：“粮食乃国家的命脉，老百姓的血汗，怎么能不爱惜？”传令让城中有力气的人任意取粮，几天内粮食全被搬到城里。

楚汉相争时，郦生认为楚国攻取荥阳却不坚守是失策，劝刘邦快去夺取粮仓。

隋末，李密把守黎阳粮仓，打开仓库让百姓取粮，十天得到兵员三十多万。徐洪客出主意说：“这么多人长期聚集，恐怕米吃完了人就散了，不能成功，应当乘士气正锐的时候进攻。”但李密没有听从，因此失败了。

宋朝时，刘子羽把守仙人关，事先将梁州、洋州公家和私人的积蓄搬走，金人深入内地，钱粮供应不上，只好退回去了。

自古以来攻守的计策，没有不以粮食为根本的，重要的是要在敌人没有到来时就能预先办好。如果搬运来不及，烧毁也是一种办法。古代名将往往这么做，决不能把粮食留给敌人。

韩襄毅 二条

换信封

明朝时，韩雍（谥襄毅）不到二十岁时就担任御史，出巡江南。当时皇帝有诏书下给派往该省监察军政的宦官。而都御史误拆信封，害怕被追究而向韩雍讨主意。韩雍让他宴请宦官，由自己帮助他解脱。

第二天，韩雍做了个假信封，而把旧信封装在怀中。在宴会中，派邮差拿着给自己，假装不知把信拆了。刚读一两句，便惊叫道："这不是我应当知道的！"立即叫属官把信还给宦官，而实际上已暗中换成旧信封了。韩雍起身告罪，又装着要责打邮差，宦官认为他很诚实，反而还替邮差求情，大家欢饮而散。

◎

这是宋代王韶欺骗郭逵的计谋，但做得更无破绽。郭逵当时任秦州统帅，王韶出任洮河安抚司，巡视西部边境。郭逵知道他一定会对边防事务不放心，因此准备了边防财赋及商贾往来的收支情况的文本，派人送往王韶处以征求意见。王韶读了以后，怒形于色，把公文扔在地上，过了很长时间，才慢慢拾起来放入怀中，走进内屋，接着出来，当着使者的面把公文撕碎。郭逵把这事奏禀皇帝，皇帝问王韶，王韶把原来的公文呈上，竟然无一字损坏。皇帝不知道这是王韶的计谋，不再相信郭逵的话。

从此，凡是郭逵的议论，都不让上报，而王韶则得到了皇帝的宠信。

韩雍在南方，有一个郡守做酒具送给他，用大盒子装着，并把一个妓女藏在里面，直接送到韩的府中。韩公知道里面必定有隐藏的东西，便把那个郡守召来，把大盒子打开，让妓女侍奉喝酒，喝完酒，仍旧把这个妓女藏在大盒子里，随郡守一道出去。

◎

这肯定是南方那个郡守以此来观察试探韩公。韩公既不拂逆他的美意而又处理得像没事一样。这哪里是那些讲死理的人能理解的？

耿司马

一举两得

明朝兵部侍郎耿定力（官至兵部侍郎，故称司马）任成都知府时，当地的风俗，家无丧事也戴白帽子，耿定力屡次下令禁止。

适逢布政使司和按察使司发下公文捕杀蝗虫，耿定力扣着没发。他在路上遇到三个戴白帽子的人，都是富家子弟，就训斥他们说："按照法律是不会宽恕你们的，你们愿杀灭蝗虫赎罪吗？"那三个人磕头请罪，然后四处招募人捕杀蝗虫。蝗虫很快被灭尽了，百姓也没有受到侵扰。

◎

本来要灭蝗虫，借惩罚戴白帽子的人去做，一举两得。把灵活的心智巧妙地发挥，可以以此类推。

御史失篆

追回官印

有个御史因得罪了县令，县令就暗中派他宠幸的童子去侍奉御史。御史对此人很亲昵，此人就乘机从他的盒子里把官印偷走了。

御史找印时发现装印的盒子空了，心里虽怀疑是县令干的，但又不敢声张，便推说有病，不处理公事。他曾听说某教谕有出众的才能，便乘着那教谕来探望自己病情之际，把他叫到床头，陈述了事情原委。教谕教御史半夜里把厨房搞失火。

当天夜里，御史衙火光冲天，郡县官员都来救火，御史就把那个空盒子交给县令保管，其他官员也各有东西需要照看。等到火灭后，县令交上印盒，官印便已在里边了。有人说这个教谕就是海瑞，但真实与否不太清楚。

◎

仿佛是山穷水尽的地方，忽然让你看到了天台山、雁荡山、洞庭湖、鄱阳湖这样的壮丽景色，想出这些妙计的人，胸中一定存有源源不断的圆润融通的智慧吧！

王安

送礼

明朝神宗虽早已确立了皇储，但郑贵妃既有心计又受宠幸，因此太子的地位很不稳固。太子身边的侍卫人少力弱，资金经常入不敷出，需要千方百计弥缝补救，司礼监王安在这方面出了很大的力。

郑贵妃的儿子福王到封地就任时，贵妃把宫中所有的东西都送给了他。有人为了迎合太子，就擅自把最后十箱送到太子所在的东宫门外。王安知道后，规劝说："这样做不符合太子之道！"有人说："已经搬来了，怎么办？"王安说："再送回去！"又派人另外从东宫中挑选了十个类似的箱子，装满钱财，送给福王。王安对郑贵妃说："刚才我们把箱子留在东宫门口，是想依照这些箱子的式样，给福王准备一些礼品。"神宗和郑贵妃听了都很高兴。

朴恒

尽孝道

过去有人在战场上寻找亲人的尸体，但往往都溃烂不堪，很难辨认。高丽人朴恒的父母死在对蒙古的战争中，朴恒在堆积的尸体中，只要找到与父母相似的尸体就将其安葬好，共安葬了三百多人。这也是一种既尽孝道，又善待死者的方法。

◎

宋朝元祐年间有位大臣，他的父亲被贬到珠崖，并死在那里，灵柩寄放了很久，没有运回故里。等到那大臣显贵后，才亲自渡海去迎灵柩。因为年代已久，很难辨认哪一个是自己父亲的灵柩了。僧房中寄放着几口棺木，上面都未注明是何人的，不得已，他就从中领了一口棺木运回家，同他的母亲合葬在一起。后来人们竟然传说他误把僧人的遗骨领回来了。这样看来，还是朴恒有见地。

卷十七

应卒

西江之水虽多，但未及汲取，难解近需。一壶浆、一箪食虽微不足道，但在饥饿时却贵过璧玉。这样说绝不是不做长久打算，只是暂时用以解救急难。为此，辑撰《应卒》卷。

张良

封雍齿

汉高祖刘邦已给二十多名功臣封了爵号，其他的功臣日夜争功名。

高祖在洛阳南宫，远远看见许多将领常常聚在一起窃窃私语，便问留侯张良。张良回答说："陛下您从平民百姓起家，依靠这些将领夺取天下。现在您当了皇帝，但所封的都是旧好，所杀的都是有仇怨的，因此他们聚在一起准备造反。"高祖忧虑地说："怎么办？"张良说："您平时所憎恨的、群臣也都知道的人，是谁呢？"高祖说："雍齿有好几次使我非常窘迫。"张良说："现在赶快先封雍齿，那么群臣自然就不会变心了。"

于是，高祖封雍齿为什邡侯，群臣高兴地说："雍齿这样的人尚且封了侯，我们更没有什么可担忧的了。"

◎

北宋司马光说："那些将领窃窃私语的，未必是要造反。如果真要造反，张良又怎能等到发问才告知呢？只是因为高祖刚统治天下，多次凭自己的爱憎决定赏赐或诛杀，群臣往往有失望甚至自危的想法，所以张良就这件事来进忠言，以改变高祖的意愿罢了。"

明代袁了凡说："张良替雍齿说话，使高祖从此对忠臣产生了疑心，导致三大功臣相继被杀，未必不是这句话带来的灾害。"

照前面的说法，张良的这句话是忠言；照后面的说法，张良这句话就是罪状。总的说来，平民百姓做皇帝，从汉代开始，群臣都是并肩作战共成大事的人，如果人人失望自危，这种形势必然导致造反。高祖忧虑的也正是这一点，张良乘机说破，所以他的话易被采纳，诸位将领的急躁情绪也立即平息，不能说不是奇妙的策略。至于后来韩信、彭越被杀，张良事先又哪能预料到呢？

救积泽火

救火令

春秋时期，鲁国人烧沼泽草木，偏偏天正刮北风，火势往南蔓延，危及鲁国都城。鲁哀公自己率领众人救火，然而左右没人，都去追赶野兽，不去救火。

鲁哀公把孔子召来询问，孔子说："追逐野兽快乐且不会受罚，救火辛苦而没人赏赐，这就是火没有人救的原因。"鲁哀公说："说得对。"孔子说："事情紧急来不及赏赐救火的人，行赏面太大，鲁国的财力也办不到。不如请您行使处罚吧！"

于是鲁哀公下令说："凡是不救火的，比照投降敌人的治罪；凡是追赶野兽的，比照私入禁地治罪。"令还没传遍，火已被扑灭了。

◎

南宋末年，贾似道担任宰相。京城临安失火，贾似道这时正在葛岭，相距二十里，报告的人络绎不绝。

贾似道根本不管，说:“烧到皇帝祖庙时再报！”过了一会儿报告的人说:“大火就要烧到祖庙了！”贾似道乘坐轻便的小轿子，四个卫士执军器保护，走一里多就换人，很快就到了。他严肃下令，只说了一句:“祖庙被烧掉就把殿帅斩掉！”于是殿帅率领勇士很快就把火扑灭了。

贾似道虽然是奸臣，但很威严，有令必行。他的才能也有使人觉得痛快的地方。

值百钱

平抑物价

东汉末年，刘备攻打刘璋，刘备对众将说："如果成功了，府中仓库的所有东西，我都不要。"成都打下后，士卒都放下武器，到所有仓库竞相夺取宝物。军队的用度不足，刘备很担忧。

刘巴说："很容易，可铸以一当百的钱币，用来平抑物价，令官吏在官市推行。"刘备听从了。几个月之间，府库就丰实了。

◎

没有这种官市，那么值百钱也就不能通行，但关键在于值百钱能平抑物价，老百姓就不用担忧，自然顺从得像水一样了。

知县买饭

士卒饱餐

宋末嘉熙年间，峒人造反攻打吉州，万安县令黄炳聚兵守卫。

一天夜里五更，探子报告敌人将到，黄炳派巡尉带兵迎敌作战。将士都说:“肚子是空的，怎么打仗？”黄炳说:“你们快走，饭马上就到。”黄炳便领着全体官吏，带着竹箩木桶，沿街叫道:“知县买饭咯！”这时，大多数居民早饭刚做好，都有热饭开水，黄炳付了他们优厚价格，担走热饭，按时交了差。于是士卒们都饱餐一顿，一仗就打败了敌人。黄炳因此而立功，被提升为临川府长官。

造红桌　赁瓦

权宜之计

南宋赵从善担任京兆尹时，宦官有意给他出难题，下文要他负责给祭祀用的三百张桌子上红漆，并且限定一天办好。从善于是派人从茶楼酒馆取来三百张类似的桌子，洗干净，糊上白纸，涂上红漆，按时交了差。

还有一次，皇帝与太后要游玩聚景园，夜里经过万松岭，宦官突然提出要火炬三千束。赵从善命令取下街上妓院的竹门帘和芦苇门帘子，把油脂放里面捆起来，挂到道路两旁的松树上，把山道两旁照耀得如同白天一样。

宋高宗过长江，在临安住下，修建皇宫。刚刚建了一个殿堂，顶上尚未安瓦，天又下雨，知州和转运使很忧虑。

忽然有个官员说："多派些士兵向沿街店铺租借他们楼房腰檐上的瓦若干块，等一个月后新瓦运到，如数归还。"郡司听从了。殿堂急需之瓦转眼就办好了。

辛弃疾任湖南安抚使，驻长沙时，打算在后院建一座楼，以作中秋赏月之用。当时已是八月上旬，办事的人说：“其他都还行，就是瓦实在来不及制造。”

辛弃疾以一百钱赁二十片瓦的方式，命人向街市每家租借，限定两日以瓦收钱。这样一来，送来的瓦就多得用不完了。

◎

两件事就是一时的权宜之计，可以供处理实务的官员效法。

周忱 二条

权变

明朝正统年间，宫殿上绘彩图，合计用牛皮胶一万多斤，派官员督促江南地区进献，催得很急。

江南巡抚周忱恰好有事前往京城，与所派官员在途中相遇。使者请周忱回去办理此事。周忱说:“你先回去，我自有办法。”到京城后，周忱说:“京城仓库所贮存的牛皮，已年久腐朽，请用这个炼胶。等我回去后，买了牛皮归还大库，以新换旧，两得便利。”王振欣然听从了。

那时，边界的军事很紧急，工部下文要造盔甲和腰刀几百万件，并且要求头盔必须是水磨铁的。周忱取出积余的米作军费，照数造成。但算了一下，搞水磨铁头盔，没有一年时间办不到，所以暂且命令将头盔镀一层薄锡，这件事十天就办妥了。

张恺

临时马槽

明朝宣德三年（1428），浙江鄞县人张恺以监生的身份担任江陵县令。当时征讨交趾的大军经过江陵，总督要张恺当天下午就送几百个火炉和炉架到军中去。张恺即命令木工将方形桌子锯掉半截腿，桌面上凿个洞，放上铁锅。

不久，军中又要一千多个马槽，张恺当即找来裁缝和各家妇女，用棉布缝成槽子，槽口再缝上绳子，用木棍把四角撑起来，喂过马后就收起来，到前面再用。大家都来效法。

◎

张恺后来被周文襄公推荐为工部主事，运输后勤等事务办得非常出色。啊！他虽是监生出身，但表现不凡，用人难道能够仅凭资历吗？

张彀(gòu)

征集羽毛

金代张彀任同州观察判官。当时朝廷调兵屯防边境各州，向民间征箭十万，规定必须要用雕和雁的羽毛做的。于是，这两种羽毛的价格暴涨，还难以买到。

张彀说："箭，是射出去的东西，什么样的羽毛不可呢？"节度使说："这件事应向尚书省请示。"张彀说："州里距京城两千里，怎么能解决百姓们迫在眉睫的危急呢？这事万一上面怪罪，我愿承担责任。"此事一确定，一日之内雕和雁的羽毛价格就下跌了几倍。后来尚书省也同意了他的建议。

陶鲁

重金买牛

明朝人陶鲁，字自强，广西郁林人。二十岁时，因为父亲陶成战死，被录用为广东新会县县丞。

都御史韩雍下令取一百头牛犒劳军队，限三天备齐。韩公令出如山，众官僚都不敢应承，陶鲁站出来承担了。三司以及同僚都一齐责备他狂妄，陶鲁说：“我绝不连累你们。”于是，他在城门上贴告示，说：“交一头牛给五十金。”有人牵一头牛来，陶鲁马上给了他五十金。第二天，人们争先恐后地赶来了许多牛，陶鲁选了一百头又肥又壮的，以平价收购，说：“这是韩公的命令。”如期把牛献上去了。

韩公大大称赞了他，发文把陶鲁召到自己的帐下，让他管理军政事务。攻破藤峡那一仗，多依赖陶鲁的力量，后来陶鲁被提升为知府。

◎

这本是春秋时商鞅移木立信的谋略，又兼有宋朝赵抃增价平籴的智慧。

边老卒

伐木作杵

明朝丁大用征讨岭南，京师军队缺粮，抢来敌人的稻子，用刀作杵，盔作臼，捣米。

边境的老兵笑他们笨拙，便教他们在土丘上找一块干净地方，做一个臼一样的坑，烧茅草烤，使坑变得坚硬。然后把稻子放在里面，伐木作杵来舂，非常方便。

蒺藜棒

简易兵器

唐代韦丹在洪州任上时，正值毛鹤叛乱，仓促间没有防御敌人的武器。韦丹便用蒺藜做了一千多根棒子，棒头上钉了铁钉，像刺猬毛，车夫以及兵士各持一根。

这种棒子很容易制作，用起来与刀剑也差不多。

冰炮

随机取材

宋真宗时，李允则任沧州知州。一次敌人围困州城，因为城中没有炮石，就凿冰块为炮弹，敌人只好撤退。近人陈规防守安州时，用泥做炮弹，城也始终没被攻破。

猪脬(pāo)渡淮

巧渡河

宋太宗率领北方军队渡淮河时，岸边一条船也没有。有人从随身带的大口袋中取出十几个干猪尿脬，往尿脬中吹足了气，围在腰间，游水到达南岸，然后把南岸的船只夺了过来，于是大军乘船渡过了淮河。

塞城窦

棉絮塞洞

颜常道说，有一年发大水，河水淹了濮州城。由于人们疏忽了对城墙上漏洞的防护，水就顺着窟窿往城里涌，发出的声音就像打雷一样，须臾巷子里的水就有人的小腿深。

有人提出用破棉絮塞洞的方法，简单说来就是把旧棉絮绑成一个个大小不一的棉花团，派善于游泳的士兵沿着城墙，用棉花把漏洞一个个堵住，水马上就不向城里涌了，维修工作紧接着展开，城墙终于平安无事。

治堤

修筑水堤

宋神宗熙宁年间，睢阳县境内的百姓挖开汴河河堤，灌溉农田。汴河水突然暴涨，把河堤冲塌，人力根本堵不住。

这时都水丞侯叔献到现场去考察，发现汴河上游数十里的地方有座废弃的古城，就急忙令人挖开河堤，把河水引入古城内。这样，下游水势干涸，他又立即派人抢修塌陷的河堤。

第二天，古城的水灌满了，河水又向下游涌去，而下游的河堤已经修好了。这时，开始慢慢堵塞古城那段河堤，由于水势内外相平，河水相对静止不流，那段决口也很快堵好了。大家都很钦佩他的机敏。

窖石

移巨石

宋朝时，陕西地区因山洪暴发，山上的大石头滚下来堵住了山涧，形成水灾。有的石头有房子那么大，凭人力无法搬走，州县官员为此十分忧虑。

雷简夫当时任县令，他派人在每块石头底下挖一个跟石头大小一样的洞穴，然后把石头拽到洞中埋起来，于是水患得到平息。

筑垣

就近雇用

明朝陆光祖担任浚县县令不久，就发生了“庚戌之变”，鞑靼开始入侵边境，大司马赵锦提议征调三辅地区的百姓修筑城墙，抵御来敌。陆光祖坚持认为不可行，赵锦很生气，就以阻挠军令的罪名弹劾他。

陆光祖仍然不改变自己的主张，并对钦差说，如果一定要征调三辅地区的百姓去服役，不如让他们出钱雇用边境的百姓去服役。钦差把他的意见呈报到朝廷，皇帝批准了他的建议，三辅地区的百姓得以安宁。

曹操

望梅止渴

东汉末年，曹操曾在一次行军中找不到水源，军士们都很渴。曹操便下令说："前方有一大片梅子林，果子很多而且又甜又酸，可以解渴。"士兵们听到后，口里都生津。乘此前进，终于找到水源。

孙权

木船借箭

东汉末年濡须那场战役，孙权与曹操对峙有一个多月。

孙权曾乘大船来观望曹军，曹军弓箭乱发，许多箭射中船舷。船往一边偏斜，孙权下令让船转过去，以另一面受箭，船的两侧中箭均匀，船也就平衡了。

书城壁

破海陵王

南宋时，金海陵王完颜亮生性多忌。刘锜在扬州，命令把城外房屋都烧掉，用石灰把城墙全涂白，上面写道："完颜亮死在这里！"完颜亮见到很厌恶，便驻扎在龟山。龟山地小，金兵人多，驻扎不下，于是发生了内乱。

韩琦

临机应变

宋英宗即位后几天，穿着孝服站在先皇灵柩前，还没哭就突然发病，大声呼叫。侍奉他的人都跑掉了，大臣们惊呆了，站在那里不知怎么办。

韩琦丢掉扶杖，快步走到英宗面前，把他抱到帘子里对宫里的人说："要用心照管。"然后告诫当时看见的人说："今天的事只有我们看见，外面无人知晓。"于是又各就各位哭灵，像没有发生什么事情一样。

榆木川 二条

秘不发丧

明成祖率军抵御鞑靼，归途中病逝于榆木川。大学士杨荣、金幼孜到皇帝营帐秘密商议，认为军队远离京城，担心有变，于是对成祖逝世的事保密。

他们立即命令工部官员收集军中的锡器，召工匠把这些锡器熔化后做成一口棺材，将成祖的遗体装殓在里面并封好，又把造棺的工匠统统杀死以灭口。同时命令光禄官跟平常一样送饭，号令更加严肃。直到军队进入京城，成祖逝世的消息都没有传出去。

灵柩到了开平，皇太子便派皇太孙去迎接，临走时说："有封章报告事情，没有印记就不能防止伪造。"但当时皇太孙走得急，来不及作图章。

大臣杨士奇请求把成祖当初授给东宫太子的图章暂且交付皇太孙，等他回来就交还，皇太子听从了，又对杨士奇说：

“你说的虽是权宜之策，却也是机缘巧合。当初先皇帝刚即位时，皇储的位子很久都空着，各种议论喧腾。我现在就确定皇储，以后就不会流言四起了吧。”

邵溥

救宗室

北宋末年的靖康之变，金人想把京城的皇族成员全部抓获。有人献计说宗正寺的玉牒中可以查出皇族宗谱。金军首领便派人去取玉牒。一会儿，玉牒就被送到南薰门亭子。正好金人使者有事暂且回去，这天夜里只有监督交接官物的几个人在，户部侍郎邵溥就是其中之一，他取出玉牒来看，每揭二三板，就抽出一块板扔进火炉中烧掉，叹道：“我没有力量搭救所有的宗室啊！”

宗谱中被烧的大约十分之二三。不一会儿金人使者到了，官员把宗谱都给了他，于是金兵便按照宗谱去搜查。在京宗室凡是能幸免于难的，都是靠了邵溥的力量。

◎

唐代裴谞被叛将史思明捉住后，被授予御史中丞的伪职。那时史思明残杀皇家宗室，裴谞在暗中保护，被救下的有近百人。由此可知随时随地肯对人行方便的人，都有益于国家。与那些只会死背忠孝条文的人比较，究竟谁胜过谁？

盛文肃

赐桌子

宋朝盛度（谥文肃）在翰林院时，宋仁宗曾召见他，当面对他说："近来旱灾严重，我已向上天祈祷降雨，但没有应验。我准备深咎已错，下诏了解民间的疾苦。你就在这里起草诏书，有什么意见可以当面商量，不必来回呈报公文了。"盛度说："我身体胖，不便趴在地上写字，请陛下赐我一张矮桌。"

仁宗同意了，马上传旨让人送来桌子。桌子刚送到，盛度已将诏文写成。仁宗夸他文思敏捷，对诏书也一个字没改就颁布了。

有人说："盛度作文才思迟钝，因而请皇上赐他桌子，以便争取时间构思文稿。这也可以说他善于利用自己体胖的短处吧。"

卷十八

敏悟

用彩绸剪成的花，尽管很精巧，也要被春天的花所取笑。人工雕饰的东西尽管耗费辛劳，也总不如天生的东西那么自然可爱。领悟敏捷的人，既不用占卜，也不靠刻意思考。为此，辑撰《敏悟》卷。

司马遹(yù)

聪慧太子

晋惠帝的太子司马遹从小就很聪明。

有一次宫中夜间失火，晋武帝上楼观望，司马遹便扯着他的衣服将他拉到了黑暗的地方。晋武帝问他为什么要这样做，司马遹回答说：“黑夜里匆匆忙忙的，应该防备万一，不能让火光照见了皇上。”当时司马遹才五岁，晋武帝对此感到非常惊奇。又有一次，司马遹跟随晋武帝察看猪圈。他对武帝说：“猪已经养得很肥了，为什么不杀了用来供养壮士，反而让这些猪在这里白白地浪费粮食呢？”晋武帝抚摸着他的肩背说：“这孩子将来会使我家的天下兴盛。”

后来司马遹竟因蒙受贾皇后的谗言，被废黜死去，死后赠谥号愍怀。啊！真是可怜悯可怀念呀！

◎

这种有才智有见识的人，为什么不能富贵多寿呢？他如果继承王位，司马氏必定昌盛，然而若真如此，天道也就僭越了。司马遹谥号愍怀，而继承晋惠帝之位的，一为怀帝，一为愍帝，马也由此变成了牛（指晋司马氏最后被刘裕所灭，刘、牛谐音），这是上天的兆示吗？

李德裕

王佐之才

唐朝人李德裕神采清俊，他的父亲李吉甫经常向同僚们夸赞他。

有一次宰相武元衡召见李德裕，问他："你在家读些什么书？"意思是想了解他的志向，但李德裕没有回答。第二天武元衡把事情全部告诉李吉甫，李吉甫回去后就责备他。李德裕说："武公身为皇帝的辅佐，不问治理国家、调和阴阳之事，却问读些什么书。读书是学校和礼部的职责。他问得不恰当，所以我没有回答他。"

李吉甫又将李德裕的话告诉了武元衡，武元衡感到非常惭愧。

◎

从这件事可以知道，李德裕是辅佐帝王之才。

洪钟

修慧未修福

明朝人洪钟四岁的时候，就随父亲洪朝京考察在任政绩到京城去。在船上，洪朝京与客人下棋，洪钟在一旁观看了很长的时间，便领悟了棋的形势，引导他的父亲连连获胜。等到了临清，看见牌坊上题写的大字，便要笔描摹下来，于是就学会了这种字体。到了京师后，就摆摊卖字，京师的人都认为他是神童。

宪宗皇帝听说了这件事，便召见了洪钟，命令他写字。洪钟就在地上连写了几个字。宪宗皇帝又叫他写“圣寿无疆”四个字，洪钟拿着笔很长时间也没有下笔。皇帝说：“你难道有不认识的字吗？”洪钟跪下磕头回答说：“我不是不认识字，只是因为这些字不敢在地上书写。”皇帝非常欣赏他的话，马上命令侍从抬来一张几案，又拿来踏脚的凳子让洪钟站在凳子上书写，一气就写好了。皇帝非常高兴，命令翰林院供他读书，他的父亲也升任国子监助教，以利于他教育孩子。

◎

按：洪钟在弘治庚戌年十八岁时就中了进士，策试后授予中书官，但不幸得病，未到三十岁便夭折了。他难道就是佛家所说的那种前世只修下此世的智慧而未修下此世的福寿的人吗？

高定

神童

唐代的高定七岁时读《尚书》，念到《汤誓》这一篇，便问他父亲："臣子讨伐君主应该怎么办？"他的父亲回答说："应该上应天意，下顺人心。"

高定说："《尚书》上说，服从命令的，便在先祖的神位前颁发赏赐；不服从命令的，便在社神面前给予惩罚。这哪里是顺从人心？"他的父亲不能回答。

◎

商末伯夷、叔齐为这事争了千年，聪明的儿童一句话便作了结论。那些能作出“獐鹿、松槐”之类应对的孩童，只不过是口齿伶俐，不值得称道。

唐朝贾嘉隐七岁时，凭着神童的身份受到召见。当时长孙无忌和徐勣两人站在朝堂上说话。徐勣戏问贾嘉隐：“我靠的是什么树？”贾嘉隐说：“松树。”徐勣说：“这是槐树，为什么说是松树？”贾嘉隐说：“以‘公’配‘木’，哪能不是‘松’呢？”

长孙无忌也像徐勣一样问自己所靠的是什么树，贾嘉隐回答说：“槐树。”长孙无忌说：“不能改变一下你的回答吗？”贾嘉隐说：“‘槐’字是‘木’旁加一个‘鬼’字，还用改变吗？”

北宋王雱才几岁的时候，有一个客人送给王安石一只獐和一只鹿，放一个容器里。这个客人问王雱：“哪一只是鹿，哪一只是獐？”王雱实际上不能分辨，就看了很长时间，然后说：“獐的旁边是鹿，鹿的旁边是獐。”客人感到非常惊奇。

杜镐

类比僧道

北宋时，侍郎杜镐的哥哥在江南当法官。曾经碰到一个案子，儿子毁掉了父亲的画像，他的近亲都可作证。杜镐的哥哥不知用什么法来定罪，因此不能决断，形于颜色。

当时杜镐还很小，问明原因后，就对他哥哥说："可以类比和尚道士毁坏天尊、佛像。"他的哥哥对此十分惊奇。

文彦博　司马光

小时了了

北宋时，文彦博小时候与一群孩子玩球，球掉进了树洞中拿不出来。文彦博用水灌到洞中，球便漂了出来。

北宋司马光小时候与一群孩子玩耍。有一个孩子不小心掉进了一个大水瓮中，已经沉了下去。孩子们都惊慌地乱跑，司马光却搬了块石头砸破水瓮，落水的小孩因此得救。

◎

这两个人应变的才能，救人的办法，在儿童时就已经显露一斑。谁说小时候很了不起，长大了就一定不出色呢？

王戎

不摘苦果

晋朝人王戎七岁的时候，曾经同许多小孩一同游玩，看到路边有一棵李树被扳折了，上面挂满了果实，孩子们都竞相摘取，只有王戎不动。有人问他为什么不去，王戎说："树长在大路边而又有许多果实，这一定是棵苦李树。"拿来一试，果然如此。

◎

元代的许衡小时候曾在大热天里路过河阳。路边有许多梨树，人们都争着摘梨子吃。只有许衡一个人独自坐在树下，神情自若。有人问他为什么不吃梨，许衡说："不是自己的东西怎么可以拿来吃呢？"人们说："梨树的主人已经逃亡，世道纷乱，这些梨就没有主人了。"许衡说："梨树没有主人，我的心中难道也没有是非了吗？"将这两件事合起来看，王戎表现为机智，许衡表现为仁义，两人都是神童。

曹冲

称象

东汉末年曹冲从小就非常聪明。孙权曾经给曹操送了一头大象，曹操想知道象有多少斤重，便询问他的部下，没有人能够想出办法来。曹冲说："将大象放到船上，然后在吃水的地方刻下印痕，再放一些物件达到同一吃水线，然后称一下物件就可知道大象的重量了。"

当时曹冲只有五六岁，曹操感到非常惊奇。

张鷽

计算用料

宋朝人张鷽任处州知州。当时有人想造一条大船，但无法计算用料多少，便来请教他。张鷽说:“可先造一条船，按小船一寸合大船一尺的比例来计算，便可算出大船的用料了。”

戴颙(yóng)

举隅反三

从汉代开始有了佛像，但是制作还不够精细。

南朝宋太子在瓦官寺中铸了一尊一丈六尺高的铜佛像，完成以后，觉得面容太瘦，非常遗憾，匠人们也无法改变。宋太子便请戴颙来看一看。戴颙说："不是面容瘦了，而是臂胛铸得肥了一点。"于是削减了臂胛，便不觉得面瘦了。

◎

费用多便觉得资财匮乏，官吏贪求便觉得老百姓贫穷，大将软弱便觉得敌人强大。善于从一点而类推其他，那么所精通的东西一定广博。

杨佐

修复井壁

北宋时，陵州有一种盐井，有五十丈深，都是用石头铺的井底，用柏树做的井壁，上面高出井口，用绳子放下去才能打到水。天长日久，柏木井壁腐败了，人们要想更换新的，但是井里阴气向上升腾，下去的人马上就死去。只有天下雨的时候，阴气才随着雨水向下，稍稍可以施工，天一晴则马上停止。

杨佐在陵州做官，便教工匠用木盘装水，从隙缝泼洒，就像雨滴一样，叫作水盘。像这样连续干了一个月，井壁修复一新，使用起来同原来一样。

尹见心

锯断大树

元初人尹见心当知县时，县城附近的一条河中有一棵树，从水里生长出来已有很多年了，经常撞坏行船。尹见心命令砍掉这棵树，老百姓说：“树根长在水底，非常牢固，去不掉。”

尹见心就派一个会潜水的人，下到水底丈量树的大小长短。然后制作了一个大的杉木桶，比那棵树稍微长一点，两头都是空的，从树梢穿过去，一直插入水中，接着用大瓢将里面的水舀干，再派人进入大桶里将树锯断，大树于是被移除了。

怀丙

捞铁牛

北宋时，河中府有座浮桥，用八座铁牛系住，一座铁牛有几万斤重。治平年间，大水冲断了浮桥，而且系桥的铁牛也沉没到河中，于是四处招募能打捞铁牛的人。

真定寺的和尚怀丙用两条大船装满土，系在铁牛的两侧，又用大木头做成秤钩形状勾住铁牛，然后再慢慢地去掉船上的土，这样，船浮起来，铁牛也被捞出了。转运使张焘把这件事报告给朝廷，皇帝赏给怀丙一套紫色的袈裟。

功德碑

竖碑

明成祖在钟山刻高皇帝的功德碑，碑高大华丽，但那龟形碑座太高，没有办法将碑放上去。一天，成祖做梦，有位神人告诉他：“要想立起这块碑，应当使龟座看不见人，人也看不见龟座。”

成祖醒来后终于想到了解决问题的办法，于是命人在龟座周围埋土，埋得与龟座一样高，然后用车将碑拉上去，放好后再将土挖去，这样不费什么劳力便完成了这项工程。

修龙船腹

巧修龙船

北宋初年，两浙献上一艘龙船，船身长二十多丈，上面建有宫室屋楼，设有御榻，以备皇帝乘船出游之用。因年代久了，船腹朽坏，想修理，但船停在水里，无法施工。

熙宁年间，宦官黄怀信想出一个办法：在金明池的北边挖一个可停泊龙船的水湾，在水湾的下面打上柱桩，再在柱桩上架上木梁。然后把汴河水引入水湾，把龙船拽到水中木梁上，再用水车把水湾中的水抽干，龙船就悬在木梁上，可以进行修补了。

等修好后，再引入水把船浮起来，然后撤掉木梁。他又让人在水湾上面修造一座大房子，遮蔽龙船。这样，整个水湾就成为藏船的仓房，再也不用担心龙船暴露在外受风吹雨打了。

◎

苏州葑门外有一座灭渡桥。相传修建此桥时，由于水流湍急，工程屡次不得竣工。

有人献了这样一条计策:考察附近的田地，从中选择一块，在里面修筑桥基，建成桥梁，等工程完工后，把桥下的土挖掉，修成新的河道，让河水改道经过桥下，然后再把旧河道填上。从此人们就可在桥上往来。因此，人们称之为“灭渡桥”。这座桥巨大壮丽，经久耐用，至今仍十分壮观。

有人说，这是鲁班现身。这件事与上边修船的事十分相似。

虞世基

铁脚木鹅

隋炀帝游玩扬州，已经开凿了运河，但船行到宁陵境内时，常因水浅不能通行。他就问虞世基有什么办法，虞世基回答："请您下令造一只铁脚木鹅，长一丈二尺，从河的上游放下来。如果木鹅停住不动，就是水浅的地方。"

隋炀帝按照虞世基的话去办，从雍丘到灌口，共发现一百二十九处水浅的地方。

周之屏

解人意

明朝人周之屏在南粤做官时，张居正下令丈量全国的田地。当时的官员认为瑶族人的田亩不能丈量。等到入朝拜见皇帝时，各级官员都在朝廷上提出了同样的看法。张居正厉声说："你们只管丈量！"周之屏明白了他的意图，行了礼便出去了。其他人仍在那里窃窃私语，张居正笑着说："出去的那位，是理解我的意思的人。"

众人出来后问周之屏，张居正的话究竟是什么意思。周之屏说："宰相正想统一法度，治理天下，怎能明确地指出某田不能丈量呢？我们下属官员可以灵活掌握嘛。"大家这才豁然明白。

杜琼　谯周

谶语

汉代末年，杜琼曾经说：“古代称官职，没有用‘曹’命名的。自汉代以来，官都称‘曹’。吏官叫‘属曹’，卒官叫‘侍曹’。这难道是天意吗？”

谯周后来顺着这话说：“汉灵帝给他两个儿子取小名叫史侯、董侯。到后来二人果然都被皇帝被降为侯，与此类似。蜀先帝名叫备，备意为都已经具备；蜀后主名叫禅，禅意思是授予，是说刘氏天下都已经具备，应当授予他人了。”谯周还说：“曹是众的意思，魏是大的意思。又众又大，那天下当然归他了。一切都完备而授予他人，当然没有后继者了。”

等到蜀汉灭亡，人们都把他的话当作神语。谯周说：“这只不过是从杜琼的话推而广之，并没有什么独到之处。”

梁武帝

拆字术

南北朝时期，台城陷落后，梁武帝对人说："侯景一定会称帝，但不会长久。破拆一下侯景的名字，就是小人百日天子。"侯景篡夺帝位，果然一百天就覆亡了。

熊火

预言火灾

南宋绍兴三年（1133），有一头熊跑到永嘉城下。州守官高世则对他的副官赵允韬说："'熊'字就字来看是合'能火'而成，城里应该谨防火烛。"此后没几天，果然失火烧掉官房、民房十七八处。

明朝弘治十年（1497）六月，有一只熊从西直门进入京城，兵部郎中何孟春也用谨防火烛来告诫人们。没几天，礼部失火。又过了几天，乾清宫也毁于大火。

柏人　牛口

谐音

汉高祖刘邦经过柏人这个地方，想在那里住宿，心跳得很厉害，便问这里的地名，人们告诉他此地叫柏人。柏人就是受迫于人，汉高祖于是决定不在这里住了。过后，听说贯高曾想在那里谋害他。

隋末窦建德解救王世充，率领部队到牛口这个地方，唐太宗李世民说："豆（窦）入牛口，必定不能保全自己了。"于是一仗便俘虏了窦建德。

◎

后汉的岑彭讨伐蜀国，到了彭地就死了，是被刺客刺杀的。唐朝的马燧讨伐李怀光，率部队安营扎寨，问驻地的地名，人说叫“埋光村”，马燧听后高兴地说：“俘虏敌人已毫无疑问。”后来果然如此。五代时，辽国的君主耶律德光侵犯晋地，返回时走到杀胡岭这个地方就死了。宋代的吴璘同金兵作战，在杀金坪这个地方大胜金兵。

明朝弘治年间，广西参议马玹与都司马某征伐瑶地，在双倒马关这个地方两人都被反贼杀害。宁王朱宸濠谋反，在安庆被打败后，停船在黄石矶。宁王问他左右的人这里是什么地方，左右人告诉他是黄石矶。江西人读“黄”音同“亡”，宁王叹道：“我本应在此‘失机’。”没多久就被擒了。谶语哪里能够全都忽视呢？

明成祖朱棣领兵到怀来城，毁掉五虎桥以后才进城，又像在狼山、土墓、猪窝等地方，都不驻扎部队，因为讨厌这些名字。明弘治乙丑年，昆山顾鼎臣中了状元。当时尹阁老闲居家中，对人说：“这个名字不好。因为‘臣’与‘成’声音相似，鼎成龙驾，名字犯了忌讳。”到五月果然应验了（指明孝宗死）。人们说尹阁老的话是有根据的。

明景泰辛未年的状元是柯潜，当时人说：“‘柯’与‘哥’声音相同。”不久，英宗从北方被放回来，退居南宫，正应了“哥潜”的谶言。

曹翰

分析螃蟹

北宋时，曹翰跟从太宗征讨幽州，正要攻城，士兵挖土得到一只螃蟹，献了上来。

曹翰说:“螃蟹是水里的生物，现在却住在陆地上，失去原来的住所;螃蟹的脚又很多，敌人的援兵将会到来，这是不可进攻的象征。况且‘蟹’与‘解’同音，还是班师吧。”他的这些话过后果然应验了。

郑钦说

破译铭文

郑钦说天性聪明，精通历术。唐代开元后，官一直做到左补阙内供奉。

南北朝梁朝大同四年（538），太常任昉在钟山一个墓穴中得到一件铭文，上写：“龟言土，蓍言水，甸服黄钟起灵址。瘗在三上庚，堕遇七中己。六七三百浃辰交，二九重三四百圮。”

任昉到处寻求答案，但没有人能辨识。于是留下遗嘱告诫子孙们说：“要代代访求知识渊博的人来解释铭文，有能解释的人，我死也没什么遗憾了。”

任昉的五代孙任升之隐居在商洛地区，写下铭文交给了郑钦说。当时郑钦说正出使在外，在长乐驿收到铭文，到敷水三十里，才明白其中的内容。

郑钦说说：“这是用占卜来确定坟墓安葬的年月，而又预先记下了这座坟墓倒塌的日期:‘甸服’表示五百;‘黄钟’表示十二。

“从大同四年上推东汉建武四年(28),共计五百一十二年。三月十日庚寅那天下葬,所以说‘三上庚’;七月十二日己巳那天这座坟墓倒塌,所以说‘七中己’;‘浃辰’(古时称十二日)表示十二日。

“从汉光武建武四年三月到南朝梁武帝大同四年七月,共六千三百一十二个月,每月交替一次,因此说‘六千三百浃辰交’。‘二九’表示十八,‘重三’表示六。建武四年三月十日,距离大同四年七月十二日,正好十八万六千四百天,因此说‘二九重三四百圮’。”

任升之大为惊叹,佩服郑钦说的超常的敏悟。

杨德祖

聪明外露

东汉末年，杨修（字德祖）担任魏武帝曹操主簿的时候，当时正在建造相国门，刚刚开始搭椽子，魏武帝前来视察，在门上写了一个“活”字便离开了。杨修看到后，就下令拆毁这座门，说：“门里面放一个‘活’字就是‘阔’字，魏王是嫌门造得太大了。”

有人送给魏武帝一杯奶酪，他只吃了很少一点，便在杯盖上写了一个“合”字给众人看，人们都不知道是什么意思。杨修一看，便吃了一口，对众人说：“魏公叫我们每个人尝一口，又有什么疑问呢？”

魏武帝曾经路过《曹娥碑》，杨修跟从。碑背面写有“黄绢幼妇，外孙齑臼”八个大字。魏武帝对杨修说：“能不能理解？”杨修回答：“能理解。”魏武帝便说：“你先不要说，等我想一想。”

走了三十里，魏武帝才说：“我已想出来了。”于是命令杨修在别处写下他的答案，杨修的答案上说：“黄色的绢，有颜色的丝，合成一字就是‘绝’；幼妇就是少女，合成一字就是‘妙’；外孙是女儿的儿子，合成一个字就是‘好’；齑臼，是盛五种辛辣味品的器皿，合成一个字就是‘辞’。正是‘绝妙好辞’四个字。”魏武帝也写上了自己的答案，与杨修的完全相同，便感叹说：“我的才能要比你差三十里！”

曹操已经平定汉中，想讨伐刘备却又无机可乘；想固守原地，又难以成就功劳。部队不知道是前进还是停止。有一天曹操下的晚间口令是“鸡肋”二字，部属们都不知是什么意思。杨修说：“鸡肋这个东西，吃也没有多少肉，丢掉则又太可惜了。魏公已经决定回师了。”于是私下里告诉部队整好行装。不久，曹操果然班师回朝了。

◎

杨德祖的聪明太外露了，被曹操所忌恨，哪能免于灾祸呢？晋和宋的君主大多喜欢与臣子比写诗赋，所以鲍照故意作些蹩脚的文句，而王僧虔故意把一些字写得很拙劣，这都是为了避免灾祸。

刘显

与上人

南朝萧梁时，有个和尚和人打田地的官司，梁武帝在判决书上写了个大大的“贞”字。执行的官员不明白是什么意思，问遍了周围的人，也没人知道。

刘显说：“‘贞’这个字可拆为‘与上人’三个字。武帝的意思是把田判给和尚。”

东方朔

解谜

汉武帝曾用一条谜语召见东方朔。当时上林苑向皇帝进贡枣子，武帝拿着木杖边击打未央宫前殿边说："叱叱！先生束束！"

东方朔来了后说："是上林苑进贡了四十九颗枣子吗？我见陛下用木杖击打门槛，两木相撞为'林'字，也就是指上林苑；束束，两字重叠即是'枣'字；叱叱即七七，也就是四十九。"

开元寺沙弥

合寺苟卒

唐僖宗乾符末年，有一个客人借住在扬州开元寺，未能得到和尚们的礼遇，在门上题字后便离开了。题字上说：“龛龙去东涯，时日隐西斜。敬文今不在，碎石入流沙。”

和尚们都不能理解是什么意思。有个小沙弥知道是讽刺的话，四句诗隐含“合寺苟卒”四个字。

令狐绹(táo)

寺壁谜语

唐代令狐绹任淮海节度副使的时候，曾经游览大明寺，看到西面墙上有题字：“一人堂堂，二曜同光，泉深尺一，点去水旁。一人相连，不欠一边。三梁四柱烈火燃，除却双钩两日全。”幕僚们都不知是什么意思。

有一名叫班蒙的佐吏一看便知道说的是“大明寺水，天下无比”八个字。

丁晋公

独眠孤馆

北宋时，广州押衙官崔庆成在皇华驿馆住宿，夜里看见一个漂亮女人，其实是个鬼。那鬼扔了一张纸给他，上面写着：“川中狗，百姓眼，马扑儿，御厨饭。”崔庆成不懂是什么意思，便告诉了丁谓（曾封晋公）。

丁谓解释说：“四川的狗是蜀犬；老百姓的眼是民目；马扑儿指的是瓜子；御厨做的饭指的是官食。连起来就是‘独眠孤馆’四个字。”

相国寺诗

苏轼解诗

北宋王安石执掌国政时，有人在相国寺的墙壁上题了一首诗："终岁荒芜湖浦焦，贫女戴笠落柘条。阿侬去家京洛遥，惊心寇盗来攻剽。"大家都认为诗的意思是丈夫外出，妻子在家为灾荒而忧愁。

等到王安石被罢相，苏轼被召还朝，大家在相国寺中饮酒，有人拿出这首诗请苏轼解释。

苏轼说："从'贫女'那一句中，可猜出这首诗说的是谁。'终岁'，即十二月，'十二月'合起来为'青'字。'荒芜'也就是田里有草，'田'与'草'合起来为'苗'字。'湖浦焦'意思是水去了，'水去'即为'法'字。'女戴笠'是'安'字。'柘落木'是'石'字。'阿侬'是吴地的方言，意指'误'字。'去家京洛'为'国'字。'寇盗攻剽'为'贼民'。全诗综合起来，也就隐含着'青苗法安石误国贼民'的意思。"

李彪

猜谜赐金钟

北魏孝文帝曾大宴群臣，他举起酒杯说：“三三横，两两纵，谁能辨之赐金钟。”

御史中尉李彪说：“卖酒老妇点滴不漏把酒注入瓶中，卖猪的屠夫割肉，分量像用秤称一样准确。”尚书左丞甄琛说：“吴地之人游泳最为好，歌伎舞女甩袖空中飘。”彭城王元勰猛然醒悟说：“这是‘習’（‘习’的繁体）字！”

孝文帝即把金钟赐给了李彪。

刘瑊

猜灯谜

明朝辛未年会试，江阴人袁舜臣作了一首谜语诗题在灯上，诗的内容是这样的:“六经蕴藉胸中久，一剑十年磨在手。杏花头上一枝横，恐泄天机莫露口。一点累累大如斗，掩却半床何所有？完名直待挂冠归，本来面目君知否？”

众人都不知是什么东西，只有刘瑊一看便明白了，说的是“辛未状元”四个字。(刘瑊那年得中榜眼，他是吴县人。——原注)

木马谜

三个谜语

宋朝时，秦观打了一个谜语，想难一难苏轼，说：“我有一间房，半间租与转轮王。有时射出一线光，天下邪魔不敢当。”

苏轼接着便说：“我有一张琴，琴弦藏在腹。凭君马上弹，弹尽天下曲。”

苏小妹说：“我有一只船，一人摇橹一人牵。去时牵缆去，来时摇橹还。”

三个谜语指的都是木马，但后两个谜语要更好一些。

谢石等 四条

测字术

谢石，字润夫，成都人，北宋宣和年间到了京城，用拆字法来预言人的祸福。来拆字的人随便写一个字，他就能根据这个字预言祸福，无不灵验。

他的声名已经传到了皇帝那里。皇帝便写了一个“朝”字，派遣一名太监拿去试一试。谢石看到字，马上端正目光望着这名太监说：“这不是你写的字。”这名太监惊愕地说：“请你根据字来说一说。”谢石用手放在额头上说：“‘朝’字分拆开来说是十月十日，如果不是十月十日生的天子，谁还能写出来呢？”在座的人都非常惊讶。太监飞马报告了皇帝。

第二天，谢被召见到后苑，皇帝让他的左右侍从和妃子们都写字让他解说，谢石都说得非常在理，皇帝便赏赐给他许多东西，还给他补了一个承信郎官职。因为这个缘故，四面八方来求他拆字的人越来越多，门庭若市。

有一个做官的人，老婆怀孕过了产期，于是便写了一个“也”字，让他拿去问一问。这一天，在座的人非常多。谢石仔细看了看那个字，然后对那人说：“这是你老婆写的吧？”那人说：“你凭什么这么说呢？”谢石说：“作为语助词说是‘焉、哉、乎、也’，可确知是你的内助写的。”又问：“今年三十一岁了吧？”那人说：“正是。”谢石说：“‘也’字上面是三十，下面是一，因此知道是三十一岁。”

那人问：“我为做官来这里，还想努力往上升迁，你看行不行呢？”谢石说：“这正是我感到头痛的地方。‘也’字加‘水’就是‘池’，加‘马’就是‘驰’，现在走水路却没有水，走陆路又没有马，这哪里能够迁动呢？再说你的父母、兄弟和近亲没有一个活着，这是因为‘也’字加上‘人’就是‘他’字，现在只看到‘也’字，却看不到‘人’，知道你已没有亲人。还有你家的财产也都全完了，是不是这样？因为‘也’字加上‘土’就是‘地’，现在只看到‘也’，却看不到‘土’。这些是否都说对了？”

那人说：“确实像你所说的那样。但这些不是我想问的。我的老婆怀孕过了产期，想问一问情况。”谢石说：“这一定是十三个月。因为‘也’字中间有个十字，两边有二竖向下画，成为十三。”

谢石又仔细看着那人说："有一件事好像有点离奇古怪，本来不想说，但又是你正要问的事，可以全部说出来吗？"那人请他全部说出。谢石说："'也'字加虫就是'蛇'字，现在你老婆怀的正是蛇妖。但是不见虫还不能构成危害。我还有点小办法，可以为你将蛇用药打下来，没有什么痛苦。"

那人对他的话感到惊异，便请他到家，用药后，果然打了几百条小蛇。京城的人更加把谢石当作神人，但不知道他用的是什么法术。

◎

后来谢石拆解"春"字，说秦字头太沉重，把太阳压得没有光，得罪了丞相秦桧，死在边疆戍所。

宋高宗建炎年间，有一个术士周生善于拆字。高宗刚到杭州时，当时刚经过金兵惊扰，人人心里感到不安。有一位大官便喊来周生，随手写了一个"杭"字给他看。周生说："恐怕有警报！"于是就拆解这个字，用右边的一点配在左边的木上，就成了"兀术"二字。不到十天，果然有报告说金兀术向南侵犯。

当时赵鼎和秦桧对于国事意见不合，都想辞职，二人都写了“退”字给周生看。周生说：“赵鼎一定离开朝廷，秦桧一定留任。太阳是君主的象征，赵鼎写‘退’字，‘人’字离开‘日’字很远；秦桧写‘退’字，‘人’字紧紧地附在‘日’字下面，‘退’字在左边向下边接，而‘人’字左边笔画又斜穿过去，笔意很明显，他真想隐退吗？”不久便都应验了。

早先有人卜问应试的事情，写了一个“串”字。术士说：“你不仅可以中举人，而且可以中进士，因为‘串’字包含着两个‘中’字。”

有一个书生站在旁边，也写了一个“串”字给他看，术士说：“你不但不能中举，还会生病。”书生问他是什么原因。术士说：“那个人是无心写‘串’字，所以应该按主字解说。你是有心写‘串’字，下面加‘心’就是‘患’字。”过后果然如此。

传说明成祖朱棣早先为燕王的时候，曾经微服出行。碰到一个拆字的人，便写了一个“帛”字让他看，那人立即跪下来参拜，嘴里连称：“死罪！”文皇帝非常惊讶，问他是什么缘故。那个拆字人回答：“‘帛’字是‘皇’字头，‘帝’字脚，写这个字的人必定不是平常的人。”

后来又有人写“帛”字，那人说：“这是白巾，你一定会遭遇丧事。”

苏黄迁谪

恶作剧

宋朝时，苏轼（字子瞻）被贬官到儋州，是因为“儋”与“瞻”两字相近。苏辙（字子由）被贬到雷州，是因为“雷”字下边有个“田”字。黄庭坚（字鲁直）被贬到宜州，因为“宜”字和“直”字差不多。这些都是章惇搞的恶作剧。

当时有个术士说：“‘儋’字从立人，子瞻立住了，还能回到北方吗？‘雷’字是‘雨’在‘田’上，是要承受上天的恩泽，子由的官禄之命恐怕还未完吧？‘宜’字有盖棺的意思，鲁直恐怕不会回来了吧？”

后来苏轼离开儋州，到毗陵就死了；子由在颍水之滨的许州养老，十多年后才死；黄鲁直竟死在宜州。

子犯

解梦

春秋城濮之战时，晋文公做梦与楚王搏斗，楚王伏在他身上吸他的脑汁，晋文公因此感到害怕。子犯说:“这是个好兆头。我们将会上天，楚王将会服罪。我们将以柔克刚，取得胜利。”

刘伯温

得众又得土

明太祖正要把人处死，刘伯温刚好走了进来。太祖连忙告诉他说："我做了一个梦，因为头上有血，就用土敷在上面，感到很不吉利，想以处罚罪人来驱除不祥。"

刘伯温说："头上血，是'衆'字（'众'的繁体）。用土敷上，那么得众又得土，三天应验。"于是停刑三天等机变，果然海宁方面投降了。

董伽罗

善于应对

五代时，通海节度使段思平被杨干真所忌恨，段思平便逃跑了。他在野外剖开一个野核桃，见上面写有“青昔”二字。段思平便拆解二字说：“‘青’指的是十二月，‘昔’是二十一日。我应该在这一天举兵起义。”于是就到东方去借兵。

到了河边，想过河。夜里梦见有个人斩了他的头，又梦见玉瓶缺了一个瓶耳，还梦见镜子破了，感到很害怕，不敢再进军。他的军师董伽罗说：“这三个梦都是好兆头。你身为大夫，‘夫’字去头就是天，是您要做天子的兆头；玉瓶去掉一只耳就是‘王’字；镜子中有影子，好像有人与你为敌，镜子破了，影子也就灭了，这象征你的敌手已不存在了。”

段思平于是作出决断，把杨氏赶出了封地，改称为大理国。

◎

小说上说，战国时秦王梦见太阳陨落、高山崩塌、海水干涸、鲜花凋谢，大臣们没有谁能解释清楚。当时甘罗只有十二岁，他说：“太阳落下，皇帝星辰便显现出来了；高山崩塌了，大地也就太平了；海水干涸了，龙就会献上珍宝；鲜花谢了，就会收获果实。”事情虽然荒诞，但他也属于善于应对之人。

河水干

预言病愈

宋王有病，夜里梦见河水全干了，于是忧形于色，认为君主是龙，河里没有水，龙就没居住的地方，这太不吉利了。正好碰上大臣们来慰问病情，宋王便把此梦告诉他们，请他们解释。其中有人说："河没有水，就是'可'字，这是说皇上的病马上可以好了。"

宋王很高兴，不久病真的好了。

王昙哲等 三条

帝王梦

北齐文宣帝高洋将要称帝，梦中有人用笔点他的前额。王昙哲祝贺说：“‘王’上加一点就是‘主’字，您的地位将要更进一步了！”

隋文帝还未显贵的时候，曾夜里停船在江中，梦见自己没有左手，醒后非常厌恶这个梦。上岸后来到一座草庙里，其中有一个老僧道术很高，隋文帝便把所做的梦告诉了他。老和尚站起来祝贺说：“没有左手，便是独拳，您将成为天子。”后来隋文帝称帝后在这里建了一座庙，名为吉祥寺。

唐太宗与刘文靖初次谋划起兵的那个夜晚，唐高祖梦见自己掉下床来，浑身都被蛆虫咬吃，非常厌恶，就向安乐寺的智满禅师询问吉凶。禅师说："您将得到天下了，床下面就是陛下，许多蛆虫吃你，正是万民都依靠你一个人才能得活啊！"唐高祖认为他说得很好。

先进场

落榜梦

从前有个书生将去参加科举考试，他做梦梦见自己第一个进考场，醒来后很高兴地告诉他妻子说：“今年考试我一定能得第一名！”

妻子说：“不一定，你难道忘了《论语》‘先进篇’是第十一章吗？”后来果然考了第十一名。

曹良史

进士梦

南宋时，河东人裴元质第一次应举考进士，第二天就要宣读新举进士的名单，夜里梦见一条狗从洞里钻出来，便拉弓射狗，箭却射撇开了，他认为很不吉利。

曹良史说：“我过去在公开进士名单的头一天夜里，也做过同样的梦，梦见神告诉我说：‘狗是“第”字头（“苟”与“第”部首相近）；弓是“第”字的身；箭是“第”字的竖；有撇，正好是“第”字。’”不久公布名单，裴元质果然如梦中所说的得中进士。

占状元 二条

梦中状元

唐朝孙龙光中了状元。前一年，孙龙光梦见许多木材堆积在地上，自己在上面走来走去。梦醒后就请一位姓李的人给他圆梦。姓李的说："恭喜郎君！明年你一定能考中状元。为什么呢？你已经在众材之上。"

郭俊应举时，梦见一个老和尚穿着拖鞋在床上摇摇摆摆地走着。醒来后心里很厌恶这个梦。占卜的人说："老和尚是坐在上座的，穿着拖鞋走在床上，是走在高处。这象征你一定高居榜首啊！"等到发榜，郭俊果然中了状元。

剃髭（zī） 剃发

术士解梦

北宋的李迪有一把漂亮的大胡子，临到御试的那一天李迪梦见自己的胡子全都剃掉了。占卜的人说："剃就是'替'。解元是刘滋，你将要代替刘滋。"后来李迪果然中了状元。

唐代曹确担任度支使时，很有声望。偶尔梦见自己剃发当了和尚，心里很厌恶这个梦。有一个术士非常善于圆梦，曹确便招他来询问吉凶。这个术士说："恭喜您，很快就要升为宰相了！出家人就是剃度，'度'与'杜'同音，您必将代替杜审权而做宰相。"

不久，宰相杜审权出任镇海节度使，曹确升为宰相。

舌生毛

继续留任

北宋时，马亮担任江陵知府，任期已满，缺位应由别人接替。他梦见舌头上长了毛。有个和尚占卜说："舌头上长毛，是不能剃（替）的，您一定会继续留任。"后来果然如此。

季毅

益州刺史

西晋时，王浚梦见屋梁上挂着三把刀，不久加上了一把。季毅说：“三刀是‘州’，又加一把，表明你将升任到益州。”后来王浚果然升为益州刺史。

郭乔卿

司徒梦

东汉时蔡茂因病辞官在家，梦见拿着一捆稻草，后来又丢掉了。郭乔卿说："'禾'加'失'是'秩'字，你一定能够得到大官的俸禄。"没过十天，蔡茂果然被征召为司徒。

李仙药 二条

预言做官

唐朝给事陈安平的儿子陈年满进京参加一年一度的铨选，与同乡李仙药一起睡觉，夜里梦见十一月养蚕。仙药占卜说："十一月养蚕是冬天的丝，你一定会被选送东司的。"几天后，陈年满果然被选送到吏部做官。

饶阳李瞿昙，勋官任满将另选，夜里梦见一头非常大的母猪。李仙药占卜说："母猪是豚主，你必定会得到屯主职位。"几天后李瞿昙果然担任了屯田部的长官。

杨廷式

梦中吞日

五代杨行密时的毛贞辅连任县宰，又受命到扬州应选，他梦见自己吞了太阳，醒来后肚子还是热乎乎的，便向侍御史杨廷式问吉凶。杨廷式就说："这个梦太大了，不是你所能承受的，如果以你来说，这个梦预兆你将做赤坞场官。"

后来情况果然像杨廷式所说的那样。

索 统(dǎn)

解 梦

晋人索充梦见俘虏脱去上衣。索统占卜说："'虜'（'虏'的繁体）字去掉上面是个'男'字，你将生一个男孩。"张邈曾经奉命出使，梦见狼吃了他一只脚。索统说："脚上的肉被狼吃掉，剩下的是个'却'字，你一定不能去了。"后来二说都应验了。

还有宋捅梦见家里有人穿红衣服，他拿着两根棍用力打那人。索统说："'内'有人是'肉'字，朱衣是红色，就是干肉。两根棍子像筷子，下劲打是表示必定能吃得很饱。"这也应验了。

周宣

随方就圆

魏国的周宣很会占梦。有人梦见了刍狗，问他如何。周宣说："你将美美地吃上一顿。"应验后，那个人又来了，谎称："我夜里又梦见刍狗了。"周宣说："应当防备摔跤。"

不久，那人就从车上摔下来伤了脚。他感到很奇怪，就又撒谎说："夜里又梦见刍狗了。"周宣说："应小心失火。"不久家中就起火了。

那人到周宣那里问："我梦见刍狗三次，占说都不相同，但都应验了，这是为什么？"周宣说："刍狗是祭祀之物，因此第一次梦见当吃。祭祀完了，则要用车子装去烧掉，所以从车上跌下伤了脚。既然要烧就得用火，所以要防备失火。"那个人说："我第一次真梦见了刍狗，后两次是胡说的。"周宣说："吉凶悔恨产生于心动，你的意念既然有了，就与真梦一样，因此占说也应验了。占梦即圆梦，随方就圆而已。"

顾琮

重见生路

唐代的顾琮当补阙时，曾经因为犯罪被送进监狱，将被判处死刑。顾琮非常忧愁，坐在那里打瞌睡，忽然间梦见他母亲的下体，顾琮感到更加不吉利，越来越害怕，脸上也流露了出来。当时有一个善于解梦的人反而向他祝贺说：“你有可能免于一死。你母亲的下体，正是你的生路。重新看到生路，还有什么比这更加吉祥的呢？”

第二天，门下侍郎薛稷上奏说量刑不当，顾琮竟然获免，后来官做到宰相。

苻坚

江南不能平

前秦苻坚打算南征，夜里梦见满城都是菜，大地往东南倾斜，占卜的人说：“菜草多，难为酱（将）；东南倾斜，则预示江南不能平定。”

张猷

凶梦

唐代尚书右丞卢藏用、中书令崔湜因为是太平公主的党羽，被流放到岭南。

到了荆州，崔湜一天夜里梦见对着镜子在讲堂下面听讲法律，占梦的张猷对卢藏用说：“崔湜将要遭到大不幸。梦见在讲堂下听法，那么法就是从上而来；‘镜’字去掉金旁就是‘竟’字。这岂不是要在今天结束他的生命吗？”果然收到皇帝的敕书，命令崔湜自杀。

卫中行

足下不沾

唐朝卫中行当中书舍人的时候，自己老朋友的孩子来参加官吏选拔，投奔卫中行并请他多加关照，卫中行很高兴地答应了。快要发榜时，那人忽然梦见自己骑驴渡河，掉到了水里，上岸后靴子却没有湿。那人同秘书郎韩众是旧相识，于是去找他。

韩众借着酒劲半开玩笑地说："你今年选官的事恐怕没有希望了。根据你的梦，看来卫中行辜负了你的嘱托，你沾不上边。"等到出榜，此人果然不中。

王戎

梦见桑椹

魏晋名士王戎梦见有人给他七颗桑椹，放在他的衣服中，醒来后果然得到了桑椹。占卜的人说：“桑椹，桑（丧）子。”此后王戎的大小子女共死了七个。

◎

梦见桑椹就是表示丧事，这是既明白又委婉的说法。

曾进

考中

明朝时，江西的曾迥参加乡试的那年秋天，梦见自己抱了一个小孩，忽然看见这孩子的右边又长了一只耳朵，一会儿又看到这孩子没有两只手。曾迥认为这个梦很不吉利，就告诉他的哥哥曾进。

曾进说:“又长了一只耳朵，‘耳’字加上‘又’字就是‘取’字。小孩就是子，‘子’去掉两只手就是‘了’字。这么说你已经取了！”后来曾迥果然考中了。

挂冰

拆字解梦

唐代，韩皋一向与李锜不和。李锜有一天梦见万岁楼上挂着冰，因此自己就拆解说:“冰是寒的东西，楼是高的东西。难道是韩皋来代替我吗？”想来心里很不痛快。

后来韩皋果然担任了浙西节度使。

筮疾

预见寿终

北齐有个人的父亲在外地任刺史，他收到父亲的一封信，信上说“有病”。这人就来到赵辅和的学馆，请一个熟人给他算卦。占得“泰卦”，算卦人说：“这是大吉的意思。”

这人出去后，赵辅和告诉算卦的人说：“泰卦，乾下坤上，他的父亲已经入土了，怎么可以说大吉呢？”不久果然传来那人父亲的死讯。

两晋时期，顾士群的母亲病了，算卦人占得“归妹卦”和“随卦”，有人认为归妹卦是嫁女的意思，必定安然无患。郭璞说：“‘归妹’是妇人的终点的意思，其卦象是兑下震上，兑主秋，看来他母亲到立秋那天就要寿终了。”事情果然如此。

占兄弟 占子

预见喜报

明朝成化甲午年，江西举行乡试。放榜的时候，泰和人尹直刚好在京城，就让占卜的人来占验他的弟弟尹嘉言是否考中了。得到一个“明夷”卦:内离外坤，三爻五爻发，二爻皆兄弟。相书中有“兄弟雷同难上榜”的卦辞，因此占卜的人不敢回答尹直。

尹直说:“三是白虎，五是青龙，龙虎榜动，是得中的兆头。‘兄弟发’是指哥哥询问弟弟的事，弟弟应当得中。”没几天，喜报果然到了。

有位父亲为儿子占卜病情，得到一个卦是“父母当头克子孙”的凶象，而子孙的爻又不上卦，占卜的人断定那儿子必定要死。

那位父亲哭着回家，路上碰上一个老朋友，问清他为什么哭泣后，老朋友便说：“父母当头克子孙，要使子孙上了卦才能受克。现在孩子的生机全在于子孙没有上卦，这就好像父亲拿着棍子想打儿子，儿子不在也只好作罢，你的儿子一定没事！”不久那人儿子的病果然好了。

语智部

总序

智慧的人不一定善于言辞，善于言辞的人不一定就真有智慧。喋喋不休的人必然言语空洞，说话结巴的人则必然使人厌烦。大丈夫为什么一定要有口才，这种道理是不言而喻的，尽管也有人会不以为然。

两个人争论，自然是有理的一方可以据理力争；如果双方都有理，那么能言善辩的一方就更能使人信服。张子房凭着口才做了帝王之师，鲁仲连凭着口才被人称作高士，庄子凭着口才博得了旷达的名声，张仪、马衍凭着口才赚取了荣华富贵，端木赐凭着口才成为孔子的高徒，孟子凭着口才被人尊为亚圣。

所以说，一句话有时重于九鼎，一个说客有时能胜过十万军队，一封书信有时比十部佐吏还有价值。由此看来，能言善辩的口才，不是很有用处吗？说话如果能切中要害，就可以排难解纷；但缺少文采的语言，难以广泛流传。一句话就可以看出一个人的智慧。只有内在修养充分的人，才能说出精妙的言语。《诗经》说：“维其有之，是以似之。”说的就是这个意思。

卷十九

辩才

春秋时，郑国大夫子产以雄辩著称，郑国依赖他享有太平。一封箭书攻下聊城，鲁仲连因之成为战国时名士。排除危难解决纠纷，能言善辩的人就能从容办到。众位君子，可不要轻视语言的作用啊！为此，辑撰《辩才》卷。

子贡 二条

纵横鼻祖

春秋时期，吴王夫差邀集诸侯赴会，卫侯来晚了，吴王就派人围住卫侯的行宫。子贡对吴国太宰嚭说：“卫君来之前，一定要和大臣们商量。大家有的赞同，有的反对，所以来晚了。那些赞同他来的，都是吴国的朋友；那些反对的，都是吴国的仇人。你们如果扣留卫侯，那不就害了自己的朋友，帮助了仇人吗？”太宰嚭听了这话之后才恍然大悟，赶紧把卫侯迎了进去。

田常想要在齐国谋反，但又害怕齐国的高、国、鲍、晏四大氏族，就故意率领齐国军队想去讨伐鲁国。孔子听说这件事之后，就对他的弟子们说：“鲁国是我们的家乡，你们为什么不去阻止？”子路要求去，孔子不让去。子张和子石要去，孔子也不同意。子贡请求去，孔子答应了。

子贡来到齐国，劝田常说：“您要是进攻鲁国，那就错了。

鲁国是个难以战胜的国家。它的城墙低矮而且不牢固，它的土地狭小而且潮湿，它的君主愚蠢而且不仁义，它的大臣虚伪而且没有能力，它的军民又都厌恶战争，这种国家您不可以和它打仗，你还不如进攻吴国。吴国的城墙高大坚固，土地广阔深入，兵甲坚利，士兵都是精心挑选，又受过严格训练，并且有精明善战的大臣亲自防守，在这样的国家您很容易取胜。”

田常听了，气得变了脸色，说道：“您所说的困难的事情，在一般人看来是容易的；您所说容易的事情，在一般人看来是困难的。您这样劝告我，是什么意思？”

子贡说：“我听说：‘国内有忧患的时候，进攻强国；国外有忧患的时候，进攻弱国。’现在您如果打败鲁国来扩大齐国的疆域，那么打了胜仗之后的齐国君主一定会更加骄傲，大臣也会因此而自以为是，这样对您自己又有什么好处呢？君主骄傲就会和您日益疏远，而且您上使君主骄傲，下使群臣放肆，想要成大事就难了。因为君主骄傲就会放纵，群臣骄傲就会互相争权。这样，您上与君主有矛盾，下与群臣互相排挤，那么您在齐国的地位不就很危险了吗？所以我说，您不如进攻吴国，让老百姓大批在疆场上牺牲，国内的大臣们纷纷奔赴前线。这样，在国内上无有能力的大臣和您相争，下无老百姓带来的麻烦，到那个时候，能够控制君主管理齐国的，不就唯独您一人吗？”

田常说：“很好，只是我已派兵到鲁国去了，如果离开鲁国转而进攻吴国，难免会引起大臣们的怀疑，这该怎么办呢？”子贡说：“您现在先按兵不动，我马上去见吴王，让他派兵救鲁而来进攻齐军，您就让齐军前去迎战。”田常同意了。

于是子贡到了南边去见吴王，劝他说：“我听说，王者有德，世代相延，而称霸的人不允许有强大的敌人存在。衡器两边各有千钧的重量，但只要在一边加上一铢的分量，就立刻会破坏平衡。现在，如果有万乘战车的齐国占有了有千乘战车的鲁国，再来和您争霸，那我真为您担心啊！如果您先去救鲁国，就可以让名声显扬；进攻齐国，又会有很大的好处，可以借以扶助泗水之滨的诸侯，打败横暴的齐国，慑服强大的晋国，这样的好处还不够大吗？您这样做，名义上是救鲁国，而实际上削弱齐国，哪个聪明人会放弃这样的机会呢？”

吴王说：“很好，不过我曾经和越国打过仗，将越王困于会稽，现在越国正在全力以赴地训练军队，有向我报仇的意图。等我先打败越国之后，再按照你的话去做吧。”

子贡说：“越国的军力比不上鲁国，也不如齐国强盛。您如果坐视齐国进攻鲁国，那么，等到您打败越国的时候，齐国已经把鲁国给吞并了。而且您现在正好可以通过救助弱国来树立名声，如果进攻弱小的越国而畏惧强大的齐国，那也称不上勇敢。勇敢的人从不逃避困难，仁义的人从来不放弃盟约，智慧的人从不会失掉时机。现在如果救鲁国，就可以向诸侯显示您的仁义。您如果救了鲁国，削弱了齐国，又威胁了晋国，这样诸侯都会来朝拜吴国，称霸大业也就建立了。如果大王担心越国，那就让我到东边去见越王，让他派兵从征。这样实际上是挖空越国的兵力，而名义上是随从诸侯打仗。”吴王大喜，就派子贡去越国。

越王令人清扫道路，到郊外迎接子贡，亲自护送他到宾馆。然后问他说：“我们是个蛮夷小国，大夫怎么不顾降低身份跑到我们这儿来呢？”

子贡说：“现在我劝说吴王进攻齐国以便救助鲁国，他本来想去，但又担心越国，说：‘等我打败越国再去。’这样的话，越国一定又要遭难。况且，一个人如果并不想报复别人，却让人怀疑，这是愚蠢；想报复别人，而让人知道了，那是大意；事情还没做就先让人知道，那就危险了。这三种情况都是图谋大事的祸患。”

勾践跪在地上拜了两拜说：“我曾不自量力，和吴国打仗，结果在会稽全军覆没，叫人痛心不已，现在我日夜费尽了心思，恨不能和吴王同日而死，这样也就遂了我的心愿。”于是又向子贡求教。

子贡说："吴王对人凶狠残暴，大臣们都不能够忍受；国家又因连年打仗而穷困不堪，士兵们都极其不满，老百姓已满怀怨恨。朝廷上太宰嚭当政，故意顺从吴王的过错以谋取自己的私利，这是危害国家的做法。如果大王真的派兵去协助他，可以消除他的疑虑，再送上一些贵重的礼品，让他心里高兴；用卑贱的言辞，来表示对他的礼节，他就一定会去进攻齐国了。他要是打败了，那是大王的福气；如果打胜了，就一定又要去和晋国相争，我马上到北面去见晋君，让他联合进攻吴国，这样就一定能打败吴国。"

越王大喜，同意了子贡的意见，并送给子贡一百镒黄金、一把宝剑、两支长矛。子贡一概不接受，辞别而去。

回到吴国，子贡向吴王报告说："我已经把大王的话转给了越王，越王非常害怕，说：'我不幸父亲早死，又不自量力，结果得罪了吴王，军队被打败，自己也身败名裂，被困在会稽，也失去了国家。幸而得到大王的恩赐，使我还能供奉先人，这样的恩典死都不敢忘，哪儿还敢有什么图谋呢？'"

五天之后，越国派大夫文种前来拜见吴王说："东海的贱臣勾践派使者文种前来向大王问安，现在听说大王要大兴义军，消灭强国，扶助弱国，惩罚强暴的齐国，扶助周王朝。贱臣勾践愿意带领境内的全部三千士兵，随大王出征。又让越国贱臣文种，向大王献上祖先珍藏的盔甲二十领，还有屈卢矛和步光剑，以供大王军用。”

吴王很高兴，马上把这件事告诉了子贡，说：“越王准备亲自跟我去进攻齐国，可以吗？”

子贡说：“不可以，您取了别人全国的珍宝，又带走了全部军队，还要让人家的君王跟您从征，那是不仁义的，大王可以接受他的礼物和军队，但应该谢绝他们的国君随同作战。”吴王听从子贡的话，谢绝越王前往。

于是，吴王召集全国九郡的大军前去攻伐齐国，子贡则前往晋国，对晋君说：“我听说：‘一个国家如果没有周全的考虑，就无法应付突然的变故；打仗时不弄清对方的兵器，就无法打胜仗。’现在吴国要和齐国打仗，吴国要是打胜了的话，必然会进一步进攻晋国。”

晋君很害怕，说：“那该怎么办？”子贡说：“加强戒备，以逸待劳。”晋君同意了，子贡这才离开晋国，回到鲁国。

吴王果然和齐军大战于艾陵，齐军大败，七将军全部被俘。但吴王并不收兵，又去进攻晋国，和晋国军队在黄池相遇。吴晋两军交战，晋军出击，吴军大败。

越王听说之后，立刻渡江进攻吴国，把军队驻扎在吴国都城外七里的地方。吴王听到战报，连忙离开晋国回来，和越军在五湖大战。结果接连败了三次，城门失守，越军包围了吴王的宫殿，杀了夫差和他的宰相。越国破吴之后，在诸侯中称霸了三年。

子贡外出一趟，既保存了鲁国，造成了齐国的内乱，同时又消灭了吴国，巩固了晋国，并让越国称霸，十年之内，五个国家都发生了很大变化。

◎

子贡实在是纵横家的祖先，一点也不像圣贤的门徒。

鲁仲连

义不帝秦

战国时期，秦军包围了赵国的邯郸，诸侯谁也不敢先派兵去救。魏王派客将军辛垣衍从小路进入邯郸，想要和赵国共同尊秦为帝。鲁仲连这时正好在赵国，听说这件事后，就去见平原君赵胜。赵胜就介绍他去见辛垣衍。

鲁仲连刚见到辛垣衍时，一句话也不说。辛垣衍说："我看住在这座围城中的人都是对平原君有所求的，但看先生相貌堂堂，又决不会对平原君有所求。那么你为什么老是住在这被围之城中，不肯离开呢？"

鲁仲连说："秦国是一个不讲礼义而崇尚杀敌立功的国家，用诡诈的办法驱使它的将士，像对待奴隶那样对待自己的人民。如果它放肆称帝，那么我只有到东海去自杀，绝对无法忍受做它的老百姓！我来见将军的原因，就是想要帮助赵国。"辛垣衍说："怎么帮助它呢？"鲁仲连说："我要让梁国和燕国都来帮助赵国，而齐国以及楚国原来就是帮助赵国的。”

辛垣衍说：“燕国的情况我不知道，至于梁国嘛，我本来就是梁国人，先生怎么能让梁国来帮助赵国呢？”鲁仲连说：“那是因为梁国还没有认识到秦国的害处。如果让它看到秦国称帝的害处，就一定会来救赵国了。”辛垣衍又说：“秦国称帝有什么害处呢？”

鲁仲连说：“从前齐威王曾行过仁义之事，就是带领诸侯去朝见周王。当时周王朝贫穷而卑微，诸侯都不去朝拜，只有齐国前去朝拜。一年之后，周烈王死了，诸侯都去吊唁，而齐国稍微去晚了一点，周王就发怒，派使者到齐国宣告：‘天崩地陷，天子都已下了宝座，而东边的大臣田婴齐（指齐威王）却晚来，真是该砍头！’威王勃然大怒说：‘混账！你这个丫头养的！’结果被天下人所耻笑。周王活着的时候，去朝见他，死了之后，反而辱骂他，这也是因为实在无法忍受他的苛刻要求。但天子本来就是这样，这也没有什么奇怪的。”

辛垣衍说：“先生难道没有见过那些奴隶吗？十几个奴隶听从一个主人的指挥，难道是力量和智慧不如他吗？只是畏惧他罢了。”

鲁仲连说：“梁国和秦国相比，也像是奴隶吗？”辛垣衍说："是这样。"鲁仲连说："那么我就要让秦王把梁王煮成肉酱！"辛垣衍很不高兴地说："这样说话也太过分了吧！先生又怎么能让秦王把梁王煮成肉酱呢？"

鲁仲连回答："我一定能，你听我说。从前鬼侯、鄂侯、文王三人是纣王的三公。鬼侯有个女儿长得很漂亮，就把她送给纣王，纣王却说她长得丑，要把鬼侯煮成肉酱。鄂侯赶忙出来为他辩护，纣王又把鄂侯给晒成了肉干。文王听说之后，感叹一声，就被关在羑里的监狱里过了一百天，纣王还想把他弄死。为什么和别人同样称王，结果却落得被人煮成肉酱的下场呢？

"齐湣王准备去鲁国的时候，夷维子拿着马鞭护驾，他对鲁国人说：'你们打算用什么礼节接待我们的君主？'鲁国人说：'我们准备用十太牢款待你们的国君。'夷维子说：'我们的国君本是天子，天子外出巡视打猎，诸侯都应该让出自己的房屋，交出钥匙，还要系上衣带端着盘子，在堂下侍候天子吃饭，待天子吃完饭之后，才能够回去处理公务。'鲁人赶忙紧闭城门，不肯接待他。后来又准备要去薛国，途中要经过邹国，当时邹国的君主正好去世，湣王想要进去吊唁，夷维子对邹国的继位太子说：'天子来吊唁的时候，主人要把灵柩从北面抬到南面，让他面朝北面，然后天子面朝南面进行吊唁。'邹国的大臣们都说：'如果一定要这样的话，我们宁可伏剑自杀！’结果齐国的君臣都不敢进入邹国。

“邹国和鲁国的大臣们在他们的国君活着的时候，没有能力侍奉他；他死了之后，也没有能力提供祭品。但是，别人要想在他面前行天子之礼，他们是不会答应的。

“现在秦国不过是个有万乘军车的国家，而梁国也是一个有万乘军车的国家，大家都有称王的资格。看它打了一次胜仗就想顺从他，让它称帝，这不是显得三晋的大臣还不如邹国和鲁国的臣仆有骨气吗？而且秦国称帝后也不会万事皆休，他一定还要调换诸侯的大臣，把那些他认为不听话的人换成自己的亲信，把他所厌恶的人换成他所喜欢的人。他还要把他的女儿和擅长告密的女子送给诸侯做嫔妃，住在梁国的后宫里，梁王还能安安稳稳地过日子吗？而将军您又凭什么还能继续得到宠幸呢？”

听完这话，辛垣衍忙站起来，向鲁仲连拜了两拜，道歉说：“我今天才知道先生的确是天下的高士。现在我就回去，再也不敢提尊秦国为帝的事了。”秦将听说这件事后，也把军队后撤了五十里。

◎

宋代苏轼说："鲁仲连的辩才超过张仪、苏秦，气度不亚于淳于髡(kūn)、邹衍。为别人排除危险，大功告成后又不受丝毫赏赐，这在战国时期是独一无二的。"

明代穆文熙说："鲁仲连挫败了尊秦为帝的主张，秦将也因此而退兵。这就是《淮南子》中所说的'庙战'。"

虞卿

割地利弊

战国时期，秦军和赵军大战于长平，赵军大败。秦军退兵之后，马上派人来向赵国索取六座城池，赵国君臣犹豫未决。

楼缓刚从秦国来，赵王就和他商量说：“把城给秦国会怎么样，不给又会怎么样呢？”楼缓推辞说：“这种事情，我怎么知道呢？”赵王说：“虽然这样，还是对我谈谈你的看法吧。”

楼缓说：“大王一定听说过公甫文伯的事吧。公甫文伯在鲁国做官，生病死了。他的妻妾中有两人在房中为他自杀，他的母亲听到这件事，却没有哭。随同的妇女问她说：‘哪有儿子去世母亲不哭的道理呢？’他母亲说：‘孔子是个贤人，他在鲁国被人赶走的时候，我的儿子并没有随他而去。现在他死了，竟有两个妇人为他而死。如果是这样的话，那就说明他对长者还不够尊重，而对妇女过于宠爱。’作为母亲说这样的话，算得上是贤母;如果这话出于另一位妇女之口，那人家一定会说她是个好嫉妒的女人。所以同样的一句话，由不同的人说出来，大家的感觉就会不同。现在我刚从秦国来，如果说不给的话，恐怕不够妥当。如果说给的话，恐怕大王会以为我是在替秦国说话，所以我不敢说自己的看法。如果让我替大王考虑的话，还不如把城给秦国。”赵王说：“好吧。”

虞卿听见这话之后，就来见赵王，赵王把楼缓说的话告诉了他。虞卿说：“这是用花言巧语欺骗您。”

赵王问：“这话怎么说呢？”虞卿问道：“秦国进攻赵国，是因为军力不济而撤退呢，还是因为爱惜大王才撤退呢？”赵王说：“秦国进攻我国，已用尽了全部兵力，后来因为军力不济才撤退回国。”

虞卿说：“秦国用尽全力进攻，但没有达到目的，结果军力不济而退，现在大王要把它用尽全力却没有得到的东西送给它，这不是鼓励它进攻吗？明年秦国如果再来进攻，那时又该怎么办呢？”

赵王又把虞卿的话全部告诉了楼缓。楼缓说：“虞卿能够完全了解秦国的全部实力吗？大概他不完全了解，这么小一块地方尚且不肯给它，等到秦国再来进攻，大王恐怕要把更多的土地送给它才能求和呢！”

赵王说:“我就照你的话把地割给它,你能保证秦国明年不再进攻赵国吗?”

楼缓说:“这我可不敢保证。从前赵、魏、韩三国都和秦国交好,关系很友善。如今秦国不进攻韩国和魏国,而单单进攻大王,可能因为大王对秦国不如韩国和魏国那样友好吧?如果现在我为您调解秦、赵两国的战争纠纷,重开两国的交通和贸易,使赵国像韩、魏那样对秦友好。但等到明年,秦国要是再度对大王不满,那就是因为大王对秦国的态度不如韩国和魏国对秦国友好,那我怎么敢保证秦国不再来进攻赵国呢?”

赵王又把楼缓的话告诉了虞卿。虞卿说:“楼缓的意思是如果不求和,秦国明年就会进攻赵国,到那时只有割让更多的土地才能求和。现在求和的话,楼缓又不保证秦国明年不再来进攻,那么割地又有什么用处呢?明年再来进攻的时候,又要把它无法夺取的更多的土地割让给它,这不等于是自杀吗?

“不如不跟他讲和。秦国虽然善于进攻,但也夺不走六座城池,等秦军撤退的时候,兵力一定疲惫,到那时,我们用六座城池作为礼物来交好天下诸侯,一齐进攻疲惫的秦国,这样我们虽然失掉了一些土地,却可以从秦国得到补偿,使我国国力依然保持,这不比自己把土地割让给秦国,壮大敌人而削弱自己要强得多吗？

“楼缓说秦国对韩国和魏国友善而单单进攻赵国，是因为大王对秦国不如韩、魏两国对秦国友好，所以要大王每年都送六座城池给秦国，这岂不是束手待毙吗？

“明年秦国再来要求割地，大王是给还是不给？不给，就等于前功尽弃，又造成和秦国的争端；给，无地可给。俗话说：‘所谓强大就是善于进攻，所谓弱小就是不善于自守。’现在如果俯首听命于秦国，那秦国就可以不费一兵一卒而得到土地，这不是自己帮助秦国而削弱赵国吗？日益强大的秦国对日益衰弱的赵国，也不会善罢甘休。

“而且秦国本是虎狼之国，一点不讲礼义，它的要求也没有止境。可大王的土地有限，用这有限的土地去满足那无止境的要求，这种情势不就是要灭掉赵国吗？所以说楼缓是巧言游说，大王千万别把土地割给秦国！”

赵王说：“好的。”

楼缓听说后，又来见赵王，赵王又把虞卿的话告诉了他。楼缓说：“不是这样，虞卿是只知其一，不知其二。秦、赵两国交战，天下各国都很高兴，这是为什么呢？因为他们可以附和强国来掠夺弱国，现在赵国的军队已被秦军围困，天下要祝贺的战胜者，则必然是秦国。所以还不如赶快割地求和来迷惑天下，讨好秦国，不然的话，天下各国都会借着秦国的怒气，乘赵国疲惫不堪的时候，把赵国给瓜分掉。赵国都要灭亡了，他们哪会去图谋攻取秦国呢？大王赶快拿定主意，不要再犹豫了！”

虞卿听说后，又来见赵王说：“危险啊！楼缓这次来就是为了秦国的。赵国的军队已经被秦军打败，要是再割地求和，那么天下就会更加怀疑赵国的实力，又怎么能讨好秦国呢？这不是向天下显示赵国的软弱无能吗？而且我说不割让土地，也不是绝对的。秦国既然向大王索取六座城池，大王就把这六座城池送给齐国，齐国和秦国有深仇，得到大王的六座城之后，就会和您同心合力地进攻秦国。那时候，秦国一定会答应您的请求。大王您虽然送了六座池城给齐国，但又可以从秦国夺回来。这样一来就可以和韩国、魏国、齐国三国结交，让秦国处于被进攻的地位。”

赵王说：“很好。”于是派虞卿去见齐王，跟他商量对付秦国。虞卿还没回来，秦国已派使者到赵国讲和了。楼缓得知后，赶忙逃走了。

◎

自古以来，还没有这样痛快确切地分析过割地求和危害的事。

苏代 二条

游说韩魏

战国雍氏之战的时候，韩国向周王朝索取兵甲和粮食，周王很担忧，就把这件事告诉了苏代。

苏代说："这又有什么关系呢？我能够让韩国不再向周王室索兵甲和粮食，还能够替您得到韩国的高都。"周王非常高兴，说："先生如果能这样的话，我就把整个国家都交给您管理。"

苏代就到韩国去见相国公仲，对他说："相国没有听说过楚国的计谋吗？楚将昭应对楚王说：'韩国现在兵力疲敝，仓库空虚，它已经没有防备的能力了。我们乘此机会进攻，不出一个月就可以攻克韩国。'现在楚军包围雍氏已经五个月，还不能攻克，楚军进退两难，陷入困境，楚王已开始不相信昭应的话了。现在您向周王索取兵甲和粮食，这不是告诉楚国自己已经无力防守了吗？昭应如果知道了，一定会劝楚王增加兵力来进攻雍氏，雍氏马上就会失守。”

公仲说：“您说得对，不过，我派出的人已经出发了。”苏代说：“您为什么不把高都送给周王呢？”公仲生气地说：“我不要兵甲和粮食已经是够客气的了，为什么还要把高都送给他呢？”

苏代说：“如果把高都送给周王，他就一定会转过来倾向韩国。秦国知道之后，就会大发雷霆，烧毁周王的符节，和周王断绝来往。这样，您不就等于拿一个残破的高都换回一个完整的周国吗？”公仲说：“好！”

结果韩国不但不向周国索取兵甲和粮食，还把高都送给了它，楚国最终没有攻下雍氏就退兵了。

魏相田需死后，楚国大臣昭鱼对苏代说：“田需死后，我担心张仪、薛公、犀首之中有一个人要做魏国的相国。”苏代说：“那么您觉得谁做相国对您最有利呢？”昭鱼说：“我希望太子自己做相国。”苏代说：“让我去见魏王，一定让太子做相国。”昭鱼说：“您有什么方法？”

苏代说：“假如您就是魏王，让我来说说看。”昭鱼说：“您怎么说？”

苏代回答说：“我刚从楚国来，看见昭鱼很忧愁，我就问他：‘您为什么忧愁？’他回答说：‘田需死了，我担心张仪、薛公、犀首三个人中有一个人要当魏国的相国。’我就说：‘不用担忧，魏王是年高贤明的君主，决不会让这三人做相国。张仪如果做了魏国的相国，一定会重秦轻魏；如果让薛公做相国，又一定会重齐轻魏。如果让犀首做相国，则必然重韩轻魏；魏王本是年高而贤明的君主，一定不会让他们来做相国。’这时魏王会问：‘那么我应该让谁当相国呢？’我就说：‘最好让太子做相国。这样三个人都认为太子只是临时做相国，大家就会利用本国的利益来极力讨好魏国，以求将来做魏国的相国。仗着魏国的强大力量，再加上三个有万乘军车的国家辅助，魏国一定会安然无恙，所以不如让太子自己做相国。’”

于是苏代去见魏王，把这话告诉了他，太子果然做了相国。

陈轸

自证清白

战国时，陈轸离开楚国来到秦国，张仪对秦王说：“陈轸作为大王的臣下，却常把国家机密透露给楚国，我不能和他一起共事，请大王把他驱逐出境。如果他再要去楚国，就把他给杀掉。”秦王说：“陈轸怎么敢去楚国呢？”

秦王召来陈轸，对他说：“我听凭您的选择，您愿意到哪儿去，我给您准备车马。”陈轸说：“我愿意去楚国。”秦王说：“张仪认为您要去楚国，我也知道您要去楚国，您除了楚国以外还能去什么地方呢？”

陈轸说：“我要是离开，一定故意去楚国，以便符合大王和张仪的推测，同时也可以表明我是否真的向楚国报告了秦国的隐情。有个楚国人有两个妻子，有人勾引那个年长的，结果被痛骂了一顿；又去勾引那个年幼的，结果竟然勾引上了。过了不久，那两个妻子的丈夫死了。有人就问那个先前勾引她们的人说：‘你准备娶年长的，还是娶年幼的？’他说：‘娶年长的。’人家又问他：‘年长的曾经痛骂过你，而年幼的曾经和你相好，你为什么要娶年长的呢？’他回答说：‘当她是别人的妻子时，我想她跟我好；做了我的妻子之后，我则希望她为我痛骂别的男人。’现在楚王是一个贤明的君主，昭阳也是一个有头脑的相国，我作为别国的臣子，如果常把自己国家的机密透露给楚国，楚王就一定不会留我，昭阳也不会和我来往，我要以此来表明我是否输送情报给楚国。”

陈轸走后，张仪又进来问秦王说：“陈轸要到哪里去？”

秦王说：“陈轸的确是天下雄辩之士，他紧紧盯着我说：‘我一定要去楚国。’我也无可奈何，就反问他说：‘您要去楚国，不就应了张仪所说的话吗？’陈轸说：‘不仅张仪这样说，大家都知道我要去楚国。从前伍子胥是个忠臣，天下各国都想让他做自己的臣子；孝己非常孝敬父母，天下人都希望他是自己的儿子。所以，如果奴婢被出卖时，不出里巷就被人买去的话，那一定是好奴婢，被人休掉的妇女如果能够再嫁到本乡的话，一定是个好女子。我如果对大王不忠诚的话，楚国怎么会把我当作忠臣呢？我一片忠心反被抛弃，那我不去楚国能到哪里去呢？’”

秦王认为陈轸说得很有道理，就再也不去猜疑他了。

左师触龙

游说赵太后

战国时期，秦国进攻赵国的时候，赵王刚继位，凡事听命于太后，于是只好向齐国求救。齐国人却说：“一定要让长安君来做人质。”太后不答应，齐国就不肯出兵。大臣们都来劝说，结果太后大发脾气，说：“谁敢再说这件事，我老太婆就要向他脸上吐口水！”

左师触龙来见太后，说：“我儿子舒祺年纪最小，没有什么出息，现在我老了，特别喜爱他，想要让他加入侍卫队，保卫王宫，趁我没死之前给他找一个托身之处。”太后说：“男人也会疼爱幼子吗？”触龙说：“比妇女更厉害。”

太后笑着说：“妇女当然更疼幼子。”触龙又说：“我总觉得您对燕后比对长安君更好。”太后说：“老先生你这就错了，我对她不如对长安君好！”

触龙说：“父母如果疼爱儿女，就会替他作一个长远的打算。当时您送别燕后的时候，抱着她的脚哭个不停，是想到她要远离家乡，这也是很伤心的事。走了之后，虽然想念她，但祭祀的时候还是祝祷说：‘千万别让她回来。’这不就是替她作长远打算，希望她的子孙后代能继承王位吗？”太后说：“是这样。”

左师触龙又说：“三代之前的那些赵王子孙中封王封侯的人，他们的子孙还有继位的吗？”太后说：“没有啦。”

触龙说：“这就是所谓的‘近者祸及身，远者及其子孙’，难道王侯的子孙都是无能之辈吗？主要是因为他们的地位太高，但又没有尺寸之功。待遇丰厚，却又没有为国家出过什么力，反而占有了国家的大批贵重财物。现在您给长安君很高的地位，封给他丰饶的土地，又赐给他大批贵重物品，却不让他及时为赵国立功。一旦您去世，长安君又靠什么在赵国生存呢？”

太后说：“您说得对，就照您的意思去安排吧。”于是为长安君准备了一百辆车子，送他到齐国做人质。齐国这才出兵，秦军也就撤退了。

庸芮

谏阻殉葬

战国时，秦宣太后很喜爱魏丑夫。太后生病快死的时候，就下命令：“埋葬我的时候，一定要让魏丑夫殉葬。”

魏丑夫非常害怕，庸芮就替他劝太后说：“您以为死人还有知觉吗？”太后说：“没有知觉了。”庸芮又说：“像太后这样聪明的人，明知死人没有知觉，又何必要让自己活着时所喜爱的人为无知觉的人死去呢？如果死人有知觉的话，那么先王已经对您很不满了，您现在改正错误都来不及，哪里还有时间去关照魏丑夫呢？”太后说：“好吧。”也就不再要魏丑夫殉葬了。

狄仁杰

谏武后

武周时，武则天的侄子武承嗣和武三思都想当太子。

狄仁杰对武后说："是姑姑和侄子亲，还是母亲和儿子亲？陛下封立太子，是想死后能够进入太庙，得到子孙祭祀。如果让侄子做太子，难道有侄子做了天子之后，还把姑姑供奉在太庙里的吗？"武后这才醒悟。

◎

在别人解释得非常明白有理的时候，就算不想听从，也不可能。庐陵王复立为太子，虽然是因为鹦鹉折翅的预兆和双陆不胜的梦象，但实际上还是由于姑侄与母子之间亲疏不同打动了武后的心。凡是留恋生前的人，一定也会替自己死后打算。

唐代王方庆做宰相的时候，把他的儿子派到眉州去做司士参军。武后问他说:“你身居相位，何必要把儿子送那么远呢？”他回答说:“庐陵是皇上的爱子，如今尚且被派到远方，我的儿子哪敢留在身边呢？”这也可以说是讽谏，所以重感情的君主可以用感情打动他，明白道理的君主则可以用道理说服他。武则天明白道理但不重感情，因此梁公辱骂张昌宗她也不生气，推举张柬之她也不怀疑。正是因为她明白道理，才能用这些人。

陆贾等 二条

救辟阳侯

汉初，平原君朱建为人正直，而且很有口才。当时辟阳侯审食其很得吕太后宠幸，想要见朱建，但朱建不肯见。等到朱建的母亲死的时候，家里穷得没钱办丧事，只好准备借贷。

陆贾和朱建素来相好，就叫朱建赶快办丧事，他自己则去见辟阳侯，恭贺他说："平原君的母亲死了。"辟阳侯说："平原君的母亲死了为什么来恭贺我？"陆贾说："从前您想和平原君结交，但他不肯，这就是因为他母亲的缘故。本来朋友相交就是要能在对方困难的时候给予帮助。现在他母亲死了，您如果能赠送一笔厚厚的丧礼，那他将来一定会不惜为您献身。"

辟阳侯于是送去一百金作为丧礼，其他的达官贵人因为辟阳侯的缘故也都前去赠送丧礼，结果丧礼共有五百金。

此后不久，有人到惠帝那儿指控辟阳侯，惠帝大怒，把他交给法官，准备杀掉他。吕太后也很羞惭，不敢替他说情，大臣们平时都妒忌辟阳侯的地位，巴不得把他除掉。

辟阳侯见情势危急，就派人去见朱建。朱建推辞说：“现在官司正紧，我不敢来见你。”不过，朱建却去见孝惠帝的宠臣闳孺，劝他说：“您是怎么得到皇上的宠幸的，天下人人皆知。现在辟阳侯交法庭审判，大家都说是因为您的谗言，想要害死他，这次杀了辟阳侯，下次太后一发脾气，也会杀了您。您为什么不到皇上面前去替辟阳侯求情，让皇上放出辟阳侯，这样太后一定会很高兴。如果皇上和太后都宠幸您，那您的富贵不是要加倍了吗？”

闳孺听了这话之后，非常害怕，就连忙按照朱建的话去向皇帝求情。皇帝果然放出辟阳侯。辟阳侯一开始以为朱建背叛了自己，非常生气。等到他被放出，才恍然大悟。吕太后死后，大臣们清除吕氏的党羽，辟阳侯虽然和吕氏的关系很密切，但最终却幸免于难，这都是陆贾和朱建的计谋。

◎

不但陆贾和朱建有智慧，辟阳侯也很精明。

汉朝时，梁孝王刺杀了袁盎之后，事情败露，害怕被杀，就送给邹阳一千金，让他到各处寻找能解除祸事的方法。

邹阳素来很熟悉齐国人王先生。王先生已经八十多岁，善于出奇计，于是邹阳就去向他求教。王先生说：“这件事很难办啊！君王如果对这一件事有了成见，就一定会施行惩处，实在是难以避免。您现在要到哪里去？”邹阳说：“邹国和鲁国的人喜欢经学，齐国和楚国有很多能言善辩的聪明人，韩国和魏国常有能出奇谋的人，我要逐个国家去寻访。”王先生说：“您去吧！等您从东方（指邹、鲁、齐、楚等地）回来，先来看我，再去西方。”

邹阳去了一个多月，还是没有找到一个能替他出谋划策的人。于是他又回到王先生那儿说：“我将要到西方去，我该怎么办呢？”王先生说：“您一定要去见王长君。”邹阳这才醒悟，连忙告别。他不经过梁国，直奔长安去见王长君。

王长君是王美人的哥哥。邹阳对他说：“我要私下和您说说。我听说您的妹妹在后宫中最得宠爱，天下没有第二个人可比，您的行为却常常不合礼义。现在皇上一味追究袁盎的事，梁王怕会因此被杀。太后情绪很坏，怒气却无处发泄，肯定会痛恨那些最得宠幸的大臣，这样您的处境就很危险了。”王长君听罢大吃一惊，说：“该怎么办呢？”邹阳说：“只要您能劝皇上不要穷追梁孝王的事，太后就会从心里感激您，这样您的地位不就固若金汤了吗？”

王长君听信了邹阳的话，去劝说汉景帝。汉景帝对梁孝王的事也就不再追问了。

◎

抄朱建的这篇范文抄得恰到好处。不但王先生很聪明，邹阳也很聪明。

厮养卒

救回赵王

秦朝末年，赵王武臣派韩广到燕国，燕国的人就立韩广为燕王。赵王和张耳、陈馀向北攻城略地到了燕国地界。

赵王一次外出，被燕国军队捉住了。燕将就把赵王囚禁起来，要赵国分一半土地给他，才肯归还赵王。赵国十次派了使者去谈判，都被杀掉了，张耳和陈馀急得无计可施。

有一个干粗杂活的小卒辞别同屋的人说：“我替他们去说服燕将，然后和赵王一起回来。”听了他的话，同屋的人都觉得可笑。

这人来到燕军的营寨，问燕将说：“你们知道我来干什么吗？”燕将说：“你想要得到赵王。”他又问：“你知道张耳和陈馀是什么样的人？”燕将说：“他们都是贤德之人。”他又问：“那你知道他们有什么打算呢？”燕将说：“想得到赵王。”

他笑着说：“你根本不知道这两个人的打算。武臣、张耳和陈馀三人，拿着鞭子就攻下了赵国的几十座城，其实每个人都想南面称王，谁愿意一辈子做别人的公卿宰相呢？大臣的地位和君主的地位是不能同日而语的。他们主要是担心天下大势刚刚安定，不敢把天下三分，各自称王。所以姑且按照年纪长幼，先让武臣做王，以便稳定赵国的人心。现在赵国已经安定，这两个人已经打算把赵国一分为二，各人做王，只是时机还不成熟。现在你们抓住了赵王，这两个人名义上是要救赵王，实际上是希望燕国把他杀掉，然后他们好各自为王。你想，一个赵王尚且轻视燕国，等这两位贤王互相配合，来追讨谋杀赵王的罪过，燕国不是肯定要被灭掉吗？”

燕将觉得他说得对，就放了赵王，这个小卒驾着马车和赵王一起回到赵国。

杨善

说服也先

土木之变之后，明英宗被瓦剌人扣留了一年多。瓦剌屡次派人通知我朝迎接英宗回国，我们无法确定他们的真实意图，想要派人去弄清情况，又难以找到合适的人。左都御史杨善主动要求去了解情况，瓦剌首领也先悄悄派了一个姓田的聪明伶俐的人来迎接他，并想探听他的意图。

田氏和杨善见面之后说："我也是中国人，是被俘虏到这儿来的。"又问："当时土木被围的时候，明朝军队为什么不战而溃？"

杨善说："国家长久以来太平无事，将士们很久没有打仗，何况那次去的只是护驾随从，开始时并没接到准备和敌人打仗的命令。遭到你们军队的突然袭击，怎么会不溃散呢？尽管如此，你们也不过是侥幸得胜，未见得就是什么福气。现在继位的新皇帝聪明勇敢，纳谏如流。有人献计说：'瓦剌人敢于进犯中国，是凭借他们的好马，才能翻山越岭，闯过关口。要是在边关一带，制造铁顶橛子，上面留一点空，安装尖头锥子。在人马所经过的地方，漫山遍野布下锥橛，经过的人就会个个受伤。’皇上已经采纳了这个建议。又有一个人献计说：‘现在用的大铜铳，每次只装一个石弹，所以打的人少。如果每次装一斗鸡蛋大的石头打出去，就能迸开几丈宽，人马打中即死。’这个计策也被采用了。还有一个献计说：‘广西、四川等地射虎用的弩弓上涂的毒药，药性最烈，如果涂在箭头上，只要接触到皮肤，人马就会立刻死亡！’这个计谋也采用了。现在已经把药运来了，还从全国选了三十万强壮有力的神箭手进行操练，并用罪犯作了试验。还有一个人献计说：‘现在的火枪队虽然有三排，但每放一枪就要装一次药，这样，敌人的马队就能乘机冲过来。如果做成大型的两头铳，装上几枚铁弹，铁弹上再涂毒药，然后排成四排，等马队冲过来时，一齐开火，这样就能打穿所有马的肚子。’曾经试验过，三百步之外都能打到。这些献计的人都已升官给赏，天下有智慧谋略的人，听说之后都来献计。新操练的军马已经非常精锐，只是可惜目前没有用武之地了。”

田氏说：“怎么会没有用武之地呢？”杨善说：“如果两家讲和了，还有什么用呢？”田氏说完后，赶快悄悄回去报告。

第二天，杨善来到瓦剌大营，谒见也先。也先问：“你是什么官职？”他说：“都御史。”也先说：“我们两家多年和好，近来为什么扣留我们的使臣，降低我们的马价？给的缎匹，一匹剪开变成两匹。把我们的使臣关在驿馆中，不让外出，这些都是什么原因？”

杨善说：“先前你父亲派人送马来，不过三十余人。所要求的东西，要十件给两三件，也没有计较过什么，一向都很友好。现在你派来的使臣，多达三千人，见了皇帝之后每人都要赏一套织金衣服，就是十多岁的小孩也要同样的赏赐。为了照顾你的面子，还在皇宫里为他们设宴，临走时还要赏宴，派人送到客馆，何曾扣留过他们？只有那些带来的年轻人，到中国后犯奸偷盗，害怕被使臣知道了，就私自逃到别处。有的在路上遇上虎狼，有的流落到其他地方，我们中国扣留他们有什么用？至于降低马价这件事，也是有原因的。上次你写了一封信，让使臣王喜带给我朝某人。正好王喜不在，错给吴良收了，结果交给了朝廷。后来某人害怕朝廷怀疑怪罪，就结交权贵，故意说这次送来的马，不是经过正式的使臣，所以，不该按惯例赏赐，因此而降低了马价。等某人送走了使臣后，反而说是吴良作弊把马价减了，目的是要你杀害吴良，不料你果然中了他的计。”

也先说：“者。”胡语“者”就是“对”的意思。杨善又说：“再说到买锅的事，这种锅出在广东，离京城一万多里，一只锅要卖两匹缎，但使臣去买，只给一匹，因此发生争斗，卖锅的人把门关起来不肯出卖。这种事皇帝怎么会知道？如南朝的人向使臣买马，出的价钱太少，他就不卖，这难道是您吩咐他的吗？”也先笑着说：“者。”

杨善接着又说：“至于说到剪开缎匹，这都是回回人干的，他们把一匹剪成两匹。要是不相信，可以检查他们的行李，包管都好好的在那里。”也先又说：“者，者，都御史说的都是实话。现在的事情都已经过去了，这都是小人说的坏话。”

杨善见也先的态度已经缓和下来了，就说：“你作为北方的大将帅，带领军队，却听信小人的话，忘记了大明皇帝的恩德，竟来杀戮掳掠老百姓。上天爱惜人的生命，你却屠杀人民。那些因想念父母妻子儿女而逃跑的人们，被你们抓住之后，就剜心摘胆。这些人高声叫苦的声音，上天难道就听不到吗？”

也先回答说：“我并不曾杀过他们，都是手下这些人杀的。”杨善说：“现在我们两家像当初一样和好，你也该赶快下令，把军队调回来，免得上天发怒，降下灾难。”也先回答说：“者，者！”然后又问：“皇帝回去之后还做不做皇帝？”杨善说：“新皇帝已经继位了，怎么能再更换呢？”也先说：“尧、舜的皇位当初是怎么来的？”

杨善说：“尧把皇位让给舜，现在哥哥把皇位让给弟弟，正好和他们一样。”一个叫昂克的平章问：“你来迎接皇帝，带了什么财物？”杨善说：“如果带财物来，大家就会说大官人贪爱钱财了。我空手迎接，正要显明大官人讲仁义，能顺应天道，自古以来都没有这样的好男子汉。我现在监督修订史书，一定要把这件事详细记下，让世世代代的人称赞大官人。”也先笑着说：“者，者！都御史说得太好了！”

第二天，杨善去见太上皇。又过了一天，也先摆设宴席，替太上皇送行。

◎

本来派杨善去，只是探听消息，并没有准备奉迎。结果杨善一席好话，把也先说得又明白又高兴，马上就派人护送皇帝和杨善一同回来了，这真是奇迹。

当年晋怀帝和晋愍帝被俘后，眼看求告不回来，所以也就不求了。宋朝的徽宗和钦宗被俘后，虽多次去求，却没有求回来。大概只有赵国的那个小卒才能够办得到这一点。

不过对于杨善来说有三个可乘之机。第一是朝廷上下都想把太上皇奉迎回来，第二是已经去过十次使者，第三是在谈论之际，可以用利害关系来打动对方。

瓦剌人原先想效仿晋、宋两次绑架皇帝的做法，以为是奇货可居。朝中的大夫们一方面害怕被瓦剌人欺骗，一方面又害怕违背了新继位皇帝的意思，所以互相推辞，谁也不愿意承担这项责任。杨善出于正义之心，慷慨激昂，自愿前往。没有花费一尺布、半文钱，只凭着三寸不烂之舌便救回了皇帝，这又是赵国小卒远远比不上的。

土木之变只是一时失误陷入了瓦剌人的包围，和晋、宋当时的软弱情形不同。而也先又喜欢名誉，绝不像刘聪和女真那样凶狠残暴，肆无忌惮，他的势力也并不强盛，所以杨善很容易就说服了他。如果是在晋、宋当时那种情况下，杨善也就无能为力了。不过，当时朝廷上百官云集，敢于慷慨前往的却只有一个都御史，其他的人即使没有杨善的口才，难道也没有杨善这样的勇敢精神吗？

富弼

不辱使命

契丹乘着宋朝和西夏之间关系紧张，派使者来要求割让瓦桥关以南一个县的土地。（这块地方石敬瑭原先曾割让给契丹，后来又被周世宗夺回。——原注）

于是富弼作为使者去见契丹主，对他说："我们两朝的友好关系已经保持四十年了，现在突然来要求割让土地，这是为什么呢？"

契丹主说："你们南朝违背和约，关闭雁门关，建造陂塘，加修城墙和城壕，登记百姓和士兵，准备要干什么？我的臣下都要求派兵进攻，我说不如派使者去要求割让土地，不给的话，再起兵也不晚。"

富弼说："你们北朝难道忘了章圣皇帝（宋真宗）的大恩大德吗？澶渊之战的时候，如果他听从部将的话，北军肯定全军覆没了。而且北朝与中国之间，如果关系友好，能得到好处的是双方的君主，群臣们倒是占不到什么便宜。如果双方交战的话，那么能得到好处的则是各部将领，而君主们只能承担恶果。所以那些鼓励您出兵的人，都是为了谋求自己的好处。

“中国疆域辽阔，有精兵百万，北朝如果开战，能保证一定打胜吗？即使能打胜，所损失的士兵车马，是由群臣来承担呢，还是由君主来承担？如果能保持友好关系，那么每年所赠送的钱币全部为君主所有，群臣则得不到什么好处。”

契丹主听完这话，才恍然大悟，不断点头赞同。富弼接着又说：“关闭雁门关，是为了防备西夏元昊。建造陂塘是从何承矩的时候就开始的，早在双方通好之前。其他如维修城墙、土壕，登记军民户籍等事，也并没有违约啊。”

契丹主说：“尽管如此，那我们祖宗原来的土地，总该归还啊！”富弼说：“晋朝曾割让卢龙给契丹，后来周世宗收复草桥关以南的土地，这都是以前的事了。如果双方都要追回原先的土地，难道对北朝有好处吗？”

富弼出来之后，刘六符对他说：“我们的君主不好意思接受金币，一定要十个县，怎么样？”富弼说：“我朝的皇帝说：‘我是为祖宗守护土地，怎么敢把土地送给别人呢？’北朝想要的，不过是银子和赋粮。我不忍让南北两朝的百姓遭难，宁可多增加一些钱币。如果定要割让土地，那就是故意破坏盟约，以此作为借口罢了。”

第二天，契丹主邀请富弼和他一起去打猎，对他说：“如果割让土地，我们就可以永远友好下去。”富弼说：“北朝既然认为得到土地是光荣的事，南朝也自然把失去土地看作是可耻的事。我们两国如同兄弟，怎么能让一个得到光荣，另一个蒙受耻辱呢？”

打完猎之后，刘六符说：“我们的君主听到您所说的光荣和耻辱的话，内心很感动。现在我们可以商议一下两国结亲的事了。”富弼说：“婚姻关系很容易产生矛盾。何况我朝的长公主出嫁，嫁妆不过十万钱，哪里比得上每年给你们钱币有利呢？”

富弼回朝把情况汇报之后，宋仁宗同意增加每年给契丹的钱币。

契丹主又说：“南朝既然同意增加钱币，那就应该说是‘献上’。”富弼说：“南朝为兄，北朝为弟，哪有哥哥送东西给弟弟称‘献上’的道理呢？”契丹主又说：“那么就说‘交纳’。”富弼还是不同意。契丹主说：“南朝既然每年向我国交付大量钱币，本来就是因为害怕我国，难道在措辞上还要计较？要是我带兵南下，你们可就后悔不及了。”

富弼说：“我朝对于南北两地的人民同样爱护，所以愿意维持和好，怎么能说是害怕呢？如果不得已要使用武力，也该以是非曲直来定胜负，那就不是我这个使臣所能过问的事了。”契丹主说：“您不必固执，这种事自古已有。”富弼说：“自古只有唐高祖向突厥借过兵，当时把赠送的礼物称为‘献纳’。后来颉利被太宗擒获，此后难道还有过这样的事情吗？”

契丹主估计无法说服他，就派人前来议和。仁宗根据晏殊的建议，还是自称“交纳”。

◎

富郑公与契丹主交锋了四五次，说的话句句都占上风，但语气却很委婉，让人容易接受。这点可以和李邺侯相比，他们称得上最善于言辞的人。

富弼第一次奉命出使的时候，正好家中一个女儿去世；第二次去的时候，家里又生了一个男孩。这些事情他一概不顾。接到家信的时候，不打开就烧掉了，说：“不能为家事扰乱情绪。”有这样一片精诚之心，当然能光荣地完成朝廷的使命。

王守仁

安抚土司

明朝时，土官安贵荣，家族几代都傲慢不顺。因为从征香炉山而被加封为贵州布政司参政，但他却怏怏不乐，认为加封的官职太低。于是上奏章要求减少龙场的驿站，来补偿他的功劳。皇帝就把这件事交给督府讨论。

当时的兵部主事王守仁因为提建议触犯皇帝而被降职为龙场驿丞，安贵荣对他很敬重。

王守仁就写信给安贵荣，大意是：

朝廷的一切制度，都是祖宗定下的，后世只能遵守，不能擅自改变。即使是朝廷改变制度，也被称为变乱，何况是各地分封的诸侯呢？即使朝廷不怪罪，执法的机构也要用法律来制裁。就是当时能够幸免，但过了五六年，或是七八年，甚至二三十年之后，执政者还是要根据典章制度予以追究。如果这样的话，你现在这样做又有什么好处呢？

在你之前，汉、唐以来的一千几百年中，土地、人民都没有改变过。能这样长期不变的原因，就是因为能世代遵守天子礼法，全心全意，不敢有丝毫违背的地方，所以天子也不能无缘无故给忠良之臣加官封赏。

如果不是这样的话，像你所管辖的地方，土地富饶，人口众多，朝廷可以把这块地方要过来设立为郡县，那谁又敢不服从呢？如果驿站可以减少，也可以增加，那么宣慰司不是也可以取消了吗？这样说起来的话，造成的危害就大了，难道你没有想过吗？你上奏章称功，要求升官，大概也是没有仔细考虑过。消灭匪盗，安抚平民百姓，本来就是你的任务。现在一再称功要赏，不是对朝廷平时的恩宠禄位全然不顾吗？

你现在被任命为参政，已经升官了，如果还要提出种种要求，那就太不知足了，这样大家也会对你不满。宣慰司本来是守土之官，所以世世代代有自己的土地和人民。至于参政，那不过是流动的官职，东南西北，听凭天子派遣。如果朝廷下一道诏令，给你一个官职，或是在福建，或是在四川。不去的话，马上就因违命而杀头；如果奉命去的话，千百年来所管辖的土地和人民也就丢失了。这样说来，现在参政这个官职，你恐怕要马上去把它辞掉，怎么能够再要求加官晋爵呢？

此后安贵荣再也没有要求过减少驿站。

◎

这封信土司们都应该抄写下来，作为座右铭。

张嘉言

平定军心

明朝人张嘉言驻守广州的时候，在沿海一带设立了总兵、参将、游击等官职，部下各自都有几千名官兵防守，每天的军饷、军粮都平均分为三份。但是部下官兵每年都要长途跋涉，出海巡逻；而总兵直辖的军队因为借口驻守海防，从来也不远行。等到每三年、五年维修船只的时候，参将、游击部下的官兵每天只发一半军饷军粮。即使不修船，如果不出海巡逻，也要每天减去三分之一的粮饷，以积累下来作修船之用；而总兵部下从来不减，到修船时，则另外从民间筹集。这种情况沿袭已久，彼此都看作是应当如此。

不料巡道向军门申请，要求让他管理总兵所统领的军队，以后可以从中扣除部分军饷，留下来作为修船的费用。军门正好和总兵有隔阂，于是立刻答应了巡道的要求。

士兵们得知这个消息之后，马上就吵闹起来。他们知道张嘉言是朝廷所信任的人，就一下子拥到大堂之下。张嘉言神色安详，命令把五六个了解情况的人带到堂上，说明缘由。士兵们一哄而上，都被他喝下堂去，说：“一片吵闹，无法弄清事情。”士兵们只好退到堂下。当时正下大雨，士兵们的衣服都淋湿了，张嘉言也不理会，只叫这六个人把情况详细说明。这六人一再强调以前没有扣减军饷的先例。

张嘉言说：“这事我也听说过。你们都不出海巡逻，这也难怪你们的上司。你们要想不减也可以，不过对你们也没有什么好处。上司如果下令你们今后和参将、游击的士兵每年轮流出海巡逻，你们能不去吗？如不去的话，你们也就等同于他们，军饷自然也就减去了一些。你们所要求保留的军饷，也是拿不到，要发给那些来替换你们的士兵。你们为什么不听任上司稍稍减少一点军饷，而你们还可以继续年年做总兵的兵呢？你们再考虑一下吧！”

六个人俯身在地，无言可对，只是说：“求老爷转告上司，多多宽大体恤。”张嘉言说：“你们叫什么名字？”他们都面面相觑，不敢回答。张嘉言就骂他们说：“你们不说姓名，上司若问我是谁来禀告的，我怎么回答？赶快报名，我自然有用处。”他们只好说出各人姓名，张嘉言一一记下，然后说：“你们传话士兵们，这件事自然会有安排，叫大家不要再吵闹。如果士兵们再来吵闹，你们六个人都有姓名在这儿，上司一定会斩你们的头！”

六个人吓得面容失色，连声答应着退下堂去。后来决定，每个士兵每月扣除一钱银子，士兵们也没有再发生骚乱。

◎

把道理说透彻，把利害讲明白，就能够使人心平气和。凡因为减少待遇而造成骚乱的，都是因为处理不当。

王维

驳倒宦官

明朝弘治年间，有个巴望得到重用的人上奏章说：山西紫碧山出产石胆，可以益寿延年。于是朝廷派遣宦官去开采，一年多都没采到，当地百姓都以此为苦。

按察使王维是祥符人，他令人采了一升类似石胆的小石子给宦官看，宦官愤怒地说："这简直是搪塞！石胆在书中都有记载，怎能讲没有？"王维说："凤凰、麒麟，都是古书上记载的，现在世上真的有吗？"

秦宓(mì)

对答如流

三国时，吴国使者张温到蜀国聘亲，蜀国的大小官吏们都集合来欢迎他，只有秦宓一个人来晚了。张温问孔明说："这个人是谁？"孔明说："他是学士秦宓。"

张温就问秦宓："先生念过书吗？"秦宓说："在我们蜀国，连儿童都念过书，我当然也念过。"张温就问："天有头吗？"秦宓说："有。"张温问："在哪儿呢？"秦宓说："西方。《诗经》里说：'乃眷西顾。'"

张温又问："天有耳朵吗？"秦宓说："有。天虽然高，却听得见下面的声音。《诗经》里说：'鹤鸣九皋，声闻于天。'"张温又问："天有脚吗？"秦宓说："有。《诗经》里说：'天步艰难。'没有脚，怎么会步履艰难呢？"

张温接着又问："天有姓吗？"秦宓说："姓刘。"张温说："你怎么知道？"秦宓说："因为天子姓刘，所以我才知道。”张温说：“太阳升起在东方吧？”秦宓说：“太阳虽然从东方升起，却落在西方。”当时秦宓对答如流，在场的人都惊奇不已。

◎

因为他对答如流，始终占据上风，所以特地把这段话记录下来。如果仅仅是说起话来滔滔不绝，那也就不值得记录了。

卷二十

善言

善言者的舌头如同转轴那么灵巧，但要有智慧才能使它灵巧地转动。孟子不是说过:善言的人话很浅近，含意却很深远。语言靠精神去组织，出口要严密微妙。往往不需要任何武器，谈笑之间就解了围。为此，辑撰《善言》卷。

凌阳台

孔子谏陈侯

春秋时，陈侯建造凌阳台，工程还没完毕，就有好几个人因犯法被处死了。陈侯又拘禁了三名监督工程的官吏，大臣们谁也不敢出来劝阻。

孔子这时正好来到陈国，陈侯就召见孔子，和他一起登上凌阳台观光。孔子上前来祝贺他说:“这座台真是太美了！君侯真是太贤明了！自古以来，就是圣人修建高台，哪里有不杀一人而能完成这样的工程的！”

陈侯沉默了很久，就派人把拘禁的官吏们释放了。

说秦王

止怒

战国时，秦王和辩士中期争论了很久，没有争赢，秦王非常生气。

中期缓步出去之后，有一个人就替中期劝秦王说：“这个人太固执了，不过他也是碰上一个贤明的君王。假如碰上夏桀、商纣那样的君主，早就把他给杀了！”秦王因此没有怪罪中期。

晏子 二条

讽谏大师

春秋时期，齐国有一个人得罪了齐景公，齐景公非常生气，于是把他捆在大殿前面，叫左右的人把他慢慢肢解掉，劝告的人立刻处死。晏子左手抓住那个人的头，右手磨着刀，抬头问景公说：“古代的明王圣主肢解人，一般从哪儿开始割？”齐景公一下子从座位上站起来说：“把他放掉吧，过错在我。”

当时齐景公常常动用酷刑，市场上开始出现卖踊的人。踊就是受刑被砍掉双脚的人所用的假肢。有一次齐景公问晏子：“你家住在市场附近，知道商品的价格吗？”晏子回答说：“踊贵，鞋子便宜。”齐景公这才省悟，不再常常用刑。

◎

晏子的劝谏，常常是用讽刺的方式，而很少直接劝说，他大概可以说是滑稽的祖先。其他如出使楚国、吴国和晋国的故事，都是用游戏的方式战胜了对方。

晏子准备出使楚国的时候，楚王与左右商议，想要来污辱他。当楚王在和晏子谈话的时候，有人带着一个被捆绑的人从他们面前经过。楚王说："这人是哪儿的？"回答说："齐国人。"楚王又问："犯什么罪？"回答说："偷盗。"楚王就说："齐国人喜欢偷盗吗？"晏子说："江南的橘树拿到江北来种，结出来的果实就是枳。这是因为地理环境不同而造成的。齐国人在齐国时本来不偷盗，来到楚国之后就变成了盗贼，大概也是受楚国人的影响才变成这样的吧？"楚王说："不能戏弄圣人，我这是自讨没趣。"

晏子出使吴国的时候，吴王对行人说道："我听说晏婴能言善辩，熟悉礼节，明天会见他的时候，让司仪称我为天子。"

第二天，晏子来见吴王，行人就出来传令说："天子请见。"晏子觉得非常惊奇，就说："我们的国君命令我来见吴王，我怎么糊里糊涂地跑到天子朝廷上来了。请问吴王还在吗？"吴王赶忙出来说："我夫差请您进来。"然后按照诸侯的礼节会见了晏子。

晏子第二次出使到楚国的时候，因为身材矮小，楚国人就在大门旁边开了扇小门，请晏子从小门进去。晏子不肯进去，说:“只有出使狗国的人，才从狗门进去。我现在是出使楚国，不该从这个门进去。”司仪只好又领他改从大门进去会见楚王。楚王说:“齐国难道没有人了吗？”晏子回答说:“齐国的临淄有三百个居民区，所有人要是把衣袖举起来，可以组成一道围墙;要是大家甩一下汗水的话，就像下一场大雨，怎么能说没有人呢？”楚王说:“那么为什么派你当使者呢？”晏子回答说:“齐国派遣使者要根据出使国的情况。那些贤能的人就派往有贤明君主的国家，那些无能的人则派往君主无能的国家。因为我晏婴最无能，所以派我出使楚国。”

马圉 中牟令

谏君主

春秋时，齐景公有一匹马，被他的马夫杀死了。齐景公大怒，拿起一根长矛就要把他刺死。晏子说：“不要让他不明白自己的罪过就被杀死，让我来替您数清他的罪行。”齐景公说：“好。”

于是，晏子举起长矛走到马夫跟前，对他说：“你为我们国君养马，却把马杀了，这是第一条死罪；你使我们的国君因为马的缘故而杀人，这是第二条死罪；你使我们的国君因为马而杀马夫的名声传到四邻诸侯的耳中，这是第三条死罪。”齐景公说：“先生放了他吧，不要因此而损害我的仁义之名。”

后唐庄宗到中牟打猎，随便践踏农田。于是中牟县令拦住庄宗的马，一再劝谏。庄宗大发脾气，命令把他拉下去斩首。

有个叫敬新磨的戏子，带着一群戏子跑上前抓住县令，把他拉到庄宗马前骂道:“你是县令，难道就不知道天子喜欢打猎吗？为什么放纵老百姓栽种粮食以供每年的税赋，而不让他们饿着肚子，把土地空出来让天子随意驰骋打猎呢？你的罪真是该死！”说完就要求赶快行刑。其他戏子们又在一旁你唱我和。庄宗听完不觉大笑，马上赦免了县令。

郑涉

劝解节度使

唐代刘玄佐担任汴宋节度使的时候，曾因听信谗言而发怒，要杀军中将领翟行恭，当时谁也不敢出来劝解。

处士郑涉善于诙谐逗趣，前来见刘玄佐说："听说翟行恭要被处死，请让我来观察一下他的尸体。"刘玄佐觉得很奇怪，郑涉就对他说："从前听说蒙冤而死的人面部有异相，我一生从未见过，所以想来看看。"刘玄佐这才醒悟，免了翟行恭的死罪。

李忠臣

救辛京杲

唐朝人辛京杲因为个人原因打死了一名部下，执法官报告说辛京杲犯的罪应该处死，皇帝即将批准执行。李忠臣说：“辛京杲早就该死了！”皇帝就问是什么缘故。

李忠臣说：“辛京杲的父亲和兄弟们都在战场上牺牲了，只有辛京杲到今天还活着，所以我认为他早该死了。”皇帝听完这话很伤感，就降职处分了辛京杲。

武帝乳母

巧谏武帝

汉武帝的乳母有一次在外干了违法的事，武帝打算对她依法处理，乳母就来求东方朔解救。东方朔说：“这件事没法去说理争辩，你要是想避免的话，只有在你走的时候不断回头看皇帝，千万不要说话，或许还可以有希望。”

乳母进来的时候，东方朔也在武帝旁边，东方朔就对乳母说：“你难道真糊涂了吗？皇上现已长大，还要吃你的奶吗？”武帝听见这话，心里不免很凄然，就免了乳母的罪。

简雍

谏刘备

三国时，蜀先主刘备在位时，有一次发生旱灾，于是下令禁止私人酿酒。官吏只要在老百姓家搜查到酿酒工具，就要进行处罚。

简雍和先主一起出游，看见一对男女一起走路，就对先主说："他们要通奸，为什么不把他们抓起来？"先主说："你怎么知道？"简雍回答说："他们有通奸的器官啊！"先主不觉大笑，于是下令不再处罚有酿酒工具的人。

昭陵

谏太宗

文德皇后安葬之后，唐太宗在苑中修建了一座高台，可以从上面遥望昭陵。

有一次，太宗带着魏徵登上高台，魏徵仔细遥望之后说：“我眼睛昏花，什么也看不见。”太宗就指点给他看。魏徵说：“这是昭陵吗？”太宗说：“是的。”魏徵说：“我还以为陛下是遥望献陵呢，如果是看昭陵，那我早已看见了。”太宗不觉泪下，为此拆毁了高台。

吴瑾

谏明英宗

明朝人石亨仗着他的功劳，颇得宠幸。有一天，皇帝登翔凤楼，看见石亨新建的府第极其雄伟壮丽，就回头问恭顺侯吴瑾和抚宁伯朱永说："这是谁住的地方？"朱永回答说不知道。吴瑾说："这一定是王府。"皇帝笑着说："不是。"

吴瑾跪下说："如果不是王府，谁敢僭越地位，如此狂妄！"皇帝没有回答，此后就开始怀疑石亨了。

香草根

诱导突厥可汗

隋炀帝到榆林游玩的时候，长孙晟随从同行。长孙晟看到军帐中杂草丛生，就想让突厥可汗染干亲自来除草，以此来显示皇帝的威严和庄重。

于是，他指着帐前的草对染干说：“这种草根非常香。”染干连忙拔出闻了一下说：“一点儿也不香啊！”长孙晟就说：“天子出行的时候，每到一地，当地的诸侯都要亲自洒水扫地，铲除皇帝所要经过的道路上的杂草，用以表示对皇帝的敬意。而你这里却杂草丛生，我还以为是保留的香草根呢！”

染干这才明白，说：“是奴才的罪过！”于是拔出自己的佩刀，亲自砍掉地上的杂草，各部的贵人也争着效法。结果从榆林向东到蓟县开辟了一条长三千里、宽一百步的御道。

贾诩

谏废长立幼

东汉末年，贾诩曾做过曹操的谋士。当时临淄侯曹植正名声显赫，曹操想要废掉曹丕，传位给曹植。

有一天，曹操私下向贾诩征求意见，贾诩却默然不答。曹操说："我问您话，您却不回答，这是为什么呢？"贾诩说："正好我想起一件事。"曹操就问："是什么事呢？"贾诩回答说："就是袁绍和刘表父子的事。"曹操大笑，曹丕的太子地位也就确定了。

◎

卫瓘劝告晋武帝时所说的话，智谋也不下于贾诩。可惜晋武帝虽明白，却没有听从，以致坏了大事。

解缙

巧谏文皇

明朝时，解缙奉文皇的命令，为《虎顾众彪图》题了这样几句话："虎为百兽尊，谁敢触其怒？唯有父子情，一步一回顾。"文皇看了这首诗很有感触，就命令夏原吉到南京去把太子迎接回来。

有一次，文皇和解缙一同游玩。文皇向上登桥的时候就问解缙应该怎么说。解缙说："这叫作一步高一步。"下桥的时候，又问该怎么说。解缙说："这叫作后面更比前面高。"

史丹

谏汉元帝

汉元帝不喜欢太子。当时中山哀王去世了，太子就前去吊唁。哀王是汉元帝的小弟弟，和太子是同学，从小在一起长大。元帝看见太子，不禁更为哀王感伤，心中悲痛不已。他发现太子并不伤心，就很生气地说："哪有一个不慈不仁的人能够侍奉祖先，爱抚百姓的呢？"

太傅史丹连忙脱下帽子赔罪说："我看见陛下为中山王哀伤过度，就事先嘱咐太子千万不要伤心哭泣，免得更引起陛下伤怀。这都是我的罪过，真是该死！"元帝信以为真，就不再生太子的气了。

◎

这和汉代上官桀"意不在马"的回答相似，但一个是忠臣，一个却是奸贼。

谷那律

谏畋猎

唐高宗外出打猎时，遇上下雨，就问谷那律说："用什么做的油衣不漏雨？"谷那律回答说："用瓦做的油衣永远不会漏雨。"从此以后，高宗再也不外出打猎了。

裴度

谏唐宪宗

裴度做宰相的时候，唐宪宗准备去东都游玩。大臣们恳切劝阻，但宪宗就是不听。

裴度装作很随便的样子说："国家建立陪都，本来就是给皇上巡行游玩的。自从国家遭难以来，宫阙房舍和游乐场所都已荒芜，未能好好管理。一定要过些日子，等修理完毕之后才可成行。如果这么匆忙地去了，地方官吏来不及准备，那就难免让您怪罪。"

宪宗这才高兴地说："群臣们劝我都没有这样说，既然你认为确实有不便之处，那我还去干什么呢？"于是就取消了这个计划。

李纲

推荐张所

宋朝时，李纲想要提拔重用张所，但张所曾劾奏过宰相黄潜善，所以李纲觉得很为难。

有一天，李纲遇到黄潜善，就很诚恳地对他说："现在国家正是危难时期，需要任用一些能担负国家重任的官吏。先前讨论委任河北宣抚司的时候，只有一个张所可以任用。但张所又因为出言狂妄得罪过您，如果不是因为这个原因，那他真是最合适的人选了。不过在目前这种情势紧迫的情况下，也只好先试用他一下。如果让他在朝廷机要之处任职，似乎不太适宜。让他顶个官职去做招抚工作，冒着生命危险去立功赎罪，可能没有什么问题。"黄潜善高兴地同意了。

苏子由

知帝王心意

宋代元城先生的语录中提到：

苏轼被关押在御史台的时候，张安道正退休住在南京，得知这个消息之后，马上写了封信给皇帝想要营救他，本来想附在南京府的公文中进呈皇帝，但府官不敢接受。张安道只好让儿子张恕到登闻鼓院投递。张恕在门外徘徊了很久，最终没敢去投递。

不久，苏轼被释放了。当他看见了这封信的副本时不禁吓了一跳。别人问他这是为什么，苏轼不肯回答。

后来苏辙看到这个副本就说：“我哥哥害怕是有道理的，这件事还真是幸亏张恕！”我问他：“这是什么意思？”

苏辙答道：“难道你不知道郑昌救盖宽饶的事吗？郑昌在信上说他既不是许、史两皇亲的同党，也没有和金日磾、张安世等人拉帮结派。这话正好激怒了汉宣帝，其实盖宽饶又有什么过错？不就是因为得罪了许、史两家，才惹了祸。现在再攻击他们，不是火上浇油吗？如今我哥哥也没犯什么错，只是名声太大，和朝廷说话好争强罢了。张安道还在信中说他实在是天下奇才，这岂不更加会惹皇上动怒吗？”我说：“那么，当时要救东坡，应该怎么说方妥当呢？”

苏辙说：“只要说大宋朝从未杀过士大夫，现在陛下如果开了这个头，后代就会以陛下为榜样。神宗皇帝喜欢好名声，担心别人说他不义，这样，大概可以阻止他。”

◎

这番话正好和宋朝李纲向黄潜善推荐张所时所说的话相似。

施仁望

救周邺

南唐的周邺任京师左衙使，他是信州刺史周本的儿子，与禁军刘统帅一直不和。

烈祖李昪(biàn)升元年间，金陵发生火灾，周邺正偷偷在别人家中喝酒，喝得大醉不起。有人将此事告诉李昪，李昪就对亲信施仁望说：“你率十个卫士赶到现场，如果看见周邺已赶去救火就放了他，不然就将他杀死在床上。”施仁望起身前往，立刻让人把周邺家的人召来，告诉此事。周邺闻讯十分害怕，穿了一件女人衣服，就急忙奔来拜见施仁望。施仁望留下了他。

火灭后，施仁望进宫回禀李昪。到便殿门口时，看见刘统帅先来了，也要禀告火灾的事。施仁望猜测刘是决不会庇护周邺的，又害怕与周邺一起被定罪，仓促之间想出一条计策，突然推开刘，抢先拜见李昪，说：“火没有造成灾害，周邺的确如皇上所说的那样。”李昪说：“你把他杀了吗？”

施仁望说：“周邺的父亲周本正驻守边境，防御敌人，我没有敢立即执行圣旨。”李昪高兴地抚着茶几说：“差点误了我的大事！”施仁望因此大受奖赏，周邺也得到宽恕。

李晟

语折李怀光

唐朝时，李怀光和朱泚秘密策划造反，意图已经非常清楚。李晟担心一旦发生意外，他的军队会被兼并掉，所以多次报告朝廷，要求把军队撤到东渭桥上。同时，还希望李怀光回心转意，打消原先的企图，因而报告一直没有说明真实情况。李怀光也希望推迟战期，而且还想设法刺激士兵们的情绪，就借口说朝廷给的军粮太少，而神策军的军粮比他们多，像这样待遇有差别，实在难以打仗。

皇帝因为国库空虚，无法按神策军的军粮标准供给他们，但又怕这样会使李怀光不满，就派陆贽(zhì)到李怀光的军营去慰问，并把李晟也叫来一起商议。李怀光想让李晟自己要求减少军粮，造成军队对他的不满，使他无法来打仗，就说：“士兵们都是同样打仗，但得到的军粮却不相同，这怎么能让他们齐心协力作战呢？”陆贽一言不发，不断回头看李晟。

李晟说："您作为元帅是全军总指挥，我作为一个将军，不过听您调遣而已，至于增加还是减少衣服粮食，全凭您决定。"李怀光听他这么一说，就再也不作声了。

折契丹 二条

巧妙谢绝

契丹派使者来见宋朝皇帝，说宋朝和契丹各称“大宋”和“大契丹”，听起来不像兄弟关系，应该改称南朝和北朝。皇帝就召集中书省和枢密院共同商量对策。大家都说：“如果拒绝的话，可能会引起麻烦。”

梁适说：“应对他们很容易。我们只要回答他们说宋朝受上天之命而立国号，契丹也是北朝的国号，自己无故消除国号，恐怕不是好兆头。”结果那一年贺正使来的时候，还是像先前一样称宋朝为大宋。

宋仁宗皇祐末年，契丹请求观看太庙中的祭祀音乐表演。仁宗就向宰相征求意见。宰相回答说：“这种音乐除非祭祀，不能随便演奏。”枢密副使孙沔(miǎn)说：“应该以礼来谢绝他，就说：‘演奏太庙中的祭祀音乐，都是为了歌颂我们祖宗的功德，对于其他国家并没有什么用处。如果你们派人来参加我们的祭祀，就可以观赏到了。’”

仁宗用这句话回复了契丹之后，使者再也不提这件事了。

韩亿

善于应对

宋仁宗时，韩亿奉命出使契丹，当时副使者是章献太后的亲戚，他假传太后的旨意给契丹，说要南北两朝友好，子子孙孙永不为仇。这件事韩亿一开始并不知道。

契丹主问韩亿："皇太后既有这样的旨意，大使为什么不说？"韩亿回答说："本朝每次派遣使者，皇太后都要这样告诫，并不一定要我们转告对方。"契丹主非常高兴地说："这真是两国老百姓的福气。"当时副使者只是说话失言，而韩亿反而乘势为宋朝颂德，大家都赞扬韩亿善于应对。

冯当世

折王安石

宋朝时，冯当世素来很赏识王定国，但王荆公却不喜欢他。有一天，冯当世竭力向宋神宗推荐王定国，荆公却说：“他不过是小孩子罢了。”冯当世气愤地说：“定国是戊子年生的，怎么还是小孩呢？”

原来王定国和宋神宗是同一天出生的，荆公不觉一愣，退到一边不再说话了。

邵康节

劝诫富弼

宋朝时，司马光有一天对邵雍（谥康节）说："明天颙修和尚要开堂说法，富公（富弼）、吕晦叔（吕公著，字晦叔）要一起去听讲。吕晦叔迷信佛法，已无法劝阻；富公要是真的去了，恐怕不太合宜。我作为晚辈也不好阻拦，还是请先生劝劝他吧！"邵康节答应了。

第二天，邵康节去见富弼说："听说皇上要用请裴晋公的礼节来请您还朝。"富弼笑着说："先生你看我身体这样衰弱，还能起得来吗？"邵康节说："那倒也是。不过别人说皇上请您，您不能起来；和尚开堂说法，您倒是可以出去，这恐怕不太合适吧？"富弼吃惊地说："我没有考虑到这一点啊！"（当时富弼已经告假休养。——原注）

谢庄

巧妙应对

南朝人谢庄，字希逸。宋孝武帝赐给他一把宝剑，谢庄又把宝剑转送给了鲁爽。后来鲁爽谋反，孝武帝偶尔向谢庄问起宝剑在哪里。

谢庄回答说：“前次我和鲁爽告别的时候我已私自代表陛下把宝剑赐给他，令他自杀。”

裴楷等 四条

应帝王

晋武帝刚刚继位的时候，占卜得了一个“一”，说明是：皇位传代之数由此决定。武帝心里很不高兴，大臣们也吓得不敢说话。侍中裴楷上前说：“我听说天得到统一就会清明，地得到统一就会安宁，君侯帝王得到统一就能使天下平定。”说得武帝转忧为喜，大臣们也暗暗佩服。

南北朝时，一次，梁武帝问侍中王份：“我算是有，还算是无呢？”王份说：“陛下主宰万物就算得上有，能体会最深刻的道理就可谓无。”

南朝宋文帝到天泉池垂钓，抛下鱼钩却什么也没钓到。王景文说：“这主要是因为垂钓的人清廉无瑕，所以钓不到贪吃诱饵的鱼。”

北魏高祖给儿子起名字分别叫恂、愉、悦、怿，崔光则给儿子起名字分别叫劭、勖、勉。高祖说：“我的儿子名字旁边都有‘心’，您的儿子名字旁边都有‘力’。”崔光说：“这就是人们所说的君子劳心，小人劳力。”

◎

明代王世贞说：“这些人虽然趋炎附势，但说的话还算是比较雅致。”

东晋桓玄篡位的时候，刚刚上龙床，床就陷下去了。殷仲文说：“这是因为皇上圣德深厚，地都担载不住了。”

南北朝梁武帝时，宫门倒塌。武帝对群臣说：“我打算重新换门。”何敬容说：“这就是所谓的天意难违。”武帝继位的时候，有猛虎进入建康外城，象进入东陵。武帝心里很不高兴，就问群臣，群臣谁也不敢回答。王莹说：“大舜时，夔敲击石磬，百兽都跟着跳舞。陛下胸前挂有御图，虎、象自然被吸引来了。”像这样的奉承，不能不令人作呕。

杨廷和 顾鼎臣

化解尴尬

明朝正德十六年（1521），世宗皇帝继承皇位，当时新帝正在少年。登基那天，穿的龙袍太长，他低头看个不停。大学士杨廷和奏道：“陛下穿着大衣裳而天下大治。”世宗听后，非常高兴。

明朝嘉靖年间，讲官顾鼎臣有一次讲到《孟子·万章》中尧帝去世的事情，侍臣们都很惊慌。顾鼎臣慢慢地说：“当时尧已经一百二十岁了。”大家这才放心。

◎

明世宗的忌讳很多。当时考试出题，一定要选一些吉利的话，要是出了像《论语》中的“无为而治”，《孟子》中的“我非尧舜之道”的题目，主考官一定要倒霉，这些话会被怀疑是诽谤朝廷。

有一次世宗让内侍读乡试题目录，有一题名叫“仁以为己任，不亦重乎？”世宗突然问：“下文是什么？”内侍回答说：“下文是‘兴于诗’等等。”这个内侍回答得也很聪明。

宗汝霖

不交牛黄

宗泽（字汝霖）在北宋政和初年任莱州掖县知县。当时，户部指派提举司收购牛黄，以供应京城的惠民和剂局加工成药，并且催办得很紧。

各州县的老百姓只好杀牛以取牛黄，凑不足派购的数目，大家只好凑钱贿赂来派购的官吏，请求减免。只有宗泽写了报告给提举司，说："牛遇到灾年，才会生病长牛黄，现在天下太平，风调雨顺，我们县内的牛都膘肥体壮，无牛黄可取。"

使者无法反诘，只好免了掖县要上交的牛黄。全县老百姓无不欢欣鼓舞，感恩戴德。

潘京

忠孝两难

晋朝的良吏潘京被州府征召，参加“射策”考试。他抽到的题目是“不孝”二字，刺史开玩笑地说：“你是个不孝之人吗？”潘京回答说：“现在我要做忠臣，就做不上孝子了。”

布政司吏

善应对

传说明朝时有一个布政使请按察使喝酒。席间，布政使常为了自己的儿子多而烦恼，而按察使只有一个儿子，又觉得儿子太少。

有一名办事的官吏在一旁说："子好不须多。"布政使听见了就说："我的儿子多，你又怎么说呀？"他又回答说："子好不愁多。"二人对他大加赞赏，都来提拔他。

朱文公

朱熹解梦

宋朝人廖德明，字子晦，是朱熹（谥文）的高足。他小时候曾做梦拜见天君，守门人向他索要门帖，他从衣袖里拿给他，守门人看到上面写的是“宣教郎廖某”的字样。接着，他就醒了。后来他考中进士，被任命为宣教郎，到福建任职。他想起以前做的梦，恐怕一生的仕途只能到此为止，就不想去赴任。亲友们都来劝他，他就去请教朱熹。

朱熹沉思很久，说道：“我想出来了。”他就指着桌案上的东西说：“人与器物是不同的，比如笔永远只能是笔，不能变成砚；剑也只能是剑，不能变成琴。因此，它们的好坏寿命都有不可改变的定数。只有人不一样，有人早上可能是大盗，而傍晚可转化为舜那样的圣贤。所以，人的吉凶祸福也不断变化，很难说是一成不变的。现在你去赴任，只应当尽力做好事，以前的梦不值得介意。”

廖德明拜谢了朱熹的教诲，就去赴任。后来他握旌旗持符节，一直做到正郎。

吴山

拒绝表彰

明朝丹徒靳文僖的后妻年纪不到三十就守寡了。当地官员报告朝廷，为她申请表彰。报告送到礼部之后，仪曹郎正好和靳文僖有姻亲关系，就竭力要促成这件事。

礼部尚书吴山却说："我们表彰的义夫节妇，贤子贤孙，都是平民百姓中那些品行突出、可以作为榜样的人。至于士大夫阶层中的人，谁不应该具有义节孝贤的品行呢？靳夫人既然生前已经受了朝廷册封，为什么死后还要和老百姓去争这个荣誉呢？"

正好吴山到西苑值勤，遇到大学士徐阶，也为这件事来向他说情，吴山严肃地说："相公难道担心您死后夫人会改嫁吗？"徐阶被问得无话可说。

◎

如今“节义”“孝顺”等旌表，只有士大夫之家可以随求随得，此外有钱人家也可竭力钻营得到，而对于一般老百姓则是不可能的事。

如果能按吴山的说法，让士大夫们严格要求自己，对那些想要表彰自己亲属的，反过来薄待他的亲属，这样，或许还可以稍微杜绝一些钻营的风气，而在有钱人家之外，老百姓可以有一点得到表彰的机会，社会风气也就可以稍有改观。由此推而广之，那些“名宦”“乡贤”的旌表，莫不如此。

本来官吏除非对老百姓有大功德，才可以载入祭祀之列，而乡贤则必须有三不朽的功业。像平常这些好官好人，都是他们分内的义务，有什么必要为他们建祠堂呢？又如“乡饮”的推举，也是同样。“乡饮”必须是年老而德高望重的人，可以作为一乡的表率。

但于今这些以子孙显贵而受赠的人无不做了乡饮中的大宾，而那些被推选为介的也都靠贿赂得来。国家尊老敬贤的制度，反而成了老百姓怨恨的对象。这正是吴山所要嘲笑的啊！

附奇谈 二条

别开生面

东汉的宋均常常说：“官吏如果待人宽厚，就是自己稍微有些贪污放纵的行为，也没有多大害处。相反，如果待人苛刻，即使自己一身清廉，这种奸诈刻薄还是会祸害百姓。”有头脑的人都认为这话说得很中肯。

唐代的卢坦，字保衡，开始的时候做河南尉。当时杜黄裳做府尹，他把卢坦找来对他说：“某个世袭官僚的儿子和坏人交往，结果破产了，你为什么没有注意到？”

卢坦说：“凡做官清廉的人，即使做了大官也不会有很多的积蓄，如果有很多积蓄，那就是刻薄下级得来的，他们的子孙如果善于保守，那就是老天爷保佑这些不道德的人；还不如任其放纵，把钱财还给别人。”这一番话使得杜黄裳大为惊奇。

◎

真是别开生面，说的虽然只是“酷贪”两个字，但议论得非常痛快。

作家榜®经典名著
★★★★★★★★
读经典名著，认准作家榜

大方
sight

智囊 4

[明] 冯梦龙 编著　诸伟奇 译

中信出版集团 | 北京

现在您用下等马和他们的上等马比赛，用上等马对他们的中等马，再用中等马对他们的下等马。

《制胜·孙膑》

敌人的战马饥饿，闻见豆子的香味，就低下头去吃豆子。
《武案·竹简》

宋

敌人争着跳进船里，淹死了一万多人。《武案·无底船》

太祖的姐姐正在厨房，她操起面杖敲击太祖，
赶他出去。　　　　　　　　《雄略·艺祖姊》

朱古民拍着手笑道：“我现在已经把你引诱出了门外了！”

《小慧·诱出户》

两个妇女拉着弦绳，另一个妇女把箭安在绳上，从窗棚向外射击。
《雄略·辽阳妇》

目录

兵智部

闺智部

杂智部

附　录

兵智部

总序

南宋名将岳忠武（岳飞，谥武穆，后改谥忠武）谈论兵法说："仁、智、信、勇、严，缺一不可。"我认为智慧尤其重要。智的意思就是知。知，就是知道什么是仁、信、勇和严。做将领的人，就怕不知道这些。

是啊！春秋时夫差的穷兵黩武，不如勾践的抚死问孤；楚汉争雄时项羽坑杀秦国的降卒，不如春秋晋文公取信于原邑人；春秋时荀偃姑息部下，贻误军机，不如知罃（yīng）的治军严明；春秋季孙氏临阵前就做好准备远逃他国，哪能比得上孟明烧战船断退路只求必胜。这些人就是想要不仁不信不严不勇，也是不可能的。

春秋时，宋襄公大败于泓水之滨，是因为拘泥于仁；楚共王在鄢陵失利于郑国，是因为拘泥于信；三国时张飞在阆中兵败身死，是因为过于严厉；春秋时先縠（hú）在邲地被楚军击败，是因为过于勇猛。

再说隋朝越国公杨素以千人的性命来试探敌人的虚实;战国时赵奢因欺骗秦军的使者，从而大获全胜;西汉名将李广有意解除刁斗警报，来迷惑敌人;秦末韩信忍受胯下之辱，不做无谓牺牲。

前面那些人虽然是那样的仁信勇严，却以失败告终;而后面这些人虽然这样的不仁不信不勇不严，却因此而取胜。这是为什么呢？不过是后者明智，前者愚蠢罢了。

愚蠢的人碰上明智的人，当然是明智的人必胜;明智的人碰上特别明智的人，那就是特别明智的人必胜。所以有些人能不战而胜，有些人则能百战百胜。有人以常规战法取胜，有人靠巧设计谋取胜，有人用出其不意的方法取胜，有人靠模仿古人的兵法取胜。天时、地利、敌情以及自身的力量都有不同的情况，善于把握时机的人，才能利用各种不同的情况取胜。

古往今来，对兵法都有详尽的研究。他们的成败也都明确地记载在书籍上。我从那些成功的战例中，选择了一些，次序如下:“不战”“制胜”“诡道”“武案”。南宋岳飞说:“运用之妙，存乎一心。”善于总结前人的成功战例，就能获得用兵的奥妙。

儒家是不谈论兵法的，而且恰恰不可以与儒家谈兵。因为儒家谈论兵法时，反对用诈术;而聪明的人谈论兵法正是唯恐不能巧用诈计。只有能巧用诈计的人才能擅长打仗;擅长打仗的人，怎么会反对用诈计呢?

卷二十一

不战

有形之兵不如无形之兵，用计胜于用力。能以政治、外交等手段取胜，就不在战场上去决胜负；宁胜于战场上将帅的谋划指挥，而不全靠战士的殊死拼搏。这样才可能打遍天下而无敌。为此，辑撰《不战》卷。

荀罃 伍员

不战克楚国

春秋鲁襄公的时候，晋国和楚国争夺郑国。鲁襄公九年（前 564），晋悼公率领各路诸侯的军队包围郑国国都，郑国人非常害怕，请求议和。荀偃说：“我们继续包围郑国，待楚国的救兵来了，我们就可以和他们交战，不然的话也不可能使郑国诚心归顺。”

荀罃说：“应该答应与郑国订盟。订盟之后我们撤军，楚国必然要讨伐郑国，让楚军疲于奔命吧！我们把四路大军分为三队，和各诸侯的精锐部队一起分别迎战楚军。这样我军可以轮流休整，而楚军则难以支持了。并且这样做比打仗更有利，军队也不会遭受损失，用不着去流血拼命。这就是先王所谓的‘君子劳心，小人劳力’的道理。”

于是楚国和郑国订盟。此后晋国又三次对郑国用兵，楚国军队疲惫，无力相争，晋国终于得到了郑国。

吴国阖闾继位之后，问伍员说：“先前你说到伐楚，我也很赞同，当时却担心派我出征，又担心别人抢占了我的功劳。现在我可以自己去了，你觉得现在伐楚怎么样？”

伍员回答说：“楚国当权的人多而互相排挤，没有一个人能够担当重任。我军可以分成三队来拖垮对方。我们的第一队前去进攻，他们一定会全军出动。等他们出动之后，我们马上就撤退；而他们如果撤退，我们就再次进攻，这样一定能把楚军累垮。等他们筋疲力尽、多次失误之后，我们再出动三军大举进攻，就一定能够大获全胜。”

阖闾听从了伍员的计策，于是楚国开始走下坡路了。

◎

晋国和吴国对付楚国的方法基本相同，然而吴国终于打败了楚国，而晋国却不能，是因为晋国没有取得过柏举战役这样的大胜利。

宋朝的儒生以城濮之战指责晋文公不是王者之师，正因为有这种看法，才造成南宋一再妥协退让的局面，结果竟彻底灭亡，实在是可悲啊！

高昭玄

拖垮陈国

隋文帝开皇初年，文帝曾向高颎（jiǒng）（字昭玄）询问攻取陈国的计策。

高颎说："江北气候寒冷，旱地收割季节比较晚；江南温暖，水田收割比较早。乘他们收获的时候，我们召集少量部队，扬言进攻。他们势必要驻军防守，这样就可以耽搁他们的农时。等他们把军队调集起来之后，我们又让军队解散，回家收割。这样反复几次之后，他们就习以为常。然后我们聚集军队，他们也不会特别注意。乘他们犹豫的时候，我们突然进军。出其不意，一定能大获全胜。再加上江南土层不厚，住房多用茅竹修建，粮食财物也不能埋藏在地下。我们派人潜入境内，顺风放火，等他们重建之后，我们再派人去烧。这样用不了几年，他们就会财力困乏。"

隋文帝用他的计策，终于打垮了陈国。

周德威

谏晋王

五代时，晋王李存勖(xù)大败梁军以后，梁军都退入城中。周德威对晋王说：“贼兵声势浩大，我们应该按兵不动，等待他们崩溃。”晋王说：“我们是孤军深入，远道而来，解救别人的危难。而且我军又是三镇临时凑合起来的，应该速战速决，您却要我按兵不动，这是为什么呢？”

周德威说：“敌军善于守城，却不善于野外打仗。我们所依仗的是骑兵，善于在空旷的平原上奔驰冲突。现在紧紧地挤在城门口，骑兵没有用武之地，而且敌众我寡。如果敌人知道了我们的虚实，那我们就危险了。”

晋王听了很不高兴，就退入帐中睡觉去了，众将领谁也不敢说话。

周德威对张承业说：“大王刚刚打了一次胜仗，就开始轻敌了。不考虑自己的力量，想要速战速决。现在我们和敌军紧紧相邻，中间隔着一条河。他们如果架桥冲过来，我们就会全军覆没。不如让部队退到高邑，把敌人引出来。他们出来进攻，我们就撤退；他们撤退，我们再进攻。另外再派出小股部队堵截他们的粮食供应线，这样不要一个月，就能消灭他们。”

张承业进去，撩起帐子推醒晋王说：“现在难道是大王睡觉的时候？周德威老将军深知用兵之道，他说的话不可忽视！”晋王一下子坐起来，兴奋地说：“我正在考虑这件事呢。”

当时梁王也紧闭营垒不肯出战。晋王向投降的士兵们了解，他们说：“王景仁正在建造浮桥。”晋王对周德威说：“果然像您说的那样啊！”

诸葛恪

招抚山民

三国时期，诸葛恪以有才干而赢得盛名，吴王孙权想委派一些工作来试试他的才干，就派他担任节度官。节度官的工作就是管理钱财、粮食以及各种文件，工作非常的烦琐。诸葛恪一点也不感兴趣。诸葛亮听说了这种情况后，就写信给陆逊，陆逊又转告孙权，改让诸葛恪带兵。

诸葛恪对孙权说："丹阳一带山势险要，老百姓都胆大而且凶狠。先前虽然派兵去追剿，但捕获的都是山外的平民百姓。那些真正隐藏在山里的，并没有抓到。请派我到那儿去驻守三年，可以为大王组成一支四万壮士的军队。"

朝臣们都议论说，丹阳地势极险要，周围几千里山陵绵延，而当地居民没有受过教化，也从未进过城邑。他们拥有兵器，不受管束，在山林中度过一生。那些逃犯和亡命之徒，也混杂在他们中间。他们自己打造盔甲兵器，喜欢练武打斗，为人讲义气，崇尚武力。他们在深山丛林之中，往来奔跑，就像深渊里的鱼和树上的猿猴一样。一旦有机可乘，就外出抢劫偷盗。每次派兵征讨，寻找他们的藏身之处，一交锋，往往是蜂拥而上；一旦失败，他们就分散逃窜。从前代以来，就没能控制住他们。

然而，诸葛恪一再坚持说他能取胜，孙权就任命他为丹阳太守。

诸葛恪来到丹阳，马上通知周围各城的行政长官，命令他们严守各处边界，对于那些已经开化的平民，则让他们集中居住。又派手下的将领带兵进去保护，修筑篱笆，不与山民冲突。等到谷物成熟的时候，又派兵去抢割山民的庄稼，不给他们留下谷种。山民们陈粮吃尽，又收不到新粮，山外的老百姓又集中住在一起，难以抢劫，只好出来归降。

诸葛恪又下令说："山民们既然弃恶从善，就要尽力抚慰。把他们迁到外县居住，不许对他们猜忌，更不许拘捕。"

地方官胡伉逮捕了降民周遗。周遗本是凶残的人，只是因形势所迫才出来投降，但心里还是在图谋叛乱，于是胡伉把他押送到诸葛恪那儿。诸葛恪因为胡伉违反命令，马上就把他斩首示众。山民们听说胡伉被杀，才相信太守是真心地希望他们归降，于是扶老携幼地出来归顺了朝廷。

过了一年，诸葛恪果然兑现了自己的诺言，组成了一支四万人的军队。

杨侃

驱逐叛军

北魏雍州刺史萧宝夤(yín)谋反，发兵攻打冯翊郡。尚书仆射长孙稚奉命征讨。

左丞杨侃对长孙稚说：“从前魏武帝跟韩遂、马超在潼关对峙，虽然韩遂和马超的才智远不如魏武帝，但两军却相持不下，这就是因为他们占据了险要地形的缘故。现在贼兵已经占据了坚固的堡垒，您不如先向北攻占蒲坂，然后渡过黄河向西进军，攻占他们的后方，把他们置于死地。这样华州之围就会不战而解，长安也可以很容易地攻下了。”

长孙稚说：“先生的计策很好，但现在的薛修义包围了河东，薛凤贤又占据了安邑，宗正珍孙又驻兵虞坂，我们的军队无法通过，该怎么办？”

杨侃说：“珍孙不过是行伍出身，凭借别人而被提拔为大将。他只能听从别人指挥，哪有才能指挥别人呢？河东属于蒲坂郡，向西一直延伸到河边，地方大多在郡的东部。现在薛修义带领士兵和百姓，到西边包围了郡城，这些人的父母妻子都留在本乡。他们一旦听说官兵来了，一定会各自挂念家庭，势必望风而逃。”

于是长孙稚派他的儿子长孙彦和杨侃带领骑兵从恒农渡过黄河，在河北岸边修建壁垒，杨侃扬言要在此驻扎，等待步兵接应，并观察民心的向背。同时又命令把投降的人送回各村，等到兵营高台点起三支火把的时候，就各举火把响应。凡不举火把的村子，就是叛军同党，一概要攻击杀光，所得的财物全部赏给士兵。

于是村民们互相传告，即使没有投降的，也都跟着举起火把。一夜之间，几百里地火光一片。那些围城的叛军不知底细，全都逃散，各自回家去了。薛修义自己也逃了回来，和薛凤贤前来请求投降。于是长孙稚攻克了潼关，进军河东。萧宝夤只好逃跑。

高仁厚

巧用密探

唐僖宗时，邛州牙将阡能反叛，进攻骚扰四川境内。都招讨高仁厚奉命带兵讨伐。大军出发的前一天，有一个卖面的来到军营中，引起了巡逻士兵的怀疑。于是就把他抓住审讯，果然是阡能的密探。

高仁厚命令替他松绑，然后才询问他。那探子说：“我是乡下人，阡能把我父母、妻子、儿女都关起来了，还说：‘你去打听了真情回来之后，我就放你一家，不然就全都杀死。’实在是不得已才来的。”

高仁厚对他说：“我知道你说的是实话，我怎么忍心杀你呢。我现在就放你回去，救你的父母、妻子、儿女。你见阡能就说：‘高尚书明天就出兵，所带的只有一百人，不会多带人。’不过我救了你一家，你也要替我悄悄告诉阡能手下的士兵说：‘尚书可怜你们都是好人，被贼人逼迫，身不由己。尚书准备要解救你们，等尚书来的时候，你们只要丢下兵器投降，尚书就会派人在你们背上写上归顺二字，送你们回乡重操旧业。要杀的只有阡能、罗浑擎、句胡僧、罗夫子和韩求五个人，一定不会连累其他老百姓。’”

那个探子说：“这些都是我们老百姓心里所希望的，尚书既能体谅，又不追究我们，谁敢不听尚书的命令呢？”于是高仁厚就把探子放回去了。

第二天，高仁厚带兵出发。到了双流，把截使白文现出来迎接。高仁厚巡视了周围的壕沟和栅栏之后，生气地说：“阡能所役使的人只是一群农夫，你指挥一府军队，一年多时间还没能抓住叛贼。看你修的壕沟、栅栏，高大牢固、层层密密，你倒可以高枕无忧，任凭叛贼横行，好向朝廷邀功！”高仁厚命令把白文现推出去斩首。监军竭力求情，才免了他一死。高仁厚命令填平壕沟，拆毁栅栏，留下五百士兵防守，其他军队随大军一起前进。又召集各寨大军，会集在一起。

阡能听说高仁厚大军已到，就派罗浑擎在双流西边立起五座大寨，又埋伏了一千人在野桥菁准备拦截官兵。高仁厚得知这一消息以后，就派人化装混入敌寨，按昨天告诉探子的话四处传播。贼兵非常高兴，大声欢呼，争先恐后地丢掉兵甲，前来投降。

高仁厚一概加以抚慰，在他们背上写上字，让他们回寨中转告其他人。寨中其余的人也争着向外冲。罗浑擎急忙爬过壕沟逃跑，被众人抓住送来见高仁厚。高仁厚命令给他上了刑具，押送回府。然后下令烧毁五座大营寨以及盔甲兵器，只留下旗帜。

第三天一早，高仁厚又对投降的人说：“本来马上就送你们回家，但前面各寨的老百姓，还不知道我的心意。你们替我再去前面的营寨，到穿口、新津寨中，把背上的字给他们看，并把我的话告诉大家。等你们到了延贡，就可以回家了。”

于是把罗浑擎的旗帜倒挂起来，每五十人分为一队，给一面旗子，让前面的人挥动旗子大声喊叫说：“罗浑擎已被活捉，送到双流府去了，官兵大队马上就来了，你们赶快出来投降，一定平安无事！”来到穿口时，句胡僧已经建起了十一座大寨，寨中的人都争先恐后地出来投降。句胡僧惊慌失措，赶忙拿着宝剑阻止。众人向他投掷瓦块石头，把他抓住送到高仁厚那里。结果五千人全都投降了。

第四天早上，高仁厚又烧掉这些营寨，让投降的人扛着旗子在前面开路。来到新津的时候，韩求已经建起了十三座营寨，结果众人又都投降了，韩求自己跳进深沟里摔死了。

将士们又要烧营寨，高仁厚说：“投降的人还没有吃饭，先把里面的粮食物资运出来，然后再烧营寨。”新投降的人连忙点火做饭，和先前投降的人一起饱餐了一顿，欢声笑语，终夜不断。

第五天，高仁厚让双流、穿口投降的人先回家，然后让新津投降的人扛着旗子在前面开路，并且告诉他们："只要进入邛州境内，就可以分散回家了。"

罗夫子在延贡设立了九座营寨，他的士卒们前一天晚上就看见了新津的火光，已经迫不及待地等待着投降了。新津的降军一到，罗夫子赶快逃出营寨，投奔阡能那儿去了。

第六天，罗夫子和阡能商议带领众人决战，但计划还未能确定。到了傍晚的时候，延贡的降军已经来到。阡能骑马巡视大寨，想要出兵，但众人却不理会。

第二天清晨，高仁厚大军快要来到，众人大声呼喊，抓住罗夫子和阡能，哭拜在高仁厚马前，全部投降。高仁厚出兵才六天，五个叛贼就全部被消灭了。

◎

只用一个探子，贼兵就争着来投降了；只用几队投降的士兵，二十四寨大军就全部崩溃了。那些想用俘虏的首级来报功的人又有什么值得夸耀的呢？

岳飞

平定叛乱

南宋时，杨幺造反之后，岳飞前去征讨，但是他的部下都是西北人，不习惯在水上打仗。岳飞说：“军队打仗并没有什么常规，只是看怎样指挥他们。”于是先派使者去招抚。

贼人首领黄佐说：“岳节使号令如山，和他打仗，肯定失败。不如前去投降，他一定会厚待我们。”于是就向岳飞投降了。

岳飞单身一骑前来安抚黄佐的部队，并拍着黄佐肩膀说：“你是个明白事理的人，只要你能为国立功，将来一定能封侯。我想再派你到洞庭湖去，对于其他的叛乱首领，该抓的就抓，可以劝降的就劝降，你看怎么样？”黄佐非常感激岳飞的信任，发誓要以死相报。

当时枢密使张浚总督江淮军事，来到了潭州，参政席益和张浚谈话时，怀疑岳飞轻敌而不出力，想禀报朝廷。张浚说：“岳侯是个忠孝的人，用兵有深谋，我怎么能随便说话呢？”席益被说得很惭愧，就不再提这件事了。

黄佐偷袭周伦的营寨，把周伦杀了，又活捉了统制陈贵等人。正好张浚奉命回朝商议秋季防务事宜，岳飞从衣袖中拿出一张小地图给张浚看，张浚想等来年再作商议。

岳飞说：“王四厢用正规水师进攻水寇，可能不容易取胜，我要是用水寇进攻水寇就很容易了。水战本是我们的短处，却是敌人的长处，用我们的短处去进攻敌人的长处，当然很难取胜。如果利用敌人的将领指挥敌人的士兵，就可以让他们内部瓦解，使他们各自孤立。然后再出动大军进攻，八天之内就可以把敌人首领全部俘获。”张浚同意了他的计划。

于是，岳飞来到了鼎州。黄佐已经说服杨钦弃暗投明，他们一起来见岳飞。岳飞大喜，说：“杨钦武艺高强，他既然已降顺，贼寇的核心力量就崩溃了！”

岳飞上表，朝廷授予杨钦武义大夫的官职，礼遇十分优越。然后派他们再回到洞庭湖。两天后，杨钦又说服了全琮和刘锐来投降，岳飞故意责骂他们说：“贼寇还没有全部投降，你们回来干什么？”命令用军棍责打，然后又让他们回到洞庭湖。当晚偷袭敌军大营，几万名敌军投降了。

杨幺仍然依仗着坚固的水寨，不肯投降。他们还造了一种方船，用轮子划水，在水中行进如飞。船四周又设了撞竿，官军的船一撞就破成碎片。

岳飞从君山伐木扎成巨筏，堵塞了各个港汊。又将腐木乱草从上游放下，然后派人在水浅的地方挑战，并且边战边退。杨幺的部队乘船来追，船轮全被乱草堵塞住了，船只无法动弹。岳飞乘机带兵冲杀，杨幺的船只被迫退入港中，又被巨筏堵住去路。官兵乘着筏子，把牛皮张开遮挡箭和石块，又用巨木撞击贼船，杨幺的船只全被撞沉。杨幺试图跳水逃走，被牛皋捉住杀掉了。

岳飞攻进敌军水寨，其他的敌军首领还以为是神从天降，只好全部投降了。岳飞亲自到寨中安抚，让那些年老体弱的回归本乡，年轻力壮的则编入队伍，果然八天就平息了叛乱。张浚感慨地说：“岳侯用兵真是神机妙算啊！”

◎

杨幺占据洞庭湖之后，既有土地耕种，又有湖水作为屏障，并且建造了高十余丈的战船，官军根本无法靠近。

岳飞本来计划要造大船，湖南运判薛弼对岳飞说：“这样的话，非一年半载无法完工。现在应该避开敌人的锋芒，而不应该对拼。目前，天气大旱，河水水位低落。如果出重金悬赏捉拿敌军首领，不和他们交战，再堵截江水，塞其上游，使他们的优势无法发挥。然后派精锐的部队直捣他们的大寨，敌军必然会土崩瓦解。”

岳飞听从了他的意见，这才很快平息了杨幺的叛乱。大家都以为是岳侯的神机妙算，八天就打败了杨幺，但不知这条计策还是出自薛弼。自古以来，著名的将相没有不借助于他人的智谋而能成功的。

岳飞善于以少胜多，曾经在南熏门，用八百人打败了王善的五十万盗贼，又曾在桂岭用八千人破曹成十万大军。他在颍昌和金兀术交战的时候，曾以一人抵挡八百人;在朱仙镇的时候，也是用五百人破敌十余万。

每次打仗，他都要和各个统制商议，等商议妥当后才交战。即使是仓促遇敌，他的部队也岿然不动。敌人对此评价道："撼山易，撼岳家军难！"

他带领军队既严格，但又非常仁慈。有一个士兵拿了老百姓的一束麻来捆草，立刻就被斩首示众。士兵们晚上在外边过夜，老百姓开门请他们进去，也没有人敢进去住。岳家军的号令是冻死不拆人家的房子，饿死不抢人家的粮食。如果士兵生了病，岳飞就亲自为他调药。将领们到远方去打仗，他还让自己的妻子到各家去慰劳。对于那些牺牲在战场上的人，他亲自送殡，并替他们抚养孤儿，或让自己的儿子娶他们的女儿为妻。凡有奖赏，他全都分给官兵，自己不留一丝一毫。每次立了功，也要归功于大家。这些才是他百战百胜的根本原因。

现在的将军们为人处世正好和岳飞相反，还想要建功立业，那可能吗?

李愬 三条

雪夜入蔡州

唐宪宗出兵讨伐吴元济，唐邓节度使高霞寓进军失利，换了袁滋也没有成功。这时李愬挺身而出，要求一试，于是就任命他为唐邓节度使。李愬因为军队刚刚打了败仗，士气比较低落，就没派侦察部队出去打探军情。有人提醒他小心，他说："贼兵刚刚打败了袁滋，正志满意得。我们不能去惊动他们，让他们对我有所防备。"于是传令全军说："天子知道我能忍受耻辱，所以委派我来安抚大家。打仗不是我管的事。"齐人因为李愬没有什么名声，果然不把他放在心上。

李愬沉着冷静，对待士兵真心真意。对来投降的叛军，一概给予方便。家中有父母丧亡的，一律发给粮食布匹送还，并慰劳他们说："你们也是天子的臣民，不要不顾亲人。"因此，众人都愿意为李愬去死。当地的山川地形和叛军的各种情况，李愬了解得非常清楚。

过了半年之后，李愬知道士气已经恢复，就下令进军。于是部队修整装备，喂饱马匹，一举就攻下马鞍山。然后又攻下道口栅，大战楂枒山，收复炉冶城，平青陵城，并活捉吴元济的勇将丁士良。李愬很赏识丁士良的才干，没有杀他，并封他为捕虏大将。

丁士良献计说："吴秀琳的几千人马之所以难以攻破，是因为有陈光洽替他出谋划策。我能够替您把他抓来。"于是就把陈光洽活捉来献给李愬，吴秀琳只好打开文城栅投降。

李愬又用降军进攻吴房县，拆毁了外围城墙，正要发动进攻时，有一个军吏对李愬说："今天是凶日，按常规应当避免交战。"李愬说："他们原以为我来不了，现在应该一鼓作气把他们消灭。"众人拼命向前冲，叛军大败而逃。又有人劝李愬占领吴房，李愬说："不行，吴房一旦被我占领之后，贼兵就会聚集在一起。不如留下吴房，来分散他们的兵力。"

先前吴秀琳投降时，李愬曾单骑到文城栅下抚慰，亲自替他松绑，还任命他为大将。这时吴秀琳对李愬说："要想彻底消灭贼兵，一定要先得到李祐。"李祐是吴元济的得力大将，正防守兴桥栅，打仗时常常轻视官兵。李愬等李祐野外护粮的时候，先派史用诚带三百名壮士埋伏在路旁，然后派一些老弱士兵去烧粮食。李祐果然出来驱赶，被史用诚活捉了回来。

诸将多次吃过李祐的亏，要求杀掉他，李愬不听。李愬对李祐以客礼相待，经常召见他和李忠义，打发走别的人，一直谈到深夜。李忠义也是投降的叛军将领。军中人多来劝告李愬说：“这两个人不可以轻易听信。”但李愬却待他们更加诚恳，又招募了三千名敢死队，亲自训练他们。

这时候正是雨季，从五月到七月，阴雨连绵。军中都说是不杀李祐的报应，将领们也疑惑不解。李愬眼看自己一人无法保全李祐，就拉着他哭着说：“难道老天爷不让我平定叛贼吗？为什么大家都不容你呢？”于是给他上了刑具送到京城，并且上书说：“如果杀了李祐的话，就没有人能收取蔡州了。”宪宗下令释放李祐，交还李愬。李愬准许他佩剑出入大帐，又任命他为六院兵马使。李祐感激涕零，其他人也不敢再多说。这才开始制订进攻蔡州的计划。

◎

不把李祐上了刑具送往京城去，众人的议论就无法平息。这和三国时司马懿祁山请战时故意等皇帝下令停止的情况完全相同，都是先把利害关系说清楚，而且估计肯定会得到皇帝的赞同，才这样做。辛毗传达了圣旨之后，蜀国军队就被拖垮了；李祐回到李愬帐下之后，终于平息了吴元济的叛乱。这固然是因为将军善于用兵，也和皇帝的信任分不开。

岳侯平定杨幺，李愬攻克吴元济，都是利用了敌人的将领，也是由于自己平时树立的威信，才能稳操胜券。后人想去模仿他们，则常常反而中了敌人的奸计。

岑彭、费祎送了性命，两人都被降将所杀。曹操、苻坚全军覆没，赤壁之战，曹操听信了黄盖诈降的话而失败；淝水之战中，降将朱序图谋回东晋，背地里和晋军合作，打败了前秦。这些都是长期征战的人，还会有这样的失误，作战不谨慎行吗？

李愬准备进攻蔡州的时候，先前曾有命令，凡窝藏奸细的一律灭族，李愬废除了这项命令，一律加以安抚。结果奸细们反而来向他报告，所以李愬对叛军的虚实了如指掌。

◎

能利用奸细，当然不妨让人窝藏奸细。但必须先查明奸细，才能利用他们。只有让百姓不窝藏奸细，才能查明奸细。只有用仁慈和威严取得老百姓的爱戴，才能让老百姓不窝藏奸细。这可是不容易说清的事啊！

近来有个县官，急于查禁小偷。他认为小偷常躲在妓女家里，只有把妓女全部赶出县境，才能查清小偷。妓女家中如果真的窝藏小偷，那正好可以利用她们抓小偷。是把她们赶出县境外，还是留在境内好呢？如果小偷躲在老百姓家里，难道把老百姓全部赶走吗？不懂得督促差役加紧搜捕小偷，只求小偷无处可藏，这也是太没有头脑了。

当时李光颜连战连胜，吴元济就赶忙率领精锐部队防守洄曲，来抵挡李光颜。李愬发现有机可乘，于是连夜发动进攻。他命令三千名突击队在前面开路，李忠义担任副将，自己带领中军三千人，又让田进诚带领下军在后边接应。大队人马出了文城栅之后，他又下令："向东撤退。"行军六十里，偷袭张柴寨，歼灭了守卫的敌军。然后命令部队稍作休整，重新整理好鞍马盔甲，磨砺兵刃，备好弓箭。

这时正好赶上天降大雪，天色阴暗，寒气逼人，风吹得旌旗倒伏，士兵皮肤开裂，连战马也畏缩不前。士兵们抱着枪矛冻死在路边的有十之一二。从张柴寨向东，道路艰险难行，众人从来都没走过这路，都认为生死未卜。刚刚出发，军吏来请示行军方向。李愬说："攻打蔡州，生擒吴元济！"

大家一听都吓得面如土色。监军使者哭着说："到底还是中了李祐的诡计！"然而既然已经跟着李愬往前进，大家都不敢自作主张。李愬派小队人马拆毁桥梁，断绝了洄曲的退路，又派部队切断了朗山的通道。行军七十里，半夜的时候来到悬瓠城外。这时雪下得很大，城旁有许多鹅鸭池，李愬让人惊起鹅鸭以掩护部队行军。在守城的敌军将领没有丝毫察觉时，李愬已带人爬上了城墙，杀死守门军士，打开城门，同时让更夫继续打更报时。

黎明，雪停了。李愬带人进入吴元济的外宅，蔡州的官吏才惊慌地报告吴元济："城已被攻陷！"吴元济还不相信，说："是洄曲的士兵来讨棉衣吧。"等听到外边的号令说："常侍传令！"才大吃一惊说："常侍怎么会来到这儿？"忙带领左右登上牙城。田进诚带领部队把他们团团围住。李愬估计吴元济还指望董重质来援救，就亲自到他家中安抚，让他们不要害怕。又写信招降董重质。董重质单身独骑，穿着白衣前来投降。然后进城火烧南门。吴元济宣布投降，从梯子上爬下来，被装进囚车押送京城。

赵充国

破西羌

汉朝时，先零、罕(hǎn)和幵(jiān)是西羌的三个部落，各有自己的首领，经常相互攻击，彼此成为仇敌。匈奴为了联合羌族各部落，才使他们化解仇怨，缔结合约。汉廷老将赵充国料到西羌秋天一定会发生变乱，建议朝廷派遣使者至边境巡视，早做防备。于是大将军和丞相府就启禀皇帝，派遣义渠安国前去巡视，辨别善恶。

义渠安国到西羌后，将先零部落的三十多名首领召来，以桀黠不驯为由把他们统统杀掉，并放任手下的士兵肆意打杀羌人，杀死一千多人。于是，归顺朝廷的羌族各部全都反叛。他们攻陷城邑，杀害地方长官。皇帝问各位大臣："谁能统兵前往平叛？"赵充国回答说："没有人比老臣更适合了。"赵充国当时已经七十多岁了。皇帝问："将军估计羌人会怎么样？需要用多少人？"赵充国说："百闻不如一见，战场形势很难凭空设想。我愿立即赶到金城，策划最佳战略。”

赵充国到金城后，一直等到聚集万名骑兵，才开始渡黄河。为了避免羌人拦截，他在夜里派三队人马口含草棍率先渡过黄河，过河后就布置好阵营。等到天亮后，全部人马才依次渡河。这时有近百名羌人骑兵在军营附近出入，赵充国料想这些骑兵骁勇难制，又恐怕是来引诱我军的，就告诫士兵不要攻击他们，说：“我们的人马刚到，十分疲倦，不能追逐他们。打击敌人应以全歼为目的，一点小利不值得贪图。”他派骑兵去四望峡侦探，没发现敌人。

晚上，他率兵到了落都，对各军司马说：“我就知道会是这样！如果他们派数千人把守四望峡，我们还能进来吗？”于是大军一下开到了西部都尉府，每天用好饭好菜犒赏士兵，士兵们都想为他而战。羌人多次来挑战，赵充国都坚守不攻。

当初罕、幵酋长靡当儿派弟弟雕库来告诉都尉说：“先零将要反叛。”几天后，先零果然反叛了。雕库部族的人有不少在先零部落中，都尉就把雕库扣留下来作人质。赵充国认为他没罪，就把他放回去，让他告诉酋长：“朝廷大军诛杀有罪的人，你们不要自取灭亡，凡能协助大军捕杀罪人的可以免罪；斩杀有罪的大头领一人，赏钱四十万；中等头领赏钱十五万；下等头领赏钱二万；斩杀一名成年男人赏钱三千，妇女及老小各赏一千，并且将罪人的妻子和财物一并赏赐给立功者。”赵充国想用自己的威严与诚信招降罕、开部落及那些劫略者，以粉碎敌人的阴谋。

酒泉太守辛武贤上书说：“现在羌人经常侵扰，那里既寒冷又艰苦，汉人的马无法在那过冬。可以增加马料，在七月上旬，携带三十天的粮草，分别从张掖、酒泉出兵，合击罕、开两个部落。”皇帝将他的意见转发下来。赵充国认为：“如果背负三十天的粮草，加上衣服兵器，就很难追逐敌人。一旦羌人占据了险要地形，守住后退的要塞，断绝粮道，一定就会有伤亡的危险。况且先零是首先反叛的，最好宽恕罕、开部落一时愚昧的过失，首先诛灭先零，从而使罕、开受到震动。”

朝廷中的议论却是：“先零的兵马强盛，又依靠罕、开的帮助，如果不先击破罕、开，则先零就不可能被消灭。”于是，皇帝下令要赵充国进兵。

赵充国上书请罪，并陈述利害关系：“臣得知兵法上说：‘攻不足者守有余’，‘善于打仗的人能牵制敌人而不受对方的牵制’。即使罕羌要反叛作乱，也应该训练部卒等候他们到来，以逸待劳，才是必胜之道。现在放弃牵制敌人的战术，而采用受制于敌的策略，愚臣以为不妥。先零部落因为试图叛乱，才与罕、开部落化敌为友，结成联盟。然而他的内心也恐怕汉兵到后，罕、开会背叛他。他的计策大概是想先去解救罕、幵的危难，从而巩固他们之间的盟约。”

“因此，先攻打罕羌，先零肯定会发兵援助。现在羌人马壮粮足，攻击他不但无利，反而会使先零趁机向罕、施以恩德，加强了他们的盟约。如果他们的联盟得到巩固，势力强盛，去依附他们的人就会越来越多。臣担心国家的忧虑就不是二三年可解决得了。依臣之计，首先诛灭先零，则罕、幵不需用兵就会归顺。如果他们仍然不归顺，过了正月再攻打也不晚。”皇帝听从了赵充国的建议。

赵充国率兵攻打先零。先零羌人因屯聚已久，军纪松懈，看见汉朝大军到来时，纷纷扔掉辎重，打算渡过湟水逃命。由于道路狭窄，赵充国就领军在后面慢慢追逐。有人说：“追逐获利应当及时！”赵充国说：“这是穷寇，不可追得太急。缓一点他们就只顾逃命，追急了他们就会回头以死相拼。”众军官都说：“对！”结果羌人掉水淹死的有几百人，投降的及被斩杀的有五百多人。

大兵到达罕部落时，赵充国下令不许放火烧部落，不许在田中割草放牧。罕羌人听说后，高兴地说：“汉军果然不打我们！”酋长靡忘来自动归附。赵充国赐给他酒食，放他回去晓谕本部落的人。当时羌人中投降的有一万人。赵充国预料羌人一定会自行瓦解，就请求朝廷解散骑兵，留一万人在那里屯田，以等待羌人慢慢衰败。

析公

退楚军

春秋时，晋、楚两国的军队在绕角对阵，栾书不打算和楚军交战。析公说："楚国军队轻敌，容易被扰乱。我军如果同时擂动许多鼓，乘夜晚全军进攻，楚军必然退却。"

晋军照析公的话去做，楚军果然连夜败退了。

王德用

不战而胜

北宋王德用担任定州路总管的时候，天天训练士兵。经过长时间操练，部队已经非常善战。正好契丹派了一个探子来侦察情况，有人建议把他抓来杀掉，王德用说："不要抓他，我正要让他回去报信。百战百胜不如不战而胜。"

第二天，他故意大张声势地进行演习，战士们个个摩拳擦掌，跃跃欲试。然后他又故意下令："大家准备好干粮，随时准备出征。"探子回去报告说汉族军队马上就要来进攻。于是契丹忙派人来议和。

韩世忠

招降叛军

南宋初年，广西叛贼曹成拥兵占据郴州、邵州。韩世忠平定福建的盗寇后，班师永嘉，好像要在此处休整。

一天，他突然领兵由处州、信州直接到了江西，在江边数十里扎下营盘。叛贼没料到他会突然到来，大吃一惊。韩世忠派人前去招降，曹成立即率军投降，韩世忠收得八万将士。

程昱

胆识过人

东汉末年，程昱防守鄄(juàn)城的时候，只有七百名士兵。曹操听说袁绍在黎阳，准备向南进军，就打算给程昱增派两千人马。程昱却不肯，说："袁绍带领十万大军，自以为所向无敌。现在看我这儿人少，一定不会来进攻。如果给我增加军队，那他一定会来进攻，我们也无法抵挡。"

袁绍果然因为程昱的人少，不肯来进攻。曹操对贾诩说："程昱的胆量，简直是超过孟贲和夏育。"

◎

七百人马也好，三千人马也好，终究不是十万大军的对手，而增派军队的消息反而会招来敌人的进攻。程昱的胆识真是远远超过曹操啊！

陆逊

全身而退

三国吴嘉禾五年（236），孙权出兵攻打曹操，并派陆逊和诸葛瑾攻占襄阳。陆逊派亲信韩扁送信回报孙权。韩扁回来时，在沔水和敌军相遇，被敌人的巡逻兵捉去了。诸葛瑾听到这个消息以后，非常害怕，写信给陆逊说："主公已经回去，敌军抓到韩扁，一定了解了我军底细。而且水势渐落，应当赶快撤退！"陆逊没答复，仍然叫人栽种葑豆，并和平常一样，跟将领们下棋赌射。

诸葛瑾说："伯言（陆逊，字伯言）这个人很有智谋，一定有他的打算。"于是亲自来见陆逊。陆逊说："敌军知道主公已经回去，就没有什么可担心的了，一定会集中兵力对付我们。而且现在他们已经守住了要害之处，我们只能以静待动，设法拖延，然后再乘机撤退。如果现在撤退，敌军一定会知道我们害怕了，必然紧追不放，那我们必败无疑。"

于是陆逊和诸葛瑾秘密约定，让诸葛瑾调集船只，他自己则带领人马进攻襄阳城。敌人向来害怕陆逊，只好赶忙回去守城。诸葛瑾乘机带领船只来接应，陆逊一面缓缓退军，一面虚张声势，登船撤退。敌军不敢来追，东吴军队终于全军安然撤还。

高仁厚

军法严明

唐僖宗时，高仁厚带兵进攻东川节度使杨师立。半夜二鼓的时候，敌将郑君雄等人带领精锐部队偷袭城北的行军副使的大营。副使杨茂言抵挡不住，只好带领众人弃营逃跑。旁边的军营见副使逃跑，也就跟着逃跑，敌军一直冲到中军附近。

高仁厚命令大开营门，并点燃火把，照得一片通明。自己则带领士兵，埋伏在路两旁。敌军看见营门大开，谁也不敢进，连忙向后退却。高仁厚乘机指挥伏兵袭击，敌军大败。

高仁厚考虑到各营逃跑的人很多，这些人都应该依照军法处死。就悄悄对孔目官张韶说："你赶快派探子带十个人去把逃跑的人都追回来，以你的口气对他们说：'幸亏高仆射没有出寨，这件事他一点也不知道。你们赶快回来，明天早上像平时一样来参见，不用担心。'"张韶是个年长有威信的人，众人就都听从了他的话。到四鼓时已各回自己的营寨。只有杨茂言，一直追到张把，才把他追到。高仁厚听见各寨的更鼓已恢复正常，心中暗暗高兴，说："都回来了。"

第二天一早，各位将领聚集，都以为高仁厚不了解真情。过了好一会儿，高仁厚对杨茂言说："听说昨夜副使身先士卒，一直逃到张把，有这件事吗？"杨茂言回答说："听说敌人进攻中军，左右的人说仆射已经逃走，我就连忙带兵来赶，后来才发现是场虚惊，就回去了。"

高仁厚说："我和副使都受天子任命，带领大军来讨伐叛贼。如果我领头逃跑，副使应当命令我下马，以军法处斩。然后代替我指挥全军，并报告天子。昨晚副使首先逃跑，现在又来当面欺骗，该当何罪？"杨茂言忙俯首说："该当死罪。"高仁厚说："正是。"于是命令左右的人把他推出去斩首，其他将领都吓得浑身颤抖。高仁厚又把前一天晚上俘虏的几十名军士释放，让他们回去。

郑君雄听说之后，非常害怕，说："他的军法如此严明，怎么能和他打仗呢？"从此就再也不敢出战。后来郑君雄杀了敌帅杨师立，向高仁厚投降了。

◎

春秋时孙武杀吴王的宠妃来彰显军规，穰苴(ráng jū)杀齐景公宠幸的大臣庄贾来申明军法。只有能执法的将领才有威严，只有将领威严，士兵们才肯去拼死作战，那敌人就一定能被打败。高仁厚的策略的确不同凡响，而在派遣张韶这件事上又格外令人叹服。在这种情况下，杀一儆百的效果必然远胜于全部杀尽，今后再让他们上阵，这些人一定会拼死作战了。

春秋时期军事家孙子本是齐国人，写了一部兵法进献给吴王阖闾。阖闾说:“您的十三篇兵法，我都看过了，现在可以试试带兵了吗？”孙子说:“可以。”于是从宫中挑选了一百八十名美女，孙子把她们分成两队，让吴王的两名宠妃分别担任队长，全体持戟，准备操练。孙子命令她们说:“你们知道自己的心和左右手吗？”众女兵都说:“知道。”孙子说:“前进则看自己的心，向左则看左手，向右则看右手，向后则看背后。”众女兵说:“遵命。”

发布了命令之后，孙子又设立了斧钺等刑具，再三告诫她们务必听令操作。说罢击鼓命令她们向右转，女兵们都忍不住大笑。孙子说:“号令不明，是将领的罪过。”于是又三令五申，接着击鼓命令向左。女兵们又大笑不止，孙子说:“号令不明，申法不严是将领罪过，现在既已申明，那就是士卒的罪过了。”于是下令把左右队长推出斩首。

吴王从高台上看见要斩他的爱妃，大吃一惊，急忙派人来对孙子说:“我已知道将军善于带兵了。我如果没有这两个妃子的话，就会吃不下饭。请将军不要杀她们！”

孙子说:“我既已接受命令担任将军，将军带兵的时候，大王的某些要求也可以不听从。”于是就把两个队长斩首示众，让每行的第一人担任队长。然后再次击鼓传令。这时候，女兵们左转、右转、前进、后退、起跪都完全合乎军令，谁也不敢再说话。

于是孙子派人去报告吴王说:“军队已经训练完毕，大王可以前来观看。不管大王指挥她们干什么，即使是赴汤蹈火，也会唯命是从！”吴王说:“将军回客馆休息吧，我不想来观看了。”孙子说:“大王只不过是喜欢听听军事方面的谈论，并不喜欢实际的军事操练。”此后阖闾便知孙子善于用兵，就让他担任大将。

孙子带兵打败了西边强大的楚国，攻入楚国都城郢都。又向北打败了齐国和晋国，在诸侯中名声大振。这些都是孙子的功劳。

春秋齐景公的时候，齐国被燕国和晋国打败。晏婴就向景公推荐司马穰苴。齐景公任命他为将军。穰苴说:“我出身很卑贱，人也没有什么威望。希望大王派一个宠幸的大臣来监军。”齐景公就派庄贾去监军。

穰苴和庄贾约定第二天正午的时候在军门会面。穰苴先来到军前，立好漏壶等候庄贾。一直到傍晚时，庄贾才来。穰苴问道:“为什么来晚了？”庄贾说:“亲友们为我送行，所以我来晚了。”穰苴说:“大将接受任命的那一天，就不再考虑自己的家;在军前宣布命令之后，就不再考虑自己的亲属；敲响战鼓之后，就不再考虑自己的生命。还讲什么亲友相送呢？”

于是把军法官召来，问他说：“按照军法，约定了时间之后迟到，该怎么处置？”军法官回答：“应当斩首。”庄贾这才怕了，派人赶忙骑马去向景公求救。报告的人未回来，庄贾已被斩首，向三军示众。

过了一会儿，景公的使者拿着符节乘马车一直冲入中军来救庄贾。穰苴说：“军阵中不准马车奔驰。现在使者在军中奔驰，应当如何处置？”军法官说：“应当斩首。”穰苴说：“国君的使者不能杀。”于是杀了使者的随从，砍了车厢左边的木柱，杀了拉车的三匹马中左边的那匹，来号令三军。

司马穰苴检阅士兵，了解了他们的住宿饮食，以及疾病医药等情况，并亲自去探视抚慰。又把将领的俸禄拿出来分给士兵，自己只享受老弱士兵的待遇。三天后召集军队出征时，连那些有病的人也争着要求出征打仗。

李光弼

招降叛将

唐朝时，史思明把部队驻扎在河清县，想要断绝李光弼的粮道。李光弼就把军队调集到野水渡来防备。

到了傍晚，李光弼又回到河阳，留下一千名士兵，派大将雍希颢守寨，并对他说：“敌军的将领高廷晖、李日越都有万夫不当之勇。他们要是来了，不可交战。如果他们投降，就和他们一起来见我。”将领不明白他的用意，都暗自好笑。

史思明对李日越说：“李光弼善于守城，现在驻扎在野外。你率领骑兵连夜渡河，给我把他抓来，抓不到就不要回来见我！”李日越带领五万骑兵清晨来到李光弼的军营外，大声问里面说：“李司空在吗？”雍希颢说：“昨夜已经走了。”李日越说：“抓住雍希颢，抓不到李光弼，我还是要被处死啊！”于是请求投降。

雍希颢和他一起来见李光弼，李光弼待他非常宽厚，把他当作心腹。高廷晖听说之后也投降了。

有人问李光弼说："你怎么这么容易就让两位大将投降了呢？"

李光弼说："史思明就是希望和我在野外交战。听说我驻扎在野外，以为一定能取胜。李日越抓不到我，自然不敢回去。高廷晖的才能高于李日越，听说李日越得到我的信任和重用，一定也会来我这里和他争个高低。"

◎

《尚书》的注释说："办事如果能用威严胜其所爱，则无事不成。"然而如果过于威严，又会把事情弄坏。史思明的做法正是如此。

卷二十二

制胜

兵事变化无常，策略要根据军情来制定。这就如同依据病情下药方一般，往往以动制寒，以静制热。神龙既动于九天之上，又能深入于九渊之下。掌握着呼风唤雨的本领，方能百战百胜，一往无前。为此，辑撰《制胜》卷。

孙膑 二条

田忌赛马

战国时期，孙膑和齐国的使者一同到了齐国，住在田忌的家里。田忌常和各位公子赌赛马。孙膑发现他们的马速度上不相上下，马又分为上中下三等，就对田忌说：“您只管跟他们下大赌注，我能够让您取胜。”田忌听了他的话，就和齐王以及诸公子赌一千金。

到了比赛的时候，孙膑说：“现在您用下等马和他们的上等马比赛，用上等马对他们的中等马，再用中等马对他们的下等马。”三轮比赛之后，田忌虽输一轮，但赢了二轮，结果得了五千金。

◎

唐太宗曾说：“我年轻时就征战四方，懂得用兵的诀窍。每次观看敌人的阵势，都能看出它的强弱分布。我常用我方的弱兵去对付敌人的强兵，用我方的强兵去对付敌人的弱兵。敌方战胜我方的弱兵，我们不过后退几百步；我方战胜敌人的弱兵，则从背后去攻击敌方的强兵，这样两面夹攻，敌人必败无疑。”大概用的就是孙膑的战术。

宋高宗问吴璘打胜仗的秘诀，吴璘说：“先派弱的部队打头阵，再派精锐部队出击。”宋高宗说：“这正是孙膑赛马的方法。”

战国时，魏国进攻赵国，赵国急忙向齐国求救。齐威王打算让孙膑担任大将，孙膑推辞，说自己是受过刑的人。于是，让田忌为大将，孙膑为军师。孙膑就坐在布篷车中，替田忌出主意。田忌想要带兵去救赵国。孙膑说：“替别人解决纠纷的时候不要自己挥拳动手，制止别人格斗时也不要去抢人家的长矛。只有抓住要害，乘虚而入，才能够制止双方的争斗。现在赵魏两国相攻，精锐一定全部调到了前线，留在国内的不过是一些老弱的军队。您不如带部队突然袭击魏国，乘虚进攻，魏国军队一定会从赵国赶回来自救。这样我们既一举解了赵国的包围，又可以拖垮魏国。”

田忌听从了他的话。魏军果然从赵国邯郸撤退，和齐军在桂陵交战。结果魏军大败。

赵奢

败秦军

战国时，秦国进攻韩国，军队集结在阏与。赵王问廉颇："能不能去救？"廉颇说："道路遥远，地势险要，很难进攻。"又问乐乘，乐乘也是这样回答。问到赵奢的时候，赵奢说道："道路遥远，地势险要，就像两只老鼠在洞中打架，谁勇敢就能取胜。"于是赵王就派赵奢带兵去救韩国。

赵奢带兵出邯郸三十里之后，就不走了，并且在军中下令说："谁敢来谈论打仗的事，立刻处死。"秦军驻扎在武安西边，擂鼓呐喊，声音把屋上的瓦都震动了。军中有一个谋士请求赵奢赶快去救武安，立刻就被斩首了。赵奢在那儿驻扎了二十八天，又再次加修工事。

秦国派探子来侦察，赵奢用好酒好饭招待，然后送他回去。探子回去向秦国大将报告，秦将非常高兴地说："赵奢出了京城三十里就不敢前进了，还在那儿修筑工事，阏与这块地方赵国再也别想要了。”

赵奢送走秦国的探子之后，立刻传令全速进军。一天一夜就赶到了阏与，又派善射的弓箭手在离阏与五十里的地方摆下阵势。工事修筑好以后，秦军听说这一消息，立刻全部过来对阵。

赵国军士许历请求提建议，赵奢说："招他进来。"许历说："秦军没料到赵国军队会到这儿。他们来势很猛，将军一定要严阵以待，不然肯定会失败！"赵奢点头同意，许历又要求把他处死。赵奢说："等回到邯郸之后再说吧！"许历又来进谏说："先占据北山的必胜，后到北山的必败。"赵奢听从了他，立刻派一万人占领北山。秦军后到，山已被赵军占领，强攻不下。赵奢全军出击，大败秦军，终于解除了阏与的包围。

◎

战国时孙子说："反间就是善于利用对方的间谍。"又说："我军占据之后有利、敌军占据之后也有利的地方，就是兵家必争之地。"阏与的胜利就是这种情况的体现。许历是个有智谋的人，却没有听说他以战功受封赏，为什么呢？汉代广武君（李左车，封广武君）的遭遇也是这样。

李牧

宽厚服众

战国时，李牧是为赵国戍守北方边境的著名将领，曾在雁门一带防卫匈奴人，并被授权任命各级官吏。他把每年收的租税都交给后勤部门，作为部队的粮饷开支；每天都杀牛犒赏士兵，教他们练习骑马射箭；警惕军情警报，还派出大批侦察人员四处打探敌情；平时对待将士们也非常仁厚。李牧命令将士们："匈奴人如果入境抢劫，你们要立刻收兵入寨，敢于捕杀匈奴人的，立刻斩首。"像这样一连好几年，匈奴人都以为李牧胆怯，赵国的将士也以为李牧胆怯。

赵王虽然一再指责李牧，但他依然如故。结果赵王发怒，把他召回，让别人代替他为将。一年多之后，匈奴人多次入侵，赵军出战，接连失利。士兵们死伤很多，边境一带无法种田放牧。于是赵王又请李牧重新出任守边大将。李牧推说有病，但赵王一定要他出任。李牧说："一定要起用我的话，必须让我还按从前的办法才行。”赵王答应了。

李牧再度发布原来的命令。匈奴人虽然无法取胜，但始终以为李牧胆怯。赵军将士虽然每天有赏赐，但是大家都不愿意要，宁可和匈奴人决一死战。于是李牧挑选了一千三百乘战车、一万三千匹战马、五万人敢死队和十万名弓箭手，并命令他们加紧操练。然后把牲畜全部赶到野外，满山遍野都是老百姓。匈奴人先派小股部队入侵，李牧假装逃跑，让匈奴人掳去了几千人。

匈奴的单于听说之后，带领大队人马前来进攻。李牧排列了很多奇阵，张开左右两翼的军队出击，打败了匈奴骑兵十余万人，连单于也落荒而逃。此后十多年，匈奴人再也不敢前来骚扰。

◎

待人宽厚，别人自然也会多多报答；让战士积蓄士气，打起仗来就格外勇猛。古代名将利用敢死队的勇气，往往只用一次，而不用第二次。现在的军队，除了一两名家丁外，其他都不过是要饭的流浪汉，以及那些瘸腿少胳膊的人。真可悲啊！现在那些瘸腿少胳膊的人和要饭的流浪汉也太多了。

周亚夫 二条

平七国之乱

汉初，吴国和楚国谋反，汉景帝派太尉周亚夫带兵前去讨伐。部队前进到灞上的时候，赵涉拦住周亚夫的马对他说："吴王长期以来收养了很多死士。这次听说将军前来征讨，一定会派人埋伏在崤山和渑池之间的险要地带，而且行军讲究神秘，将军可以从右边走，经过蓝田，出武关。这样到洛阳的路程也不过远一两天。然后直入武库发动进攻，待诸侯听到后，一定会以为将军是从天而降。"周亚夫听从了他的话，到了洛阳，并且派兵到崤、渑之间搜索，果然发现有大批伏兵。

周亚夫把军队调集到荥阳后，紧闭营门，坚持不出战。吴军猛烈进攻梁国，梁国不断前来求救。周亚夫坚守住有利的地形，打算让吴军攻下梁国，不发兵前往救助。梁王上书给汉景帝，景帝派使者来命令周亚夫救梁，周亚夫也不听命，只是派小股骑兵断绝吴楚军队的退路。吴军无法交战，又没有给养，只好退兵。这时周亚夫派精锐部队乘机袭击，吴军大败。

◎

吴王刘濞刚开始叛乱的时候，他的大将田禄伯说："大王向西进攻，没有什么奇险的地势，很难取得较大的胜利。我愿意带五万人，沿长江和淮河而上，攻克淮南、长沙，进入武关之后和大王会合，这也是一条奇计。"吴王太子说："大王现在举兵谋反，如果将军队交给别人，别人也会谋反。"于是吴王也没有同意田禄伯的建议。

桓将军曾对吴王说："吴国步兵多，利于在险要地形作战；朝廷战车骑兵多，利于在平地作战。大王最好不要攻占城池，应急速向西进军，占据洛阳武库，就可以夺取敖仓的粮草，依据险要地势，然后传令诸侯。这样虽然没有入关，但天下已经被控制了。如果大王徐徐进军，逐个地去攻占城池，等朝廷的战车骑兵一到，攻下梁国和楚国的附近地区，就一切都完了！"吴军的老将们都说："这只是少年气盛，轻举妄动，哪里懂什么深谋远虑！"于是吴王也没有听从。

如果吴王听从了这两个人的计策，周亚夫恐怕也难以得志了。周亚夫的功劳，吴王应该分到一半。后世人把一切都归功于周亚夫，而忘记了田禄伯和桓将军的计谋，真是可悲啊！

李牧、周亚夫都不是百战百胜的将军，只不过靠一次胜仗而赢得了威名。赵括因轻敌而失败，夫差则是因为长期打仗而失败。君王明知打不赢而将军却要打，这是楚将子玉失败的原因；大将明知不能打的仗却被迫去打，则是杨业失败的缘故。

陆逊 陆抗

静待时机

三国时，昭烈帝刘备带领大军讨伐吴国，从巫峡到夷陵之间，扎下的军营连接七百余里。刘备派先锋吴班带一千人，在平地上扎营挑战。吴军的将领们都愿意出战，但陆逊却不同意。他说："这里面一定有诡计。"吴军坚持了很久，不肯出战。刘备料想这个计谋无法成功，就带着伏兵从山谷中出来，总共有八千人。陆逊对众将说："我不让你们和吴班交战的原因，正是在这里，现在我知道怎样打败他们了。"于是下令，当晚每人带一把茅草，在蜀军各营之间同时放火，让他们前后无法相救。结果四十多个军营一下子全被攻破了。

◎

魏文帝曹丕听说昭烈帝连营扎寨的情况时，就对大臣们说："刘备不懂军事，一定要失败，哪有连营七百里而能够抗拒敌人进攻的呢？在洼地和险要地方安营扎寨的，必然要被敌人擒获，这是军事上的禁忌。”七天之后，果然传来了孙权打胜仗的消息。像昭烈帝这样久经沙场的人，竟会不如曹丕懂得军事，这是什么道理呢？这大概就是所谓的人年纪大了，就让后辈小子赶上来了吧？

三国时，昭烈帝刘备讨伐吴国，魏晋南北朝时苻坚出兵晋国，都是调集了全国的军队。然而昭烈帝老谋深算，所以应该静心等待时机来对付他；苻坚心狂气傲，所以应该迎头痛击。智谋用尽，敌人就会举棋不定；骄气被挫败，敌人就会彻底崩溃。所以虽然人多势众，但也没有用武之地。

淝水之战中，苻融进攻硖石。苻坚把大军驻扎在项城，自己带领八千人出击。朱序私下对谢石说：“如果秦军全部过来，倒是难以对付。现在乘他们的军队分散，应该马上出击。只要打败了他们的前锋，就挫伤了他们的士气，那我们就有打胜的希望。”谢石听从了他的话。

三国时，西陵都督步阐开城投降了晋国。陆抗听说之后，督促军队日夜兼程赶到西陵，在城外修起了牢固的包围工事。此工事对内可以围攻步阐，对外可以抵抗外敌进攻。工事建成后，陆抗按兵不动，并不攻城。诸侯都来劝他说：“乘着士气正高，应该进攻，要是等到晋国救兵一到，就难以打败步阐了。为什么要按兵不动，来消磨军队的士气呢？”

陆抗说：“这座城极其坚固，而且粮草充足，再加上还有大量防御器具，都是我先前亲自布置的。现在进攻的话，一下难以攻克，再说晋军很快又会来援救，我们如果不做好准备，内外受敌，将难以抵挡。”将领们不以为然。陆抗为了说服大家，就下令进攻一下，结果进攻失利，大家这才加紧戒备。

不久，晋国派杨肇率兵前来援救，吴军都督俞赞溜出军营，投降了杨肇。陆抗说：“俞赞是我军中的老兵，知道我军中的虚实。我最担心军中的少数民族士兵平时缺少训练，如果敌人来进攻，一定会从他们的阵地开始。”当晚，陆抗就用久经沙场的部队调换了少数民族的士兵。

第二天，杨肇果然前来攻打原先少数民族士兵的阵地，陆抗带军反击，箭石如雨，满天飞舞。杨肇连夜败逃，陆抗也不追赶，只是让人擂鼓呐喊，像是要进攻的样子。杨肇大败，退回晋国。于是陆抗攻下西陵，杀了步阐。

◎

陆逊和陆抗本是父子。

邓艾

击退姜维

三国时，邓艾和郭淮两军联合，来抵挡姜维。姜维退军，于是郭淮向西进攻羌人。邓艾说：“敌军走得不远，随时都可能回来，应该留下一部分军队以备不测。”于是，邓艾的军队在白水北边驻守了三天。姜维派廖化在白水南边扎营，与邓艾对峙。

邓艾对将领们说：“姜维的部队回来，看见我们人少，理应渡河来和我们交战。但现在他们并不架桥，姜维只是让廖化和我们对峙，让我们无法调动。姜维一定亲自从东边进攻洮城。”洮城在白水北面，离邓艾的大营六十里。

邓艾当夜派军队悄悄来到洮城，姜维果然渡河来进攻，然而邓艾已先守在洮城，结果姜维没能攻下。

唐太宗 三条

破窦建德

隋末，唐军包围洛阳之后，夏主窦建德带领全部军队赶来救援王世充。众将领都要求李世民暂避其锋，不要正面相拼。郭孝恪说："王世充已是穷途末路，窦建德远道来救，这是天意要我们把他俩一举歼灭。我们应该倚仗武牢关的险要地势来和他们对峙，然后等待时机，一定能打败他们。"

记室薛收说："王世充府库空虚，粮草不足，部下和将领虽然都是江淮一带的精兵强将，但也难以和我们相持。窦建德远道而来，应该首先挫伤他的锐气。如果让他们两军会合，把黄河北边的粮食运来接济洛阳，那战争将会长期拖延下去。现在应该分兵围困洛阳，挖深沟、筑高墙，不和他们交战。大王亲自带领精锐部队，先占据成皋，以逸待劳，必然能够取胜。打败了窦建德之后，王世充也难以自保。不用二十天，两人一定会就擒。"

李世民听从了他的话，于是窦建德被挡在武牢关外，无法前进。

◎

当时，凌敬曾对窦建德说："大王应该带领全部人马渡过黄河，攻取怀州、河阳，派重兵驻守。然后带领大队人马翻过太行山，进入上党。再沿着汾水和晋水，直取蒲津。这样行军如入无人之境。还可以开拓土地，征招士兵，一定会使关中震动，洛阳的包围也就自动解除了。"他的妻子曹氏也说："凌敬所说的话是对的。"

其实这些都是战国孙膑从前的计策，连妇人都知道，而窦建德却没有听从，结果是兵败身亡。真是可悲。

唐军探子来报告说："窦建德正在黄河北岸聚集军队，准备袭击武牢。"于是李世民北渡黄河，向南直到广武后，才转道回兵，又故意留下一千匹马，让它们四散于河岸边，以迷惑敌人。窦建德果然带领大军离开牛口，摆开的阵势绵延二十里，大张旗鼓地向前进。

将士们都很害怕，李世民登高遥望，然后对将领们说："这些人不过是山东草寇，没见过大的阵势。现在依仗险要地形狂呼乱叫，是缺乏纪律；逼进城下来摆列阵势，是轻视我军。我们先按兵不动，他们的士气必然衰落。时间一长，士卒饥渴，自然要退军。然后我们乘机追击，一定大胜。”

窦建德摆开阵势，从早晨到中午，士兵们又饿又累，都坐在地上抢水喝。

李世民命令宇文士及率领三百名骑兵，冲过窦建德的阵地，从西边冲到南边。窦建德阵地被冲击惊动后，李世民说：“可以进攻了。”于是带领精锐骑兵出击，大军随后前进，直冲入敌阵。双方刚刚交战，李世民又带领史大奈等人直冲到阵地后边，竖起唐军旗帜。夏兵看见后，立刻惊恐溃散。

秦王李世民来到高墌（zhǐ），薛仁杲派宗罗睺（hóu）带兵阻击。李世民坚守壁垒，不肯出战。将领们前来请战，李世民说：“我军刚打了败仗，士气低落。敌军打了胜仗，趾高气扬，不把我军放在心上。我们应该设法拖垮他们，等我军士气激发起来之后，再一举打败他们。”于是在军中下令说：“谁要是提议出战，立刻斩首！”

两军对峙六十日，薛仁杲粮草用尽，部下纷纷投降。李世民派梁实在浅水原扎营，来诱惑敌人，宗罗睺一听大喜，立刻带领全部精锐部队前来进攻。

几天后，李世民估计敌人已经疲劳，就对将领们说：“可以出战了！”于是派庞玉在浅水原南边列阵。宗罗睺出动全军猛冲过来，庞玉几乎支撑不住。李世民亲自带领大军从原北出击，指挥骑兵直冲敌阵，宗罗睺全军败退。李世民带兵穷追不舍。

窦轨拉住李世民的马苦苦劝阻，李世民说：“不可丢失了这个乘胜追击的好机会。”于是进军围攻。薛仁杲的部下大多不战而降。薛仁杲自己也走投无路，前来投降。李世民得到了他的精锐部队万余人。

众将官前来恭贺，乘机问他说：“大王一战，大获全胜，当初既丢下步兵，又没有攻城器具，一直冲到城下，大家都以为难以进攻。结果竟然攻下了，是什么道理呢？”

李世民说：“宗罗睺的部下，都是陇外的壮汉。我出其不意打败了他们，但斩获并不多，如果不紧紧追赶，他们就会退回城中。薛仁杲对他们加以安抚之后，就不容易攻取了。我紧追不放，他们必然四散逃回陇外。这样高墌兵力虚弱，薛仁杲必然丧胆，还来不及考虑对策，就被我们打败了。”众人这才信服。

李靖

计破江陵

唐朝时，萧铣占据江陵之后，唐高祖命令李靖和河间王李孝恭乘船到夔州阅兵，准备攻打萧铣。当时正值秋季，江水猛涨，恶浪滔天。萧铣以为李靖不可能马上进军，因而也没有防备。将领们也要求等江水稍平之后再进军。

李靖说:“打仗就是要出其不意。现在军队已经聚集，萧铣来不及知道。如果我们利用这个时机进军，就能以迅雷不及掩耳之势对他突然发动进攻。他们来不及调动军队，难以抵挡，必然被我军擒获。”李孝恭听从了他的话。他们带领两千艘战船顺流东下，很快攻占了荆门和宜都两镇，一直进逼夷陵。

在此之前，萧铣为了剥夺诸将日益膨胀的兵权，撤销了一些部队，让他们去务农，只留下几千人驻守。他听说唐兵来攻，极其恐惧。赶忙调集军队，但都还在江岭之外。道路遥远，无法立刻增援，只好让附近所有的守军全部出来迎战。

李孝恭准备进攻，李靖拦住他说："他们是救援部队，不是这儿原来的守军，必然难以长久坚持。不如先把船靠到南岸，让他们缓一天。他们必然要分兵两路，一部分阻击我们，一部分回去防守。等他们兵力分散，士气松懈之后，我们再乘机出击，必然会大获全胜。现在如果立刻进攻，他们一定会拼死抵抗。楚兵勇敢善战，恐怕不易取胜。"

李孝恭不听，让李靖留下守营，自己带领精锐部队出战，果然大败而退。敌军一直追到了南岸，弃船登陆，抢掠军事物资，每个人都扛了一大包，李靖见敌军混乱，立刻带兵出击，敌军大败。

李靖乘胜一直追到江陵，进入江陵外城，缴获了很多战船。李靖又让李孝恭把战船全部散放在江中。将领们都说："这些战船正好供我们使用，怎么能再送给敌人呢？"

李靖说："萧铣的地盘，南到山外，东到洞庭湖。我们孤军深入，如果一下子不能取胜，敌人援军从四面集合起来，我们必然内外受敌，无法进退。虽然有战船，也无处可用。现在把战船放入江中，让它们顺流而下。敌人的援军看见，一定会以为江陵已被攻下，必然不敢轻易进军，只能四处打听消息。这样拖十天一个月，我们必然取胜。"萧铣的援军看见漂散的战船果然疑惑不定，不敢进军。

朱儁

破黄巾军

东汉末年，黄巾军首领韩忠带领十万人占据了宛城。皇帝命令朱儁带领八千人马前去讨伐。

朱儁在城外筑起工事，又堆起一座土山，用以观察城内的动静。然后击鼓从城西南进攻，黄巾军全都涌向城西南。朱儁带领五千精兵乘机从城北进攻，登上城墙进入城中。韩忠只好退守内城，惊慌失措，请求投降。朱儁却说："不行！现在天下统一，唯独黄巾军结党作乱，接受他们投降，白白助长叛逆萌生，不是长远之计！"朱儁又加紧进攻，却始终攻不下。于是朱儁登上土山观望，回头对张超说："我知道了。敌军守卫牢固，乞降不成，又逃不出去，所以拼死反抗。不如解围，让部队全部进入外城。韩忠眼见围解，一定会出来。一出来必然军心涣散，那就容易收拾了。"

解围后，韩忠果然出来了。于是朱儁出击大获全胜。

耿弇

yǎn

连下两城

汉光武时，张步的弟弟张蓝带领精锐部队两万人防守西安。又从各郡抽调一万人防守临淄，两地相距四十里。

耿弇带领部队来到两城之间，发现西安城虽小却非常坚固，临淄虽大却容易攻取，于是下令五天后进攻西安。张蓝听说后，日夜加强戒备。

等到第五天半夜的时候，耿弇命令全体将士起来吃饭。天一亮，就带领大军直奔临淄，半天就攻下了这座城。张蓝大惊，连忙弃城逃走。

众将问："命令进攻西安却先攻打临淄。结果两座城一起攻克，这是为什么呢？"

耿弇说："西安听说我们要进攻，必然加紧防守；临淄遭到出其不意的进攻，守军必然惊慌失措，所以我们能一举攻克。临淄失败后，西安必然孤立，这就是一举两得。如果先攻西安，西安兵多城固，我军势必损失惨重。即使能攻下，我们也是孤军深入，如果给养运输被切断，就会自己陷入困境。”众将都很佩服耿弇的智谋。

韦睿 三条

败北魏

南朝梁天监四年（505），梁武帝派兵北伐，命令韦睿统率部队，进攻小岘城。城中忽然冲出数百人，在城门外排成阵势。韦睿说："城中有两千多人，如果闭门坚守，足可以抵挡城外的进攻。这些人无故冲出城外，一定是些勇猛善战的士兵。只要先打败这些人，就可以一举攻克这座城。"

众将疑惑不定，不敢向前。韦睿指着自己的符节说："朝廷给我的符节，并不是用来做装饰的。谁敢不听命令，就按照军法从事！"大军这才向前，拼死决战，魏军大败。韦睿急速进军，终于攻下小岘城。

韦睿进攻合肥的时候，首先观察了这一带的地形，并说："我听说汾水可以淹没平阳，绛水可以淹没安邑。"于是拦截淝水来淹合肥。这时，魏军大批援军赶到了。众将都很害怕，要求奏请朝廷增派援军。韦睿说：“敌人援军已到，我们现在请求增援已来不及了。马鞭再长，又怎能够到马肚子呢？”

和敌军初次交锋失败之后，众将都提议把部队撤退到巢湖，又有人提出离开这里去保卫三义。韦睿生气地说：“带兵的人就要置生死于度外，只能进不能退。谁敢乱动，就立即斩首！”于是命人把军人仪仗安放在河堤边，表示没有撤退的打算，又在河堤上修筑营垒，加强工事。过了一段时间，河堤内的水涨满了。魏国的救兵也无能为力，合肥城终于被攻破了。

北魏中山王元英带领百万军队进攻北徐州，在钟离包围了刺史昌义之。皇帝派曹景宗带领大军前去救援，又命令韦睿带领部下人马前去会师。

韦睿从合肥出发，当时北魏军队声势浩大，众将都很害怕，要求缓缓前进。韦睿说：“钟离等待援救，情急万分。我们全速前进还怕来不及，怎么能够缓缓前进呢？魏军孤军深入，已经落入我们包围，你们不用担忧！”结果不到十天就赶到了。于是一夜之间在曹景宗营前二十里挖成了长沟。沟里埋下了尖木桩，筑起了工事。到早晨的时候，营垒已经修建完工了。元英大吃一惊，以为天神降临。

元英先在邵阳洲两岸架起了两座桥，并扎了几百步长的木头栅栏，来沟通淮河工事。韦睿调集大型战船，乘淮河涨水，直逼元英营垒前。又用小船装上芦苇柴草，当中灌满燃料。乘风放火，烟光冲天，转眼之间桥和栅栏全部烧光。梁军乘势进攻，喊声震天，个个以一当十，魏军大败。元英只身逃走。捷报传来，昌义之来不及说别的，只是连声说："起死回生！起死回生！"

◎

当时北魏民歌中这样说："不畏萧娘与吕姥，但畏合肥有韦虎。"韦虎就是韦睿，吕姥是说吕僧珍，萧娘则是临川王萧宏。

马燧

破田悦

唐德宗时，马燧刚打败田悦，田悦的救兵就来了。于是田悦又重整旗鼓，前来决战。

田悦在洹水县扎营，左边有淄青镇，右边有恒冀镇。马燧进驻邺县，请求增援。皇帝下令河阳的李芃（péng）带兵前来会合，驻扎在漳河边。田悦派大将王光进带兵把守漳河大桥，修筑壁垒，堵住马燧的来路。

马燧在下游将几百辆大车绑上铁锁联结起来，在河上构成一道拦河坝，再堆土筑路，终于渡过了漳河。田悦得知马燧粮草将尽，就紧闭营门不出战。马燧命令士兵带足十天的干粮，进军到仓口，和田悦隔着河扎营。又建了三座桥横跨洹水，每天前来挑战。田悦依然不出战，又悄悄埋伏了一万人，准备偷袭马燧。

马燧命令全军半夜吃饭，鸡叫时鸣鼓吹角。然后全军沿着洹水，直奔魏州，下令说：“等敌军一到，就停止前进，摆开阵势。留一百名骑兵带着火把藏在桥边，等田悦的人马过了桥之后，立刻把桥烧毁。”

马燧带兵走了十来里，田悦果然带兵过桥来追，并且乘风放火，呐喊前进。马燧命令部队坚守不动，砍倒路边的杂草树丛，开辟出一片宽一百步的广场，让五千名勇士排出阵势，等待田悦来进攻。等田悦赶到时，火势已经停止了，士气也开始衰落。于是马燧带兵反击，大败田悦，田悦连忙退军，但三座桥都已被烧。田悦的部队被逼到水中，淹死的不计其数。

郑子元　李晟(shèng)

破周军

春秋时，周桓王对郑庄公不来朝见很生气，召集诸侯讨伐郑国。桓王统率中军；虢公林父掌领右军，统率蔡国、卫国的军队；周公黑肩掌领左军，统率陈国军队。

郑公子子元请求设立左方阵，以阻挡蔡、卫的军队；设立右方阵，以阻挡陈国军队。他说："陈国内乱，人民没有斗志，如果先打他们，他们必然溃逃。周王的军队一面作战，一面照顾陈国的败兵，一定也会大乱。蔡、卫的军队支持不住，必然要先逃跑。然后我们集中兵力对付周王的军队，一定可以成功。"

郑庄公听从了子元的建议，令曼伯率领右方阵，祭仲率领左方阵，原繁、高渠弥随庄公统率中军，布下了鱼丽阵。以战车在前，步兵在后，互相配合。两军在繻葛交战，庄公命令左右军阵："注意，我的号令旗一挥动，就擂鼓进军！"

结果，蔡、卫、陈的军队都逃跑了，周王的军队大乱。郑军合兵进攻，周王的军队被打得大败。

唐朝时，吐蕃首领尚结赞带兵侵入陇州。李晟选了三千精兵，让王佖率领，埋伏在汧阳附近，告诫他们说：“吐蕃兵从城下经过的时候，不要袭击他们的先头部队和后续部队，他们的前队后队即使失败了，中军依然可以保全。尽管让他们的先头部队过去，看见五方旗和武豹衣，就是他的中军来了。你们出其不意地对他们发起进攻，一定大获全胜。”王佖按照李晟的嘱咐，对尚结赞发动突然袭击，结果，吐蕃军大败。王佖的军队因为不认识尚结赞，才让他逃脱了。

◎

春秋时冒犯周天子是不祥的事，而三国的军队又不是郑国所能抵挡的，所以先打击他的左右二军以动摇他的全军。尚结赞兵强而狡悍，小的打击不会有什么效果，所以要集中力量打击他的中军，出其不意地袭击对方。

像春秋时晋、楚鄢陵之战，楚人苗贲皇对晋侯说：“楚军的精锐都在中军，请分兵打击他的左右二翼，而以三军集中起来打击他的中军，这样一定会大败楚军。”这又是根据晋、楚两国势均力敌的情况才制定的战法。所以说：“打仗全在知彼知己，兵法哪有一定之规？”

刘锜

退金兵

宋高宗绍兴十年（1140），刘锜奉命去东京上任。途中经过涡口，正在吃饭时，忽然一阵大风吹倒了帐篷。刘锜说："这是贼人偷袭的征兆，一定有敌人入侵。"于是下令日夜不停地赶往东京。在路上，果然得知金人违背盟约，发兵南下，已经攻下东京。刘锜就和将佐弃船登岸，全速赶到顺昌。

知府陈规见到刘锜，忙问该怎么办。刘锜听说城中还有一万斛米，就提出把军队带入城，准备防守。众将都说金兵难以抵挡，还不如让精锐部队掩护老幼乘船撤回江南。刘锜说："东京虽然失陷，幸好全部军队还在这儿，现在又有坚固的城池可以防守，为什么要放弃抵抗呢？谁敢说撤退，立刻斩首！"他又把家属安置在庙里，门口堆上柴草，对守卫的人说："如果发生意外，就放火把我们全家烧掉！"然后吩咐各位将领分上守卫各个城门，一边派出侦察部队，一边又招募当地人去密探军情。于是官兵振奋，誓决一战。

当时守城军士没有隐蔽工事，刘锜就命令把大车上的轮子和辕木取下来埋在城墙上，又拆下民用房的门框和门板，围在四周。过了六天，工事才大致完毕。这时金兵已经到了城下。先前，刘锜命令沿着城墙修筑了一排羊马墙，又在墙上挖洞为门，以此作为隐蔽工事，敌人射来的箭都被这排羊马墙挡住了。刘锜命部队用破敌弓，再加上神臂强弩，从城上和墙洞中射敌人，箭无虚发。

金兵往后退时，刘锜命令步兵追击，结果敌人溃逃时大多落进河里，被淹死的不计其数。金兵只好向后撤退了二十里。刘锜又派阎充招募了五百名壮士，半夜偷袭敌营。

那天晚上，暴雨将临，电闪雷鸣。五百名壮士遇到拖辫子的番兵就砍，杀死了无数金兵。结果金兵又后撤了五十里。刘锜又招募了一百人，用剖开的竹子作武器——就像市井中儿童玩的那样。这些人每人持一根作为记号，直冲入金营。电光一闪就四处出击，天空一暗就伏住不动，金兵大乱。这一百人听见号角声就会合撤走了，金人不知底细，在黑夜中互相砍杀，尸体堆满了原野。

金兀术在汴京得知这个消息之后，立刻披挂上马，带领十万人来援助。宋营众将都说，应该乘胜撤退，乘船回江南。

刘锜说："敌军离我们很近，现在金兀术又来了。我们只要一动，敌军就会紧追不舍。那样，我们就会前功尽弃了。”刘锜又招募了曹成和另一个人，嘱咐说：“让你们去做奸细，事情成功之后必定重赏。只要你们按照我的话去做，敌人一定不会杀你们。现在你们深入敌军，遇到敌军就装作从马上跌下来，让他们抓住。敌人主帅要是向你们打听我是什么人时，就说我是泸川军节度使的儿子，喜欢歌伎和舞女。朝廷以为两国已经讲和，派他到东京来享福。”

此后，俩人把这话告诉了金兀术，兀术大喜，以为刘锜好对付，就没用那些攻城的战具。

第二天，刘锜登上城墙，看见这两个人回来了，就放下绳子把他们拉上来。原来是敌人把曹成二人用枷锁铐了放回，枷上还系着一封文书。刘锜害怕扰乱军心，立刻把文书给烧了。

金兀术来到城下时，责怪各位将领。金军将领都说：“南朝打仗已不像从前，元帅可以自己看看。”正好刘锜派耿训前来挑战，金兀术大怒，说：“刘锜怎么敢和我打仗！我要打破这座城，就像用靴子踢倒一个土堆那么容易！”耿训说：“我们太尉要和太子决战，只怕太子不敢过河。太尉愿意搭五座浮桥，等太子过河决一胜负。”

黎明时，刘锜果然搭起五座浮桥，让敌人渡河，又派人到上游水中和草中放毒，然后下令士兵宁可渴死也不许到河里喝水，喝水者杀死全族。

当时正值盛夏，敌军远道而来，白天黑夜都无法脱下盔甲。刘锜让部队轮番休息，轮流到羊马墙下吃饭。敌军人马饥渴，凡到河边喝水吃草的立刻中毒病倒。早晨天气凉爽时，刘锜按兵不动，等到中午过后，敌军已是精疲力竭。刘锜一会儿派几百人出西门挑战，一会儿又派几千人出南门厮杀，命令他们不要呐喊，只管用利斧砍杀。敌军大败，金兀术连忙拔营向北撤退。

在这场战斗中，刘锜的人马不到一万人，出战的仅仅五千人，而金兵却有几十万，扎的营寨绵延十五里。每到傍晚，鼓声震响山谷，营中人喊马叫，昼夜不息，而刘锜的城中军民肃静，连鸡狗的声音都听不到。结果以逸待劳，大获全胜。

◎

宋朝朱熹说："顺昌之战，正好赶上是大热天。刘锜把部下的五千人分成了五队，事先准备好消暑药，又让他们吃饱喝足。然后拿一副兜牟和盔甲放在太阳下晒，让人用手去摸，等晒到热得烫手时就换一队人马出战，把原先的一队撤回来，让他们喝酒吃饭，再吃消暑药。先让一队从西门出战，再换一队从南门出战。这样几队人马轮流从各门出战，敌军终于大败。敌人人数虽多，却没有蔽荫之处，结果累得连枪矛都举不起来了。而我军手持利斧直冲入敌群，掀翻马匹，砍断马腿。一匹马倒下又会压倒另外的几匹，死伤的人马不计其数。金人这才开始对中原有惧怕之心，于是同意议和。”

韩世忠

伏击金军

宋高宗绍兴四年（1134），韩世忠驻守镇江。金人和刘豫联合军队分几路入侵宋朝。高宗亲笔写了封信，命韩世忠整顿军备，图谋进取，辞意恳切。韩世忠即从镇江率兵北渡，使统制解元守卫高邮，伏击金人步兵，自己亲率骑兵驻守大仪，抵挡敌人的骑兵，并且伐木筑栅，隔断自己的退路。

当时朝廷派魏良臣出使金国议和。韩世忠故意撤掉锅灶，骗魏良臣说："有诏令传来，命我们移兵驻守长江。"魏良臣听后疾驰北去。

韩世忠估计魏良臣已出境，立即上马命令全军将士："看我马鞭所指的方向前进！"于是率领大军直抵大仪，排成五个阵地，在二十多个地方设下埋伏，相约听到鼓声就立即出击。魏良臣到金人军营后，金人向他打听宋军的动向，魏良臣就把路上所见的全告诉了金人。

金将聂儿孛堇听说韩世忠已退兵守江，非常高兴，就率兵到达江口，距大仪仅五里之遥。副将挞孛也率领骑兵一千人经过五个阵地的东面。

韩世忠传下令旗，擂起大鼓，伏兵四起，战旗和金军旗帜交错出现。金军大乱，宋军轮番进攻，骁勇的亲军人人手拿长斧，上劈人胸，下砍马腿。敌军身披重重的铠甲，陷进泥淖中。韩世忠率领劲骑四面冲杀踩踏金兵，所到之处人马俱死，最终擒获了敌将挞孛也等人。

曹玮

治军有方

北宋曹玮做渭州知府时，只有十九岁。

有一次出战取胜，敌军撤退逃走了。曹玮侦察后，发现敌军已远去了。这才带着俘获的物资，慢慢回去。敌军听说曹玮贪图俘获的物资，行军迟缓，部队又没有整顿，就回头来袭击他。快要赶上的时候，曹玮派使者去对敌军说："你们远道而来，一定很累了，我也不乘机和你们交战。请你们稍稍休息一下，我们两军再进行决战。"

敌军此时正感疲乏，都很高兴地解甲休整。过了好一会儿，曹玮又派人通知他们说："现在休息好了，可以开战。"于是击鼓带兵向前，大破敌军。

事后他才告诉部下说："我知道敌人已经疲惫，所以故意装作贪图战利品来诱惑他们。等他们再回来时，已经走了几百里了。如果让他们乘着那股锐气来交战，谁胜谁败还很难说。行远路的人，稍微休息一会儿之后，必然脚疼不能站立，人的精神也就松弛了，我就乘这个时机打败他们。”

曹玮指挥军队时，人人奋不顾身。这都是因为他平时善待士兵，所以作战时，战士们才能奋勇杀敌。有一天，军中举行宴会，饮酒奏乐，款待将士，座中突然找不到曹玮了。第二天，曹玮从容地出来处理政事，而敌人的首级已抛在庭阶之下了。

贾同来访问曹玮，准备视察边防，邀请曹玮一同去，贾同问：“你的随从部队在哪儿呢？”曹玮说：“已经集合完毕。”他们出来上马时，看见三千甲士已排列妥当，而贾同刚才竟没听到人马的声音。

◎

宋朝时，只要看到城中安然无事，鸡犬无声，就知道刘锜必能取胜。只要看到三千甲士排列整齐，竟听不到一点人声和马声，就知道敌军必不敢进攻曹玮。

狄武襄

取昆仑关

北宋名将狄青（谥武襄）在泾原的时候，经常以寡敌众。他秘密传令军中：听见一声钲响就停止前进，听见两声就排成严阵，假装退却；钲声一停就大声呐喊，向前冲击。士兵们都牢记在心。刚和敌人相遇，还未交战时，突然响了一声钲声，军队也随着停止。接着，又是两声钲声，军队再次退却。敌军大笑说："谁说狄天使勇敢？"钲声一停，宋营大军突然向前猛冲，敌军大乱，互相踩死无数。

追杀了好几里之后，前面遇到一条深沟，敌人都挤在山崖下，狄青忽然传令收兵，敌军才得以退去。当时将领们都后悔没有乘胜追击。狄青说道："逃跑的敌人，忽然停下来反击，很难料定其中有没有计谋，况且我军已获全胜，残余的敌人不值得猛追。"

侬智高在邕州造反，宋仁宗命狄青为宣抚使，前去讨伐。

有人说，敌方标牌军锐不可当。狄青说道：“标牌军是步兵，遇上骑兵必然无法施展，我希望西部少数民族的骑兵随我出征。”又有人说南方不适宜使用骑兵，狄青说：“少数民族士兵擅长射箭，能吃苦耐劳，上山下山就像走平地。只要我们乘瘴气未发时出兵，就一定能取胜。”但部队出发后，每天只走一站。每经过一州，狄青都要让部队休整一天。

到了潭州以后，就开始整顿队伍，宣布纪律。军中有人在旅店中抢了一把菜，狄青立刻把他斩首示众。于是，全军肃然。这时侬智高已退守邕州。狄青担心昆仑关天险被敌军占据，就按兵不动，下令在宾州准备五天的粮食。

当时正赶上上元节，狄青命令张灯结彩，宣布第一天晚上宴请将领，第二天晚上宴请军中副职军官，第三天晚上请下级军官吃饭。第一天晚上鼓乐喧天，通宵达旦。

第二天晚上，起风下雨，到二鼓的时候，狄青忽然声称有病，起身入内。过了很久，派人通知孙沔，让他主持酒宴，自己吃点药就出来。又多次派人出来劝酒，一直到早晨，客人们也没敢走。忽然使者来报告：“昨晚三鼓时，元帅已夺下昆仑关了！”

狄青过昆仑关时，高兴地说：“贼兵不知道据守这个关口，一定没有什么作为。”一直到他们接近邕州时，敌军才发觉，连忙到归仁铺迎战。

狄青登高远望，敌军已经占据了山坡，我军正向敌军接近。狄青让步兵打前锋，把骑兵藏在后边，敌人派勇敢善战的队伍在前边，都拿着长枪。先锋孙节交战不利，为国捐躯。将士们害怕狄青，谁也不敢退却。狄青站在山顶，手拿五色旗，指挥骑兵从两侧出击，将敌军分割成三段。狄青的骑兵左右出击，一会儿攻击敌人的左翼，一会儿又攻击敌人的右翼，打得敌人不知所措。敌人的标牌军被狄青骑兵冲倒。我军又用铁连枷猛击敌军，敌军终于全线溃败，侬智高也烧毁城池逃跑了。

◎

在这次战役中，谏官韩绛说：“狄青不过是个武夫，不能让他一人独掌军权，应该让一个侍从文臣当副帅。”当时庞籍为宰相，他回答说：“从前我军多次失败，都是因为武将的地位不高，偏帅专断，无法制约军队。狄青行伍出身，如果派一个侍从文官去做副帅，必然难以发号施令。以前在郡州时，狄青是我的部下，他沉着勇敢，很有智谋，让他负责平定侬智高，一定能清除叛贼。”

于是皇帝下令，岭南的军队都归他指挥。狄青临走时，对皇帝说：“古代抓了俘虏凯旋时，有时割下俘虏的耳朵和鼻子，但未听说有斩首的事。秦汉以后，获一个首级就升一级爵，所以称之为首级。因此士兵们为了抢首级以至于互相残杀。还有人出卖首级，卖给那些打仗时不上战场的人。希望能把这些习惯都废除掉。”这两条都是至理名言，也可以说是大将成功的秘诀。

另外，狄青出发时，曾有人托与他亲近的人求情，要从军出征。狄青对他们说：“你们愿意从军出征，实在是太好了，不过侬智高叛乱，现在派我去讨伐，可见军情紧急，跟从我去的人，如果能杀敌立功，当然有重赏。不过军中法律严格，我可不会留情面，你们自己考虑妥当。愿去的，我马上申报朝廷，随军出征。”这一下，谁也不敢要求随军出征了。从这一点，就可以知道狄青执法严厉，因而能够成功。

还有，狄青进入邕州之后，检验尸体，发现有一个穿金龙衣的人，在他旁边还有一副金龙盾牌。有人说，侬智高已经死了，应该立刻报知朝廷。狄青说：“谁知道是不是骗局呢？我们宁可不报这个功，也不能欺骗朝廷。”

这两件事合起来看，他不但不敢让别人冒功，自己也不敢冒不确定的功劳。

威宁伯

重赏部下

明朝人王越（封威宁伯）曾在大同做巡抚。有一天下大雪，他正坐在炉边烤火，让歌伎们弹着琵琶陪他喝酒。

这时一位千户出去探听到敌情，回来报告，王越立刻召他进来细谈敌情，谈得非常高兴，就说："好冷啊！"说完就拿金杯喝酒，心中更加高兴了，又让人弹起琵琶陪酒，并把金杯送给那位千户。又谈了一会儿，越发高兴起来，就指着歌伎中最漂亮的那一个说："想要她吗？我把她送给你。"以后千户每次打仗都替王越拼死效力，后来立功做了指挥。

有一天晚上，王越带兵去偷袭敌营。快到敌营时，突然狂风大作，尘埃迷了大家的眼睛，大家都犯疑惑了，想要回去。

一名老兵走上前来说："这是老天爷在帮助我们，去的时候逆风，敌人不容易发觉我们。回去时如果遇上外出抢劫回来的敌军，我们又正好在上风头，这都是这阵风的好处啊！”王越听完，不禁下马拜谢。偷袭成功之后，王越替那位老兵请功，封他做了千户。

◎

乘着大雪平定蔡州，乘着大雨攻下昆仑关，乘着大风在大同打胜仗，又都是在夜间，这就是所谓的出其不意。威宁伯施恩于那个千户，是极高明的手段。至于替那位老兵请功，这比秦末汉初淮阴侯韩信拜服李左车更加高明。

文官中有几个这样爽快的人呢？他的才略已超过明朝韩雍和杨一清，即使一百个陈钺都比不上他。阿丑在戏词中以“两钺”并称王越和陈钺，这和《史记》把春秋末的老子与战国时的韩非同列一传一样，都不符合公论。

尔朱荣

安置降兵

魏晋南北朝时，葛荣带兵进攻京师，人马有上百万。北魏相州刺史李神隽闭门防守，让尔朱荣带领七千精锐骑兵，每匹马都有副马，昼夜兼程，赶到滏口。葛荣排开阵势，长数十里，同时向前进攻。

尔朱荣把骑兵隐藏在山谷，命令三名督将带领几百名骑兵，扬起尘土，高声呐喊，让敌人弄不清自己兵力有多少。又考虑到两军交战时，用刀不如用棒方便，就下令军士们各准备一枝短棒，等交战时，不要花时间去砍下敌人首级，只要用棒乱打就行了。

战斗开始后，尔朱荣身先士卒，冲入敌阵，内外夹攻，大破敌军。活捉了葛荣，其他人都投降了。尔朱荣看到这么多降兵，难以管辖，就下令各人可以和亲属相聚，任意寻找住所。于是大家都欢呼起来，几十万人一下就散了。等他们走到了几百里之外，才派人加以管辖，进行安置，大家都找到了安居之所。活捉了主帅，又让新投降的人安居乐业，当时的人无不佩服他的处理机智恰当。

刘江 二条

包围城池，必留一角

明朝惠帝建文三年（1401）七月，都指挥平安乘燕王朱棣统兵在外，从真定出兵，攻打北平。他们在离北平五十里的平村驻扎下来，派兵骚扰当地人的农耕和放牧。燕王的儿子朱高炽率军坚守。

燕王听说北平被围后，召来刘江商讨对策。刘江慷慨陈词，要求率兵去解北平之围，并与燕王约定说："我到了北平，以鸣炮为信号。放第一次炮，就是开始冲破包围圈；放第二次炮，就进攻北平城；若听不到第三次炮声，我就战死在疆场了。我若能进了城，守城的官兵听说救兵来了，自然勇气百倍。再令军士每人带十发炮弹，等第三次炮响后，走在后面的军队就不停地放炮，使远近的人都觉得大军来了，平安的部队一定会被吓得四处逃散。"

于是刘江引兵北上，与平安交战，完全按照他预定的方案进行，平安被打得大败。

明朝永乐十七年（1419），刘江为左都督，镇守辽东。他巡视了辽东各岛，考察了地理形势，认为金州卫金线岛西北的望海埚地势高峻，可观望四方，同时又处于各岛倭寇必经之路，完全是滨海的咽喉之地，就奏请朝廷在那里修筑城堡，设立烽火台，以备瞭望周围动静。

一天，瞭望的人说："东南方夜里有火光。"刘江估计倭寇要来了，急令步兵和骑兵赶赴望海埚城堡防备，又下令犒赏士兵，加足马料，他自己却全然一副漫不经心的样子。他令都指挥徐刚带领一支士兵埋伏在山下，又令百户长姜隆率领勇士偷偷去烧掉贼船，截断他们的归路，并与他们约定："以举旗鸣炮为信号，伏兵立即展开进攻。不听命令的，杀！"

第二天，倭寇两千多人驾着机便灵活的小船直逼望海埚，登岸后便鱼贯而行，如入无人之境。

刘江披散着头发，下令举旗鸣炮，一时伏兵尽起，分成左右两翼包抄前进。倭寇大败，横尸遍野，剩余的则奔向樱桃园的空堡里逃命。我朝官兵就把他们包围在里面，并发起进攻。官兵想入城堡与敌军拼杀，刘江不同意，还故意把西边放开一个缺口，让敌人逃跑，然后分两翼夹击。

战斗结束时，活捉了数百名敌人，打死了一千多名，凡逃入海上小船的，都被姜隆的人马抓获，无一人逃脱。

军队凯旋后，众将问刘江：“先生见敌人来了，却神态安闲，等到敌军来了，才披挂上阵，把敌人追进了城堡，又不进去杀他们，反而放他们突围，这是为什么呢？”

刘江说：“倭寇从远方来，肯定又饿又累，而我军以逸待劳，以饱待饥，这本是兵家养精蓄锐的策略。倭寇开始时鱼贯而入，摆作长蛇阵，因此我就用真武阵来制服他。倭寇进入城堡后，人人都有必死之心，在这种情况下，我军若进攻他们，难道不会有伤亡吗？因此我网开一面，放他们逃窜，然后再袭击他们。这也就是‘包围城池，必留一角’的意思。这些都写在兵法上，各位没有看到吗？”

马隆

平定河西

晋武帝太始年间，凉州刺史杨欣和羌戎人发生军事冲突，马隆预测杨欣一定要失败。过了不久，杨欣就在战斗中为国捐躯，河西一带往来断绝。

武帝非常担忧，在朝廷上感叹道：“谁能替我平定叛乱，打通和凉州的交通呢？”

马隆上前说：“陛下如果把这个任务交给我，我一定能够打败敌人。”武帝说：“既然一定能打败敌人，为什么不任命你呢？我想知道你的破敌方略。”马隆说：“陛下如果委派这个任务给我，就一定要让我自由调遣。请让我招募三千名勇士，不管他们是些什么人。然后带领他们大张旗鼓地向西进军，靠着陛下的威德，敌军必能一举平定。”

武帝答应了他的要求，于是任命马隆为武威太守。公卿大臣都说不应该随意定赏格，招募士兵，武帝没有听从。

马隆规定招募勇士要能拉三十六钧的弩和四钧的弓，立下箭靶当场考试。从早到晚，共选上了三千五百人。马隆说：“够了。”他又要求到武器库亲自挑选武器，并发给士兵三年军饷。

然后马隆向西进发，渡过温水。敌军有一万多人，依仗险要的地形进行阻击，并设下埋伏断绝马隆的退路。马隆按八阵图布下了偏箱车，到了宽阔的地方就布成鹿角车营，到了地形狭窄的地方则建成木屋架在车上。

马隆一边作战，一边前进，他的军队弓箭所射的地方，敌人无不应声而倒。他不断运用奇计，出敌不意，先后转战千里，最后终于打通了河西的通道。

陶鲁

军队贵精

明朝天顺初年，韩雍征讨广东峒山的叛军，担心当地的地势险要难以取胜，吃饭时，韩将军心中愁闷不乐。正好新会县丞陶鲁在一旁值勤，韩将军回头问他说：“县丞，你说我有什么心事？”陶鲁说：“大概是考虑讨伐叛军的事吧？”韩雍说：“对，县丞你能替我打败叛军吗？”陶鲁说：“不但能，而且很容易。”韩将军生气地说：“我手下文官武将上千人，都没有称我意的，你敢口出狂言，该受鞭刑！”

陶鲁并不下拜，高声说：“叛军难以打败，并不因为叛军本身，而在我们自己，是因为将军没能充分任用我。”韩将军感到奇怪，就问他：“你要带多少人才能打胜？”陶鲁说：“三百人就足够了。”韩将军说：“怎么这么少呢？”陶鲁说：“军队在于精，而不在于多。”韩将军说：“那就任你挑选吧。”

于是陶鲁提出选兵标准：力举一百钧，箭射二百步。士兵们共有十五万，但是能达到这个标准的，只有二百五十个人。陶鲁说："还不够。"于是又令招募了几天，才招满了三百人。

于是陶鲁被任命为副将，他每天带领这三百人操练阵法，又用牛肉和好酒慰劳大家，与士兵们同甘共苦。士兵们都乐于为他去拼死出力，打仗时都争先登上敌城，结果大败叛军，杀死无数。凡从叛军那儿夺取的金银绸缎，陶鲁全都分给这三百人，自己分文不取。叛军一听说陶家军来了，不是逃跑就是投降，谁也不敢抵抗。俗话说："一人拼死，万人逃避。"这三百人拼死，谁能阻挡呢？

◎

现在边疆征兵，每次都要招几十万人，难道其中就找不出三百个这样的战士吗？现在还有没有陶鲁这样的将官呢？即使有，谁又能用他呢？

明朝王世贞说："陶鲁满腹谋略，却不善于察言观色。县里的公务常常没有好好处理。有时他和县令及县尉去拜见上司，他却在一边打瞌睡。虽然别人一再告诫他，他却依然如故。韩将军威严如同君王，官吏们来见他时，都是长跪禀告，说话也常因惊恐而措辞不当。陶鲁对他却一点儿也不在意，实在是个不寻常的人啊！"

如果是现在，他这样的人早就因为处理公务不当和不尊敬上司被罢官了。谁会知道他这位县丞竟有这样大的能耐呢？

韩雍 二条

赏罚得当

明朝天顺初年，两广发生叛乱，韩雍奉命前去讨伐。

部队来到大藤峡，道路极其险隘，两边都是水田。当地的好几百个儒生和老人拿着香跪在路旁说：“我们长久以来，一直受到敌军的骚扰迫害，今天幸得天兵来到，使我们能重新做良民，我们愿意为大军当向导。”

韩雍大声喝道：“这些都是反贼，给我绑起来斩首！”左右的人一开始都很疑惑，等到捆绑他们的时候，才发现他们袖中都有利刃，于是把他们全部斩首，砍断手足，刳出肠胃，分别挂在竹丛中，前后相连，敌军都很惊慌害怕。

韩雍有一次出兵，命令五鼓交战，有一位将领担心敌人已经发觉，耽误了大事，于是，二更天就出发，结果把敌人打得大败。

韩雍先按照功劳行赏，然后追究他违反军令的罪过。按军令这种情况应该斩首，韩雍向朝廷报告了事情的经过，请求宽赦此人。韩雍说：“万一因为违反军令打了败仗，那该怎么办呢？”大家都说韩雍管理将领十分得当。

◎

三国时马谡在街亭、任福在好水川之所以打了败仗，都是违反命令造成的。只有不贪图功劳，然后才能万无一失地取得成功，韩雍可真是深谋远虑啊！

李继隆

擒获叛将

北宋淳化年间，定难军节度使李继捧企图与他的弟弟李继迁反叛朝廷。

朝廷派遣李继隆率兵讨伐他们。李继隆部队在夜里进入绥州，想直接偷袭夏州。有人说夏州是敌人首领驻扎的地方，我们兵力少，恐怕不能攻克，不如先占据石堡观察敌人的情势。

李继隆说："不。我们兵力虽少，但如直接攻打夏州，出其不意，敌人也不能预料我方兵力多少。如果先据石堡，我们的兵员完全暴露，还能再进军吗？"于是率兵奔入抚宁县，李继捧尚未发觉，李继隆于是立即进攻夏州。李继捧仓皇应战，被李继隆擒获。

吴成器

大破倭寇

明朝休宁人吴成器由吏员升为余姚县主簿时，正值胡宗宪领兵抗倭之际。胡宗宪听说倭寇到了绍兴，想挑选一个精明能干的人前去探视。县令已派了县丞，但他害怕不想去。吴成器高声说："打探情报就这样畏畏缩缩，何况两兵交锋呢！"

县丞把吴成器的话告诉县令。县令赞赏他的话，就把他推荐给巡抚衙门。胡宗宪召见了他，问道："吴主簿能去刺探敌情吗？"吴成器回答："能！"胡宗宪说："如果你能去，我就把某部两千人交给你，听你指挥。"吴成器说："不需要这么多人，只要容许我自己选择一些人就行了。"

吴成器就在教场上立下选拔标准，从中挑选五百人，带领他们前往绍兴。路上经过山村，见到百姓们都在打点行装，准备躲避倭寇，吴成器就告诉他们说："不要害怕，大军随后就到！但你们必须听从我的命令。”百姓们都唯唯点头。吴成器指着山里的草堆对他们说：“你们如果逃跑，这些东西就不再属于你们了。现在与你们约定：以炮声为号，听到炮响后，即替我放火烧掉草堆，我为你们杀退敌寇。”众人都答应了。

半夜时，他们到了陶家畈，探知有十三艘倭船停泊在河边。敌寇们上岸掳掠后，聚集在村里饮酒，现在正醉醺醺地搂着女人睡觉。

于是吴成器分派五百人把守船的敌军歼灭，再把船划走，然后不断放炮。山里的百姓听到炮声后，也如约放火烧了草堆。倭寇在睡梦中听到炮声，一个个被惊醒，又看见四周火光冲天，以为是大兵来了，就纷纷抢着往河边奔，企图上船逃命，但船早已没了踪影。正在彷徨四处找船时，吴成器率兵赶到，斩杀了数百人。

倭寇从此以后再也不敢侵犯绍兴。胡宗宪向朝廷申报了吴成器的战功，朝廷提升他为绍兴府判官，后又升为佥(qiān)事。

◎

如此能干的吏员，恐怕在进士中也不易找到。

王守仁

活捉宁王

明朝人王守仁（号阳明）外出考察，路过丰城，听说宁王叛乱，来不及调集足够的军力，就想赶快乘船去吉安。船夫听说宁王要派一千人来拦劫王守仁，都因害怕不敢开船，王守仁拔剑割下船夫的耳朵，船夫这才开船。

到了傍晚时，船已无法前行了。王守仁又悄悄找到一条小渔船，换上普通人穿的衣服，继续赶路，同时让一个部下穿上他的衣服留在大船上。宁王果然派人追上大船，抓住那个化装成王守仁的部下，才知道王守仁已经远去了，也就不再追赶。

王守仁在路上，担心宁王马上要出兵，就派出密探，假装奉朝廷密旨，传令两广、湖襄等御史和南京的兵部，要他们出兵，埋伏在交通要道旁，袭击宁王的部队。又找来一些戏子，把公文藏在他们衣服的夹层。派他们出发的时候，又把宁王太师的家属抓到船尾，故意让他们看到当时的情况。

然后王守仁假装发怒，命令把他们拉上岸斩首，又有意让他们逃跑，回去报告宁王。宁王抓住那些戏子，果然在他们衣服里搜出了公文，因而迟疑，不敢马上发兵。

王守仁到了吉安之后，调集了军队粮草，然后通知各地出兵，并且宣布了宁王的罪行。宁王这才知道上了王守仁的当，非常气愤，立刻下令出兵。王守仁说："和他正面交战不是上策，我军应假装闭城自守，等他出兵之后，再从后面对他发动攻击，先收复省城捣毁老巢。他知道之后，必然回兵来营救，我们再出兵从半道拦截，这才是万全之策。"

宁王果然派探子来打听，得知王守仁闭城不出，就留下一万人守省城，自己带大军东下。王守仁听说宁王已出省城，立即催促各府军兵，如期到丰城会合。这时宁王的大军已包围安庆，大家都说应该赶快去救。

王守仁说："九江和南康都已被叛军占据，而且南昌城中还有一万多精锐部队和充足的粮草，我军若前往安庆，叛军必然和我们拼死搏斗。安庆的守军只能自保，无力出城和我内外夹攻。叛军如果让南昌的军队断绝我们的粮道，九江和南康的敌军再乘势合击，四方的军队又无法增援，那我们就危险了。现在我军紧急汇合，大张声势，城中必然惊恐。我们如果合力进攻，必然能一举攻克。这就是孙子的围魏救赵之计。"

这时探子来报："敌人在新旧厂埋伏了一万多人，作为策应。"王守仁派兵从小路突然袭击，败兵全部涌入城中。城中听说王守仁带领大队人马来进攻，大吃一惊，于是官兵一鼓作气攻下了南昌城。

宁王听说王守仁攻下了南昌，急忙准备回军。李士实劝他说："应当赶快打到南京，登上王位，江西就自然归服了。"宁王不听，解除了对安庆的包围，把部队都调到阮子江边，准备撤回。

王守仁听说宁王大军将到，就召集众人商议。众人都说："应该收兵入城，坚壁清野，等待援军。"

王守仁说："不行。叛军听说老巢已破，必然丧胆，我们先让精兵出击，打击他们的锐气，叛军就会不战自乱。这就是先声夺人的态势。"

于是，他指派武文定等人用游兵诱惑敌人，然后假装逃跑，让敌人追赶。等他们争抢战利品时，四边伏兵一起出来。为了防止城中的叛军亲属会为宁王做内应，就亲自出告示劝告他们，并且公开通知：凡胁从的人，一概不加追究，即使在军中担任官职的，只要逃回来，一概免死；能杀叛军投降的，一概给予赏赐。他让城内城外的居民和向导到四处传播，又派兵进攻九江和南康，切断叛军的增援。于是，全军齐心合力，活捉了宁王。

◎

按:明代陈眉公在《见闻录》中说宁王之败，虽最后被擒于江西，而实际溃败于安庆;虽归功于王守仁，而实际上得力于李梧山。

明代李充嗣字梧山，四川内江人。他任应天府巡抚时，听说宁王请求增加护卫，他叹道:“老虎长上翅膀，祸患将要发生了!”于是他极力向上陈说宁王要造反的情状，但朝议却不认同。李充嗣日夜都在思考对敌战略，做武装准备，想着一旦宁王谋反，自己将如何应敌。

他指出安庆乃南都畿辅之地，为敌人向东向北的战略要冲，没有得力干将难以坚守。当诸将来参拜时，他在众人中专对指挥官杨锐作了一个揖，向他走近说:“保卫安庆就委托你了，不要辜负我啊!”

正德十四年(1519)，宁王叛军攻陷九江，李充嗣率领万名士兵，屯兵采石，以阻挡敌军从上游来击;又传信到安庆，晓以忠义之道。杨锐很感动，益发奋进，时刻备战应敌，与敌交战都能取胜。

李充嗣又将有关军事部署写在火牌之上，由各站传递沿途官府，要求:“为处理紧急军情，钦差太监及总兵等官统领的十万多人马，一半到南京，一半直接赶往安庆，并征调两广、湖广等地的军队，即日水陆并进，都到安庆会集，限期进攻江西叛贼。今以火牌命令各地官府，大家同心协力防守，备足粮草，随时听候调派。”

宁王的战船行至李阳河，看到火牌，非常惊恐，反叛的人逃走了一半。接着，李充嗣又下令水军千人，乘着一百多艘快船，大张旌旗，擂起战鼓，向安庆进发。安庆守军望见，士气增长百倍。杨锐打开城门，水陆夹攻，宁王军队大败。当时宁王大营设在黄石矶，听到败讯，准备逃走，李充嗣率兵向北追赶。宁王逃到鄱阳湖，正遇王守仁领兵赶到鄱阳湖，立即就抓住了宁王。

后来朝廷论功竟然没有李充嗣。整个过程，御史胡洁亲眼所见，特别一一论述，但未能上奏。所以，现在人盛赞阳明，而不提梧山，人生也有幸与不幸啊！

又按：宁王叛军初发时，声言直取南京，他们经过安庆时，安庆知府张文锦与守备杨锐等人合谋，命令军士登城擂鼓大骂，以激怒宁王，使他分兵与杨锐作战，延缓了宁王直取南京的计划，从而使王守仁得以成功。虽然是上天令叛军丧胆，但张、杨诸公的大智大勇，也是值得称道的！

杨锐

坚守安庆

明朝杨锐驻防九江、安庆等地。一次他捕获了几名江贼。监司很高兴，杨锐说：“江贼有什么值得忧虑的，应该担心的是江西方面啊！”他的意思是指宁王朱宸濠。他又说：“九江地处鄱阳湖上游，地形不足依靠，鄱阳湖才是最要害的地方，应当在九江的左边屯驻一支军队，在湖口县的高岭上设置卫戍部队，以便瞭望远方，有敌情即可传递。”

于是，他绘制了地图送给南京兵部及各衙署，又请求制造几艘战船，在江上练习水战，又在城里修造兵器，贮备军粮，疏挖了许多水井。

听到朱宸濠反叛后，杨锐就首先带领士兵在江畔设置了许多带钩的兵器，并严禁泄露此事。等到叛军来到时，二百多艘船一靠上岸，即被早已设置的兵器刺坏。叛军攻战失利，遂败退而逃。

朱宸濠的船停在南京，听说城没攻下，十分愤怒，亲自率领众军分头攻打五处城门。他们的先头部队都举着木板作掩护，形势很危急。杨锐急令部下撕开布，撒上火药，包上纸，做成一千多个火药团，分散投射到叛军所举的木板上，引燃了大火，叛军不得不丢掉木板逃跑，可大火烧成一圈，无路可逃。叛军又在北面的壕沟上架木为栈道，已经架上城墙，逼令士兵攻城。城内的军民非常惊慌，杨锐说："情况很危急了！"于是他就诈称用久负盛名的"大将军"火炮攻敌。他令人把炮管装满火石，披上红布，打着锣鼓把炮放在城头上。

叛军见到此炮，惊吓得不敢前进。杨锐趁机派人从小道悄悄出城，把栈道烧掉。叛军撤围后，因天气湿热，加上疲惫不堪，夜里睡得很沉。杨锐招募几个善于游泳的人，潜入敌船，听到鼾声就下刀斩杀，然后砍断缆绳，让敌船顺流而去。又派遣一二名强悍的士兵，混入岸上敌营，点燃火炮，城上的士兵随之响应，出城杀敌，乘胜追杀，喊杀声传至数里以外。朱宸濠长叹流涕，只好升起船帆，顺风返回。

◎

安庆要是守不住，那么王守仁的功业就成不了，因此把杨锐附在王守仁之后。

沈希仪

平定匪乱

明朝时，沈希仪都督当初做过广西右江的参将。右江城外五里就是土匪的巢穴。土匪派出的坐探遍布官府上下，稍有动静，几百里外山沟里的土匪就能得到情报。

沈希仪来了之后，发现当地的瑶族人随意出入，在城中玩乐。于是寻访到几十个和瑶族通商的人，加以抚慰，然后让他们去当探子。此后土匪稍有动静，沈希仪马上就能得到情报。

每次外出剿匪，即使最近的亲信事先也不知道。到剿匪的时候，吹号出发，部队立刻集合听令，然后下令出哪一座城门，旗头就带队出发。就是问旗头，他也不知道去哪儿。不久，搭起营寨，土匪立刻蜂拥而来。双方刚刚交战，伏兵又从两边杀出，土匪大败而逃。

此后，土匪每到一处抢劫，都发现官兵已经先到，即使是非常偏远的村落，土匪以为官兵不会去的地方，如果去抢劫，官兵也会事先埋伏在那儿。

土匪都很吃惊，以为沈希仪是天神，就连官兵自己也不知道沈希仪从哪儿打听到的消息。沈希仪每次围剿的都是土匪的主要巢穴，抓住的人被绑上绳子作为记号，从不随便处死。俘获的妇女以及牛马牲畜，如果是附近的，一概放还，只有那些私下帮助土匪的，抓住一概处死，并问他们："你为什么要私下帮助土匪打仗？"对那些拿着兵器，在门口窥探官兵动静的，就说："罚你五头牛，你为什么私藏武器，窥探官军动静？"于是这些人都十分惊服，谁也不敢再私下帮助土匪或窥探官兵的动静了。

有一次沈希仪准备外出剿匪，事先故意装作生病。部下前来探病，一概回绝不见。

第二天部下又来问病，沈希仪起来对他们说："我想吃点野味，你们和我一起去打猎好吗？"于是大家立刻动身去打猎，直到离土匪巢穴一二里的地方才停下来扎营，军中才知道不是真的打猎。结果，他又设计抓住了土匪中最狡猾善战的匪首，把他处死后，挂在四座城门上，看见的人无不吓得发抖。

沈希仪还常在风雨交加、天色昏暗的时候侦察土匪住宿的地方，派人带上火炮，穿上草编的衣服，潜入匪巢之中，半夜点燃火炮。土匪大惊，说:“一定又是老沈来了！”只好赶忙带着妻子儿女逃上山顶。家中老小大哭大叫，常常被冻死，或者跌在岩石上摔死。家中的人都埋怨说:“你做土匪有什么好处，结果弄得这样！”土匪派人侦察，明明没有一个人，但刚一动，四周又都是官兵;派人私下打探，老沈则一直在参将府，根本没有外出。

从此之后，土匪们都不敢出来，有些则化装成了瑶民，连柳城旁的儿童到深山放牛，也没有人敢向他们打听消息了。后来瑶族人被沈希仪召集去征剿其他匪寇。瑶民虽然害怕土匪，但也不敢不去。当时正碰上大雨，瑶民担心误了约定的日期，都渡过溪水来会合。

评论的人认为，在广西的历任将领中，韩观、山云之类的人能让瑶民不做土匪，而沈希仪则能让瑶民去讨剿土匪，这真是前所未有的事。

赵臣

平定叛乱

明朝时，岑璋是广西归顺州的土官，足智多谋，善于收养死士。田州的岑猛是他的女婿。岑猛叛乱谋反，督抚把这件事报告了朝廷，朝廷下令，土官中谁能擒获或杀死岑猛，就给他加官一级，并将岑猛的土地赐一半给他；凡与岑猛同谋的，格杀勿论。

都御史姚镆（mò）准备出兵，但又担心岑璋是同谋，就问都指挥沈希仪应该怎么办。沈希仪知道他的部下千户赵臣和岑璋平素很要好，就召赵臣来问计，说："我听说岑璋的女儿在岑猛家失宠，岑猛对她非常狠。我想利用岑璋来打败岑猛，你看怎么样？"

赵臣回答说："岑璋足智多谋，但又喜欢猜疑，要是直接跟他这样说，他一定不会相信，只能设法相劝，不能强迫他去做。"沈希仪说："你有什么计策呢？"赵臣回答说："镇安和归顺的土官原是世仇。您要是征用归顺的军队，镇安土官必然怀疑；而征用镇安的军队，归顺土官也会怀疑，您如果派我去征集镇安的军队，岑璋一定会向我打听是什么缘故，那我就可以看出其中的真实情况了。”沈希仪就依赵臣的计划派他去了。

赵臣绕道来到了岑璋的住所，坐下之后长声叹息。岑璋一再问他，他也不肯说明。

第二天，岑璋摆设酒宴款待赵臣，又一再追问他说：“是不是军门怪罪我了！我被邻镇土官欺侮，难道还要把我抓去治罪吗？”赵臣连忙说：“不是，不是！”岑璋更加怀疑，就把赵臣拉进内室，跪在地上问他，赵臣不禁放声而哭，岑璋也跪着流泪，说：“赵兄！我今天就是要死也没有什么，你怎么忍心瞒我呢？”赵臣说：“我和你心同口异，只是事情紧急，不敢告诉你，今天不是你死，就是我死了。”岑璋问：“这是为什么？”赵臣说：“沈军门奉旨征伐田州，说你和岑猛是翁婿，有同谋嫌疑，准备传令镇安土官来袭击你，我要是不说，你必定死；我说了，你必然发兵叛乱，将来事情败露，我则必死无疑，所以这才大哭。”

岑璋大吃一惊，顿足叹息说：“今天如果不是赵兄，我的全家就没命了！”于是让赵臣装病，把他留在家中。然后骑马赶去见沈军门，详细陈述了岑猛的谋反情况，又说担心自己受连累，愿意前去讨伐，报效朝廷。

沈希仪答应了，并转告姚镆，姚镆这才全力去进攻岑猛。岑猛的儿子岑邦彦把守着王尧隘，岑璋愿意派一千人前去助战，让他们作为内应，并在他们的衣服下摆上挂一条绸带作为标记，然后悄悄报告了沈希仪。当时田州叛军死守住王尧隘，大军无法向前。沈希仪亲自出战。战了三个回合之后，沈希仪带一千余骑兵，从小路绕到王尧隘的侧面。这时到处都是官兵的旗帜，归顺兵大声呼喊："官兵从小路进来了！"田州兵惊慌逃散，沈希仪乘机冲锋，斩首好几千，岑邦彦也被杀死。

岑猛听说大败，就要自杀。岑璋把他诱到归顺，安排客馆给他居住。别将胡尧元等人嫉妒沈希仪的功劳，带着一万人来归顺。岑璋事先发觉了，就派人带一百头牛和一千坛酒前去慰劳，对胡尧元说："昨天岑猛失败之后，准备经过归顺逃往交南。我半路袭击，岑猛现在已向南逃走，不知去向。如果追急了，恐怕他又会纠集残余兵力造反，请缓兵五日，我一定把他抓来。"胡尧元答应了。

岑璋又连夜给他们搭了一千间茅舍，让军队驻扎。士兵们也不愿再前进了，岑璋回来后骗岑猛说："官兵已经退回去了，不过现在必须向皇帝陈书表白才行。"岑猛说道："好的，那怎么起草呢？"岑璋就找人替岑猛起草了奏章，让岑猛加盖印记，弄清了岑猛藏印记的地方，然后摆酒替岑猛庆贺。喝到半醉时，岑璋拿着鸩酒给岑猛说：“官兵搜查得很紧，我也不能庇护你了。”岑猛大声说：“我中了老贼的奸计了！”于是喝毒酒而死。

岑璋割下首级，又拿了他的印记，从小路送给军门，然后杀了岑猛的随从，把岑猛的尸体送给胡尧元的军队。军士们争夺尸体，互相击杀了十多人。等他们抢了尸体到沈军门那儿报功时，岑猛的首级已经在那儿挂了一天了。将领们都非常愤恨，就诬告岑璋。某布政使又阴谋陷害姚镆，造谣说岑猛并没有死，死的人是道士钱一真。御史石金就弹劾姚镆，降了他的职，而沈希仪等人的功劳也未能授赏。岑璋闷闷不乐，就出家做道士了。（此事见田汝成的《留青日札》。——原注）

◎

明朝田汝成说：“平定岑猛的叛乱，主要依靠岑璋牵掣叛将、赵臣谋划、沈希仪总览全局，而他们的功劳都没能奖赏，这怎么能鼓励后人呢？朝廷在两广的土官中没有威信，就是因为这些原因，读书人常常没有深谋远虑，只知道说东道西，谗言妒忌，一点也不顾国事轻重。”

明朝王世贞虽是一代史家，在叙说岑猛的时候，也说岑猛没有死，这不也是被石侍御的话迷惑住了吗？关于李福达的官司，反复无定论，到今天还没有确定的判断，不知道将来又根据什么来判断这件事的真假。

王式

平乱有方

唐大中十三年（859），浙东叛贼裘甫作乱，王式被任命为观察使，前去征讨。众将问王式：“大人刚到，正需要大批军粮，而您却把粮食分发给大家，这是为什么呢？”

王式说：“贼兵积聚粮食来引诱饥饿的人，我把粮食分给他们，他们就不会去做盗贼了。况且各县也没有守军，贼兵一到，粮食不全给他们抢去了吗？”大家又问：“那为什么又不设烽火信号呢？”王式说：“烽火信号是用来召唤救兵的。现在部队全部调出来了，烽火只会惊动百姓，而没有其他用处。”大家又问：“那您为什么让老弱的士兵去做探子，而且只派很少的人马呢？”王式说：“如果派那些勇敢的士兵拿着锐利的武器去放哨，遇到敌人他们会不顾一切地进行战斗。万一被打死，敌兵到来我还不知道呢。”

大家都拜谢说：“这是我们所想不到的。”

卷二十三

诡道

为人之道要取平和，而用兵之道却不能排斥诡诈。实实虚虚，虚虚实实，使敌人疑神疑鬼。只有使对方糊涂我方明白，才能达到我们生存敌人灭亡的目的。变幻无穷的奇计，就会使敌人不知所措。为此，辑撰《诡道》卷。

郑公子突

大破北戎

春秋时，北戎人攻打郑国，郑庄公率兵抵御他们，又担心戎军战斗力强，说:“他们是步兵，我们是车兵，我害怕他们会突然袭击我们。”

公子突说:“派一些勇敢而不刚强的兵卒，让他们试探敌人并迅速退走，君王您设下三批伏兵等着他们，戎人轻率而无秩序，贪婪而不团结，战胜了互不相让，打败了各不相救。走在前面的见到有好处可得，必然是只顾前进，前进而遭遇伏兵，必定是飞快地逃跑，走在后面的又不加救援，敌兵就没有后继者了。这样，我们就可以得胜。”

郑庄公听从了他的话。后来戎军的先锋部队遇到伏兵后败退逃跑，祝聃(dān)带兵追赶，将戎军截为几段，前后夹击，全部歼灭。戎军大败而逃。

◎

明代茅元仪说:“自古以来，抵御戎军进犯的方略，不出这样几句话。如今的做法却与此相反，戎军哪有不得逞的呢？”

夫概王

智破楚军

春秋时，吴国军队在柏举把楚国军队打败，追赶到清发那个地方，准备继续攻击他们。

吴国阖闾的弟弟夫概王说:“困兽犹斗，何况人呢？要是敌人知道难免一死因而拼命作战，就一定会打败我们。不如让一部分敌军先渡河，后面的人知道前面的人能够逃脱，心里羡慕前面的人，这样他们也就没有打仗的心思了，等楚军一部分过河之后就可以发起进攻。”

于是，吴王按他的话办，结果把楚军打得大败。吴军五战五胜，一直打到楚国郢都。

斗伯比

故意示弱

春秋时，楚武王侵略随国，要求随人前来讲和。部队驻扎在瑕等待着。随国派了少师来主持和谈。

楚国的斗伯比说：“我国在汉水之东不能得志，是我们自己造成的，我们扩大军队，靠武力凌驾于别的国家，他们感到害怕而联合起来对付我们，所以就不好办了。在汉水以东的国家中，随国最大，随国若是自高自大，就必定会抛弃小国。小国离心，对楚国有利。少师这个人很傲，请君王您摆出疲弱的兵卒给他看，让他更加自满。”

少师从楚营归来，便请求派兵追击楚军。但季梁进谏说：“楚国军队做出疲弱的样子，是为了引诱我们。”于是便未出兵。

◎

当时，若不是季梁劝阻，随国就几乎落入楚国的圈套。楚国的子反说过，被包围的人，在马嘴里卡上木片，喂它们吃饲料，使它们口中含料而不得下咽，而以肥壮之马应付来客，以示饱足。所以凡是表现出弱点的，都是在引诱对方。

汉朝的军队乘胜追击匈奴，汉高祖听说冒顿单于住在上谷，派人去侦察，冒顿把精壮的人马隐蔽起来，只暴露老弱之众和瘦小的牲畜。派去的人有十来人，回来都说可以进攻匈奴。高祖又派刘敬前去，刘敬回来报告说："两国交战，本应当夸耀自己的力量，表现自己的长处。如今我只看见牲畜瘦乏，人员老弱，这一定是在有意表现短处，埋伏奇兵以图获得好处。我以为不能进攻匈奴。"高祖不听，果然在白登被匈奴围困住了。

武周年间，契丹李尽忠、孙万荣攻破营州，在地牢囚禁了数百名汉人俘虏，听说麻仁节等率军来讨，便让看守骗俘虏们说："我们迫于饥寒，很难存活，朝廷大军一到就投降。"一天，他们放出俘虏，给他们粥吃，并安慰道："我们没粮食养活你们，又不忍心把你们杀了，就放了你们吧，怎么样？"众人伏地求生，都被放还，到了幽州，说起事情经过，官军们听后，争先前进。到了黄銮峪，契丹军又令军中老弱投降，并在路侧放上老牛、瘦马。麻仁节丢下步兵，率骑兵突击。敌军设伏，截住官军，生擒麻仁节等，官军全军覆没。这两件事类似。

蒍贾
wěi

败庸国

春秋时，楚国发生了大饥荒。庸国人率领蛮族部落背叛楚国。麇国人带领百濮人聚集在选地，打算攻打楚国。在这个时候，申、息两城的北门不再开放了。楚国人商量迁到阪高去。

蒍贾说："不行。我们能去，敌人也能去，不如攻打庸国。麇国人和百濮人认为我们有饥荒而不能够出兵，所以才攻打我们。如果我们出兵，他们必然害怕而回去。百濮人分散居住，必然会各回各的地方，谁还有空来打别人的主意？"

于是，就出兵攻打庸国，到达庸国的方城山。庸国人赶走楚军，囚禁了楚国的子杨窗。过了三个晚上，子杨窗逃了回来，说："庸国军队人数众多，蛮族人也聚集在那里，不如再派出大军，同时再动用国君的直属部队，合兵以后再进攻。"

师叔却说："不行。姑且再跟他们交战，使他们骄傲。他们骄傲，我们发愤，然后就可以战胜他们了。早年我们的国王蚡冒征服陉隰就用的这个法子。”

楚军又和庸国人交战，七次交战都败逃。庸国人说：“楚军已经不值得去打了！”就不再设防。楚王乘坐驿站的马车去临品和部队会合，把军队分为两队去进攻庸国，蛮族人服从楚王，和他结盟，于是就灭了庸国。

◎

春秋时，楚国因为未迁国都而保存下来，宋朝南渡长江而国力大损。明朝土木之变时，徐理提议要迁都去南方，幸亏肃愍公（于谦，谥肃愍）等人不受其迷惑，否则，结果就难说了。

田单

火牛破敌

战国时，燕昭王死，惠王继位，与乐毅之间有矛盾。田单听说了，就对燕国使用离间计，散布流言说："齐王已经死了，齐国未被燕国攻占的城邑只有两个了。乐毅害怕惠王杀他，不敢回去，以攻打齐国为名，实际上是想与齐军联合，在齐国称王。齐人暂时还不归附，所以姑且慢慢地攻打即墨城，等待事成。齐人所害怕的，就是别的将领来，那即墨城就要被攻破了。"燕王听到以后信以为真，便派骑劫替换了乐毅。

乐毅去了赵国，燕国的军队对此事都很生气。田单又令城中人吃饭时必须在庭院中祭祀祖先，飞鸟都盘旋而下，来吃祭食。燕国人感到奇怪。田单于是散布流言说："这是天神下临来指教我。"还告诉城中人说："将有个神人做我的老师。"有个士卒说："我可以做老师吗？"说完转身就跑开。

田单站起，领着他回来，让他面向东坐下，像对老师那样侍奉他。这个士卒说："我骗了您，实在是没有能耐。"田单说："你别说出去！"于是就把他当作老师。每次发布规约，必定声称出自神师。又传言说："我只怕燕军割去所俘齐国士兵的鼻子，把他放在队伍前列，来和我军交战。那样，即墨城就要被攻破了。"

燕国人听见了，便按照传言那样做。即墨城中的人们看见齐国的投降者都被割了鼻子，所以每个人都坚决抵抗，唯恐被燕国人抓获。

田单又散布传言说："我担心燕国人挖我们城外的坟墓，侮辱祖先的灵骨，那可就令人胆战心惊了。"燕军就把城外的坟墓都掘开来，焚烧那些尸骨。即墨人从城墙上远远看见，都流泪哭泣，想出城作战，怒气长了十倍。

田单知道此时士卒们已可用，于是亲自操持修工事所用的器具，与士卒们共同劳作，把妻妾都编入队伍，把自家的食物全拿出给手下的人吃，并命令精锐部队都埋伏起来，让老弱妇孺登上城墙，派使者去燕军商量投降，燕国人都欢呼万岁。

田单又从百姓那里收集了一千镒金币，令即墨城中的富豪送给燕军将领，并说："即墨城马上要投降，希望不要抢掠我们一族的家小妻妾。"燕军将领很高兴，答应了他们。燕军从此日益懈怠。

田单收集城中的牛，得到一千余头，给它们披上绛色的丝衣，画上五彩龙纹，在牛角上捆上兵刃，把浸过油的苇绳拴在牛尾巴上。城墙下面凿开几十个洞，夜里点燃绳端后把牛赶出去，五千名壮士跟在牛后面。牛尾烧热，牛狂奔向前，燕国军队半夜里大受惊扰。牛尾上的苇绳火光闪耀，燕军望去，都是龙纹，火牛所顶触到的人非死即伤。跟在后面的那五千壮士大喊着攻杀过来，城中人击鼓呐喊，老弱者都敲打铜器，响声震天动地。燕国军队非常害怕，战败逃跑，齐军杀死了骑劫。

◎

秦末，陈胜、吴广借助妖异之事树立威信。陈胜与吴广合谋起事，想先在大家面前树立威严，就在一块帛上用红字写上“陈胜王”，把帛书放进别人捕捞的鱼肚子里。士卒买鱼烹煮，得到了肚里的帛而感到奇怪。陈胜又让吴广躲进附近丛林中的祠庙里，夜里点上篝火装出狐狸的叫声，叫道：“大楚兴，陈胜王。”于是士卒们夜里都惊醒了，第二天早晨在一起议论，到处有人指点、注视陈胜。

隋末，王世充假托鬼神之梦而誓师。王世充想进攻李密，担心人心不齐，便假托鬼神，说梦见了周公。于是在洛水岸上设坛祭祀，派巫人说周公命令王仆射迅速去讨伐李密，将会大获胜利，不然士兵都会染瘟疫而死。王世充的士兵都是楚地人，相信巫神，所以用巫鬼来迷惑他们。将士们都来请战，于是就打败了李密。显然，这两件事都受田单拜神师所启示。

北宋时，王德去征讨秀州反贼邵青，探子说对方将用火牛阵，王德说:“这是古时的战法，能用一次而不能用第二次。他们不知变化，就等着被捉住吧！”事先命令全军都拉满弓弦，两阵刚刚交战，万箭齐发，火牛都掉回头去狂奔，王德军队随后进攻，于是歼灭了寇贼。这件事可以作为死读古书的人的借鉴。陈斜涛的车战也是这种情况。

春秋时，斗伯比用疲弱的军队来使对方自大，艻贾则用屡败之计来诱惑敌人。至于战国时的田单，直接请求投降了。诡计越深，毒害就越大。春秋时勾践通过投降吴国来消灭吴国，三国时姜伯约则以投降钟会的方法来打钟会的主意。真的投降尚且不可以相信，何况假的呢？汉王刘邦赴鸿门宴骗了楚霸王，东汉末年黄盖则用苦肉计打败了曹操，这都是用投降作诱饵的。东汉岑彭和三国时的费祎都是死于投降者之手。

唉！对投降难道能不详加考察吗？一定要弄确切自己有什么威信可招致对方投降，以人情来检验，拿兵势来衡量，用事理来帮助判断，料定对方不得不投降，投降后肯定不会发生变化，这才是万全之策。

江东桥

击破陈友谅

元末，陈友谅攻陷太平后，据长江上游之势，派人约张士诚一起进犯建康城。有人劝说明太祖朱元璋亲自率领军队进攻他们，朱元璋说：“敌人知道我出战，拿非主力部队来阻挡我们，而大军顺江流而下直奔建康，半天便可到达。我们的步卒骑兵又急急返回，奔袭百里去作战，这是兵法所忌讳的。”

于是朱元璋叫来康茂才，对他说：“两股敌人汇合一起，为害必定很严重。若是先击破陈友谅的军队，东边的敌人就闻风丧胆了。你能去招陈友谅让他来吗？”茂才说：“我家有个看门的老头，过去曾在友谅手下做事，让他去说，友谅肯定相信。”于是太祖令看门人带着信乘小船径直到达陈友谅军中，许诺做内应。

陈友谅果然相信他，十分高兴，问康公如今在哪里，看门人说：“如今他在守江东桥。”又问那桥是怎样的，回答说：“是木桥。”于是陈友谅赏给看门人食物，让他返回，并嘱咐道：“我很快就会赶到，到时叫‘老康’为信号。”

看门人回来报告这些情况，朱元璋说：“敌人落入我的圈套里了。”于是就派人拆除木桥，换上一座铁石桥，一夜间就造成了。冯胜、常遇春率领三万军队埋伏在石灰山侧，徐达等人驻扎在南门外，杨璟驻兵大胜港，张德胜、朱虎率领水军出龙江关外。太祖统领大队驻扎在卢龙山，令持旗帜的人把黄旗放倒在山右侧，红旗放倒在山左侧，规定道：“敌人来到就举起红旗，听见鼓声则起黄旗，伏兵全部出动。”

那日，友谅果然领着水军东下到大胜港，水路狭窄，碰上了杨璟的军队，立刻退出大江，直接用船去冲击江东桥，见桥为铁石构造而感到惊疑，连声呼叫“老康”，没人答应，这才明白有诈。他马上分出一千多水军开向龙江，先派遣一万人上岸竖立栅栏，来势很凶。当时天气酷热，朱元璋料定会下雨，就命令诸军暂且吃饭。原来天上没有云彩，忽然从西北方刮来大风，大雨滂沱。红旗举起，各军都争着向前拔除栅栏，友谅也指挥军队来争夺。

才交战，正好雨停，朱元璋命令击鼓，鼓声响起，举起黄旗，伏兵出动。徐达的军队也到达，水军同时汇集，内外合击，友谅的军队大败。诸军乘胜追击，一举收复了太平。

张子房

诈和

秦末，沛公刘邦打算用两万军队进攻峣关下的秦军。

张良（字子房）劝道："秦军力量还强，不可轻敌。我听说他们的将领是屠户之子，做买卖的家伙容易被财利打动。希望您姑且停留在军营之中，派人先行，准备五万人的饭食，在各山头上增设旗帜作为疑兵，令郦食其带着贵重的珍宝去收买秦将。"秦将果然反叛，愿意讲和，并合兵向西袭击咸阳。

沛公打算这样去做，张良说："这仅仅是将领想反叛罢了，恐怕士卒不会听从。不如趁他们懈怠不备时进攻。"沛公于是率领军队击破秦军。

◎

郦生已经说服了齐国投降，然而韩信仍出兵袭击，于是打到了临淄。

突厥颉利王兵败求和，唐太宗派遣鸿胪卿唐俭等人前往抚慰。颉利王表面卑谦顺从，内心实是犹豫不决。

李靖献计说:“颉利虽然败了，但他的兵力还有十余万，若退走到大漠以北，就难对付了。如今奉诏命的使者到了那里，敌人一定放松自己，此时挑选一万骑兵去袭击，不用战斗便可以擒获他们。唐俭一班人哪里值得可惜！”于是唐太宗部署军队趁夜出发，大败颉利王的军队。

两件事都和秦末沛公用张良之计击败秦军相同。

李广 王越

处乱不惊

汉朝名将李广与百余名骑兵出行，远远望见数千名匈奴骑兵。匈奴骑兵以为李广等是先行诱敌的，大惊之下都跑到山上摆开阵势。李广这百余名骑兵都非常害怕，想要驱马返回。

李广说："我们距离大部队有几十里，在眼前这种情况下，如果我们这一百多人马往回赶，匈奴兵追着用箭射击，立刻就会全部死光。现在我们停下来不走，匈奴一定会以为我们是大部队的诱兵，必然不敢进攻我们。"于是命令骑兵说："前进！"

走到距匈奴阵地约二里的地方停下来，又下命令说："全部下马，卸下马鞍！"部下说："敌人这么多，又距离很近，万一发生紧急情况怎么办？"李广说："那是敌人以为我们要退却，现在用解除鞍具来表示我们不退却。"于是匈奴骑兵不敢进攻。

有个骑白马的匈奴将领出阵监督他手下的兵卒，李广上马，与十几个骑兵一道边驰边射，射死了那个骑白马的胡人将领，又回到自己的骑队当中，解下马鞍，让士兵们松马，随意倒卧。天色也正好到了黄昏时分，匈奴兵始终对此情形感到奇怪，不敢进攻；半夜里，怀疑汉朝军队有埋伏，要趁夜色袭取他们，便都撤走了。天亮后，李广等回到大部队。

明朝时威宁伯王越和保国公朱永带领一千人巡守边境，敌人突然出现，双方兵力悬殊。朱永想赶快折回，王越制止他，摆开队列，稳住阵营。敌人有所怀疑，不敢向前。

傍晚，王越命分骑兵们下马，口中衔上竹片，鱼贯而行，不得回头，王越自己率领勇悍的士兵殿后。从山后疾行五十里抵达城里，敌人没有发觉。

第二天，王越才对朱永说："我们当时若一动弹，敌人随后追杀，就不能活着回来了。组成阵列，是为了显出从容的样子来迷惑敌人。排队鱼贯而行，又下了马，行军没有声响，所以敌人不会发现。"

吕蒙　马隆

白衣渡江

东汉末年，东吴吕蒙被任命为汉昌太守，与关羽所辖的江陵相接壤。吕蒙知道关羽想兼并汉昌，且关羽又位于上游，所以就加倍地与关羽搞好关系。后来关羽征讨曹操的樊城，留下部分兵将驻守公安和南郡。

吕蒙就向孙权上疏说："关羽兵讨樊城，却留下很多士兵防守后方，一定是害怕我趁机袭击。我常常有病，请让我以看病为名，令部分士兵随我回建业。关羽听说后，必然会撤去留守部队，全军出动攻打襄阳。我军再不分昼夜地逆流而上，乘虚而入，就可攻下南郡，擒获关羽。"

于是吕蒙假装病重，孙权公开下令召还吕蒙，暗中却与他商讨计策。吕蒙认为陆逊的才能足以担当重任，但一直没机会扬名，就推荐让陆逊代替自己。

陆逊上任后，给关羽写了封信，极尽谦让之词。关羽获信后，放下了心，就调部分留守的士兵赶赴樊城。孙权听说后，立即发兵，派吕蒙在前面先行。

吕蒙到了浔阳，把他的精锐全埋伏在船舱里，让划船的人穿着白衣，打扮成商人的样子。他们昼夜兼行，把关羽布置在江边的岗哨全都抓了起来，所以关羽一点也不知道消息。随后长驱直入进了南郡，守将傅士仁、麋芳投降了东吴。

吕蒙占据了南郡，收留了关羽及其将士的家属，并对他们加以抚慰。有个士兵私自拿了百姓的斗笠来遮盖铠甲，此人虽是吕蒙同乡，他还是垂泪把他斩了。于是全军震惊，道不拾遗。吕蒙起早贪黑派遣亲信去抚恤老人，询问他们有什么需求。生病的给看病，受饥受冷的给衣给粮。南郡府库中所藏的财宝，他全都封起来，等待孙权来处理。

关羽还兵时，在路途中数次派使者与吕蒙交涉。吕蒙只优厚地款待使者，领他们周游城中，挨家挨户询问，有的人家还写信给军中的亲人。使者回部队后，官兵们私下相传家信，都知家里平安无恙，甚至比过去还要好，就没有与吕蒙战斗下去的决心了，关羽最后也被活捉。

晋太康初年，南方的成奚经常成为边境的祸患。西平太守马隆统率军队去征讨，成奚就占据险要抵御晋军。马隆命令士兵背着农具，好像去种田。成奚方面认为马隆不是来攻打他们的，就放松了警备。马隆乘其不备，发兵击败了敌军。在马隆任西平太守期间，成奚一直不敢作乱。

孙膑　虞诩

减灶增兵

战国时期，魏国庞涓进攻韩国。齐国田忌领兵救韩，径直奔向魏国首都大梁。庞涓听说此事，撤离韩国往回赶，齐国军队已经越过魏国边境向西去了。

孙膑对田忌说："魏国的军队平素勇猛，看不起齐国军队，齐国军队被称作胆小鬼。善于打仗的人能根据客观情势而把事情向着有利于自己的方面引导。兵法认为跑一百里去争利的话，可能会损失主将；跑五十里去争利的话，军队可能只有半数到达。让齐国军队进入魏国后，先设十万眼灶，次日设五万眼，再次日，设三万眼。"

庞涓走了三天，见状十分高兴，说："我原本就知道齐国的军队胆小，进入我们境内才三天，士兵逃跑的已经超过半数了！"于是就放弃步兵，只率轻骑以加倍的速度向前追赶。

孙膑估计庞涓日暮时分该到达马陵。马陵道路窄，两旁多有险要地势，可以埋伏军队。于是砍去大树的树皮使它露出白底，在上面写道：“庞涓死在这棵树下！”并命令齐国军队中善于射箭的一万名弓弩手，在路两旁埋伏下来，约定说：“天黑时看见火光便一齐发射。”

庞涓果然夜间到达，在砍去皮的大树下看见白底上有字，就取火照亮，还没有念完，齐国军队万箭齐发，魏国军队一片混乱，庞涓刎颈自杀。

◎

明朝李温陵（李贽，号温陵居士）说：“世上哪有十万军队，在三天之内减少到三万的？怎能还不知道这是诡计呢？”

东汉时，羌人进犯武都，虞诩被调为武都太守。羌人率领数千人在陈仓、崤谷拦阻虞诩。虞诩的军队停车不行，并且散布流言说要上书请求增兵，要等增兵到达才出发。羌人听到后，便分兵去抢劫别的县。

虞诩趁他们士兵散走，日夜兼行一百多里，命令军士每人挖两眼灶，每日增加一倍，羌人不敢逼近。有人问道：“孙膑减少灶数，您却增加它。兵法上说：‘行军不过三十里。’可现在却将近二百里了，为什么呢？”

虞诩说：“敌众我寡，走慢了容易被赶上，快速行军对方就摸不清底细。敌人看到我们的灶数每日都在增加，一定会认为是郡府的军队前来迎接，人数多，行速快，必然不敢追我们。孙膑向敌方示弱，如今我们向敌方显示兵力强，这是因为形势有所不同。”

到达郡府之后，兵力不满三千人，而羌人有一万多，围攻赤亭城一连几十天。虞诩命令军队中不用强弩，而偷偷地用小弩射箭。羌人以为城中弓力太弱射不到他们，便合兵加紧攻城。虞诩于是就命令用二十张强弩共射一人，射无不中，羌人十分震惧，退兵而去。虞诩趁势率兵出城奋击，杀伤杀死很多敌人。第二天，排列全部人马，命他们从城东门出去，北门进来，更换衣服，绕了好几圈。羌人不知城中军队的数量，更加惊恐骚动。

虞诩预计敌人该退走了，便暗中派遣五百多人，在浅水处设下埋伏，等候在他们逃跑的路上。敌人大举溃逃，伏兵趁势袭击，大败羌人。

祖逖等 三条

以土充米

晋朝时，祖逖的部将韩潜与后赵的将领桃豹分别据守陈川旧城，相持了四十天。祖逖用布袋盛上土，派千余人运去送给韩潜。又让几个人担米，在路上休息。桃豹的士兵来追赶，就扔掉米逃走。桃豹的士兵长时间吃不饱，以为祖逖的军队粮食多，吃得饱，十分恐惧，就在夜里逃走了。

南北朝时，刘宋的檀道济领兵讨伐北魏，屡次得胜。到达历城时，北魏派骑兵拦截了道济军队的前后，烧了粮食、饲料。道济的军队粮草用尽，准备撤退。有士兵投降北魏，把粮尽的情况统统告知魏人。北魏军队追上来，宋军又乱又怕，就要溃散。檀道济夜间令人量沙土，大声报出所量数目，把剩下的少量的米盖在沙土之上。到天亮，北魏军队看到了，以为道济的军队粮草丰裕有余，认为投降的人胡言妄语，便把他杀了。檀道济全军完好返回。

南宋时，岳飞奉诏去招抚岭南贼寇曹成，曹成不服从。岳飞便向上禀奏：“众强盗力量强大就放肆横行，力量不足才会接受招抚。不进行剿杀就匆忙谈招抚，不容易。”于是就率部进军。正好俘获了曹成的侦探，捆在帐下。

岳飞出帐筹调军需食粮，一名小官报告说：“粮食没了，怎么办？”岳飞随口回答：“暂且回茶陵去吧。”说完回头看见侦探，装出失言的样子，跺跺脚进入帐篷。又暗中命令放掉那名侦探。岳飞算计到侦探去报告曹成，曹成必定会追赶，便立即下令军队开饭，悄悄地快速绕过大岭，天不亮已逼近贼寇的营垒。贼寇绝未料到，惊呼道：“岳家军到了！”岳飞率兵进攻，贼寇大败溃逃。从此连连攻占了他们的险要关塞，贼寇无计可施，岳飞这时才说：“招抚的事现在可以施行了。”

◎

战国时孙膑兵力强盛却向敌方显示出弱小，东汉虞诩兵力弱小却向敌方显示出强盛。东晋祖逖、檀道济的军队饿着肚子，装得很饱；南宋岳飞的军队肚子饱饱，却装出没东西吃的样子。

臧宫等 三条

迷惑敌军

东汉建武十一年（35），大将臧宫率军到中庐一带，驻扎在骆越。

当时在巴蜀称王的公孙述率领部下田戎、任满同汉将岑彭于荆门对峙。岑彭几次出战都不顺利，当地越人企图叛汉降蜀。臧宫兵少，无力制止越人的反叛。

这时，正赶上属县送来几百辆运输车，臧宫令人深夜将城门门槛锯断，让车辆反复出入直到天明。越人探子听到整夜车声不绝，看到城门槛都压断了，立即报告说汉人大军到了，越人首领马上献上牛羊美酒来犒劳汉军。臧宫令全军列阵，杀牛备酒款待越人。越人从此安定下来。

东晋周访在江西击败并斩了张彦，他自己也被流箭射伤，折断两颗门齿，但仍然神色不变。傍晚，周军同敌人仅一水之隔，而敌军比他多几倍。周访自知兵力不如敌方，便密派士兵装扮成樵夫，让他们聚在一起，一边敲鼓一边喊：“左军来了！左军来了！”士兵们都欢呼“万岁”。

到了夜里，命令军中多处点火开饭，敌人误以为周访的援军已到，没等天亮就退走了。

周访对众将说：“敌人虽然退走了，但最终会知道我们没有援军，仍要回来袭击我们，现在我们应该立即渡河到北岸去。”等到全军渡过河拆断桥后，敌军果然赶来，然而隔着一条大河，无法前进。

南北朝时，北齐的独孤永业驻守金墉，北周君主带兵进攻而攻不下来。永业通宵置备了两千只马槽，北周人听说后，以为北齐大队人马将到金墉，很害怕。恰逢周主生病，于是就退兵返回。

贺若弼

瞒天过海

隋朝大将贺若弼计划攻京口，先用老马买了许多陈国的船只隐藏起来，又买了五六十艘破船停放在河港。陈国的人窥探到这种情况，以为中原没有船只。贺若弼又命令沿江设防的人马换班之际，一定在广陵集中，大张旗鼓，营帐遍野。

陈国人以为大批隋军到了，急忙发兵设防。不久知道是换防，于是就不再戒备。贺若弼的军队又不时地沿江打猎，人马声喧闹嘈杂。直到隋军渡江，陈国的人也没有发觉。

◎

贺若弼进攻京口时，任忠对陈后主说："兵法认为客军重在速战速决，主军贵在沉着稳重。如今我们国家兵多粮足，应当固守台城，沿淮水设立栅栏，北方的军队即使来了，也不要与他们交战。分出军队阻断江边通道，不让他们互通信息。给我精兵一万人，金翅舰三百艘，顺水路径直进攻六合，对方的大部队肯定会以为他们渡江过来的将士已被俘虏，自然士气受挫。淮水两岸的人与我过去互相熟悉，如听说我去了，必定会如影随形服从我。我再扬言要去攻打徐州，截断他们的归路，那么对方的军队就会不攻而退。这是上等的对策。"

陈后主不听从，以至于国家灭亡。

用间 三条

假信

东魏的将领段琛驻守宜阳，派遣扬州刺史牛道恒煽动诱惑边界的百姓，韦孝宽为此而担心，就派间谍查访，获得了牛道恒的书写手迹，让擅长学人字体的人练习。便伪造道恒给孝宽写的信，谈论归顺之意。信上还故意弄上灯捻烧后落下来的烧痕，好像是在灯下写成的样子，命令间谍把它送给段琛。段琛得到信，果然怀疑起牛道恒，不用他的计谋。于是这两个人相继被俘虏。

◎

北齐的宰相斛律明月很有智谋，掌握大权。韦孝宽让手下的参军曲岩编歌谣道："百升飞上天，明月照长安。"百升，指的是斛。又道："高山不摧自崩，槲树不扶自竖。"令间谍在邺下广为传播。

当时祖孝征正与斛律明月有矛盾，听到之后又加以润色，上奏朝廷。斛律明月竟被齐后主诛杀。韦孝宽真是精熟离间计的人。

南宋时，岳飞知道刘豫交结完颜粘罕，而金兀术讨厌刘豫，可以使用离间计。正好军队中俘获了金兀术的间谍，岳飞假装认错人责备他说：“你不就是我军中的士兵张斌吗？以前我派你赴齐，约定把四太子诱来，你去了就没回来。我后来又派人去齐国问讯，已经答应我今年冬天以合兵袭扰长江两岸为名，把四太子引到清河来。你拿了信却不前往，为什么要背叛我呢？”那间谍希望不立刻被杀，就假装承认了。岳飞又写信用蜡封好，写的是与刘豫合谋杀金兀术的事。又对那个间谍说：“我这次饶了你，再派你去齐国，问问举兵的日期。”割开那个间谍的大腿把密信放进去，告诫他不要泄露此事。

间谍回去，把信给金兀术看，兀术大吃一惊，飞马去禀告金主，于是废去了刘豫的齐帝称号。

北宋时，西夏王元昊有两个心腹大将，号称野利王、天都王，各自统帅精兵，两人为害最为严重。种世衡设谋要除掉他们。

野利王曾令浪里、赏乞、媚娘三人向种世衡投降。世衡知道他们是诈降，心想，与其杀了他们，不如让他们传出假情报。于是安排他们担任税务监督，出入都有马匹侍从，很风光。

有个紫山寺僧人叫法崧的，种世衡细察他坚定朴实，可供使用，就劝他还俗，趁出兵打仗之机以俘获敌人的战功向统帅府报告，下令授予他三班阶职，代理指挥使。又想方设法为他治办家用之物，凡房屋骑具无不具备。

法崧酗酒赌博，无所不为，但种世衡待他很宽厚，法崧很感激。一天，种世衡对法崧发怒，说："我待你如子，但你却暗中与敌人勾结，你太辜负我了！"将他用枷锁捆了几十天，严刑拷打，但法崧始终没有怨言，他说："我是大丈夫，您听了奸人所言，想杀我，我唯有一死！"

过了半年，种世衡觉察他确实忠心耿耿，就给他解绑，洗浴，请进卧室，抚慰他说："你没有过错，我是在考验你。我准备派你去做间谍，你将受的苦楚比受过的还要厉害，你能为我保守秘密吗？"法崧流泪答应下来。种世衡起草了送给野利王的信，用蜡油封好放进僧衣夹层，密密缝好，嘱咐说："此信不到临死不能泄露，若要泄露，就说'辜负了恩情不能成就将军的大事'。"又拿一幅龟画、一篓枣子送给野利。

野利看到枣龟，猜想一定有信，便索要信件。法崧眼睛看着身边的人，又回答说没信。野利就写信给元昊。元昊召王嵩及野利到几百里之外，追问送来的信，法崧咬定没信，虽然受残酷笞刑，也始终不说。

又过了几天，元昊私下里把法崧叫到他的居处，让人问他，并说："不赶快说出来就杀死你！"法崧一直不讲。于是元昊下令拉出去斩首，法崧这才大声呼叫："我空有一死，完不成将军的大事了！我真对不住将军！我对不住将军！"押他的人急忙追问，于是，法崧解下僧衣，取出信件送进屋里。

过了一会儿，元昊令法崧去客馆，而私下派遣他的爱将假充野利的使者去种世衡那里。世衡怀疑来的是元昊的使者，不立刻相见，只派下属官员去客馆慰问来人。问到兴州的事，来人能讲得很细，但对于野利的情况却多数不知道。这时正好抓到了几名俘虏，世衡令他们在缝隙中偷看使者。俘虏讲起使者的姓名，果然是元昊的使者。于是把使者带来相见，赠送许多东西。使者返回后，法崧也就马上回来了，同时野利王的死讯也传来了。

种世衡除掉野利王后，又想同时除掉天都王。于是在边境上安排祭祀，把祭文写在木牍上，叙说二位将领互相交好，有意投奔本朝，哀悼野利王在大事将成之际遭到不幸。故意把祭文弄丢，混杂在纸钱当中，有敌人前来便急忙烧着纸钱而离开。木牍上的字仓促之间没有被烧去，敌人拿到了它便献给元昊。这样天都王也因有罪而被杀。元昊失去了心腹干将后，悔恨无穷，这才决定议和。

法崧恢复原来的姓名为王嵩，后来官做到诸司使，至今边境的人都称他“王和尚”。

◎

北宋沈括《补笔谈》卷二中也记载了这件事:“种世衡赠送很多钱财给法崧，将几条军事机密告诉他，说:‘可以凭借这些机密博取西夏人的信任。’临行时，种世衡脱下自己的棉袍给他，说:‘胡地严寒，你穿上，以此与你告别。到那里后必须想尽办法求见遇乞，他就是野利王，没有这个人，就得不到他们的机密消息。’法崧按照种世衡所教，通过各种途径见到了遇乞。西夏人觉得可疑，将法崧抓来关进官衙。几天后，搜他的棉袍，在衣领中发现种世衡写给遇乞的书信，信中文辞很亲密。法崧并不知道棉袍衣领中藏有书信，西夏人严刑拷问，他始终不说也说不出实情。西夏国主于是怀疑遇乞，把他杀了，将法嵩流放到北部边地。后来法嵩逃亡回国。”

沈括对这件事的记载与上文稍有不同。根据《补笔谈》，则棉袍衣领中藏的书信，法嵩是不知道的，这样法嵩的胆子才更壮，而整个事情也更奇特。

种世衡还曾经以某一罪过为名对一个异族将领发怒，用军棍拷打他，部下为这人求情，都没能奏效。这个人挨了打，便马上投奔元昊去了。元昊对他相当亲近信任。过了一年多，此人掌握了元昊的全部机密，又回到种世衡身边。从这些事情就可以知道种世衡会使用间谍。

内应 二条

里应外合

唐代，李光弼在军队中进行招募，凡有技能的都要，人人都能发挥自己的本领。

有三个铲工擅长挖地道。史思明进攻太原，光弼派人去假装商量投降的事，同时挖地道。在敌人的军营下挖通一圈，用木桩撑住。到了商定好的投降时间，派副将带领几千人出城，像是投降的样子，敌军全部在盯着看。不久敌营中土地忽然下陷，死了一千多人，敌军一片惊慌混乱。官军乘机呐喊进攻，俘虏及杀死的敌人数以万计。

唐德宗时，淮西节度使李希烈叛唐。朝廷派李元平到汝州，元平招募役夫修理外城墙。李希烈暗中派勇士前往应征，从事筑墙。共去了好几百人，元平都未能觉察。李希烈派部将率几百骑兵冲到城下，做工的间谍在城内接应，把李元平俘虏走了。

◎

明嘉靖四十一年（1562），倭寇入侵，包围了兴化府。都督刘显奉敕令前去救援。离兴化府还有三十里，隔着一条大江，便滞留不前。时间长了，又怕有罪，就派了五个兵带上书信去兴化城，约定说他预备率部队冲进城去抵御敌人。

倭寇俘虏了这五个士兵，杀了他们后，用刘显的职务和官衔，伪造他的信件，约定某日某夜某个时辰率领军队秘密入城支援，城中不要有火光和声响，怕贼寇被惊动而察觉。选了五个奸细假充刘显的士兵，带着信件进城去。城中人竟然相信了他们。到时候，倭寇冒充刘显的军队进得城去，于是就占领了兴化城。

中国之所以能制服落后的民族，靠的是智慧，如今智慧反而被他们所运用，岂能不为此而感到寒心？

刘鄩（xún） 二条

一夜平兖州

唐朝人刘鄩是安丘人，早期在青州王师范手下做事。唐昭宗驾临凤翔，朱温率领军队在岐山下迎接。王师范打算趁兖州兵力虚弱的机会占据兖州，刘鄩先派人装作卖油的，去侦察兖州城里的虚实以及进出城的处所。看到城外小城墙下有个流水的洞穴，人可以进去，便记住它。刘鄩于是报告王师范，请示派五百名步兵去。他们口中含着木枚自那洞穴进去，一夜之间平定了兖州，城市安然无损，百姓没有受到惊扰。

朱温派大将葛从周前来攻城。相持了很久，外面的援助全部断绝。刘鄩在城中清点，凡是不能抵挡敌人的，全部送出城外，自己与将士们同甘共苦。

有一天，副使王彦温越墙逃走，守城的人随他而去，没法制止。刘鄩马上派人不慌不忙地告诉王彦温说：“请你少带些人去，不是以往派定了的人，不要带走。”又在众人面前故意宣扬说:“原先派好跟副使走的，就不要制止;谁擅自走掉就灭他的全族！”城外的军队果然怀疑王彦温，就在城下把他杀了。于是守城的军队就稳定下来了。（刘鄩后来跟随王师范投降了后梁。——原注）

止追者 二条

稻草人

唐朝刘鄩在河曲大败晋王，要乘胜偷袭太原，考虑到会被晋王的军队追赶，就扎成草人，把旗子捆在草人身上，用驴子驮着，顺着城墙行走。过了几天，晋军才发觉。

南宋人毕再遇曾与金人作战，两军相持不下。一天晚上，毕再遇率军开拔离去，但仍把旗帜留在营垒中，事先拴住活羊，把羊的两只前蹄放在鼓上，击鼓发出声音。金人没有觉察出那是座空营，又相持了几天。等发现了，想去追赶，他们早已走远了。

侯渊

间敌兵

北魏的尔朱荣派大都督侯渊去讨伐韩楼，配给的兵士却很少。有人提起此事，尔朱荣说："随机应变正是侯渊的长处，若让他统领大队人马，未必能用得上。"

侯渊于是大肆张扬军声，多多设置攻城器具。率领几百骑兵深入韩楼的辖地。在离蓟县一百多里的地方，他们遇上敌人。侯渊率众埋伏下来，从敌人背后进行袭击，大败敌军，俘虏了五千人。又把马匹武器都还给俘虏，令他们进城。身边人都劝阻，侯渊说："我们军队人少，不能凭武力打仗，只有设奇计来离间敌人，才能战胜他们。"估计俘虏们已经进了城，便率领人马半夜进军，黎明时分叩敌人的城门。果然，韩楼怀疑那些投降士兵是做内应的，就逃跑了。侯渊乘胜追击，抓住了韩楼。

韩信 三条

背水一战

秦末，汉王任命韩信担任左丞相，进攻魏地。魏王在蒲坂集结大军，堵住临晋的渡口。韩信就设置疑兵，排好船只要从临晋渡过黄河，而又埋伏部队从夏阳借助木坛子渡过河，袭击安邑。于是俘虏魏王，平定了河东。

韩信攻克魏、代两地后，就和张耳向东攻打井陉，进击赵国。赵王和成安君陈馀听说后便在井陉口聚合军队，号称有二十万人。

广武君李左车劝成安君说：“韩信乘胜远道作战，锋芒锐不可当。我听说自千里以外运送粮食，士兵就会面有饥色；临时砍柴草做饭，军队常常吃不饱。现在井陉口的道路，兵车不能两辆并行，骑兵不能摆成队列。行军几百里，按形势看粮食一定在队伍后面。希望给我三万骑兵，抄偏僻的小道去截断他们的军需给养。您深挖沟堑，高筑营垒，别同他交战。

他向前打不成仗，向后又回不去，我带的奇兵堵绝他的后路，野外他又抢不到东西，不出十天，韩、张两个将领的脑袋就可以送到您的将旗之下了。”

但成安君没采纳李左车的计谋。韩信派间谍刺探，得知李左车的计谋不被采用，才敢于率军前进。

离井陉口还有三十里，停下过夜。半夜里传令出发，挑选了轻骑兵二千人，每人手持一面红旗，从小路上远眺赵王的军队，告诫说：“赵人看见我们败逃，肯定会倾巢出动来追赶，你们就迅速冲进赵军的营垒，拔掉赵军的旗帜，并插上我们汉军的旗帜。”命令副将传令让士兵们吃饭，说：“今天打败赵王后大会餐。”众将领都不相信，假装答应“是”。

韩信便让万名士兵先动身，走出了营垒，背向河水摆开阵势。赵王军队远远看见都大笑起来。

天亮，韩信竖起大将的旗帜和军鼓，边击鼓边行军，出了井陉口。赵军开了营门出来攻击，激战了很久。韩信假装扔了大旗军鼓，逃向河边的军队。赵王的军队果然全军出来争抢汉军丢弃的旗帜、军鼓，追赶韩信与张耳。韩信、张耳汇入岸边的军队后，汉军个个都拼死作战，不可战胜。赵王军队折回自己的军营，见营中全是汉军的旗帜，以为汉军已把赵王及其将领们都俘获了，便四散奔逃。汉军两面夹攻，把他们打得大败，杀死了陈馀，捉住了赵王。

众将官献完俘虏和敌人首级，便问道："兵法说，摆阵应右边背靠着山陵，前边左面对着水泽。今天反而以背靠河流为阵获得胜利，这是为什么呢？"

韩信说："这种做法也在兵法之中，只是各位没仔细体察罢了。兵法不是说'陷之死地而后生，投之亡地而后存'吗？再说，我韩信未能在平时抚爱将士，这就是所谓的驱赶着未训练的人来打仗。照这种势态，非把军队放在将死的处境里让每个人都为自己而战不可。假若给他们可以活命的处境，都逃跑了，难道还能够用他们吗？"将领们听了都十分佩服。

◎

前秦姚丕兵守卫渭水大桥，抵抗东晋军队。王镇恶领兵乘坐着战船逆渭水之流上行，划船的人都藏在船内。秦人只看见船在向前开，惊骇不已，以为得神人相助。

船到渭河桥，王镇恶命令军士们吃完饭后，全部拿着武器上岸，落在后面要被斩首。登岸之后，立即悄悄地派人去把战船解缆放走，渭河水流汹急，眨眼之间战船便不见踪影了，于是告诉士兵说："这里是长安北门，离我们的家乡有万里之遥，船只和衣物粮食都已随河水飘走了。现在，前进打胜了，大家都有功名；不胜利的话，尸首也回不了家乡！"于是他自己身先士卒，士兵们也都奋勇向前，把前秦军队打得大败。

宋钦宗时，军校李复造反。宣抚使下令韩世忠前往追击。韩世忠手下不到一千人，他便把士兵们分成四队，用铁蒺藜把归路堵塞住，命令道："前进就是胜利，后退是死路一条，对逃跑的人，后卫队格杀勿论！"于是没人敢朝后看，全都拼死作战，把叛军打得大败，杀死了李复。这些用的都是当年韩信背水一战的智术。

北宋沈括说："秦末韩信袭击赵国，先让万名将士背水列阵，树立大将军的旗鼓仪仗，从井陉口出发，与赵军大战。他伪装战败，丢弃旗鼓仪仗。背水而战，已是危险的境地；又丢弃旗鼓而往水边阵地，这是必败之势。当时韩信的对手是陈馀这样的老将，韩信不以己方必败之势引诱对方，是不能达到目的的。韩信自知才能超过陈馀，才敢用这样的计策。假使陈馀稍稍比韩信狡猾，韩信岂能不败！这就是所谓的知己知彼，根据敌方的情况决定计策。后世的人不计算敌方的形势，抄袭韩信的战法，那必败无疑。"

沈括又说："楚、汉决战于垓下，韩信领三十万人马在前，孔聚率左军，费侯陈贺统右军，高祖刘邦在后，周勃、柴武在高祖的后面。韩信首先合围，不胜；孔将军、费将军纵兵进攻，楚军失利，韩信再次进攻，大败楚军。韩信当时威震天下，项羽所畏惧的只有韩信。韩信以三十万人马交战而退却，是真的退却，然后项羽才不怀疑，这样韩信与孔、费二将才找到取胜的机会。

“当时，韩信的军队虽然后退，但孔、费的部队在他的左右，高祖的部队在后面，周勃、柴武的军队又在后面，这个战况与当初的背水一战是不同的。这是专门针对项羽而设计的，用破赵的经验加以改造，歼灭了项羽的军队。这都是韩信的奇谋。班固所写的《汉书》删去了这一段，是因为不了解刘邦打败项羽的关键，正在于垓下一战。”

隋朝大臣杨素进攻陈朝军队时，派三百名士兵留守。士兵们害怕陈朝军队的厉害，很多人都愿意留守。杨素得知此事，便召集留下来的那三百人，全数斩首。再下令挑选留守的人，就没人肯留下了。另外，在两军交锋时，先命令二百人冲向敌人，若有人不冲进敌人阵地而退回来的话，便统统斩首。再命令二三百人进攻，有后退的人也同样处置。将士们心惊胆战，个个都有必死的决心，所以战无不胜。

杨素行使的军法似乎过于严酷苛刻，然而驾驭有怠惰之心的士兵，不用这种手段便不能振作士气。要是上级执行严厉的法令，士兵们有必死的决心，那么即使是把他们放在四方都通达的普通的地方，也如同在背水阵中一样。

韩信攻破了齐地和临淄城后，便向东去追击齐王。楚王派龙且率军队来援救齐国。

有人劝龙且说：“汉军远离家乡作战，必定是尽力相拼，锋芒锐不可当。齐、楚的军队在自己的土地上打仗，士兵们容易落败逃散。不如坚守营垒阵地，让齐王派遣他所信任的大臣去招抚失守的城市，这些城市的人们若得知他们的君王仍活着，楚军又前来相救，必定要反叛汉军。汉军在离本土两千里外的齐地待着，齐城全部反叛的话，他们势必无粮食可吃，这样就可不战而让他们投降。”

龙且轻视韩信，认为他容易对付，便与他交战，和韩信隔着潍水摆下阵地。韩信半夜命令士兵做了一万多条布袋，装上沙子堵住潍水的上游，带领一半军队渡过河去进攻龙且，假装失败而逃回去。龙且果然高兴，说：“本来就知道韩信胆小！”于是就带军队去追击韩信。

韩信派人挖开上游堵水的沙袋，河水汹涌而至，龙且的军队一大半不能过河，韩信赶紧发动进攻，杀死了龙且。

◎

假使李左车的计谋被采用，韩信对赵王作战必定不能得逞；假使那个人对龙且的劝告被接纳，韩信也必定不能战胜龙且。绕朝说过：“您可别说秦国没有人才，只是我的谋略碰巧没被采用。”自古到今，士人就有被赏识和不被赏识这两种境遇啊！

张弘范 二条

崖山之战

元朝大将张弘范到济南征讨李璮(tǎn)。他的父亲张柔告诫他：“你围城时不要避开险要的地方，你没有怠惰之心的话，士兵们就必然会拼命。守城的人考虑到那地方的险要，如有来进犯的，一定会去抢救，可以趁机建立战功，好好努力吧！”

弘范在城西扎营。李璮派军队出城冲击元军诸将的军营，唯独不进攻张弘范。弘范说：“我们在险要之地安下营垒，李璮向我们显示他兵力不强，他肯定会带奇兵来袭击。”于是修筑长长的防守工事，里面埋伏下士兵，工事外挖上壕沟，打开东门等待敌方进攻。半夜里命令士兵们再去壕沟中挖掘，增加深度和宽度，李璮并不知道。

第二天，李璮的军队果然扛着飞桥来进攻，很多人跌进了壕沟里。跨越上岸的，遇到埋伏的军队也都被杀死。

元朝军队把宋少帝逼到崖山。有人请求先用炮击，张弘范说：“炮火一起，船就会散开，不如去攻打。”

第二天，兵发四路，弘范自己带领一路人马，与他们相隔里把路，下达命令道：“听见我这里音乐声响起，就开始进攻，违反命令者斩首！”他先指挥北面的军队，乘潮水上涨而进攻，没有打胜。李恒等带人又顺海水落潮而退回来。

音乐声起，宋军将领以为元军将士要聚宴，稍稍松懈下来。弘范的水军在前方进攻，其他水军跟在后面。他事先在船尾造好战楼，用幕布遮盖起来，让将士们用盾牌遮蔽身体匍匐在船上，命令道：“听见钟声起来作战，在钟响之前随便乱动就斩首！”

这时宋军飞射而来的箭矢多得如同刺猬身上的利刺，匍匐在盾牌下的将士们纹丝不动。双方船只快碰到一起时，下令敲响钟声，撤除幕布，弓弩、炮石交相射发，顷刻间，同时击破七条宋军战船，宋军大败，少帝投水而死。

越勾践 柴绍

奇计破敌

春秋末期，吴王阖闾攻打越国，越王勾践抵御吴国军队，在槜李摆开阵势。勾践担心吴军阵列严整，派敢死队两次冲阵，但吴军阵脚不动。勾践把罪犯排成三行，让他们把剑放在自己的脖子上说道："两国的国君出兵作战，下臣触犯了军令，在君王面前表现得无能，岂敢逃避刑罚，请求一死！"说着就刎颈自杀。吴国士兵一个个看得目瞪口呆，越王趁机进攻他们，于是把吴军打得大败。

唐朝时，吐谷浑进犯洮(táo)、岷二州，朝廷派柴绍去救援，被敌人军队包围了。敌人登上高地用箭射击，箭飞如雨，柴绍派人弹奏胡地的琵琶，让两个女子面对面地跳舞。敌人感到奇怪，互相聚在一起观看。柴绍观察敌人没有防备，暗中派精锐骑兵到敌人后方去攻打他们，于是敌人溃败。

◎

罪犯胜过敢死队，女子胜过勇猛的兵士。这都是出奇计，设诱饵，前所未有的。

朱儁　周亚夫

声东击西

东汉末年黄巾军十万人占据宛城，朱儁带领军队包围了他们，堆起土山来监视城内，击鼓进攻城的西南面。城中人全都跑到西南面去了，朱儁亲自带领精兵五千，袭击城东北面，于是攻下了宛城。

汉朝太尉周亚夫带兵攻打吴、楚叛军，坚守营垒不出战。吴王军队粮食不够，几次来挑战，周亚夫始终不出兵。后来吴军奔向军营的东南角，太尉命人守卫西北面。不久吴军的精锐部队果然冲向西北面，但因防守坚固而攻不进去。

◎

把这两件事放在一起观察便知道用兵的灵活变化。

宇文泰

破窦泰

南北朝时期，东魏大臣高欢统帅各路军队进攻西魏，派司徒高昂进军上洛，命窦泰开往潼关。高欢的军队驻扎在蒲坂，造了三座浮桥，预备渡河。

宇文泰的军队驻守在广阳，他对众将官说："敌军在我军三面架造浮桥，表示一定要渡河，这是为了牵制住我军，让窦泰的军队能够西进罢了。自从高欢起兵以来，窦泰常作先锋，手下多是精兵利卒，打了不少胜仗，骄傲得很。现在去袭击他们，就一定能获胜。战胜了窦泰以后，高欢便会不战自退了。"

众将领都说："敌人在近处，丢下近处的不管却去袭击远方的敌人，倘若有个差错，后悔也来不及了！不如把军队分成几路抵御眼前的敌人。"

宇文泰说："高欢的军队两度进攻潼关，我军都没有离开坝上，如今大举进攻，以为我们还是要就地自守，有轻视我们的想法。我们趁这种时机去袭击他们，哪里用担心打不赢呢？敌军虽然架了浮桥，可是不能马上就渡河，不用五天，我一定会战胜窦泰的军队！”

于是宇文泰声称要保卫陇右地区，而暗中率领军队向东出击。到了小关，窦泰的军队仓促之间听说大军已到，急忙从风陵过河，宇文泰挥军进攻，打败了窦泰。东魏士兵全部战死，窦泰自杀身亡，首级被送往长安城。

冯异　王晙

jùn

伪装

汉朝时，冯异带兵和赤眉军作战，让壮士换上赤眉军军服，埋伏在道路边。第二日，赤眉军派上万兵卒进攻冯异的先头部队，见冯军势弱，便全数出动来进攻，冯异指挥队伍激战。战至太阳偏西时，赤眉军士气衰落，冯异的埋伏部队突然出击，因衣服相混淆，使赤眉军不能识别，于是纷纷惊慌溃逃，冯异乘胜追击，把他们打得大败。

唐中宗时，吐蕃军队进犯临洮，驻扎在大谷。安北大都护王晙率领部下两千人马和临洮的军队相联合，并调出七百名奇兵，改穿胡人服装，夜间去袭击敌人的军营。距军营还有五里时，命令道："向前去，遇到敌人便大声呼叫，并击鼓吹号响应。"敌人怀疑伏兵就在身旁，自相残杀，死者数以万计。

达奚武

探察敌情

南北朝时期，宇文泰派达奚武去侦察高欢的军情。达奚武带了三个骑兵，都换上高欢军将士的服装。傍晚，在离敌营几百步的地方下马偷听，掌握了敌军的口令。

于是达奚武等人骑上马巡行敌营，如同敌军的夜间警卫一样，遇到违反营规的敌兵，还常常鞭打惩罚。直到全部了解敌人军情后才返回本营。

厨人濮等 四条

扰乱军心

春秋时，大夫华氏背叛宋国，宋元公带领军队讨伐华氏。华登领着吴国的军队来救援华氏，在鸿口被打败了。华登又率领剩下的军队进攻宋元公的军队。元公想逃亡，厨人濮说："我是个小人物，可以为君王去死，却不能护送您逃亡，请君王等待一下。"于是巡行军队，说："凡是挥动旗帜的，就是国君的战士！"大家便听从他的号召挥舞旗帜。华氏被打败了，宋国军队又去追赶。厨人濮用袍裙裹着一颗人头，扛在肩膀上飞跑着喊叫："我杀了华登了！"于是在新里把华氏彻底打败了。

◎

厨人濮振作士气，军士们就都挥舞旗帜响应；战国时王孙贾高声号召，集市上的人们就都袒露左臂服从。忠义在人们的心中是不会泯灭的，只是领头倡议的人难得罢了。

晋朝桓玄失败后，向西逃回江陵，留下何澹之守卫溢口。何澹之在一条船上虚设羽仪旗帜，而他自己却住到别的船上。当时何无忌打算进攻设置了羽仪旗帜的那只船。众将领说："何澹之不在这条船上，就是攻取了也没用处。"

何无忌说："不错。他既然不在这条船上，那船上的守卫力量一定薄弱。我们用强兵进攻，定能擒获这艘船。获取了这条船，那对方军队将会认为失去了主帅，而我们再宣称已经捉住了敌人的主帅，那么我军士气大振，对方必定恐惧；对方恐惧了而我们再去进攻，这就是迎刃而解的局势了。"果然，一次进攻就擒获了那条船，于是击鼓吆喝传报说："杀了何澹之！"敌人惊骇惶惑，以为真是这样，竟然就瓦解了。

隋末李密和王世充交战。世充先找到一个人，相貌很像李密，把他捆起来藏着。战斗正激烈时，派人牵着他经过阵地前面，呼喝道："我们已经抓住李密了！"士兵们都喊万岁。李密军队混乱起来，随后就溃败了。

明朝的王守仁率军队与宁王叛军作战，当时宁王军队力量尚强。碰上风向不顺，官军小有挫折，王守仁急忙下令斩取最先后退的士兵的首级。知府伍文定等人亲临火线，奋力督帅各军队殊死抵御。叛军忽然看见一个大牌子，上面写着：“宁王已经抓到，我军不得滥杀！”一时间惊乱起来，于是便大溃败。

第二天，敌人既已穷途末路，宁王便想潜逃。看见一条渔船藏在芦苇丛中，宁王大声呼叫要用船，渔船划过来让他上去，竟送他到了官军的中军帐，而众将官还不知道是怎么回事。王守仁的神机妙算每每如此。

狄青

麻痹敌军

北宋狄青做延州指挥使时，党项人进犯边塞。当时新招募的万胜军不熟悉怎样设阵打仗，遇到敌人常常败退。

有一天，狄青把万胜军的旗号交给虎翼军，让虎翼军出面作战。敌人望见万胜军的旗帜，掉以轻心，全军径直扑来，结果被虎翼军打败。

朱景　傅永

破坏标记

五代后梁的军队渡淮水南征的时候，在可以徒步过河的地方做上标志。霍丘守将朱景用木头把这些标记浮起来，迁移到水深的地方。等到梁兵兵败跑回来，看见标志下水渡河，淹死了一大半。

南朝齐军将领鲁康祚率兵进攻魏军，齐、魏两军隔淮水摆开阵势。魏长史傅永说："南方人喜欢在夜里袭营，肯定要在淮水边放置火标指示水浅的地方。"于是夜里把军队分成两部分，埋伏在军营外面。又把火种贮放在木瓢里，秘密地派人把它浮在水深的地方，告诫说："看见火烛起来，也把这些火种点着。"那天夜里，康祚等人果然领军队袭击魏营，傅永的伏兵两面夹攻他们。康祚等奔向淮河，火标竞相燃起，无法分辨哪里水浅，哪里水深，淹死以及被杀死的人不计其数。

张齐贤

败契丹

北宋张齐贤任代州知州时，契丹人入侵。齐贤派使者约潘美率领并州军马进行会战，使者却被契丹人抓住了。

不久潘美的使者到达，说：“军队出行到了柏井，得到秘密诏令，不允许出兵作战，所以军队已回州城去了。”齐贤说：“敌人知道潘美要来，却不知他已经回去了。”于是夜里派兵士二百人，每人拿一杆旗子，背一捆草，到代州城西南方三十里外的地方，排列旗帜，点燃柴草。

契丹兵远远地望见火光，中间又有旗帜，以为是联军到了，吓得逃回北方。齐贤预先在土镫砦埋伏下两千士兵进行袭击，把契丹人打得大败。

蒿人 三条

草人借箭

唐代安史之乱时，令狐潮围攻睢阳。睢阳城中的箭矢用完了，守将张巡就令人扎草成人形，外披黑衣，夜里用绳子吊到城墙下。令狐潮的士兵争着向草人射箭，因而获得数十万支箭。这此后又在夜里放下草人，敌军只是笑笑而已，不加防备。

于是，张巡挑选了五百名士兵组成敢死队，夜里从城上放下去，袭击令狐潮军营，焚烧敌军的营帐，追杀敌军到十多里外。

宋宁宗开禧年间，毕再遇被敌军围困在六合。军中的箭用尽了，毕再遇就派人打着青色华盖往来于城头上。金兵认为是主将，就争相射箭。一会儿，城墙上堆积的箭就如同刺猬身上的刺一样多，获得了二十多万支。

另外，敌人曾以水库的蓄水打败过宋军，毕再遇就在晚上扎了几千个草人，穿上甲胄，拿着旗帜戈矛，俨然像行进的军队。天未亮时，击鼓进军。敌人惊醒一看，以为是宋军来了，急忙打开水库，但很快知道不是真人，非常沮丧。毕再遇急忙发兵攻进，敌军大败。

宋时沅州蛮民反叛，荆湖制置使派兵讨伐。蛮人就削竹为箭，并在箭头上涂上毒药。这种毒药一沾上血肉，人马立即会死去。官军非常害怕，不敢前进。

于是，扎成草人，排列成进攻的样子。蛮人见后，以为是官军，万箭齐发。等他们把箭发完后，官军才发起进攻，直捣叛军巢穴。

认贼将 二条

辨识敌将

唐肃宗时，张巡镇守睢阳，安庆绪派尹子奇率十万劲兵来攻城。张巡激励士兵坚守，有时一天要打二十仗。张巡想射杀尹子奇，但不认识他，因而就把蒿秆刻成箭射出去。中箭的人认为张巡的箭用完了，就跑过去禀告尹子奇。张巡就令南霁云向他射箭，一箭便射中了他的左眼。尹子奇才带着军队退走了。

宋仁宗宝元年间，党项人侵犯边境，其中的明珠族首领骁勇凶悍，是最大的祸患，宋将种世衡想用计擒获他。听说他喜欢打鼓，就制造了一部马车，驮着战鼓，外面包着银，非常华丽，暗中派间谍把它卖给敌人。然后挑选几百个骁勇善战的士兵，对他们说：“凡看见哪个敌将身后背着银鼓的，就齐心协力把那个将领捉来。”

一天，那个羌人首领与他的部下背着银鼓出来，便被种世衡擒获了。

裴行俭

粮车计

唐高宗调露元年（679），大总管裴行俭领兵讨伐突厥。在此之前，粮饷多次被敌人抢走。

裴行俭便佯装安排了三百辆粮车，每车埋伏下五个壮士，带上长刀强弩，让疲弱的士兵拉车前进，又埋伏下精兵，紧跟在后面。敌人果然抢劫了粮车，拉车的弱兵们跑向险要的地方。敌兵驱车走向有水草的地方，解下马鞍放牧马匹。正要去车中取粮食，壮士们从车中突然冲了下来，后面的伏兵也赶到了，连杀带捉几乎把他们消灭干净。从此之后，粮车没人敢碰了。

贺若敦

智破陈军

南北朝时，陈朝大将侯瑱等人围逼后周的湘州，贺若敦奉命去援救。两军在湘水、汨罗江之间相持不下。当地土人偷偷乘坐轻便小船，运载食物给侯瑱的军队吃。贺若敦为此事而忧烦，于是就派人扮作土人，船中埋伏下甲兵，侯瑱的士兵望见了，以为是送食物的船到了，争着来取东西，贺若敦的伏兵把他们全部消灭了。

另外，贺若敦的军队屡次有反叛者骑马去投奔侯瑱。贺若敦便另外找来一匹马，牵着它走向小船，令船中人用鞭子抽打它，这样重复了几次，使马害怕不敢上船。后来在江岸上埋伏士兵，让人骑着这匹马，假装要投靠侯瑱以图招引来陈朝军队。陈军士兵争着来牵马，马害怕，不肯上船，岸上伏兵出动，把前来的陈军全部消灭。以后真的有去送食物以及逃跑投降侯瑱的人，陈军也统统怀疑有诈而不再接纳。

李光弼

获良马

唐朝时，史思明有一千多匹良马，每天都放到黄河南岸边的小洲上，让马洗澡，如此循环不止。李光弼命令在军队中寻找母马，找得五百匹，拴住母马的小马驹而把母马放出去。史思明的良马看见了这些母马，全都浮水过河，于是唐军把它们全部赶进了城中。

史思明发怒，顺流漂浮火船，想去烧掉浮桥，李光弼预先准备好百尺长竿，用大木头抵住长竿的底端，拿毡毛裹上铁叉装在长竿的头上，迎着火船把它叉住，船不能前进，一小会儿工夫就自己燃烧完了。

虞翻

识破埋伏

三国吴将吕蒙已经诱劝蜀国南郡守将糜芳出城投降，还没进入南郡城，就召来众将领聚会行乐。

虞翻说道：“现在与我们同心诚意的人，是糜将军。城中众人，岂能够全都相信？为什么不抓紧时间进城去，掌握锁城的钥匙呢？”吕蒙听从了他的话就要进城去。虞翻说：“还不行。假如城中设有埋伏，我和将军您就完了。”于是，虞翻带着糜芳进城去，让糜芳对别人说：“我是偷偷逃回来的，愿与大家一同死守，有谁能击败吴国的军队，我当低头拜请他。”于是谋划设埋伏的那些人一起来见他，虞翻把这些人全部逮住杀掉。吕蒙这才进了城。

◎

有这些谋划伏击的人在，南郡城自然可以死守。还没受挫折便投降，糜芳真是个奴才！总归是刘备不定都荆州的过错。

程昱

伪装贼寇

东汉末年程昱是东阿人。黄巾军起义时，东阿县县丞王度响应。官吏百姓全都扶老携幼，朝东奔向渠丘山。王度出城向西走了五六里，停下来安营。

程昱对县城中的大姓薛房说："王度占得大城池而不驻守，他的志向也就可以知道了，他不过是想抢劫财物罢了。您为何不号召人回城去坚守呢？"然而这些官吏百姓都不肯听从。

程昱认为薛房之流愚蠢，不能谋划大事，于是秘密派几个人骑马到东山上举起旗帜，让薛房等人望见，跟着又大声喊道："贼寇来了！"并下山奔向县城，官吏百姓相随在后，都跑进城里，程昱便与他们共同守城。王度来进攻，程昱便把他打败了。

度尚

焚烧珍宝

东汉桓帝延熹年间，长沙、零陵一带有贼寇造反，交趾的守臣闻风溃逃，桓帝诏令度尚为荆州刺史。度尚到任，设谋略击败反贼，穷追不舍追入南海，军士们缴获了许多珍宝。然而贼兵的头领卜阳、潘鸿逃入山谷，聚集党徒，势力还很强盛。度尚打算全歼他们，可是士兵们富了就骄傲，没有斗志。于是，度尚传言说：“卜阳、潘鸿当反贼已有十年之久，对于攻守之道娴熟，我军兵力很少，不能轻易去进攻，应当等各郡的军队都到达之后，合力进击他们，军中暂且让大家随意射猎。”

士兵们非常高兴，全体出动打猎行乐。度尚秘密派遣亲信偷偷地焚烧各军营中的珍宝，一时间扫掠一空。打猎的士兵回来，无不为此而哭泣。于是度尚亲自出面慰问，并深切地引咎自责，说道：“卜阳、潘鸿等人的财宝堆积如山，诸位只需齐心合力打一仗，当会获得十倍的好处，已烧毁的这一点点东西哪里值得放在心上！”大家既愤慨又跃跃欲战。

度尚便下令喂饱战马，军士们绝早开饭，第二天天一亮，出其不意直捣敌人的营地，敌人来不及抵挡，度尚的军队一鼓作气全部歼灭了他们。

孔镛

安定苗人

阿溪是明朝时贵州清平卫的苗族人，桀骜不驯，足智多谋，在众苗人部落中称雄。他有一养子名叫阿刺，力气巨大，没有人可比，身披三重铠甲，使一根二丈长矛，从地面一跃而起，能有三五丈高。这两人一谋一勇，在苗人中横行霸道。近处势力弱小的苗人，每年分出牧畜物产，赋税也要加倍进贡他们。商旅之人经过他们的境内，他们就引诱别的苗人去抢劫。

官府来探查搜捕，一定得事先向阿溪请教。阿溪则索求丰厚的财物，抓远处派不上用场的苗人，诬称为强盗去应付差事。于是远方的苗人都因害怕而投靠他，尊他为寨主。对官府的监军、总帅，他每年都贿赂，因此更加肆无忌惮，不时挑动官府与苗人的矛盾，以图坐收渔利。

明孝宗弘治年间，都御史孔镛巡抚贵州，查访到这些情况。他向监军、总帅询问，他们都为阿溪辩解。孔公明白不能与他们共事，就亲自去清平，寻访当地驻守部队中有用的人才，找到了指挥王通。孔公十分礼待他，询问起时事，王通一条条地回答，唯独不涉及阿溪。孔公道："听说此间事情，唯有阿溪的事情最重要，为什么保密不说呢？"王通不回答。

孔公再三追问，王通说："说了这事，倘若您能办好，那么一方百姓受到恩惠；如果办不好，您将损失威信，我则要血染全族了！"孔公笑道："只管讲就是，不要担心我不办！"王通于是慷慨陈词，叙说事情的原委始末。孔公问："替阿溪把贿赂送交给上级官员的是谁？"王通说："是指挥王曾、总旗官陈瑞。您一定要控制住这两个人，才能成就大事。"孔公答应道："好的。"

第二天，将领、副官们来到庭院中参拜，孔公说："朝廷准备任命一位巡官，你们朝前来，我亲自来挑选。"于是指着王曾说："这个人差不多可以。"大家出去之后，孔公私下盘问王曾："你为什么与贼人勾结？"王曾吃了一惊，不停辩解。

孔公说："阿溪每年贿赂上司官员，你做中间人，现在竟敢狡辩不服罪，我要把你杀掉！"王曾叩头不敢言语。孔公说道："别害怕。你能为我抓获阿溪吗？"王曾便陈述阿溪与阿刺有谋有勇的情况，并且说："再有一个官员共同办这件事，才可以。"

孔公让他自己推荐，他就说："没人比陈总旗更合适了。"孔公道："你可以和他一起来。"一会儿，陈瑞也进来了。孔公像责问王曾那样责问他，陈瑞屡次拿眼睛扫视王曾，王曾说："别不承认了，我们的事情大人已全部知道了，只有尽力报答大人了。"陈端也陈说阿溪难以对付。孔公道："你只管把他引诱出寨子，我自然能捕获他。"陈瑞答应后出去了。

苗人喜欢斗牛，陈瑞就找来一头好牛，牵去停在半道上，在牛旁的丛林里埋伏下百名壮士，然后进寨子去见阿溪。阿溪问道："怎么好久没来这里？"陈瑞答道："都御史大人才到，所以不得空闲。"阿溪问都御史为人怎样，回答说："是个懦夫，没什么能耐。"阿溪问："听说他在广东时，杀贼人很有名气，为什么说他没能耐？"陈瑞说："那是一个同名同姓的人，不是你说的这个人。"阿溪问道："贿赂他怎么样？"陈瑞道："暂且缓一缓，为什么这样急着舍出许多的财物呢？"

阿溪于是请陈瑞喝酒，大谈斗牛。陈瑞说道："刚才看见路上有头牛，体态庞然像头巨象，不知和您家里的牛相比怎么样。"阿溪道："真有这样的牛吗？我要把它买下来。"陈瑞说："贩牛的好像不是土人，恐怕难以强迫他进寨子。"阿溪道："只管前去看看。"回头唤阿刺一同走。陈瑞说："必须牵上您家的牛去和它斗一番，优劣才好判决。"

苗人习俗迷信鬼神，行为举措必定要占卜，阿溪用鸡进行占卜结果不吉利，又说梦见过大网披罩在身上，出行恐怕不吉利。陈瑞道："梦见网是要获得鱼，这牛肯定要属于您了。"于是牵着牛，并排骑着马出了寨子。

到了牛所在的地方，阿溪察看了那头牛，心里就喜欢上它。两头牛刚摆出斗架的样子，忽然有人传报巡官到了。陈瑞说："您知道这个巡官是谁吗？就是王指挥。"阿溪笑道："老王何等荣幸，得到这项荣耀的差事！等他到了，我当嘲笑他一番。"陈瑞说："巡官视察寨子，您应当去迎接他，何况还是老熟人呢？"

阿溪、阿刺正准备骑马前往，陈瑞又说："您二位请解去佩刀，新上任的巡官看见刀，恐怕会认为不吉利。"阿溪、阿刺都解掉了佩刀，去见王曾。王曾厉声责问阿溪、阿刺道："上司巡察下属，为什么不去打扫公堂房舍，供设帏帐，却得意忘形地到这里来做什么？"阿溪、阿刺还以为这是戏言，随随便便地加以拒绝。王曾便大怒道："以为我不能把你们捉起来吗？"

阿溪与阿刺仍然不停嘲笑，态度傲慢。王曾大声呼唤，伏兵从丛林中冲出来，擒捕了阿溪父子。阿刺赤手搏斗，打伤了几十人，但最后还是被捆住。

王曾押送阿溪、阿刺乘马飞驰到贵州见孔镛，孔镛命人将他们肢解示众。从此，这一带才安定下来。

卷二十四

武案

靠死读书学成的医生要伤害人命，靠死读书学成的将军要伤害士兵。不学习就没有收获，然而学习贵在精通。前车之覆，后车之鉴；前行者的旌旗，可为后面的人引路。前人的成功经验，如同青山绿水一般，是人们学画临摹的范本。为此，辑撰《武案》卷。

项梁　司马师

蓄养死士

秦朝末年，项梁曾杀过人，与项籍一起在吴中躲避仇人。吴地的贤士大夫，才智都在项梁之下。当地凡有大的征役和丧葬事宜，常由项梁主持办理。每当此时，项梁便暗中用兵法指挥训练手下宾客及年轻人，因此项梁得以了解他们每人的能力。

后来项梁果然举兵起义，派人去四周各县招来精兵八千人，并安排有势力有声望的人担任校尉、军侯、司马。有一人没得到官职，他便去问项梁。项梁说："某个时候某个人的丧事让你主持某项事务，你没有办好，因此不能任用你。"于是大家对项梁都极叹服。

三国时期，司马师私下养了三千名忠于自己的死士，都分散在民间。诛杀曹爽的时候，他们一个早晨就聚集起来，竟没人知道从何处而来。

李纲

革新军制

宋朝李纲说，古时候兵制，五人为伍，五伍为两，四两为率，五率为旅，到两千五百人为一师，又到一万二千五百人为一军。

军队的将帅和各级长官都由称职的人担任，所以平时恩威足以使人信服，行军打仗的组织约束也足以指挥队伍，如同身体运使臂膀，臂膀运使手指，没有做不到的，所以能抵御敌人，获得成功。

现在应该效法古代，五人为一伍，从中选一人做伍长。五伍为一甲，另选一人为甲正。四甲为一队，设正副队将共两个人。五队为一部，设部将正副二人。五部为一军，设正副统制官来节制，统制官由都统节制，都统从属于大帅，都在平时选定。没战事时阅兵习武，有事时就出兵作战。这样不仅士兵将领能够互相熟识，而且恩惠威严也能让部下服膺。

再设置赏功司，凡士兵有战功的及时推荐奖赏。后来若发现有不实之处，惩罚保举他的将帅。战败的将领及逃跑的士兵都必须处死。如果士兵临阵杀敌而死，可以放宽对主帅的责罚，但必须如实报告，给以优厚的抚恤。

另外，献敌人首级以计算功劳的做法值得再作商议。如精兵铁骑冲锋陷阵打败敌人，各种强弓劲弩向几百步之外射杀贼寇，怎么能够要求他们斩敌人首级来记功呢？像这类情况，应当令将帅保举说明，全军推荐受赏。

◎

李纲的方法来自春秋《管子》。但管子把军令寄托于国家内政，仍然是井田制度的遗迹。这里讲的则是训练常备军，而这正是当今治理军事的首要任务。

战车

兵车战法

宋朝李纲请求营造战车，说:“敌人以强劲的骑兵战胜中原，原因有三条，而不用战车不足以制服他们。步兵不能够挡住骑兵的奔驰冲击，这是第一个原因;用战车，则可以抵御骑兵的奔驰冲击。就骑兵而论，我们的马匹不如敌人，这是第二个原因;有战车，则可把骑兵放在队伍后面，看到时机适宜就出战。我军战士多数怯阵，见到敌人就溃逃，虽有些擅长的技能，却不能施展出来，这是第三个原因;用战车，则有所依赖，可以施展自己的力量，队伍有所约束，便不能够逃跑。那么显然用战车可以取胜。”

宋靖康年间，提出兵车形制建议的人很多，但只有总制官张行申的制法可取。他的造车的方法是:用两根车竿，每根车竿两只轮子，推动车竿轮子就转动。两竿之间，用横木固定住，安上架子用来放巨弩，上面张着皮围屏用来阻挡箭矢炮石，绘上神兽的画像，弩箭从兽嘴中射出，钻通兽眼用来眺望敌人。下面张开皮甲围幨保护人的双脚，前面安装刀枪两层，每层有四支，上层的长，下层的短，长的用来对付敌人，短的则用来对付战马。车两旁用铁铸成钩索，军队驻扎时，就把车连接起来作营垒。

作战的方法是:每辆兵车配备二十五名步兵，四个人推竿行车，一人登车眺望敌人，发射弩箭，二十人分别手持盾牌、弓弩、长枪、斩马刀，排列在兵车两侧。每侧双行，每行五人。凡遇到敌人，则盾牌在前，弓弩在次，枪刀又次之。敌人在百步之内，就放倒盾牌，让弓弩轮番发射，射击敌人。敌人逼近之后，弓弩就向后退去，枪刀则进到前头，枪矛用来刺杀敌人，斩马刀用以砍击马腿。敌人后退了，车就移动，击鼓呐喊着连车前进，到险阻的地形就停下来，让骑兵自两翼出击追杀敌人而获得胜利。

布阵的方法是:每军两千五百人，用五分之一共五百人，作将帅的卫兵以及军队辎重部分的护卫。其余两千人分属八十辆兵车，想布方阵，则每面用二十辆车，车身相连，步兵填充在车缝中。若向前，则兵车行向敌人;向后，则兵车倒行;向左向右，兵车就顺向而行。敌人进攻左右侧，袭击后方，兵车就随着敌人进攻的方向而朝向他们，前后左右，变化无穷。将帅卫兵和辎重部队，都处在车阵当中。车阵的方圆曲直，随着地形便利与否而组织。前进时，行行排列作为阵形；停止时，车与车用铁钩挂联作为营垒。不必再挖沟堑、筑壁垒，既简便又完备坚固。

◎

明朝大臣余子俊说："大同、宣化等地，地势大多平坦开阔，用兵车作战很适宜。器械和干粮，不需要用马驮载。兵车可组成城垒，又可代马运输。"于是献上兵车图样。等到兵部制造试用，耗资无数而车子笨重难行，结果全部报废。因此得了"鹧鸪车"的绰号，是说它"行不得"。

古人作战都用兵车，为什么在古时便利而在今天不便利呢？大概是考核研究不精细，制造工艺不完善，而主事人试用一回就放弃了。又如秦朝修筑长城，万世得利，而今天修筑壁堡墙垣的，都说像黄沙浮土一样易毁败。汉代赵充国屯兵垦田，也是万世得利的，而今天开边屯田的，也多是功业无所成就。这都是因为没有真心办事的人去聚合众人的计策以求得完善周到的缘故。

哪条方法不是古已有之的呢？唉！假如没有诚心办事的人，即使用尽祖先的好方法，其结果也都可以题名为"鹧鸪"——"行不得"啊！

吴玠 吴璘

四长四短

宋朝人吴玠每逢作战，便挑选强弩，命令众将轮番射击，号称“驻队矢”，连发不绝，密繁如大雨浇注，敌人不能抵挡。

南宋吴璘效仿车战法的未尽之意，创立了叠阵法。每逢作战，长枪手排在前面，坐战车上不得站起，其后排列最强弓，再其后是强弩，弓弩手都跪立在车上等待战斗，最后是神臂弓。与敌人肉搏到了百步以内神臂弓首先发射；到了七十步以内，所有强弓劲弩一并射击。

排列阵势也是如此。凡设置阵列，以拒马作限界，兵车之间用铁钩相连，有了毁伤则加以更换，逢有更换则击鼓调度。骑兵作为两翼，遮蔽在前方，阵势摆好骑兵就退下，把这种阵法叫作叠阵。战士军心稳定，就能拉满弓弦，敌人虽然凶猛，也抵挡不住。

吴璘著有两篇兵法。大意是说金人有四项长处，我们有四项短处，应当改变我们的短处去制服敌人的长处。四项长处是:骑兵、坚忍、厚铠甲、弓箭。

我们集中番兵和汉人的长处，兼收而并用。用分散的队列克制敌人的骑兵;用轮番作战战胜敌军的坚忍;用强弓劲弩克制敌人的坚厚铠甲;用远程弓对付近程弓，用强弩对付弱弩，克制敌人的弓箭。布阵的方法则是以步兵为阵地的核心，以骑兵作为辅翼，排列在左右两肋，两肋之间布上阻挡敌军骑兵的障碍物。

九军阵法

新阵法

宋神宗熙宁年间，皇帝令六宅使郭固等人讨论“九军阵法”，著述成书，颁发给各帅府，将副本保存在秘阁。

郭固的阵法是，九个军组成一个营垒，行时成阵，驻扎为营，驻扎时四周用车马围起来。

如果按照古代兵法，每个士兵占二步见方的地盘，马匹占四步见方的地盘。军中有军，队中有队，那十万军队的阵容，需占地十多里。可是天下哪有方圆十里不碰到山丘、沟壑、溪涧、树林等障碍的呢？再加上九个军的人马，共驻一个营垒，而士兵不能分散行动，就像九个人共一张皮，分开了就要死亡——这正是孙武子所说的“縻(mí)军”。

而“九军阵法”，是让九军各自列阵，虽然分列左右前后，但他们各自占据有利地形，以驻扎的营地为中心向外延伸，自然会避开沟壑、溪涧、树林等障碍，并不妨碍各自成营。

一旦战鼓打响，或收缩，或扩展，或集中，或分散，变化纷纭，而一点不乱。九军合为一个大营阵，中间分四部分，如同井田一般。

九军的士兵有的背靠背，有的面对面，四头八尾，环环相接，敌人接触的任何一处都可作为阵首来迎敌。

宋神宗认为这个阵法好，举手说："譬如这五个指头，如果被一张皮包住了，那怎么运动呢？"于是将这个阵法颁布执行。

撒星阵

克制骑兵

宋朝人张威从士兵提拔为军队副将。他的军队行军时，就像每个士兵嘴里都含着东西似的，寂静不闻声响。每次作战，必定打胜，金人很怕他。

荆鄂地区大多是平坦的原野，有利于骑兵而不利于步兵。张威说："敌人铁骑兵一冲锋，我们就没有办法了。"于是用心计创立了"撒星阵"，军队分合不固定，听见鼓声聚拢，听见钟声分散。每逢敌人骑兵到来就击钟，一军士兵往往分为几十群，金人随之也分散兵力，则我军又迅速聚合，倏忽之间，分合屡次变化。金人不知如何对付，然后纵兵进攻他们，用这种阵法常常获得胜利。

◎

张威每逢战斗激烈之时，两只眼睛发红，当时绰号叫“张红眼”。

鸳鸯阵

戚继光阵法

明代大将戚继光每每以“鸳鸯阵”取得胜利。

阵法是:两只盾牌并列，每只盾牌后分别跟着狼筅，两侧则用长枪夹卫盾牌，持短刀的排在后面。遇有战斗，伍长低着头持盾牌并列前进，如果听到了鼓声还滞缓不前，就依军法斩首。其他战士紧跟着盾牌前进与敌人交锋，狼筅用来辅助盾牌，长枪用来辅助狼筅，短刀辅助长枪。如持盾牌的阵亡了，一伍剩下的士兵统统斩首。

郭忠武

搅地龙

明朝定襄侯郭登（谥忠武）智勇双全，一年之中身经百战，不曾受到挫败。他按自己的意图设置“搅地龙”“飞天网”，挖凿深壕堑，覆盖上泥土草木，人马走在上面，如走在实地上。敌寇进发，顷刻间十几里地面都会陷下去。

◎

如今这种阵法料想还保存着，为何不试一试呢？

轮囤

猿猴助战

宋徽宗政和年间，晏州彝人头领卜漏造反。卜漏占据了轮囤，此处山峰高耸数百仞，树木竹林幽深而稠密；他们垒石为城，外面竖起木栅栏，在路上挖设陷阱，并且堆上大树根作路障，安置守城用的战具铁蒺藜，守卫在两旁，官军无法前进。

当时赵遹(yù)任招讨使，在敌营四周巡察。有的地方崖壁陡峭，卜漏恃其险要而没有设防。山上有许多猿猴，赵遹就派遣壮丁捕猿猴数千头，扎起麻束，浇上油脂作为火炬，把油麻炬捆在猿猴背上。

赵遹亲自率领大部队在前面进攻，早晚攻战，牵制敌人。暗中派出奇袭部队，从那险要陡绝的地方扯着绳梯，带着猿猴，闭口噤声地爬了上去。到了敌营的栅栏，点火烧着油麻炬，猿猴烧痛了狂跳乱窜，敌人的庐舍都是茅草竹子搭造的，猴猿窜上去后立即烧扯起来。敌人呼号着奔过去扑救，猿猴越发受惊，火越发烧得旺。官军的奇袭部队呐喊着攻破栅栏。

前面的赵遹望见大火，率军队直逼向前，前后夹攻，敌人陷入大火以及掉下悬崖而丧命的不可胜数。卜漏突围逃跑，官军追上去捉住了他。

◎

三国时，邓艾从阴平去袭击蜀汉，走了七百里没有人烟的险路，凿山通道，架设阁道桥梁，山高谷深，极其艰险。邓艾用毡毯裹上自己，滑滚下山，将士们都贴着山崖攀拉着树木，一个跟着一个地前进。

他们的功业甚为罕见，而做法又极其危险。合计起来行程有七百里，并不是一天的行程;凿山架桥，不是一天的工夫。就算蜀人平时不知守备，事已发生难道没有听见风声？难道是黄皓等人一味蒙骗，无能的刘禅只图堂上之乐，就像人们所说的那样把告急的檄文放在堂下不闻不问吗？若不如此，邓艾肯定不会侥幸成功。

赵遹用猿猴助战，自是创奇之举，然而也是因为敌人未加防范才能这样。所以说:“凭借险要地势则牢不可破，依赖险要地势则导致灭亡。”唐朝名将李光弼治理军队，军令十分严格、完备，即使是敌人不去的地方，警戒巡逻也毫不懈怠，敌人攻不进去。像这样的话，就肯定不会有阴平和轮罔的失败了。

《元史》记载:金人凭借居庸关之险，又冶炼了铁制的关门，关塞周边百余里布置了铁蒺藜，还驻守了精锐部队。元太祖铁木真进攻居庸关，距关百里，难以向前。召来大将扎八儿问计，扎八儿回答:“从这里向北，黑森林中有便道，但只能一人一骑前行，我曾经试着从那里走过。今日，如果人马悄悄地走，一夜可以到关前。”于是，铁木真命扎八儿在前面带路，天黑时进入山谷，悄悄前行。

第二天黎明，大军已来到关前的平地，蒙古军纵兵急奔南口，金鼓齐鸣，大军仿佛自天而下。金国人还没睡醒，等到惊醒时，已经无法抵抗了。

居庸关被攻破，京师震动，金人只能将京城迁往汴京。有这样极其险要的地势，金人却不知严加防备，这又不是邓艾偷渡阴平可以相比的!

凯口囤

攀登绝壁

明世宗嘉靖十六年（1537），阿向与土官王仲武因争夺田地而引起攻杀，王仲武逃走，阿向就占据了凯口囤造反。囤围长十余里，高四十丈，四面囤壁陡立险绝，只有一条小路一尺来宽，曲曲折折盘上凯口囤。山上有天然水池，就是大旱天也不枯竭，存积的粮食可以支撑五年。

事变传到上面，都御史陈克宅、都督佥事杨仁调动水西地方的军队来征剿。水西宣慰使安万铨平素骄纵不驯，不守法度，索取重赏之后才出兵，带领上万名士兵住在囤下，相持有三个月之久，仰看着绝壁，无计可施。

只有东北角有一棵大树，枝干斜伸，高耸在半壁间，不过离地也有二十丈左右了。安万铨在军中下令说："能像猿猴那样爬上绝壁的人，赏给千两银子。"有两个壮士响应，于是便锻打铁钩捆在手脚上做指爪，每人腰间缠上四根绳索，佩带一柄利剑。约好到树上可歇脚处就垂下绳索牵引他人，他人再带上铳炮长绳上去。

等到雨停，夜色昏黑，看不见咫尺以外的时候，壮士攀着大树爬了上去。隐约可听见刷啦啦之声，顷刻间如有崩石落下，原来一个壮士已坠落地面，尸首摔成烂泥一摊了。过了一会儿长绳从树间垂下来了，这才知道另一人已在树上。于是就派四名士兵顺绳爬上，蹲踞在树间。原来上去的那个壮士又从树间爬枝而上。到了囤顶，恰逢敌人的巡逻兵敲着锣走来，壮士伏在草丛里，等他走近，挥起利剑将他杀死，又代替他敲响铜锣，敌人木然无所觉察。已上去的人又把长绳子垂下去，牵引蹲在树上的士兵，树上的士兵又牵引树下的人，一批批上去，到达囤顶的人有二三十个。于是便点火发射铳炮，大声喊道:“天兵上了囤顶了！”

贼寇们受惊而起，黑暗中相互残杀，死了几千人，抢路下山，失足掉下悬崖摔死的也有上千人。黎明时水西军士兵纷纷上囤，多如蚂蚁。陈克宅急忙下令:“擅自杀死不抵抗的敌兵，以及在黎明时还没攻上山的人，都不计功！”这一下，全军无心杀敌。士兵们纷纷给敌兵让路，放走他们。阿向同二百多名党徒才得以逃脱。

凯口囤营地被一扫而空，官军把囤内积聚的物资放火烧掉，班师而回，留下三百官兵守卫凯口囤。

◎

凯口囤的功绩算是奇特的了。只是都御史的帐下，难道就缺少两名壮士，一定要出自水西的军队吗？无怪乎土官也能仰赖功劳而骄傲恣肆，纷乱连续不断而又制止不了。至于说阿向叛乱的局势还没有彻底解决，陈克宅就匆忙收兵，让薄弱的守备力量孤零零悬在那里，毫无救援，处置战后事宜的万全之策，果真就是这样的吗？之后敌人死灰复燃，袭击杀尽了守卫的官兵。以往用来对付敌人的手段，如今却反害了自己。陈克宅又忽视按察佥事田汝成的劝诫，带领单薄的军队前去征剿，自取失败。往日的奇功，付之一炬。

唉！自古以来，书生不可与之谈论军事，这样的书生岂止是一个陈克宅啊！田汝成上书给陈克宅，谈利害关系很中肯，今略附于后。

田汝成听说陈克宅又带兵征剿凯口囤，就上书说："我私下料想如今敌人的形势，与往日并不相同，攻伐的谋略，也该相应不同。往往一两个凶顽凭赖他们的巢穴，做草野盗贼，为非作歹，都是内部储好粮食，外部有党羽相助，隐命十年之久，才敢猖獗起来苟延岁月。

"眼下，敌人处在逃命之余，怕的是死在沟壑之中，出于九死一生的打算，呼啸而起，并没有别寨的首领与他们勾结交往，也没有同类来呼应救援。他们保守着弹丸大小的地盘，龟缩其中，无异于龟缩在坛子里；用包袱皮裹上少量粮食，踩着一尺五宽的小道，在小腿上扎上绑腿往上爬，粮食之少就像是拿去喂幼鸟的;他们没有陈粮旧钱堆积在仓库里，也没有畜养许多大猪肥牛可供宰杀。失去这两个条件，就是必定要失败的象征。而要想瘪着肚皮，握着空拳，干瞪双眼上前去抗击猛虎，那就注定会成为刀下之魂，不值得为他操心。然而我私下听说，敌人元凶一声召集，聚合起来的就有三四百人。计算他们十天的粮食，也不会少于三四十石。耗费也算很多的了。然而超过了一旬却不饿肚子，莫非有小路捷径偷运粮食供应囤中吧？不然，他们靠什么去维持生计呢？

“夷蛮部落的偏远地方，事情与中原有所不同。就像在幽深的内室、曲折的小巷中抗击敌人那样，搏斗进攻是无法施展力量的。所以征服蛮族的策略，都是多设埋伏与哨兵，扼守险要之处，四面堵塞围困他们，切断他们的柴草粮食之路，层层设营，密树栅栏，勤勤侦察，严守壁垒，不与他们交锋，使他们进无可攻，退可无退，至多一个月，疲惫瘠瘦的尸体，就会倒在我军脚下了。

“至于说我军情势稳固，敌人愈加孤立，粮食吃尽，走投无路，就必然会冲出突围，那么突围的战斗不能不激烈艰苦。双方相持久了，观望起来没个尽头，我军麻痹而士气衰减，敌人窘急而斗志凶猛，或许我军心生怠忽，早睡晚起，夜间也无人打更报时，那么，贼人来劫营的祸难就不能不防。防御既已周密，奸贼愈发无计可施，一定会甜言蜜语愿意归顺，以求得苟延残喘。

“眼下虽然安稳，但以后敌人必定会东山再起，因此招抚的提议是不可听从的。敌虏见小人惯于使用诡计，也想出其不意而得胜一次。他们已经有前车之鉴了，我们又去重走老路，不仅是白费力气，恐怕还要有损威严。因此，偷袭凯口囤的计策是不可行的。至于叛乱平定之后，筹划安排尤其劳神费心。”等等。

太子晃

扬尘土

北魏太武帝率领轻骑兵袭击柔然人，兵分四路。魏帝到鹿浑谷，碰上了柔然的敕连可汗。太子晃说："敌人没料到我大军突然到来，宜趁其不备而袭击，迅速前进，进攻他们。"尚书刘洁说："敌人营地尘土盛扬，人数必定很多，不如等候大队人马来到时再攻。"太子晃说："尘土盛扬，是因为军士受惊而纷乱。平静的营地上空，怎么能有尘土呢？"

但魏帝心下怀疑太子晃的话，没有急速进攻，柔然人逃跑，追也追不上。抓获了柔然的骑兵探子，探子说："柔然人没有想到魏军来到，惊慌恐骇地向北跑去，过了六七天，知道没有追兵，才开始慢慢行走。"魏帝为此事而后悔不已。

◎

春秋时期，栾枝让车子拖着柴薪伪装逃跑，柔然人扬尘土来迷惑敌人。对此计谋不可不知。

冰城

退柔然

北魏司马楚之任副将督运军粮，柔然人想进攻他们。不久军队中有人报告驴子被割了耳朵，司马楚之说：“这一定是敌人派奸细进军营刺探，割了驴耳去做信物的。敌人很快要到了，应赶紧做准备。”就砍柳树垒墙，用水浇墙，让它上冻。

围墙竖好，柔然人就到了。墙上冰冻结实，滑不可攻，于是柔然人就四散离开了。

张魏公

捕鱼退敌

南宋绍兴年间，金人攻打京城，所过的城镇，想立即攻下。当时正逢天气严寒，护城河全结了冰。敌人借着冰，架上云梯，登上城墙，不需进攻就进了城。

张魏公当时任大名府知府，听说后，就预先废除了不准到护城河捕鱼的禁令。人们都争着下河捕鱼，河水就不能结冰。敌军到城下，观望好久，只得叹息而去。

垣崇祖

水淹北魏军

北魏军人二十万进攻南齐的豫州，齐刺史垣崇祖打算修筑外城墙，筑堰坝堵塞淝水用来巩固防卫。大家担心劳而无功，再说又寡不敌众。

垣崇祖说：“假如放弃外城，敌人必定会占据它，在外边修建哨楼，在里边筑造围墙，我们就只能坐以待毙了。”于是在城西北修堤堵住淝水，在堤北面修筑小城，四周深挖壕堑，派数千人守住，说：“敌人看见这城很小，以为可以一举攻下，一定会全力来进攻，以图破坏水堤。我们就从高处放水冲下，他们都会被大水冲走。”

北魏军队果然进攻小城，垣崇祖戴着白纱帽，乘轿子上城，指挥挖开水堤放水下冲，魏人有上千人被淹死了，于是就退走了。

柴潭

夺蔡州

南宋将领孟珙率军进攻蔡州，蔡州人凭恃着柴潭作为防守工事。潭外就是汝河，潭水比河水高五六丈，城上金字号楼里设有巨弩。相传潭下有龙，人们不敢接近，攻城将士也怀疑、害怕。

孟珙召部下饮酒，酒过两巡，对大家说："这柴潭和金字号楼并不是天造地设的，楼中的巨弩能射到远处却管不了近处。敌人所依仗的就是这潭水罢了，挖开埂坝把水放掉，潭立刻就会干涸。"孟珙派人在两侧凿挖，潭水果然自缺口流干。又派人用柴草填潭，于是军队安然通过，进攻城楼，夺取了蔡州。

宗泽

空营

宋朝时，宗泽用计击退了金兵，考虑到敌人兵力十倍于己，现在打了一仗就退走了，势必还会再来，假使他们出动全部的骑兵劲旅，夜里来袭击我军，那就很危险了。于是在黄昏时转移了军队。

夜间金兵果然来到，占领了一所空营，大吃一惊。从此害怕宗泽，不敢进犯。

浮梁 二条

建造浮桥

唐末，晋王的副总管李存进在德胜口建造浮桥。旧的造法是，造浮桥要用竹索系船，两岸铸造铁牛、石仓用来固定。李存进以苇索来拴系巨舰，两头系在十山的大木柱上，只用了一个月就造成了。浮桥的简便造法是从李存进开始的。

南唐樊若水落第，便谋划投向宋朝。他在采石矶一带的长江上钓鱼，乘小船，装载着绳索，一头系在南岸上，急速划桨，抵达北岸，用这种方法衡量江面的宽度。然后上书宋朝廷，请求造浮桥以供军队渡江。众人都认为江宽水深，自古就没搭浮桥过江的。皇帝却不顾众人反对，提拔樊若水为右赞善大夫，派石全振去荆湖一带督造黄、黑色龙船数千艘，又用大舰装载竹索，从荆江顺流而下，先在石碑口试验，再移到采石江面，三天就成功，尺寸不差。

韦孝宽

玉壁之战

西魏的韦孝宽镇守玉壁。高欢出动山东全部人马来进攻，营垒相连达几十里，一直逼到玉壁城下。

高欢在城南堆起大土山，想登上土山进入城里。城墙原先有两座岗楼，直对着土山，韦孝宽让人捆上木头接在楼上，使岗楼极高。

高欢在城南凿挖地道，又在城北堆起土山攻打，昼夜不停。韦孝宽便让人挖掘深而长的沟堑，挑选战士驻守，每逢敌人挖地道通到沟堑，战士们就抓住杀死他们。他又在沟堑上存积柴草，贮备火种。有敌人在地道里，便放下柴火点着，再用皮排鼓风吹火，火浪烟气一冲，敌人都烤得皮肉焦烂。

高欢在城外又造攻车。攻车所向，没有什么东西不被摧毁，即使有排楯，也抵抗不了。韦孝宽命令人把布缝成帐幕，随攻车的方向而转，布幕悬在空中，攻车摧毁不了。

城外军队又把松枝绑在竹竿上，再浇上油脂，点火烧毁布幕和岗楼。韦孝宽让人制作刃口锋利的长钩，火竿一来，就用钩刃远远地把它割断。

城外军队又四面挖地道，二十一条地道分为四路，每条地道中分别架上梁柱，用油浇火烧使之烧毁折断，城墙同时崩塌陷落，韦孝宽令人在崩塌的地方，竖起木栅来守卫，因此敌人始终不能攻进城。

高欢智穷勇困，又犯了病，便撤离了。不久病死。

羊侃 杨智积

守台城

南北朝时，侯景围困台城的时候，一开始制造尖顶木驴来攻城，箭矢炮石都抵挡不了它。羊侃做成雉尾炬，安上铁箭头，浇上油脂烧着，投掷到木驴上，一会儿就把它烧光了。

不久侯景又在东西两面堆起土山监视城中，城中人震惊害怕。羊侃命令挖地道，从山底下把土偷偷运走，土山便堆不住了。

敌兵又造登城用的楼车，高达十来丈，想要居高临下向城里射击。羊侃说："楼车太高，城外壕堑松软，车来定会倒掉，可以躺在一旁观看，不须防备它了。"楼车一行动果然倒下去。

敌人屡次攻城攻不下来，便筑起围墙。朱异等人建议出城进攻敌人，羊侃说："不行，贼兵久攻不得成功，他们筑起围墙，是要引诱城中想投降的人。如今去进攻，兵少了打不败贼兵;若多了，万一失利，城门窄，吊桥小，士兵们自相践踏，肯定要大伤元气的，这是自己削弱自己。”但朱异等人不听劝阻，打了一仗便败退下来了。因争着过桥而掉下去淹死的有一大半。

后来天降大雨，城墙的泥土崩塌，贼兵爬城进攻，险些攻进来。羊侃命令多投掷火把，烧成一道火城阻断敌人的进攻，在里面从容修筑城墙，敌人最终没能进去。（没过多久，羊侃生病死去，台城就陷落了。——原注）

杨智积是隋文帝的侄子。杨玄感反叛，带兵攻城，焚烧城门，杨智积在城里添柴草助长火势，叛军反而无法进城。

张巡

守睢阳

唐朝时，尹子奇围攻睢阳，张巡守城随机应变。敌人制造云梯，形状有如半截长虹，安排二百名精锐士兵在云梯上，推动它靠上城墙，准备让士兵们跳进城去。张巡事先在城墙上悄悄地开凿了三个洞穴，等云梯快到时，从一个洞穴中伸出大木头，头上装着铁钩，钩住云梯，使它退不得。又从一个洞穴中推出大木头，支住云梯，让它前进不了。另一洞穴中送出大木头，顶端装着被大火点燃的铁笼去烧云梯。

敌人又用钩车来钩取城墙上的栅栏亭阁，张巡拿大木头安上连锁大环，拔掉车钩，把它截断。敌人造木驴来攻城，张巡熔炼金属液体浇灌木驴。敌人又用泥土袋和柴草垒台阶，想登上城墙，张巡令人偷偷地拿松明子和干蒿秆扔在上面。过了十来天，派人顺风向点火烧掉那台阶。

敌人佩服张巡的智慧，一时不敢再进攻了。

王禀守城

击退粘罕

宋朝时，金将粘罕进攻太原，四周各县都已攻下，只有太原城因张孝纯、王禀坚守而没有攻破。

粘罕的攻城工具有炮石、洞子、鹅车、偏桥、云梯，共有数千件之多。每回攻城，先排上三十座克列炮，以鼓声为号，众炮齐发。射进城中的炮石比斗还大，城上哨楼被炮石击中的，无不毁坏。幸亏总管王禀事先在岗楼外设一悬栅，又在下面堆上装糠的布袋靠在岗楼上，这样就算被炮石击毁，也能及时修好。

粘罕填壕沟的办法是:先用洞子，洞子下装车子的转轮，上面安着护人的木框，形状如同房屋。用生牛皮蒙在木框上，又拿铁叶子束裹牢。人在里面，推着行走，一辆辆依次相连，共有五十辆之多。人在这些洞子连成的空道里运送土木柴薪。粘罕填壕，先放下大块木板，接着铺垫上草帘，然后盖上泥土，再重复铺草盖土，层层增加。

王禀每回看到填壕沟，就预先在墙壁上打穿洞孔，把火和鼓风器放在洞中，等到填进的柴薪多了，便把灯放下，拿灯点燃柴薪，火渐渐旺盛起来后，就让人鼓风吹火，火焰冲天，致使敌人不能再填。

金人的鹅车，像鹅的形状，下面装配车轮，上头包着皮革，让数百人推着行动，想借此攀上城楼。

王禀在城中亦造跳楼，形状也像鹅，让士兵在里边迎战敌人。鹅车到来，令人在下面用搭钩和绳子拉拽它，鹅车向前倾倒，又不能前进。他们的云梯、火梯，也都用车轮，其高度就如同城楼。但王禀随机应变，敌人始终不能攻进城去。

孟宗政

守枣阳城

宋朝孟宗政统率枣阳军队时，金将完颜讹可率步兵和骑兵前来攻城。

孟宗政用口袋装上糠和沙子，盖在楼棚上，用许多瓦罐装满水以防火，招募炮手打击金兵，一炮就消灭数人。金将挑选两千名精锐骑兵，号称“弩子手”，扛着云梯、天桥率先登城；又招募开银矿的石工，日夜挖地道，运茅草芦苇，直达城楼底下，想要用火烧城楼。孟宗政就下令拆毁城楼，并在城里挖掘很深的坑道来防备敌人的地道，又修筑战棚，以防城楼被破坏。敌人的地道刚挖通，孟宗政就下令在洞口施放毒烟烈火，并用风箱往地道里吹毒烟来熏金兵。金兵几乎窒息，就用湿毯堵着洞口继续挖，终使城倒楼陷。

孟宗政下令把楼拆了，堆上柴火放火，以阻断金兵的通路，并在洞口四周布满勇士，手持长枪劲弩防备金兵冲杀。

又在距城楼倒塌处不远的地方，急修一座偃月城，长宽各百余尺，与正城呈掎角之势，并把深坑填平。孟宗政亲自监督工程，五天就完工了。金人始终没能攻破枣阳城。

刘馥

守合肥

东汉末年，刘馥任扬州刺史。他把城墙加高，储备许多木头石块，编了成千上万个草帘，积蓄鱼膏数千斛，以备战时使用。

建安十三年（208），孙权率十万人马围攻合肥一百多天。当时天气连雨不断，城墙快被淋塌了，刘馥就命人用草帘盖在上面，晚上点燃鱼膏照亮城外，看孙权大军有何行动而相应防备。孙权部队攻城不得，被迫退走。

盛昶

击退盗贼

明朝盛昶在任监察御史时，因直言劝谏被贬为罗江县令。他为政清廉贤明，下属敬畏他，百姓信服他。当时有个叫胡元昂的盗寇纠集了一批人，扬言要叛乱。盛昶发去檄文，命令他解散党徒。邻近的德阳县有个叫赵铎的盗寇，自称赵王，所到之处肆意残杀。他攻打成都，官兵失败，汪都司被杀，形势危不可测。

罗江县原无城池，盛昶就下令把县周围的田引满水，白天打开市门，市内各家关门闭户，里面埋伏士兵，约定听到炮响就冲杀出来。又在山弯埋伏一支奇兵。表面上装作弱不可战，派人把盗贼引进县城。盗贼刚有一半进了城，盛昶率领的义勇军听到了炮声，纷纷突袭敌军，分段截去。贼寇不能互相援救，山弯里的伏兵应声夹攻，殊死拼斗，大败贼兵，死伤被俘的不计其数。盛昶把所俘获的子女和财物全都分给百姓。这样，县城保住了。

父老乡亲感动得流着泪说：“如果没有盛公，我们这些百姓就全死于刀枪下了！”

许逵

筑城自守

明朝人许逵，河南固始人。到乐陵当县令，只一个月就做到令行禁止。

当时流贼势力强大，许逵预先修筑城墙，疏浚护城河，穷人富户都同样服役，过了一个月就完成了。他又令百姓各家自己筑围墙，高过屋檐，墙上就开一个上圆下方的圭形小洞，大小仅能容下一个人；命令每家出一个壮丁带着钢刀在墙洞里等候，其他的人全编入队伍，并下命令说："要遵守我的号令，看着我的令旗，违令者依军法处置。"又在巷道中设埋伏，把城门敞开。

流贼果然到来，火无处可放，兵也无处可用。许逵的令旗举起，城中伏兵出动，把他们全部抓住杀掉。

◎

我以为靠近城池的重要地方，都应该仿照这种方法筑墙，可以使敌寇不能兵临城下。

王濬（jùn） 王彦章

楼船下益州

东吴人将长江的沙滩险要之处用铁锁链横江拦截住，又铸制大铁锥，一丈多长，暗放在江水之中，用来抵挡船舰。西晋名将王濬让人造了数十只大筏子，大百余步，让水性好的士兵乘筏子先行，遇上铁锥，铁锥就卡在筏子上一起漂走。又做成大火炬，浇上麻油，遇到铁锁链，就点燃火炬烧它，不一会儿铁链熔化断开，船舰行驶便没有阻碍了。

五代时，晋王李存勖占领了黄河以北的全部地区，用铁锁链在德胜口拦截河道，在南北岸筑了两座城，号称“夹寨”。

梁将王彦章接受命令领兵到了滑州，备下水酒，大会军士。暗中却派人去杨村准备船只，命令武士六百人手持大斧，装载上冶炼工和炭火、鼓风器等，乘船顺流而下。王彦章与部下会饮，喝到一半时，就假装酒醉吐了满身，借口要换衣服，趁机带领一千精悍的士兵，沿着河岸奔向德胜口。船上的武士们用火烧熔铁链，接着用大斧砍断浮桥，而王彦章率军队急攻南城，把它攻克。

韩世忠

挫败兀术

宋朝人韩世忠与金兀术在黄天荡相持不下。韩世忠让战舰进荡，停泊在金山下，预先用铁索贯穿上大钩，交给骁勇的战士。

第二天早上，金兵呐喊着向宋军扑来，韩世忠指挥战舰分为两路，绕到敌船背后，每垂下一根铁索，就拽沉一条敌船。金兀术受挫，无计可施。

◎

明嘉靖年间，倭寇在吴郡猖獗，但也有过一次黄天荡胜利。当时倭贼抢劫百姓船只，扬帆驶过黄天荡，官军没人敢于抵抗。乡里百姓十分愤怒，聚集了几十只河泥船去追赶倭寇，用河泥泼在他们的船头，倭寇脚下烂滑没办法站立，而乡民们都穿着草鞋，用长脚钻钩杀敌人，倭寇翻船淹死的为数甚多。

船置草

衔枚渡河

隋朝杨素袭击蒲城，夜里到了河边，收集商人的船只，得到了数百艘。船中放上柴草，踏在上面没有声响，于是士兵们口中衔木枚，渡过河去。

破铁铠

巧用磁石

西晋马隆征讨树机能，敌兵力量强猛，都穿着铁铠甲。马隆便在路的两边垒上磁石，敌兵前进不得，而马隆的士兵都穿犀皮衣，于是把敌兵打得大败。

柴断险道

缴获战马

东汉末年，周瑜派大将甘宁前去守卫夷陵。魏将曹仁分兵围困甘宁，甘宁处境危急，请求救兵。

吕蒙建议周瑜派三百人去援救，同时在夷陵的险道上堆积木柴，阻断道路，敌人弃马步行，我们就可获得他们的马匹。周瑜听从了他的建议。援军抵达夷陵的当天，双方交战，曹仁的军队被杀伤过半。晚上，曹军撤退，路上被木柴拦阻，就舍马步行。追兵在后穷追不舍，缴获了三百匹战马。

纵烟 二条

隐蔽踪迹

隋朝军队与陈朝军队作战，败退了好几次，贺若弼总是放烟雾隐蔽自己军队的踪迹。

唐朝哥舒翰追敌人追进了狭窄的险路，敌人登上两旁高坡往下滚木柱石块，杀伤许多人马。哥舒翰用毡裹住马车，作为前驱，想借此冲击敌人。正赶上东风劲猛，敌将崔乾佑用数十辆草车堵塞在毡车之前，放火焚草车，烟雾所到之处，官军不能睁眼，胡乱自相格杀。

李勣

击败薛延陀

薛延陀部落教士兵们练习步战，每五个人中，让一个练习过战阵的人牵住马匹，另外四人上前练习作战。战胜了，就拉过马来骑上去追赶败逃者。应接有失误的，则判为死罪，没收家产、人口，赏给打胜的战士。

他们进犯唐朝境内时，李勣带兵抗击，薛延陀军队箭矢齐发，射伤唐军战马。李勣命令下马徒步作战，率领数百名长矛手组成队伍，一齐冲向敌人，敌人溃败四散。唐将薛万彻又率领几千骑兵，擒获了敌人那些牵马的士兵。敌兵失去了坐骑，不知所从，于是被打得大败。

拐子马 铁浮图

击败金军

宋朝末年，金兀术手下有支劲旅，士兵都穿双重铠甲，用牛皮绳把三匹战马贯连在一起，称作“拐子马”，又号称“长胜军”。每当战斗进行得十分激烈时，就用拐子马来攻坚，宋军不能抵挡。

郾城之战时，金兀术率领着一万五千骑兵赶来交锋，岳飞令士兵全都带着麻扎刀进入战场，不要仰视，只管砍击马腿。拐子马连绊在一起，一匹马倒下，另外两匹就不能行动，宋军奋力进攻，把金兵打得大败。

◎

南北朝时，慕容绍宗带领十万军队攻打侯景，旗帜和铠甲在阳光下闪光辉映，敲打着战鼓长驱直入。侯景命令战士们都穿上铠甲，手执短刀，进入东魏人的阵地后，只管眼向下看，砍击人腿马足。岳飞如不学古人的方法，难道和侯景的做法是暗中巧合吗？

金兀术有一批在身边掌旗的士兵，都穿两重铠甲，戴铁制头盔，头盔四周缀饰着宽檐，三人为一组，用牛皮绳把马系连在一起，号称“铁浮图”。

顺昌之战中，正在激战的时候，金兀术身着白袍，骑着披上甲衣的战马，率领三千人赶来。刘琦命令壮士用枪梢挑去他们的头盔，用大斧捶断他们的臂膀，击碎他们的脑袋。

钱传瓘

撒豆扬灰

五代十国时期，吴越王钱镠派他的儿子钱传瓘攻打吴国，吴国抵御他们，在狼山打起仗来。

吴国的船乘风前进，钱传瓘带船只躲开他们，等他们过去之后，便跟随在后面。吴军掉过船头来与钱传瓘交战，传瓘让人顺风扬洒灰尘，吴军不能睁开眼睛。等吴军船舷相接时，传瓘让人在自己的船上撒沙，往吴军的船上撒豆子，豆粒被战血浸渍，吴人踩在上面纷纷跌倒，接着便放火焚烧吴军的船只，吴军被打得大败。

杨璇

守零陵

东汉灵帝时，杨璇担任零陵太守。当时苍梧、桂阳的盗贼聚集在一起，攻城掠县。贼兵众多而杨璇的兵力弱，官吏们都忧惧恐慌。

杨璇下令制造数十辆特制马车，上面放着装满石灰的皮口袋，在马尾上系上布条；又制造了战车，配备专用的弓弩。在约定的日期与贼兵会战，杨璇命令马车在前，顺风散放石灰，使贼兵看不见。又命人点燃马尾后面的布条，马受惊，向着敌人阵地奔突过去。这时再令兵车上的弓弩乱发，锣鼓齐鸣，贼兵被惊吓得四处逃散。杨璇率兵趁机追杀消灭敌兵无数，还斩了他们的首领。从此，零陵境内才得以平安。

竹筒

诱战马

宋将刘锜在顺昌战役中令甲士们每人带一个竹筒，里面装满煮熟的豆子。进入战场后，就把竹筒剖开扔掉，豆子撒得满地都是。敌人的战马饥饿，闻见豆子的香味，就低下头去吃豆子。又因为竹筒满地滚动，人马站立不稳，因此连人带马多被击毙。

假兽 四条

虎皮军

春秋鲁庄公十年（前 684），齐国、宋国的军队因进攻鲁国，驻扎在郎地。

公子偃说："宋国的军队军容不整，我军可以打败他们。宋军失败了，齐国的军队一定会退回去。"于是从雩门私自出击，把马蒙上虎皮进攻宋军，把宋军打得大败，齐军也就撤回了。

◎

春秋城濮大战时，晋将胥臣给马蒙上虎皮，先去进攻陈国、蔡国的军队，方法就是从这儿来的。

北魏的孝文帝被南阳太守房伯玉打败，就亲自带领军队袭击宛城，房伯玉紧闭内城，御敌坚守。宛城东南面是一座桥，魏主从上面经过。房伯玉派了几名勇士，穿着五色衣服，戴着虎头帽，埋伏在桥洞下面，突然冲出来袭击魏主，魏主和他的坐骑都受了惊。

南北朝时，檀和之等人进攻林邑国，林邑王出动全部兵力来作战，给大象披挂上全副铠甲，一望无际。宗悫说："我听说外国有狮子，其威猛可制服各种野兽。"于是就造出狮子的形状，拿去和大象对阵，大象果然被吓跑了，这样便攻克了林邑。

唐代，朱滔围攻深州，李惟岳带着田悦的援兵赶到。李惟岳的部将王武俊率领骑兵三千人马，排成方阵向前，朱滔在丝帛上画出狻猊的形象，让一百勇士蒙上，呐喊着，奋力飞马奔驰。敌人的战马受惊乱跑起来，朱滔趁机击败了他们。

师马　师蚁

老马识途

春秋时期，齐桓公讨伐山戎人，途经孤竹国，前方有水阻拦，深浅莫测，夜色黑暗而迷失了方向。管仲说：“老马善于认路。”把老马放到队伍前面，军队随后跟着它走，就找到了道路。

走在山里找不到水，隰朋说：“蚂蚁冬天住在山的南面，夏天住在山的北面，蚂蚁窝深一寸，地下七尺深就有水。”命人掘地，果然找到了水。凭着管仲的圣明、隰朋的智慧，都还把老马和蚂蚁当作老师，如今的人们只想拿自己的愚昧之心去学习圣人的智慧，怎么会不犯错误呢？

◎

古代圣贤开创天地，都是师法万物的，岂止是救一时之急呢？

无底船

败元军

元军包围南宋襄阳的时候，张贵做了上百艘无底船，船中竖着旗帜，两舷上分别站着士兵来迷惑敌人。敌人争着跳进船里，淹死了一万多人。这也是前人所未有的创奇之举。

铁菱角 火老鸦

击退流贼

明朝时，流贼进犯江阴县，江阴人把铁菱角埋布在城外的泥沼地中，把牲畜也赶到那里去。贼兵们去抢夺牲畜，就都陷下去扎上了铁菱角，不能上来。就这样抓获了几十名贼兵，后来流贼再也不敢靠近县城。

流贼刘七等人把船停泊在狼山脚下。苏州有人应征献上一计，用火器进攻，武器名叫火老鸦。把火药和火种都藏在炮里，在水中射发。又制造形状像鸟喙一样的武器，带入水中，用喙尖钻船板，机关发动，就自动运转，把船板钻透，船就会沉。试用一回，果然钻破了一艘船。贼兵们大惊，认为江南的军队能在水中沉船，真是神兵，就丢下船只上岸登山，被守备军队挫败。

分兵　合兵

勾践灭吴

春秋时期，越国进攻吴国，军队驻扎在江水南岸，吴王军队驻扎在江北。越王把军队分为左右两军，以六千主力为中军。

第二天将要交战，黄昏时，越王下令左军士兵不出声响地逆江水而行五里待命，又命令右军也同样地顺江水下行五里待命。半夜里，命令左军、右军在水上鸣响战鼓，吴国军队听见，非常惊骇，说："越国军队分为两部分，将要夹攻我们了！"

没等到天亮，便也把军队分成两个部分，准备抗击越军。越王就命令中军不出声响地偷偷渡江，不击鼓，不喧哗，去袭击吴军。吴军大败，越国军队趁势包围了吴国的都城。

晋朝大将桓温带军队讨伐成汉，商讨战术的人们想兵分两部，从不同的路线同时进军，以分散敌人的力量。袁乔说："现在我们是孤军深入，应当集合兵力来争取打胜一仗。万一两支军队中的一支打败了，就大势已去了。"于是全军一齐前进，扔掉炊具，带上三天的干粮，表明不胜必死。结果打败了成汉的军队，直逼成都。

◎

分兵用的是计谋，合兵用的是猛劲。

有分兵而获胜的，三国时，钟会把姜维牵制在剑阁一带，而邓艾另从阴平道去袭击蜀汉就是这种情况。

有合兵而取胜的，春秋时，吴王夫差，三万人布成方阵，借威势进攻，晋国军队害怕他们，就是这样的。

有分兵而失败的，秦末汉初英布三分他的军队，打算互相救援，有人说军队分散在不同的地方，一支军队战败，其他军队必定都会逃跑。英布不听劝告，结果战败了。

有合兵而失败的，金兀术在顺昌战役中，城下集中的军队太多了，无法调动运转，最终败于南宋军队。(按:此处论述有误，"三分军队"的不是英布，而是其对手楚军。)

晁错

论遏制外敌

西汉景帝年间，匈奴屡次骚扰边境。

御史大夫晁错就对匈奴用兵之事上书皇帝：“我听说用兵作战，临阵时最急迫的事有三件，一是占据有利地形，二是士兵训练有素，三是兵器精良。因此兵法上讲：‘兵器不锋利，等于把自己的士兵送给对方；士兵不能对敌作战，等于把将帅送给对方；将帅不能用兵，等于把他的君主送给对方。’

“这四者之中，用兵是最重要的。我又听说以夷攻夷，是我国的一项重要方略。现在匈奴的山川地形及作战技巧与我国不同。上山下坡，出溪入涧，中国的马是不如他们的；羊肠小道，边骑边射箭，中国的骑兵不如他们；忍受风雨，耐饥耐渴，中国的士兵不如他们，这些是匈奴的长处。

“如果在平原地区，轻车突骑，那么匈奴的兵众容易被我军打乱；如果用强弩长戟，射远刺近，长攻短突，流动的弩手往来射击，各路军队并驱前进，那么匈奴的军队就无法抵挡了；我军的弓箭手突然向同一个目标一齐射箭，那么匈奴用皮革做的铠甲、以木板做的盾牌就支架不住了；如果马下作战，剑碰戟撞，近身相搏，那么匈奴的骑兵就没有用了。这些都是我国的长处。

“由此看来，匈奴方面有三种长处，中国却有五种长处。帝王之道，在于能虑事周全。现在胡人来归降的几千人，他们拥有的长处与匈奴人相同，可赐给他们坚固的甲胄和锐利的兵器，再加上边境地区的精锐骑兵。在平原作战，就用轻车勇士来制服敌人，两军相互配合，扬长避短，这才是万全之策啊！”

晁错又奏请皇帝说：“北方的少数民族生性耐寒，南方人则生性耐暑热。秦朝的士兵南征北战，不服水土，所以把当兵戍守看作赴刑场一般。陈胜率先起义，天下人群起响应，这是秦王朝以武力胁迫士兵出征所造成的弊端。

“不如选择定居于那里的人们，给他们盖好房屋，配备农田器具，让他们修城堡挖壕沟，建立村邑。招募有罪的人戍边，免去他们罪行，恢复其爵位，重新给他们建立家园，给衣给粮。如果胡人来侵犯，能阻止胡人的，就将所获的一半战利品赏给他。这样，村与村、户与户就能互相援救，和胡人作战就不怕死。这不是他们为了报答皇帝的恩德，而是为了亲人的生存和得到胡人的财富。相较于从东方征发士兵，不习惯西北的地形气候，心理上又畏怕胡人，其功效要相差万倍。”

景帝听从了他的建议，招募百姓徙居塞外。

◎

以后世世代代遏制外敌的策略，都没有超出晁错所论述的范围。

范雎策秦

远交近攻

战国时期，范雎游说秦王说："凭着秦国的广大、士兵的骁勇，对付诸侯，就如同驱赶着好猎狗去追逐跛腿的兔子。然而闭关自守十五年，不敢出兵去崤山以东的地方，这是穰侯治理秦国不尽忠，而大王的计略也有失当的地方。"

秦王坐着耸起身来说："希望说一下我失策的地方。"

范雎说："穰侯越过韩、魏两国去攻打齐国，这不是个好计策。现在大王不如交结远方的诸侯，攻打邻近的国家，得到一寸土地就成为大王的一寸土地，得到一尺土地就成为大王的一尺土地。现在韩、魏两国，地处中原，是天下的枢纽。大王一定要亲近韩、魏两国而把它们当作夺取天下的枢纽，以此来威胁楚、赵两国。楚、赵两国一定都会依附。楚国、赵国依附我们，齐国必定会害怕，像这样的话，韩、魏两国当然一定能够攥在手心里了。"秦王说："好啊！"

王朴策周

先易后难

五代周世宗的时候，拾遗王朴献上平定天下的策略，大致是这样的："攻取之道，是从容易的开始。当今只有吴国容易对付。东到大海，南至长江，可以进行攻扰的地方达两千里，我们可以从敌人防守薄弱的地方先攻扰。吴国在东边守备，我们就攻扰它的西边；在西边防守，我们就攻扰它的东面，使他们奔跑着救援受困的地方。那么在此过程中，我们可探察到他们的虚实。避实击虚，所向无敌，那么就能占领江北各州。得到江北地方之后，借用那里的民众，充实我们的军队，江南也是不难攻克的。江南攻下后，桂、广、岷、蜀地区，传一纸文书就可以把它们招抚了。

"吴、蜀两地平定之后，幽燕地方必定会闻风而降。只有并州是会以死相拼的敌人，必须拿劲旅去全力进攻，但是不足以构成边界的祸患了。”

世宗认为王朴的计策很了不起，却没来得及试用。后来宋朝兴起，夺天下的过程就像王朴的策略一样。

任瑰等

定关中

隋末时，李渊的军队从晋阳出发，进入临汾，距霍邑五十多里远。隋朝将领宋老生率领两万精锐部队驻守霍邑，大将军屈突通统帅好几万骠骑兵驻扎在河东郡，用来抗击李渊。

众将领请求先进攻河东，任瑰劝李渊说："关中的豪杰们，都踮着脚等待义军到来。我在冯翊待了不少年，认识那里的豪杰人物，请允许我去晓谕他们，他们必定会随之归顺。军队从梁山渡过黄河，直指韩城，进逼郃阳，萧造一班文官们必然是一望见我大军便来请求臣服。然后擂起战鼓向前进军，径直去占领永丰，虽然未得到长安，关中一带却平定下来了。"裴寂说："屈突通拥有大军占据着城池，我们撇开他离去，假如进攻长安不成功，后退又被河东的大军所进逼，腹背受敌，这可是一条险路。"

李世民说："并非如此，兵贵神速，我们凭借着多次胜利的军威，安抚归顺的民众，兵擂着战鼓向西进军，长安的人听见风声而胆战心惊，他们的智慧来不及谋划，计划来不及决断，我们攻克长安不过就像抖掉枯败的树叶一样。要是拖延时间，困在坚守的城池里面，他们就得以订好谋略做好准备来等待我们了。坐守一地空费时光，众人离异沮丧，那么大事也就完了。再说关中一带起义诸将正在观望，不能不早去收编，使他们归附，屈突通只是一个守城的俘虏罢了，不值得为他费心！”

连日下雨，李渊不能进军，军队中粮食不够。刘文静去东突厥的始毕可汗处搬兵相助，还没回来。又有传报说突厥人和刘武周一道乘虚袭击晋阳，李渊想回去救大本营。

李世民说：“如今豆麦遍野都是，哪里需要担心粮食不够？宋老生轻率浮躁，一仗便可擒获。李密舍不得兴洛仓的粮食，顾不上向远处进攻。刘武周与突厥人虽表面上互相依靠，可内心实是互相猜忌。他虽然往远方跑到太原捞油水，但又怎么能够忘记身边的大本营马邑呢？我们本是兴举大义，奋不顾身以解救天下的老百姓，应当首先进入咸阳，向天下传布号令。如今遇上了微不足道的敌人，就匆忙班师而回，只恐怕响应起义的人们一下子就会瓦解离散。回去守着太原那一座城市，只不过是盗贼罢了，靠什么保全自己？”

李渊不听。世民想再进去劝谏，正逢李渊已经睡觉，不能进去，就在屋外大声哭喊。声音传到寝帐中，李渊叫他来询问，世民说：“如今军队凭着正义而行动，向前作战就能胜利，向后退回就要离散，大军前脚离散，敌人随后进攻，离死不远了，怎么能不悲伤？”

李渊这才醒悟，说：“军队已经出发了，怎么办呢？”李世民道：“右军正准备出发，但是还没走，左军离开也不太远，请让我去追回他们。”就和李建成夜里出发分路前进，追回了左军。不久从太原运送的粮食也到了，诱出宋老生交战，并把他杀了。天色已晚，没有攻城的战具，将士们肉搏作战，登上城墙，攻克了霍邑。

◎

任瑰的计策，就是李密劝说杨玄感、魏思温劝说徐敬业的计策，只是唐太宗采用了它因而成功，两个逆贼不用因而失败罢了。

杨玄感谋反的时候，李密献了三条计策，说：“天子远在辽海一带，您若长驱直入到达蓟州，直接扼住他的咽喉，他向前有高丽人，后退又没有归来的道路，不用打仗便可擒获他，这是上策。关中地区四面隔绝，我们擂着战鼓向西进军，经过城池不要攻取，径直攻占长安，收容那里的豪杰人物，安抚士人百姓，占据险要之地加以防守，天子就是回来了，也失去了大本营，可以慢慢地对付他。如果就近先指向洛阳，而指挥四方，只恐怕洛阳闻讯要顽固守卫。如进攻它一百天还攻不下来，援兵从四面赶到，其结果就不是我所能知道的了。”

杨玄感说：“不是这样的，如今朝廷百官的家小都在东都，要是先攻下它来，就足以动摇他们的意志，再说经过城池而不攻占，我们拿什么去显示威风呢？先生的下策，才是上策。”李密知道自己的计策不被采用，退下来对别人说：“楚公想谋反却不想求胜，我们一班人将要做俘虏了！”不久杨玄感就失败了。

唐朝的徐敬业举兵讨伐武后，向军师魏思温询问计谋，魏思温回答道：“大人起兵既是因为太后幽禁了天子，就应该亲自带领军队，径直奔向洛阳。山东和韩魏等地，知道您来救援皇室，归附的人一定很多，平定天下就指日可待了！”徐敬业说：“不该这样。金陵背靠长江，帝王气象仍在，应该先兼并常州、润州以作霸王基业，然后再擂鼓北上。”魏思温回答：“郑、汴、徐、亳一带，士兵都是豪杰，不愿武后居天子之上，正蒸熟了麦饭等待我们的军队，怎么能守着金陵自投死地呢？”

徐敬业不听劝告，派徐敬猷驻守淮阴，韦超驻守都梁山，自己带领军队进攻润州，把它占领。魏思温叹道：“军队忌讳分散，徐敬业不懂得带领全军渡过淮河，率领中原军民先袭击东都，我知道他成不了大事了！”

李密为杨玄感谋划是多么明智，为自己谋划又是多么愚蠢啊！魏思温的计谋是很好的了，然而徐敬业的本意其实并不是为了救援皇室，怎么能听从他呢？明朝人李士实也劝过宁王，直捣南京，别进攻安庆，这也是李密、魏思温过去的智谋。宁王不听从，因而失败。隋炀帝恣肆暴虐，武则天篡夺大统，李密、李敬业举兵，尚可算得上有个名目，那宁王逆贼有什么名分呢！上天不保佑叛贼，就是他直捣南京，也不见得一定会成功。

据说宁王起兵的时候，声言要直接攻占南京，途中经过安庆，太守张文锦和守备杨锐等人合谋，让军士们击鼓呐喊上城墙大骂，激怒宁王，使他的军队困顿在坚固的城下，挫伤了锐气，从而使王守仁得以完成他的功业。虽说是上天不让宁王得逞，但张文锦等人的智慧，也是值得称道的。

习马炼刀法

仿效外族

北方少数民族的马驹生下几天，人们就把母马拴在半山腰，小马驹在山下盘旋，母子互相哀鸣，小马驹奋力挣扎爬上山，才能吃到奶。后来再把母马渐渐往上拴，马驹也就渐渐爬高。所以，北方的马登险坡如履平川。现在养马，应该在高山附近放牧，并仿效北方人那种做法，这样放牧出来的马自然顶用。

还听说倭国人生了儿子，亲朋就搜集一些铁来庆贺，且当时就把铁扔进井中，以后每年都把这些铁拿出来打炼一次。等孩子长大后，铁就被打炼成刀，而且锋利无比。

如今的功臣元勋之家，世代以习武为业，家里却没有锋锐的刀剑。我认为也应该仿效这样的方法。子承父业，不应该只作为笑谈。

闺智部

总序

常言说:男子有德便是才，妇人无才便是德。此话难道果然如此吗？那麒麟虽是呈祥瑞兆，却无法和老鼠较量，凤凰虽是文采斑斓，却不能捕捉兔子。世上有申生的孝子之行，但是他的才又表现在哪里呢？

周武王圣明贤德，首先应当尊崇他的母亲邑姜，春秋孔子称赞她的才智可与九臣并驾，却没听说要因为邑姜的才智去贬抑她的德行。所谓才，不过是智慧罢了。没有才智便糊涂懵懂。若无才反能成为德行，那么天下糊涂懵懂的妇人莫非都是有德之人吗？

用日和月来打比方，男子是日，女子是月，太阳照耀而月亮借光，妻子因此可与丈夫同享令名;太阳隐没而月亮替代，妻子因此可以辅助夫君。这也就是日与月的才情与智慧啊。假令太阳必定赫赫炫目，月亮必定暗暗无光，那么有一个太阳就行了，何必二者都要？所以我对闺中之智也有所撷取。

贤哲一类，和愚痴相别；雄略一类，与柔弱互异。汉代吕后、唐代武则天的智谋，骄横不可为训。三国灵芸这一类女子，在技艺上巧捷；唐朝上官婉儿等，在诗文上颖悟，这些都纤小，只算得上智术。不骄横、不纤弱的，可以称之为才，也可以称之为德。至于那些孝义节烈的女子，已经载之于史册，流传千古，她们也是妇女中难得的贤才，但品赏智慧的人在这里就不涉及她们了。

卷二十五

贤哲

没有才德便是愚蠢，唯有聪明才最为可贵。可叹世间那些糊涂的男人，反从妻子那里得到教益。为此，辑撰《贤哲》卷。

高皇后

造纸币

明朝太祖高皇帝刚开始制造纸币时，多次试制都没成功。有一次他梦见有人告诉他说：“如果想制成纸币，必须用秀才的心肝来做方可。”他醒后思索道：“这难道是要我杀读书人吗？”马皇后启发他说：“照贱妾看来，秀才们作的文章就是心肝。”

太祖听了很高兴，命太监找来文人写的有关文章，加以采用，纸币果然就造成了。

赵威后

问齐使

战国时期，齐王派使者慰问赵威后。信还没有拆开，赵威后问道：“年成还好吧？老百姓没有什么祸难吧？齐王也没什么忧患吧？”

使者不高兴地说：“我奉命出使到威后这里来，现在不询问齐王而先问年成与百姓，岂不是把卑贱的放在前面而把尊贵的放在后面？”

威后说：“不是你说的这样。假如没有收成，怎么能有百姓？假如没有百姓，怎么能有国君？有丢开根本而去问末节的吗？”

赵威后进一步问道：“齐国有个处士钟离子，没出什么事吧？这个人的呢，别人有粮食的他给他们食物吃，没粮食的也给他们食物吃；别人有衣服的给他们衣服穿，没衣服的也供给他们衣服穿。这是帮助国君抚养他的人民，为什么至今还不让他成就功业呢？

“叶阳子还好吧？这个人的为人，哀怜鳏夫寡妇，顾念孤儿老人，救助贫穷困窘的人，贴补缺衣少食的人。这是帮助国君使老百姓得以生息繁育，为什么至今不让他功成名就呢？

“北宫氏的女儿婴儿子也还好吧？她取下自己的耳环饰物，终身不出嫁，以供养父母。这是带领老百姓都发扬孝心，为什么至今不使她获得封号朝见君王呢？这两个士人没能起用，一个女子没能受封，齐王靠什么去做齐国的国君、万民的父母呢？

“於(yū)陵子仲还活着吗？这个人的为人，上不向国君称臣，下不管理自己的家，中不交结诸侯。这是引导老百姓无所事事的人，为什么至今不杀掉他呢？”

刘娥

谏刘聪

十六国时前赵烈宗刘聪的妻子刘氏，单名叫娥，很得刘聪的宠爱。她被册立为皇后之后，刘聪下诏令建凤仪殿让刘娥居住。

廷尉陈元达极力劝止，刘聪非常恼火，要把他杀掉。刘娥私下指示刘聪手下的人停止行刑，并亲手给刘聪上疏，大意是："廷尉的劝说，关系到国家大事，忠臣难道是为自身着想吗？陛下不仅不接受劝谏，还要诛杀忠臣。陛下这次的怒气，由我而引起，廷尉的灾祸，因我而招致。个人的怨恨、国家的怨恨，错误都在我身上；陛下拒绝劝谏杀戮忠臣，也只是因为我的缘故。

"自古以来国家败亡的教训，没有不引起于女人的。我每次观览古代的旧事，就愤愤不平，忘记饮食，哪想到今日我自己也做了这样的事。后代人们看我，也就像我看古人一样。

我还有什么脸面侍奉在陛下身边？就请让我死在这堂上，以此来塞绝陛下好色的过失。”

刘聪看完，对手下群臣说：“我有愧于元达啊！”于是手拿刘娥的疏文给陈元达看，说：“在外有你这样的人辅佐，在内宫有刘娥这样的内辅，我还要担心些什么呢？”

◎

刘娥和西周姜后、春秋樊姬、唐朝徐惠妃等是同一类的人物。

李邦彦母

银匠和宰相

宋钦宗时，太宰李邦彦的父亲曾经做过银匠。有人拿这事来讥笑他，李邦彦感到羞惭，回家告诉他的母亲。母亲说："宰相家里出了银匠，才该羞惭；银匠家里出了宰相，这是一桩美事，哪里用得着羞惭呢？"

肃宗朝公主

赦免番将妻

唐肃宗在宫廷中宴会，由女戏子表演助兴。有一人穿绿色衣服，手持牙筒，扮演参军角色。

天宝末年，番将阿布思因犯法被杀，他的妻子发配进皇宫掖庭。她擅长演戏，便从属乐工，于是就让她扮演参军戏。

公主进谏说："宫禁之中女伎不算少，哪里需要这个人来演戏？假使阿布思真是叛逆之徒，他的妻子也是罪人，那就不该靠近皇上的尊座。假如阿布思真是受冤横死的，又怎能忍心让他的妻子与众戏子混在一起，作为取乐的玩物呢？我虽然十分愚昧，却深深地感到不可以这样做。"肃宗心里也怜悯悲伤，就停止了演戏，而且赦免了阿布思的妻子。从此大家都很敬重公主，公主就是柳晟的母亲。

房景伯母

教子

南北朝时，北魏的房景伯任清河太守。有个妇女来告她儿子不孝，房景伯的母亲崔氏说：“老百姓不懂得礼义，不要过分地责罚他们。”于是，崔氏叫来那个妇女，和她一起坐着吃饭，并让那人的儿子站在堂下，观看房景伯是如何服侍老人吃饭的。

这样过了不到十天，那儿子表示悔过，请求放他回去。崔氏说：“他虽然表面上觉得有愧，但内心还没有真正认识到，暂且不理他。”又过了二十多天，那个儿子叩头请罪，头都磕出了血，他母亲也哭着请求回家，这时崔氏才同意放他们。从此，那个儿子以孝顺闻名。

◎

这是三国时张飞以礼仪告诫马超的聪明做法。

柳氏婢

志气

唐代仆射柳仲郢镇守郪城，有个婢女不称心意，就在成都把她卖了。刺史盖巨源是西川大将，连年担任西川支郡使，住在苦竹溪。女掮(qián)客把婢女带到他家，巨源欣赏她的技艺。

有一天，盖巨源从窗户看见大路上有个卖绫罗绢绸的，唤他来到家里，在一束五匹细绢里仔细挑拣选择，舒卷边幅，比较厚薄，并与卖家讨价还价。当时柳氏婢女侍立在左边，气咽无声地仆地跌倒，好像是中风一样。盖巨源叫人把她扶走，她总是一句话不说，只得让她回到掮客家去。第二天，这个婢女的病就好了。追问她为什么而痛苦，这个女子说：“我虽地位卑微，却曾经做过仆射的婢女，死就死罢了，岂能够侍奉卖绸绢的货郎呢！”成都人听说此事后，都为她嗟叹。

◎

这个婢女胸中的志气，真是难以料测。要让魏晋王浚冲这一类人惭愧死了。

崔敬女 络秀

生男勿喜女勿悲

唐代冀州长史吉懋(mào)，想给儿子吉顼娶南宫县县丞崔敬的女儿。崔敬不同意。后来，吉懋趁崔敬犯有过错，强行求亲。崔敬因害怕答应了。吉府选择日子下了婚书，连同花车突然之间来到崔家门前。

崔敬的妻子郑氏原先不知道，抱着女儿大哭道：“我家门户低，没有听说有吉家的婚事！”女儿也睡在床上坚决不起来。

崔敬的小女儿对母亲说道：“父亲有迫在眉睫的危险事情，应当舍身相救，即使是当奴婢，尚且不该推辞，况且嫁给有名望的人家，又哪里称得上耻辱？姐姐若不愿意，我代替她去！”于是就登上花车去了。吉顼后来显贵，担任了宰相。

晋朝大臣周顗的母亲李氏，字络秀。年轻时住在自己家中。周顗的父亲周浚那时是安东将军，因为外出打猎遇上雨，歇在络秀家。正逢络秀的父亲、哥哥外出不在，她就独自和一个婢女一道，准备几十人的饭菜，做得非常精致，而且安安静静、不闻声响。

周浚感到惊讶，偷偷观看，看见络秀长得很美，便求娶她做妾。父亲及哥哥不同意，络秀说："我家门户孤单清寒，为什么舍不得一个女儿？又怎么知道这不是好事呢？"她嫁给周浚后，生了周顗、周嵩、周谟。后来三个儿子都富贵显耀。络秀对他们说："我委曲名声做了你家的妾，图的不过是周家的门第罢了。你们要是不和我娘家做亲戚相亲近的话，我又何必留恋这残年呢？"周顗等人恭恭敬敬地答应了。从此李氏的家门也兴盛起来。

◎

绝无一毫巾帼气。"生男勿喜女勿悲"，这诗句正称得上是为这两个女子而吟诵的。

乐羊子妻 三条

不受嗟来之食

东汉乐羊子曾经在走路时拾到一块金子，回家后告诉妻子。妻子说："有志之士不喝盗泉的水，廉洁之士不吃嗟来之食，更何况拣丢在路上的金子呢？"乐羊子十分惭愧，就把金子扔到野外去了。

乐羊子外出学习，一年就回来了。妻子问起缘故，乐羊子说："长期在外乡客居，想家。"妻子就拿着刀走向织布机，说道："这布从一缕丝开始积累到一寸，从一寸而积累为一丈，从一丈再积累为一匹。现在若是在机上把它割断，就前功尽弃了。学业半途而废，和这有什么两样呢？"乐羊子被她的话所感动，回去完成他的学业，七年没有回家。

乐羊子外出学习，他的妻子辛勤劳作，奉养婆母。曾经有别人家的鸡误入她家的园子，婆母杀了做成菜。乐羊子妻对着鸡肉不吃饭而流泪。婆母感到奇怪，问是什么原因，她回答说："伤叹自己过得贫穷，不能备下好的食物，致使饭菜中有别人家的肉。"婆母于是把鸡扔掉不吃。

◎

让丈夫扔掉拾来的金钱，妻子就是有益的朋友；促使他完成学业，妻子就是严格的老师；向婆母说明道义，成全丈夫的德行，妻子又是贤惠孝顺的媳妇。

孙太学妓

两全其美

明朝嘉靖年间，娄江有一位孙太学和一个妓女相好，发誓要你嫁我娶，为她用尽钱财。

没多久，孙生死了妻子，家道越发贫穷衰落，亲友便唆使他去告那妓女的状。妓女听后，设计召来孙生，请他吃饭，与他重申以前的盟约，并且以身相委。孙生本来不善于谋划生计，妓女带来的簪钗耳环等首饰，不久又靡费干净。妓女日夜辛劳，劈麻纺线，用以供养孙生，只能勉强度日。

像这样过了十多年，孙生更加老成，决心改正错误。选官的日期已到，他伤叹自己没有资财，半夜里流泪哭泣，妓女查明他是真心实意，就在平时坐着纺麻线的地方，让孙生挖洞，得到千两银子——都是妓女偷偷埋下的。孙生因此得以选为县尉，后来又升迁为按察司经历。做官所得的钱财渐渐丰足时，妓女就劝孙生请求罢官回乡，以安享小康生活而终其一生。

◎

既使孙生得到成功，又使自己也能有所归属，可算是两全其美了。难以做到的，是十多年的坚持和忍耐。

吴生妓

义妓

真定的吴生在学校里享有声名，性格疏放不拘。他爱上一个妓女，而家中实际上没有多余的钱。妓女爱他的才华，询问他的专长，他说：“擅长樗(chū)蒲。”妓女就让他住在另一间房屋里，凡遇到喜欢樗蒲的人，就让吴生改变姓名与他角逐，吴生经常得胜，凭赢的钱供给灯火费用。妓女有空时，便来陪吴生寝眠，吴生有时间便读书。

后来吴生中了进士，想来娶这个妓女，而妓女在这时死了。于是吴生制作丧服，主执丧事，按礼仪把她安葬，每当向人谈起她，必定要流下眼泪。

◎

吴生从来没出过丑，这妓女比唐代汧国夫人强得多了。

陶侃母

教子廉洁

东晋陶侃的母亲湛氏是豫章新淦(gàn)人。当初陶侃的父亲陶丹娶她做妾，生了陶侃。陶家贫穷没有地位，湛氏每每纺麻线供给用度，让陶侃去交结胜过自己的人。

陶侃年轻时当浔阳县的小官吏，曾经监管鱼坝，拿了一罐子干鱼送给母亲。湛氏就送回干鱼，写信责备他说："你做官，拿官府的东西送给我，不仅不能给我带来好处，反给我增加了忧虑。"

鄱阳人范逵一向有名声，被举荐为孝廉，投奔到陶侃家过夜。当时已是多日下雪结冰，陶侃家徒四壁，空空如也，而范逵的随从和马匹非常多。湛氏对陶侃说："你只管出去留客，我自己来想办法。"湛氏的长发直拖地面，剪下两束做假发，卖假发得了几斗米。她又把各屋用来撑房的柱子，劈下一半来做柴火，把床铺上的草垫子抽出铡碎作为马饲料。终于准备好精致的饮食，连随从仆人也个个吃饱。范逵听说后感叹道：“不是这样的母亲生不出这样的儿子！”范逵到了洛阳后，极力宣扬称赞，陶侃于是得以显达。

李畬（shē）母

清廉大义

唐代监察御史李畬的母亲为人清白廉洁。

李畬请人将禄米送到家中，母亲让人用斗过量，多出了三石。问是怎么回事，令史回答说：“御史官的禄米在过斗时，按惯例是不要刮平斗口的。”李母又问运费是多少，又回答道：“给御史送粮照旧例是不要给车钱运费的。”李母很生气，让他送回多余的禄米及运费，责备李畬。李畬便追问仓官，并依法判罪，众御史官都面有愧色。

王孙贾母

忠心义举

战国时，齐湣王失去了国家，王孙贾跟从着湣王，到后来与湣王失去了联系。他的母亲说："你早晨出门晚上回来，我就靠着家门望你回来；你晚上出门没回来，我就倚在里巷的大门边等候你。如今你侍奉齐王，却不知大王的下落，你还回来干什么？"王孙贾就进入街市高喊道："愿跟我来的袒露左臂！"

跟从王孙贾的有三百人，他们一起搏斗杀死了卖国的淖齿，找到了湣王的儿子，拥戴他为王，终于复兴了齐国。

◎

不杀掉淖齿，燕国乐毅的势力就不会孤立，而复兴的大事就难以下手，不仅仅是与他仇恨不共戴天而已。张伯起写的传奇《灌园记》，只描写湣王之子的个人欢爱，却不记录王孙贾母子二人的忠心义举，太有失轻重，我已经替它改正过来了。

赵括母　柴克宏母

知子

战国时，秦、赵两国军队在长平相持不下，赵王听信了秦国的离间计，准备任赵奢的儿子赵括为将军，替换下廉颇。赵括平时每每轻率地议论军事，赵奢并不欣赏他。

到了赵括任大将军，将要出征的时候，他的母亲上书给赵王，说："赵括不能当将军。"赵王问："为什么？"赵母回答说："当初我伺候他的父亲，那时他的父亲当将军，亲自捧着饮食去侍奉的人，要用十来计数；相友好的人，要用百来计数。大王和王室宗亲所赏赐的东西，全部分给军队的将士。一旦接受了命令，就不再过问家中的事情。现在赵括一当上将军，就面向东方召见部下，军吏们没人敢仰起头来看他。大王所赏赐的金钱财物，他都拿回去收在家里，天天去寻找便宜的土地房宅，可买的就买下来。父亲和儿子志向不同，希望大王不要派遣他！"

赵王说："老人家别管这件事，我已经决定了。"赵括的母亲于是说："大王既然非要派遣他不可，那就算了，假如他不称职，我应该不受牵连。"赵王答应了。赵括当上将军以后，就完全改变了廉颇的规定，打了败仗，自己也丢了性命。赵王也因为赵括的母亲有话在先，就没有杀她。

◎

赵括的母亲不仅了解人，她对将领的评论也是很高明的。

南唐的龙武都虞候柴克宏是柴再用的儿子。他性格沉默，喜好施财，不治家产，虽然任宫禁中的值宿警卫，却每天和宾客在一起游戏、下棋、喝酒，从不谈论兵法。当时人们认为他不是个将帅的材料。等到吴越国的军队围困常州的时候，克宏请求去战场献身。他的母亲也表白称道克宏有父亲的遗风，可以做将军。如果不能胜任，甘愿家小连坐。元宗皇帝就任用他为左武卫将军，派他去援救常州，结果把敌人打得大败。

◎

赵括因为不懂兵法，所以轻易谈论兵法；柴克宏不谈论兵法，正是深知兵法。赵母预知失败，柴母预知胜利，都是比照他们的父亲而判断，真是神奇啊！

陈婴母　王陵母

深明大义

秦末，东阳地方的年轻人起兵造反，想拥立陈婴为王。陈婴的母亲说："陡然间得到一个大名号，不吉利，不如依附别人。事成之后可以封侯，若不成功，不至于被世人指指点点。"陈婴便推举项梁为王。

王陵带领军队归附汉王，项羽把王陵的母亲抓入军中。王陵的使者来了，项羽就客客气气地让王母朝东坐着，想让她来招降王陵。

王母私自送使者走，流着泪说："希望替我告诉王陵，好好地给汉王做事，汉王是个有德行的厚道人，不要因为我的缘故怀有二心。"于是就用剑自尽了。

◎

陈婴的母亲知道大事将会失败，这一点胜过陈涉、吴广、田横、英布、陈豨等人。王陵的母亲预知大事将会成功，这一点胜过范增、蒯通、贯高等人。

东汉时，姜叙讨伐叛贼，他的母亲催促他行动。马超叛乱时，杀了刺史、太守，姜叙商议去讨伐他，母亲说："应该快快出发，不要管我！"马超袭击抓住姜母，姜母大骂马超，被杀死。是因为深明大义。

至于楚汉双方仍在抗衡，胜负未定，而王陵的母亲就预知天下一定属于忠厚有德的人，唯恐王陵离开汉王，就自尽以断绝他的犹豫之心。

在生死关头，能做出这样的决断，真是妇女中的大丈夫啊！徐庶之所以不能跟随刘备到底，就因为他的母亲活着。王陵的母亲倘若不自尽，王陵也就会是徐庶。

叔向母

劝子

当初，叔向（晋大夫羊舌肸。——原注）很想娶申公巫臣氏的女儿做妻子，但他的母亲想让他娶她娘家的女子。叔向说：“我的母亲多，可是庶兄弟少。因此我不愿娶舅母家的女儿。”

叔向母亲说：“子灵的妻子（夏姬。——原注），因她而死了三个丈夫、一个国君、一个儿子，又灭亡了一个国家和两个卿士，能够不作为鉴戒吗？我听说，非常的美丽必伴有非常的丑恶。从前有仍氏生了个女儿，头发乌黑美丽，光泽可以照见人影，就被称作‘玄妻’。乐正后夔娶了她，生下了伯封，心地实在像猪一样，贪婪不知满足，暴戾没有限度，别人叫他‘封豕’。有穷氏的后羿消灭了他，后夔因此再无人供祀。还有夏、商、周三代的灭亡，晋国太子申生被废，都是由于被女色祸害。你娶她做什么呢？特别美丽的女人，就足以改变人，要是不能靠道德正义自持，就必定会有灾祸！”

叔向害怕了，不敢娶巫臣的女儿。晋平公强令让他娶了她，生下伯石。伯石一生下来，叔向的母亲去看他，走到大堂上，听见了他的哭声就往回走，说：“这是豺狼的声音。狼子野心，要不是这个人，就没有人会毁灭羊舌氏！”于是就不看那孩子。

严延年母

贤明智慧

汉宣帝时，严延年做河南郡太守，残酷暴烈，喜好杀戮，绰号叫作“屠伯”。

他的母亲从东海郡来，正好碰上判决犯人，大受惊吓，便停在公共旅舍内，不肯进入郡府。她责备严延年说：“天道神明有灵，人不会只杀别人而不受报应。我没有料到这一把年纪了还得看着壮年的儿子受刑被杀。我回去了，离开你回东边去，准备你的坟墓。”于是离开河南回到东海。

一年以后，严延年果然被杀。东海人无不认为他的母亲贤明而有智慧。

伯宗妻

察隐知微

晋国的伯宗上朝，高高兴兴地回来了。他的妻子问道："你看上去有喜悦之色，为什么呢？"他回答说："我在朝廷上说话，大夫们都说我的聪明就像阳子（阳处父。——原注）。"妻子说："阳子华而不实，好空谈却没有智谋，所以灾难到了他的身上，你高兴什么呢？"伯宗说："我来请大夫们喝酒，和他们交谈，你听听看。"妻子答应："好吧。"听过之后妻子说："众位大夫都不如你。然而这些人从来就是拥戴比他们高出一等的人，灾难必定会降临到你身上，还是赶快去找高士来庇护儿子州犁吧！"于是伯宗找到了毕阳。

后来晋国大夫杀害伯宗，毕阳把州犁送到了楚国。当初，伯宗每回上朝，他的妻子必定劝诫他说："盗贼憎恨主人，百姓讨厌大官，您喜欢直说，肯定会有灾祸的。"

李新声

远见

李新声是邯郸李岩的女儿。唐太和年间被张谷纳为家里的艺伎，后来很受张谷的宠爱。节度使刘悟之子刘从谏承袭了父亲的封号，张谷极尽能事为他效劳。

李新声对张谷说："前些日子天子授给从谏斧钺权节，并非因为他有攻城作战的功劳，只不过是因他父亲带着齐地归顺我朝，天子权衡斟酌之间，一时还没能除掉他的后嗣罢了。自从刘氏拥有了全赵之地，逢年过节，不曾拿过一点微薄之礼为天子祝寿。

"再说，宪宗时多次镇压颠覆不法之人，那些人都是人杰雄才，他们尚且不能保有天子的信任恩宠，何况从小人中提拔上来的刘从谏呢？不按正道得到的尊贵，也会因不合正道而告终。您不幸做了他的下属，若不能为天子考虑早点消灭他的势力，就应该脱身西去。大丈夫别顾恋一口饭的恩惠，把自己的生命轻轻葬送。”说完，李新声悲伤得流泪不止。

但张谷却拿不定主意，最后因叛逆之罪被处死了。

娄妃

劝宁王

明朝宁王将要反叛，娄妃曾经流着泪劝谏，宁王不听。等到被擒获以后，用槛车押着北上，他与监押官谈起往事就痛哭，还说："从前商纣王听了妇人的话而丧失天下，而我不听妇人的话丧失了家国，如今悔恨哪里还来得及！"

◎

唐朝仆固怀恩的母亲劝儿子不要造反。南北朝时谢综等人被绑赴刑场时，唯独他母亲不去看他。这都是能懂得大义的人，加上娄妃就是三个人了。

董氏

远离国贼

武则天称制的时候，太仆卿来俊臣势力强大，朝廷官员都侧目而视。上林令侯敏特别亲近他。

侯敏的妻子董氏劝他说：“来俊臣是国家的强盗，势力是不会持久的。一旦出了事，他的党羽先要遭殃。你应该对他敬而远之。”侯敏便渐渐疏远了他。

来俊臣生了气，把侯敏贬出京城，到涪州武隆县当县令。侯敏想弃官回家，董氏说：“只管去，别谋求留下。”于是便上路了。

到了涪州，投名帖参拜州将，名帖写错了格式，州将展开看见末尾有字，便大发脾气说：“名帖都写不好，怎么可以当县令？”不放他去任上。侯敏无限郁闷，董氏却说：“只管住下，别想着离开。”

过了五十天，忠州造反的寇贼攻破武隆县城，杀死了原先的县令，把他一家老小都劫走了。侯敏因为未被允许上任而得以保全自己。后来来俊臣被处死了，他的党徒流放到岭南，侯敏又获得赦免。

王章妻

见识高远

西汉王章做儒生时，在长安读书，单独和妻子住在一起。他生了重病，没有被子，睡在为牛遮寒的麻草片当中，一时万念俱灰，和妻子诀别，嘘唏流泪。他的妻子生气地呵斥道："仲卿，你在京师名声尊贵，朝廷中又有谁能超过你？你如今得了重病，处境困厄，不自我激励奋昂，反而哭起来，怎么这样浅陋无能呢？"

后来王章官职升到京兆尹，因故要给皇帝上书，他的妻子又制止他说："人应当知足，难道你不记得在麻草片中哭泣的时候了吗？"王章说："这不是女人家能明白的。"于是把书表奏上。果然，王章因此被关进监狱，妻子儿女也被关押。王章的小女儿约莫只有十二岁，半夜里起来号哭，说："先前狱中官吏喊囚犯，数字总是到九，今天只数到八，我父亲一向刚直，先死掉的一定是他。”第二天问这事，果然是王章死了。

◎

吴长卿说，他妻子能预料他活下去，他女儿能预测他死亡。虽然这样，做妻子的明智是可以学到的，但那女儿的聪明却是学不到的。

陈子仲妻　黄霸妻

偕隐

战国时，楚王聘请陈子仲做国相，陈子仲对妻子说："今天做了国相，明天就能车马相连，美食并排摆在面前了。"

妻子说："车马相连，安身的地方不过只容双腿；美食并排放在面前，所享受的不过是一味肉肴。现在拿只容双腿的安居之处及一味肉肴的美味作代价，去操心楚国的忧患，世道纷乱灾祸多，恐怕先生不能保全性命。"于是夫妻二人一同隐遁，去为人家浇灌果园。

东汉黄霸和同郡的令狐子伯是朋友。子伯做楚相，他的儿子在那里做功曹。子伯派他的儿子给黄霸送信，客人离去了，黄霸久久地躺在床上不起来。

妻子奇怪地问他，黄霸说："刚才看见令狐家的儿子，容光焕发，举止得当，而我的儿子却蓬头垢面，牙齿高低不齐，不懂礼仪，见到客人面有羞愧之色。父子情深，见此情景不觉失态。”妻子说：“您年轻时就清廉，不考虑荣华富贵，如今令狐子伯的尊贵，和你的清廉相比谁高呢？为什么忘记自己的宿志却因小孩而惭愧呢？”黄霸听后一下子起了床，笑道：“是这样啊！”于是一同终身隐遁。

◎

汉朝孟光（梁鸿的妻子）、桓少君（鲍宣的妻子）得到了同心之人作为配偶，都能革除浮华走向朴素，成全丈夫的高节。战国陈子仲、东汉黄霸的妻子，能使她们的丈夫志向高远，使他们入世的热心冷淡下来，逍遥自由，无忧无虑。男子汉们远远赶不上她们啊！

屈原姊

随顺从容

战国时，屈原被放逐，他的姐姐听说了，也回到家乡。她责备屈原一心要矫正世俗，叫他宽松随和一些，所以那个地方就被称作姊归县。《离骚》说："姐姐的心中牵挂难舍，一遍又一遍地将我责备。"

◎

唐朝时，狄仁杰处事过于随顺苟且，于是他的姐姐劝导他要端平正直。狄仁杰去看望卢姨，想为表弟谋个官职。卢姨说："姨娘只有一个儿子，不想让他去侍奉女皇。"狄仁杰十分惭愧。

屈原处世太正派耿直，他的姐姐劝导他应随和一些。她们都具备卓越的见识，姐姐的作用是很大的啊！

僖负羁妻

远见

春秋时期，晋国的公子重耳逃难到了曹国，曹共公听说他的肋骨长得像个整块似的，于是趁他洗澡自己偷偷地观看。

曹国大夫僖负羁的妻子说："我观察晋国公子的随从，都是足以辅佐国家的人才。如果有他们辅佐，晋公子一定能回国做国君。回到晋国后，一定会称霸于诸侯，称霸之后去惩罚对他无礼的国家，曹国必然首当其冲。您为何不早一点对他表示友好呢？"

僖负羁就给公子重耳送去一盘食物，里面藏着玉璧。重耳接受了食物，但把玉璧退了回去。等到重耳做了国君讨伐曹国时，命军士们不得进入僖负羁的家。

◎

僖负羁当初不能采纳卫叔詹的劝说，而私下里与晋国人结好。到晋国报复曹国的时候，又不能夫妻俩一同脱去上衣替曹国国君请罪，可见只是一个平庸的人罢了。只有他的妻子能识别人才，能预料后事，有值得称述的地方。

漂母

独具慧眼

西汉开国功臣韩信当初为平民的时候，又贫穷又没有什么德行，曾经依赖别人混饭吃，人们大多讨厌他。

一次，他在南昌亭长家吃了几个月的饭，亭长的妻子讨厌他，就一大早做好饭，一家人在床上匆匆把饭吃了。到了吃饭时间，韩信去了，却没给他准备食物。韩信察觉到他们的用意，就不再来往了。

他在城墙下钓鱼，许多老妇人在水中漂洗丝绵。有个老妇人看到韩信肚子饿，便给他饭吃，一连数十天直到洗完丝绵。韩信很高兴，就对这位老妇人说："我一定会重重报答您！"老妇人生气地说："大丈夫不能自己养活自己，我可怜您才给您饭吃，难道是希望得到报答吗？"韩信富贵之后，拿一千镒黄金酬答这位老妇人。

◎

汉高祖刘邦和西汉开国功臣陈平，两人都不见容于各自的嫂子，亭长妻子的做法又何足为怪！像漂絮老妇人那样的厚德之人是不多见的。只是奇怪楚、汉双方众多的杰出人物没一个了解韩信的，即使汉高祖也不例外。唯独萧相国看重韩信，但也是与他交谈之后才觉出他非同凡人。而这位老妇人独能在韩信潦倒之时，邂逅即能识别并帮助他，真是古往今来第一独具慧眼的人。淮阴的漂母祠有副对联："世间不少奇男子，千古从无此妇人。"也写得好。可惜祠庙偏狭简陋，不能够为她增光生色。

魏晋刘道真年轻时，曾在荒野水泽捞鱼。他擅长打口哨唱歌，听的人都流连忘返。有一老妇人察觉他不是个普通的人，又很喜欢他的歌和口哨，就杀了头小猪送给他吃。道真吃完小猪肉，全然不道谢。老妇人见他还没吃饱，又送给他一头，他吃了一半就离开了。后来刘道真当了吏部侍郎。老妇人的儿子当时是个小小的令史，道真越级任用他。他不知原因，便问母亲，母亲就对他讲起往事。

这一位老妇人与那漂絮的老妇相比也毫不逊色，而刘道真的胸怀超出韩信好几倍。

何无忌母

何母知人

东晋时，何无忌夜里在屏风内起草檄文。他的母亲是刘牢之的姐姐，站到凳子上偷偷窥看，流着泪说：“你能这样做，我还担心什么呢？”问他和谁同谋，何无忌回答：“是刘裕。”母亲更加高兴，就对他说桓玄必定要失败、大事必定会成功的道理，让他明白。

◎

何母既懂得大义，又能知人。

王珪母

知儿富贵

唐代王珪当初隐居的时候，与房玄龄、杜如晦友好。母亲李氏曾经说过："我儿必定会富贵起来。然而不知你所交往的是什么样的人，请他们一同来家里。"时逢玄龄等人到家里来拜访，李氏暗中瞧见了，大吃一惊，命令准备酒菜饭食，宾主极尽欢乐。她高兴地说："二位客公都是辅君之才，日后你注定富贵！"（见《新唐书》。——原注）

一说王珪的妻子剪了头发卖钱为客人备饭，偷看座上的众位客人，个个都是俊杰，最后看到那个长着曲卷髯须的最年轻的客人，说："你们一班人成名，都要靠这个人！"这个年轻人就是唐太宗。杜子美有诗记叙这件事。

潘炎妻

劝夫辞官

侍郎潘炎，在唐德宗时当翰林学士，享受的恩宠非同寻常。他的妻子是刘晏的女儿。

一次京兆尹前来拜会，但没能见到他，便给看门人三百匹细绢作贿赂。夫人知道了此事，对潘炎说："你作为臣子，而京兆尹为了求见你一次，就给了奴才三百匹细绢，你的危险可想而知了！"于是劝潘公辞职。

潘炎的儿子孟阳当户部侍郎的时候，夫人十分担忧紧张，对他说："仅凭着你的才干，就身居丞郎一级的官位，我担心定会有灾祸。"

孟阳再三地解释，她就说："你和你的同事们聚会一次，让我看看。"于是把客人都召集到家，夫人放下帘子在里间观察。

聚会结束后，她高兴地对儿子说："这些人都是和你配得上的，不必担心了。”又问末尾座上穿淡绿色衣服的年轻人是谁，回答说：“是补阙杜黄裳。”夫人又说：“这个人和其他人完全两样，将来一定会是有名的卿相。”

辛宪英 二条

成竹在胸

晋朝羊耽的妻子辛宪英，是魏国侍中辛毗的女儿，有才学有见识。

当初曹丕被立为太子，搂着辛毗的脖子说："知道我的大喜事吗？"辛毗回家对宪英说了，宪英叹息道："太子是要接替国君治理国家的。接替国君不能不担忧操心，治理国家不能不小心谨慎，不担忧小心，反而高兴得意，魏国将来恐怕不会昌盛吧？"

辛宪英的弟弟辛敞是曹爽手下的参军，宣帝策划诛杀曹爽，有人邀他一同前往协助，辛敞感到为难。宪英说："曹爽和太傅一同接受先帝的遗诏辅佐国政，却专横放肆，对王室不忠诚。这次想来不过是诛杀曹爽而已。"辛敞说："那么我就可以不去吧？"宪英说："替别人做事却放弃不做是不好的，怎么可以不去呢？至于说到为他的灾难而死，则是他的亲信的责任。你只要跟随多数人行事就好了。”辛敞就去了。

宣帝果然杀了曹爽。辛敞感叹道:“我若不同姐姐商量,差点儿背离了道义。”

钟会当了镇西将军。宪英问羊耽的侄儿羊祜:“钟会为什么要开拔去西边?”羊祜说:“将要征伐蜀国。”宪英说:“钟会做事任意恣肆,不像是能久处在别人之下的样子。我怕他有别的打算。”钟会临行时,要求宪英的儿子羊秀做他的参军,宪英发愁说:“平日里我为国家担心,现在灾难到我家了!”羊秀坚决推辞,文帝不同意。宪英对羊秀说:“去吧,谨慎行事!行军打仗,只有仁爱宽恕才能成全自己。”

钟会到了蜀地后果然反叛,羊秀遵守母亲的告诫,终于平安回来。

许允妇

足智多谋

三国时，魏国许允任吏部侍郎，选拔各郡的太守时多任用自己的同乡，魏明帝派卫队去抓他。他的妻子阮氏赤着双脚赶出来对他说:“圣明的君王可以凭事理让他折服，难以靠人情求得解脱。”到了宫中，明帝审问他选官的事情，许允回答道:“选拔官员要举荐所了解的人。我的同乡，是我所了解的。陛下可以考核他们是否称职，若是不称职，我愿接受惩罚。”考核过后，明帝发现那些官员是称职的，于是释放了许允。

等到许允出任为镇北将军时，他很高兴地对妻子说:“我将获得解脱了！”妻子说:“灾祸正在这里，哪里有什么解脱？”许允和夏侯玄、李丰等关系很好，他们谋划的事情还没暴露，许允就因别的事被逮捕了，居然就像他的妻子所预言的那样。

许允被捕时，他的门生跑去告诉他的妻子，许妻正在机前织布，神色不变，说：“早就知道会是这样了。”门生想把许允的儿子藏起来，许妻说：“不干孩子们的事。”于是搬到墓边的屋舍居住。

大将军派钟会去察看许允的儿子，说：“要是他们的才气达到他们父亲的水平，便抓起来。”许允儿子把这话告诉了母亲，母亲说：“你们两人虽人品不错，但是才识本领不高。这次你们随随便便地和钟会说话，便自然不会有麻烦。不要显得很哀伤，钟会不说话你们也停下，不能多问朝中的事。”儿子就按母亲的话办。大将军是最爱猜忌的，许允的两个儿子最终没遭到不幸，靠的全是母亲的计谋。

李衡妻

深谋远虑

三国时期，东吴丹阳太守李衡，多次因事冒犯琅琊王。他的妻子习氏劝阻他，他置之不理。等到琅琊王即位当了吴主，李衡担惊受怕，不知如何办才好。妻子说："琅琊王一向好为善行，企慕好的名声，现在正想向天下表白自己，所以不会因为个人的不满而来杀你，这是很明显的。您应该自己到监狱去，把自己囚禁起来，上书数落自己以前的过失，公开请求受惩罚。这样做反而会受到关心和宽恕，而不仅仅是得以活命。"

李衡听从了她的话。吴主下诏书说："丹阳郡太守李衡，因为以往的过错，把自己关进监狱。现在令他还是回到丹阳郡去做太守吧。"

庾玉台妇

救夫

东晋庾友的妻子是桓温弟弟桓豁的女儿。桓温诛杀庾希，将牵涉庾友。

桓氏赤着脚来到桓温府上要求进去，看门人不准许，她便厉声地责骂道：“你是什么小人，我伯父家的大门还不让我进去！”就硬闯了进去，向桓温哭诉道：“庾玉台（庾友，小字玉台）的脚比别人短多了，不会串门子，走路都要依靠别人，他还能做叛贼吗？”桓温笑道：“侄女婿本来就是自己瞎紧张嘛！”于是饶恕了庾友一家。

李文姬

保护幼弟

东汉时，李固被朝廷罢免之后，预知难免大祸，就把两个儿子送回故乡。当时小儿子李燮（xiè）才十三岁。姐姐李文姬嫁给同郡的赵伯英为妻，贤惠而又聪明。她看见两个兄弟回来，明白了事情的根由，默默地独自悲伤：“李氏一族要灭亡了。从我们的太公以来，世世积攒仁德，为什么会有这样的下场？”就秘密地和两个兄弟商量，预先把李燮藏匿起来。假称李燮回到京城去了，别人都不怀疑。

不久祸难来临，朝廷派人到郡里来捕捉李固的三个儿子，两个哥哥被害死。文姬对父亲的门生王成说：“您在先父手下做事，禀执正义，有古人的气节。现在把孤儿托付给您，李氏一门是存是灭，全有赖您了！”

王成为她的义气所感动，就带着李燮乘船顺江东去，进入徐州地界以后，就让李燮改名换姓去一家酒肆做用人，王成自己则在街市上为人卜卦。表面上是分居两处，暗中则互相往来，李燮跟着王成受业学习。酒家主人觉得李燮很奇特，猜想他不是个普通的人，就把女儿嫁给了他。李燮专心研读，精通经学。

过了十来年，梁冀已被诛杀，因为灾祸频频出现，第二年，史官向皇帝进言说应该下达赦令，还应当抚恤录用以往屈死的大臣们的后代。于是皇帝下令天下大赦，并且寻找李固的子嗣。李燮这才把他的根底告诉酒家，酒家准备了车辆和厚礼为他送行，他一概不接受。回到故乡后，姐弟相见，悲痛万分，直令旁观者也感到伤心。

随后文姬又告诫李燮说："先父为人正直，是汉朝的忠臣，遇上了朝廷内倾轧混乱，梁冀横行霸道，使我家后代香火差点断绝。如今弟弟万幸得以保全，难道不是天意吗？应该谢绝众人，不要妄自与人来往，小心不要说一句不利于梁氏的话。谈论梁氏，必然要牵连皇上，大祸就要临头了。你只可自我检讨。"

王佐妾

救子

明朝都指挥使王佐执掌锦衣卫的大印，陆松做他的副手。陆松的儿子陆炳年龄不满二十，王佐看重他的才能相貌，教他记录犯人口供以及公府文书之类，说："锦衣卫的长官不能不精通公牍文字。"陆炳对他很是感恩。后来王佐死了，陆炳顶替父亲的职位，很得宠信，很快掌握了大印，势力越来越大。

王佐有个庶生的儿子，不争气，一味地纵酒赌博。他有三处别墅，陆炳已经弄到两处，最后的一处非常高大华丽，陆炳又想谋取它，没能得手。于是便拿放荡作罪名陷害王佐的儿子，捕拿他的党徒以及几个心术不好的奴才，让他们作证，使罪名成立，最后捕捉王佐的儿子及其一干人，好几个人都死在刑杖之下。

王佐的儿子非常狼狈，正好他的母亲——王佐原先的妾——也被缉拿。进入公堂对供词时，陆炳正和同僚们各坐其位，大张刑具加以威胁。

王佐的儿子一开始坚决不服，他的母亲用双膝挪行到前面，十分详尽地述说她儿子的罪状。儿子发怒，对母亲说："做儿子的马上就死，你忍心火上加油吗？"母亲呵斥道："死就死罢了，还说什么？"指着陆炳的座位回头对他说："你的父亲坐在这里并非一天，像今天这样判决犯人也该不只一回，却生了你这么个不肖之子，真是天道的报应。还说什么呢？"

陆炳两颊发红，假装左右张望，汗水直淌，马上把他们遣送出去。这事件也就平息下来。

王冀公孙女

应对机敏

北宋陈恭掌握国家大权的时候，把曾鲁公由起居注提拔为待制。陈恭的弟媳妇是王钦若（封冀国公）的孙女，她母亲是曾家人。新年去拜会陈恭，陈恭迎着她说：“六弟媳，曾三升了从官，高兴吗？”王氏出嫁后未回过娘家，便随口答道：“三舅很感激相公重用，但太夫人不高兴，责备三舅说：‘你们三人考试及第，一定是学问不中。丞相亲家全知底细，所以任命你为待制。’”陈恭哑口无言。不久就改任曾鲁公为制诰。

陈恭的任用是否通过科举，这无法考查，而女子的机灵敏捷竟达到了这种程度！

袁隗（wěi）妻

对答如流

东汉袁隗的妻子是马融的女儿，字伦，口才很好。马家世代富豪，她的嫁妆非常丰盛。

婚礼刚完成，袁隗问她："妇人不过操持家务而已，何必装饰得过分珍贵华丽呢？"她回答道："双亲爱怜，我不敢违背他们的心意，您若是仰慕鲍宣和梁鸿的高节，我也请求像少君和德曜那样侍奉您。"

袁隗又说道："弟弟在哥哥之前成就了功名，会被世人当作笑柄。姐姐还待字闺中，妹妹难道可以先嫁吗？"她回答道："我的姐姐品行高洁，容貌出众，没有遇上好的配偶，不像我粗俗浅陋，随便嫁人罢了。"

袁隗又问道："南郡君（马融，曾任南郡太守）学问精深渊博，文才为一代宗师，而他所在之处动不动就有贿赂的消息，这是怎么回事呢？"她回答道："孔子是个大圣人，却受到武叔的毁谤；子路是大贤子，却受到伯寮的指控。家父蒙受这种名声，本来也是可想而知的。”

袁隗无话可说，不得不佩服这位新媳妇。

李夫人

托付兄弟

李夫人病势沉重，汉武帝亲自去看望她。夫人蒙上被子推辞说：“我久病卧床，身形容貌已经毁坏，不能够见皇上了，希望把昌邑王和我的兄弟托付给皇上。”（李夫人生昌邑王。——原注）武帝说：“夫人病得很厉害，恐怕再也不能起床了。为何不见一面托付昌邑王和兄弟呢？”夫人说：“妇人容貌不加修饰是不见君王父亲的，我不敢以随便怠惰的样子来见皇上。”武帝说：“夫人只要让我见上一面，我将赐你千两黄金，封给你的兄弟高官贵职。”夫人说：“封给高官在于皇上，不在于见我一面。”

武帝又说非见不可，夫人便转过脸去嘘唏哭泣，不再说话。于是武帝不高兴，起身离去。

李夫人的姐妹责备她说：“贵人难道不能见皇上一面，托付兄弟吗？为什么让皇上这样生气呢？”夫人说：“凭着色相去侍奉人的，容貌衰退，情爱就消减了，情爱消减，恩义便会断绝。皇上之所以眷恋我，是因为我先前的容貌。现在，我的容貌已经毁坏，他必然会厌恶抛弃我，还能够追念我，怜悯任用我的兄弟吗？我之所以不愿意见皇上，就是为了能长远地把兄弟托付给他啊！”

到李夫人去世后，汉武帝还对她思念不已。

张说女

机敏颖悟

唐朝人张说的女儿嫁到卢家。她曾经为她的老公公请求官职，张说不说话，只指着支床腿的乌龟向她示意。她回去告诉丈夫说："公公得到詹事一职了。"

唐湖州妓

通晓事理

唐朝时，湖州太守设酒为客人饯行，有人献上一枚木瓜，是当地不曾有过的，把它传送给客人看。座中有从朝廷来的使者，马上把木瓜放在衣袖中拿走，说："宫中未曾有过这种东西，应该进献上去。"

一会儿，使者解开船离去了。太守害怕获罪，闷闷不乐，想撤掉酒宴。一个管行酒令的官妓站在旁边对太守说："请官人尽兴饮酒，我料那木瓜过上一夜后，肯定会被扔到水中去。"太守追问什么道理，她答道："这东西芬芳酥脆，开始时被传递观赏，手掐过后一定会受损，哪里还能进献？"这时正好送使者的人回来了，说："那木瓜果然溃烂扔掉了。"于是太守召来那妓女，赏了许多财物。

◎

谚语说:“聪明的女子胜过男人，即使不能超过也不会不及男人。”

我从战国赵威后等人那里看到了能识大局;在元朝崔敬的女儿和晋朝李络秀等人那里看到了远虑深谋;从唐代柳氏婢女那里看见了通晓事理;从武周侯敏、三国许允的妻子及晋朝辛宪英等人那里看到了成竹在胸，善渡难关;在晋朝叔向的母亲、春秋宗伯的妻子那里看到了察隐知微;从唐朝李新声和潘炎妻那里看到了料事如神;从秦末王陵、战国赵括、南唐柴克宏等人的母亲那里看到了卓识和决断;从战国屈原姐姐和明朝娄江妓女那里看到了随顺和从容;从明朝王佐之妾那里看到了智术心计;从东汉李文姬那里看到了机灵奇巧;从东晋陶侃母亲那里看到了灵活善变;从唐朝张说的女儿那里看到了机敏颖悟。

靠这些来治理国家，赐福家庭，协助丈夫，勉励儿女，成效也是很可观的。

卷二十六

雄略

男人有的像妇女，妇女有的像男人。她们足不出户，而谋划却很深远。看她们是那样的杰出，真让男子们感到惭愧。为此，辑撰《雄略》卷。

君王后

解玉连环

战国时期，秦王派人献了一副玉连环给齐国的君王后，说:“齐国人都很聪明，能解开这副环吗？”君王后拿来槌子，把它击碎，对使者谢罪说:“已经解开了。”

◎

战国时，君王后当年在家里众多的用人之中识辨出法章，（即后来的齐襄王。齐湣王之子，名法章。湣王被杀，他就改名换姓去太史氏家中做用人，太史女与其私通。法章即位后，立太史女为后，是为君王后。）可算是具有慧眼的了。她击碎玉连环，不受秦国人的戏侮，更分明是女子中的蔺相如了。

汉惠帝时，匈奴人写信戏谑吕太后，极尽侮辱之词。可是吕太后却极为贬损自己，善言好语地答复他们。当时陈平、周勃都还在，却没有一个人有君王后的智慧，这是怎么回事呢？

齐姜 张后

杀婢女

春秋时期，晋公子重耳逃亡到国外，到了齐国，齐桓公把宗室的女儿嫁给他，还给了他八十匹马。重耳满足于这一切，在齐国住了五年，不想离开。赵衰、狐偃等人就在桑树下商议离开的事情。

养蚕的女奴正好在树上听到了，把这件事告诉了重耳的妻子姜氏。姜氏杀了女奴，劝重耳赶快离开。重耳说："人生图的是安宁快乐，谁还去管别的事情？"

姜氏说："您是一个国家的公子，因处境困厄而来到这里。随行的几个人唯您的命令是从，您不想着早点回国，报答功臣，却眷念着女人与安乐，我真为您感到羞耻！再说不努力争取，那什么时候才能够成功呢？"

于是她与赵衰等人商量后，设计用酒灌醉了重耳，让他们用车了把他载走了。

◎

春秋五霸中齐桓公、晋文公势力最强，就是这一个女儿、一个妻子，已足以名传千古了。

张氏，是三国时期曹魏权臣司马懿的妻子，很有智术谋略。当初司马懿推辞魏武帝的任命，借口患了风瘫不能起床。

有一天晒书，忽然间暴雨来临，司马懿下意识地起来收书。家中只有一个婢女看见了，张氏就立即杀了她灭口，然后亲自下厨做饭。

艺祖姊

为弟弟做主

宋太祖当初任后周的殿前都点检时，将带兵北征，京城中纷纷传言说军队要立都点检为天子。太祖告诉家里人说：“外面闹哄哄地这样传说，该怎么办呢？”

太祖的姐姐正在厨房，她操起面杖敲击太祖，赶他出去，说：“男子汉面临大事，能做不能做应当自己做主，回家来吓唬女人家干什么呢？”太祖默然离开了家。

◎

这分明是在鼓励太祖穿龙袍。

刘太妃 二条

明辨是非

太妃刘氏，是唐末晋王李克用的妻子。李克用追剿黄巢，回师经过梁地，梁王朱温假装设宴与他欢聚，暗中埋伏军队半夜里向他发动进攻。克用逃回来后，马上就商议进击朱温。

刘氏劝道："您本来是为国家讨伐逆贼，现在梁王的事并没有公开，你匆忙调转兵力去进攻，天下人听说此事，分不清谁是谁非。不如聚合军队返回镇所，向朝廷申明此事，然后就能把朱温的罪行声张开来了。"

克用醒悟过来，听从了她的劝说。于是天下人都认为朱温做得不对。

◎

李克用在上驿被围困，他身边先逃回去的人把汴人反叛的事情告诉刘氏。刘氏神色不变，马上杀了这个人，暗中召集军队的大将进行部署，保全军队而返回。她的智慧勇敢，岂是克用所能达到的呢？

假如克用不幸死去，她肯定会像东晋张茂的妻子那样；假如克用侥幸不死，她肯定会像晋朝邵续的女儿那样。即使这样说，做张茂的妻子和邵续的女儿容易，做刘太妃难。为什么呢？因为她的勇敢是可以做到的，她的智慧是别人赶不上的。

晋元帝时，张茂做吴郡的太守，被沈充杀害。他的妻子陆氏率领张茂的部下率先讨伐沈充。沈充失败，便被陆氏杀了。邵续的女儿嫁给刘遐，刘遐被石季伦围困，邵氏带了几个骑兵攻破重围，把刘遐从万人的包围圈中救了出来。

太原被围攻时，李克用老是打败仗，忧虑又困窘，不知该怎么办。当时大将李存信劝他暂且逃入北方边地，以图日后东山再起。

克用把这话告诉刘氏，刘氏骂道："存信是代北地方的放羊小子，哪里值得和他商议成败大事！您曾经嘲笑王行瑜抛弃了邠州逃跑，最终被人擒获，如今竟然自己也这样做吗？当初您逃到鞑靼人那里，差点不能脱身，多亏天下变故纷纷，才得以回到南方。眼下军队老是失败，人心浮动，一旦失守，谁还跟随您呢？北方又怎么能到得了？"克用听了后，这才明白过来，便作罢。

苻坚妻

远虑深谋

十六国时，苻坚的妻子张氏，明智而且能鉴识事理，有才学见识。苻坚准备进攻东晋，群臣极力劝阻，他都不听从。

张氏进言说："我听说圣王驾驭天下，没有不因势而利导的。商汤、周武王消灭夏朝、商朝是顺应着百姓的愿望的。因此，有所凭借的可以成功，无所凭借的就要失败。现在朝廷大臣们上上下下都说不可以，陛下又凭什么觉得能成功呢？术士这样说：'鸡儿在夜里打起鸣来，出兵作战不吉利。狗儿聚在一起嚎叫，家家户户没人烟。兵器自己动起来，马匹无故受惊扰，军队失败难回还。'今年秋冬以来，每夜都有鸡叫狗吠，又听到厩栏中马匹受惊狂奔，仓库中的兵器无故发出声响。即便是天道高远，不是我所能知道的，就从这人间事端来看，也是不行的。希望陛下仔细考虑。"

苻坚说："打仗的事情，岂是妇道人家所能懂的？"于是大举出兵。张氏请求随行，苻坚失败后，张氏就自杀了。

刘智远夫人

怜悯苍生

五代十国时，刘智远到达晋阳，商议收聚百姓的钱财用来奖赏军队的将士。夫人李氏劝道：“陛下凭借河东创立了大业，还没有对老百姓施予恩惠，却先夺取他们活命的资财，恐怕这不是一位新天子拯救苍生的本意啊！请您把军中所有的一切都拿出来犒劳将士们，虽说不丰厚，但人们不会有怨言的。”

刘智远听从了夫人的话，结果军队内外都十分欢喜。

李景让母

家教严厉

唐代李景让的母亲郑氏，生性严格明智。景让做了大官，头发已经花白，有点小错，也难免被杖责处罚。

景让做浙西观察使时，有个小军官违背了他的意志，就被刑杖给打死了。军中将士很愤怒，预备发动兵变。

郑氏听说了，来到大堂上坐下，令景让站在庭院中，责备他说："天子把一方大事托付给你，你岂能拿国家的刑法为自己发泄怒气，妄杀无辜之人？万一引起一方的不安，岂止是对上有负于朝廷，还要使垂暮之年的老母亲带着羞辱入土，拿什么脸去见你的祖先？"命手下人剥去景让的衣服，要鞭打他的脊背。

将士们都为他求情，过了好久郑氏才同意放了他，军队从此就安定下来了。

◎

郑氏早年就守寡，家里很贫穷，儿子年幼，做母亲的亲自教育他们。住宅后面的墙壁坍陷，从墙下得到的钱能装满一船。母亲祷告说：“我听说不劳而获，要给人带来灾祸。老天要是怜悯我家贫穷，则希望让孤儿们学问有所成就，这钱不敢取用。”急忙埋起来筑上墙。她真是妇女中有大见识的人。

景让的弟弟景庄，多年不第，每回落选，母亲就用棍子打景让，这件事很可笑。然而景让始终不肯去有关方面托人情，他说：“朝廷录取士子，自然凭着公道。怎么能失节仿效他人呢？”他受家教的影响是非常深的。

杨敞妻

内心透彻

汉朝时，霍光与张安世合谋废立皇帝。商议好之后，让大司农田延年去报知杨敞。杨敞惊恐害怕，不知该说什么，汗流浃背。

田延年离开净手，杨敞的夫人赶紧从东厢房过来对他说："这是国家的大事，现在大将军已经决定好了，让大司农来告诉您，您不赶快答应，与大将军同心同德，而犹犹豫豫不能决定，就要先被杀了！"延年净手回来，杨敞及夫人同田延年商议后答应了。

◎

这是何等大事，而一个女人心中却透彻明了。不仅杨敞不如她，就是大将军霍光也不如她。

莒妇

为夫复仇

春秋时，莒国有个妇女，国君杀了她的丈夫，她便成了寡妇。到她年老的时候，寄居在纪鄣城里。她用纺线打成绳子测量了城墙的高度，然后藏了起来。

等齐国的军队来攻打纪鄣城，她就把绳子投到墙外去。有人把绳子献给子占，子占让军队在夜里攀着绳子登城墙，登上去六十人，绳子断了。齐军击鼓呐喊，莒公害怕，打开西门逃走了。

◎

莒国这妇女既是寡妇又到了老年，心中积藏血恨，终究让莒国灭亡。人怎可随便杀死别人呢？国君尚且不能从一个寡妇那里得到饶恕，一个寡妇尚且能向国君报复杀夫之仇，更何况其他人呢？

孟昶妻

非同寻常

东晋人孟昶的妻子周氏，有个堂妹是孟昶弟弟孟觊的妻子，两家都很富有。

当初，桓玄曾经器重孟昶，可是刘迈却贬毁他，孟昶深感遗憾失意。等到刘裕预备起义，与孟昶商定计谋，孟昶想散尽家财用来备置军粮。他的妻子不是普通的妇女，可与她商量大事，孟昶就对她说："刘迈在桓公那里诋毁我，使我一生不得志，我决定造反。你可以早些离开我，倘若我能富贵起来，再去迎你回来也不算晚。"

周氏说："夫君的父母还健在，要想议定非同寻常的大计，又岂是女人该劝的？大事不得成功的话，我就是没入官府为奴，也要奉养婆母，绝没有离开你家的道理！"

孟昶神情悲怆，好久才起身。周氏追上孟昶，和他坐下，说："看你的举止，并非是要同女人商量什么事情，不过是想得到财物罢了。”就势指着怀中的女儿说：“这孩子若能卖钱，也没什么舍不得，何况是资财呢？”于是把家财全部拿出供给他花费，而对家人则假托说有其他的用途。

等即将起义的时候，周氏对孟觊的妻子说：“我昨晚做梦很凶险，家门内应该好好洗涤冲刷以消除晦气。还有，不能有红色的东西，应全部收起来压藏七天。”孟觊的妻子相信她，将红色的衣被织物全收起来交给她，周氏把它们放在帏帐里面，悄悄地拆除棉絮，把红色织物拿给孟昶做衣服，共做了几十人的服装，赫然醒目。这些全是出自周氏之手，家里人并不知晓。

◎

周氏不是寻常的妇女，她的丈夫尚且没有完全了解她。

邓曼

见微知著

春秋时期，楚国的屈瑕征伐罗国，斗伯比送行，回来后对他的车夫说："莫敖（屈瑕，官任莫敖）肯定要失败，他走路时把脚抬得高高的，心意一定难以稳固了。"于是斗伯比拜见楚王说："一定要增派军队。"楚王没有同意，回宫中把这件事告诉了夫人邓曼。

邓曼说道："斗伯比大夫说的不是军队要增多，而是说君王要拿信用来安抚百姓，用德行来训导各级官员，以刑法来使莫敖有所畏惧。莫敖已经陶醉于蒲骚之战的胜利（在此之前屈瑕在蒲骚打败了郧国人。——原注），他一定会自以为是，小看罗国。君王若不进行镇抚，他大概会不加设防吧？斗伯比的意思是请君王训饬大家，借此好好地监督他们，召集官员们用美德来训导他们，告诉莫敖上天不会宽纵他的轻率。要不是这样的话，大夫难道不知道楚国的军队已全部出动了吗？”

于是楚王派了一个赖国人去追赶军队，但没追上。莫敖果然轻率而不加设防，全军战败，自己也上吊自杀了。

冼氏 二条

岭南豪杰

南北朝时，高凉的冼氏，世世代代是蛮族人的首领，部落中有十多万户。冼氏有个女儿，很有筹谋计略。罗州刺史冯融把她聘娶为儿子冯宝的媳妇。冯融虽然为一方之长，但因不是当地土人，他的号令推行不了。冼氏管理本族众人，让他们遵从百姓应守的礼仪，参与讼案的判决，犯法的人即使是亲戚也决不宽赦。从此冯氏得以推行政事。

高州刺史李迁仕派人来召冯宝。冯宝打算前往，冼氏制止他说："李刺史被命令去救援台城（当时台城被围困。——原注），却假称有病，铸造好兵器，集合好军队，然后来召你去，这一定是想把你作为人质以图调动你的军队，望你暂时不要去，以便观察事态的变化。"

过了几天，迁仕果然造反，派主帅杜平虏带军队进逼南康，陈霸先派周文育攻打他们。冼氏对冯宝说："平虏如今与官军相抗衡，一定不能返回了。迁仕在高州，是什么也干不了的。您要是亲自前往，一定会发生战斗，应该派个使者去，带着厚礼，把话讲得很恭谦，对他说：‘我自己不敢出来，想派妻子去拜见您。’他一定会高兴而且不加防备。我带着千把人步行担着杂物，就说是送赎罪的财物，可以走到他军前的栅栏之下，这时就必定能攻破敌营了。”

冯宝听从了她的话，李迁仕果然不加防备，冼氏袭击他们，攻破营垒，把他们赶走，与陈霸先在赣石会合。冼氏回来对冯宝说：“陈都督不是凡人，很得民心，一定能平定叛贼，应该多多资助他。”

冯宝死后，岭南地区大乱。夫人冼氏安抚召集百粤各族，使几个州全部安宁平静下来。当地人都尊奉冼夫人为圣母。

◎

智勇俱足，女中大将。

隋文帝的时候，番州总管赵讷贪婪暴虐，众土人僚属纷纷反叛。冼夫人派长史给皇帝上书，论述安抚事宜，并且数说赵讷的罪状。皇帝法办了赵讷，并命令冼夫人招抚叛逃的官员。于是夫人亲自载着诏书，自称是朝廷的使者，走遍十几个州，宣传皇帝的旨意。所到之处，反叛的人都来归降。她死后，被谥为“诚敬夫人”。

白瑾妻

捉反贼

明朝人白瑾的妻子是山阴县葛姓人家的女儿，白瑾一向为人孱弱，葛氏用心为他调理安排，让他读书。成化年间，白瑾以科举进士的身份当了分宜县令，葛氏和他一同赴任。

第二年，白瑾生了好几个月的病，库房中贮存的官银还有几千两，邻县有人因饥荒而造反，聚众上百人，想来抢劫这些银子。分宜县本来就没有城墙，反贼突然间来到，县里众官吏都带着家小逃走躲避。

葛氏独自命令家人全力守卫两边大门，把白瑾转移到别的房间里，将银子埋进污池中，身穿白瑾的衣服，登上大堂等待反贼。反贼们到来，她佯装用好言好语安慰他们，把自己收藏的首饰衣物等东西全都拿出来给了他们，反贼们道了谢后离去。谁知她已暗中记下了他们的特征，终于寻访核查将他们捕获。

◎

白公的衣服，应该给这位女子穿戴。

夫人城

守襄阳

东晋时，朱序镇守襄阳，苻坚派遣部将苻丕带领军队围攻。在此之前，朱序的母亲韩氏亲自登上城墙审看地势，认为西北角会首先受到进攻，于是率领百余名婢女以及城中的妇女，在西北角城墙之内又预修了一道斜墙，长二十多丈。

后来贼兵攻城，西北角果然溃坍，士兵们凭借新筑的内墙固守，得以保全了襄阳。襄阳人于是把那堵墙叫作夫人城。

娘子军

巾帼将军

唐代平阳昭公主是大穆皇后的女儿，嫁给了柴绍。

当初高祖起兵时，公主住在长安，柴绍说：“令尊大人将带领军队平定京城，我想去他那里，担心我们不能同行，怎么办？”公主说：“夫君去吧，我自有打算。”柴绍从秘道去了并州。公主奔往鄠县，散发家产，招纳终南山的亡命之徒，得到几百人，与高祖相呼应。并派家奴马三宝去招降出名的叛贼何潘仁，一路攻占盩厔、武功县，军队纪律严明，远近各方都来归附，统领大军达七万人之多，威势震撼关中。

高祖渡过黄河，柴绍带着几百名骑兵从南山过来，公主带领精兵万人与秦王在渭河之北会师，柴绍和公主面对面设立将军营帐，京城一带称她们是娘子军。

李侃妇

守陈州

唐德宗建中末年，叛将李希烈攻陷汴州，筹划袭击陈州。李侃在项城做县令，想逃跑。他的妻子说："敌人来了应当坚守，力量不够就该殉职，你为什么要逃走呢？要是出重赏招募敢死队，是可以守住的。"李侃就召集官吏百姓，对他们说："县令固然是你们的主人，但是任期满了就要离开，不像诸位生在这里，祖宗坟墓也都在这里，大家应当共同尽力，死守城池。"人们都流下了眼泪。

李侃便宣布说："凡拿瓦块石头杀敌的人赏千钱，用刀枪弓箭杀敌的人赏一万钱。"于是，召集到敢死队员几百人，率领他们上城守卫。李侃妻亲自做饭给大伙吃，又派人去对敌人说："项城的父老百姓决不投降！攻占我们的城池也不足以使我们害怕，只是失去和平罢了，对你们不会有什么好处。"

后来李侃中了流箭，便退下阵去，妻子生气地说："您不在阵地，别人谁还肯守城？战死在室外还不比死在床上强吗？”李侃于是又登上城墙，贼兵们退走了，项城终于得以保全。

晏恭人

抗击贼寇

宋朝宁化人晏氏，嫁给福州的曾家，丈夫死了，她守着年幼的儿子不再嫁人。

宋理宗绍定年间，贼寇大举进攻。晏氏依山修寨，召集田夫，对他们说：“你们吃饭穿衣靠的是我家，当念在主母的份上，各自尽力听从命令。要是不能打胜就把我杀掉！”于是，就打开藏财宝的袋子，把东西散给田夫。田夫们个个感动奋昂，晏氏亲自捶鼓，命令婢女们敲钟，贼寇四散逃走了。乡里携家回寨子的人很多，晏氏用自家粮食救济没饭吃的人，又扩大寨子，把乡民都组织起来，大家互相支援，贼寇不能攻克，保全的老少百姓数以万计。

此事上报之后，朝廷封她为恭人，赐凤冠霞帔，把她的儿子补官为承信郎。

◎

汉朝的皇帝说:“可惜我没有廉颇、李牧这样的将军，否则哪里要为匈奴人担忧呢?”

话虽是这样说，但何必一定要廉颇和李牧呢?果真能得到李侃妻和晏恭人来守卫，得到邵续的女儿、崔宁的妾来攻战，得到刘太妃做上将，平昭公主做辅佐，邓曼和冼氏当参军，荀崧的女儿做流动使者，即使是横行天下也可以了。

唐代宗大历年间，杨子琳攻占成都，崔宁屡次交战都受挫。崔宁的妾任氏身材高大、干练果决，拿出十万家财募集勇士，一两天内召到一千人，组织队伍，设置将领，亲自指挥部队逼攻杨子琳。杨子琳逃出城去，军队自动溃散。

晋朝荀崧的小女儿荀灌有着非同常人的志节。荀崧守卫襄城，被杜曾围困，兵力衰弱，粮食吃完，向过去的旧交平南将军石览求救，为难的是没法出城。荀灌当时十三岁，就带着几十名勇士翻越城墙，半夜冲出包围。敌人追得很紧，荀灌边打边跑，终于脱身，她独自去石览那里求援兵，又替荀崧写信向南中郎将周访请求救援。围城的敌人听说援兵到了，便四散逃走了。

窦女

为父复仇

唐朝时，李希烈攻陷汴州时，强行娶了参军窦良的女儿，女儿回头对父亲说："切莫悲伤，我能消灭这逆贼。"窦氏听说希烈的部将陈仙奇忠诚勇敢，便劝希烈任用他。又听说陈仙奇的妻子也姓窦，就对希烈说，希望与他们结为亲戚互相来往，以笼络人心。

到希烈生病的时候，窦氏偷空对仙奇的妻子说："李希烈虽势力很强，但最后一定要失败的，怎么办呢？"仙奇的妻子把这话告诉了丈夫，仙奇这才开始醒悟，于是收买医生，毒死了希烈。

希烈死后，他的儿子不肯发丧，想把众将官都杀掉，然后自立为帅。正巧有人献来桃子，窦氏请求把桃子分送给众将官以表示平安无事。她染红绢帛，裹上棉絮做成桃子形状，把书信藏在里面，送给仙奇。仙奇妻子剖开绢帛裹成的桃子，才知道希烈已死。于是陈仙奇率领士兵进入府衙，杀死希烈的儿子，并将希烈全家人都斩首示众，把七颗首级献给德宗。德宗下诏委任他为淮西节度使。

王翠翘

鸟尽弓藏

明朝人王翠翘是临淄的妓女，当初名叫马翘儿，会唱新声腔，擅长弹胡人琵琶。她设计摆脱了鸨母，迁居到海边，改名王翠翘。

倭寇进犯江南，把翠翘掳走，寨主徐海（越地人，号明山和尚。——原注）异常喜爱她，尊她为夫人，一切安排全听她的指使。而翠翘也假装和他亲热，实际上暗暗希望他失败，盼望返回故乡以度终年。

赶上督府派了一个汉族老人前去招降徐海，徐海发怒，把老人绑起要杀他。翠翘劝他道:“降不降取决于您，与使者有什么相干？”她亲自解开绳子，并送给老人钱，还抚慰一番。

老人是海边人，翠翘过去认识他，而老人私下里观察到所谓的“王夫人”很像是翠翘，但不敢说出来。他回去告诉督府胡宗宪说："贼寇难以劝降。不过他所宠爱的夫人，我看她是有二心的，可以靠她来消灭贼人。"督府答应道："很好。"于是另派罗中军去徐海那里游说，多多买下金珠宝玉拿去暗中贿赂翠翘。翠翘则每天在帐幔中对徐海侃侃议论，说大事一定不会成功，不如投降，江南一带长期苦于打仗，投降将会得到官职，可以终身共享富贵。徐海于是下了决心投降。

督府大量调集军队，假称是迎接降兵，逼近了徐海的寨子。徐海相信了翠翘的劝说，便不加防备，官军冲进寨子砍下了徐海的脑袋，活捉了翠翘，倭寇也被歼灭。

官军凯旋，督府在营门大设饷宴，命翠翘唱歌劝酒，部将都站起来祝酒。督府酒兴发作，心旌摇动，下台阶与翠翘调情。夜深了，席间大乱。

第二天，督府对此事感到后悔，因翠翘灭敌功高而不忍杀她，便把她赐给听他调令的永顺酋长。翠翘起程，渡钱塘江时叹道："徐海待我情深义厚，我因国家大事而诱使他被杀，杀死一个酋长又重新属于另一酋长，还有什么脸面活着呢？"于是半夜里投江死了。

◎

鸟尽弓藏，红颜薄命，翠翘兼有这两种不幸。原来怀疑春秋时西施在吴国灭亡后被沉入江底，看来确有这类事情。

督府胡梅林（胡宗宪，号梅林）举止有失检点，先淫而又后悔，一后悔便使得翠翘失意而死。这种做法带有酸腐之气。我认为翠翘有功劳，胡梅林上报朝廷，对她进行表彰是可以的;假如她的侠义投合自己的心，就是纳为后房也是可以的，再不就开笼放鸟归，也不辜负她回故乡终享天年的本意吧？梅林有功劳而却被加上罪名，这或许就是天道报应吧？

孙翊妻

报杀夫仇

三国时期，孙翊任丹阳太守时，妫览任都督督统军队，戴员为郡丞，他们与孙翊身边的边洪等人多次吃过孙翊的苦头。一次逢孙翊送客，边洪从后面砍杀了孙翊，然后逃进山里。孙翊的妻子徐氏悬赏重金招募勇士，追捕到边洪，并杀了他。

孙翊死后，妫览便进入军府，把孙翊的侍妾和其他侍从全部占为己有，还想占有徐氏。徐氏担心被他所害，就骗他说："请允许我等月末那天，祭过孙翊，脱去孝服，才能从命。"妫览顺从了她。徐氏暗中派人把变故告诉孙翊过去的部将孙高和傅婴，二人相对流泪，一起发誓要合谋复仇。

到了月末那一天，徐氏祭过孙翊，就脱去孝服，熏香沐浴，在另外的房间安置帏帐，言谈笑容都很喜悦。妫览偷偷观察到这种情形后，便不再有疑心。徐氏先叫来孙高、傅婴和手下婢奴，安排在室内。妫览来，徐氏出门拜见，随即大声呼喊。孙、傅二人一同出来，杀死妫览，其他的人在外面把戴员杀了。徐氏回房换上孝服，并奉上妫览和戴员的人头祭祀孙翊，全军上下为之震惊。

申屠希光

有志者事竟成

宋朝时，申屠氏是长乐人，钦慕孟光的为人，为自己取名叫希光，会作诗。自从嫁给侯官县的秀才董昌之后，就不再吟诗了，生活清贫辛苦而恬然自乐。

郡中的大豪绅方六一听说希光长得很美，心里爱慕她，就派人用重罪诬陷董昌，罪当株连全族。方六一又假装在中间调解，得以轻判，只董昌一人被杀，妻子和孩子都获得赦免。于是派他的侍从向希光表示渴慕之情，强行送去聘礼。

希光知道他的一切诡计，假装答应了他，把董昌的孩子悄悄寄放在友人家里。她弄到一把锋利的匕首，带上匕首去方六一那里，用好话向他道歉，请求安葬丈夫以后再成大礼。

方六一大喜，派人去按礼仪埋葬了董昌。希光则装出高兴的样子，浓妆艳服进入洞房。方六一进去之后，希光便在帏帐之中用匕首把他刺杀，方六一立刻毙命。希光又杀了他的两名侍者。

到半夜，希光假称方六一得了暴病，依次唤家人过来，来了便杀掉，把他一门人丁全部杀光。于是，希光砍下方六一的脑袋放在口袋里，拿到董昌的坟头去祭奠。

第二天，希光把村中百姓都召集起来告诉他们原委，并且说：“我将去地下跟随我的丈夫！”说完就上吊自尽了。这是宋钦宗靖康二年（1127）的事情。

◎

方六一用灭族之罪陷害他人，他人未被灭族，而自己反被灭族。一个文弱的妇女，扬起利刃，杀死仇人全家。被义愤所激励，有鬼神来相助，有志者事竟成。报仇难道非大丈夫不可吗？

邹仆妻

处乱不惊

五代后梁末年，襄州都军务周景温调任徐州，还是担任都军的职务。他有个气力过人的仆从，自恃有拳脚功夫，独自与妻子骑着毛驴行走。到芒砀地区的泽洼地带，他大声说道：“听说此地一向多有豪杰侠客，难道没一个人出来和我决一胜负吗？”话音刚落，有五六个盗贼从灌木丛中跳出来，一个从背后抱住他，搏斗中把他摔倒，抽出短刀割断了他的喉咙。

当时只有仆人的妻子在一旁，她一点不露惊惶之色，只是佯装大喊道：“真是痛快啊！今天才算是为我雪耻报仇了！我原是良家女子，被他抢来落入这种地步，谁说老天不显灵呢？”强盗们信以为真，就没有杀死她，把他们的行李连同两头小毛驴赶着朝南走去。

走了近五六十里，到达亳州北界达孤庄的南头停下休息。

庄子的大门口有兵器，附近就有巡逻守卫的人。这妇人就径直走进村公所，强盗们以为她去寻找食物而未加怀疑。妇人流泪拜见卫戍兵的总头领，报告她丈夫被杀的情形。总头领悄悄召集部下，把强盗都抓住，只有一个逃脱，把他们套上枷锁送到亳州，全被处死，陈尸示众。妇人回到襄阳，做尼姑终其一生。

◎

三国徐氏、宋朝申屠氏、五代仆人之妻，都能够在丈夫死后为夫报仇。徐氏是达官贵人的妻子，她在外与故旧部将合谋，在内有众奴婢协力一致，用来对付一个粗疏而不加防备的妫览，这就像是打一只病老鼠一样容易。

申屠氏就不容易了，然而她未暴露报仇之心，还可以从容地设计对付他。那仆人的妻子则更加困难了，仓促之间发生变故，亲眼看见众多凶手把刀刺向自己的丈夫，即使是勇士秦舞阳在一旁观看也不能不动声色。然而她心中做好复仇的打算，嘴上却说些好话蒙住盗贼，不出一天便用智谋消灭了他们，能不说她是个大智大勇的人吗?

生为下贱之人，她何曾读过诗书、通晓礼义?然而面临灾变不慌不乱，处置对付从容不迫，世上自命为读书知礼仪的人们，我不知道他们是否有这样的手段?

谢小娥

报杀父仇

唐朝人谢小娥是豫章郡一个商人的女儿。八岁时死了母亲，嫁给历阳郡的段家，所以谢、段二姓常同乘一船，在江湖间做买卖。小娥十四岁，刚到插簪的年龄，父亲和丈夫都被抢劫财货的盗贼杀害，二姓的随行者全部被杀，小娥也伤了胸部，折断了腿，落入水中漂流沉浮，被别的船只搭救上来，过了一夜才活过来。于是她便四处流浪讨饭，来到上元县，依靠妙果寺的净悟尼姑过活。

当初小娥的父亲刚死不久，她曾梦见父亲对她说："杀我的人，是车中猿，门东草。"过了几天后，又梦见丈夫对她说："杀我的人，是禾中走，一日夫。"小娥不懂，常把这些话写下来，四处求聪明的人来解释，几年也没能得到答案。

到了唐宪宗元和八年（813），李公佐被免去江南西道的官职，在建业停下船，登瓦官寺游玩。寺里的僧人齐物对他讲述了小娥的事情，李公佐依在栏杆上，用手指在空中写写画画，默默地凝神思考，忽然明白过来，命令寺中的小童快叫小娥来，对她说：“杀你父亲的人，叫申兰，杀你丈夫的人叫申春。所谓车中猿，车字的中间的申字，申不是十二生肖中的猿吗？草下有门，门中有东，就是兰字。又禾中走，就是穿田过，也是个申字。所谓一日夫，夫字上加一画，下加一个日字，就是春字。凶手是申兰、申春毫无疑问了。”

小娥失声恸哭，一再拜谢了李公佐，把这四个字悄悄写在衣服里，发誓要找两个盗贼报仇。

她换上男子的衣服，在江湖间做用人，过了一年多时光，来到了浔阳郡，看见招贴上写着招募用人，小娥便去了那家，问主人是谁，结果竟是申兰！小娥心中深恨而外表很和顺，在申兰身边服侍有两年多，很得申兰的信任和喜爱。金钱贩帛的进进出出，全部交小娥经办。小娥每回看见当初谢家的衣服器具，总是暗暗流泪。申兰与申春是同宗兄弟，申春家住在长江北岸的独树浦，两人来往密切。

有一天申春带着大鲤鱼和酒来到申兰家，到晚上，众盗贼一齐来到，纵情饮酒。等到群贼离去之后，申春大醉睡在内室，申兰露天睡在庭院中。小娥悄悄地把申春锁在屋里，抽出佩刀砍下申兰的脑袋，大声把邻居们都喊来。在屋里抓住了申春，缴获了劫掠来的财货价值数以千万计。原先申兰、申春有同党几十人，小娥暗暗记下他们的名字，使他们也都被擒获处死。

当时浔阳的太守张公，赞赏小娥的孝心和志气，免去她的死刑。小娥就剪去头发，终生去做尼姑了。

◎

她的智慧和勇敢或许有人具备，而她的坚忍之处万难做到！

吕母

揭竿而起

王莽新朝时期，琅琊郡海曲县有个姓吕的老妇人，儿子在县里做个小官，犯了一点小过失，被县宰杀了。吕母心中愤恨，想报复县宰。她家很富有，于是就多酿美酒，购买了刀剑衣服。年轻人来买酒，总是多给他们。有人衣服破旧，她总是借给他们衣服而不论价值。

过了几年家财用尽，年轻人想共同报偿她，吕母流泪说道："我之所以厚待各位，并不是为了得到利润，只是为了县宰枉杀了我儿子的缘故。各位肯可怜我而为我报仇吗？"

年轻人认为吕母的行为很悲壮，都答应了她。于是就召集聚合了几千亡命之徒，吕母自称为将军，率领军队攻破海曲县，捉住了县宰，历数他的罪过。众官吏磕头为县宰求情，吕母说："我的儿子不该死，被县宰冤杀了。杀人者该死，你们还求什么情呢？"于是杀了县宰，并把他的脑袋祭奠在她儿子的坟前。之后，她又率领部下投奔刘盆子的起义军去了。

◎

世上有这样的非凡妇人，残酷的官吏们或许稍稍要畏惧一些。

李诞女

斩巨蛇

东越、闽中一带有一座庸岭，高数十里，北边山脚下的洞穴中有条大蛇，长七八丈，围粗一丈，当地老百姓都很害怕它。东冶的都尉以及东冶城所属县的官吏们多因它而死。人们拿牛羊来祭祀它，所以没受到更大的危害。

它有时托梦给人，有时告谕巫婆等，说它想吃十二三岁的幼女。都尉和各县的官吏们都为此事而头疼，共同寻找奴婢的家生女儿以及罪犯人家的女孩来养着，到八月上旬的祭祀日，把女孩送到蛇洞口，大蛇总是在夜里出洞把女孩吃掉。多年来一直如此，前前后后已经送去了九个女孩。

这一年快要祭祀时，还未访求到女孩。将乐县有个叫李诞的人有六个女儿，没有儿子。他的小女儿单名叫寄，已被应征祭蛇，正准备动身，做父母的不同意。李寄说："父母不要挽留，现在家里只有六个女儿，没有男儿，做女儿的没有汉朝的缇萦救助父母的能耐，既然不能供养父母，也只是白白浪费衣服粮食，活着既没有用处，不如早死。卖女儿之身，可得些钱财来供养父母，难道不是好事吗？”父母慈爱而怜悯她，不同意她去，然而到底制止不了。她便动身了。

李寄请人给她准备了剑和咬蛇犬，到八月上旬的祭日，她带着剑和狗走到蛇洞边的祭庙，坐在那里。她事先做了几石糕饼，用蜜糊浇涂在上面，放在洞口。大蛇在夜间出了洞，脑袋大得像座石磨，眼睛像径长二尺的明镜，闻到蜜糕的香气，先爬过去吃它。李寄便放开咬蛇犬，狗扑去咬啮大蛇，李寄跟在后面用剑砍杀。蛇窜出庙去，死在堂阶之前。

李寄进入蛇洞察看，找到了那九个女孩的骷髅，全部拿出洞来，悲痛地说：“你们这些人胆小怯弱，成了大蛇的食物，实在是太可怜了！”便从容地回去了。

越王听到这件事，聘李寄为王后，任命她的父亲为将乐县县令，她的母亲和姐姐都受到了赏赐。从此之后，东冶一带再没有妖怪了。

刘季（汉高祖刘邦，字季）斩杀了一条蛇，于是做了皇帝；李寄斩杀了一条蛇，于是做了王后，天下的事没有不配成对的。

红拂

红拂女识李靖

隋朝杨素镇守西京的时候，李靖作为一个平民前来献计。杨素蹲坐在床上接见他，李靖深深地作了一揖，说道："天下正在大乱，英雄蜂拥而出，先生是国家的重臣，应该把收罗天下的豪杰人物当作主旨，不应该蹲坐着见客人。"杨素严肃起来，向他道歉。

当时杨素的妓妾排列在一旁，当中有个手持红色拂尘的容貌特别美丽，独独盯着李靖看。李靖离开后，执红色拂尘的女子站在栏杆前指使小官吏："问问离去的那个处士排行第几，住在什么地方。"李靖一一回答，这女子口中念叨着走开了。

李靖回到旅舍。那夜五更初时，他忽然听到有轻微的叩门声，开门一看，则是一个穿紫衣戴纱帽的人，用木杖挑一个行囊，问是谁，那人回答说："是杨家拿红拂尘的侍妾。"

李靖请她进门，她脱去外衣纱帽，急忙对李靖参拜。

李靖吃了一惊，忙回拜，询问她的来意。她说道："我侍奉杨司空很久了，天下的人才也见过许多，没有人比得上先生，所以投奔先生来了。"李靖问："杨司空怎么办呢？"她说："他不过在苟延残喘，不值得害怕。侍妾们都知道他成不了大事，离开的很多，他也不怎么追寻。我已考虑得周详了，请先生不必多疑。"问她姓什么，回答说："姓张。"问她排行第几，回答说："最年长。"察看她的肌肤仪容，言谈气质，真像是天仙一样。

李靖没料到自己能得到这样的佳人，愈高兴也就愈害怕，忧虑不安。而前来从门窗偷看的人也此去彼来，川流不息。过了几天，虽然也听见追寻张氏的风声，但并不严厉紧迫。于是两人便盛装打扮，骑上马，打开店门公然出去，打算回太原去。

途中，他们住在灵石的旅舍，铺好了床，炉上煮的肉也快要熟了。张氏因为长发直拖地面，就站在床前梳头，李靖正在刷马。

忽然来了一位客人，中等身材，面颊上的红胡子像虬须一样卷曲，赶着一头瘸腿驴。他把一只皮口袋扔在驴子面前，拿来一只枕头，斜靠在上面，看着张氏梳头。李靖非常生气，就要发作起来。

张氏仔细地看过客人，一只手背在身后摇动，示意李靖不要发火。她急忙梳好头发，理了理衣襟，上前问客人的姓氏。客人回答她说："姓张。"张氏道："我也姓张，该当做妹妹。"于是急忙叩拜他。又问他排行第几，回答说："排行老三。"客人也问张氏妹妹排行第几，回答说："最年长。"客人高兴地说："今天有幸碰上一个妹妹！"张氏向远处喊道："李郎，快来见见三哥！"

李靖急忙对客人参拜，然后三人就面对环坐。客人问锅里面煮的是什么肉，回答说："羊肉，大概已经熟了。"客人道："肚子饿了。"李靖就出去买回烧饼，客人抽出腰间匕首，切割羊肉与李靖等一道进食，又要酒喝。他打开皮口袋拿下酒菜，原来是一颗人头和一副心肝。他把人头放在口袋里，把那心肝用匕首切碎同李靖一道吃，说："这个人是天下最没良心的人，我心中恨了他十年，如今才落入我手。"客人又问："看李郎的模样是个清贫之士，怎么会得到这等佳人？"李靖不敢隐瞒，把原委全告诉了他。他说："果然如此。我原来就知道这并不是你求来的。现在要去哪里呢？"李靖说："要去太原避避身。"

客人说道："望气的人说太原上空有奇异的气相，我也正要去太原寻访。"李靖便告诉他州将的儿子李世民的情况。客人与李靖约好日期在汾阳桥相会，便骑上驴子离去了。

到了约定时间，双方果然如期到来，见面非常高兴。李靖假称客人擅长相面，通过友人刘文静见到了李世民。之后，这客人对李靖说：“看李世民的神采气派，真正是个天子！”便颓然回去了。

于是他邀请李靖夫妇到他家去，让自己的妻子出来相见，摆酒设宴，极其丰富豪奢，并把全部家产交给李靖，账簿和锁钥等摆满二十张床，说：“赠送给李郎辅佐真命天子建立功业。”他自己与妻子穿上兵服，跨上马鞍，只带着一个奴仆，走了几步便看不见了。

李靖完成了辅佐李世民打天下的任务，被封为卫国公。

◎

吴长卿说：“红拂女见到了卫国公，自认为是旷世未有的人才，便把杨素看得不值一钱。谁知又出来一个胡子客人，便看李靖也没什么了不起了。可惜啊，没能赶上看见李公子（李世民）！”

沈小霞妾

绝境逃生

明朝锦衣卫的经历官沈炼因为抨击宰相严嵩而获罪，被贬去保安屯田。当时的总督杨顺、巡按路楷，都是严嵩的门客，严世蕃指使他们说，若除掉我的心病，功大封侯，功小则升为卿官。于是杨顺和路楷合谋，捕抓白莲教中私通盗贼的人，把沈炼的名字乱加在他们的名单中，判处斩首，没收家产人丁。杨顺因这个功劳使一个儿子被封为锦衣卫千户，路楷升为五品卿寺候选。

杨顺仍不满足，说："宰相给我的封赏不厚，是我还有做得不够的地方吗？"就把沈炼的两个儿子捉来，用刑杖打死，又传送文书去越地，逮捕了沈炼的长子书生沈襄。沈襄押到后，日日被拷问，处境窘急，眼看就活不成了。赶上杨顺、路楷都受到弹劾，最后皇帝有旨逮捕治罪，沈襄就得以减罪发配去戍边。

沈襄当初被押解来时，只有一名爱妾随行，这时她又与沈襄一同去戍所。半路上，听见风声，说严氏将派人阻截拦杀他，沈襄很害怕，想逃跑，望着爱妾又割舍不下。妾说："相公一身系着沈氏一门的后代，只管脱身去，不要为我担心。"

沈襄于是骗押差说："城中有个某某人是我的年兄，他曾经欠了我家的钱，可以去找他要回来。"押差因为沈襄的妾留了下来便不加怀疑，放他回去。沈襄去了好久没有回来，押差到他所说的地方去查问，回答说沈襄不曾来过。押差回来又追问沈襄的妾，妾抓住押差的衣襟放声大哭道："我们夫妇患难相随，片刻不曾分离，如今他一去就不返，必定是你们受严家的指使，杀死了我的丈夫！"围观者多得像赶集一样，无法辨明真相。

后来官府知道了，也怀疑真有其事，没办法，只得让沈襄的妾临时寄居在尼姑庵中，立下期限责令押差寻拿沈襄。押差寻拿不着，屡次遭鞭笞责罚，就去哀求沈襄的妾，说沈襄确实是自己逃走的，别冤枉他。后来押差也抽空逃跑了。

后来严嵩倒台，沈襄才出来鸣冤，于是逮捕杨顺、路楷抵罪，沈襄的妾又重新回到他的身边。沈襄别号叫小霞，楚人江进之写有《沈小霞妾传》。

◎

严氏要派人截杀沈襄一事是有是无不可详知，然而沈襄这一逃实在十分便宜、利索。有此妾的一番抵赖，就是上司官署也怀疑真有此事，沈襄才能够平安逃命，没有后患。杨顺、路楷之流死掉了，尸身喂狗都不配，而这个妾与沈氏父子一同传名后世，忠诚智慧荟萃于一门，值得赞美啊！

邑宰妾

从容不迫

明万历年间，国家政务拖沓，刑部所关押的犯人很多死在狱中。有个乡试举子出身的北方人，做邑宰时因事犯法被送进了钦犯监狱，长期不得洗白，年纪已老，自己已料定非死在狱中不可，感伤自己没有儿子，于是卖尽家产，在离监狱不远的地方购置了一处住宅，让他所喜爱的妾住在那里，并用重金买通了管监狱的人，偷偷地进出往来。

这人有个侄子很不成器，偷起他的钱财，出入赌场，受到巡察人员的怀疑。追查起来，这侄儿便把实情全部说出，还说："家里有一头青骡子，我叔父必定骑着，不用时就出租，请用骡子来验证。"巡察们观察了几天，果然是像他说的那样。

一天，这邑宰正与妾在中堂面对面吃饭，一群巡察到了，邑宰吓得丢了筷子。妾很快站起来迎上前去说："老翁胆子很小，别逼近他。你们与这个老人有仇吗？”回答说：“没有。”邑宰妾说：“如此说来，你们不过想多得些钱罢了。金钱都归我掌管，只跟我来就是，当会让你们满足。”

巡察们瞧这妇人容貌美丽，说话可人，就留下一个人看守邑宰，其他人一齐跟在后面走进内室。妾指着她的床说：“钱放在床架顶上。”搬来一只小梯子爬了上去，众人都在下面拿她开心，她一点也不生气，嬉笑声一直传到了屋外。一会儿，捧着一只匣子下来，打开看，里面有许多银子。妾说：“还没完呢！”又从上搬下一只大箱子，里面盛满大吊大吊的钱。众人争着抢钱，嚷声愈来愈大，看守邑宰的那人贪图分点钱，心痒难忍，双脚不知不觉朝前挪去，邑宰便瞅空溜掉了。

等巡察们怀中揣足了钱，出来看见邑宰不见了，心中害怕起来想跑，邑宰妾挑了他们当中一个力气小的人，用力抓住，大声呼叫：“抢劫的强盗在这里！”众人一齐挥拳殴打，牙齿爪甲全用上，但邑宰妾死也不松手，呼喊声愈加尖厉，惊动了外人。外人进了院子，巡察们四处逃散，只抓住一人，连同邑宰妾所抓住的共两人，送到巡守城市的潘御史那里去。

邑宰妾指诉众强盗淫荡贪婪的罪状，同时报上被抢走的卖家产所得的银钱数目。被逮住的这两人无法抵赖，就把同党的姓名全部供出。

一会儿，这些人全被抓来，银子还揣在怀中呢。他们拿犯人逃离监狱一事作借口，御史派人去钦犯监狱检查，邑宰却待在那里。众人词穷语塞，便把罪名推到那个不成器的侄子头上。御史把那侄子抓来，连同抢钱的，全部用刑杖打死。邑宰妾带着原有的钱回到家里，记好数目报告邑宰。病了几天后死了。

◎

狱中的囚犯私自出入是非法的，对钦犯监狱来说就更严重了。当巡察一下子逼到跟前时，能不把邑宰看成是可邀重赏，获巨利的奇货吗？说邑宰胆小让他们放心，说可多得金钱切中他们的要害，忍住调笑戏谑牵制他们，倒空口袋引诱他们，让看守的人懈怠而使邑宰脱身，这一切原已在我的计划之中了。出其不意，抓住一个力弱的来牵制住众多强悍的。假如在众强盗拳头下丧了命，打死人的罪人难道能逃脱吗？至于众凶先我而死，我死也能够瞑目了。

这妇人的智慧自是不必说的，单是她面临仓促间出现的事变不慌不忙，面临死亡毫不胆怯，从从容容让大功告成，便有男子汉的智慧所达不到的地方。只可惜传述的人忘了她的名字，即使这样，千秋万代，人们知道有这样一位邑宰妾，那春秋时的浣纱女子、锐司徒的妻子，以及车中女子等辈，就不会没有朋友了。

崔简妻

怒斥滕王

唐代滕王李元婴非常荒淫，众官员如有美貌的妻子，没有不被他玷污的。常常假称王妃召唤，去了就强行无礼。

当时典签崔简的妻子郑氏刚到，滕王就差人来召唤。想不去，又害怕滕王的淫威;若去就不免要遭受污辱。郑氏说：“不妨事。”就去了滕王府门外的小阁楼。

滕王在阁楼内，见郑氏进来，就想逼迫她。郑氏大声呼叫左右侍从，说：“大王岂能做出这等事，这一定是奴才！”说着拿鞋底把滕王的头打破，用手指把他的脸抓出血来，王妃听见动静出来，郑氏才得以回家。

滕王感到很羞惭，十天不理政事。崔简每日去参拜，不敢远离大门。

后来滕王出堂就座，崔简上前去谢罪，滕王惭愧，只得将崔简夫妇调出王府。那些曾被滕王召唤过的各个官员的妻子，无不感到惭愧。

◎

不仅保全自己，又能保全他人，这个妇人有胆量有见识。

蓝姐

智捕盗贼

宋高宗绍兴年间，京东一个姓王的人寓居在新淦县的涛泥寺。

一次他设宴招待客人，到半夜才散，他也因喝醉而早睡着了。一会儿，一群强盗闯进来了，把他的孩子和奴婢都抓起来用绳捆着。奴婢都叫喊道：“管库房钥匙的是蓝姐啊！”蓝姐应答说：“钥匙在我手里！但你们不要惊醒我家主人！”说着就把钥匙交给了强盗，拿起席上的蜡烛把他们带到库房，强盗把里面的金银器物尽数拿走了。

主人醒来后，才知道所发生的事，天一亮就到县衙报了案。蓝姐暗地里告诉主人说：“这伙强盗很容易就能捕获。他们都穿着白衣服，我在拿蜡烛时用流下来的烛油滴染了他们的后背，您可以秘密告诉追捕的官兵，以此为记号去抓强盗。”后来这些强盗果然都被抓获了。

新妇处盗

处置盗贼

有个人家娶媳妇那天晚上，一个小偷挖了个墙洞，进到院子里。正好那里有棵大树，小偷撞上大树跌倒，撞破脑袋死掉了。点上灯一照，原来是认识的邻居。家里人惊惧之余，担心会招来灾祸，新媳妇说："不妨事。"腾出一只空箱子，把小偷的尸体装进去，抬到他家的门前，在门上敲击了几下。

小偷的老婆打开门来看见箱子，以为是她丈夫偷来的东西，满心欢喜把它收进家去。过了几天她的丈夫没回家，打开箱子看却是丈夫的尸体，不知是谁杀的，只得偷偷埋掉，一逃了事。

辽阳妇

合力退贼

辽阳东山的强盗抢劫到了一家，男人们都不在，家中只有三四个妇女。强盗不知虚实，不敢贸然进屋，在院子里用箭恐吓屋子里的人。屋里，两个妇女拉着弦绳，另一个妇女把箭安在绳上，从窗棚向外射击。

射了几箭之后，强盗们仍不离开，箭用完了，妇女们就大声诈唬道:“拿箭来！”从窗棚上方拿一束麻秆扔到地上，发出的声响像是箭落在地上。强盗们吃了一惊:“他们的箭还有这么多，不好对付呀！”就离开了。

◎

妇女们合拉弦绳放箭，尚且能击退强盗，由此可知强盗未尝不怕人，只是人们自己过于胆小，以致让强盗得到好处罢了。

李成梁夫人

机智脱身

相传明朝李成梁元帅的夫人是辽阳平民百姓家的女儿。辽东百姓经常苦于盗贼的掠夺，往往挖个深窖来藏匿财物。

一次这家人全出去躲避强盗了，独留下她在地窖中守护。有两个强盗闯进她家，发觉地窖有人，一个强盗就吊着绳子爬下去，见有一个女子，非常高兴，就喊上面同伙先把女子拉上去。她上来后，见这个同伙在窖口向下探视，往下面放绳子，她就从后面奋力把他推下去，随即用重物把窖盖起来。她解开拴在门边的马，跨上去跑了。

几天后，盗贼退走了，她的父母都回到家，女儿向他们讲了发生的事，并一起把关在地窖的两个盗贼打死，砍下头向军官请赏。当时李成梁在军队里，听说这个女子有胆有略，就向她求婚。后来她成了一品夫人。

木兰等 三条

替父从军

南北朝时前秦征发士卒去戍守边陲，女子木兰怜惜父亲年老，就替他应征。在边陲待了十二年才回家，没有人知道她的底细。

韩氏是保宁县的民家女子。元末明玉珍在四川称帝作乱时，韩氏害怕被盗贼抢掠去，便换上男子的服饰，假报名字从军。调防去云南，往返七年之久，没人知晓，即使军中同一组的士卒也没人察觉。后来遇到她的叔叔，叔叔一见面十分惊异，才挑明她原来是个女子，叔叔便把她带回四川。当时人们都称呼她为“贞女”。

明朝人黄善聪是应天府淮清桥附近的民家女子。十二岁时母亲死了，姐姐已经嫁人，只有父亲以贩线香为业。父亲怜悯善聪孤单年幼，无所寄养，就让她装扮成男儿，带着她在庐州、凤阳之间往来了几年。后来父亲也去世了，善聪便诡称自己姓张，仍操父亲的旧业过活，同辈人中有个叫李英的，也贩卖线香，从金陵来，不知善聪是女子，约她做伴，同寝共食过了一年多。善聪总是说自己有病，不解衣脱袜，到了夜间才解手。

弘治辛亥年正月，她和李英一道回南京，已有二十岁了。身着男子的装束去见姐姐，见面就喊姐姐。她姐姐说："我原来没有弟弟，从哪来了弟弟到这里？"善聪笑着说："弟弟就是善聪啊！"流着眼泪告诉她原委。姐姐非常恼怒，骂她说："男女杂居，太有辱我家名声了！你虽然自己表白，哪个相信你？"便赶她走，不准她进门。

善聪不胜愤懑，边哭边发誓说："妹妹这身子如果不干净，死了也就算了。我必须让真情明白以表我心志。"姐姐家邻居便是接生婆，姐姐权且叫来验查善聪。一查果然还是个处女，这才相抱恸哭，亲手为她换去男装。

过了一天，李英来访，再约她同行，善聪出来相见，却忽然变成个女子了。李英非常惊骇，问她，才知道了缘由。李英怏怏不乐地回家，若有所失，悔恨他当初太笨了。李英把这事告诉母亲，他母亲也嗟叹不已。

当时李英尚未娶妻，母亲认为善聪很贤明，就为他求婚。

善聪不答应，说："要是我终究嫁给李英，能保证别人不怀疑我们吗？"亲友邻居来劝说，她则涕泪交流，愈发不肯。大家四处宣传，把这当作一件奇事。官府知道了，便帮助李英送了聘礼，令他们二人结为夫妇。

◎

木兰假扮男儿十二年，为时最久。韩氏女七年，善聪只有一年而已。然而善于隐匿原貌，用权宜之计来应付变故，她们的智慧是一样的。至于南齐时东阳的娄逞，五代时临邛黄宗嘏，无缘无故地装成男子，窜入仕宦之列，这岂是女子的本分呢？

至于说唐代贞元年间的孟老太，二十六岁出嫁，丈夫死后她假称是他的弟弟，去郭汾阳手下做事。郭公死后，她又寡居了十五年，在军中多次提升，直至兼任御史大夫。后来忽然又觉得孤独寂寞便重新嫁人，当时已有七十二岁，又生了两个儿子，活了一百多岁才死。这莫非是人妖吗？又不能用常情来评论了。

练氏

救全城

章得象的祖先是唐末建州人，曾经在王氏政权（五代时闽国，由王审知建立）手下做官，担任高州刺史，号称章太傅。太傅的夫人练氏智慧见识都高过常人。

太傅曾经发兵出征，有两位将领迟到，太傅要杀他们。夫人就安排下酒宴，打扮了两位美女进献太傅，太傅非常快乐。等到夜间他喝醉了，夫人悄悄地释放了这两位将领，让他们逃跑了。

两人投奔了南唐，后来做了南唐将领，领兵进攻建州。那时太傅已经死了，夫人住在建州。两将领派人送给夫人许多金银绢帛，并且把一面白旗交给她，说："我们很快就要屠杀全城的人，到时候夫人可以竖起旗子作为标志，我们命令士兵不准冒犯。"夫人退回了金银绢帛，说："多谢将军还记得旧恩，我希望保全一城百姓的性命。假如一定要屠杀全城的人，我家和众人一道去死，决不愿意单独活下来！”两位将领被她的话所感动，于是就没有进行全城屠杀。

◎

夫人让两位将领得以逃生，一定是料到他们是有用的人才而怜惜他们。可能是先向太傅求情，太傅不听，所以才设计放了他们。不然的话，按军法规定，迟到者就该处死，夫人难道肯枉法而卖人情吗？至于说后来得到回报，是多么巧啊！夫人让二位将领免于一死，而二位将领又因夫人的缘故免去全城人的死亡，夫人所得到的报答是很丰厚的了。

太傅有十三个儿子，其中八个是夫人所生。到宋朝建立后，他们的子孙科举及第当上大官的相当多，而且都出自练氏所生的八房儿子。积德的回报，难道还有假吗？

陈觉妻

侍奉婢女

五代陈觉还没有发达之时，曾在宋齐丘家做过门客。到他做了兵部侍郎时，他的妻子李氏为人忌妒又十分凶悍，宁愿自己下厨做饭，也不愿家中有婢妾。

一次，宋齐丘挑选了三个长得很漂亮的奴婢送给她，李氏一点也不犯难，侍奉她们就像侍候公婆一样。问她原因，李氏说：“这几个人是您宠爱的人，我见了她们就像看见您一样，哪敢怠慢？”三个婢女很不自在，请求回到宋府，宋齐丘只得笑着同意了。

◎

最近有个进士在妻子死后，眷恋一名土妓。在他娶了后妻之后，常常找借口住在外面，深夜就偷偷溜进妓女家，天一亮就回来。他的后妻察觉此事后，闭口不提一言。等到他再去妓女家时，她就在五更时召来仆僮，令他们抬着轿，打着伞，去妓女家迎接，并说这是夫人的命令。那个进士非常惭愧，于是断绝了和妓女的关系。这也是一个巧于忌妒的女人。

杂智部

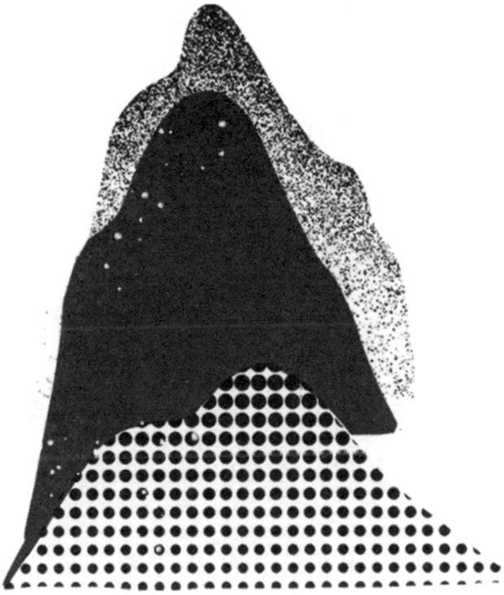

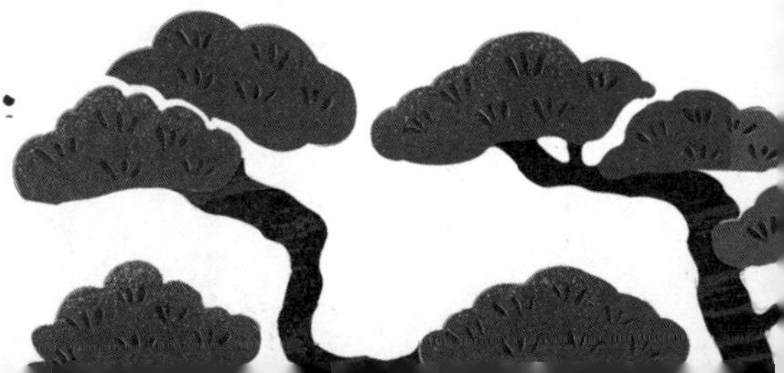

总序

智为什么用杂来相称？因为一些智慧聪明又狡猾，颖慧然而细小。正智不取于狡智，但正智有时反被狡智困住；大智不取于小智，但大智有时反被小智欺骗。识破狡智，正智便胜利了；辨明小智，那么大智便又胜利了。况且狡智若归从正智，未尝不是正智啊！小智若充进大智，未尝不是大智啊！

同是一样的饴糖，商末伯夷之辈用来给老人吃，以娱乐老年人，盗跖之徒则用来涂抹门轴，以便偷窃时门不会有响声。所以说狡智可以成为正智，而正智也能成为狡智。同是一种防龟裂的药膏，有的人靠它打胜仗获得封赏，有的人用它却免不了漂洗丝绵的劳苦。所以说大智可以成为小智，而小智也能成为大智。杂智具备了，天下就没有剩下的智慧。非难的人说："'大智若愚'，这不是有余智吗？"我回答道，正是因为没有剩余之智，才能够有剩余之智。泰山若拒绝区区撮土，河海若拒绝涓涓细流，也就不能成为泰山、河海了。会鸡鸣狗盗这类小聪明的人最终使孟尝君幸免于难，成为孟尝君的上客，只是看人们如何用这些小智罢了。我又怎么知道古人所谓的正智大智，对不善于用智的人不反是危害呢？

因此，我用杂智来结束本书。得到其中的智慧，转化其中的杂芜是可以的；删略其中的杂芜，采纳其中的智慧也是可以的。

卷二十七

狡黠

英雄有时会欺骗人，强盗也有自己的道义标准。智慧可以一天天变得深沉，奸猾也可以一天天变得老练。当年大禹把各种事物画成图形，铸成大鼎，以使百姓了解哪些是神物，哪些是恶物，从而避开邪恶。为此，辑撰《狡黠》卷。

吕不韦

窃秦国

战国时期，秦国太子妃华阳夫人，没生儿子。夏姬生了个儿子叫异人，被送去赵国当人质。秦国多次进攻赵国，赵国便对异人不友好，异人的处境困窘，很不得意。

阳翟的大商人吕不韦到邯郸去，看见了异人，说："这个人真是奇货可居！"于是就去对他说："太子喜爱华阳夫人，华阳夫人没有儿子。您的庶兄弟有二十几个，您排在中间，不怎么受宠爱，无法争取立为继承人。请允许不韦我带上千斤黄金西去秦国为您游说，立您为嫡嗣。"异人说："假如事情真的能像先生说的那样，将来秦国就由我和您分享。"

吕不韦便带上重金去秦国见华阳夫人的姐姐，把厚礼献给夫人，趁机夸奖异人贤德孝顺，说他日夜哭泣思念太子以及夫人。他让那做姐姐的对华阳夫人说："夫人受宠爱却没有儿子，异人贤德，知道他自己排在中间不能立为嫡嗣，若真在这个时候提拔他一把，这就会使异人本无国家却得到了国家，夫人本无儿子却得到了儿子。那么您就会在秦国终生受到宠幸了。”

华阳夫人认为说得对，便同太子约定把异人立为嫡嗣，让吕不韦回赵国告诉异人。异人便改换服装逃回秦国，改名叫子楚。

吕不韦娶了邯郸艺姬中最漂亮的一个，知道她有孕，便邀请异人喝酒，异人见了美女后，就请吕不韦把美女送给他。吕不韦假装生气，不久就把美女献给异人。一年后生下儿子嬴政，后来继承异人为国君，这就是秦始皇。

真西山说：“秦国从孝公到昭王，国势一天天强盛，吞并了五个国家的百万人口，没人能够战胜它。而吕不韦通过一个女子，谈笑间便在座席之上夺得了那个国家。不韦不是大商人，而是大窃贼呀！”

陈乞

窃齐国

齐国的陈乞打算立公子阳生为国君，但又害怕高张和国夏二人，于是假装去侍奉他们。每次上朝一定和他们同坐一辆车，每次跟在他们身边，必定要谈论大夫们，说："他们都很傲慢，想谋取您二位的性命。他们说：'高、国二人受到国君的宠幸，一定会逼迫我们，何不把他们除掉？'他们本来就要打您二位的主意，所以要早点考虑对策。最好的办法，就是全部消灭掉他们，犹豫拖延是下策。"到了朝廷上，就说："他们都是虎狼，看见我在您俩的旁边，很快就会把我杀死了。还是请让我靠近他们吧。"

陈乞又对大夫们说："那两位仰仗着国君宠爱，想打诸位的主意，说：'国家的患难多，是由于大夫们地位高而又得宠，全部除掉他们，然后国君才能安宁。'他们已经谋划好了，为什么不趁他们还没动手抢在他们前面？等他们动手，懊悔也来不及了。”于是，大夫们全部听信了他的话。夏季六月，陈乞和大夫们带着甲士进入国君的宫殿。国夏听说了，与高张坐着车子去齐侯那里，与大夫们交战，战败便逃到鲁国去了。

当初，齐景公喜欢小儿子荼，便和陈乞商议，想立荼为世子。陈乞说：“对于国君来说，值得快乐的就是立谁废谁由自己做主。国君立荼，做臣子的就请求立他好了。”公子阳生对陈乞说：“我听说先生不打算立我为世子了。”陈乞说：“拥有千乘兵车的国家的君王，要废掉正当的世子而立幼子，一定会杀掉世子。我不坚持立您，是想让您能活下去。快离开这里吧！”陈乞给了他一柄玉节让他逃走了。

景公死后，荼立为国君。陈乞派人迎接公子阳生回来，把他安置在自己家里，给景公服完丧，大夫们都在朝廷上，陈乞说：“陈常（陈乞之子）的母亲要做一次只有鱼、豆为祭品的祭祀，希望大夫们都赏我个面子。”大夫们都说：“好吧。”于是去了陈乞的家。陈乞就让力士举着一只大口袋走到中堂，大夫们看见了都吓得变了脸色。打开大口袋，赫然露出公子阳生。陈乞说道：“这个人就是我们的国君。”大夫们迫不得已，你看我，我瞧你，最后脸朝北方拜了两拜，俯身叩头，尊阳生为国君。阳生之后便杀死原来的国君荼。

◎

自从陈氏向百姓大施恩惠，已经有了取代齐国的势头了。所顾忌的，只是高氏、国氏罢了。高氏、国氏既已消灭，大夫们还能把陈氏怎么样呢？杀死荼而立阳生，接着又杀死阳生立壬（齐简公，名壬），这些都是篡人国家时所用的过渡手段。六朝时，这种伎俩用得最为精熟。陈乞大概是创始人吧！

徐温

洗脱嫌疑

五代十国时期，张颢和徐温合谋杀节度使杨渥。

徐温说：“左、右卫军都出动，一定会步调不一致，不如单用我的军队。”张颢不同意。后来追究法办反叛之徒，全出自张颢的左卫军。因此人们就以为徐温的确不知道反叛的阴谋。

荀伯玉

献计萧道成

有人说萧道成有异常的面相，南朝宋皇帝心中疑惧，征召萧道成为黄门侍郎，萧道成想不出办法不去。

荀伯玉教他派骑兵进入北魏的国境，北魏果然派游骑在边境上巡行。皇帝听说后感到害怕，就让萧道成重新担任原来的职务。

高欢

收买民心

南北朝时期，高欢计划对付尔朱兆，暗地里收买民心。他伪造尔朱兆的书信，说尔朱兆要把六个镇的人马配给胡人作军队，于是大家都发愁怨恨。又假造了并州的兵符，征兵讨伐稽胡。征调了一万人，将派遣之时，却故意让孙腾、尉景两人出面假装请求再过五天，如此重复了两次。

军队终于启程，高欢亲自去郊外送行，和军士们流泪握手告别。于是大家都放声大哭，哀声动地。高欢对他们说道："我与你们都是背井离乡的人，从道义上说是一家人，没料到会有这种结局。如今径直向西去打仗，是会死的;超过了规定的期限，又该处死;分配给胡人当部下，还是要死。怎么办呢？"大家说："只有造反了！"高欢说："造反是应急之策，必须推举一人作首领。"大家都愿意拥戴高欢。

高欢说："你们都是乡里难以辖制的人，即使有百万大军，没有法规终究要四散逃亡的。如今必须和以往有所不同，不得欺凌汉人，不准冒犯军令。否则的话，我是不愿意让天下人取笑的。”大家都叩头表示，无论生死，唯命是从。于是第二天宰牛犒赏士兵，攻破邺下。

潘崇

献计探实情

春秋时，楚成王立商臣为太子，不久又想改立公子职。商臣听说了此事，但还没证实，告诉他的老师潘崇，说："怎样才能搞清楚呢？"潘崇说："设宴招待江芈（楚成王的爱妾。——原注）但不要尊敬她。"

商臣采纳了他的方法。江芈果然发火了，说："嘿，你这小子！难怪大王想废掉你而立公子职啊！"商臣说："现在看来这是真的了。"

◎

阳山君在卫国做相，听说卫国国君怀疑自己，就假装去毁谤卫君所宠爱的樛竖，因而知道了实情。他的方法同潘崇的一样。

曹操 四条

曹阿瞒

魏武帝曹操有一次行军时粮食不够，私下召管粮的人问怎么办。管事者说：“可以用小斛来量米以凑足数量。”曹操说：“很好。”后来军中议论曹操欺骗大家。曹操就对管粮人说：“借你一样东西来平定军心。”便把他杀了，拿他的首级题上罪状示众，上面写道：“用小斛，盗官粮。”于是军心就安定下来了。

曹操曾经说：“我睡着后别人不能随便靠近，靠近了我便要杀人，自己也并不知道，左右的人应当特别小心。”有一天假装睡着了，有个他所宠幸的人，悄悄给他盖上被子，他便杀死这个人，又睡下。醒来后问道：“是谁杀了我的侍从？”从此每当他睡觉，别人就不敢靠近他。

曹操还说："别人想害我时，我的心就有所感觉。"于是就对他所亲信的近臣说："你带上刀子偷偷到我旁边来，我一定说心中有所警动，让人把你绑去杀头，你只是不要说话，保你无事，我将重重报答你。"这个亲信相信了他的话，虽被抓了起来，却不觉得有什么可怕，结果被杀了。这人到死也不知道是曹操的诡计。身边的人们以为曹操的话是真的，图谋反叛的人便泄气了。

曹操年轻时，曾经与袁绍一道看别人结婚，偷溜进主人家的园子，半夜里大叫说："有小偷！"婚宴上的人都跑出来观看，曹操乘机潜入新房，拔刀劫持新娘子。他和袁绍回去时又迷了路，陷入荆棘，袁绍不能动弹，曹操又大声叫道："小偷在这里！"袁绍惊慌，自己跳了出来，于是两个人全逃脱了。

◎

《世说新语》又记载说袁绍曾派人在夜里用剑投刺曹操，稍微低了一点，没刺中。曹操料定下一次投刺的位置必定会高一些，就贴在床上睡。剑投来，果然位置高了些。

这个记载是荒谬的。曹操生性多疑，警卫戒备一定很严谨，剑怎么能投到床上？假设真有此事，曹操一定会换个地方睡觉，哪里还会待在危险之地，拿性命去试验自己的智慧呢？

田婴　刘瑾

揽权

战国时，田婴在齐国任相。有人对齐王说："年终算账，大王何不抽出几天时间亲自去听听？不然的话，就无法知道官吏们的奸诈和过失。"齐王应道："很好。"田婴就马上去请求齐王来听他报账。齐王准备听他报账了，田婴令官员们出具金钱和粮食方面的账券。

齐王亲自听察算账，账目多得听不完，吃完饭，又坐下来听，无暇吃晚饭。田婴又请示说："群臣年终算账是日夜不敢偷懒怠惰的事情，大王如用一夜时间来听报账，那么大家就会受到鼓励了。"齐王答应道："好吧。"不久齐王就睡着了。官吏们纷纷拿刀去削改账券上的数目。齐王到底听不下去，于是就把算账的事情全部委托给田婴。

明朝人刘瑾想独揽大权，就在武宗皇帝面前准备了各式小玩意，等皇帝玩赏的时候，就拿来各官署的许多公文奏章让他审阅批准。武宗皇帝说：“我要你是干什么的？把这些一一拿来麻烦我？赶快拿走！”像这样反复了多次。后来事情无论大小，全凭刘瑾裁决，不再上奏了。

赵高 李林甫

戏弄老臣

秦朝时，赵高劝说秦二世深居简出之后，自己专权独断，李斯很不满意。赵高就去见李斯说：“关东一带强盗多，而皇上又加重徭役，派人造阿房宫。我想劝阻，但地位又太卑微。这实在是丞相您的责任，您为什么不去劝谏呢？”李斯说：“皇帝居住在深宫，我想见他却没有机会。”赵高说：“让我等到皇帝有空的时候来告诉你。”

于是他等到二世正纵情娱乐，有女人在身边的时候，派人去告诉李斯说可以去禀奏皇帝了。李斯前来谒见二世，二世发怒，赵高趁机诬告说李斯心怀不满想造反，于是二世把李斯下狱判罪，诛灭三族。

唐朝人李林甫对李适之说：“华山有金矿，开采出来可以增加国家的财富，皇上还不知道这件事情。”于是有一天李适之对皇帝谈起这事，皇帝问李林甫，李林甫说：“为臣的早就知道了，但是华山是陛下王气命脉所在，不宜开凿，所以我不敢说。”皇帝认为李林甫爱护自己，而疏远了李适之，很快就不让他参与政事了。

严挺之降职为绛州刺史。天宝初年，唐玄宗对李林甫说：“严挺之现在哪里？这人有才干，可以提拔任用。”下朝后，李林甫召来挺之的弟弟严损之，与他叙旧，表现得殷勤诚恳，还要推荐他担任好职位，趁机说：“皇上很看重你哥哥，他可以找个事由回京城见皇上，一定能得到重用。”又顺势让损之替挺之拟了份因病要回京就医的报告。

李林甫得到这份奏报，就对玄宗说，严挺之年纪大了，身体有病，可以安排个闲职使他得以修养。玄宗叹息了许久，对严挺之很惋惜，授予他员外詹事，安排他到洛阳去疗养。从此，严挺之郁郁寡欢，真的生病了。

一次，玄宗在勤政楼举行礼乐聚会，聚会结束，兵部侍郎卢绚骑马款款而去，玄宗觉得卢绚蕴雅有风度，赞美了一番。第二天，李林甫叫来卢绚的儿子，说：“你父亲素有名望，皇上想任命他到交州、广州做官，他若嫌远不愿意去，可以请求退休养老。”卢绚害怕，只能听从李林甫的建议，随后出任华州刺史，从此卢绚的仕途也就终结了。

◎

李适之、严挺之、卢绚三人皆在李林甫掌股之中，被其玩弄而不知，李林甫确实是一代奸雄啊！然而，如果李适之不贪图富贵，严挺之不盼着得到重用，卢绚不惧怕交州、广州的遥远，即使李林甫如何狡诈，又怎么能实现他的诡计？

我以为是这三个人愚蠢，而不是李林甫聪明。

石显

自导自演

汉朝人石显知道自己专权，担心有朝一日皇帝会听信挑拨之言，就不时地说上一些真话去让皇帝验证。

他曾被派往各官署支派事情，事先禀告皇帝说：“恐怕回来晚了宫门关闭，请求皇上下诏令让守门官开门。”皇帝答应了。于是石显故意到夜里才回来，自称有诏令，开门进了宫禁。

第二天一早，果然有人给皇帝上书，告发石显假传圣旨夜开宫门。皇帝收到后，笑着拿给石显看，石显便流着眼泪说：“陛下过于偏爱我，群臣心中嫉妒想陷害我。”皇帝认为他说得对，就更加宠爱信任他了。

蓝道行

装神弄鬼

明世宗时，方士蓝道行靠扶乩(jī)得到宠爱。

一次，世宗有所求问，便写下密信封起来，让宦官拿到乩所去烧焚。蓝道行答不出来，便归罪宦官不洁净，不能招致真神仙。宦官把密封件交给蓝道行，让他自己焚烧。他便做了一个假的密封件放到火上烧焚，把真件藏起来，做出的回答全都符合皇帝的旨意。皇帝以为他是神仙，更加相信他了。

◎

蓝道行算是狡诈的了，然而朝廷大臣到底依赖他的力量，假借神仙的名义除去了严嵩。这样看来狡诈也还有用处。

严嵩

戏弄伊庶人

明朝伊庶人（伊王朱典楧(yīng)，嘉靖四十三年[1564]因罪废为庶人）为王时，因为残酷暴虐多次被御史官弹劾。事急了就向严嵩行贿十万两银钱，稍微得以缓解。

等严嵩倒台闲居在家时，他就派遣十来个军士到严嵩家，胁迫严嵩偿还那笔银子。严嵩安排酒席款待他们，对他们说好话道："惠赠来的十万两，其实没那么多，只得到半数罢了，其中一半又被花费掉了，请允许我偿还两万两吧。"便全部拿皇帝赐给他的有标志印记的银子交给军士们。

他们离开之后，严嵩便去报告官府说："有江洋大盗抢了我家两万两银子跑掉了，赶紧去追击他们，还可以捉得到！"官府派人追回银子，把那些军士全部捕获，判处了死刑。

吉温

骗口供

唐朝时，李适之任兵部尚书，李林甫讨厌他，派人揭露兵部下属官员为奸谋利的事情，收捕了六十多人，交给京兆尹。京兆尹让司法官署的吉温来审讯。

吉温去衙院，先提取两名重罪囚犯来拷问，或用杖击，或用杠压，呼号叫声，惨不忍听。兵部的官吏们平素就听说吉温的为人残忍酷烈，等到被带进去时，全都主动承认了强加给他们的罪名，顷刻之间便定了罪，而没有一个人受刑。李适之于是被免去了官职。

阳虎

救恩人

春秋时，鲁国的阳虎垮台时，鲁国人关上邑门捉他，在外面层层包围。阳虎跑到大门口，把门人说：“天下的事情循环往复，你或许可以东山再起，现在我放你出去。”阳虎便举着剑提着戈出了门，接着又返回来用剑刺伤让他出门的那个人。那个人怨恨他，说：“我原本并不是你的朋友，为你已经承受了死罪之名，你却反过来伤害我！”

鲁国国君听说阳虎逃掉了，大发雷霆，责问从哪处大门逃走的，官吏拘捕了守门人。没受伤的那人被判了罪，而被阳虎刺伤的那人独自受到重赏。

伪孝 二条

欺世盗名

东海郡的孝子郭纯死了母亲，每逢他哭丧便有许多鸟雀飞到他的周围。

官府派人检查，确有其事，便表彰了他的孝行。后来又查询，原来是他每次哭时把饼渣撒到地上，群鸟争着来吃。后来屡屡这样做，鸟儿听见哭声，便都争着飞来，并不是鸟雀有灵，因郭纯孝母而感动。

◎

战国田单的妙计，可借来小用一下。而撒饼渣也是在积阴德，称作孝也是可以的。

河东郡的孝子王燧家里，猫和狗互相哺乳，他家儿子把此事讲给州县官听，于是受到了表彰。

实际上，是猫狗同时生崽，王燧家人把它们的幼崽互相换了窝儿，吃奶吃惯了，便习以为常。

◎

即使这是真的，与孝又有什么相干？

丁谓　曹翰

感情牌

北宋时，丁谓被流放到崖州，他的家人寓居洛阳。他曾经写了一封信，派人送给洛阳太守刘烨，求刘烨转给他的家人。又告诫使者说："你要等刘烨会见同僚的时候把信呈上去。"

刘烨收到信，便不敢隐瞒，立即报告皇帝。皇帝打开来看，信中言辞多是责备自己，叙述朝廷待他恩义厚重，告诫家人不要有怨心。皇帝很感动，怜悯他，就把他改迁到雷州去了。

北宋的曹翰被贬到汝州。有宫廷的使者前来，曹翰流泪道："家口众多，生活贫困，无法过活，用包袱皮裹上一包旧衣服，当十千钱。"使者们回去后启奏皇帝。宋太宗打开包袱看，却是一幅画幛，题名为《下江南图》。太宗不由想起他随自己平定江南的往事，很怜悯他，就把他召回京城了。

秦桧

为孙牟利

南宋秦桧把持大权，天下进贡之物，先进他的家，然后才送到皇帝那里。有一天，秦桧之妻王夫人进宫，显仁太后说起近来大的子鱼很少见到，王夫人回答说："我家有，给您进献一百条来。"夫人回去告诉秦桧，秦桧埋怨她说走了嘴。第二天进献了一百条青鱼。显仁太后拍着巴掌笑道："我说这个婆娘无知，果然不错！"

程子山与秦桧关系很好。他做中舍人时，有一天被邀请到秦宅的内阁楼，室内悄然无人，只有案上有一本紫绫青花册子，上面写了一篇《圣人以日星为纪》的赋文，末尾署有"学生类贡进士秦埙呈"的字样，赋文华彩艳丽。程子山独坐在那里默默览阅，反复多次以致能吟诵。秦家只有人不断送来酒菜并问候辛苦。到了晚上，秦桧一直不出面，程子山便告退了，也弄不明白此中的用意。

后来没过几天，程子山被任命为知贡举，入主院试，这才恍然大悟，就用了那篇赋的题目来命题。秦桧之孙秦埙的那篇文章压倒全考场，于是得了第一名。

李道古

讨好权贵

唐宪宗时的李道古善于谄媚讨好当权的官宦，经常准备酒菜和棋博等游戏和公卿大臣玩耍。赌博游戏之时，他常常假装输了，从而厚资贿赂对方，所以博得一时虚名，而那些贪图财利的人也都愿与他玩。

邹老人

颠倒是非

邹老人是吴地的狡诈之徒。有个富人叫王甲，在夜里杀了他的仇人李乙。案发之后，官府拘捕了王甲关进大牢。王家出重金求邹老人帮忙，老人索要了百两银子，带上去了南都。他结识了管刑狱的徐公，往来渐渐密切。

一日邹老人留宿在徐公处，半夜忽然拿出银子献给徐公，诉说他的内亲王甲的冤狱。徐公说："我是愿意出力的，然而吴、越两地事情各不相干，怎么能用得上力呢？"老人说："不难办。昨天先生捕捉到海盗二十多人，中有两个是吴地人，先生只要命令这两名海盗承认李乙是他们在夜里杀死的，那么这里不用罪加一等，那边王甲也能得以再生。"徐公答应了他。老人又悄悄探访了两名海盗的妻子，答应供养他们全家，于是两名海盗应允了。

讯问时，徐公问道："你们是吴人，曾经杀过人没有？"

两海盗就招供说某月某日把李乙杀死在家里，抢了他的钱财。邹老人带着此案回到吴地，让王甲的儿子去官府鸣冤，王甲竟获得了释放。（据说王甲从狱中回来，在大门口遇上李乙之魂，最后还是死了。——原注）

啮耳讼师

颠倒三纲

浙中有个儿子殴打老父亲，把他的牙齿打掉了，老父拿了牙齿去官府告状。儿子很害怕，便请来一位专管诉讼的师爷求问对策。师爷摇头道："这是件大难事。"这位儿子增加酬金坚持要他想办法，师爷答应留住三天，来考虑此事。

第二天，师爷忽然对他说："想出办法了！避开人，我对着你的耳朵说。"这位儿子侧着耳朵凑上去，师爷猛地咬他耳朵，咬下半片来，流血污染了衣服。儿子大为惊骇，师爷说："别嚷，这就是为你开脱的办法。不过你必须仔细保存这半片耳朵，等审讯时再掏出来。"

官府对质时，儿子就辩解说是父亲咬他的耳朵致使自己的牙齿落掉的。官府以为人的耳朵自己是咬不到的，老人牙齿不牢固，啮耳朵而落掉牙齿，很合情理。这儿子最后竟免于被罚。

◎

殴打老父亲却设巧计免罚，讼师颠倒三纲，真可怕啊！然而他的计策也是非常奇特的了。

土豪张

收服乞丐

北京城外有条街上住着一个姓张的土豪，能用钱财让人为他效力卖命，凡是京城中的无赖都听他调遣。

一次，他忽然想到乞丐这类人还未收服，便在空地上垒造土屋，招乞丐们来住，打量他们的情形而给点周济。乞丐们都感恩戴德，刻骨铭心，想报答而无门。时间长了，张某先让他们去讨债，借债人怕乞丐难缠，纷纷立刻还钱。

不久，张土豪刺探到别人有盖房造屋之事，就前去拜会，要求做中间人。那个人不理他，他就暗中命令乞丐们去骚扰。又背后派人去那家出谋划策，说除了张某没人能解除骚扰。张某到后，瞪起眼睛来一呵斥，乞丐们骇得四散逃走。别人佩服他的才干，便请他加入帮忙，他八方笼络，得到的钱财无法计算。

张某指使人假装用龙袍等几样东西去当银子，好像很紧迫匆忙的样子，嘱咐徽商说：“急需用钱，姑且不开当票，替我暂时存放在外头货架上，晚上就来赎回。”张某又指使别人去官府报案，指控徽商违反禁令。龙袍还存放在架子上，而账册上又没有典当人的姓名，于是徽商无法辩解，官府用站笼把他处死了。

一年后，张某因别的事情被关进大牢，徽商的儿子替父鸣冤，把张某的奸诈罪状全揭发出来，拿出许多钱来作官司费，张某也被罚以立站笼。他用的站笼就是上一年用来处死徽商的那个，封条标签上写的姓名尚且存在，人们都感到这事怪异。张某终于死了。

◎

乞丐本是没用处的人，但用了计谋役使他们，便能使其有用。那乞丐不劳人费心，天生无数，而且人们支使不了，这是为什么呢？张某的奸佞狡诈自然不足称道，但他的才能也有超人之处。假如东汉虞诩设置三科招募士人，他也够得上当一个队长了。

jiǎo
皦生光

狡诈骗财

明朝万历年间，皦生光因牵涉妖言案而被处死，京城人为之拍手称快。皦生光有才气但十分狡黠，常耍手段控制别人，谋取利益。

有位缙绅想巴结权贵，到处搜求玉杯作为送权贵的寿礼，一次偶然向皦生光打听这件事，没过三天，皦生光就拿来一对玉杯卖给他，说：“这东西出自某宦官家，价值百两黄金，现在只要五十两。”缙绅很高兴地买下了。

过了几天，忽然有东厂的官员捆绑二人大喊大叫向缙绅家走来，看上去气势汹汹，缙绅待他们来近时才看见被捆的人是皦生光与那个宦官。皦生光愁眉苦脸地说：“先前拿来的一对玉杯，原来是宫中的藏品，是宦官偷出来卖的。现在事情已败露，再也不能隐瞒下去了，只有将杯子还回去，才可确保彼此平安无事。”缙绅闻言非常窘迫，因为杯子已送人了，无法偿还。他就只好反过来求暾生光想办法，暾生光面露难色，想了很久，才决定替他送礼行贿："给某宦官送多少钱，给某衙门送多少钱，这样也许可以把事情遮隐过去。"缙绅不得已，只能照他说的去做，花费了几千两金子。

事后缙绅虽然知道这是暾生光的狡诈之计，却也无可奈何。

永嘉舟子

恶船夫

湖州的一个小客商卖生姜给永嘉的富户王生，价钱没谈妥，王生强行过秤。客商说话冒犯了王生，王生发火，用拳头击他的后背，客商跌倒在门槛上昏死了过去。王生扶起他来救护，好久才醒过来，又设下酒饭向他赔礼，并送给他一匹绢。

回到渡口，撑船的船夫问他从哪里得到这匹绢，客商说出缘由，并说："差点做了他乡之鬼了！"船行数里，有具漂浮在水上的尸首。船夫便心生一计，向客商买下那匹绢，并且讨得他的竹篮。

客商离开后，船夫便把那尸首载到王生家不远处，脱下衣裤给尸体穿上，跑去敲王家的大门，惊慌地报告说："午后有个湖州客商过渡，说是挨了您家的拳打，快死了，央求我去官府告状，喊他的亲人来申冤，留下绢和篮子作证据，现在已经断气了。”

王生全家骇得哭了起来，拿出二百贯钱买通船夫，求他把尸首埋到深林中去。后来王生被家中的奸猾仆人要挟，告发到官府。王生因为搬家，忘了原先埋尸的地方，受拷打而病死了。

第二年，卖姜的客商带着土产来访，说起船夫买绢的事情，王生的家人抓住那仆人去鸣冤，官府一并逮住那个船夫，把他们都处死了。

干红猫

弄虚作假

临安城北门的西巷里，有个卖熟肉的老头孙三。每次出门，必定要告诫他的妻子说：“照管好猫儿，都城中没有这个品种，别让外人看见，若被偷走，就要了我的命了。我老头子没儿子，这猫和我的儿子没两样。”每天反复说个不停。邻里多次听到这样的话，心里暗暗诧异，想看一眼却看不到。

有一天，猫儿忽然拖着绳索跑到门外，孙三的妻子赶紧抱回。那猫全身火红，尾爪胡须毫无例外，看见它的人无不惊异爱慕。孙三回家后，责怪妻子没有藏好猫儿，对她又打又骂。

不久这消息渐渐地传到宫廷内侍的耳朵中。内侍就派人用重金诱买此猫，孙三坚决拒绝。内侍颇下功夫，三番五次来求取，孙三只许他看一眼。那宦官看见之后，更加爱不忍释，到底用三百贯钱把猫买去了。孙三涕泪涟涟，又殴打妻子，整日里叹息惆怅。

内侍得到这猫欢喜极了，想调理驯服后献给皇帝。但不久猫的颜色渐渐变淡，刚刚半个月，就完全变成了白猫，去孙三那里询问，他已经搬走了。原来这是孙三用染马缨的方法，多日染后而造成的假象。以往的那些告诫和对妻子的打骂，全都是奸计。

铁牛

利令智昏

宋高宗绍兴年间，淮河边上有一个道人四处乞讨，手里拿着铁牛，声称自己是“铁牛道人”。

他转悠了几个月，一天忽然走进一位富户人家开的当铺里乞讨。当铺主人问他：“你拿的铁牛有什么用？”道人说：“它会拉出瓜子样的金屎。”当铺主人就想把它买下来，可道人坚决不肯卖。后来商定只借给当铺主人一晚，让他把铁牛放进密室里去。

第二天早晨开门一看，果然拉出几粒像瓜子样的金子。道人来后，就把铁牛拿走了。当铺主人就更加渴望买下铁牛，寻找到道人后，提出要买下这头铁牛，可道人不同意，后经过百般恳求才答应出卖。双方商定按铁牛一天拉出的金子计算，当铺主人以相当于铁牛一年拉出的金子买下它。

买回来头几天，每天都拉金子，可不到几天就不拉了。

当铺主人查看这头牛，只见尾巴下面有个小孔，其他就没有什么特别的地方了。忽然家中一个奴婢得了暴病，当铺主人把她丈夫叫来，让他把自己老婆赎回去。

后来有人说那道人预先买通了这个奴婢，让她暗中拿着金子放进去，所以每次铁牛拉金子，都是这个婢女做的手脚。当铺主人醒悟后，急忙去找那道人和婢女，但他们早已逃走了。

◎

铁牛若能拉金子，道人还需到处乞讨钱物吗？他作的假是很明显的，然而当铺主人竟然被自己的贪心所蒙蔽。所谓“利令智昏”，真是这样啊！

京邸中贵

冒充权贵

明嘉靖年间，有一个士人住在京邸候选做官。已经得到官职了，然而长期客居，囊中空空，想借千两银钱。他同一个过去交结的游客谈起这事，过了几天，这游客来说：“有个宦官答应借给你五百两。”士人还嫌少，游客说：“凡借钱的，按照惯例要先送上厚礼，内相生性喜欢奉承，假如讨得他的欢心，就是求他多借些也不是难事。”士人手头拮据，拼凑了器物礼品，约值百两银子，和游客约好了拜会的日期，前去谒见。

到门口，见屋宇堂轩辉煌壮丽，家仆奴婢都身穿绮罗，两壁厢米袋堆到屋顶，上面都印有“御用”的字样。好久主人才出来，体态横肥，靠两名小童抵着背行走，微笑着接受了礼物，答应借给八百两。家奴说：“时间晚了，等明天才能给你。”主人同意了。士人出来后，喜不自胜。游客又在他耳边嘱咐道："应早点来，我在这里等着。"

等第二天士人到了那里，只剩一座空寂的宅院，堂阶下有两大堆煤灰，都是"米袋"中倒出来的。问管宅院的人，回答说："昨天有个太监租借了半天，哪晓得他是谁！"游客也销声匿迹了，士人这才明白是一场骗局。

一钱诓百金

买绸缎

京师的窃贼最为狡猾，有个盗贼能用一个大钱诓来百两银子。他穿上一套闲居贵族的衣服，先去马市，叫来卖叠椅的人，给他一枚钱，告诉他说：“我马上骑马，你拿着叠椅侍候。”那人答应了。这盗贼就去对卖马人说：“我要买一匹骏马，试骑一下，中意的话再谈价钱。”卖马人小心奉上笼头缰绳，卖叠椅的摆好叠椅，盗贼踏着叠椅骑上马飞奔而去。马主人初以为摆叠椅的人是他的仆人，后来知道不是，才急忙去追赶。

盗贼直接跑去叩官货商店的门，把马系在门口说：“我是某太监家的人，想买若干匹缎子，把马放在这儿作抵押，要是主人选中你家缎子就送钱来。”店里人看见这匹好马心中便不怀疑，如数给了他缎子，他扛着离开了。

不一会儿马主人追踪到了店门口，与店家争马，打起官司，官府无法判决，就按马的价钱让二人平分了。

老妪骗局

拐骗案

明万历戊子年，杭郡北门外有户居民，老翁近六旬死了妻子，两个儿媳长得很美，对公公也都很孝敬。

有一天，忽然有个老太婆站在门前，从早晨到中午，好像在等什么人却没等到的样子。老翁进出了几次，可怜她站得太久了，就叫两个儿媳去询问缘由。老太婆说："我的儿子忤逆不孝，我要去衙门告状。约了姐姐的儿子一同去，久等他不来，现在肚子已经空空了。"儿媳可怜她，给她饭吃，说起话来很是投机。到天黑时，约好的人还没来，便留她住了下来。一住就是十来天，凡是儿媳所要做的事情，她统统代劳，针线活尤其精巧。儿媳妇恐她离开，便说老人没有丈夫，儿子又不孝顺，孤零零的无处寄身，极力劝说公公娶了她，老翁便与她同居。

又过了十多天，老妇人的儿子与外甥才找来，跪下来行礼认错，老妇人仍是不停地厉声责骂。老翁出面调解，留他们喝茶。那做儿子的马上就认老翁做继父，庆喜母亲有了依托。这样往来了三个月。

有一天，老妇人的孙子来，请老翁一家去做客，说他已经下过聘礼，准备娶亲了。老妇人道："儿媳妇哪里走得开，我和老头子及两位儿郎去便罢了。"去后酒醉而返。

又过了一个多月，孙子又来请，说："某日完婚，一定要请二位婶娘同去。"老翁的儿媳答应了。那天早上，她们借来许多衣服首饰，盛妆前往。老妇人的儿媳出来迎接，脸色黄黄的，好像有病。快到黄昏时，老妇人的儿子请两位嫂子去迎新人，还说："乡间的习俗就是这样的。"老妇人佯装说："你妻子虽有病，今天也做了婆婆了，为什么不自己去迎亲，却来烦劳她们两个？"她儿子说："媳妇相貌不雅，无法得到尊重。嫂子既已到此，哪在乎去一趟呢？"老妇人这才答应。于是她和病妇以及这两位儿媳一道坐船去了，好久没有回来。老妇人的儿子假装去观望，孙子又跟了出去，全都跑掉了。

到天亮，老翁父子四处寻不见踪影，问房东，回答说："他们是五六个月前来租房子住的，不知底细。"老翁父子失魂落魄地回到家里，亲友们来讨还衣服首饰，他们只得尽其所有作了赔偿。两儿媳的家人发现自己女儿失踪了，状告到官府。老翁和两个儿子悔恨到极点，便自尽了。

乘驴妇

三头驴

有三个妇人雇驴子赶路，一个男人拿着鞭子随行。突然那年少的妇人下驴子行方便，喊另两个妇人道：“走慢些，等我！”便请那男人扶她下来，少妇就与他调笑，好像很喜欢他。后来骑上驴子，又说：“我心痛，不能走快。”男人既不愿强迫少妇快走，自己去追另两个妇人又没追上，便在路边上歇息，等后面那名妇人。却未料那少妇调转身来，早骑着驴跑了。

一天之内，那三头毛驴都丢了。

卜者朱生

盗自家

盲人朱化凡居住在吴江，善于占卜，前来卜卦的人川流不息，家道渐渐殷实。

有一天黄昏时分，突然来了两个穿着青衣的人，说他们的主人是个贵公子，想请他去船上问卦。朱化凡推辞说明天早晨再去，青衣人不同意，说："主人性子急躁，再说要占卜的事情也不容延缓。"一定要请他一道走，于是一边一个扶着朱化凡去了。

走了很久，到了一条船上，好像泊在偏僻的地方，而人又很多。坐定之后，让他吃喝。船上的人对他说："我们这帮人是小偷，并不真的问卦。今天打算去抢一个大户人家，借你作首领。"

朱化凡害怕极了，自己说道："盲人没有用处。"对方说："没别的事，只求你安坐在大堂上，用木节拍击桌子，高声喊

‘快拿财宝来’就行了。得了财物，会分给你，不然的话，就把你砍为几段扔到河里去！”朱化凡害怕，就顺从了他们。

半夜，像先前那样由人在左右两边夹扶着，来到一户人家，坐在大堂上。朱化凡按照强盗的要求，一边击桌子一边喊叫。强盗们把这家所藏的钱财尽数劫走了，朱化凡还在又拍又叫。

房主的妻子以为强盗还在，没有敢出来，过了好久偷偷窥看，只有一人，而他的叫声很是耳熟。于是便上前捆住他，举起灯烛一照，却是自己丈夫。原来强盗所抢劫的就是朱化凡的家，大惊之下问起缘由，才知这伙强盗太奸巧了。

黄铁脚

盗酒壶

黄铁脚是穿墙爬窗的能手。邻居有家酒肆，黄铁脚去赊酒，店里吝啬不赊。黄铁脚就开玩笑说："我要把你的酒壶偷来，拿到别的店里换酒喝。"

当天晚上，店主人把酒壶拿到床前小几上，把门窗锁得很牢固，就放心地睡了。但到天亮时，壶已经不在了。看看门锁还依然如故，赶紧去别的酒肆寻找，壶果然在那里。问壶从何处得来，对方说："从姓黄的那里。"

店主人去黄铁脚那里问底细，黄铁脚自己说是拿一根小竹竿凿穿当中，使得能通气，把猪尿泡系在竹竿梢头，从屋檐处伸去，把尿泡塞进壶中，吹气让尿泡胀起来，托带着拎起酒壶，这样就把壶偷到手了。

窃磬

盗铜磬

乡间有个老妇人，一向念经，有一只古铜磬。

一个小偷把大石块包起来背着，走到老妇人门外，有人问背的什么，他说："铜磬，准备卖的。"进门后见没人在，把石头扔在地上，把铜磬背起来，反而朝门里问："要买磬吗？"回答说："自家有了。"小偷包起铜磬，又背着出了大门，屋里门外都没有人察觉。

伪躄（bì） 伪跛

盗金器

苏州的阊门有个匠人在铺子里刻凿金器。忽然有个士人，穿戴很有气派，拖着一条跛腿走来，自言道：“凶暴的县令因一点小过失就毒打我，我定要报复。”从袖中取出一块大膏药，在炉边烘烤，好像要拿它来治疮伤。等膏药熔化了，猛地贴在匠人脸上，匠人怕烫，用手去扯，那人就抓起金器跑掉了。

又有一家，门口堆积着米袋，忽然有个瘸子，腆垂着老大的肚子，跷着两脚走来，坐在米袋上，大家都看着他。不知他是怎么藏了袋米在胯下，又跷着双脚离开了。后来发觉丢了米，才知是他偷走的。原来他的大肚子是拿东西衬起来的，瘸腿也是装出来的。

躄盗

三个小偷

有个瘸腿小偷，一只腿瘸，精于行窃。

他曾经在夜里跟着另两个小偷潜入一大户人家，爬上屋顶揭开瓦块，让两个小偷用绳子把他吊下去，搜出钱财，放进柜里，让两个小偷提上去，然后再放下柜子，放进钱财再提上去，这样共反复了三次。瘸小偷私下思忖道："柜子再提上去，他们会不会丢下我跑掉呢？"于是自己坐进柜中。

两个小偷将柜子吊上来，果真私下里商议："柜里钱财好重，他出来肯定会拿去许多，我们不如扔下他走。"于是他们抬起柜子在旷野里行走。一个人说："瘸子自称擅长偷窃，却被我二人出卖了。"一个人说："此时恐怕已被失主发现了。"他俩在一起高兴得大笑，殊不知瘸腿小偷就在柜子里。

不久，两个小偷累了坐在路上。瘸腿小偷打量天要亮了，又听见远处住家有人说笑，便从柜中钻出来，大声喊："有强盗抢劫我！"那两个小偷受惊，仓皇逃走。瘸腿小偷却得到全部钱财回去了。何大复写有《躄盗篇》，记载此事。

京都道人

假道士卖药

北宋时，有个道人来到京都，自称受益于丹砂的妙用，面色如二十岁的青年，而自言有三百多岁。权贵和庶民都十分倾慕，争相送礼求丹药，听讲道而求指教的人不计其数。

有一回，几位朝士到他家中拜访，正喝得痛快，守门人前来报告："郎君从庄上来这里想参拜。"道士变了脸色斥责他。座中有位客人说："令郎远道而来，见一下又何妨。"道士皱着眉头，好久才说："让他进来！"很快看见一个老头儿，胡须头发银丝一般，神态昏昧，身体伛偻，急急走上前来参拜。拜完之后，道士喝令他进入中门，慢慢地才对座中客人说："小儿愚蠢，不肯服用丹砂，以致到这个地步。还不到百岁，枯老成这个样子！平常就放逐在乡村野地里罢了。"客人们更把他当作神仙了。后来有人私下盘问道士的亲近，才知道那个伛偻老头，就是道士的父亲。

丹客 二条

炼丹术

有个人炫耀他的炼丹术，车马仆从甚多，每日带着美貌的姬妾在西湖上宴饮。罗列的器皿用具，看上去非金即银，全都灿然生辉。

一个富翁见了很羡慕，上前施礼问道：“先生有什么法术，富到这个地步？”丹客说：“丹炼成后，这不过是多余之物罢了。”富翁便请丹客和他的姬妾到家中，拿出两千两银子为母料，让丹客炼丹。

丹客加入铅药，炼了十几天，秘密约好一个长髯须的人前来，假称：“家里遭到不幸，请快些回去。”丹客大哭，对富翁说：“事情无可奈何，烦请主人和我的婢女一同看守丹炉，我不两天就回来。”实际上丹客已把丹银偷走了。他又嘱咐那妾和富翁私通。富翁不明就里，于是中了诡计。

富翁和那女子缠磨了几夜后，丹客回来，打开丹炉察看，大惊道:“毁了！好像有人触犯了丹气！”于是责骂富翁品性败坏，还要打自己的妾。

富翁无法抵赖，又拿出许多钱来赔罪。丹客作出悻悻然的样子离去，富翁还为能打发他走而庆幸。却不知，那些金银器皿全是假的，那妾则是借来设骗局的妓女。富翁因贪淫而中计，这丹客也是够狡黠的了。

明嘉靖年间，松江有个监生，博学而有口才，酷信炼丹术。有个炼丹士先试了一回小法术取得他的信任，然后让他拿出许多钱来，把钱全部盗走。监生十分羞惭愤恨，四处寻找，企图找到他。

有一天，忽然在苏州的阊门碰上了。丹士不等他开口，就请他去酒肆饮酒，诚诚恳恳地赔不是，然后商量说:“我们得了钱，随手就花掉了。现在东山有一户人家，已经和我们有个协约，等我师傅来了做法事。您若肯权且充我师傅，从他那里找回补偿，是很容易的。”监生急于得钱，答应了丹士。

丹士让他剪去头发扮成头陀的样子，用对待师傅的礼节侍奉他。那大户家主人与他交谈，深深钦服，天天和他殷勤交谈，把炼丹的事交给他的徒弟，还认为有师傅在用不着担心。一天那丹士又偷了银子逃走了，主人抓住“师傅”，要去打官司。监生哭诉着辩白，才得以解脱。回去后，亲友见他头发又短又少，都取笑他。

◎

用金钱换得美色，还没有输光，只是费用太大。至于送掉满头长发，博得称一声师傅，尤其不值得。

几年前，昆山有一户人家，受了丹客的欺骗，丢了千两银钱，十分愤恨，就悬赏重金寻拿他。过了几天，有人报告说那丹客在东门外酒肆里聚众喝酒，去侦察果然不错。那人要了赏钱去了。主人进了酒肆，丹客高高兴兴地起来欢迎，主人想说话，丹客连忙制止说：“别揭我的短处，原物还在，先喝三杯，钱当全部归还。”

主人欢喜了，正痛饮时，丹客起身小便，瞅空溜走。问同桌那些人，都说：“偶尔聚到一起饮酒，原来并不认得。”这才知道那个报信的也是丹客的同党，是来骗赏银的。

谲僧

装神通

有个僧人相貌异常，不吃饭也能活，随身除了瓢钵和僧衣之外，其他全无。他坐在徽商的木筏上，十天不吃也不饿。商人存心再试，把木筏撑在河中心，又过了十天还是如此。于是众人相随对他礼拜，称他是活佛，争着供奉。

僧人说：“不用供养，我是某寺院的头陀，因为大殿毁坏了，想向施主乞请布施，修无量功德。”于是拿出化缘册子来，让人们各自报出允诺的数目，报完后便约定某月某日进寺院相见。

到那一天，众人前去寺中询问，回答说绝无此人。大殿就是毁坏了，也没有人去乞求布施。众人与寺僧正感到惊骇，忽然看到寺院守护神像酷似那僧人，怀中有个簿子，就是先前用的那册。大家都为神明的显灵而感到诧异，于是高高兴兴地施给了千两银子，又担心泄露出去有损于功德，便互相告诫不要外传。

后来才知道当初塑像时，因那僧人相貌异常，便塑成了他的样子。他借此施展了这种伎俩。不吃东西，却是拿了几十粒数珠那么大的干牛肉块偷偷地吃。这都是奸僧做下的事情。

阌(wén)乡有个僧人，看见农家的牛长得肥壮，便每天在野外等牛，把盐放在自己的头上，让牛来舔食。时间长了便成了习惯。一天晚上僧人来到农家，流着泪告诉说：“您家的牛就是我父亲的后身，父亲托梦告诉我，我想把它赎回。”农家主人把牛赶出来，牛见了僧人便来舔他的头，主人便把牛给了僧人。僧人回去后把牛杀了，把牛肉做成肉丸，放在空心竹杖中，又以空身静坐、不吃东西去骗人。

后来有个孟知县，查了僧人的大小便，才揭穿了他的诡计。

白铁余

歪门邪道

唐代白铁余是延州稽胡人，他在深谷中的一株柏树下埋下一尊铜像。等草长齐之后，便扬言说有佛光显现。于是召集几百人设斋，请圣佛出世，先假装从别的地方挖掘，掘不出来，就说这是大家诚心未到，不舍布施所致。算来人们施舍的钱有一百多万了，便去埋藏地点挖掘，挖到了佛像。

请求见圣佛的人日益增多，他便用天青、紫、红、黄等各色绫子做了好几重套袋，把佛像盛在里面。观像的人每除去一层套袋，要进行一次布施。方圆数百里的男女老少，发疯般涌来，于是白铁余聚众作乱，自称是光王军师。程务挺前去征讨并杀了他。

◎

同样的智慧，用在正道上，就成了唐代的李抱贞、刘元佐；用在歪门邪道上，就成了白铁余了。智慧本身有什么过错呢？

刘龙子

圣水治病

唐高宗时，有个叫刘龙子的，做了一个金龙头，藏在袖子中，拿羊肠子灌上蜜水绕起来系在龙头上。每逢人群聚集之时，便拿出金龙头，说是圣龙吐水，喝了包治百病。于是让羊肠中的蜜水流动，从龙口淌出，给别人喝，人们都瞎说病治好了，施舍了无数钱财。后来刘龙子因谋反的罪名被杀了。

马太守

合伙诈骗

兴古马太守在任时，有个老朋友要投靠他，请求给予救济。马太守就令这人住在外面，诈称那人是神人道士，治病没有不手到病除的，又找了些善于游说的人，替那人制造假名声，说他能使盲人恢复视力，使瘸子健步行走。于是四面八方的人都云集到那人的住处，对他恭敬之至，而他所得的钱财很快就堆积如山了。

马太守又让那人告诫前来求治的人："即便自己的病暂时还未治好，也应当告诉别人说治好了，这样自己的病就一定会治好；如果告诉别人说没有治好，那么以后也别想治好了。道法就是这样，你们不能不相信。"

从此，后来治病的人问先来治病的人情况，先来的人都告诉说已经治好了，没有一人敢说没治好的。十天之间，那人便成了大富翁。

大安国寺奸民

假皇帝

唐懿宗多次微服游览寺院庙观。奸民们听说大安国寺的院里有江淮进奏官寄放的上千匹苏州产的绫罗，于是悄悄地集合同党，从中选出一个长得像皇帝的人，穿上皇帝微服出行时所穿的衣服，用了许多龙脑等香料熏润，带着两三个小侍从，秘密进入寄放绫罗的院子。

这时有一两个乞丐来到，穿皇帝衣服的冒充者给了钱他们便离开了。顷刻间各种乞丐接踵而至，都施舍不过来。

假皇帝对院中僧人说："院中有什么东西，可借给我一用。"僧人还没应诺，小侍从向人使眼色，僧人便惊恐地回答："柜子里别人寄存的绫罗千匹，全凭圣上的支使。"于是开了柜子全部施给了乞丐。

小侍从对僧人说："早一点来宫门找我，我当禀奏领你进宫，给你的酬谢不会少。”冒充的皇帝便跨上毛驴离开了。

后来，僧人去宫廷内门询访整月，杳无音信，才知道那些乞丐也都是同党。

南京道者

深夜掘金

明万历丙午年间，南京有个山西商人，在三山街上卖毛皮货物。

忽然有一天，一个客人同一名道士前来，订了一百多两银子的绒货，而且要的品种都各不相同。两人先留下一大锭定银，说等货备全后再交足银两。从此以催货为名，频繁到店里来，到了两人就窃窃耳语，指天画地，好像有很隐秘的事。

商人疑惑不解，就问他们，他们不说。再去问，客人才躲开别人对他说："我的道兄是个擅长望气的人，当年秦始皇认为江南有天子之气，便埋下千万两黄金来压气，所以这里叫金陵。向来没有人知道埋金之处，如今仔细勘察宝气腾升的地方，是在贵店第三重院落的房屋下面，若真的进行祭祷而发掘出来，可以抵得上一国之富。"

商人贪婪，就信了他的话，说：“第三重院落是我的内室，要是挖掘该怎么办呢？”客人说：“这事必须问我的道兄。”道人问：“能带我看一看吗？”商人说：“行。”看过之后，道人说：“不错，从这里到那里，共三丈多，全是金穴。这金子埋了几千年后宝气上腾，真是天数。先生若不是有无比的洪福，也不会碰上我的。现在应该选择吉日，具办牲礼，祭告天地，召集几十名锄工，在夜深人静后一齐动工开挖，挖五尺多深，便可见分晓了。”商人听信了他，与别人订好期约。

到那天午后，客人与道士一同来到，祭奠极其诚敬。道士披散头发、手持宝剑，做起法事，做了好久之后，让大家都饱餐一顿。等到深夜，锹锄并举，但挖到五尺深，并没见到什么。

天大亮，忽然听见门外有公人喝令开道的声音，原来是督府某人拿着世交之家的红帖子来拜会。商人正惊慌，某大人穿着锦绣衣裳登上了大堂，一定要请他相见。商人勉强出来伏在地上参拜，某大人搀起他，说：“听说秦始皇埋下的金子被足下挖出，你家富得可与国君相匹敌，我特地来庆贺。当今边境粮饷告乏，倘若拿出几万两救助国家的急需，封个万户侯是不在话下的了！我当会为足下向上禀奏。”

商人打着战告罪说没有。某大人就径直走进内室，看到门外杯盘狼藉，地上挖得纵横零乱，而那客人和道士俯身上前谒见，说埋的金子确实有，但不太多，商人无法辩解明白，惧怕有祸，不得已赠送了三千两求得解脱，并且退还了订货的银子。从此毛皮生意也就做不成了。

◎

《太平广记》记载：薛氏的两个儿子闲居在伊阙，有个道士敲门要水，薛氏仰慕他的仙风道气，交谈得很融洽。道士便夸奖他们的居处气象很好，问道："从这里到南去一百步，有五棵松树虬盘偃卧，在你家属地内吗？"回答说："那里是我家的良田。"

道士便避开人说："那下面有黄金百斤，宝剑两柄，宝气隐约浮现在冀、张二星宿之间，我找它好久了。黄金可用来施善行德，龙泉宝剑自己佩带，当会享有万人之上的高位。我也要求得一柄，用来施行斩魔的法术。"

两个儿子被他蛊惑了。道士择了日子挖土，要了三百尺灰绳，还有很多五彩缣帛。又设了十座祭坛，祭祀用的器皿全用中等赤金，大约耗费了几千两。道士还说自己擅长点石成金之术，视金银如同粪土一般。现在有几箱金银寄存在太微宫，想暂时存放到这里来。不久让人扛箱子来到，锁得十分紧牢，重得托举不动。

到某天夜间，道士和徒弟在五棵松那里举行法事，告诫说不要随便偷看，等做完法事，会来招呼。直到天亮也无音信，薛氏的两个儿子前去探视，只看见地上有车轮轨迹和牲口蹄印，陈设的全部器物已经一扫而空了。这与南京道人的事很相像。

文科 二条

诈人钱财

江南有个叫文科的人，生在体面人家，性情奸佞诈巧，喜欢用诡计置人于困境，然后索取钱财。他有一所房屋，卖给一徽州人，经过改建营造已很久了，文科非要用原来的房价赎回，未能成功，于是授计给他的奴仆，让他夫妇二人投奔到徽州人家里做仆人。徽州人未加怀疑。

两个多月后，这对夫妇偷逃回家，文科便让另外几个奴仆去对徽州人说："我家有个叫某某的逃亡奴仆，听说投靠你家了，现在在哪里？"徽州人说："那人来投奔是确有此事，当初不知道是贵府的仆人，昨天已经离开了。"奴仆们说："我家昨天才打听到在你家，难道又跑掉了？我们要搜查！"

那徽州人自信没有骗人，便让家属退到一间屋子，放文家奴仆们进去看。奴仆搜到酒房，看见地上有土松之处，就显出怀疑的样子，拿来锄头刨挖，挖出一条死人腿。于是就哄叫道："你们谋害了我家的人了！不然这人腿从哪里来的？我们要把它拿去见官！"徽州人害怕了，就请人在中间调解，文科说："还我房屋的契据，便把此事消了。"

徽州人没办法，和他订好日期搬走了。先前酒房里的人腿是那对奴仆夫妇埋下的。

文科曾为别人做公证人，那人约他到公所里封银子。正在计量分等，有个跛腿叫花子右手持拐杖，左手挎篮，篮中放着破衣服，挪进去乞讨。文科拈了些零星银子给他，叫花子嫌少，文科假装发怒，取了一锭元宝扔在竹篮中，呵斥道："你想要这个吗？"叫花子害怕地说："财物不添就算了，何必发火？"双手捧起元宝放在案子上走掉了。

后来事没办成，那人拆封，那锭元宝却是假的，真元宝被叫花子换掉了。那叫花子就是文科的党羽装扮的。

◎

苏州城是四方会聚之地，骗局很多。

曾记得明万历末年，有徽州来的叔侄二人争坟的事情，结案已经好几年了。那侄儿先使人打通了郡府的司理官，想在巡抚大人那里讨一句话发放了案子。

忽然间，有个某公子住在阊门外，说是巡抚大人的年侄，衣帽很是气派，随从也很多。徽人侄儿前往拜会，便邀请他喝酒，偶然谈起这些事，公子一口应承。于是就封了银子作信物。到那天，公子穿上了公服，把状纸放进袖中，径直走入巡抚院的大门，徽人侄儿在外面等候。忽见公事已完毕，大门关上了。他以为是巡抚大人留公子吃饭，向看门人打听，都不知道。

到傍晚办公时，公子带着喝过酒的样子从人群中走出来，喜气洋洋，说:“抚台大人款待得很好，所求之事已经办妥。”到徽人寓所后，才从袖中取出官府的封文，印章标记隐约可见。徽人侄儿十分欢喜，又请他喝酒。公子按议定数目索取了酬金，离开了。

第二天，徽人侄儿把文书交付驿站的差人，这时公子私自去找驿站差人，索取文书自己去投送。差人不给，公子就说那是假公文，不能投送。差人非常吃惊，退还徽人侄儿并且责怪他。那侄儿忙去问公子，公子故意待在他家中，反而斥责徽人使用假印假批文，要出去告发他。徽人害怕，又拿出几十两银子贿赂他，才得以开脱。

后来查访得知这个恶棍惯常冒充官人和贵公子设骗局。当时有位春元前去谒见巡抚，他乘乱混了进去，隐藏在土地堂中，人们未能发觉，便关上了大门。他吃下预先携带的酒糕，傍晚衙院办公时又乘乱溜出来，封文和印记，都是事先造好了藏在袖里的。小人作恶侥幸到这个地步，也可算得上是神棍了。

猾吏 二条

小吏受贿

宋朝包公任开封府尹时，有个人犯了法，应当被判处杖打脊背。行刑的小吏接受了犯人的贿赂，便同他约定说:“今天你见府尹时，府尹必定交我执刑，到时你只管大声哭喊为自己辩解，我会为你分担刑罚的。”

不久包公将这个犯人拉出来审问，审完后，果然交给那个小吏执杖刑。那个犯人按小吏事先教的那样，不停地为自己分辩。小吏大声呵斥说:“你这家伙只管接受杖刑就是了，何必多说！”

包公认为这个小吏是依仗权势欺人，就把他揪在公堂上打了七十棍，还特意减轻那犯人的刑罚，想以此来打击小吏们的气势，却不知自己反上了那小吏的当。

◎

铁面包公尚且如此，何况他人啊！

有个县令监视用印，私下一数发现少了一枚，检查后没找到，严厉地审讯管印的小吏，他也不承认。县令便好言对那个小吏说：“我明知是你偷了印，今天我不怪罪你，你只管告诉我藏印的地方。”这个县令一向不食言，于是小吏叩头谢罪说：“这印实际上还在，只不过藏在印匣内，等以后用印时才取出来。”

又听说某按察使怀疑一个小吏途中受贿，便亲自搜查，结果没发现受贿的痕迹，事情也就过去了。原来按察使只搜查了小吏的身上和随身的行李，而他的串铃、马鞭、大帽就摆在桌子前面，受贿的东西就藏在里面，按察使却没去检查。官吏的奸猾真是无所不至啊！

袁术诸妇

妒杀冯氏

东汉末年，司隶校尉冯方的女儿美貌倾国，住在扬州避难。袁术登城墙看见了，很喜欢她，于是娶了来。袁术的众位姬妾告诉她说："将军是大贵人，看重志节，应多流泪，以表示忧愁。若这样做一定会更被看重。"

冯氏女听信了她们的话，以后见到袁术，每每垂泪，袁术果然以为她有忧思之心，更加宠爱她。众姬妾便一同把她绞死，扔进厕所中，说她是因哀而自杀。袁术认为她是抑郁不得志而死，隆重地加以殡殓。

达奚盈盈

救千牛卫

达奚盈盈是唐天宝年间一个贵人的妾，风姿艳丽，冠绝一时。

贵人一个同僚的儿子担任千牛卫，忽然失踪了，官府寻找得很紧迫。唐玄宗听说了，下令在京师内大搜查，找遍各处，却不见踪影。问近期去了什么地方，他父亲说一位贵人有病，他曾去探望。玄宗下令搜查贵人的屋子。

盈盈对这个千牛卫说：“如今看势头是不能再躲了，出去也没有什么不利。”千牛卫害怕获罪，盈盈教他说：“只是不能说待在这里。如果皇帝问你去哪儿了，只说见到的人物是如此如此，看到的帘幕帷帐是如此如此，吃的东西是如此如此，待在那里身不由己。绝不会有灾祸。”

出去之后，玄宗非常生气，责问他，他按盈盈教的那样答。玄宗笑起来不问了。

过了几天，虢国夫人进宫，皇帝开玩笑说：“你为什么把年轻人藏了好久不放出来？”夫人也大笑起来。

◎

这样的妇人智慧可畏。

卷二十八

小慧

从缝隙中透出的光芒虽然细微，但它也是太阳光的一部分。萤火虫的光虽然并不明亮，但把很多萤火虫集中装在纱袋，也可以用来照明。虽然我们的胸怀像大海般宽广，但也可以从路边的积水中得到启迪。为此，辑撰《小慧》卷。

周主

丢玉簪

战国时，周主丢了玉簪，让官吏寻找，三天也没找到。周主亲自让人从家人的屋里找到了它。周主说："我就知道官吏不能尽职。"从此官吏们都很敬畏，把他当成神明。

商太宰

警示官吏

商地的太宰官派内侍去集市，看完后回来，便问他道："在市上看见了什么？"回答说："没看见什么。"太宰说："话虽是这么说，仔细想想看见了什么？"回答道："市南门外，有许多牛车，道路挤得只能走人。"太宰便告诫使者："不准告诉别人我所问你的话。"

太宰召来管集市的官吏责备说："市门之外，为什么有许多牛屎？"官吏非常奇怪太宰知道情况这么快，从此做事便越发小心谨慎。

韩昭侯　子之

考验下属

战国时期，一次，韩昭侯握住自己的手指，假装丢了一个指甲，找得很急，他身边的人便拔掉自己的一个指甲献上去。昭侯以此来考察身边人是否诚实。

战国子之在燕国做相国，一次，他坐在那里假装说："走出门去的怎么是匹白马？"身边的人都说没看见，有一个人却追了出去，回来报告说："是有匹马打这儿跑出去了。"子之因此得知那人不诚实。

綦毋恢

送车

战国时，韩国公子韩咎要做国君，但还没有确定下来。他的弟弟公子虮瑟在周地，周君想借重他，却害怕韩国不立他为太子。

綦毋恢说：“不如拿一百辆车送他回去。他若立为太子，就说这是送给他作戒备用的；若不能立为太子，就说我们是用来遣送贼子的。”

苏代

谏上帝号

战国时，苏代从燕国到齐国去，在章华南门见到了齐王。齐王说：“唉，您来了。秦王派魏冉送来帝号，您认为该怎么办？”

苏代回答说：“大王问我问得很仓促，而由此产生的后患还难以看清。如今若不听从秦王，会使秦王对我们不满；但如果听从秦王，会使天下人憎恨我们。不如听从他，让秦国满意；但不用马上称帝，让天下人放心。秦王称帝后，如果天下人听从他，大王也称帝，这只是先一步、后一步的事情，对帝王的名号并没有损害。如果秦王称帝而天下人不听从他，大王便不要称帝，以此收取天下民心，这才是一笔大本钱。”

薛公

献耳环

战国时，齐王的夫人死了，齐王对他身边七位年轻的美女都很喜欢。薛公想知道齐王要立哪一位做夫人，就献上七副耳环，其中一副最漂亮。

第二天，薛公看清这副耳环戴在谁的耳朵上，便去劝齐王把她立为夫人。

江西日者

辨赵王后

五代时，赵王李德诚镇守江西，有个看相卜卦的人，自称世上人是贵是贱，他一看便能分别。

赵王让几名女乐伎和他的妻子滕国君同样梳妆打扮，穿同样的衣服，站在庭院中，请他来辨别尊贵和卑贱。客人弓着身子进来，说：“君夫人头上有团黄云。”乐伎们下意识地都仰起头来看，看相的便指着她们所看的那人说是滕国君。

江思玄

佯疯

东晋诸葛恢的女儿是庾家的媳妇，守寡后，发誓说不再出嫁。这女子性情非常刚强，无法让她改嫁。

不久，诸葛恢把她又许配给江思玄，于是把家搬到江思玄家附近。开始时他骗女儿说："咱们家应挪个地方。"到时候家里人全走了，独独把女儿留下。等她发觉，已不能再出来了。

江郎晚上进来，这女子哭骂得很厉害，过了好些时候才渐渐平息下来。江郎晚上来睡觉，总是睡在她对面的床上。后来观察到她的心情安宁了，江郎便佯装中了魔，好久醒不过来，出气发声变得又急又短。她便喊婢女说："快把江郎叫醒！"江思玄于是翻身跳下床走向她，说："我不过是天下平常的男子汉，中魔关你什么事，而有劳你叫醒我？既然与你有关系，哪能够在一起不说话？"

女子默然无语，心中惭愧，从此夫妇情意深厚。

孙兴公

嫁女儿

晋朝王坦之的弟弟阿智，性情很坏，年龄大了却没人嫁给他。孙绰有个女儿叫阿恒，怪僻难缠，也嫁不出去。

孙绰想让阿智娶他女儿，便去王坦之处要求见阿智。见到之后，便佯装说："这个人很不错，实在不像是别人传说的那样，怎么会至今尚未婚配呢？我有一个女儿也不错，但我是清寒人家，不该和您谈论这事。"坦之听了高高兴兴地向父亲王述报告说："兴公想让女儿与我弟弟阿智结婚。"王述又惊又喜。

成婚之后，发觉那女子愚顽乖戾比阿智还厉害，才知道孙绰耍了滑头。

◎

阿恒得到丈夫，阿智有了妻子。一人有智，两家获得好处。

科试郊饯

换美酒

明朝时，按照科试的先例，县令要在城郊为赴试的读书人饯行。

有一次，饮用的酒很酸，大家在席上喧哗不止。张幼于让大家不要乱嚷，说保证能使县令换酒。于是要了一只大杯，斟满了向县令敬酒。县令不知道酒有异味，喝下之后不觉皱起眉头，生气地惩罚小吏，命人换上了好酒。

唐类函

打击盗版

吴中地区刻书盈利丰厚，却很为翻刻的事伤脑筋。俞羡章刻印《唐类函》接近完成，先送上一份状纸，假称刚印了新书若干部，用车运到某处去，被强盗劫走了，请求官府缉捕强盗。此事轰动一时，从此《唐类函》盛行于世，且没人敢翻刻了。

孟陀

骗取贿赂

汉桓帝时，宦官张让权倾朝野。张让有个奴仆为他管家，扶风郡的富人孟陀使尽钱财结交这个奴仆。奴仆很感激孟陀，问他有什么要求，愿为他促成。孟陀说："只希望你们一班人迎拜我一次。"那时去求见张让的公卿大夫很多，车马每每填满门前。

孟陀有一天去谒见张让，被堵住前行不得。那个管家的奴仆远远看见，便率领家奴们到路上去迎拜，与他同乘一车进宅。当时宾客们非常惊讶，以为张让很看重孟陀，于是争着去贿赂他。一旬之内孟陀便积聚了好几万钱财。

◎

无缘无故来交结我的人，必定是有用我的地方。孟陀是个高级商人，他的招数比战国吕不韦更加直接见效。

窦公

善理生计

唐时住在崇贤门附近的窦公善于治理生计，而经营得很辛苦。京城内有一段空地，与一个宦官相邻。那个大宦官想要买这块地，而地价只值五六百贯钱。窦公欣然地把这块地奉送给宦官，一点儿也不谈及价钱。宦官十分高兴，窦公就借机说自己想去江淮地方，希望有两三份关照信函。宦官为他写了关照信，他因此而赚得了三千贯，从此钱便很凑手了。

东市有一片空地，地势低洼，污水聚留，窦公用很便宜的价格买下它，让女用人带着蒸饼盘子去那里引诱儿童，谁若能扔砖瓦块击中竖在那里的标志，就可得到一块蒸饼。儿童们纷纷跑来争着扔石块，洼地被填起了十分之六七。然后再用好土铺垫，在这块地上造起一座客店，专门接待波斯商人，每天能赚一千钱。

窦义

生财有方

唐朝扶风郡的窦义年仅十五岁，他的几个姑母接连都做了后妃，伯父是工部尚书，在嘉令坊建有一座家庙院。

张敬立在安州任职归来，安州产有丝鞋，敬立带了几十双，散发给众位外甥和侄儿，大家都争着拿，唯独窦义不拿。后来剩下一双比较大的，窦义两次拜谢后收下了。他拿到市场上把这双鞋卖了，卖得半斤铜钱，悄悄地收藏起来。后来窦义又偷偷在铁匠铺做了两把小锹，锹刃打得很锋利。

五月初，长安城中到处飘飞榆树荚，窦义扫集了一斛多，于是去伯父那里请求借庙院学习，伯父同意了。

窦义在夜间悄悄地到褒义寺法安上人的院里住宿，白天则前往庙中，用两把小锹开垦空地。垄沟深五寸，宽五寸，共挖了四十五条垄沟，都长二十多步，提水喷洒沟中，把榆树荚都撒在里面。不久正逢夏雨滋润，榆荚全都发芽生长。

到了秋天郁郁森森已长有一尺多高，计有上万棵了。

第二年，长到三尺多高。窦义砍去并生太密的树苗，让每棵相距三寸，选出其中干直枝稠的，全部留下来。砍下来的小树，束成圆捆，共得一百多捆。逢到秋天阴雨霖霖，每捆卖得十几个钱。

又过了一年，再提水浇灌到原先的垄沟中，到了秋天时，榆树已长得有鸡蛋那么粗了。再选择其中枝干稠直的，用斧头砍去多余的树枝，又获得二百多捆。这时卖价已翻了几番了。

五年后，便伐取大树作屋椽，有一千多根，卖掉它们，得到三四万钱。那些长在庙院中又直又粗的树不下一千，都够得上制作车辆。

这时他的生计已值十多万钱，于是买来麻布，雇人做成小口袋，又从内乡买来几百双新麻鞋，放在庙中。长安各街坊的小孩，以及执金吾家的儿童，每个人每天给三块饼子，十五文钱，再交给他们每人一只小口袋，到冬天，让他们拣槐树籽装在里面，再交上来。一个多月，槐树籽已累积了两车。

窦义又让小孩们拾破麻鞋，每三双换一双新的。远近都知道这件事，来送破麻鞋的人云集庙前，几天工夫就收到了一千双。然后卖掉能做车轮的榆树树材，又得了十多万钱。白天雇人在宗贤西门水涧里洗破麻鞋，晒干后存放在庙院中。

又去坊门外买了好几堆废弃无用的碎瓦片，让工匠在涧中的流水里洗去上面的泥土，用车运来放在庙里。然后购置了五具石嘴碓，又买来几石油靛。雇人做饭，四处招雇用人，让他们剉烂破麻鞋，粉碎瓦片，用粗孔布来筛滤瓦粉，再加上槐树籽和油靛，让工匠日夜加工，混匀捣烂。在臼中捣烂之后取出，令二人并手团握成棍形，一律长三尺以下，圆径三寸，把它们垛起，做了一万条，称作法烛。

建中初年，六月，京城大雨，街巷都见不到车辆行走，窦文把这法烛拿来卖，每条卖一百文钱，用来点火烧饭，功效超过木柴一倍，他又获得无数的利润。

早先西市秤行的南面，有十来亩低洼之地，蓄满污水，被当作小海池，市楼以内地方众多污水都汇集到此，窦义便要求买下它。地主不知该值多少钱，窦义付给了三万钱。买下之后，在当中立上标杆，悬挂上布幡，环绕污池开设六七个铺子，制作糕饼和团子。召集小孩子来扔砾片，击投布幡标杆，击中了，就给他们糕饼或团子吃。

不出一个月，两条大街的小孩争着前往，投扔的瓦石块已经填满了污池了。于是在那里规划经营，造起二十间店铺，位处集市要地，每天获取利润几千钱。那店现在还在，号称窦家店。

石鞑子

争雅座

吴中地方有个姓石的人，相貌长得像胡人，所以人们叫他石鞑子。这个人好开玩笑，智术颇多。

有一次，他很困倦，走到一家客店，想稍微歇息一下。有一座小楼相当洁净，被一僧人先占上了。石鞑子登上楼去偷偷一看，僧人正关着窗子睡白日觉。窗缝中看见对面一座楼，有一少妇坐在窗前刺绣。石鞑子套上僧人的衣帽，把窗子打开向少妇调笑。少妇生气，告诉丈夫，她丈夫便来与僧人争吵。

僧人莫名其妙，只好马上离开，而石鞑子就乘机安然地在那里歇息。

黠童子

骗骏马

有个小童随着主人外出，从县里要马骑，他所分得的马很差劲，望见后到的人得到一匹骏马，跑着来了，他便手握缰绳，在马背上装哭。后来的人问他：“哭什么呢？”他说：“我的马跑得太快，十分害怕它不服驾驭而伤害了我。”

后来的那人认为童稚之语可信，料想这匹马更好，便下来和他换马骑，小童子得到好马之后，加鞭跑了，那后来的人骑上马才明白他在骗人，但追也追不上了。

黠竖子

骗人下水

西边邻家老妇人种有好李子，苦于有人进园偷窃，就在园墙下设置了陷阱，里面装上粪便。狡猾的小童仆喊来同伙偷李子，爬上墙头，掉进了陷阱，粪便淹到衣领，仍旧仰着头对同伙说：“到这里来，有好李子。”又一人掉下去，刚要张口叫，那小刁童赶紧掩上他的嘴，还不停地叫：“来！来！”一会儿另一人也落入陷阱，那两个小童一起责怪他。

小刁童却说：“假如我们三个人中有一个没掉进来，那么他今后将会不断地拿我取笑。”

◎

小人拖人下脏水，让人无法开口，都是用的这种法术。有人传说这是明代唐伯虎做的事，恐怕并非如此。

节日门状

损人利己

北宋时，刘贡父在馆阁里任职。节日里，有一位同僚派人拿信筒盛了门状（即拜帖），一一散发到熟识的人家。刘贡父得知后，就把那被派遣的人叫来，让他在另一间屋里喝酒吃菜。他便把信筒拿过来看，所要递送的人家凡是与自己有一面之交的，就把拜帖全部换成自己的。

那人吃喝过了，再三道谢，走遍街巷，实际上是为刘贡父投拜帖，他主人的帖子就没影了。

◎

事情虽小，却是损人利己。

智胜力

秀才搏力士

王卞在军中摆设酒宴，有个角斗士十分魁梧，力气绝大，许多勇士和他较量，都敌不过他。

席间有个秀才自言能够战胜他，就把左手略略伸展，魁梧的大汉便倒下了。王卞认为他有神功，问他原因，秀才说：“这个人怕酱，我事先从他同伴那里知道了，先去厨房，求得少许，他看见酱便跌倒了。”

定远弓手

出其不意

濠州定远县县衙有个弓箭手善于使用长矛，有一个小偷也精于此技艺。弓手屡次想和那小偷比试高下、一决生死。

一天，弓手因事到一个村子里，正巧小偷在集市上饮酒，两人无法躲避，便拽过矛相互决斗，旁边观战的人围得像堵墙。双方战斗了很久，都没能战胜对方。弓手忽然对小偷说：“县尉来了，我和你都是勇健的人，你敢和我在县尉面前决一生死吗？”小偷说：“行。”话音未落，弓手应声便向他刺去，小偷便被刺死了，原来弓手是趁对方不防备时动了手。

又有人曾遇到一个很厉害的强盗，双方刚刚拔出兵刃，那强盗事先含了满满一口水，此时突然把水喷在对方的脸上，那人吃了一惊，而强盗的兵刃已刺进了他的胸膛。后来又有一位壮士又同那强盗相遇，壮士已知道强盗用水喷人的事，所以在强盗再次使用这伎俩时，反而在喷水时被壮士刺中。

种氏取虎

出奇制胜

宋代忻州、代州地区有一户种姓人家的年轻人，每逢村里集合起来练武时，常常能出奇制胜。

一天晚上，他在月色下的庄田中散步，有个庄户迎上前去说："这几天晚上，都有一只老虎到麦场的麦秸堆上，翻来滚去嬉戏，很久才离去。你们最好过些时候再到麦场去。"有人提议一箭把老虎射死，种氏的一个子弟在后面笑着说："我嫌射箭太麻烦，应当用木胶来捕获它，这就如同用木胶粘飞鸟那么容易。"

众人都责备他夸口，他说："请你们凑五千文钱备办酒菜，如果不像我所说的那样捕获老虎，这酒席钱由我一人来出。"大家答应了。

第二天早晨，那年轻人把各户都召集起来，准备了一斗多木胶，把胶涂满麦场上的麦秸，并系了一只羊作诱饵，然后大家都躲在旁边等候。

到了晚间，月光穿过树林，老虎果然来了。老虎见到拴在那里的羊，便扑上去把它吃了;吃过后似乎很舒服，便在麦场上滚来滚去，舒展身体。打了几个滚以后，带胶的麦秸粘满全身，麦秸粘得牢牢的，怎么也甩不掉。老虎的性子本来就刚烈，此时难以忍受，于是伏在地上大声吼叫，又腾跃而起，跳了丈把高，反复数次，不久那老虎就僵立不动了。

又过了很久，大家一起唤着围上前去看，那老虎果然死了。

术制继母

应对继母

明朝人王守仁十二岁时，继母待他很凶。他父亲在京师里做官，王公自忖难以逃脱虐待。

因为继母信佛，他就半夜里偷偷爬起来，在房门口排列上五个碗托子，继母早晨起来看见了心中发怵。过些天又这样做，继母越来越害怕，但仍然不改其凶恶。

王公便去郊外寻访射鸟的人，找到一只怪鸟，活着放进继母的被子里。继母整理被子，见一只怪鸟从里面飞走，非常恐惧，召巫婆来询问。王公带着钱买通巫婆，巫婆便诡称王状元的前妻责怪继妻虐待她留下的孩子，如今已经告到天庭，派阴间的兵卒来收你的灵魂，被中的鸟就是。继母大哭起来，叩头赔罪说再也不敢了。王公也流着泪拜了很久，巫婆装出恨恨不满意的样子，然后假装幡然苏醒过来。

从这以后，这位继母的脾性一下子改变了。

制妒妇

借用巫术

《艺文类聚》载：京邑有个士人的老婆非常善妒，曾经用长绳子拴在丈夫腿上，要唤他来便扯绳子。士人秘密地与巫婆合谋，趁妇人睡觉时，士人把绳子拴到羊身上，翻墙头逃走躲了起来。妇人醒来，一扯绳子走来了羊，十分惊骇，召巫婆来问。

巫婆说："祖宗怪娘子妒恶过分，所以把郎君变成羊。要是能悔过，可向神灵祈求变回来。"妇人便抱着羊痛哭流涕，发誓悔改。巫婆便让她斋戒七天，全家老小都去神像前祈祷。士人慢慢地走了回来，妇人看见丈夫流着泪问："多日作羊，不辛苦吗？"士人说："还记得草不好吃，肚腹时时疼痛。"妇人更加伤心。

以后，妇人如果稍有忌妒，士人便伏在地上发出羊的叫声，妇人吓得马上搀起丈夫，表示永远不敢再忌妒了。

敖上舍

乔装逃脱

南宋时，韩侂胄将赵汝愚流放至死，太学生敖陶孙在三元楼屏墙上赋诗悼念他。刚扔下笔，还没有喝上几杯，屏墙已经被人抬走了。敖陶孙知道这一定是被韩侂胄派来查访的人抬去了，就急忙换了酒保衣服，拿着酒具下楼，正好碰上前来捕拿他的人，问："敖上舍（太学生的敬称）在不在？"他回答说："正在畅饮呢！"于是赶忙逃往闽南避难。

韩侂胄倒台后，敖陶孙才在科试中考了第一名。

金还酒债

买度牒

北宋王安石一向很喜欢俞澹。一天俞澹对王安石说："我想出家做和尚，苦于无钱买祠部的度牒。"王安石欣然为他提供了当和尚所需的花费，约定日期剃度出家。过了约期不见动静，王安石问原因，俞澹慢慢地说道："我想那僧人也不容易当，买祠部度牒的钱，我姑且送到酒肆还债了。"王安石大笑。

◎

肯出钱替人买做和尚的文书，怎会不肯出钱替人还酒债？清老（俞澹，字清老）说谎似乎多此一举。

下马常例

名利双收

宋代有位靠祖宗荫庇而封官的王氏，担任浙西的监察官。初上任那天，官吏百姓献上的钱物有几百贯，解释说：“这是新官下马时的常例。”王公看见这些钱财，认为污辱了自己，便要写文书，连同送的东西一起禀报上司。官吏们再三请求，这才令人抬来一个柜子，把东西全装进去，当众封起，放在客厅里，同时警告说：“今后再有触犯，就把它打开上报！”从此官吏百姓都敬畏小心，课税利息等都妥当办好。

等到王公任期满了荣归故里，上船之际，官吏们请示厅堂里的柜子如何处理。王公说：“以往既有此惯例，须有文书作证。”官吏们把文书拿来，王公让人把柜子抬上了船，载着它走了。

◎

不矫情，不贪利；既利人，又利己，这是大有作为的人，不仅仅是一名投机取巧的官员而已。

吞舍利

讹诈僧人

《太平广记》记载:唐时，洛阳一带有个僧人拿着几粒所谓的舍利子，贮放在琉璃瓶里，昼夜行香火之礼，接受布施，日夜不闲。

有个穷士子要无赖，去僧人那里，请求看一眼舍利子，僧人从瓶中倒出来给他，他一把抓过来迅速吞下肚去。僧人惊慌得无计可施，又担心被外人知道。士子说:“给我钱，我将服药让它出来。”僧人给他二百吊钱，他便吃巴豆泻下了舍利子，僧人很高兴地把它们洗干净收了起来。

陈五

拆穿女巫

京师巷里的人们多相信女巫。有个练武的人叫陈五，讨厌家人笃信巫术，但没法制止。

有一天他嘴中含上一颗青李子鼓在腮帮，骗家人说生了肿疮十分疼痛，不吃东西睡了一天。他妻子很担心，召来女巫治病。女巫降神，说陈五得的是出名的大疔疮，因为他一向不敬神明，神也不救他。陈家人团团围着女巫下拜，恳切祈求，然后女巫才答应救他。陈五假装呻吟叫痛十分急促，对家人说：“一定要让神师进来看看我才行。”

女巫进屋去查看，陈五便从容地吐出青李子给她看，揪住女巫掌她耳光，把她骂出门去，从此家人再没有信女巫的了。

◎

僧人用舍利子向别人谋利，就会有人借舍利子向他谋利。女巫用神术来制服别人，就会有人借神道来制服她。没有破不了的奸诈，没有揭不穿的伪装。千真万确啊！

易术

骗人把戏

凡是变幻之术，多是在作假。金陵有个卖药的人，用车子拉着观音大士的像为人问病，将药从大士手中滑过，有留在手上不下滑的药，就给病人服用，这样每天获得一千钱。

有个青年在旁边观看，想得到他的法术。等人散去后，请卖药人去酒肆吃酒，不付酒钱，吃完出来，酒肆人竟然像没看见一样。这样吃了三次，卖药人问他的法术，他说："这只是个小法术罢了，您要同意我们交换，那很荣幸。"

卖药人说："我没别的法术，大士的手是磁石做的，凡药里混上铁屑的，就粘住不动了。"青年说："我更没有什么法术，不过是先把钱付给酒家，约定客人到了绝不开口相问而已。"两人彼此大笑作罢。

诱出户

巧诱汤生

学官朱古民擅长开玩笑。冬天，在汤生的书斋中，汤生说：“你一向很有智术，假如我现在坐在屋里，你能够引诱我走到门外去吗？”朱古民说：“门外风大天寒，你肯定不肯出去，倘若你先站到门外去，我则用屋里的好处来引诱你，你一定会相信的。”

汤生听信他的话，便走到门外面站着，对朱古民说：“你怎么能够引诱我进门呢？”朱古民拍着手笑道：“我现在已经把你引诱到门外了！”

谢生

饮美酒

长洲谢生嗜好饮酒，曾在张幼于先生的门下游学。幼于喜欢摆宴席，但家里不富，不能尽着客人喝醉。

有一天得到了美酒，拿来待客，侍僮一律都只斟半杯。谢生苦于酒不够喝，趁离席解手，用纸包上土块，召侍僮去，偷偷地交给他，嘱咐说："我因为内脏病复发，不能喝酒，现拿几文钱犒劳你，求你给我少斟些酒。"侍僮打开纸包见是土块，十分恼恨，故意给他斟得满满的，谢生那天独自喝了加倍的美酒。

附录

历代职官表

参知政事 唐代始置，北宋初于平章事之下设参知政事，为宰相的副职，简称“参政”。辽、金、元沿置。

刺　史 西汉始置，汉武帝元封五年（前106）分全国为十三州，各置刺史一人，监察郡县官员。后职权逐渐扩大，由监察官变为地方行政长官，宋元以后沿用为一州长官的别称。

大理寺 北齐始置，掌刑狱，历代相沿，长官为大理寺卿。

殿前都点检 五代时设，为殿前司长官，统帅禁军，北宋初废，辽、金亦设置此官。

鸿胪寺 官署名，秦称“典客”，汉景帝中元六年（前144）更名“大行令”，汉武帝太初元年（前104）更名“大鸿胪”，北齐改称鸿胪寺，设卿、少卿、丞各一员。职掌外国宾客接待、朝会及吉凶礼仪，兼管佛教、袄教寺庙，历朝沿置。

给事中 秦汉为加官，无定员，无论何官职，加上给事中之衔称，即可出入禁中，常侍皇帝左右，晋始为正官。隋唐以后，为门下省之属官，掌审查诏敕，历朝沿置。

郡　守 初为武职，防守边郡。秦汉时为郡一级行政长官，也称“太守”。宋以后郡改府，知府亦称郡守。

令　尹 春秋战国时楚国执政官名，相当于宰相。

郎中令 秦始置，宫殿侍卫之长，位列九卿，汉武帝太初元年（前104）更名“光禄勋”。

门下侍郎 前身为秦汉黄门侍郎，唐天宝元年（742）改称“门下侍郎”，为门下省长官侍中之副。

尚　书 官署名，初隶属于少府，掌收发文书、传达诏命章奏，后职权益重，开始分曹办公。魏晋以后，尚书事务更多，到隋唐，尚书无所不总，分为六部，唐代定制为吏、户、礼、兵、刑、工六部，其后历代相沿。

尚书仆射 秦始置，汉代因之，为尚书令之副，掌章奏文书。汉献帝建安四年（199）分置左，右仆射，职权渐重。唐代，左、右仆射为尚书省长官，与中书、门下省长官同为宰相。

侍　中 秦始置，汉代因之，常侍皇帝左右，与闻朝政，唐代为门下省长官，掌审议封驳草拟诏敕，与中书、尚书省长官同为宰相。

司农卿 前身为秦汉大司农，南北朝时改大司农为司农卿，掌农桑钱谷金帛，历朝沿置。

太　常 汉初名“奉常”，景帝中元六年（前144）改名“太常”，掌管宗庙礼仪，居九卿之首。魏晋沿置，其后改称“太常卿”或“太常寺”。

太仆卿 秦汉时称“太仆”，掌皇帝专用车马，监管畜牧事务，历朝沿置。

廷　尉 战国秦始置，秦、西汉沿置，掌刑狱，后改称大理。

县　尉 战国始置，掌一县军事，兼逐捕盗贼，秦汉沿置。

御史大夫　秦代始置，负责监察百官，代表皇帝接受百官奏事，管理国家重要图册、典籍。

知　　州　地方行政机构州之长官，宋朝以朝官为州一级长官，称“权知军州事”或“知军州事”，简称“知州”，后代沿置。

中书令　西汉始置，初由宦者担任，掌收纳尚书奏事、传达皇帝诏令，后地位益隆。隋唐时为中书省长官，与门下省、尚书省长官并为宰相。

中书平章　唐代始置，全称“同中书门下平章事”。起初，三省长官议事，在门下省的政事堂，开元中，改政事堂号为“中书门下”，同中书门下平章事，即与中书门下的长官共同商议处理国家大事。宋、辽等朝沿其制。

中书舍人　中书省的属官，西晋始设，历代名称和职务不尽相同，主要掌起草、主管诏令。

转运使　唐始置，掌粮食财货的转运，宋代演变为州府以上的一级行政长官。

宗　　正　掌皇族宗室事务，一般由皇族担任。

编后记

一、本书以明末刻本《智囊补》为底本译出。

二、本书正文故事中，◎后的小字部分为冯梦龙评语。

三、本书除标明“原注”的括注外，其他括注均为译者注。

四、卷十六本有“曹克明”一条，因与卷七“曹克明”条内容重复，故删去。

五、卷二十三本有“韩世忠”一条，因与二十二卷“韩世忠”条内容重复，故删去。

六、书中部分观点为时代所局限，请读者诸君明察。

译者 | 诸伟奇

安徽大学文学院教授。从事古籍整理研究三十余年，承担国家社科重大项目《百年中国古籍整理与古文献学科发展研究》、国家新闻出版总署“十二五”重点项目《方以智全书》及《明太祖集》（增订本辑校）、《方望溪诗文合集》（辑校）等。名列英国剑桥《世界名人录》（1993年版）、教育部《中国当代古籍整理研究学者名录》（1997年版）。

策　　划 | 作家榜
出　　品 |

出 品 人 | 吴怀尧
总 编 辑 | 周公度
产品经理 | 杜雯君　桑云婷　沈丹凝
特约校对 | 方其乐
版式设计 | 李柳燕
封面设计 | 大星文化
内文插图 | 梁昌正
产品监制 | 陈　俊
特约印制 | 朱　毓

版权所有 | 大星文化
官方电话 | 021-60839180

图书在版编目（CIP）数据

智囊 /（明）冯梦龙编著；诸伟奇译 . -- 北京：
中信出版社，2023.6
（作家榜经典名著）
ISBN 978-7-5217-5624-1

Ⅰ . ①智… Ⅱ . ①冯… ②诸… Ⅲ . ①笔记小说－小
说集－中国－明代 Ⅳ . ① I242.1

中国国家版本馆 CIP 数据核字 (2023) 第 068653 号

智囊
编著：［明］冯梦龙
译者：诸伟奇
出版发行：中信出版集团股份有限公司
（北京市朝阳区东三环北路 27 号嘉铭中心　邮编　100020）
承印者：浙江新华数码印务有限公司

开本：889mm×1194mm 1/32　　印张：61.375
字数：1100 千字　　插页：32
版次：2023 年 6 月第 1 版　　印次：2023 年 6 月第 1 次印刷
书号：ISBN 978-7-5217-5624-1
定价：299.00 元

版权所有 · 侵权必究
如有印刷、装订问题，本公司负责调换。
服务热线：400-600-8099
投稿邮箱：author@citicpub.com